我不认为我们能够继续在地球上存在 1 000 年,除非逃离这颗脆弱的星球。我们要仰望星辰,而不是始终盯着自己的脚。

——著名科学家 斯蒂芬·霍金

EINSTEIN EQUATOR

爱因斯坦赤道

刘慈欣　王晋康 ● 著

 哈尔滨工业大学出版社
HARBIN INSTITUTE OF TECHNOLOGY PRESS

图书在版编目(CIP)数据

国际科幻大奖青少科学启蒙系列.1,爱因斯坦赤道/刘慈欣,王晋康著.—哈尔滨:哈尔滨工业大学出版社,2022.7
ISBN 978-7-5603-9844-0

Ⅰ.①国… Ⅱ.①刘…②王… Ⅲ.①中篇小说—小说集—中国—当代②短篇小说—小说集—中国—当代 Ⅳ.①I247.7

中国版本图书馆CIP数据核字(2021)第226311号

 13936171227

爱因斯坦赤道
AIYINSITAN CHIDAO

总 策 划	张 丽
策划编辑	李艳文 范业婷
责任编辑	孙 迪 李佳莹
装帧设计	平 平
出版发行	哈尔滨工业大学出版社
社 址	哈尔滨市南岗区复华四道街10号 邮编150006
传 真	0451-86414749
网 址	http://hitpress.hit.edu.cn
印 刷	天津久佳雅创印刷有限公司
开 本	787毫米×1 092毫米 1/16 印张44 字数584千字
版 次	2022年7月第1版 2022年7月第1次印刷
书 号	ISBN 978-7-5603-9844-0
定 价	192.00元(全四册)

(如因印刷质量问题影响阅读,我社负责调换)

目 录

- 爱因斯坦赤道 ◎刘慈欣　　001
- 人和吞食者 ◎刘慈欣　　035
- 诗云 ◎刘慈欣　　075
- "夸父号"环宇旅行记 ◎王晋康　　111

爱因斯坦赤道

◎ 刘慈欣

一　爱因斯坦赤道

"有一句话我早就想对你们说了，"丁仪对妻子和女儿说，"我的心大部分都被物理学占据了，只能努力挤出一个小角落给你们。为此我很痛苦，但也实在是没办法。"

他的妻子方琳说："这话你对我说过两百遍了。"

十岁的女儿文文说："对我也说过一百遍了。"

丁仪摇摇头说："可你们始终没能理解我这话的真正含义。你们不懂得物理学到底是什么。"

方琳笑着说："只要它的性别不是女就行。"

这时，他们一家三口正坐在一辆时速达 500 千米的小车上，行驶在一条直径五米的钢管中。这根钢管的长度约为 30 000 千米，在北纬 45 度上绕地球一周。

小车完全自动行驶，透明的车厢内没有任何驾驶设备。从车里看出去，钢管笔直地伸向前方，小车像是一颗飞行在无限长的枪管中的子弹。前方的洞口似乎固定在无限远处，看上去针尖大小，一动不动。如果不是周围的管壁如湍急的流水飞快掠过，他们肯定觉察不出车的运动。在小车启动或停下时，可以看到管壁上安装的数量惊人的仪器，还有无数等距离的箍圈。当车加速启动后，它们就在两旁浑然不觉地掠过，看不清了。丁仪告诉她们，那些箍圈是用于产生强磁场的超导线圈，而悬在钢管正中的那条细管是粒子通道。

他们正行驶在人类迄今为止所建立的最大的粒子加速器中。这台环绕地球一周的加速器被称为"爱因斯坦赤道"，借助它，物理学家将站在20世纪那个巨人肩上实现巨人最后的梦想——建立宇宙的大统一模型。

这辆小车本是加速器工程师用于维修的，现在被丁仪用来带着全家进行环球旅行。这次旅行是他早就答应妻子和女儿的，但她们万万没有想到要走这条路。在这耗时六十小时的环绕地球一周的旅行中，她们除了笔直的钢管什么都没看到。不过，方琳和文文还是很高兴和满足，至少在这两天多的时间里，全家人能难得地聚在一起。

旅行的途中并不枯燥，丁仪不时指着车外飞速掠过的管壁，对文文说："我们现在正在驶过蒙古国，看到大草原了吗？还有羊群……我们在经过日本，但只是擦过它的北角。看，朝阳照到积雪的国后岛上了，那可是今天亚洲迎来的第一抹阳光……我们现在在太平洋洋底了，真黑，什么都看不见。哦不，那边有亮光，暗红色的。嗯，看清了，那是洋底火山口，它涌出的岩浆遇水很快冷却了，所以那暗红色的光一闪一闪的，像海底平原上的篝火。文文，大陆正在这里生长啊……"

后来，他们又在钢管中驶过了美国全境，潜过了大西洋，从法国海岸登上欧洲的土地，驶过意大利和巴尔干半岛，第二次进入俄罗斯，然后从里海回到亚洲，穿过哈萨克斯坦进入中国。现在，他们已走完最后的路程，回到了爱因斯坦赤道在塔克拉玛干沙漠中的起点——世界核子中心，这儿也是环球加速器的控制中心。

当丁仪一家从控制中心大楼出来时，外面已是深夜，广阔的沙漠静静地在群星下伸向远方，世界显得简单而深邃。

"好了，我们三个基本粒子，已经在爱因斯坦赤道中完成了一次加速实验。"丁仪兴奋地对方琳和文文说。

"爸爸，真的粒子要在这根大管子中跑这么一大圈，要多长时间？"文文指着他们身后的加速器管道问。那管道从控制中心两侧向东西两个方向延伸，很快消失在夜色中。

丁仪回答说："明天，加速器将首次以它最大的能量运行。在其中运行的每个粒子，将受到相当于一颗核弹的能量推动，加速到接近光速。那时，每个粒子在管道中只需十分之一秒就能走完我们这两天多的环球旅程。"

方琳说："别以为你已经实现了自己的诺言，这次环球旅行是不算的！"

"对！"文文点点头说，"爸爸以后有时间，

光速：真空中的光速是自然界物体运动的最大速度。光速与观测者相对于光源的运动速度无关。物体的质量将随着速度的增大而增大，当物体的速度接近光速时，它的动质量将趋于无穷大，所以质量不为零的物体达到光速是不可能的。只有静质量为零的光子，才始终以光速运动着。光速与任何速度叠加，得到的仍然是光速。

真空中光速定义值：
c=299 792 458 米 / 秒
　=299 792.458 千米 / 秒

一定要带我们在这根长管子的外面沿着它走一圈,看看我们在管子里面到过的地方,那才叫真正的环球旅行呢!"

"不需要。"丁仪对女儿意味深长地说,"如果你睁开了想象力的眼睛,那这次旅行就足够了。你已经在管子中看到了你想看的一切,甚至更多!孩子,更重要的是,蓝色的海洋、红色的花朵、绿色的森林都不是最美的东西,真正的美,眼睛是看不到的,只有想象力才能看到。与海洋、花朵、森林不同,它没有色彩和形状。只有当你用想象力和数学把整个宇宙在手中捏成一团儿,使它变成你的一个心爱的玩具,你才能看到这种美……"

丁仪没有回家。送走了妻女后,他回到了控制中心。中心只有几个值班工程师,在加速器建成并经过耗时两年的紧张调试后,这里第一次这么宁静。

丁仪上到楼顶,站在高高的露天平台上。看到下面的加速器管道像一条把世界一分为二的直线,他心生了一种感觉:夜空中的星星像无数只眼睛,它们的目光此时都聚焦在下面这条直线上。

丁仪回到下面的办公室,躺在沙发上睡着了,进入了一个理论物理学家的梦乡。

他坐在一辆小车里,小车停在爱因斯坦赤道的起点。小车启动,他感觉到了加速时强劲的推力。他在45度纬线上绕地球旋转,一圈又一圈,像轮盘赌上的骰子。随着速度趋近光速,急剧增加的质量使他的身体如一尊金属塑像般凝固着。意识到这个身体中已蕴含了创世的能量,他有一种帝王般的快感。在最后一圈时,他被引入一条支路,冲进一个奇怪的地方。这里是虚无之地。他看到了虚无的颜色,虚无不是黑色,也不是白色,它是无色彩，但也不是透明。在这里，空间和时间都还是有待于他去创造的东西。他看到前方有一个小黑点，急剧扩大，那是另一辆小车，车上坐着另一个自己。他们以光速相撞后同时消失了，只在无际的虚空中留下一个无限小的奇点，这万物的种子爆炸开来，能量火球疯狂暴涨。当弥漫整个宇宙的红光渐渐减弱时，冷却下来的能量天空中，物质如雪花般出现了。一开始时是稀薄的星云，然后是恒星和星系群。在这个新生的宇宙中，丁仪拥有一个量子化的自我，可以在瞬间从宇宙的一端跃至另一端。其实他并没有跳跃，他同时存在于这两端，同时存在于这浩大宇宙中的每一点。他的自我像无际的雾气弥漫于整个太空，由恒星沙粒组成的银色沙漠在他的体内燃烧。他无所不在，同时又无所在。他知道自己的存在只是一个概率的幻影，这个多态叠加的幽灵渴望地环视着宇宙，寻找那能使自己坍缩为实体的目光。正找着，这目光就出现了。它来自遥远太空中浮现出来的两双眼睛，出现在一道由群星织成的银色帷幕后面。那双有着长长睫毛的美丽的眼睛是方琳的，那双充满天真灵性的眼睛是文文的。这两双眼睛在宇宙中茫然扫视，最终没能觉察到丁仪这个量子自我的存在。

奇点：是宇宙大爆炸之前宇宙存在的一种形式。它具有一系列奇异的性质，如无限大的物质密度、无限弯曲的时空和无限趋近于零的熵值等，在广义相对论的宇宙学中，奇点是不可避免的，均匀各向同性的宇宙是从奇点开始膨胀的。1970年，英国理论物理学家霍金等人提出"奇点定理"，证明当把广义相对论应用于宇宙学时，就必然会出现奇点，不仅大尺度宇宙会出现奇点，而且超大质量的恒星濒死时的引力坍缩的最终结局也是奇点（指黑洞，与奇点有类似特性）。

坍缩：指恒星的物质收缩、挤压在一起。在恒星生存期的某一阶段，由于内部温度降低，在引力的作用下，恒星内部物质的原子结构遭到破坏而导致挤压收缩。

波函数：指量子力学中描写微观系统状态（粒子的德布罗意波）的函数。

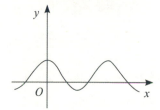

波函数颤抖着，如微风拂过平静的湖面，但坍缩没有发生。正当丁仪陷入绝望之时，茫茫的星海扰动起来，群星汇成的洪流在旋转奔涌。当一切都平静下来时，宇宙间的所有星星构成了一只大眼睛。那只百亿光年大小的眼睛如钻石粉末在黑色的天鹅绒上撒出的图案，正盯着丁仪。波函数在瞬间坍缩，如回放的焰火影片，他的量子自我凝聚在宇宙中微不足道的一点上。他睁开双眼，回到了现实。

是控制中心的总工程师把他推醒的。丁仪睁开眼，看到核子中心的几位物理学家和技术负责人围着他躺的沙发站着，用看一个怪物的目光盯着他。

"怎么？我睡过头了吗？"丁仪看看窗外，发现天已亮了，但太阳还未升起。

"不，出事了！"总工程师说。这时丁仪才知道，大家那诧异的目光不是冲着他的，而是由于刚出的那件事情。总工程师拉起丁仪，领着他向窗口走去。丁仪刚走了两步就被人从背后拉住，回头一看，是一位叫松田诚一的日本物理学家——上届诺贝尔物理学奖获得者之一。

"丁博士，如果您在精神上无法承受马上要看到的东西，也不必太在意。我们现在可能是在梦中。"这个日本人说。他脸色苍白，抓着丁仪的手在微微颤抖。

"我刚从梦中醒来!"丁仪说,"发生了什么事?"

大家仍用那种怪异的目光看着他。总工程师拉起他,继续朝窗口走去。当丁仪看到窗外的景象时,立刻对自己刚才的话产生了怀疑。眼前的现实突然变得比刚才的梦境更虚幻了。

在淡蓝色的晨光中,以往他熟悉的横贯沙漠的加速器管道消失了,取而代之的是一条绿色的草带,沿东西两个方向伸向天边。

"再去看看中心控制室吧!"总工程师说。丁仪随着他们来到楼下的控制大厅,又受到了一次猝不及防的震撼——大厅中一片空旷,所有的设备都消失得无影无踪,原来放置设备的位置也长满了青草,那草是直接从防静电地板上长出来的。

丁仪发疯似的冲出控制大厅,奔跑着绕过大楼,站到那条取代加速器管道的草带上。看着它消失在太阳即将升起的东方地平线处,在早晨沙漠寒冷的空气中,他打了个寒战。

"加速器的其他部分呢?"他向喘着气跟上来的总工程师问道。

"都消失了。地上、地下和海中的,全部消失了。"

"也都变成了草?!"

"哦不,草只在我们附近的沙漠上有,其他部分只是消失了。地面和海底部分只剩下空空的支架,地下部分只留下空隧道。"

丁仪弯腰拔起一束青草。这草在别的地方看上去一定很普通,但在这里就很不寻常。它完全没有红柳或仙人掌之类的耐旱沙漠植物的特点,看上去饱含水分,青翠欲滴。这样的植物只能生长在多雨的南方。丁仪搓碎了一片草叶,手指上沾满绿色的汁液,一股淡淡的清香飘散开来。丁仪盯着手上的小草呆立了很长时间,最后说:"看来,这真是梦了。"

这时,东方传来一个声音:"不,这是现实!"

二　真空衰变

在绿色草带的尽头,朝阳已升出了一半,它的光芒直刺向人们的眼睛。在这光芒中,有一个人沿着草带向他们走来。开始时,他只是一个以日轮为背景的剪影,剪影的边缘被日轮侵蚀,变幻不定。

当那人走近些后,人们看到他是一名中年男子,穿着白衬衣和黑裤子,没打领带。再近些,他的面孔也可以看清了。这是一张兼具亚洲人和欧洲人面部特点的脸,这在这个地区并没有什么不寻常,但人们绝不会把他误认为是当地人。他的五官太端正了,端正得有些不现实,像极了某些公共标志上表示人类的一个图形符号。当他再走近些时,人们也不会把他误认为是这个世界的人了。他一直两腿并拢笔直地站着,鞋底紧贴着草地飘浮而来。在距他们两三米处,来人停了下来。

"你们好,我以这个外形出现是为了我们之间能更好地交流。不管各位是否认可我的人类形象,我已经尽力了。"来人用英语说道,他的话音一如其面孔,极其标准而毫无特点。

"你是谁?"有人问。

"我是这个宇宙的排险者。"

来人回答中四个含义深刻的字立刻嵌入了物理学家们的脑海——"这个宇宙"。

"您和加速器的消失有关吗?"总工程师问。

"它在昨天夜里被蒸发了,你们计划中的实验必须被制止。作为补偿,我送给你们这些草,它们能在干旱的沙漠上以很快的速度生长蔓延。"

"可这些都是为了什么呢?"

"如果这个加速器真以最大功率运行,能将粒子加速到10的20次方吉电子伏特。这接近宇宙大爆炸的能量,可能给我们的宇宙带来灾难。"

"什么灾难?"

"真空衰变。"

听到这个回答,总工程师扭头看了看身边的物理学家们。他们都沉默不语,紧锁眉头思考着什么。

"还需要进一步解释吗?"排险者问。

"不,不需要了。"丁仪轻轻地摇摇头说。物理学家们本以为排险者会说出一个人类完全无法理解的概念,但没想到,他说出的这个东西,人类的物理学界早在20世纪80年代初就想到了,只是当时大多数人都认为那不过是一个新奇的假设,与现实毫无关系,以至于现在几乎被人类遗忘了。

真空衰变的概念,最初出现在1980年《物理评论》杂志的一篇论文中,作者是西德尼·科尔曼和弗兰克·德卢西亚。早在这之前,狄拉克就指出,我们宇宙中的真空可能是一种伪真空。在那似乎空无一物的空间里,幽灵般的虚粒子在短得无法想象的瞬间出现又消失。这瞬息间创生与毁灭的话剧在空间的每一点上无休止地上演,我们所说的真空实际上是一个沸腾的量子海洋,这就使得真空具有一定的能级。科尔曼和德卢西亚的新思想在于,他们认为某种高能过程可能产生出另一种状态的真空。这种真空的能级比现有的真空低,甚至可能出现能级为零的"真真空"。这种真空的体积开始可能只有一个原子大小,但它一旦形成,周围相邻的高能级真空就会向它的能级跌落,变成与它一样的低能级真空。这就使得低能级真空的体积迅速扩大,形成一个球形。这个低能级真空球的扩张速度很快就能达到光速，球中的质子和中子将在瞬间衰变，使球内的物质世界全部蒸发，一切归于毁灭……

"以光速膨胀的低能级真空球将在 0.03 秒内毁灭地球，五个小时内毁灭太阳系，四年后毁灭最近的恒星，十万年后毁灭银河系……没有什么能阻止球体的膨胀。随着时间的推移，整个宇宙都难逃劫难。"排险者说。他的话正好接上了大多数人的思维，难道他能看到人类的思想？排险者张开双臂，做出一个囊括一切的姿势，"如果把我们的宇宙看作一个广阔的海洋，我们就是海中的鱼儿。我们周围这无边无际的海水是那么清澈透明，以至于我们忘记了它的存在。现在我要告诉你们，这不是海水，是液体炸药，一粒火星就会引发毁灭一切的大灾难。作为宇宙排险者，我的职责就是在这些火星燃到危险的温度前扑灭它。"

丁仪说："这大概不太容易。我们已知的宇宙有 200 亿光年半径，即使对于你们这样的超级文明，这也是一个极其广阔的空间。"

排险者笑了。这是他第一次笑，这笑同样毫无特点："没有你想得那么复杂。你们已经知道，我们目前的宇宙，只是大爆炸焰火的余烬。恒星和星系，不过是仍然保持着些许温热的飘散的烟灰罢了。这是一个低能级的宇宙，你们看到的类星体之类的高能天体只存在于遥远的过去，在目前的自然宇宙中，最高级别的能量过程，如大质量物体坠入黑洞，其能级也比大爆炸低许多。在目前的宇宙中，发生创世级别的能量过程的唯一机会，只能来自于其中的智慧文明探索宇宙终极奥秘的努力。这种努力会把大量的能量聚焦到一个微观点上，使这一点达到创世能级。所以，我们只需要监视宇宙中进化到一定程度的文明世界就行了。"

松田诚一问："那么，你们是从何时起开始注意到人类的呢？普朗克时代吗？"

排险者摇摇头。

"那么是牛顿时代?也不是?!不可能远到亚里士多德时代吧?"

"都不是。"排险者说,"宇宙排险系统的运行机制是这样的:它首先通过散布在宇宙中的大量传感器监视已有生命出现的世界,当发现这些世界中出现有能力产生创世能级的能量过程的文明时,传感器就会发出警报,我这样的排险者在收到警报后,将亲临那些世界,监视其中的文明。但除非这些文明真要进行创世能级的实验,否则我们是绝不会对其进行任何干预的。"

这时,在排险者的头部左上方出现了一个黑色的正方形,约两米见方,仿佛现实被挖了一个深不见底的洞。几秒后,那黑色的空间中出现了一个蓝色的地球影像。排险者指着影像说:"这就是放置在你们世界上方的传感器拍下的地球影像。"

"这个传感器是在什么时候放置于地球的?"有人问。

"按你们的地质学纪年,在古生代末期的石炭纪。"

"石炭纪?""那就是……三亿年前了!"大家纷纷惊呼。

"这……太早了些吧?"总工程师敬畏地问。

"早吗?不,是太晚了。当我们第一次到达石炭纪的地球,看到在广阔的冈瓦纳古陆上,皮肤湿滑的两栖动物在原生松林和沼泽中爬行时,真吓出了一身冷汗。在这之前相当长的岁月里,这个世界都有可能突然进化出技术文明。所以,传感器应该在古生代开始时的寒武纪或奥陶纪就放置在这里。"

地球的影像向前推进,充满了整个正方形。镜头在各大陆间移动,让人想到一双警惕地巡视的眼睛。

排险者说:"你们现在看到的影像是在更新世末期拍摄的,距今37万年。对我们来说，几乎是在昨天。"

地球表面的影像停止了移动，那双眼睛的视线固定在非洲大陆上。这个大陆正处于地球黑夜的一侧，看上去是一个由稍亮些的大洋三面围绕的大墨块。显然大陆上的什么东西吸引了这双眼睛的注意。焦距拉长，非洲大陆向前扑来，很快占据了整个画面，仿佛观察者正在飞速冲向地球表面。陆地黑白相间的色彩渐渐在黑暗中显示出来，白色的是第四纪冰期的积雪，黑色部分很模糊，是森林还是布满乱石的平原，只能由人想象了。

镜头继续拉近，雪原占满了画面，显示图像的正方形现在全变成白色了，是那种夜间雪地的灰白色，带着暗暗的淡蓝。在这雪原上有几个醒目的黑点，很快可以看出那是几个人影，接着可以看出他们都有些驼背，寒冷的夜风吹起他们长长的披肩乱发。图像再次变黑，一个人仰起的面孔占满了画面。在微弱的光线里无法看清这张面孔的细部，只能看出他的眉骨和颧骨很高，嘴唇长而薄。镜头继续拉近，这似乎已是不可能再近的距离，一双深窭的眼睛占满了画面，黑暗中的瞳仁里有一些银色的光斑，那是映在其中的变形的星空。

图像定格，一声尖厉的鸣叫响起。排险者告诉人们，预警系统报警了。

"为什么？"总工程师不解地问。

"这个原始人仰望星空的时间超过了预警阈值，已对宇宙表现出了充分的好奇。到此为止，预警系统已在不同的地点观察到了十起这样的超限事件，符合报警条件。"

"如果我没记错的话，你前面说过，只有当有能力产生创世能级能量过程的文明出现时，预警系统才会报警。"

"你们看到的不正是这样一个文明吗？"

人们面面相觑，一片茫然。

排险者露出那毫无特点的微笑说:"这很难理解吗?当生命意识到宇宙奥秘的存在时,距它最终解开这个奥秘就只有一步之遥了。"看到人们仍不明白,他接着说,"比如地球生命,用了40多亿年时间才第一次意识到宇宙奥秘的存在。但那一时刻距你们建成爱因斯坦赤道只有不到40万年,而这一进程中最关键的加速期只有不到500年。如果说那个原始人对宇宙的几分钟凝视是看到了一颗宝石,那么其后你们所谓的整个人类文明,不过是弯腰去拾起它罢了。"

丁仪若有所悟地点点头:"说起来,还真是这样,那个伟大的望星人!"

排险者接着说:"后来我就来到了你们的世界,监视着文明的进程,像是守护着一个玩火的孩子。周围被火光照亮的宇宙使这孩子着迷,他不顾一切地让火越烧越旺,直到现在,宇宙已有被这火烧毁的危险。"

丁仪想了想,终于提出了人类科学史上最关键的问题:"这就是说,我们永远不可能得到大统一模型,永远不可能探知宇宙的终极奥秘?"

科学家们呆呆地盯着排险者,像一群在最后审判日里等待宣判的可怜灵魂。

"智慧生命有多种悲哀,这只是其中之一。"排险者淡淡地说。

松田诚一声音颤抖地问:"作为更高一级的文明,你们是如何承受这种悲哀的呢?"

"我们是这个宇宙中的幸运儿。我们得到了宇宙的大统一模型。"

科学家们心中的希望之火又重新开始燃烧。

丁仪突然想到了另一种恐怖的可能:"难道说,真空衰变已被你们在宇宙的某处触发了?"

排险者摇摇头:"我们是用另一种方式得到大统一模型的,这一时说不清楚,以后我可能会详细地讲给你们听。"

"我们不能重复这种方式吗？"

排险者继续摇头："时机已过，这个宇宙中的任何文明都不可能再重复它。"

"那请把宇宙的大统一模型告诉人类！"

排险者还是摇头。

"求求你，这对我们很重要。不，这就是我们的一切！"丁仪冲动地去抓排险者的胳膊，但他的手毫无感觉地穿过了排险者的身体。

"《知识密封准则》不允许这样做。"

"《知识密封准则》？"

"这是宇宙中文明世界的最高准则之一，它不允许高级文明向低级文明传递知识，我们把这种行为叫'知识的管道传递'，低级文明只能通过自己的探索来得到知识。"

丁仪大声说："这是一个不可理解的准则。如果你们把大统一模型告诉所有渴求宇宙最终奥秘的文明，他们就不会试图通过创世能级的高能实验来得到它，宇宙不就安全了吗？"

"你想得太简单了，这个大统一模型只是这个宇宙的，当你们得到它后就会知道，还存在着无数其他的宇宙，你们接着又会渴求得到制约所有宇宙的超统一模型。而大统一模型在技术上的应用会使你们拥有产生更高能量过程的手段，你们会试图用这种能量过程击穿不同宇宙间的壁垒，不同宇宙间的真空存在着能级差，这就会导致真空衰变，同时毁灭两个或更多的宇宙。知识的管道传递还会对接收它的低级文明，产生其他更直接的不良后果甚至灾难，其原因大部分你们目前还无法理解，所以《知识密封准则》是绝对不允许违反的。这个准则所说的知识不仅是宇宙的深层秘密，还包括所有你们不具备的知识，假设人类现在还不知道牛顿三定律或微积分，我也同样不能传授给你们。"

科学家们沉默了。在他们眼中，已升得很高的太阳熄灭了，一切都陷入黑暗之中，整个宇宙顿时变成一个巨大的悲剧。这悲剧之大、之广，他们一时还无法把握，只能在余生不断地受其折磨。事实上，他们知道，余生已无意义。

松田诚一瘫坐在草地上，说了一句后来成为名言的话："在一个不可知的宇宙里，我的心脏都懒得跳动了。"

他的话道出了所有物理学家的心声。他们目光呆滞，欲哭无泪。就这样不知过了多长时间，丁仪突然打破沉默："我有一个办法，既可以使我得到大统一模型，又不违反《知识密封准则》。"

排险者对他点点头："说说看。"

"你把宇宙的终极奥秘告诉我，然后毁灭我。"

"给你三天时间考虑。"排险者说。他的回答不假思索，十分迅速，紧接着丁仪的话。

丁仪欣喜若狂："你是说这可行？"

排险者点点头。

三　真理祭坛

人们是这么称呼那个巨大的半球体的真理祭坛。它直径五十米，底面朝上，球面向下，矗立在沙漠中，远看像一座倒放的山丘。这个半球是排险者用沙子筑成的，当时沙漠中出现了一股巨大的龙卷风，风中那高大的沙柱最后凝聚成这个东西。谁也不知道排险者是用什么使大量的沙子聚合成这样一个精确的半球体的，但它强度很高，尽管球面朝下放置都不会解体。但这样的放置方式使半球体很不稳定，在沙漠中的阵风里，它明显在摇晃。

据排险者说，在他的那个遥远世界里，这样的半球体是一个论坛。在那个文明的上古时代，学者们就聚集在上面讨论宇宙的奥秘。由于这样放置的半球体的不稳定性，论坛上的学者们必须小心地使他们的位置均匀地分布，否则半球就会倾斜，上面的人就会滑下来。排险者一直没有解释这个半球体论坛的含义，人们猜测，它可能暗示了宇宙的非平衡态和不稳定性。

在半球的一侧，还有一条由沙子构筑的长长的坡道，通过它，人们可以从下面走上祭坛。在排险者的世界里，这条坡道是不需要的。在纯能化之前的上古时代，他的种族是一种长着透明双翼的生物，可以直接飞到论坛上。这条坡道是专为人类修筑的，他们中的三百多人将通过它走上真理祭坛，用生命换取宇宙的奥秘。

三天前，当排险者答应了丁仪的要求后，事情的发展令世界恐慌。在短短一天内，有几百人提出了同样的要求。这些人除了世界核子中心的其他科学家外，还有来自世界各国的学者。一开始只有物理学家，后来报名者的专业越出了物理学和宇宙学，出现了数学、生物学等其他基础学科的科学家，甚至还有经济学和史学这类非自然科学的学者。这些要求用生命来换取真理的人，都是他们所在学科的领军人物，是科学界精英中的精英，其中，诺贝尔奖获得者就占了一半。可以说，在真理祭坛前聚集了人类科学的精华。

真理祭坛的周围其实已经不是沙漠了，排险者在三天前种下的草迅速蔓延，草带宽了两倍，不规则的边缘延伸到真理祭坛下面。在这绿色的草地上聚集了上万人。除了即将献身的科学家和世界各大媒体的记者外，还有科学家的亲人和朋友。两天两夜无休止的劝阻和哀求已使他们心力交瘁，精神都处于崩溃的边缘，但他们还是决定在这最后的时刻做最后的努力。与他们一同做这种努力的还有数量众多的各国政府代表，其中包括十多位国家元首，他们也想竭力留住自己国家的科学精英。

"你怎么把孩子带来了？！"丁仪盯着方琳问。在他们身后，毫不知情的文文正在草地上玩耍，她是这群表情阴沉的人中唯一的快乐者。

"我要让她送你上路。"方琳冷冷地说。她脸色苍白，双眼茫然地平视远方。

"你认为这能阻止我？"

"我不抱希望，但能阻止你女儿将来像你一样。"

"你可以惩罚我，但孩子——"

"没人能惩罚你，你也别把即将发生的事伪装成一种惩罚。你正走在通向自己梦中天堂的路上！"

丁仪直视着爱人的双眼说："琳，如果这是你的真实想法，那么你终于从最深处认识了我。"

"我谁也不认识，现在我的心中只有仇恨。"

"你当然有权恨我。"

"我恨物理学！"

"可如果没有它，人类现在还是丛林和岩洞中愚钝的动物。"

"但我现在并不比它们快乐多少！"

"但我快乐，也希望你能分享我的快乐。"

"那就让孩子也一起分享吧。当她亲眼看到父亲的下场,长大后至少会远离物理学这种毒品!"

"琳,把物理学称为毒品,你也就从最深处认识了它。看,在这两天你真正认识了多少东西?如果你早点理解这些,我们就不会有现在的悲剧了。"

元首们在真理祭坛上努力地劝说排险者,让他拒绝那些科学家的要求。

美国总统说:"先生我可以这么称呼您吗?我们的世界里最出色的科学家都在这里了,您真想毁灭地球的科学吗?"

排险者说:"没有那么严重,另一批科学精英很快会涌现并补上他们的位置,对宇宙奥秘的探索欲望是所有智慧生命的本性。"

"既然同为智慧生命,您就忍心杀死这些学者吗?"

"这是他们自己的选择。生命是他们自己的,他们当然可以用它来换取自己认为崇高的东西。"

"这个用不着您来提醒我们!"俄罗斯总统激动地说,"用生命来换取崇高的东西对人类来说并不陌生。在20世纪的一场战争中,我的国家就有2 000多万人这么做了。但现在的事实是,那些科学家的生命什么都换不到!只有他们自己能得知那些知识,这之后,你只给他们十分钟的生存时间!他们对终极真理的欲望已成为一种地地道道的变态,这您是清楚的!"

"我清楚的是,他们是这个星球上仅有的正常人。"

元首们面面相觑,然后都困惑地看着排险者,他们不明白他的意思。

排险者伸开双臂,拥抱天空:"当宇宙的和谐之美一览无余地展现在你面前时,生命只是一个很小的代价。"

"但他们看到这美后只能再活十分钟!"

"就是没有这十分钟,仅仅经历看到那终极之美的过程,也是值得的。"

元首们又互相看了看,都摇头苦笑。

"随着文明的进化,像他们这样的人会渐渐多起来的。"排险者指指真理祭坛下的科学家们说,"最后,当生存问题完全解决,当爱情因个体的异化和融合而消失,当艺术因过分的精致和晦涩而死亡,对宇宙终极美的追求便成为文明存在的唯一寄托,他们的这种行为方式也就符合了整个宇宙的基本价值观。"

元首们沉默了一会儿,试着理解排险者的话。美国总统突然哈哈大笑起来:"先生,您在耍我们,您在耍弄整个人类!"

排险者露出一脸困惑:"我不明白。"

日本首相说:"人类还没有笨到你想象的程度,你话中的逻辑错误连小孩子都明白!"

排险者显得更加困惑了:"我看不出这有什么逻辑错误。"

美国总统冷笑着说:"一万亿年后,我们的宇宙肯定充满了高度进化的文明。照您的意思,对终极真理的这种变态的欲望将成为整个宇宙的基本价值观,那时全宇宙的文明将一致同意,用超高能的实验来探索囊括所有宇宙的超统一模型,不惜在这种实验中毁灭包括自己在内的一切?您想告诉我们这种事会发生?"

排险者盯着元首们长时间没有说话,那怪异的目光使他们不寒而栗。他们中有人似乎悟出了什么。

"您是说……"

排险者举起一只手制止他说下去,然后向真理祭坛的边缘走去。在那里,他用响亮的声音对所有人说:"你们一定很想知道我们是如何得到这个宇宙的大统一模型的,现在可以告诉你们了。

"很久很久以前,我们的宇宙比现在小得多,而且很热,恒星还没有出现，但已有物质从能量中沉淀出来，形成弥漫在发着红光的太空中的星云。这时生命已经出现了，那是一种力场与稀薄的物质共同构成的生物，其个体看上去很像太空中的龙卷风。这种星云生物的进化速度快得如同闪电，很快产生了遍布全宇宙的高度文明。当星云文明对宇宙终极真理的渴望达到顶峰时，全宇宙的所有文明一致同意，冒着真空衰变的危险进行创世能级的实验，以探索宇宙的大统一模型。

"星云生物操纵物质世界的方式与现今宇宙中的生命完全不同。由于没有足够多的物质可供使用，他们的个体自己进化为自己想要的东西。在最后的决定做出后，某些个体飞快地进化，把自己进化为加速器的一部分。最后，上百万个这样的星云生物排列起来，组成了一台能把粒子加速到创世能级的高能加速器。加速器启动后，暗红色的星云中出现了一个发出耀眼蓝光的灿烂光环。

"他们深知这个实验的危险，所以在实验进行的同时，把得到的结果用引力波发射了出去。引力波是唯一能在真空衰变后存留下来的信息载体。

"加速器运行了一段时间后，真空衰变发生了。低能级的真空球从原子大小以光速膨胀，转眼间扩大到天文尺度，内部的一切蒸发殆尽。真空球的膨胀速度大于宇宙的膨胀速度，虽然经过了漫长的时间，最后还是毁灭了整个宇宙。

"漫长的岁月过去了，在空无一物的宇宙中，被蒸发的物质缓慢地重新沉淀凝结，星云又出现了，但宇宙一片死寂，直到恒星和行星出现，生命才在宇宙中重新萌发。而这时，早已毁灭的星云文明发出的引力波还在宇宙中回荡，实体物质的重新出现使它迅速衰减。但就在它完全消失以前，被新宇宙中最早出现的文明接收到，它所带的信息被破译，从这远古的实验数据中，新文明得到了大统一模型。他们发现，对于建立模型而言最关键的数据，是在真空衰变前万分之一秒左右产生的。

"让我们的思绪再回到那个毁灭中的星云宇宙。由于真空球以光速膨胀，球体之外的所有文明世界都处于光锥视界之外，不可能预知灾难的到来。在真空球到达之前，这些世界一定在专心地接收着加速器产生的数据。在他们收到足够建立大统一模型的数据后的万分之一秒，真空球毁灭了一切。但请注意一点：星云生物的思维频率极高，万分之一秒对他们来说是一段相当长的时间，所以他们有可能在生命的最后时刻推导出大统一模型。当然，这也可能只是我们的一种自我安慰。更有可能的是，他们最后什么也没推导出来。星云文明掀开了宇宙的面纱，但他们自己没来得及向宇宙那终极的美瞥上一眼就毁灭了。更为可敬的是，开始实验前他们可能已经想到了这种结果，但仍然决定牺牲自己，把包含着宇宙终极秘密的数据传送给遥远未来的文明。

"现在你们应该明白，对宇宙终极真理的追求，是文明的最终目标和归宿。"

排险者的讲述使真理祭坛上下的所有人陷入长久的沉思。不管这个世界对他最后的那句话是否认同，有一点可以肯定，它将对今后人类思想和文化的进程产生重大影响。

美国总统首先打破沉默说："您为文明描绘了一幅阴暗的前景。难道生命在漫长进程中所有的努力和希望，都是为了那飞蛾扑火的一瞬？"

"飞蛾并不觉得阴暗，它至少享受了短暂的光明。"

"人类绝不可能接受这样的价值观！"

"这完全可以理解。在我们这个真空衰变后重生的宇宙中，文明还处于萌芽阶段，各个世界都有自己的生活方式，追求着不同的目标。对大多数世界来说，对终极真理的追求并不具有至高无上的意义，为此而冒毁灭宇宙的危险，对宇宙中大多数生命来说是不公平的。即使在我们自己的世界中，也并非所有的成员都愿意为此牺牲一切。所以，我们没有继续进行探索大统一模型的高能实验，并在整个宇宙中建立排险系统。但我们相信，随着文明的进化，总有一天，宇宙中的所有世界都会认同文明的终极目标。其实，就是现在，就是在你们这样一个婴儿文明中，也已经有人认同了这个目标。好了，时间快到了，如果各位不想用生命换取真理，就请你们下去，让那些想这么做的人上来。"

元首们走下真理祭坛，来到那些科学家面前，进行最后的努力。

法国总统说："能不能这样，把这事稍往后放一放，让我陪大家去体验另一种生活。让我们放松自己，在黄昏的鸟鸣中看着夜幕降临大地，在银色的月光下听着怀旧的音乐，喝着美酒想着心爱的人……这时你们就会发现，终极真理并不像你们想得那么重要，与你们追求的虚无缥缈的宇宙和谐之美相比，这样的美更让人陶醉。"

一位物理学家冷冷地说："所有的生活都是合理的，我们没必要互相理解。"

法国元首还想说什么，美国总统已失去了耐心："好了，不要对牛弹琴了！您还看不出来这是怎样一群毫无责任心的人？还看不出这是怎样一群骗子？他们声称为全人类的利益而研究，其实只是拿社会的财富满足自己的欲望，满足他们对那种玄虚的宇宙和谐美的变态欲望，这和拿公款嫖娼有什么区别？"

丁仪挤上前来，拍拍他的肩膀，笑着说："总统先生，科学发展到今天，终于有人对它的本质进行了比较准确的定义。"

旁边的松田诚一说："我们早就承认这点，并反复声明，但一直没人相信我们。"

四　交换

生命和真理的交换开始了。

第一批八位数学家沿着长长的坡道走上真理祭坛。这时,沙漠上没有一丝风,仿佛大自然都屏住了呼吸。寂静笼罩着一切。刚刚升起的太阳把他们的影子长长地投在沙漠上,那几条长影是这个凝固的世界中唯一能动的东西。

数学家们的身影消失在真理祭坛上,下面的人们看不到他们了。所有的人都凝神听着,在死一般的寂静中,他们首先听到祭坛上传来排险者的声音,这声音很清晰。

"请提出问题。"

接着是一位数学家的声音:"我们想看到哥德巴赫猜想的最后证明。"

"好的,但证明很长,时间只够你们看关键的部分,其余用文字说明。"

排险者是如何向科学家们传授知识的,对后世的人类而言一直是个谜。在远处的监视飞机上拍下的图像中,科学家们都仰起头看着天空,而他们所望的方向上空无一物。一个被普遍接受的说法是:外星人用某种思维波把信息直接输入他们的大脑中。但实际情况比那要简单得多:排险者把信息投射在天空上,在真理祭坛上的人看来,整个天空变成了一个显示屏,而在祭坛之外什么都看不到。

一个小时过去了,真理祭坛上有个声音打破了寂静:"我们看完了。"

接着是排险者平静地回答:"你们还有十分钟的时间。"

真理祭坛上隐隐传来了多个人的交谈声,只能听清只言片语,但能清

楚地感受到那些人的兴奋和喜悦，像是一群在黑暗的隧道中跋涉多年的人突然看到了洞口的光亮。

"……这完全是全新的……""……怎么可能……""……我以前在直觉上……""……天啊，真是……"

当十分钟就要结束时，真理祭坛上响起了一个清晰的声音："请接受我们八个人真诚的谢意。"

真理祭坛上闪起一片强光。强光消失后，下面的人们看到八个等离子体火球从祭坛上升起，轻盈地向高处飘升。它们的光度渐渐减弱，由明亮的黄色变成柔和的橘红色，最后一个接一个地消失在蓝色的天空中，整个过程悄无声息。从监视飞机上看，真理祭坛上只剩下排险者站在圆心。

"下一批！"他高声地说。

在上万人的凝视下，又有十一个人走上了真理祭坛。

"请提出问题。"

"我们是古生物学家，想知道地球上恐龙灭绝的真正原因。"

古生物学家们开始仰望长空，但所用的时间比刚才数学家们短得多，很快有人对排险者说："我们知道了，谢谢！"

"你们还有十分钟。"

"……好了，七巧板对上了……""……做梦也不会想到那方面去……""……难道还有比这更……"

然后，强光出现了，又消失，十一个火球从真理祭坛上飘起，很快消失在沙漠上空。

…………

一批又一批的科学家走上真理祭坛，完成了生命和真理的交换，在强光中化为美丽的火球飘逝而去。

一切都在庄严与宁静中进行。真理祭坛下面，预料中的生离死别并没有出现。全世界的人们静静地看着这壮丽的景象，心灵被深深地震撼了。

人类正在经历一场有史以来最大的灵魂洗礼。

一个白天的时间不知不觉过去了，太阳已在西方地平线落下了一半，夕阳给真理祭坛洒上了一层金辉。

物理学家们开始走向祭坛，他们是人数最多的一批，有八十六人。就在这一群人刚刚走上坡道时，从日出一直持续到现在的寂静被一个童声打破了。

"爸爸！"文文哭喊着从草坪上的人群中冲出来，一直跑到坡道前，冲进那群物理学家中间，抱住了丁仪的腿，"爸爸，我不让你变成火球飞走！"

丁仪轻轻抱起了女儿，问她："文文，告诉爸爸，你能记起来的让自己最难受的事情是什么？"

文文抽泣着想了几秒，说："我一直在沙漠里长大，最——最想去动物园。上次爸爸去南方开会，带我去了那边的一个大大的动物园，可刚进去，你的电话就响了，说工作上有急事。那是个野生动物园，小孩儿一定要大人带着才能进去。我就只好跟你回去了，后来你再也没时间带我去。爸爸，这是让我最难受的事儿。在回来的飞机上我一直哭。"

丁仪说："但是，好孩子，那个动物园你以后肯定有机会去，妈妈以后会带文文去的。爸爸现在也在一个大动物园的门口，那里面也有爸爸做梦都想看到的神奇的东西，而爸爸如果这次不去，以后就真的再也没机会了。"

文文用泪汪汪的大眼睛呆呆地看了爸爸一会儿，点点头说："那——那爸爸就去吧。"

方琳走过来，从丁仪怀中抱走了女儿，看着前面矗立的真理祭坛说道："文文，你爸爸是世界上最坏的爸爸，但他真的很想去那个动物园。"

丁仪两眼看着地面，用近乎祈求的声调说："是的，文文，爸爸真的很想去。"

方琳用冷冷的目光看着丁仪说:"冷血的基本粒子,去完成你最后的碰撞吧。记住,我决不会让你女儿成为物理学家的!"

这群人正要转身走去,另一个女性的声音使他们又停了下来。

"松田君,你要再向上走,我就死在你面前!"

说话的是一位娇小美丽的日本姑娘,她此时站在坡道起点的草地上,用一支银色的小手枪顶着自己的太阳穴。

松田诚一从那群物理学家中走了出来,走到姑娘的面前,直视着她的双眼说:"泉子,还记得北海道那个寒冷的早晨吗?你说要出道题考验我是否真的爱你。你问我,如果你的脸在火灾中被烧得不成样子,我该怎么办?我说,我将忠贞不渝地陪伴你一生。你听到这回答后很失望,说我并不是真的爱你;如果我真的爱你,就会弄瞎自己的双眼,让一个美丽的泉子永远留在心中。"

泉子拿枪的手没有动,但美丽的双眼噙满了泪水。

松田诚一接着说:"所以,亲爱的,你深知美对一个人生命的重要。现在,宇宙终极之美就在我面前,我能不看她一眼吗?"

"你再向上走一步,我就开枪!"

松田诚一对她微笑了一下,轻声说:"泉子,天上见。"然后转身和其他物理学家一起沿坡道走向真理祭坛。

物理学家们走上了真理祭坛那圆形的顶面。在圆心,排险者微笑着向他们致意。

突然间,映着晚霞的天空消失了,地平线的夕阳消失了,沙漠和草地都消失了。真理祭坛悬浮于无际的黑色太空中,这是创世前的黑夜,没有一颗星星。排险者挥手指向一个方向,物理学家们看到在遥远的黑色深渊中有一颗金色的星星。

它起初小得难以看清,后来由一个亮点渐渐增大,开始呈现出一点面积和形状。他们看出那是一个向这里漂来的旋涡星系。星系很快增大,显露出它磅礴的气势。距离更近一些后,他们发现星系中的恒星都是数字和符号,它们组成的方程式构成了这金色星海中的一排排波浪。

<u>宇宙大统一模型</u>缓慢而庄严地从物理学家们的上空移过。

…………

当八十六个火球从真理祭坛上升起时,方琳眼前一黑,倒在草地上。她隐约听到文文的声音:"妈妈,哪个是爸爸?"

最后一个上真理祭坛的人是斯蒂芬·霍金。他的电动轮椅沿着长长的坡道慢慢向上移动,像一只在树枝上爬行的昆虫。他那仿佛已抽去骨骼的绵软身躯瘫陷在轮椅中,像一支在高温中变软且即将熔化的蜡烛。

轮椅终于开上了祭坛,走过空旷的圆面上,最后来到了排险者面前。这时,太阳落下了一段时间,暗蓝色的天空中有零落的星星出现,祭坛周围的沙漠和草地模糊了。

"博士,您的问题?"排险者问。对霍金,他似乎并没有表示出比对其他人更多的尊重。

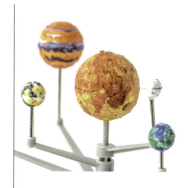

宇宙大统一模型:科学家提出的一种构想——既然人类的科学技术无法接触到宇宙每一个角落,能否用宇宙已知的数据分析加上数学领域的类比推导出一个宇宙大统一模型公式呢?凭借着这个大统一模型公式,科学家可以类比地推测出宇宙可能发生的事件及其基本运行框架。

他面带毫无特点的微笑,听着博士轮椅上的扩音器发出的呆板的电子声音:
"宇宙的目的是什么?"

天空中没有答案出现。排险者脸上的微笑消失了,他的双眼中掠过了一丝不易觉察的恐慌。

"先生?"霍金问。

排险者仍是沉默。天空仍是一片空旷,在地球的几缕薄云后面,宇宙的群星正在浮现。

"先生?"霍金又问。

"博士,出口在您后面。"排险者说。

"这是答案吗?"

排险者摇摇头,"我是说您可以回去了。"

"你不知道?"

排险者点点头说:"我不知道。"这时,他的面容第一次不再是一个图形符号。一片悲哀的黑云笼罩在这张脸上,那样生动和富有个性,以至于谁也不会怀疑他是一个人,而且是一个最平常亦最不平常的普通人。

"我怎么知道?"排险者喃喃地说。

五 尾声

十五年之后的一个夜晚,在已被变成草原的昔日的塔克拉玛干沙漠上,一对母女正在交谈。母亲四十多岁,但白发已过早地出现在她的双鬓。从那饱经风霜的双眼中透出的,除了忧伤,就是疲倦。女儿是一位苗条的少女,大而清澈的双眸中映着晶莹的星光。

母亲在柔软的草地上坐下来,两眼失神地看着模糊的地平线,说道:"文文,你当初报考你爸爸母校的物理系,现在又要攻读量子引力专业的博士学位,妈都没拦你。你可以成为一位理论物理学家,甚至可以把这门学科当作自己唯一的精神寄托,但,文文,妈求你了,千万不要越过那条线啊!"

文文仰望着灿烂的银河,说:"妈妈,你能想象,这一切都来自于200亿年前一个没有大小的奇点吗?宇宙早就越过那条线了。"

方琳站起来,抓着女儿的肩膀说:"孩子,求你别这样!"

文文仍凝视着星空,一动不动。

"文文,你在听妈妈说话吗?你怎么了?"方琳摇晃着女儿。

文文的目光仍被星海吸引着,收不回来,她盯着群星问:"妈妈,宇宙的目的是什么?"

"啊——不,"方琳彻底崩溃了,又跌坐在草地上,双手捂着脸抽泣,"孩子,别——别这样!"

文文终于收回了目光,蹲下来扶着妈妈的双肩,轻声问道:"那么,妈妈,人生的目的是什么?"

这个问题像一块冰,使方琳灼热的心立刻冷了下来。她扭头看了女儿一眼,然后望着远方深思。十五年前,就在她望着的那个方向,曾矗立过真理祭坛。再早些,爱因斯坦赤道曾穿过沙漠。

微风吹来,草海上泛起道道波纹,仿佛是星空下无际的骚动的人海,正向整个宇宙无声地歌唱着。

"不知道,我怎么会知道呢?"方琳喃喃地说。

(《朝闻道》首次发表于 2002 年)

人和吞食者

◎ 刘慈欣

波江座晶体

即使距离很近，上校也不可能看到那块透明晶体。它漂浮在漆黑的太空中，如同一块沉在深潭中的玻璃。上校凭借着晶体扭曲的星光确定其位置，但很快在一片星星稀疏的背景上丢失了它。突然，远方的太阳变形扭曲了，那永恒的光芒也变得闪烁不定。他吃了一惊，但以"冷静的东方人"著称的他并没有像飘浮在旁边的十几名同事那样惊叫。他很快明白，那块晶体就在他们和太阳之间，距他们十几米，距太阳一亿千米。以后的三个多世纪里，这诡异的景象时常出现在他的脑海中，他真怀疑这是不是未来人类命运的一个先兆。

作为联合国地球防护部队在太空中的最高指挥官，他率领了一支小小的太空军队，这支军队装备着人类有史以来当量最大的热核武器，敌人却是太空中没有生命的大石块。在预警系统发现有威胁地球安全的陨石和小行星时,他的部队就负责使其改变轨道或摧毁它们。这支部队在太空中巡逻了二十多年,从来没有一次使用这些核武器的机会。那些足够大的太空石块似乎都躲着地球走,故意不给他们创造辉煌的机会。但现在,晶体在两个天文单位外被探测到,它精确地沿着一条绝非自然形成的轨道飞向地球。

上校和同事们谨慎地向晶体靠近,他们太空服上推进器的尾迹象条条蛛丝把晶体缠在正中。就在上校与它的距离缩小至不到十米时,晶体的内部突然出现了迷雾般的白光,使它那规则的长梭状轮廓清晰地显示出来。它大约有三米长,再近一些,还可以看到其内部像是推进系统的错综复杂的透明管道。当上校把戴着太空手套的右手伸向晶体表面,以进行人类与外星文明的首次接触时,晶体再次变得透明,内部浮现出一幅色彩亮丽的影像。那是一个卡通小女孩,眼睛像台球那么大,长发直到脚跟,同漂亮的长裙一起像在水中一般缓缓漂动着。

"警报!呀!警报!吞食者来了!"她惊慌失措地大叫着,大眼睛盯着上校,一只细而柔软的手臂指向与太阳相反的方向,像在指一条追着她的大狼狗。

"那你是从哪里来的呢?"上校问。

"波江座 ε 星——你们好像是这么叫的。按你们的时间,我已经飞行了六万年……吞食者来了!吞食者来了!"

"你有生命吗?"

"当然没有,我只是一封信……吞食者来了!吞食者来了!"

"你怎么会讲英语?"

"路上学的……吞食者来了!吞食者来了!"

"那你这个样子是……"

"路上看到的……吞食者来了!吞食者来了!呀,你们真不怕吞食者吗?"

"吞食者是什么?"

"样子像个大轮胎,呵,这是按你们的比喻。"

"你对我们世界的东西真熟悉。"

"路上熟悉的……吞食者来了!"

波江女孩喊叫着,闪到晶体的一端。在她腾出的空间里出现了那个"轮胎"的图像,它确实像轮胎,表面发着磷光。

"它有多大?"另一名军官问。

"总直径为五万千米,'轮胎'宽为一万千米,内圆直径为三万千米。"

"你说的'千米'是我们的长度单位吗?"

"当然是!它大着呢,可以把一颗行星套进去,就像你们的轮胎可以套一个足球一样。套住那颗行星后,它就掠夺行星的资源,把它吸干榨尽后吐出去,就像你们吃水果吐核儿一样……"

"我们还是不明白吞食者到底是什么。"

"一艘世代飞船。我们不知道它从哪里来,要到哪里去。事实上,驾驶吞食者的那些大蜥蜴肯定也不知道。它已在银河系中飘行了几千万年,它的拥有者一定早已忘记了它的本源和目的。但可以肯定,它被创造出来时远没有那么大。它是靠吃行星长大的,我们的行星就被它吃了!"

这时,晶体中显示的吞食者在变大,渐渐占满了整个画面,显然正在向摄像者的世界缓缓降下。现在,在这个世界居民的眼中,大地仿佛处于一口宇宙巨井的井底,太空就是一圈缓缓转动的井壁,可以看清井壁表面的复杂结构。

这让上校想到了在显微镜下看到的微处理器的电路,后来他发现那是连绵不断的城市。再向上,井壁的顶端是一圈蓝色光焰,在天空中形成一个围绕着群星的巨大火圈。波江女孩告诉他们,那是吞食者尾部的环形推进发动机。在晶体的一端,女孩手舞足蹈,她那飘飘的长发也像许多只挥动的手臂,极力表达着她的惊恐。

"这就是波江座ε星的第三颗行星被吞食时的情形。那时你要是身在我们的世界,第一个感觉是身体在变轻,这是由于吞食者的巨大质量产生的引力抵消了行星引力所致。这引力的扰动产生了毁灭性的灾难——海洋先是涌向行星朝向吞食者的那一极;当行星被套入'轮胎'后,海洋又涌向赤道,产生的巨浪能够吞没云层;接着,引力出现异常,大陆像薄纸一样被撕成碎片,火山在海底和陆地密密麻麻地出现……当'轮胎'套到行星的赤道时,吞食者便停止推进。此后,它会相对于恒星的轨道运动并始终与行星保持同步,直到把这颗行星完全含在口里。

"这时,对行星的掠夺开始了。无数条上万千米长的缆索从井壁伸到行星表面,使行星如同一只被蛛网粘住的虫子。巨大的运载舱频繁地往来于行星表面与井壁之间,运走行星上的海水和空气,更有无数大机器深深地钻进行星的地层,狂采吞食者需要的矿藏……由于吞食者的引力与行星引力相互抵消,行星与'轮胎'之间的一圈空间是低重力区,这使行星向吞食者的资源运输变得很容易,大掠夺因此有很高的效率。

"按地球时间,吞食者对被吞入的每颗行星大约要'咀嚼'一个世纪。在这段时间里,行星上包括空气在内的资源被掠夺一空。同时,由于'轮胎'长时间的引力作用,行星渐渐被拉得扁平,最后变成……还用你们的比喻吧——铁饼状。当吞食者最后移走,'吐出'这颗已被榨干的行星时,行星的形状会恢复成球形,这又引发了最后一场全球范围的地质灾难。这时,行星的表面呈现出其几十亿年前刚刚形成时的熔岩状态,早已成了一个没有任何生命的地狱了。"

"吞食者距太阳系还有多远？"上校问。

"它紧跟在我后面。按你们的时间，再有一个世纪就到了。警报！吞食者来了！吞食者来了！"

使者大牙

正当人们为波江晶体带来的信息是否可信而争论不休时，吞食者的一艘先遣小型飞船进入了太阳系，最后到达地球。

首先与之接触的，仍是上校率领的太空巡逻队，但这次接触的感觉与上次同波江晶体的接触完全不同。如果说玲珑剔透的波江晶体代表了一种纤细精致的技术文明，那么吞食者飞船则相反，它的外形极其粗陋笨重，如同被遗弃在旷野中一个世纪的大锅炉，令人想起凡尔纳描述的粗放的大机器时代。吞食帝国的使者也同样粗陋笨重，他那蜥蜴状的粗壮身躯披着大块的石板般的鳞甲，直立起来有近十米高。他自我介绍的名字发音为"达雅"，但按他的外形特点和后来的行为方式，人们管他叫"大牙"。

当大牙的小型飞船在联合国大厦前着陆时，发动机把地面撞出了一个大坑，飞溅的石块把大厦打得千疮百孔。由于外星使者太高大，无法进入会议大厅，各国首脑就在大厦前的广场上与他见面，他们中的几个人用手帕捂着刚才被玻璃和碎石划破的头。大牙每走一步，地面都颤抖一下。他说话时的声音像十台老式火车头同时鸣笛，让人头皮发炸。挂在他胸前的一个外形粗笨的翻译器把他的话译成英语（也是路上学的），那是一个粗犷的男声，音量虽比大牙低了许多，但仍然让听者心惊肉跳。

"呵呵,白嫩的小虫虫,有趣的小虫虫。"大牙乐呵呵地说。人们捂住耳朵,等他轰鸣着说完,然后稍微放开耳朵,继续听着翻译器里的声音,"我们有一个世纪的时间相处,相信我们会互相喜欢对方的。"

"尊敬的使者,您知道,我们现在最关心的,是您那伟大的母舰到太阳系的目的。"联合国秘书长仰望着大牙说。尽管他在大喊,但声音听起来仍像蚊子叫。

大牙做了一个类似于人类立正的姿势,地面为之一颤,"伟大的吞食帝国将吃掉地球,以便继续它壮丽的航程,这是不可改变的!"

"那么人类的命运呢?"

"这正是我今天要决定的事。"

元首们纷纷交换目光,秘书长点点头,"这确实需要我们进行充分的交流。"

大牙摇摇头,"这是一件十分简单的事情,我只需要品尝一下——"说着,他伸出强壮的大爪,从人群中抓起一个欧洲国家的首脑,从三四米远处优雅地扔进嘴里,细细地嚼了起来。不知是出于尊严还是过度恐惧,那个牺牲品一直没有叫出声,只听到他的骨骼在大牙嘴里碎裂时清脆的咔嚓声。

半分钟后,大牙"噗"的一声吐出那人的衣服和鞋子。衣服虽然浸透了血,但几乎完好无损。这时,不止一个旁观者联想到了人类嗑瓜子时的情形。

整个地球一时间陷入一片死寂,这寂静似乎无限期地持续着,直到被一个人类的声音打破——

"您怎么拿起来就吃啊?"站在人群后面的上校问。

大牙向他走去,人群散开一条道。这个庞然大物"咚咚"地走到上校面前,用一双篮球大小的黑眼睛盯着他:"不行吗?"

"您怎么这么肯定他能吃呢?一个相距如此遥远的星球上的生物能被食

用,从生物化学上讲几乎是不可能的。"

大牙点点头,大嘴一咧,做出类似于笑的表情:"我一开始就注意到你了。你一直冷眼看着我,若有所思。你在想什么?"

上校也笑笑:"您呼吸我们的空气,通过声波说话,有两只眼睛、一个鼻子、一张嘴,还有四条对称的肢体……"

"这不可理解吗?"大牙把巨头凑近上校,喷出一股让人作呕的血腥气。

"是的,因为太好理解所以不可理解。我们不应该这么相似。"

"我也有不理解之处,那就是你的冷静。你是军人?"

"我是一名保卫地球的战士。"

"哼,不过是推开一些小石头而已,那能让你成为真正的战士?"

"我准备接受更大的考验。"上校庄严地昂起头。

"有趣的小虫虫。"大牙笑着点点头,直起身来,"我们还是回到正题吧:人类的命运。你们的味道不错,有一种滑爽的清淡,很像我在波江座行星上吃过的一种蓝色浆果。所以祝贺你们,你们的种族将延续下去——你们将作为一种小家禽在吞食帝国被饲养,到六十岁左右上市。"

"您不觉得那时我们的肉太老了吗?"上校冷笑着说。

大牙大笑起来,声音如火山爆发:"哈哈哈哈,吞食人喜欢有嚼头儿的小吃。"

蚂　　蚁

联合国又同大牙进行了几次接触,虽然再没有人被吃掉,但关于人类

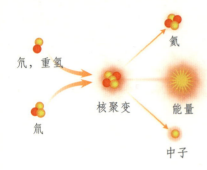

核聚变：也称聚变反应或热核反应，是一种核反应的形式，即轻原子核（如氘和氚）结合成较重原子核（如氦）时放出巨大能量。热核反应是氢弹爆炸的基础，如能使热核反应在一定约束区域内有控制地产生与进行，即可实现受控热核反应。受控热核反应是聚变反应堆的基础，聚变反应堆一旦成功，则可以提供最清洁同时取之不尽的能源。

命运的谈判结果都一样。

人们把下一次会面精心安排在非洲的一处考古挖掘现场。

大牙的飞行器准时在距挖掘现场几十米处降落，同每次一样，他的降落就像是一场大爆炸，震耳欲聋，飞沙走石。据波江女孩介绍，大牙的飞行器是由一台小型核聚变发动机驱动的。对于有关吞食者的信息，她一解释，人类科学家就立刻明白了。但波江人的技术却令地球人很迷惑，比如那块晶体，着陆后便在空气中融化，最后与星际航行有关的推进部分全融化掉了，只剩下薄薄的一片，在空气中轻盈地飘行。

大牙来到挖掘现场时，有两个联合国工作人员抬着一本一米见方的大画册递给他。画册是按他的个头儿精心制作的，有上百页精美的彩图，内容是人类文明的各个方面，很像一本儿童启蒙教材。在挖掘现场的大坑旁，一名考古学家绘声绘色地讲述着地球文明的辉煌历程。他竭力想让外星人明白这颗蓝色行星上有太多值得珍惜的东西，说到动情处，考古学家声泪俱下，好不凄惨。最后，他指着挖掘现场的大坑说："尊敬的使者，您看，这是我们刚刚发现的一处城市遗址，是迄今为止发现的最早的人类城市，距今已有近五万年。你们真的忍心毁灭一个历经五万年岁月、一点一滴地发展到今天的灿烂文明？"

大牙在这个过程中一直翻看着画册，好像觉得那是一件很好玩的东西。考古学家的最后一句话让他抬起头来看了看大坑，"呵，考古虫虫，我对这个坑和坑里的旧城市不感兴趣，倒是很想看看从坑里挖出的土。"他指了指大坑旁边一个几米高的土堆。

听完翻译器中的话，考古学家很迷惑，"土？那堆土里什么也没有啊。"

"那是你的看法。"大牙说着走到土堆旁，蹲下高大的身躯，伸出两只大爪在土里挖了起来。人们围成一圈看着，惊叹他那看似粗笨的大爪的灵活。他拨动着松土，不时拾起什么极小的东西放到画册上。就这样专心致志地干了十多分钟后，他捧着画册直起身来，走到人们面前，让大家看画册上的东西。

上百只蚂蚁，有的活着，有的已经死了，蜷成一团，仔细辨认才能看出是什么。

"我想讲一个故事，"大牙说，"关于一个王国的故事。这个王国的前身是一个更大的帝国，帝国国民的先祖可以追溯到地球白垩纪末期。在恐龙高耸入云的骨架下，先祖建起帝国宏伟的城市……但那段历史太久远了，帝国最后一世女王能记起的，就是冬天的降临。在那漫长的冬天里，大地被冰川覆盖，失去已延续了上千万年的生机，生活变得万分艰难。

"从最后一次冬眠醒来后，女王只唤醒了帝国不到百分之一的成员，其他的都已在寒冷中长眠，有的已变成透明的空壳。女王摸摸城市的墙壁，冷得像冰块，硬得像金属。她知道这是冻土——在这严寒时代中，它夏天都不会化。女王决定离开这片先祖留下的疆域，去找一块不冻的土地建立新的王国。

"于是，女王率领所有的幸存者来到地面，在高大的冰川间开始艰难的跋涉。大部分成员在漫漫的路途中死于严寒，但女王与不多的幸存者终于找到了一块不冻土，那是一块溢出温暖的土地。女王当然不明白，为什么在这严寒世界中有这么一小片潮湿柔软的土地。但她对能到达这里并不感到意外：一个延续了六千万年的种族是不会灭绝的！

"面对冰川纵横的大地和昏暗的太阳，女王宣布要在这里建立一个新的伟大的王国，它将延续万代！她站在一座高大的白色山峰下，把这个新王国命名为'白山王国'。那座白色山峰是一头猛犸象的头骨。这是第四纪冰川末期的一个正午，这时的人类虫虫还是零星地龟缩在岩洞中发抖的愚钝动物。九万年之后，你们文明的第一点烛光才在另一个大陆的美索不达米亚平原上出现。

"以附近冰冻的猛犸象遗体为生，白山王国度过了一万年的艰难岁月。之后，地球冰期结束，大地回春，各大陆又重新披上了生命的绿色。在这新一轮的生命大爆炸中，白山王国很快达到了鼎盛，拥有数不清的国民和广大的疆域。在其后的几万年中，王国经历了数不清的朝代，创造了数不清的史诗。"

大牙指指眼前的大坑，"这就是那个王国最后的位置。在考古虫虫专心挖掘下面那已死去五万年的城市时，并没有想到在它上面的土层中还有一个活着的城市。它的规模绝不比纽约小，后者只是一个二维的平面城市，而它是一座宏大的立体城市，有很多层。每一层都密布着迷宫般的街道，有宽阔的广场和宏伟的宫殿。整座城市的供排水系统和消防系统的设计也比纽约高明得多。城市中有着复杂的社会结构、严格的行业分工，整个社会以一种机器般的精密和协调高效地运转着，不存在吸毒和犯罪问题，也没有沉沦和迷茫。但王国的国民并非没有感情，当有国民死亡时，它们表现出长时间的悲伤。它们甚至还有墓地，位于城市附近的地面上，掩埋深度为三厘米。最值得说明的是：在城市的底层有一个庞大的图书馆，收藏着数量巨大的卵形小容器——那是一本本书——每个容器中都装有成分极其复杂的化学味剂，用其复杂的成分记录着信息。这里有对白山王国漫长历史的史诗般的记载：你能看到在一次森林大火中，王国的所有国民抱成无数个团，顺一条溪流漂下，逃出火海的壮举；还能看到王国与白蚁帝国长达百年的战争史；还有王国的远征队第一次看到大海的记载……

"但所有这一切都在三个小时之内被毁灭。当时，在惊天动地的轰鸣声中，挖掘机那遮盖了整片天空的钢铁巨掌凌空劈下，把包含着城市的土壤一把把抓起。城市和其中的一切在巨掌中被碾得粉碎，包括城市最下层的孩子和将成为孩子的几万只雪白的卵。"听罢，地球世界再一次陷入死寂之中，这次的寂静比大牙吃人的那一次延续得更长。面对外星使者，人类第一次无话可说。

大牙最后说："我们以后有很长的时间相处，有很多的事要谈，但不要再从道德角度谈了。在宇宙中，那东西没意义。"

加 速 度

大牙走后，考古现场的人们仍沉浸在迷茫和绝望之中。又是上校首先打破了寂静，对周围的各国政要说："我知道自己是个小人物，只是因为两次首先接触外星文明而有幸亲临这样的场合。我只想说两句话：一、大牙是对的；二、人类的唯一出路是战斗。"

"战斗？唉，上校，战斗……"秘书长苦笑着摇头。

"对，战斗！战斗！战斗！"波江女孩大喊。此时，她所在的晶体片正飘飞在人们头上几米高处。阳光下的晶体中，那长发女孩正在兴奋地手舞足蹈。

有人说："你们波江人也战斗了，结果怎么样？人类得为自己种族的生存着想，我们并没有义务满足你那变态的复仇欲望。"

"不，先生，"上校对所有人说，"波江人是在对敌人完全陌生的情况下进行自卫战争的，加上他们本来就是一个历史上完全没有战争的社会，所以失败是不奇怪的。但在这场长达一个世纪的惨烈战争中，他们对吞食者有了细致深刻的了解。现在，他们掌握的大量资料通过这艘飞船送到了我们手中，这就是我们的优势。

"冷静地初步研究这些资料，我们发现吞食者并没有最初想象的那么可怕。首先，除了不可思议的庞大形体外，吞食者并没有太多超出人类知识范畴的东西。就生命形式而言，吞食人——据说在'轮胎'上居住着上百亿个——与地球人一样是碳基生物，且其生命在分子层次的构造上与我们十分相似。人类与敌人拥有相同的生物学基础，我们有可能真正深刻地理解它们的各个方面，这比我们面对一群由力场和中子星物质构成的入侵者要幸运多了。

"更让我们宽慰的是，吞食者并没有太多的'超技术'。吞食人的技术比人类要先进许多，但这主要表现在技术的规模上，而不是理论基础上。吞食者的推进系统的能量来源主要是核聚变，它所掠夺的行星水资源除了用于吞食人的生活外，主要是被作为聚变燃料。吞食者发动机的推进方式也是基于动量守恒的反冲方式，并没有时空跃迁之类玄妙的玩意儿……这些信息可能会使科学家深感失落，因为吞食者的文明毕竟延续了几千万年，它的技术层次也代表了科学发展的极限。但与此同时，我们也可以知道，敌人不是不可战胜的神。"

秘书长说："仅凭这些，就能使人类树立起必胜的信心吗？"

"当然还有许多具体的信息，使我们能够制定出一个成功率较高的战略，比如……"

"加速度！加速度！"波江女孩在人们头顶大叫。

上校对周围迷惑的人们解释说："从波江人送来的资料看，吞食者航行的加速度有一个极限。在长达两个世纪的观察中，他们从未发现它突破过这个极限。为证实这一点，我们根据波江座飞船送来的其他资料，如吞食者的结构和构成它的材料的强度等，建立了一个数学模型，模型的演算证实了波江人对吞食者加速度极限的观察。这个极限是由它的结构强度所决定的，一旦超出，这个庞然大物就会被撕裂。"

"那又怎么样？"一位大国元首问道。

"我们应该冷静下来，用自己的脑子好好想想。"上校微笑着说。

地球　　中子星

中子星：又名波霎、脉冲星，是目前已知除黑洞外密度最大的星体，每立方厘米的质量可达十亿吨，半径十千米的中子星的质量与太阳的质量相当。同白矮星一样，中子星是处于演化后期的恒星，是在老年恒星的中心形成的。

月球避难所

人类与外星使者的谈判终于有了一点点进展,大牙对人类关于月球避难所的要求做出了让步。

"人是恋家的动物。"在一次谈判中,秘书长眼泪汪汪地说。

"吞食人也是,虽然我们没有家。"大牙同情地点点头。

"那么,能否让我们留下一些人,等伟大的吞食帝国吃完再吐出地球后,待它的地质结构稳定下来,再回来重建我们的文明?"

大牙摇摇头:"吞食帝国吃东西是吃得很干净的,那时的地球将比现在的火星还荒凉,凭你们虫虫的技术能力,不可能重建文明。"

"总得试试吧,这样我们的灵魂才会安宁。特别是在吞食帝国上被饲养的那些小家禽,如果他们记得在遥远的太阳系还有一个家,会多长些肉的,虽然这个家不一定真的存在。"

大牙点点头:"可是当地球被吞下时,这些人去哪儿呢?除了地球,我们还要吃掉金星,木星和海王星太大了,我们吃不下,但要吃它们的卫星,吞食帝国需要上面的碳氢化合物和水;连贫瘠的火星和水星我们也想嚼一嚼,我们想要上面的二氧化碳和金属。这些星球的表面将是一片火海。"

"我们可以去月球避难。据我们所知,吞食帝国在吃地球之前要把月球推开。"

大牙又点点头:"是的,由吞食帝国和地球组成的联合星体引力很大,有可能使月球坠落在大环表面,这种撞击足以毁灭帝国。"

"那就对了,让我们的一些人住到月球去吧。这对你们也没有太大损失。"

"你们打算留多少人?"

"从维持一个文明的最低限度着想,十万吧!"

"可以,但你们得干活儿。"

"干活儿?什么活儿?"

"把月球从地球轨道推开,这对我们来说也是一件很麻烦的事。"

"可是……"秘书长绝望地抓着头发,"您这等于拒绝了人类这点儿小小的可怜要求——您知道我们没有这种技术力量的!"

"呵,虫虫,那我不管。再说,不是还有一个世纪吗?"

播种核弹

在泛着白光的月球平原上,一群穿着太空服的人站在一个高高的钻塔旁边。吞食帝国高大的使者站在更远一些的地方,仿佛是另一个钻塔。他们注视着一个钢铁圆柱体从钻塔顶端缓缓落下,沉入钻塔下的深井中。吊索飞快地向井中放了下去,三十八万千米外的整个地球世界都在注视着这一幕。当放置物到达井底的信号传来时,包括大牙在内的所有观察者都鼓起掌来,庆祝这一历史性时刻的到来。

推进月球的最后一颗核弹已经就位,这时,距波江晶体和吞食帝国使者到达地球已有一个世纪。

这是令人绝望的一个世纪,人类在进行着痛苦的奋斗。

上半个世纪,全世界竭尽全力建造月球推进发动机,但这种超级机器始终没能建成。那几台实验用的样机只是给月球表面增加了几座废铁高山，还有几个在试运行时被核聚变的高温熔化成一片钢水的湖泊。人类曾向吞食帝国使者请求技术支援，因为推进月球需要的发动机还不及吞食者上那无数超级发动机的十分之一大。但大牙不答应，还讥讽道："别以为知道了核聚变就能造出行星发动机，造出爆竹离造出火箭还差得远呢。其实，你们完全没有必要费这么大劲儿。在银河系，一个文明成为另一个更强大文明的家禽是很正常的。你们会发现被饲养是一种多么美妙的生活，衣食无忧，快乐终生，有些文明还求之不得呢。你们感到不舒服，完全是陈腐的人类中心论在作怪。"

于是，人类把希望寄托在波江晶体上，但这个希望同样落空了。波江文明是沿着一条与地球和吞食者完全不同的技术路线发展的，他们的所有技术力量都来自于本星的生物，比如这块晶体，就是波江行星海洋中的一种浮游生物的共生体。对于他们世界中生命的这些奇特能力，波江人只是组合和利用，并不知其深层的秘密，而一旦离开本星的生物，波江人的技术就寸步难行了。

浪费了宝贵的五十多年后，绝望的人类突然想出了一个极其疯狂的月球推进方案。这个方案首先由上校提出，当时他是月球推进计划的主要领导人之一，军衔已升为元帅。这个方案尽管疯狂，技术上的要求却并不高，人类已有的技术完全可以达到，以至于人们惊奇为什么没有早点儿想到它。

新的推进方案很简单，就是在月球的一面大量埋设核弹。这些核弹的埋设深度一般为三千米左右，其埋设的密度以不被周围核弹的爆炸所摧毁为标准。这样，人类将在月球的推进面埋设五百万枚核弹。与这些热核炸弹的当量相比，人类在冷战时期所制造的威力最大的核弹只能算常规武器。因此，当这些埋在月球地下的超级核弹爆炸时——与以前的地下核试验中被窒息在深洞中的核爆炸完全不同,会将上面的地层完全掀起炸飞。在月球的低重力下,被炸飞的地层岩石会达到逃逸速度,脱离月球,冲进太空,进而对月球本身产生巨大的推进力。如果每一时刻都有一定数量的核弹爆炸,这种脉冲式的推进力就会变得连续不断,等于给月球装上了强劲的发动机。而使不同位置的核弹爆炸,就可以操纵月球的飞行方向。方案还计划在月面下埋设两层核弹,另一层在第一层之下,约六千米深度。当上层核弹耗尽、月球推进面被剥去三千米厚的一层时,第二层能接着被不断引爆,使"发动机"的运行时间延长一倍。

逃逸速度:指第二宇宙速度,天体表面上物体摆脱该天体万有引力的束缚飞向宇宙空间所需的最小速度。例如,地球的逃逸速度为11.2千米/秒。

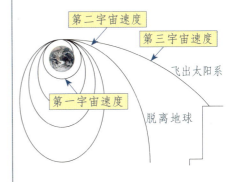

当晶体中的波江女孩听到这个方案时,认为人类真的疯了:"现在我知道,如果你们有吞食者那样的技术力量,会比他们还野蛮!"

但这个方案使大牙赞叹不已:"呵呵,虫虫们竟能有这样美妙的想法,我喜欢,喜欢它的粗野,粗野是最美的!"

"荒唐!粗野怎么会美?"波江女孩反驳说。

"粗野当然美,宇宙就是最粗野的!漆黑寒冷的深渊中燃烧着狂躁的恒星,不粗野吗?宇宙是雄性的,明白吗?像你们那种文明,那种弱不禁风的精致和纤细,只是宇宙小角落中一种微不足道的病态而已。"

一百年过去了,大牙仍然生机勃勃,晶体中的波江女孩仍然鲜艳动人,但元帅感受到了岁月的力量。一百三十五岁,他已是老年人了。

这时,吞食者已越过冥王星轨道,从由波江座 ε 星开始的六万年漫长航行中苏醒了。太空中那个巨大的"轮胎"变得灯火辉煌,庞大的社会运转起来,准备好了对太阳系的掠夺。

吞食者掠过外行星,向地球扑来。

人类的第一次和最后一次星战

月球脱离地球的加速开始了。

推进面的核弹开始爆炸时,月球正处于地球白昼的一面。每次爆炸的闪光,都会让月球在蓝天上短暂地映现一下,天空中仿佛出现了一只不断眨巴的银色眼睛。入夜后,月球一侧的闪光传过近四十万千米仍能在地面上映出人影。月球的后面还能看到一条淡淡的银色尾迹,它是由从月面炸入太空的岩石构成的。从安装在推进面的摄像机中可以看到,月面被核爆掀起的地层碎块如滔天洪水般涌向太空,向前后很快变细,在远方成为一条极细的蛛丝,弯向地球的另一面,描绘出月球加速的轨道。

但人们的注意力都集中在天空中出现的那个恐怖的大环上:吞食者此时已驶近地球,它的引力产生的巨大潮汐已摧毁了所有的沿海城市。吞食者尾部的发动机闪着一圈蓝色的光芒,它正在进行最后的轨道调整,以使其绕太阳运行的轨道与地球保持同步,同时使自己与地球的自转轴线重合在同一直线上。然后，它将缓缓向地球移动，将其套入大环中。月球的加速持续了两个月，这期间，在它的推进面，平均两三秒就爆炸一枚核弹，到目前为止，已引爆了二百五十多万枚。加速后的月球环绕地球的轨道形状已变得很扁，当月球运行到这椭圆轨道的顶端时，应元帅的邀请，大牙同他一起来到了月球面向前进方向的一面。他们站在环形山环绕的平原上，感受着从月球另一面传来的震动，仿佛这颗地球卫星的中心有一颗强劲的心脏。在漆黑的太空背景下，吞食者的巨环光彩夺目，占据了半个天空。

"太棒了，元帅虫虫，真的太棒了！"大牙对元帅由衷地赞叹着，"不过你们要抓紧，只剩下一圈的加速时间了，吞食帝国可没有等待别人的习惯。我还有个疑问：你们十年前就已建成的地下城还空着，那些移民什么时候来？你们的月地飞船能在一个月时间里从地球迁移十万人？"

"不会迁移任何人了，我们将是月球上最后的人类。"

听到这话，大牙吃惊地转过身去，看到了元帅所说的"我们"：那是地球太空部队的五千名将士，在环形山平原上站成严整的方阵。方阵前面，一名士兵展开一面蓝色的旗帜。

"看，这是我们行星的旗帜，地球对吞食帝国宣战了！"

大牙呆呆地站着，迷惑多于惊讶。紧接着，他四脚朝天地摔倒了，这是由于月面突然增加的重力所致。大牙一动不动地趴在地上，他那庞大身体激起的月尘在周围缓缓降落，但很快又扬起来——这是从月球另一面传来的剧烈震波所致，平原因此蒙上了一层白色的尘被。大牙知道，在月球的另一面，核弹的爆炸密度突然增加了几倍。从重力的激增，他推测出月球的加速度也增加了几倍。他打了个滚儿，从太空服胸前的口袋里掏出硕大的电脑，调出了月球目前的轨道。他看到，如果这剧增的加速度持续下去，轨道将不再闭合，月球将脱离地球引力冲向太空，一条闪着红光的虚线标示出预测的方向。

月球将径直撞向吞食者！

大牙缓缓地站了起来，任手中的电脑掉了下去。他抬头看去，在突然增加的重力和波浪般的尘雾中，地球军团的方阵仍如磐石般稳立着。

"持续了一个世纪的阴谋。"大牙喃喃地说。

元帅点点头："你明白得太晚了。"

大牙长叹着说："我应该想到地球人与波江人是完全不同的两个物种。波江世界是一个以共生为进化基础的生态圈，没有自然选择和生存竞争，更不知战争为何物……我们却用这种习惯思维来套地球人。而你们，自从从树上下来后就厮杀不断，怎么可能轻易被征服呢？我……不可饶恕的失职啊！"

元帅说："波江人为我们提供了大量的重要信息，其中关于吞食者的加速度极限值就是人类这个作战方案的基础：如果引爆月球上的转向核弹，月球的轨道机动加速度将是吞食者速度极限值的三倍。这就是说，它比吞食者灵活三倍，你们不可能躲开这次撞击。"

大牙说："其实我们也不是完全没有戒备。当地球开始大量生产核弹时，我们时刻监视着这些核弹的去向，确保它们被放置在月球地层中，可没有想到……"

元帅在面罩后面微微一笑："我们不会傻到用核弹直接攻击吞食者，地球人那些简陋的导弹在半途中就会被身经百战的吞食帝国全部拦截，但你们无法拦截巨大的月球。也许凭借吞食者的力量，最终能击碎它或使其转向，但现在距离已经很近，来不及了。"

"狡诈的虫虫，阴险的虫虫，恶毒的虫虫……吞食帝国是心肠实在的文明，把什么都说在明处，可是最终被狡诈阴险的地球虫虫骗了。"大牙咬牙切齿地说，狂怒中想用大爪子抓元帅，但在士兵们指向他的冲锋枪面前停住了。他没有忘记自己也是血肉之躯，一梭子弹足以让他丧命。元帅对大牙说："我们要走了，劝你也离开月球吧，不然会死在吞食帝国的核弹之下。"

元帅说得很对，大牙和人类太空部队刚刚飞离月球，吞食者的截击导弹就击中了月面。这时，月球的两面都闪烁着强光，朝向前进方向的一面也有大量的岩石被炸飞到太空中。与推进面不同的是，这些岩石是朝着各个方向漫无目标地飞散开的。从地球上看去，撞向吞食者的月球如一个披散着怒发的斗士，任何力量都无法阻挡它！在能看到月球的大陆上，人山人海，正爆发出狂热的欢呼。

吞食人的拦截行动只持续了不长时间就停止了，因为他们发现这毫无意义。在月球走完短暂的距离之前，既不可能使它转向，更不可能击碎它。

月球上的推进核弹也停止了爆炸。速度已经足够，地球保卫者要留下足够的核弹进行最后的轨道机动。

一切都沉静下来。在冷寂的太空中，吞食者和地球的卫星静静地相向飘行着，它们之间的距离在急剧缩短。当两者的距离缩短至五十万千米时，从地球统帅部所在的指挥舰上看去，月球已与"轮胎"重叠，像轴承圈上的一粒钢珠。

直到这时，吞食者的航向也没有任何变化，这是容易理解的：过早的轨道机动会使月球也做出相应的反应，真正有意义的躲避动作要在月球最后撞击前进行。这就像两名用长矛决斗的中世纪骑士，他们骑马越过长长的距离逼近对方，但胜负是在接触前的一小段距离内决出的。

银河系的两大文明都屏住了呼吸，等待着那最后的时刻。

当距离缩短至三十五万千米时，双方的机动航行开始了。吞食者的发动机首先喷出了上万千米的蓝色烈焰，开始躲避；月球上的核弹则以空前的密度和频率疯狂地引爆，进行着相应的攻击方向修正，它那弯曲的尾迹清楚地描绘出航线的变化。吞食者喷出的上万千米长的蓝色光河的头部镶嵌着月球核弹银色的闪光，构成了太阳系有史以来最壮观的景象。

　　双方的机动航行进行了三个小时，它们的距离已缩短至五万千米，计算机显示的结果令指挥舰上的人们不敢相信自己的眼睛：吞食者的变轨加速度四倍于波江晶体提供的极限值！以前深信不疑的吞食者的加速度极限值，一直是地球人取胜的基础，现在，月球上剩余的核弹已没有能力对攻击方向做出足够的调整。计算表明，即使尽全力变轨，半小时后，月球也将以四百千米的距离与吞食者擦肩而过。

　　在一阵令人目眩的剧烈闪光后，月球耗尽了最后的核弹，几乎与此同时，吞食者的发动机也关闭了。在死一般的寂静中，惯性定律完成了这篇宏伟史诗的最后章节：月球紧擦着吞食者的边缘飞过，由于其速度很快，吞食者的引力没能将其捕获，但扭弯了它的飘行轨迹。月球掠过吞食者后，无声地向远离太阳的方向飞去。

　　指挥舰上，统帅部的人们在死一般的沉默中度过了几分钟。

　　"波江人骗了我们。"一位将军低声说。

　　"也许，那块晶体只是吞食帝国的一个圈套！"一位参谋喊道。

　　统帅部瞬间陷入一片混乱。每个人都声嘶力竭地叫喊着，以掩盖或发泄自己的绝望。几名文职人员或哭泣，或抓着自己的头发，精神已到了崩溃的边缘。只有元帅仍静静地站在大显示屏前，他慢慢转过身来，用一句话稳住了局面："我请各位注意一个现象，吞食者的发动机为什么要关闭？"

　　这话引起了所有人的思考。是的，在月球上的核弹停止爆炸后，敌人的发动机没有理由关闭，因为他们不可能知道月球上是否还剩有核弹。同时，考虑到吞食者的引力有可能捕获月球，他们也应该继续进行躲避加速，拉开与月球攻击线的距离，而不能仅仅满足于这四百千米的微小间距。

"给我吞食者外表面的近距离图像。"元帅说。

大屏幕上出现了一幅全息画面，这是一个掠过吞食者的地球小型高速侦察器在距其表面五百千米上空传回的。人们敬畏地看着吞食者灯光灿烂的大陆上线条粗放的钢铁山脉和峡谷缓缓移过。一条黑色的长缝引起了元帅的注意。在过去的一个世纪中，他已记熟了吞食者外表面的每一个细节，可以绝对肯定这条长缝以前是不存在的。很快其他人也注意到了。

"那是什么？一条……裂缝？"

"是的，裂缝，一条长达五千千米的裂缝。"元帅点了点头说，"波江人没有骗我们，晶体带来的资料是真实的，那个加速度极限确实存在。但当月球逼近时，绝望的吞食者不顾一切地用四倍于极限的加速度来躲避。这就是超限加速的后果：它被撕裂了。"

接下来，人们又发现了另外几条裂缝。

"看啊，那又是什么？！"又有人惊叫起来。这时，吞食者的自转正使它表面的另一部分进入人们的视野：金属大陆的边缘出现了一个刺目的光球，如同辽阔地平线上的日出一般。

"自转发动机！"一名军官说。

"是的，是吞食者赤道上很少启动的自转发动机，此时，它正在以最大功率刹住自转！"

"元帅，这证实了您的看法！"

"尽快用各种观测手段取得详细资料，进行模拟！"元帅说。但在这之前，一切已在进行中了。

经一个世纪建立起来的精确描述吞食者物理结构的数学模型，在从前

方取得必需的数据后高速运转，模拟结果很快出来了：需近四十小时的时间，自转发动机才能把吞食者的自转速度减至毁灭值之下；而如果高于这个转速，离心力将使已被撕裂的吞食者在十八个小时内完全解体。

人们欢呼起来。大屏幕上接着映出了吞食者解体时的全息模拟图像：解体的过程很慢，如同梦幻。在太空漆黑的背景上，这个巨大的世界如同一团浮在咖啡上的奶沫一样散开，边缘的碎块渐渐隐没于黑暗之中，仿佛被太空融化了，只有不时出现的爆炸闪光才使它们重新现形。

元帅并没有同人们一起观赏这令人心旷神怡的画面，他远离人群，站在另一块大屏幕前注视着现实中的吞食者，脸上没有一点儿胜利的喜悦。冷静下来的人们注意到了他，也纷纷站到这块屏幕下。他们发现，吞食者尾部的蓝色光环又出现了，它再次启动了推进发动机。在环体已经被严重损伤的情况下，这似乎是一个不可理解的错误，这时，任何微小的加速度都可能导致大环解体。而吞食者的运行方向更让人迷惑：它正在缓缓回到躲避月球攻击前所在的位置，谨慎地建立与地球同步的太阳轨道，并使自己和地球的自转轴重合在一条直线上。

"怎么，这时它还想吃地球？"有人吃惊地说，他的话引起了稀疏的笑声，但笑声戛然而止，人们看到了元帅的表情：他已不再看屏幕，而是双眼紧闭，苍白的脸上毫无表情。一个世纪以来，作为抗击吞食者的精神支柱之一，太空将士们已经熟悉了他的声音、容貌，但他们从来没有见到他像此时一般。人们冷静下来，再看屏幕，终于明白了一个严峻的现实——吞食者还有一条活路。

吞食地球的航行开始了，已与地球同步自转的、同轴的吞食者向着这颗行星的南极移动。如果它慢了，会在自转的离心力下解体；如果太快，推进的加速度又可能使其提前解体。吞食者正走在一条生存的钢丝绳上，它必须绝对正确地把握住时间和速度的平衡。

在地球的南极被套入大环前的一段时间，太空中的人们看到，南极大陆的海岸线形状急剧变化。这个大陆像一块热煎锅上的牛油一样缩小着面积，地球的海水在吞食者引力的拉动下涌向南极，地球顶端那块雪白的大陆正在被滔天巨浪所吞没。

这时，吞食者大环上的裂缝越来越多，且都在延长扩宽。最初出现的那几条裂缝已不再是黑色的，里面透出了暗红色的火光，像几千千米长的地狱之门。有几条蛛丝般的白色细线从大环表面升起，接下来，这样的细线越来越多，出现在大环的每一部分，仿佛吞食者长出了稀疏的头发。这是从大环上发射的飞船的尾迹，吞食者开始从他们将要毁灭的世界逃命了。

但当地球被大环吞入一半时，情况发生了逆转：地球的引力像无数根无形的辐条拉住了正在解体的大环，吞食者表面不再有新的裂缝出现，已有的裂缝也停止了扩张。十四小时过去后，地球被完全套入大环，它那引力的辐条变得更加强劲有力，吞食者表面的裂缝开始缩小，又过了五个小时，这些裂缝完全合拢了。

在指挥舰上，统帅部的大屏幕黑了，甚至连灯都灭了，只有太阳从舷窗中投进惨白的光芒。为了产生人工重力，飞船仍在缓缓自转，使得太阳从不同位置的舷窗中升升降降。光影流转，仿佛在追述着人类那已永远成为过去的日日夜夜。

"谢谢各位在过去一个世纪中尽职尽责的工作，谢谢。"元帅说，并向统帅部的全体人员敬礼。在将士们的注视下，他平静地整理了一下自己的军装，其他人也这样做了。

人类失败了，但地球保卫者们已经尽到了自己的责任。对于尽责的战士来说，这一时刻仍是辉煌的。他们接受了平静的良心授予自己的无形勋章，他们有权享受这光荣的一刻。

尾声　归宿

"真的有水啊！"一名年轻上尉惊喜地叫了出来。面前确实是一片广阔的水面，在昏黄的天空下泛着粼粼的波光。

元帅摘下太空服的手套，捧起一点儿水，推开面罩尝了尝，又赶紧将面罩合上，"嗯，还不是太咸。"看到上尉也想打开面罩，他制止说，"会得减压病的。大气成分倒没问题，硫黄之类的有毒成分已经很淡了，但气压太低，相当于战前的一万米高空。"

一名将军在脚下的沙子中挖着什么，"也许会有些草种子的。"他抬头对元帅笑笑说。

元帅摇摇头，说："这里战前是海底。"

"我们可以到离这里不远的十一号新陆去看看，那里说不定会有。"那名上尉说。

"有也早烤焦了。"有人叹息道。

大家举目四望。地平线处有连绵的山脉，它们是最近一次造山运动的产物。青色的山体由赤裸的岩石构成，从山顶流下的岩浆河发着暗红的光，使山脉像一个淌血的巨人躯体，但大地上的岩浆河已经消失了。

这是战后二百三十年的地球。

战争结束后，统帅部幸存的一百多人在指挥舰上进入冬眠期，等待地球被吞食者吐出后重返家园。指挥舰则成为一颗卫星,在一条宽大的轨道上围绕着由吞食者和地球组成的联合星体运行。在以后的时间里,吞食帝国并没有打扰他们。

战后第一百二十五年,指挥舰上的传感系统发现吞食者正在吐出地球,就唤醒了一部分冬眠者。当这些人醒来后,吞食者已飞离地球,向金星方向航行,而这时的地球已变成一颗人们完全陌生的行星,像一块刚从炉子里取出的火炭,海洋早已消失,蛛网般的岩浆河流覆盖着大地。他们只好继续冬眠,重新设定传感器,等待地球冷却。这一等又是一个世纪。

冬眠者们再次醒来时,发现地球已冷却成一颗荒凉的黄色行星,剧烈的地质运动平息下来,虽然生命早已消失,但有稀薄的大气,甚至还发现了残存的海洋,于是,他们就在一个大小如战前内陆湖泊的残海边着陆了。

一阵轰鸣声——就算在这稀薄的空气中也震耳欲聋——那艘熟悉的外形粗笨的吞食帝国飞船在人类飞船的不远处着陆。高大的舱门打开后,大牙挂着一根电线杆长度的拐杖颤巍巍地走下来。

"啊,您还活着!有五百岁了吧?"元帅同他打招呼。

"我哪儿能活那么久啊!战后三十年我也冬眠了,就是为了能再见你们一面。"

"吞食者现在在哪儿?"

大牙指向天空的一个方向:"晚上才能看见,只是一颗暗淡的小星星。它已驶出木星轨道。"

"它在离开太阳系吗?"

大牙点点头:"我今天就要启程去追它。"

"我们都老了。"

"老了……"大牙黯然地点点头,哆嗦着把拐杖换了手,"这个世界,现在……"他指指天空和大地。

"有少量的水和大气留了下来，这算是吞食帝国的仁慈吗？"

大牙摇摇头："与仁慈无关，这是你们的功绩。"

地球战士们不解地看着大牙。

"哦，在那场战争中，吞食帝国遭受了前所未有的创伤。死了上亿人，生态系统也被严重损坏。战后，我们用了五十个地球年的时间才初步修复撕裂的大环，许久以后才有能力对地球进行咀嚼。但你知道，我们在太阳系的时间有限，如果不能及时离开，又有一片星际尘埃飘到我们前面的航线上，如果绕道，我们到达下一个行星系的时间就会晚一万七千年，那时我们要吞食的行星就会被衰老的恒星吞食掉，所以，我们对太阳几颗行星的咀嚼就很匆忙，吃得不太干净。"

"这让我们倍感自豪。"元帅看看周围的人们说。

"你们当之无愧！那真是一场伟大的星际战争。在吞食帝国漫长的征战史中，你们是最出色的战士之一！直到现在，帝国的行吟诗人还在到处传唱地球战士史诗般的战绩。"

"我们更想让人类记住这场战争。对了，现在人类怎样了？"

"战后，大约有二十亿人类移居到吞食帝国，占人类总数的一半。"大牙说着，打开了手提电脑宽大的屏幕，上面出现了人类在吞食者上生活的画面：蓝天下，一片美丽的草原，一群快乐的人在歌唱跳舞，一时难以分辨这些人的性别，因为他们的皮肤都是那么细腻白嫩，都身着轻纱般的长服，头上装饰着美丽的花环。远处有一座漂亮的城堡，其形状显然来自地球童话，色彩之鲜艳如同用奶油和巧克力建造的。镜头拉近，元帅细看这些漂亮人儿的表情，确信他们真的是处于快乐之中。那是一种真正无忧无虑的快乐，如水晶般单纯，战前的人类只在童年能够短暂地享受。

"必须保证他们的绝对快乐，这是饲养中起码的技术要求，否则肉质得不到保证。地球人是高档食品，只有吞食帝国的上层社会才有钱享用，这种美味像我都是吃不起的。哦，元帅，我们找到了您的曾孙，录下了他对您说的话，想看吗？"

元帅吃惊地看了大牙一眼，点点头。屏幕上出现了一个皮肤细嫩的漂亮男孩。从面容上看，他可能只有十岁，但身材却有成年人那么高。他一双女人般的小手拿着一个花环，显然是刚刚从舞会上被叫过来的。他眨着一双水灵灵的大眼睛说："听说曾祖父您还活着？我只求您一件事，千万不要来见我啊！我会恶心死的！想到战前人类的生活，我们都会恶心死的，那是狼的生活，蟑螂的生活！您和您的那些地球战士还想维持那种生活，差一点儿真的阻止人类进入这个美丽的天堂！变态！您知道您让我多么羞耻、多么恶心吗？呸！不要来找我！呸！快死吧，你！"说完，他又蹦跳着加入到草原上的舞会中去了。

大牙首先打破了尴尬的沉默："他将活过六十岁，能活多久就活多久，不会被宰杀。"

"如果是因为我的缘故，十分感谢。"元帅凄凉地笑了一下。

"不是。在得知自己的身世后，他很沮丧，也充满了对您的仇恨，这类情绪会使他的肉质不合格。"

大牙感慨地看着面前这最后一批真正的人类。他们身上的太空服已破旧不堪，脸上都刻着岁月的沧桑，在昏黄的阳光里，如同地球大地上一群锈迹斑斑的铁像。

大牙合上电脑，充满歉意地说："本来不想让大家看这些的，但你们都是真正的战士，能够勇敢地面对现实，要承认……"他犹豫了一下，才说，"人类文明完了。"

"是你们毁灭了地球文明,"元帅凝视着远方,"你们犯下了滔天罪行!"

"我们终于又开始谈道德了。"大牙咧嘴一笑。

"在入侵我们的家园并极其野蛮地吞食一切后,我不认为你们还有这个资格。"元帅冷冷地说。其他人不再关注他们的谈话,吞食者文明冷酷残暴的程度已超出人类的理解力,他们现在真的没有兴趣再同其进行道德方面的交流了。

"不,我们有资格,我现在还真想同人类谈谈道德……您怎么拿起来就吃啊!"

大牙最后这句话让所有人浑身一震。这话不是从翻译器中传出的,而是大牙亲口说的,虽然嗓门很大,但他对三个世纪前元帅的声调模仿得惟妙惟肖。

大牙通过翻译器接着说:"元帅,您在三百年前的那次感觉是对的。星际间的不同文明,其相似要比差异更令人震惊,我们确实不应该这么像。"

人们把目光聚焦在大牙身上。他们都预感到,一个惊天的大秘密将被揭开。

大牙动动拐杖,使自己站直,看着远方说:"朋友们,我们都是太阳的孩子,地球是我们共同的家园,但我们比你们更有权利拥有她!因为在你们之前的一亿四千万年,我们的先祖就在这颗美丽的行星上生活,并创造了灿烂的文明。"

地球战士们呆呆地看着大牙,身边的残海跳跃着昏黄的阳光,远方的新山脉流淌着血红的岩浆。越过六千万年的沧桑时光,曾经覆盖地球的两大物种在这劫后的母星上凄凉地相会了。

"恐——龙——"有人低声惊叫。

大牙点点头:"恐龙文明崛起于一亿地球年前,就是你们地质纪年的中生代白垩纪中期，在白垩纪晚期达到鼎盛。我们是体形巨大的物种，对生态的消耗量极大。随着恐龙数量的急剧增加，地球生态圈已难以维持恐龙社会的生存，接着恐龙又吃光了刚刚拥有初级生态的火星。地球上恐龙文明的历史长达两千万年，但恐龙社会真正的急剧膨胀也就是几千年的事，其在生态上造成的影响从地质纪年的长度看，很像一场突然爆发的大灾难，这就是你们所猜测的白垩纪灾难。

"终于有那么一天，所有的恐龙都登上了十艘巨大的世代飞船，航向茫茫星海。这十艘飞船最后合为一体，每到达一颗有行星的恒星就扩建一次，经过六千万年，就成为现在的吞食帝国。"

"为什么要吃掉自己的家园呢？恐龙没有一点儿怀旧感吗？"有人问。

大牙陷入了回忆："说来话长。星际空间确实茫茫无际，但与你们的想象不同，真正适合我们高等碳基生物生存的空间并不多。从我们所在的位置向银河系的中心方向，走不出两千光年，就会遇到大片的星际尘埃，在其中既无法航行，也无法生存；再向前，则会遇到强辐射和大群游荡的黑洞……如果向相反的方向走呢，我们已在旋臂的末端，不远处就是无边无际的荒凉虚空。在适合生存的这片空间中，消耗量巨大的吞食帝国已吃光了所有的行星。现在，我们的唯一活路是航行到银河系的另一旋臂去，我们也不知道那里有什么，但在这片空间待下去肯定是死路一条。这次航行要持续一千五百万年，途中一片荒凉，我们必须在起程前贮备好所有的消耗品。这时的吞食帝国就像干涸的小水洼中的一条鱼，它必须在水洼完全干掉之前猛跳一下，虽然多半是落到旱地上，在烈日下死去，但也有可能落到相邻的另一个水洼中活下去……至于怀旧感，在经历了几千万年的太空跋涉和数不清的星际战争后，恐龙种族早已是铁石心肠了。为了前面千万年的航程，吞食帝国要尽可能多吃一些东西……文明是什么？文明就是吞食，不停地吃啊吃，不停地扩张和膨胀，其他的一切都是次要的。"

元帅深思着说："难道生存竞争是宇宙间生命和文明进化的唯一法则？难道不能建立起一个自给自足的、内省的、多种生命共生的文明吗？像波江文明那样？"

大牙长出一口气："我不是哲学家，回答不了这个问题。也许答案是肯定的，关键是谁先走出第一步呢？自己的生存是以征服和消灭别人为基础的，这是这个宇宙中生命和文明生存的铁的法则，谁要首先不遵从它而自省起来，就必死无疑。"

大牙转身走上飞船，再出来时，手中端着一个扁平的方盒子。那个盒子长宽有三四米，起码要四个人才能抬起来。大牙把盒子平放到地上，掀起顶盖。人们看到盒子里装满了土，土上长着一片青草。在这已无生命的世界中，这绿色令所有人心动。

"这是一块战前地球的土地，战后我使这块土地上的所有植物和昆虫都进入冬眠，现在过了两个多世纪，又使它们同我一起苏醒。我本想把这块土地带走做个纪念，唉，现在想想还是算了吧，还是把它放回它该在的地方吧！我们从母星拿走的够多了。"

看着这一小片生机盎然的地球土地，人们的眼睛湿润了，他们现在知道，恐龙并非铁石心肠。在那比钢铁和岩石更冰冷坚硬的鳞甲后面，也有一颗渴望回家的心。

大牙一挥爪子，似乎想把自己从某种情绪中解脱出来，"好了，朋友们，我们一起走吧，到吞食帝国去。"看到人们的表情，他举起一只爪子，"你们到那里当然不是作为家禽被饲养。你们是伟大的战士，都将成为帝国的普通公民，你们还会得到一份工作——建立一座人类文明博物馆。"

地球战士们把目光集中在元帅身上。他想了想，缓缓地点了点头。

地球战士们一个接一个地上了大牙的飞船。那为恐龙准备的梯子他们必须一节一节引体向上爬上去。元帅是最后一个上飞船的人，他双手抓住飞船舷梯最下面一节踏板的边缘，在把自己的身体拉离地面的时候，他最后看了一眼脚下地球的土地，然后就停在那里看着地面，很长时间一动不动，他看到了——蚂蚁。

这蚂蚁是从盒子中的土里爬出来的。元帅放开抓着踏板的双手，蹲下身，让它爬到自己手上。他举起那只手，细细地看着它，它那黑宝石般的小身躯在阳光下闪闪发亮。元帅走到盒子旁，把这只蚂蚁放回那片小小的草丛中。这时，他又在草丛间的土面上发现了其他几只蚂蚁。

他站起身来，对刚来到身边的大牙说："我们走后，这些草和蚂蚁就是地球上仅有的生命了。"

大牙默默无语。

元帅说："地球上的文明生物有越来越小的趋势——恐龙，人，然后可能是蚂蚁。"他又蹲下来，深情地看着那些在草丛间穿行的小生命，"该轮到它们了。"

这时，地球战士们又纷纷从飞船上下来，返回到那块有生命的地球土地前，围成一圈，深情地看着它。

大牙摇摇头，说："草能活下去，这海边也许会下雨的。但蚂蚁不行。"

"因为空气稀薄吗？看样子它们好像没受影响。"

"不，空气没问题。与人不同，在这样的空气中它们能存活。关键是没有食物。"

"不能吃青草吗？"

"那就谁也活不下去了。在稀薄的空气中，青草长得很慢；蚂蚁会吃光青草，然后饿死——这倒很像吞食文明可能的最后结局。"

"您能从飞船上给它们留下些吃的吗?"

大牙又摇头:"我的飞船上除了生命冬眠系统和饮用水外,什么都没有。我们在追上帝国前需要冬眠。你们的飞船上还有食物吗?"

元帅也摇了摇头:"只剩几支维持生命的注射营养液,没用的。"

大牙指指飞船:"我们还是抓紧时间吧。帝国的加速很快,晚了我们会追不上它的。"

沉默。

"元帅,我们留下来。"一名年轻中尉说。

元帅坚定地点点头。

"留下来?干什么?"大牙挨个儿看着他们,惊讶地问,"你们飞船上的冬眠装置已接近报废,又没有食品,留下来等死吗?"

"留下来走出第一步。"元帅平静地说。

"什么?"

"您刚才提过的新文明的第一步。"

"你们……要做蚂蚁的食物?"

地球战士们点点头。大牙无言地注视了他们很长时间,然后转身,拄着拐杖慢慢走向飞船。

"再见,朋友!"元帅在大牙身后高声说。

老恐龙长长地叹息了一声:"在我和我的子孙前面,是无尽的暗夜,不休的征战。茫茫宇宙,哪里是家呀!"人们看到他的脚下湿了一片,不知道是不是一滴眼泪。

恐龙的飞船在轰鸣中起飞,很快消失在西方的天空。在那个方向,太阳正在落下。

最后的地球战士们围着那块有生命的土地默默地坐了一会儿,然后,从元帅开始,大家纷纷掀起面罩,在沙地上躺了下来。

时间流逝,太阳落下,晚霞使劫后的大地映在一片美丽的红光中。然后,有稀疏的星星在天空中出现。元帅发现,一直昏黄的天空这时居然现出了一抹深蓝。在稀薄的空气夺去他的知觉前,他欣慰地感到太阳穴上有轻微的骚动——蚂蚁正在爬上他的额头。这感觉让他回到了遥远的童年,在海边两棵棕榈树间拴着的小吊床上,他仰望着灿烂的星海,妈妈的手抚过他的额头……

夜晚降临了,残海平静如镜,毫不走样地映着横跨夜空的银河。这是这颗行星有史以来最宁静的夜晚。

在这宁静中,地球重生了。

诗云

◎ 刘慈欣

伊依一行三人乘一艘游艇在南太平洋上做吟诗航行,他们的目的地是南极,如果几天后能顺利到达那里,他们将钻出地壳去看诗云。

今天,天空和海水都很清澈,对于作诗来说,世界显得太透明了。抬头望去,平时难得一见的美洲大陆清晰地出现在天空中,在东半球构成的覆盖世界的巨大穹顶上,大陆好像是墙皮脱落的区域……

哦,现在人类生活在地球里面,更准确地说,人类生活在气球里面——地球已变成了气球。地球被掏空了,只剩下厚约一百千米的一层薄壳,但大陆和海洋还原封不动地存在着,只不过都跑到里面了——球壳的里面。大气层也还存在,也跑到球壳里面了,所以地球变成了气球,一个内壁贴着海洋和大陆的气球。空心地球仍在自转,但自转的意义已与以前大不相同——它产生重力。构成薄薄地壳的那点质量产生的引力是微不足道的,地球重力现在主要由自转的离心力来产生了。但这样的重力在世界各个区域是不均匀的:赤道上最强,约为 1.5 个原地球重力;随着纬度增高,重力也渐渐减小,两极地区的重力为零。现在吟诗游艇航行的纬度正好是原地球的标准重力,但很难令伊依找到已经消失的实心地球上旧世界的感觉。

空心地球的球心悬浮着一个小太阳,现在正以正午的阳光照耀着世界。这个太阳的光度在二十四小时内不停地变化,由最亮渐变至熄灭,给空心地球里面带来昼夜更替。在某些夜里,它还会发出月亮的冷光,但只是从一点发出,看不到圆月。

游艇上的三人中有两个不是人,其中一个是一只名叫大牙的恐龙。他高达十米的身躯一移动,游艇就跟着摇晃倾斜,这令站在船头的吟诗者很烦。吟诗者是一个干瘦老头儿,同样雪白的长发和胡须混在一起飘动。他身着唐朝的宽大古装,仙风道骨,仿佛是在海天之间挥洒写就的一个狂草字。

他就是新世界的创造者——伟大的李白。

一 礼物

事情是从十年前开始的。当时,吞食帝国刚刚完成了对太阳系长达两个世纪的掠夺,来自远古的恐龙驾驶着那个直径五万千米的环形世界飞离太阳,航向天鹅座。吞食帝国还带走了被恐龙掠去当作小家禽饲养的十二亿人类。但就在接近土星轨道时,环形世界突然开始减速,最后竟沿原轨道返回,重新驶向太阳系内层空间。

在吞食帝国开始返程后的一个大环星期,使者大牙乘一艘如古老锅炉般的飞船飞离大环，衣袋中装着一个叫伊依的人。

"你是一件礼物！"大牙对伊依说，眼睛看着舷窗外黑暗的太空。它那粗嘎的嗓音震得衣袋中的伊依浑身发麻。

"送给谁？"伊依在衣袋中仰头大声问。他能从袋口看到恐龙的下颚，像是悬崖顶上一大块突出的岩石。

"送给神！神来到了太阳系，这就是帝国返回的原因。"

"是真的神吗？"

"它们掌握了不可思议的技术，已经纯能化，并且能在瞬间从银河系的一端跃迁到另一端，这不就是神了？如果我们能得到那些超级技术的百分之一，吞食帝国的前景就很光明了。我们正在完成一个伟大的使命，你要学会讨神喜欢！"

"为什么选中了我？我的肉质是很次的。"伊依说。他三十多岁，与吞食帝国精心饲养的那些肌肤白嫩的人相比，他的外貌很有些沧桑。

"神不吃虫虫，只是收集，我听饲养员说你很特别，你好像还有很多学生？"

"我是一名诗人，在饲养场的家禽人中教授人类古典文学。"伊依很吃力地念出了"诗""文学"这类在吞食语中相当生僻的词。

"无用又无聊的学问。你那里的饲养员之所以默许你授课，是因为其中的一些内容有助于改善虫虫们的肉质……我观察过，你自视清高、目空一切，对于一个被饲养的小家禽来说，这很有趣。"

"诗人都是这样！"伊依在衣袋中站直。虽然知道大牙看不见，但他还是骄傲地昂起头。

"你的先辈参加过地球保卫战吗？"

伊依摇摇头，"我在那个时代的先辈也是诗人。"

"一种最无用的虫虫。在当时的地球上就十分稀少了。"

"他生活在自己的内心世界里,对外部世界的变化并不在意。"

"没出息……呵,我们快到了。"

听到大牙的话,伊依把头从衣袋中伸出来,透过宽大的舷窗向外看。飞船前方有两个发出白光的物体,那是悬浮在太空中的一个正方形平面和一个球体,当飞船移动到与平面齐平时,平面在星空的背景上短暂地消失了一下,这说明它几乎没有厚度。那个完美的球体悬浮在平面正上方,两者都发出柔和的白光,表面均匀得看不出任何特征。它们仿佛是从计算机图库中取出的两个元素,是这纷乱宇宙中两个简明而抽象的概念。

"神呢?"伊依问。

"就是这两个几何体啊。神喜欢简洁。"

距离拉近,伊依发现平面有足球场大小,飞船正在向平面上降落。发动机喷出的炽焰首先接触到平面,仿佛只是接触到一个幻影,没有在上面留下任何痕迹。但伊依感到了重力和飞船接触平面时的震动,说明它不是幻影。大牙显然以前曾经来过这里,毫不犹豫地拉开舱门走了出去。

伊依看到他同时打开了气密过渡舱的两道舱门,心一下抽紧了,但他并没有听到舱内空气涌出时的呼啸声。当大牙走出舱门后,衣袋中的伊依嗅到了清新的空气,伸到外面的脸上感到了习习的凉风……这是人和恐龙都无法理解的超级技术,却以温柔而漫不经心的方式呈现出来,这震撼了伊依。与人类第一次见到吞食者时相比,这震撼更加深入灵魂。他抬头望望,球体悬浮在他们上方,背后是灿烂的银河。

"使者,这次你又给我带来了什么小礼物?"神问。他说的是吞食语,声音不高,仿佛从无限远处的太空深渊中传来,让伊依第一次感觉到这种粗陋的恐龙语言听起来很悦耳。

大牙把一只爪子伸进衣袋,抓出伊依放到平面上。伊依的脚底感到了平面的弹性。大牙说:"尊敬的神,得知您喜欢收集各个星系的小生物,我带来了这个很有趣的小东西——地球人。"

"我只喜欢完美的小生物,你把这么肮脏的虫子拿来干什么?"神说。球体和平面发出的白光微微地闪动了两下,可能是表示厌恶。

"您知道这种虫虫?"大牙惊奇地抬起头。

"只是听这个旋臂的一些航行者提到过,不是太了解。在这种虫子不算长的进化史中,航行者曾频繁造访地球。这种生物的思想之猥琐、行为之低劣、历史之混乱和肮脏,都让他们恶心,以至于直到地球世界毁灭之前,也没有一个航行者屑于同它们建立联系——快把它扔掉。"

大牙抓起伊依,转动着硕大的脑袋,看看可往哪儿扔,"垃圾焚化口在你后面。"神说。大牙一转身,看到身后的平面上突然出现了一个小圆口,里面闪着蓝幽幽的光……

"你不要这样说!人类建立了伟大的文明!"伊依用吞食语声嘶力竭地大喊。

球体和平面的白光又颤动了两次。神冷笑了两声:"文明?使者,告诉这个虫子什么是文明。"

大牙把伊依举到眼前,伊依甚至听到了恐龙的两个大眼球转动时骨碌碌的声音:"虫虫,在这个宇宙中,对一个种族文明程度的统一度量标准是这个种族所进入的空间的维度。只有进入六维以上空间的种族才具备加入文明大家庭的起码条件。我们尊敬的神的一族已能够进入十一维空间。吞食帝国已能在实验室中小规模地进入四维空间,只能算是银河系中一个未开化的原始群落。而你们,在神的眼里不过是杂草和青苔。"

"快扔了,脏死了!"神不耐烦地催促道。

大牙举着伊依向垃圾焚化口走去。伊依拼命挣扎,从衣服中掉出了许多白色的纸片。那些纸片飘荡着下落,从球体中射出一条极细的光线,射到其中一张纸上时,纸片便在半空中悬住了,光线飞快地在上面扫描了一遍。

"哟,等等,这是什么东西?"

大牙把伊依悬在焚化口上方,扭头看着球体。

"那是……是我的学生们的作业!"伊依在恐龙的巨掌中吃力地挣扎着说。

"这种方形的符号很有趣,它们组成的小矩阵也很好玩儿。"神说,从球体中射出的光束又飞快地扫描了已落在平面上的另外几张纸。

"那是汉……汉字,这些是用汉字写的古诗!"

"诗?"神惊奇地问,收回了光束,"使者,你应该懂这种虫子的文字吧?"

"当然,尊敬的神,在吞食帝国吃掉地球前,我在它们的世界生活了很长时间。"大牙把伊依放到焚化口旁边的平面上,弯腰拾起一张纸,举到眼前吃力地辨认着上面的小字,"它的大意是……"

"算了吧,你会曲解它的!"伊依挥手制止大牙说下去。

"为什么?"神很感兴趣地问。

"因为这是一种只能用古汉语表达的艺术。即使翻译成人类的其他语言,也会失去大部分内涵和魅力,变成另一种东西了。"

"使者,你的计算机中有这种语言的数据库吗?我还要有关地球历史的一切知识。给我传过来吧,就用我们上次见面时建立的那个信道。"

大牙急忙返回飞船,在舱内的电脑上鼓捣了一阵儿,嘴里嘟囔着:

"古汉语部分没有，还要从帝国的网络上传过来，可能有些时滞。"伊依从敞开的舱门中看到，恐龙的大眼球中反射着电脑屏幕上变幻的彩光。当大牙从飞船上走出来时，神已经能用标准的汉语读出一张纸上的中国古诗了：

"白日依山尽，黄河入海流。欲穷千里目，更上一层楼。"

"您学得真快！"伊依惊叹道。

神没有理他，只是沉默着。

大牙解释说："它的意思是，恒星已在行星的山后面落下，一条叫黄河的河流向着大海的方向流去——哦，这河和海都是由那种由一个氧原子和两个氢原子构成的化合物组成——要想看得更远，就应该在建筑物上登得更高些。"

神仍然沉默着。

"尊敬的神，您不久前曾君临吞食帝国，那里的景色与写这首诗的虫虫的世界十分相似，有山有河也有海，所以……"

"所以我明白诗的意思。"神说。球体突然移动到大牙头顶上，伊依感觉它就像一只盯着大牙看的没有瞳仁的大眼睛，"但，你，没有感觉到些什么？"

大牙茫然地摇摇头。

"我是说，隐含在这个简洁的方块符号矩阵的表面含义之后的一些东西？"

大牙显得更茫然了，于是神又吟诵了一首古诗：

"前不见古人，后不见来者。念天地之悠悠，独怆然而涕下。"

大牙赶紧殷勤地解释道："这首诗的意思是：向前看，看不到在遥远过去曾经在这颗行星上生活过的虫虫；向后看，看不到未来将要在这颗行星上生活的虫虫。于是感到时空的无限,于是哭了。"

神沉默。

"呵,哭是地球虫虫表达悲哀的一种方式,它们的视觉器官……"

"你仍没感觉到什么?"神打断了大牙的话。球体又向下降了一些,几乎贴到大牙的鼻子上。

大牙这次坚定地摇摇头:"尊敬的神,我想里面没有什么的。一首很简单的小诗罢了。"

接下来,神又连续吟诵了几首古诗,都很简短,且属于题材空灵超脱的一类,有李白的《下江陵》《静夜思》《黄鹤楼送孟浩然之广陵》、柳宗元的《江雪》、崔颢的《黄鹤楼》、孟浩然的《春晓》等。

大牙说:"在吞食帝国,有许多长达百万行的史诗。尊敬的神,我愿意把它们全部献给您!相比之下,人类虫虫的诗是这么短小简陋,就像他们的技术……"

球体忽地从大牙头顶飘开去,在半空中沿着随机的曲线飘行:"使者,我知道你们最大的愿望就是希望我回答一个问题:吞食帝国已经存在了八千万年,为什么其技术仍徘徊在原子时代?我现在有答案了。"

大牙热切地望着球体说:"尊敬的神,这个答案对我们很重要!求您……"

"尊敬的神,"伊依举起一只手大声说,"我也有一个问题,不知能不能问?"

大牙恼怒地瞪着伊依,像要把他一口吃了似的,但神说:"我仍然讨厌地球虫子,但那些小矩阵为你赢得了这个权利。"

"艺术在宇宙中普遍存在吗?"

球体在空中微微颤动,似乎在点头:"是的,我就是一名宇宙艺的收集和研究者。我穿行于星云间，接触过众多文明的各种艺术，它们大多是庞杂而晦涩的体系。用如此少的符号，在如此小巧的矩阵中包含如此丰富的感觉层次和含义分支，而且还要受到严酷得有些变态的诗律和音韵的约束——这，我确实是第一次见到。使者，现在可以把这虫子扔了。"

大牙再次把伊依抓在爪子里："对，该扔了它，尊敬的神。吞食帝国中心网络中存储的人类文化资料是相当丰富的，现在您的记忆中已经拥有了所有资料，而这个虫虫，大概就记得那么几首小诗。"说着，它拿着伊依向焚化口走去。"把这些纸片也扔了。"神说。大牙又赶紧返身，用另一只爪子收拾纸片，这时伊依在大爪中高喊：

"神啊，把这些写着人类古诗的纸片留作纪念吧！您收集到了一种不可超越的艺术，向宇宙中传播它吧！"

"等等。"神再次制止了大牙。伊依已经悬到了焚化口上方，感到了下面蓝色火焰的热力。球体飘过来，悬停在距伊依的额头几厘米处。他同刚才的大牙一样，受到了那只没有瞳仁的巨眼的逼视。

"不可超越？"

"哈哈哈——"大牙举着伊依大笑起来，"这个可怜的虫虫居然在伟大的神面前说这样的话。滑稽！人类还剩下什么？你们失去了地球上的一切，科学知识也忘得差不多了。有一次在晚餐桌上，我在吃一个人之前问它，地球保卫战争中的人类的原子弹是用什么做的？他说是原子做的！"

"哈哈哈哈——"神也被大牙逗得大笑起来，球体颤动得成了椭圆，"不可能有比这更正确的回答了，哈哈哈——"

"尊敬的神，这些脏虫虫就剩下几首小诗了！哈哈哈——"

"但它们是不可超越的!"伊依在大爪中挺起胸膛庄严地说。

球体停止了颤动,用近似耳语的声音说:"技术能超越一切。"

"这与技术无关,这是人类心灵世界的精华,不可超越!"

"那是因为你不知道技术最终能具有什么样的力量,小虫子。小小的虫子,你不知道。"神的语气变得父亲般温柔,但潜藏在深处的阴冷杀气让伊依不寒而栗。"看着太阳。"

伊依按神的话做了。他们位于地球和火星轨道之间的太空,太阳的光芒使他眯起了双眼。

"你最喜欢的颜色是什么?"神问。

"绿色。"

话音刚落,太阳变成了绿色。那绿色妖艳无比,太阳仿佛是一只突然浮现在太空深渊中的猫眼,在它的凝视下,整个宇宙都变得诡异无比。

大牙爪子一颤,伊依掉在平面上。当理智稍稍恢复后,他们都意识到一个比太阳变绿更加令人震撼的事实:从这里到太阳,光需要行走十几分钟,但这一切都发生在一瞬间!

半分钟后,太阳恢复原状,又发出耀眼的白光。

"看到了吗?这就是技术,是这种力量使我们的种族从海底淤泥中的鼻涕虫变为神。其实技术本身才是真正的神,我们都真诚地崇拜它。"

伊依眨着昏花的双眼说:"但神并不能超越那样的艺术,我们也有神,想象中的神,我们崇拜它们,但并不认为它们能写出李白和杜甫那样的诗。"

神冷笑了两声,对伊依说:"真是一只无比固执的虫子,这使你更让人厌恶。不过,为了消遣,就让我来超越一下你们的矩阵艺术吧!"

伊依也冷笑了两声:"不可能的,首先你不是人,不可能有人的心灵感受，人类艺术在你那里只是石板上的花朵，技术并不能使你超越这个障碍。"

"技术超越这个障碍易如反掌，给我你的基因！"

伊依不知所措。"给神一根头发！"大牙提醒说。伊依伸手拔下一根头发，一股无形的吸力将头发吸向球体，然后从球体飘落到平面，神只是提取了发根上的一点皮屑。

球体中的白光涌动起来，渐渐变得透明，里面充满了清澈的液体，浮起串串水泡。接着，伊依在液体中看到了一个蛋黄大小的球，它在射入液球的阳光中呈淡红色，仿佛自己会发光。小球很快长大，伊依认出那是一个蜷曲着的胎儿，他肿胀的双眼紧闭着，大大的脑袋上交错着红色的血管。胎儿继续成长，小身体终于伸展开来，像青蛙似的在液球中游动。液体渐渐变得浑浊，透过液球的阳光只映出一个模糊的影子。看得出那个影子仍在飞速成长，最后变成了一个游动着的成人的身影。

这时，液球又恢复成原来那样完全不透明的白色光球，一个赤裸的人从球中掉出来，落到平面上。伊依的克隆体摇摇晃晃地站了起来，阳光在他湿漉漉的身体上闪亮。他的头发和胡子老长，但看得出来只有三四十岁的样子。除了一样的精瘦外，一点也不像伊依本人。克隆体僵立着，呆滞的目光看着无限的远方，似乎对这个刚刚进入的宇宙浑然不知。

在他的上方，球体的白光暗下来，最后完全熄灭，球体本身也像蒸发似的消失了。但这时，伊依感觉什么东西又亮了起来，很快发现那是克隆体的眼睛，它们由呆滞突然变得充满了智慧的灵光。后来伊依知道，神的记忆这时已全部转移到克隆体中了。

"冷，这就是冷？"一阵轻风吹来，克隆体双手抱住湿漉漉的双肩，浑身打战，但声音里充满了惊喜，"这就是冷。这就是痛苦，精致的、完美十维弦：目前尝试统一量子力学和广义相对论的最热门的物理学理论。该理论认为，构成物质的粒子和传递相互作用的粒子均是由弦构成的，弦的不同振动模式对应不同的粒子。弦是一维的，它在由一维的时间和九维空间构成的十维时空中振动。

的痛苦。我在星际间苦苦寻觅的感觉，尖锐如洞穿时空的十维弦，晶莹如类星体中心的纯能钻石，啊——"他伸开皮包骨头的双臂，仰望银河，"前不见古人，后不见来者，念宇宙之……"克隆体冷得牙齿咯咯作响，赶紧停止了出生演说，跑到焚化口边烤火。

克隆体把两手放到焚化口的蓝火焰上，哆哆嗦嗦地对伊依说："其实，我现在进行的是一项很普通的操作。当我研究和收集一种文明的艺术时，总是将自己的记忆借宿于该文明的一个个体中，这样才能保证对该艺术的完全理解。"

焚化口中的火焰亮度剧增，周围的平面上也涌动着各色的光晕，伊依感觉这里仿佛成了一块飘浮在火海上的毛玻璃。

大牙低声对伊依说："焚化口已转换为制造口了，神正在进行'能—质'转换。"看到伊依不太明白，他又解释说，"傻瓜，就是用纯能制造物品——上帝的活计！"

制造口突然喷出一团白色的东西，在空中展开并落了下来，原来是一件衣服。克隆体接住衣服穿了起来。伊依看到那竟是一件宽大的唐朝古装，用雪白的丝绸做成，有宽大的黑色镶边。刚才还一副可怜相的克隆体穿上它后立刻就显得像神仙下凡。伊依实在想象不出它是如何从蓝火焰中被制造出来的。

又有物品被制造出来——从制造口飞出一块黑色的东西，像石头一样咚地砸在平面上。伊依跑过去拾起来。他几乎不敢相信自己的眼睛——手中拿着的，分明是一方沉重的石砚，而且还是冰凉的。接着又有什么啪地掉下来，伊依拾起那个黑色的条状物。他没猜错，这是一块墨！接着被制造出来的是几支毛笔、一副笔架、一张雪白的宣纸——从火里飞出的纸！还有几件古色古香的案头小饰品，最后制造出来的也是最大的一件东西是：一张样式古老的书案！伊依和大牙忙着把书案扶正，把那些小东西在案头摆放好。

"转化这些东西的能量，足以把一颗行星炸成碎末。"大牙对伊依耳语，声音有些发颤。

克隆体走到书案旁，看着上面的摆设，满意地点点头，一手理着刚刚干了的胡子，说："我，李白。"

伊依审视着克隆体问："你是说想成为李白呢，还是真把自己当成了李白？"

"我就是李白，超越李白的李白！"

伊依笑着摇摇头。

"怎么，到现在你还怀疑吗？"

伊依点点头说："不错，你们的技术远远超过了我的理解力，已与人类想象中的神力和魔法无异，即使是在诗歌艺术方面也有让我惊叹的东西——跨越如此巨大的文化和时空鸿沟，你竟能感觉到中国古诗的内涵……但理解李白是一回事，超越他又是另一回事，我仍然认为你面对的是不可超越的艺术。"

克隆体——李白的脸上浮现出高深莫测的笑容，但转瞬即逝。他手指书案，对伊依大喝一声："研墨！"然后径自走去，在快要走到平面边缘时站住，理着胡须遥望星河沉思起来。

伊依提起书案上的一只紫砂壶向砚上倒了一点清水，拿过那条墨研了起来。他是第一次干这个，笨拙地斜着墨条磨边角。看着砚台中渐渐浓起来的墨汁，伊依想到自己正身处距太阳 1.5 个天文单位的茫茫太空中，这个无限薄的平面（即使在刚才由纯能制造物品时，从远处看它仍没有厚度）仿佛是飘浮在宇宙深渊中的舞台，在它上面，一头恐龙、一个被恐龙当作肉食家禽饲养的人、一个穿着唐朝古装、准备超越李白的技术之神，正在上演一场怪诞到极点的活剧，伊依不禁摇头苦笑起来。

墨研得差不多了，伊依站起来，同大牙一起等待着。这时，平面上的轻风已经停止，太阳和星河静静地发着光，仿佛整个宇宙都在期待。李白静立在平面边缘。由于平面上的空气层几乎没有散射，他在阳光中的明暗部分极其分明，除了理胡须的手不时动一下外，简直就是一尊石像。伊依和大牙等啊等，时间在静静地流逝，书案上蘸满了墨的毛笔渐渐有些发干。不知不觉，太阳的位置已移动了很多，把他们和书案、飞船的影子长长地投在平面上，书案上平铺的白纸仿佛变成了平面的一部分。终于，李白转过身来，慢步走到书案前。伊依赶紧把毛笔重新蘸了墨，双手递了过去，但李白抬起一只手回绝了，只是看着书案上的白纸继续沉思，目光中有了些新的东西。

伊依得意地看出，那是困惑和不安。

"我还要制造一些东西，那都是……易碎品，你们去小心接着。"李白指了指制造口说。那里面本来已暗淡下去的蓝焰又明亮起来。伊依和大牙刚刚跑过去，就有一条蓝色的火舌把一个球形物推出来。大牙眼疾手快地接住了,细看是一个大坛子。接着又从蓝焰中飞出了三只大碗,伊依接住了其中的两只,有一只摔碎了。大牙把坛子抱到书案上,小心地打开封盖,一股浓烈的酒味溢了出来,他和伊依惊奇地对视了一眼。

"在我从吞食帝国接收到的地球信息中,有关人类酿造业的资料不多,所以这东西造得不一定准确。"李白说,同时指着酒坛示意伊依尝尝。

伊依拿碗从中舀了一点儿,抿了一口,一股火辣感从嗓子眼儿流到肚子里,他点点头:"是酒,但是与我们为改善肉质喝的那些相比太烈了。"

"满上。"李白指着书案上的另一只空碗说。待大牙倒满烈酒后,李白端起来咕咚咚一饮而尽,然后转身再次向远处走去,不时踉跄两下。到达平面边缘后,他又站在那里对着星海深思。但与上次不同的是,他的身体有节奏地左右摆动,像在和着某首听不见的曲子。这次李白沉思不久就走回到书案前,回来的一路上近乎在跳舞。面对伊依递过来的笔,他一把抓过扔到远处。

"满上。"李白眼睛直勾勾地盯着空碗说。

…………

一小时后,大牙用两只大爪小心翼翼地把烂醉如泥的李白放到已清空的书案上,但他一翻身又骨碌下来,嘴里嘀咕着恐龙和人都听不懂的语言。他已经红红绿绿地吐了一大摊——真不知是什么时候吃进的这些食物——宽大的古装上也污了一片。那一摊呕吐物被平面发出的白光透过,形成了一幅抽象图形。李白的嘴上黑乎乎的全是墨,这是因为在喝光第四碗后,他曾试图在纸上写什么,但只是把蘸饱墨的毛笔重重地戳到桌面上,接着,李白就像初学书法的小孩子那样,试图用嘴把笔毛理顺……

"尊敬的神?"大牙俯下身来小心翼翼地问。

"哇咦卡啊……卡啊咦唉哇。"李白大着舌头说。

大牙站起身,摇摇头叹了一口气,对伊依说:"我们走吧!"

二 另一条路

伊依所在的饲养场位于吞食者的赤道上。当吞食帝国处于太阳系内层空间时,这里曾是一片夹在两条大河之间的美丽草原。吞食帝国航出木星轨道后,严冬降临了,草原消失,大河封冻,被饲养的人类都转到地下城中。当吞食帝国受到神的召唤而返回后,随着太阳的临近,大地回春,两条大河很快解冻了,草原也开始变绿。

气候好的时候,伊依总是独自住在河边自己搭的一间简陋草棚中,种地过日子。对于一般人来说,这是不被允许的,但由于伊依在饲养场中讲授的古典文学课程有陶冶情操的功能,他的学生的肉有一种很特别的风味,所以恐龙饲养员也就不干涉他了。

这是伊依与李白初次见面两个月后的一个黄昏,太阳刚刚从吞食帝国平直的地平线上落下,两条映着晚霞的大河在天边交汇。在河边的草棚外,微风把远处草原上欢舞的歌声隐隐送来。伊依和自己下着围棋,抬头看到李白和大牙沿着河岸向这里走来。这时的李白已有了很大的变化——他头发蓬乱,胡子老长,脸晒得很黑,左肩挎着一只粗布包,右手提着一个大葫芦,身上那件古装已破烂不堪,脚上穿着一双磨得不像样子的草鞋。伊依觉得这时的他倒更像一个"人"了。

李白走到围棋桌前,像前几次来一样,不看伊依一眼就把葫芦重重地向桌上一放,说:"碗!"待伊依拿来两只木碗后,李白打开葫芦盖,往两只碗里倒满酒，然后又从布包中拿出一个纸包，打开来，伊依发现里面竟放着切好的熟肉，香味扑鼻，不由得拿起一块嚼了起来。

大牙只是站在两三米远处静静地看着他们。有前几次的经验，他知道他们俩又要谈诗了。对这种谈话，他既无兴趣，也没资格参与。

"好吃，"伊依赞许地点点头，"这牛肉也是纯能转化的？"

"不，我早就回归自然了。你可能没听说过，在距这里很遥远的一个牧场，饲养着来自地球的牛群。这牛肉是我亲自做的，用山西平遥牛肉的做法，诀窍是在炖的时候放——"李白凑到伊依耳边神秘地说，"尿碱。"

伊依迷惑不解地看着他。

"哦，就是人类的小便蒸干以后析出的那种白色的东西，能使炖好的肉外观红润，肉质鲜嫩，肥而不腻，瘦而不柴。"

"这尿碱……也不是纯能做出来的？"伊依惊恐地问。

"我说过自己已经回归自然了！尿碱是我费了好大劲儿从几个人类饲养场收集来的。这是很正宗的民间烹饪技艺，在地球毁灭前就早已失传。"

伊依已经把嘴里的牛肉咽下去了。为了抑制呕吐，他端起了酒碗。

李白指指葫芦说："在我的指导下，吞食帝国已经建起了几个酒厂，能够生产大部分的地球名酒。这是它们酿制的正宗竹叶青，用汾酒浸泡竹叶而成。"

伊依这才发现碗里的酒与前几次李白带来的不同，呈翠绿色，入口后有甜甜的药草味。

"看来，你对人类文化已了如指掌了。"伊依感慨道。

"不仅如此，我还花了大量的时间亲身体验。你知道，吞食帝国很多地区的风景与李白所在的地球极为相似。这两个月来，我浪迹山水之间，饱览美景，月下饮酒，山巅吟诗，还在遍布各地的人类饲养场中有过几次艳遇……"

"那么，现在总能让我看看你的诗作了吧？"

李白呼地放下酒碗，站起身，不安地踱起步来："是作了一些诗，而且肯定是些让你吃惊的诗，你会看到，我已经是一个很出色的诗人了，甚至比你和你的祖爷爷都出色。但我不想让你看，因为我同样肯定你会认为那些诗没有超越李白，而我……"他抬起头遥望天边落日的余晖，目光中充满了迷离和痛苦，"也这么认为。"

远处的草原上，舞会已经结束，快乐的人们开始享用丰盛的晚餐。一群少女向河边跑来，在岸边的浅水中嬉戏。她们头戴花环，身上披着薄雾一样的轻纱，在暮色中构成一幅醉人的画面。伊依指着距草棚较近的一个少女问李白："她美吗？"

"当然。"李白不解地看着伊依说。

"想象一下，用一把利刃把她切开，取出她的每一个脏器，剜出她的眼球，挖出她的大脑，剔出每一根骨头，把肌肉和脂肪按不同部位和功能分割开来，再把所有的血管和神经分别理成两束，最后在这里铺上一大块白布，把这些东西按解剖学原理分门别类地放好，你还觉得美吗？"

"你怎么在喝酒的时候想到这些？恶心。"李白皱起眉头说。

"怎么会恶心呢？这不正是你所崇拜的技术吗？"

"你到底想说什么？"

"李白眼中的大自然就是你现在看到的河边少女；而同样的大自然在技术的眼中呢，就是那张白布上井然有序但血淋淋的部件。所以，技术是反诗意的。"

"你好像对我有什么建议？"李白理着胡子若有所思地说。

"我仍然不认为你有超越李白的可能，但可以尝试为你指出一个正确的方向：技术的迷雾蒙住了你的双眼，使你看不到自然之美，所以，你首先要做的是把那些超级技术全部忘掉。你既然能够把自己的全部记忆移植到你现在的大脑中，当然也可以删除其中的一部分。"

李白抬头和大牙对视了一眼，两者都哈哈大笑起来。大牙对李白说："尊敬的神，我早就告诉过您，虫虫是多么的狡诈，您稍不留心就会跌入他们设下的陷阱。"

"哈哈哈哈，是狡诈，但也有趣。"李白对大牙说，然后转向伊依，冷笑着说，"你真的认为我是来认输的？"

"你没能超越人类诗词艺术的巅峰，这是事实。"

李白突然抬起一只手，指着大河，问："到河边去有几种走法？"

伊依不解地看了李白几秒："好像……只有一种。"

"不，有两种。我还可以向这个方向走，"李白指着与河相反的方向说，"这样一直走，绕吞食帝国的大环一周，再从对岸过河，也能走到这个岸边。我甚至还可以绕银河系一周再回来。对于我们的技术来说，这也易如反掌。技术可以超越一切！我现在已经被逼得要走另一条路了！"

伊依努力想了好半天，终于困惑地摇摇头："就算是你有神一般的技术，我还是想不出超越李白的另一条路在哪儿。"

李白站起来说："很简单，超越李白的两条路是：一，把超越他的那些诗写出来；二，把所有的诗都写出来！"

伊依显得更糊涂了，但站在一旁的大牙似有所悟。

"我要写出所有的五言和七言诗，这是李白所擅长的；另外我还要写出常见词牌的所有的词！你怎么还不明白？我要在符合这些格律的诗词中，试遍所有汉字的所有组合！"

"啊，伟大！伟大的工程！"大牙忘形地欢呼起来。

"这很难吗?"伊依傻傻地问。

"当然难,难极了!如果用吞食帝国最大的计算机来进行这样的计算,可能到宇宙末日也完成不了!"

"没那么多吧?"伊依充满疑问地说。

"当然有那么多?"李白得意地点点头,"但使用你们还远未掌握的量子计算技术,就能在可以接受的时间内完成这样的计算。到那时,我就写出了所有的诗词,包括所有以前写过的和所有以后可能写的。特别注意,所有以后可能写的!超越李白的巅峰之作自然包括在内。事实上,我终结了诗词艺术。直到宇宙毁灭,所出现的任何一个诗人,不管他达到了怎样的高度,都不过是个抄袭者,他的作品肯定能在我那巨大的存储器中检索出来。"

大牙突然发出一声低沉的惊叫,看着李白的目光由兴奋变为震惊,"巨大的……存储器?尊敬的神,您该不是说,要把量子计算机写出的诗都……都存起来吧?"

"写出来就删除有什么意思呢?当然要存起来!这将是我的种族留在这个宇宙中的艺术丰碑之一!"

大牙的目光由震惊变为恐惧,他粗大的双爪前伸,两腿打弯,像要给李白跪下,声音也像要哭出来似的:"使不得,尊敬的神,这使不得啊!"

"是什么把你吓成这样?"伊依抬头惊奇地看着大牙问。

"你个白痴!你不是知道原子弹是原子做的吗?那存储器也是原子做的,它的存储精度最高只能达到原子级别!知道什么是原子级别的存储嘛?就是说一个针尖大小的地方,就能存下人类所有的书!不是你们现在那点儿书,是地球被吃掉前上面所有的书!"

"啊,这好像是有可能的,听说一杯水中的原子数比地球上海洋中水的杯数都多。这么说，他写完那些诗后带根针走就行了。"伊依指指李白说。

大牙恼怒已极，来回急走几步，总算挤出了一点儿耐性："好，好，你说，按神说的那些五言七言诗，还有那些常见的词牌，各写一首，总共有多少字？"

"不多，也就两三千字吧，古典诗词是最精练的艺术。"

"那好，我就让你这个白痴虫虫看看它有多么精练！"大牙说着走到桌前，用爪指着上面的棋盘说，"你们管这种无聊的游戏叫什么？哦，围棋，这上面有多少个交叉点？"

"纵横各19行，共361个点。"

"很好，每个点上可以放黑子、白子或空着，共三种状态，这样，每一个棋局，就可以看作由三个汉字写成的一首19行361个字的诗。"

"这比喻很妙。"

"那么，穷尽这三个汉字在这种诗上的所有组合，总共能写出多少首诗呢？让我告诉你：3的361次方首，或者说，嗯，我想想，10的172次方首！"

"这……很多吗？"

"白痴！"大牙第三次骂出这个词，"宇宙中的全部原子只有……啊——"它气恼得说不下去了。

"有多少？"伊依仍是那副傻样。

"只有10的80次方个！你个白痴虫虫啊——"

直到这时，伊依才表现出了一点儿惊奇："你是说，如果一个原子存储一首诗，用光宇宙中的所有原子，还存不完他的量子计算机写出的那些诗？"

"差得远呢！差10的92次方倍呢！再说，一个原子哪能存下一首诗？

人类虫虫的存储器，存一首诗用的原子数可能比你们的人口都多。至于我们，用单个原子存储一位二进制还仅处于实验室阶段……唉。"

"使者，在这一点上是你目光短浅了。想象力不足，正是吞食帝国技术进步缓慢的原因之一。"李白笑着说，"使用基于量子多态叠加原理的量子存储器，只用很少量的物质就可以存下那些诗。当然，量子存储不太稳定，为了永久保存那些诗作，还需要与更传统的存储技术结合使用。即使这样，制造存储器需要的物质量也是很少的。"

"是多少？"大牙问，看那样子显然心已提到了嗓子眼儿。

"大约为 10 的 57 次方个原子。微不足道，微不足道。"

"这……这正好是整个太阳系的物质量！"

"是的，包括所有的太阳行星，当然也包括吞食帝国。"

李白最后这句话是轻描淡写地随口而出的，但在伊依听来却像晴天霹雳，不过大牙反倒显得平静下来。长时间受到灾难预感的折磨后，灾难真正来临时，他反而有一种解脱感。

"您不是能把纯能转换成物质吗？"大牙问。

"得到如此巨量的物质需要多少能量你不会不清楚，这对我们也是不可想象的，还是用现成的吧！"

"这么说，皇帝的忧虑不无道理。"大牙自语道。

"是的是的。"李白欢快地说，"我前天已向吞食皇帝说明，这个伟大的环形帝国将被用于一个更伟大的目的，所有的恐龙应该为此感到自豪。"

"尊敬的神，您会看到吞食帝国的感受的。"大牙阴沉地说，"还有一个问题：与太阳相比，吞食帝国的质量实在是微不足道，为了得到这九牛之一毛的物质，有必要毁灭一个进化了几千万年的文明吗？"

"你的这个疑问我完全理解。但要知道，熄灭、冷却和拆解太阳是需要很长时间的，在这之前对诗的量子计算就已经开始了，我们需要及时地把结果存起来，清空量子计算机的内存以继续计算。这样，可以立即用于制造存储器的行星和吞食帝国的物质就是必不可少的了。"

"明白了，尊敬的神。最后一个问题：有必要把所有的组合结果都存起来吗？为什么不能在输出端加一个判断程序，把那些不值得存储的诗作剔除掉？据我所知，中国古诗是要遵从严格的格律的。如果把不符合格律的诗去掉，那最后的总量将大为减少。"

"格律？哼，"李白不屑地摇摇头，"那不过是对灵感的束缚。中国南北朝以前的古体诗并不受格律的限制，即使是在唐代以后严格的近体诗中，也有许多古典诗词大师不遵从格律，写出了大量卓越的变体诗。所以，在这次终极吟诗中，我将不考虑格律。"

"那您总该考虑诗的内容吧？最后的计算结果中，肯定有百分之九十九的诗是毫无意义的，存下这些随机的汉字矩阵有什么用？"

"意义？"李白耸耸肩说，"使者，诗的意义并不取决于你的认可，也不取决于我或其他任何人——它取决于时间。许多在当时毫无意义的诗后来成了旷世杰作，而现今和以后的许多杰作在遥远的过去肯定也曾是毫无意义的。我要作出所有的诗，亿亿亿万年之后，谁知道伟大的时间会把其中的哪首选为巅峰之作呢？"

"这简直荒唐！"大牙大叫起来，它那粗嘎的嗓音惊起了远处草丛中的几只鸟，"如果按现有的人类虫虫的汉字字库，您的量子计算机写出的第一首诗应该是这样的：

啊啊啊啊啊

啊啊啊啊啊

啊啊啊啊啊

啊啊啊啊唉

"请问,伟大的时间会把这首选为杰作?"

一直不说话的伊依这时欢叫起来:"哇!还用什么伟大的时间来选?它现在就是一首巅峰之作耶!前三行和第四行的前四个字都是表达生命对宏伟宇宙的惊叹;最后一个字是诗眼,是诗人在领略了宇宙之浩渺后,对生命在无限时空中的渺小发出的一声无奈的叹息。"

"呵呵呵呵呵。"李白捋着胡须乐得合不上嘴,"好诗,伊依虫虫,真的是好诗。呵呵呵……"说着拿起葫芦给伊依倒酒。

大牙挥起巨爪,一巴掌把伊依打了老远:"混账虫虫!我知道你现在高兴了,可不要忘记,吞食帝国一旦毁灭,你们也活不了!"

伊依一直滚到河边,好半天才爬起来。他满脸沙土,咧大了嘴,不顾疼痛地大笑起来:"哈哈,有趣,这个宇宙真不可思议!"他忘形地喊道。

"使者,还有问题吗?"看到大牙摇头,李白接着说,"那么,我明天就要离开。后天,量子计算机将启动作诗软件,终极吟诗将开始,同时,熄灭太阳,拆解行星和吞食帝国的工程也将启动。"

"尊敬的神,吞食帝国在今天夜里就能做好战斗准备!"大牙立正后庄严地说。

"好好,真是很好,往后的日子会很有趣的。但这一切发生之前,还是让我们喝完这一壶吧!"李白快乐地点点头说,同时拿起了酒葫芦。倒完酒,他看着已笼罩在夜幕中的大河,意犹未尽地回味着,"真是一首好诗。第一首,呵呵,第一首就是好诗。"

三　终极吟诗

吟诗软件其实十分简单，用人类的 C 语言表达可能不超过两千行代码，另外再加一个存储所有汉字字符的不大的数据库。当这个软件在位于海王星轨道上的那台量子计算机（一个飘浮在太空中的巨大透明锥体）上启动时，终极吟诗就开始了。

这时吞食帝国才知道，李白只是超级文明种族中的一个个体。这与以前预想的不同，当时恐龙们都认为，进化到这样技术级别的社会在意识上早就融为一个整体了，吞食帝国在过去一千万年中遇到的五个超级文明都是这种形态。但李白一族保持了个体的存在，这也部分解释了他们对艺术超常的理解力。当吟诗开始时，李白一族又有大量的个体从外太空的各个方位跃迁到太阳系，开始了制造存储器的工程。

吞食帝国上的人类看不到太空中的量子计算机，也看不到新来的神族。在他们看来，终极吟诗的过程，就是太空中太阳数目的增减过程。

在吟诗软件启动一个星期后，神族成功地熄灭了太阳。这时，太空中太阳的数目减到零，但太阳内部核聚变的停止使恒星的外壳失去了支撑，很快坍缩成一颗超新星，于是暗夜很快又被照亮，只是这颗太阳的亮度是以前的上百倍，使吞食帝国表面草木生烟。超新星又被熄灭了，但过一段时间后又爆发了，就这样亮了又灭，灭了又亮，仿佛太阳是一只九条命的猫，在没完没了地挣扎。但神族对于杀死恒星其实很熟练，他们从容不迫地一次次熄灭超新星，使它的物质最大比例地聚变为制造存储器所需的重元素。当第十一次超新星熄灭后，太阳才真正咽了气。这时，终极吟诗已经开始了三个地球月。早在此之前，在第三次超新星出现时，太空中就有其他的太阳出现，这些太阳在太空中的不同位置此起彼伏地亮起或熄灭，最多时，天空中出现过九个新太阳。这些太阳是神族在拆解行星时释放的能量，由于后来恒星太阳的闪烁已变得暗弱，人们就分不清这些太阳的真假了。

对吞食帝国的拆解是在吟诗开始后第五个星期进行的。这之前，李白曾向帝国提出了一个建议：由神族将所有恐龙跃迁到银河系另一端的一个世界。那里有一个文明，比神族落后许多，仍未纯能化，但比吞食文明要先进得多。恐龙们到那里后，将作为一种小家禽被饲养，过上衣食无忧的快乐生活。但恐龙们宁为玉碎不为瓦全，愤怒地拒绝了这个提议。

李白接着提出了另一个要求：让人类活下来，并返回他们的母亲星球。其实，地球也被拆解了，它的大部分用于制造存储器，但神族还是剩下了其中的一小部分物质为人类建造了一个空心地球。空心地球的大小与原地球差不多，但其质量仅为后者的百分之一。说地球被掏空了是不确切的，因为原地球表面那层脆弱的岩石根本不可能用来做球壳。球壳的材料可能取自地核，另外球壳上像经纬线般交错的、虽然很细但强度极高的加固圈，是用太阳坍缩时产生的简并态中子物质制造的。

令人感动的是，吞食帝国不但立即答应了李白的要求，允许所有人类离开大环世界，还把从地球掠夺来的海水和空气全部还给了人类，神族借此在空心地球内部恢复了原地球的大陆、海洋和大气层。

接着，惨烈的大环保卫战开始了。吞食帝国向太空中的神族目标发射大批核弹和伽马射线激光，但这些对敌人毫无作用。在神族发射的一个无形的强大力场推动下，吞食者大环越转越快，最后在超速自转产生的离心力下解体了。这时，伊依正在飞向空心地球的途中。他从一千二百万千米之外目睹了吞食帝国毁灭的全过程：

大环解体的过程很慢，如同梦幻。在漆黑太空的背景上，这个巨大的世界如同一团浮在咖啡上的奶沫一样散开。边缘的碎块渐渐隐没于黑暗之中，仿佛被太空溶解了，只有不时出现的爆炸的闪光才使它们重新现形。

这个充满阳刚之气的伟大文明就这样被毁灭了，伊依悲哀万分。只有一小部分恐龙活了下来，与人类一起回归地球，其中包括使者大牙。

在返回地球的途中，人类普遍都很沮丧，但原因与伊依不同——回到地球后是要开荒种地才有饭吃的，这对于已在长期被饲养的生活中变得四体不勤、五谷不分的人类来说，简直像一场噩梦。

但伊依对地球世界的前途满怀信心，不管前面有多少磨难，人将重新成为人。

四　诗云

吟诗航行的游艇到达了南极海岸。

这里的重力已经很小，海浪的运行十分缓慢，像是一种描述梦幻的舞蹈。在低重力下，拍岸浪把水花儿送上十几米高处，飞上半空的海水由于表面张力而形成无数水球，大的像足球，小的如雨滴。这些水球下落缓慢，慢到可以用手在它们周围划圈。它们折射着小太阳的光芒，使上岸后的伊依、李白和大牙置身于一片晶莹灿烂之中。低重力下的雪也很奇特，呈蓬松的泡沫状，浅处齐腰深，深处能把大牙都淹没。但在被淹没后，他们竟能在雪沫中正常呼吸！整个南极大陆就覆盖在这雪沫之下，起伏不平，一片雪白。

伊依一行乘一辆雪地车前往南极点。雪地车像是一艘掠过雪沫表面的快艇，在两侧激起片片雪浪。

第二天，他们到达了南极点。极点的标志是一座高大的水晶金字塔，这是为纪念两个世纪前的地球保卫战而建造的纪念碑，上面没有任何文字和图形，只有晶莹的碑体在地球顶端的雪沫之上默默地折射着阳光。

从这里看去，整个地球世界尽收眼底。光芒四射的小太阳周围，围绕着大陆和海洋，使它看上去仿佛是从北冰洋中浮出来似的。

"这个小太阳真的能够永远亮着吗？"伊依问李白。

"至少能亮到新的地球文明进化到能制造新太阳之时。它是一个微型白洞。"

"白洞？是黑洞的反演吗？"大牙问。

"是的，它通过空间虫洞与二百万光年外的一个黑洞相连。那个黑洞围绕着一颗恒星运行，它吸入的恒星的光从这里被释放出来，可以把它看作一根超时空光纤的出口。"

纪念碑的塔尖是拉格朗日轴线的南起点，这是指连接空心地球南北两极的轴线，因战前地月之间的零重力拉格朗日点而得名，是一条长一万三千千米的零重力轴线。以后，人类肯定要在拉格朗日轴线上发射各种卫星。比起战前的地球来，这种发射易如反掌——只需把卫星运到南极点或北极点——愿意的话用驴车运都行——然后用脚把它向空中踹出去就行了。

就在他们观看纪念碑时，又有一辆较大的雪地车载来了一群年轻的旅行者。这些人下车后双腿一弹，径直跃向空中，沿拉格朗日轴线高高飞去，把自己变成了卫星。从这里看去，有许多小黑点在空中标出了轴线的位置，那都是在零重力轴线上飘浮的游客和各种车辆。本来从这里可以直接飞到北极,但小太阳位于拉格朗日轴线中部,最初有些沿轴线飞行的游客因随身携带的小型喷气推进器坏了,无法减速,只能朝太阳飞去。不过,在距小太阳很远的距离上,他们就被蒸发了。

在空心地球,进入太空也是一件很容易的事,只需要跳进赤道上的五口深井(名叫地门)中的一口,向下坠落一百千米,穿过地壳,就被空心地球自转的离心力抛进太空了。

现在,伊依一行为了看诗云也要穿过地壳,但他们走的是南极的地门,在这里,地球自转的离心力为零,所以不会被抛入太空,只能到达空心地球的外表面。他们在南极地门控制站穿好轻便太空服后,就进入了那条长一百千米的深井,由于没有重力,叫它隧道更合适一些。在失重状态下,他们借助太空服上的喷气推进器前进,这比在赤道的地门中坠落要慢得多,用了半个小时才来到外表面。

空心地球外表面十分荒凉,只有纵横的中子材料加固圈。这些加固圈把地球外表面按经纬线划分成许多个方格,南极点正是所有经线加固圈的交点。当伊依一行走出地门后,发现自己身处一个面积不大的高原上,地球加固圈像一道道漫长的山脉,以高原为中心呈放射状朝各个方向延伸。

抬头,他们看到了诗云。

诗云处于已消失的太阳系所在的位置,是一片直径为一百个天文单位的旋涡状星云,形状很像银河系。空心地球处于诗云边缘,与原来太阳在银河系中的位置也很相似。不同的是,地球的轨道与诗云不在同一平面,这就使得从地球上可以看到诗云的侧面,而不是像银河系那样只能看到截面。但地球离开诗云平面的距离还远不足以使这里的人们观察到诗云的完整形状——事实上,南半球的整个天空都被诗云所覆盖。

诗云发出银色的光芒，能在地上投下人影。据说诗云本身是不发光的，这银光是宇宙射线激发出来的。由于宇宙射线密度不均，诗云中常涌动着大团的光晕，那些色彩各异的光晕滚过长空，好像是潜行在诗云中的发光巨鲸。也有很少的时候，宇宙射线的强度急剧增加，在诗云中激发出粼粼的光斑。这时的诗云已完全不像云了，整个天空仿佛是在月夜从水下看到的海面。地球与诗云的运行并不是同步的，所以有时地球会处于旋臂间的空隙上，这时，透过空隙可以看到夜空和星星。最为激动人心的是，在旋臂的边缘还可以看到诗云的断面形状，它很像地球大气中的积雨云，变幻出各种宏伟的让人浮想联翩的形体。这些巨大的形体高高地升出诗云的旋转平面，发出幽幽的银光，仿佛是一个超级意识里没完没了的梦境。

伊依把目光从诗云收回，从地上拾起一块晶片。这种晶片散布在他们周围的地面上，像严冬的碎冰般闪闪发亮。伊依举起晶片，对着诗云密布的天空。晶片很薄，有半个手掌大小，正面看全透明，但把它稍斜一下，就会看到诗云的亮光在它表面映出的霓彩光晕。这就是量子存储器，人类历史上产生的全部文字信息，也只能占一块晶片存储量的几亿分之一。诗云就是由 10 的 40 次方片这样的存储器组成的，它们存储了终极吟诗的全部结果。这片诗云，是用原来构成太阳和它的九大行星的全部物质所制造，当然也包括吞食帝国。

"真是伟大的艺术品！"大牙由衷地赞叹道。

"是的，它的美在于其内涵——一片直径一百亿千米、包含着全部可能的诗词的星云——这太伟大了！"伊依仰望着星云激动地说，"我也开始崇拜技术了。"

一直情绪低落的李白长叹一声："唉，看来我们都在走向对方。我看到了技术在艺术上的极限，我……"他抽泣起来，"我是个失败者，呜呜……"

"你怎么能这样讲呢?"伊依指着上空的诗云说,"这里面包含了所有可能的诗,当然也包括那些超越李白的诗!"

"可我却得不到它们!"李白一跺脚,飞起了几米高,又在地壳那十分微小的重力下缓缓下落,"在终极吟诗开始时,我就着手编制诗词识别软件,但技术在艺术中再次遇到了不可逾越的障碍。到现在,具备古诗鉴赏力的软件还没能编出来。"他在半空中指指诗云,"不错,借助伟大的技术,我写出了诗词的巅峰之作,却不可能把它们从诗云中检索出来,唉……"

"智慧生命的精华和本质,真的是技术所无法触及的吗?"大牙仰头对着诗云大声问。经历过这一切,它变得越来越哲学了。

"既然诗云中包含了所有可能的诗,那其中自然有一部分诗,是描写我们全部的过去和所有可能与不可能的未来的。伊依虫虫肯定能找到一首诗,描述他在三十年前的一天晚上剪指甲时的感受,或十二年后的一顿午餐的菜谱;大牙使者也可以找到一首诗,描述它的腿上的一块鳞片在五年后的颜色……"说着,已重新落回地面的李白拿出了两块晶片,它们在诗云的照耀下闪闪发光,"这是我临走前送给二位的礼物——量子计算机以你们的名字为关键词,从诗云中检索出了几亿亿首与二位有关的诗。这些诗描述了你们在未来各种可能的生活,现在它们都在这里了,当然,在诗云中,这也只占描写你们的诗作的极小一部分。我只看过其中的几十首,最喜欢的是关于伊依虫虫的一首七律,描写他与一位美丽的村姑在江边相爱的情景……我走后,希望人类和剩下的恐龙好好相处,人类之间更要好好相处。要是空心地球的球壳被核弹炸个洞,可就麻烦了……"

"我和那位村姑后来怎样了?"伊依好奇地问。

在诗云的银光下,李白嘻嘻一笑:"你们幸福地生活在一起。"

"夸父号"环宇旅行记

◎ 王晋康

一 "夸父号"飞船

"各位观众,现在是地球纪年2083年12月15日,北京时间早7点30分,"中央电视台最著名的主持人叶知秋用富有磁性的男中音沉缓地解说着,"人类历史上最伟大的探险活动——环宇宙航行马上就要开始了。屏幕上这艘形状奇特的飞船就是将进行环宇航行的'夸父号'。"

叶知秋是在一艘新闻飞船上做报道的,现在镜头对准了地球同步轨道上的"夸父号",它像一枚球果嵌在广袤的天幕上。镜头拉近,显示出"夸父号"的全貌——它的形状确实很奇特,端部是一个直径300千米,用高强度钨晶须编织成的收集网,形状和手电筒的反光镜类似,用以搜集太空中游离氢原子,作为冲压式飞船的燃料。收集网后是一个巨大的球状容器,里面装着1万吨重水,它是飞船的屏蔽罩,因为对于近光速飞船来说,宇宙中到处都有的3K微波辐射会发生紫移,从而在行进前方形成对

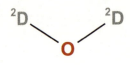

重水：水的一种，由氘和氧组成，分子式为 D_2O，相对分子质量为 20.027 3，比水的相对分子质量 18.015 3 高出约 11%，因此被称为重水。主要被用作核反应堆中的减速剂，它可以降低中子的速率，使之符合裂变过程发生的需要。

人有害的高能辐射。同时，重水又是飞船减速时——那当然是回程中的事了——所必需的能源，因为那时冲压式飞船收集氢燃料的能力会大大减弱。再往后是椭圆柱状的乘员舱，形状和棋子相近，乘员舱能绕中轴线旋转，以产生乘员们生活必需的 $1g$ 重力。乘员舱外是一个异常巨大的圆环，那是太阳帆的桅杆，不过这会儿太阳帆还未张开。再往后就是尾喷管和侧喷管了。"夸父号"飞船是在同步轨道上组装的，也就是说，它不需要飞过大气层，因此不需要严格的流线型机身，这使它的外形看起来显得笨拙且粗糙。

叶知秋继续说："众所周知，这将是人类史上最悲壮的一次人类探险。50 年来，从'夸父计划'开始立项，到飞船投入制造，时刻牵动着 60 亿地球人的心。大部分人对计划的详情已十分了解，但我今天还想重复一下。'夸父号'飞船的使命是为了证实爱因斯坦的宇宙超圆体假说，这个假说认为宇宙是多维的，三维宇宙空间通过更高维数的折叠形成一个超圆体，如果我们在三维的宇宙中一直向外走，最终会通过超三维的空间而返回地球。

"各种理论上的验证都倾向于承认超圆体假说，现在人类将对它进行实践上的验证。当然，这趟旅行是十分漫长的。目前人类可观测的宇宙已达150亿光年，沿超圆体运行一周的路程将不少于数百亿光年。即使飞船一直以光速行进，它回到地球时也已经是数百亿年后了。那时，地球和太阳系肯定已不复存在，连宇宙本身也可能已经死亡，要知道，宇宙诞生至今也不过只有150亿年啊。"

全世界都在收视中国中央电视台的实况转播，全世界各处都回响着叶知秋苍凉深沉的声音，不少人因此热泪盈眶。

叶知秋是位老练的主持人，很快扭转了过于悲凉的气氛，笑着说："至于光速飞船上的乘员，根据相对论，他们的生命速率将大大减慢，因此，当他们返回这儿时，可能还不到40岁呢。我真羡慕他们，他们比天地更长寿！"他转回头指着"夸父号"继续介绍，"'夸父号'在临时乘员组的操纵下，在同步轨道上已停留了15天，所有部件已组装完毕，所有设施和货物也都就位了。现在它的巨大身躯旁有一艘服务飞船，'夸父号'正式乘员组就在这艘服务飞船上。两艘飞船已开始对接，乘员组将登上'夸父号'飞船，随后它就要点火启程。"

服务飞船已开到"夸父号"的中部，缓缓伸出对接舱口，与"夸父号"的对接口密合，又打开密封门，搭建起一条通道。趁这当儿，叶知秋向国外观众介绍了"夸父"这个名字的含义：

"夸父是中国神话中一位英雄，一位失败的英雄，可能因为这个原因，神话中关于他的记载也很简短。'夸父与日逐走，入日；渴，欲得饮，饮于河、渭；河、渭不足，北饮大泽。未至，道渴而死。弃其杖，化为邓林。'"他提高嗓音继续说道，"失败的夸父一直是华夏民族探索精神的象征。把这艘飞船命名为'夸父号'，表达了乘员们视死如归的精神，但我们希望他们能平安归来！"

小小的服务飞船内其实十分宽敞,近百名人类代表在为英雄们送行。这儿有中国国家主席派来的代表,联合国秘书长派来的代表,各国驻华使节,还有乘员的家属。服务飞船内鸦雀无声,在这个时刻,什么话语都显得分量太轻。他们默默地看着甬道尽头。

第一位乘员在甬道口出现了。他没有穿太空服,是一位十几岁的男孩子,额头很高,脸上稚气未脱,表情则是超出年龄的严肃。叶知秋介绍道,这一位是船长谢晓东,今年16岁——为了尽可能延长乘员在飞船上的生活年限,乘员的年龄要尽量年轻。谢晓东身高1.78米,体重60公斤,智商170,获得过哲学、语言学、数学、天文学、天文物理学、天文化学、医学、心理学等14个博士学位。听众中爆发出热烈的欢呼声。他们中有不少是环宇探险的铁杆支持者,"夸父号"乘员简直是他们心中的神灵。飞船上的气氛十分凝重,谢晓东首先同家人拥别,他的爷爷奶奶和父母都热泪盈眶,但都克制着,并没有哭出声。谢晓东同他们依依告别,继续同送行人默默拥抱,满头银发的国家主席代表,联合国秘书长代表,俄罗斯驻华大使,美国驻华大使……拥抱后他们都对他致以简短的祝福。

第二位乘员出现在甬道口。是一位同样年龄的女孩,大眼睛,眼窝较深,穿着无袖连衣裙。叶知秋介绍说,她叫狄小星,16岁,身高1.65米,体重52公斤,智商170,也获得了14个博士学位。她还是谢晓东的未婚妻,人类之脉将在"夸父号"飞船里延续。

狄小星也同送行人默默拥抱。她的母亲克制不住了,痛哭起来,泪水凝成圆圆的珠子,缓缓向下坠落。这里的重力已很微弱,每个人的动作看上去都轻飘飘的,给人以虚幻感。狄小星同母亲多拥抱了一会儿,在她耳边低声劝说着,然后继续前行,默默同他人拥抱。

两名乘员走过送行人群，在对接舱口处停下等待着。叶知秋提高声音说道：

"下面是令人振奋的一幕，经过有关方面反复磋商，迟至昨天才同意了谢晓东和狄小星的提议，决定让此次环宇宙探险的创意者，88岁高龄的周涵宇先生作为'夸父号'的第三名乘员，周先生走过来了！"

一个羸瘦的老人出现在甬道口。

听众沸腾了。"让周先生上飞船"早就成了一个口号，不少人为他大声疾呼。他们说，周先生14岁即提出环宇探险的想法，74年矢志不渝，呕心沥血，终于使它成了现实。他完全有权在飞船上占一个位置。反对的人也不少，他们主要从人道主义立场考虑，说把88岁的老人送上一条不归路，恐怕过于狠心。周涵宇本人从未表态，他当然乐意上飞船，如果能死在太空，那是他最大的荣幸，但他不愿意成为年轻人的累赘。这个争论到现在才有了结果。

地球上的听众都欢呼着，甚至包括这件事的反对派。

老人步履蹒跚地走向送行者。他的脸上皱纹纵横，长有不少老人斑，胳膊上的皮肤暗黄松弛，但他的脸上洋溢着无上的光辉！眼睛中燃烧着永恒的激情！他先同儿子拥抱，两人的拥抱多少有些生硬，因为他和儿子的关系一直是比较淡漠的，他怀着歉意，加大了拥抱的力度。

送行者依次同他拥抱，在深深的敬意中多少带着一些悲凉，毕竟他已经是88岁的老人了！昨天，在决定做出之后，太空署还匆忙为飞船准备了太空葬的器具。不过，从他本人近乎陶醉的表情来看，这个决定是正确的，让一个以环宇探险为终极目标的人死在太空是最好的归宿。

三名乘员向大家挥手告别，进入对接甬道。送行者也频频挥手，但没有说再见。不可能同他们再见了！这一点没有任何疑问。

"夸父号"的临时船长在甬道口迎接，他们互致军礼后紧紧拥抱，临时船长做了简单的交接，带着三名临时船员走进甬道，对接舱口缓缓关闭。服务飞船驶离"夸父号"，停留在50千米外，等待"夸父号"点火。

谢晓东坐上船长位，开始操作，尾喷管喷出橘黄色的火焰，"夸父号"缓缓脱离同步轨道，向外太空飞去。在尾喷管点火的刹那，地球上响起几十种语言的欢呼声，礼炮齐鸣，焰火照彻大地。"夸父号"很快脱离了地球重力。这时船上的太阳帆张开了，几百块巨大的帆叶组成一个更为巨大的环形船帆，由电脑自动控制着角度。太阳光的压力经船帆汇聚，变成飞船的动力。从远处看去，飞船就像一只巨大的半透明的水母。

飞船又沿地球轨道飞了一圈，熟悉的地球景色从舷窗外闪过，蔚蓝的海洋，白雪皑皑的高山，黄色的沙漠。当飞船背向太阳时，则是璀璨的万家灯火，不少城市在飞船经过的瞬间燃放了艳丽的烟花，将城市装扮成童话的世界。

三人在心中喊着：永别了，亲爱的老地球，生机盎然的老地球。

飞船沿切线向月球飞去，在那儿要做一次小小的重力加速。尽管月球上已建立了几个地面站，但总的说来仍是蛮荒一片。环形山和月球尘占据了整个视野，没有一点宜人的绿色和天蓝色。乘员们默默看着月球的地貌，从今天起，就要终生与这样的蛮荒相伴了。飞船沿月球飞出一个很陡的抛物线，飞过月球的白天和黑夜。小谢从船长位回过头，指着左前方，简短地说道："万户山。"

这是以中国人命名的一座环形山。万户，世界上第一个试图离开地球的人。他曾在一张椅子上绑上数十支爆竹，同时点燃，想借火药的反冲力上天。结果爆竹爆炸，他不幸身亡。想来，他在当时肯定被看作一个疯子，遭人耻笑，不过正是这样的疯子推动了历史的发展。

飞船正式开始了太空之旅，太阳帆已经产生了 $1g$ 的加速度，所以飞船内恢复了正常的重力环境。电脑图林先生接过飞船的指挥，晓东和小星离开驾驶舱，跑到周老的身边。这会儿，他们都卸去了"大任在肩"的庄重，又变成了 16 岁的少男少女。他们喊着"周先生，周爷爷，我们总算把您拽到飞船上了！"

老人衷心地说："谢谢，谢谢，孩子们，我要给你们添麻烦了。"

"不要这样说嘛，周爷爷，您是'夸父计划'的创始人，完全有权做'夸父号'的乘员。您也是我们俩的心理依靠，有您在身边，我们就放心啦。"

老人笑着说："我只是一个老废物。我没有拿到一个博士学位，而你们拿到 14 个！不过，我真的高兴能来到'夸父号'飞船，这是我毕生的梦想。"

"您努力了 74 年，才把它变成现实。"

"是啊，74 年的梦想，74 年的努力啊！"

窗外是暗淡的天幕，飞船尾喷管的火焰熄灭了，冲压发动机还未启动，只有太阳帆在作用。飞船的速度很低，衬着广袤荒漠的天幕，飞船显得很小，飞得很缓慢，就像一只生命力脆弱的小甲虫。74 年了，环宇航行是他一生唯一的信仰，他为此耗尽了心血，曾被世人讥为异想天开的疯子。今天设想终于变成了现实，即使他立即倒地死去，也会含笑九泉的。

二　少年激情

74 年前，即 2009 年，北京奥运会结束不到一年，奥运所燃起的激情还在人们心中燃烧。这一年里,国际科幻大会又在北京开幕,这同样是一个激情燃烧的会议。

大会在中国科技会堂召开,中国科协副主席、航天专家曾郁参加了大会。会议结束后,他在记者的簇拥下走出会议室,不时停下来,同熟人交谈几句。这时,一个黑瘦的男孩子在门口拦住他。

男孩子就是74年前的少年周涵宇,他生于河南南阳镇平,一个多山的小县城,家境贫寒。他不是会议代表,但他凑够了路费,自费来参加会议。小涵宇衣着朴素,身形瘦削,一双眼睛像燃烧的煤块。他不善于和大人物打交道,略带口吃,急迫地说:"曾爷爷,耽误您一点时间,可以吗?我有一份最伟大的构思要同您探讨。"

最伟大的构思?曾郁好奇地看着这个窘迫的但说话极为自信的孩子,慈爱地说:"好,你说吧。"

孩子皱皱眉头:"这个构思不是一两分钟能说完的,恐怕得一个半小时。"

曾郁看看秘书,秘书立即插进来委婉地解释:"曾主席很忙的,这样吧,把你的构思写成书面材料交给我,好吗?"男孩子不说话,倔强地看着曾郁。曾郁心中忽然一动。他担任科幻协会副主席已三年了。这纯粹是一个礼仪性的工作,他不过是迎来送往,开会时戳在那儿装装门面,哪儿能忙得抽不出一个半钟头呢。秘书的阻挡不过是官场的规矩。曾郁拦住了秘书,爽快地说:"好,我们谈它一个半小时。"

这次谈话不在会议安排之中,秘书匆忙安排了一个小会议室。屋内的沙发庄重典雅,黑漆桌面光可鉴人,周围墙上挂着伽利略等几位科学伟人的画像。小涵宇还没有进过这么高级的房间,他小心翼翼地把自己安顿在沙发里。服务员送来咖啡和水果,曾郁笑着问了他的名字,说:

"开始吧。"

谈话一开始，小涵宇就找回了自信，他开门见山地说："曾爷爷，我认为环宇探险该提上议事日程了，该提上中国领导人的议事日程了。"

"什么探险？"

"环宇探险，环绕宇宙的探险。"

曾郁惊奇地看看他，在这一刹那，他甚至想对方是不是神经病。不过显然不是，孩子言谈极有条理，双目炯炯发光，那儿燃烧的是理智的激情而不是疯狂。小涵宇早料到听话者的反应，为了这次谈话，他整整准备了一年，现在，他立即展开话题，滔滔不绝地说着。他的雄辩慢慢地打动了曾郁。当然，他不会信服这个荒诞的设想，但至少要听这个孩子谈完，听他究竟说些什么。

这正是小涵宇要达到的初步目的。

他抓紧时机，一层一层地展开自己的阐述。他的阐述条理清晰，可以分为以下内容：

爱因斯坦的"宇宙超圆体假说"是环宇探险的理论基础，早在二十世纪三十年代，爱因斯坦就提出了这个假说。他认为，宇宙三维空间在更高的维度中翘曲、封闭，形成一个超圆体。你的目光如果能超越数百亿光年，那么，你一直向宇宙外面看去——就会看见自己的后脑勺。同理，一艘一直向外宇宙飞的飞船，最终将返回起点。这种高维度空间不大好理解，但如果做个类比就清楚了：人类曾认为地球是平坦的，一直向前走就会走到天尽头，绝不会返回原处。但实际上，平的地面在超二维的空间翘曲、封闭，形成了球面。现在谁都知道，一架一直向东飞的飞机，最终会回到自己的起点。

他说，"宇宙超圆体"假说在理论研究中已基本被认可，现在需要做的是去证实它,就像麦哲伦去证实"地球是一个球体"那样!

曾郁看看秘书,秘书不安地扭动着——他认为这孩子简直在说梦话,神经不大正常。如果这次会面传了出去,曾主席会被人暗地讥笑的。他低声咳嗽着,暗示曾主席该抽身了。曾郁知道秘书的用意,但他犹豫着没有说话。无疑,这个男孩子是个痴狂的科幻迷,他把对科幻的激情错用到实际生活中,但那个男孩目光中有某种东西使他不忍心结束谈话,那是信念,是强烈的信念。有了这样的信念,再平庸的人也会变得闪闪发光。

曾郁是个航天专家,但他是技术方面的专家,对于宇宙超圆体之类比较玄虚的理论,只是在青少年时期接触过。今天,他想干脆一直听到底,看看这个男孩还能说些什么。他拍拍秘书的肩膀,示意他少安毋躁,然后饶有兴趣地说:"嗯,说下去。"

男孩受到鼓舞,阐述也更有激情。他说:"一般人即使承认宇宙超圆体假说,也把环宇航行看成十分遥远的事,要几万年、几十万年后才能实现。实际上,空间技术的发展已经非常接近这道门槛了。"

曾郁不免失笑,如果说到具体的空间技术,这正是他的专业,他可从没意识到这道什么门槛。且听他怎么阐述吧!

男孩子说:"目前的宇宙飞船不能进行远程航行,主要是因为全部燃料要自带,燃料量毕竟是有限的,而且,绝大多数能量浪费在对燃料本身的加速上。不过,目前已经有了三种不带燃料的飞行方式,它们从技术上都已经接近于突破。如果从现在开始努力,百十年内就能达到实用。它们就是光帆式飞船、冲压式飞船和借星体进行重力加速。曾老,您是专家,我说得不错吧。"

曾郁当然知道这几种方法,不过,除了第三种,前两种基本还属于科幻范畴,他不想破坏孩子的兴致,点点头:"嗯,说下去。"

"光帆式飞船就是利用光压产生动力。太空中基本没有重力,没有阻力,所以即使非常微弱的光压,只要永远作用,也能使飞船达到极高的速度。从目前材料工业的水平看,制造既轻又薄又结实的光帆已没有问题。"

"嗯,冲压式呢?"

"冲压式飞船是利用收集网收集太空中极稀薄的氢原子(大约每立方厘米一个),把它作为氢聚变的燃料进行飞行。受控核聚变技术估计在50年内就会出现突破,正好来得及用到冲压式飞船上。当然,这个收集网十分庞大,其直径至少要数千千米。不过科学家已想出办法,即用电离炮先把前方的氢原子电离,再用直径300千米的磁力罩去收集,这在技术上已经可以达到了。冲压式飞行有一个好处:飞船速度越高,收集效率也就越高,它基本可保证飞船达到 $1g$ 的加速度。"

"嗯,第三种呢?"

"第三种就是从恒星体的重力场内窃取能量,这已在多艘飞船,如"先锋13号"上使用了。而且,飞船的速度越快,旅途中出现的星体就越频繁,可借用能量的机会也就越多。特别是一些密近双星,像中子星、白矮星,它们的重力场极强,可使飞船达到数万 g 的加速

白矮星:演化到末期的恒星,主要由碳构成,外部覆盖一层氢气与氦气,因其颜色呈白色、体积较小而得名。

度。而且和别的加速方法不同,在重力加速过程中,乘员处于自由落体状态,即乘员本身并不承受加速度,不会因数万 g 的加速度而丧命!还有一点优势呢,随着飞船趋近于光速,飞船的质量会急剧增大,这时其他的加速方式效率都会大大降低,但重力加速方式则'水涨船高',因为它的加速效应本身就和质量有关。"

男孩子说累了,稍稍停顿一下。他一直很拘谨,没有动面前的咖啡,这会儿忘了客气,抓住咖啡杯一饮而尽。曾郁示意秘书唤来服务小姐,又倒了一杯。男孩子红着脸,低声说了一句"谢谢"。曾郁对他十分感兴趣,显然,这个从县城来的男孩性格拘谨,不善交际,不够从容大度,但只要一说起环宇飞行,他立马换了一个人,神彩飞扬,妙语连珠!曾郁是个过来人,他想小涵宇将来是能成大事的,因为他已具备了最重要的条件:对某个目标的痴迷。

而且,男孩的分析不无道理,尽管一般人常把远距离宇宙航行看成十分遥远的事,但静下心来分析,技术上的难点确实有望在百年内解决——只要从现在起就把它定为必须实现的目标。男孩子没提到远距离旅行中的生命保障系统,即物质的封闭循环系统,这个问题也接近突破了。但是,远距离太空旅行和环宇航行毕竟还不是一回事,后者可是几百亿光年的旅程!这个男孩子的野心未免太大了。

男孩子喝了咖啡,定了定神,继续着他的分析:"还有一条是人的寿命限制——几百亿光年的旅程,人的寿命却只有几十年!实际上,这却是最容易解决的问题。根据相对论,近光速飞船上的时间要大大减慢。我已做过计算,如果飞船能基本维持在 $0.5g \sim 1g$ 的加速度范围内,飞船在 $10 \sim 15$ 年内就会非常逼近光速,这时,飞船上的时间速率只有正常时间的 15 亿分之一。所以,飞船上的乘员绝对可以在 30 年内完成数百亿光年的旅行！喏，这是我的计算。"

他从书包里掏出一张纸，上面密密麻麻地打印着计算过程。曾郁接过来，大致扫了几眼。他的计算没错，对于计算前提的假设也基本合理。曾郁又一次受到震动。他当然清楚爱因斯坦的相对论，但他从未认真想过，相对论能导出这样一个结果——30年环游宇宙！这与人们的认知有太大的反差。

小涵宇很高兴，自己的发言看来已征服了曾郁，他一年的准备总算没有白费。他下面的阐述就属于扫尾性质的了。他认为：环宇航行还有一个最大的技术难点就是飞行的定向——怎样才能一直向"外"飞，而不会在中途转向，以保证飞船精确地返回起点——地球。但是，相信一百年后的计算机能根据星座图处理这件事。再一个难点是经费，据他估计，环宇航行的实现要投入500亿元。这当然是一笔十分庞大的投入。"但是，"他诚恳地说，"这笔钱值得！中国的国力已经很强大了，百年之后，国民经济总产值估计要达100万亿元。而且，500亿元是在百年之内逐次投入，每年开支只占当年国民经济总产值的很小一部分。曾爷爷，我总觉得中国人对世界文明的贡献还可以多一些，我们是一个陆地民族，不崇尚冒险，在历史上错过了很多机遇。我想，这次该中华民族带头了！"

他结束了他的布道式发言，急迫地盯着曾老，等待他的回答。

曾郁确实很感动，一个县城的十几岁男孩竟有这么博大宽广的胸怀，这么宏伟的设想！从某种意义上说，这也代表一个民族向上的心态。不过，作为一个严谨的技术专家，他不会这么轻易被说服。只能说，孩子的大体构思是正确的，但其中还有不少粗疏之处，而任何一处忽略的难点都有可能耽误上百年的进程。比如，飞船舱内大气的漏泄问题。再好的密封也会有轻微的漏泄，去月球完全可以忽略这一点，但对于处在长期飞行状态的飞船来说，这是个很严重的问题，因为飞船一旦离开地球，就不会再有氧气的补给。他思索一会儿，单刀直入，点出了最关键的问题：

"孩子，你的构思很宏伟，设想也比较全面，不过……你已说过，这是一个长达数百亿光年的旅程，即使是光速飞船也要耗费数百亿年。你也说过，光速飞船的乘员可以在 30 年内完成环宇航行——但飞船外的人呢？他们仍拥有正常的时间。几百亿年后，我想太阳系和地球肯定已毁灭了吧，估计宇宙也灭亡了。那时，探索飞船如何回来？回到哪儿？如果他们只能回到正在走向热寂的宇宙，这样的航行有什么意义呢？"

小涵宇对这个诘问胸有成竹，目光炯炯地看着老人，答道：

"我研究过麦哲伦环球旅行的历史。据史书记载，麦哲伦的决心和信念完全基于一份错误的地图，那张图在南纬 52 度上画了一条根本不存在的海峡。他原想经过这道海峡完成环球航行，后来才知道那只是一条大河的入海口。但麦哲伦很幸运，他终于找到了一条真正的海峡，越过美洲，进入太平洋，完成了环球航行。纵观人类历史，理论常常落在探险和探索之后。现在去说宇宙的热寂还为时过早，不如横下心来去干这件事，再观察它到底带来什么后果。而且，即使宇宙热寂说是正确的——为什么不放一条光速飞船去逃生呢。宇宙中有各种各样的天体，有主序星、行星、白矮星、中子星、类星体、黑洞，但没有一个实体能达到光速。能达到光速的只有光子和中微子，它们的寿命是无限的。如果我们能用人工的方法造出一个非常接近光速的实体，也就赋予它几乎无限的寿命，说不定它能活过宇宙热寂，把文明播到下一个宇宙呢。想想看，即使不考虑环宇航行，单单光速飞船本身，也值得我们做下去。"

曾郁再次对他另眼看待。这个貌不惊人的男孩，心胸竟这样开阔，甚至可以说他已经超越了人类功利的生命境界，立足于宇宙文明之上了。当然,他不是赞同他的观点,至少说,要谈光速实体,在二十一世纪恐怕太早了。他爽朗地笑着:"与君一席谈,胜读十年书,我很高兴今天能认识你这位小朋友,聆听这样一段不寻常的见解。不过,花500亿元去造一艘环宇飞船,恐怕不大现实。我们国家有很多更需要钱的地方。比如,西北沙漠化的根治,黄河这条'悬河'的治理,环境污染……你说的应该是下一个世纪的计划了。"

小涵宇有点着急了:"不不,曾爷爷,我认为时机已经成熟了。美国二十世纪六十年代搞登月计划时,国力还不及我们现在的国力;那时,登月车所用的电脑,还不如早已淘汰的386呢。一个民族只要具备一种信念,定出一个共同的目标,造出一种气势,就能转化成巨大的物质力量。您说对吗,曾爷爷?"

曾郁无奈地说:"很好,孩子,你的热情已经快把我说服了,但500亿的开支不是我能决定的,连国家总理也不能单独决定。这样吧,你可以把你的建议写成书面材料,我负责把它转交给有关方面。"

小涵宇马上从书包里掏出一叠材料,恭恭敬敬地交给曾郁。材料打印得很整齐,封面上写着"关于立即着手开始环宇探险的建议"。他

> 光子:也称光量子,是传递电磁相互作用的基本粒子。这一概念是爱因斯坦在1905年至1917年间提出的,由此推动了实验和理论物理学在多个领域的巨大进展。

> 中微子:又称微中子,是轻子的一种,也是组成自然界的最基本的粒子之一,常用符号ν表示。中微子不带电,质量非常小(有的小于电子的百万分之一),以接近光速运动。1930年,奥地利物理学家泡利为了解释β衰变中能量似乎不守恒而提出这一概念,1933年正式命名为中微子,1956年才被观测到。

认真地说:"曾爷爷,我相信您,您一定会把我的建议转给国家领导人的!"

"我一定会的,再见。"

从把建议书交给曾爷爷时起,周涵宇就急迫地等着回音,但建议书从此石沉大海。

多少年后他才知道原因,并不是曾爷爷轻诺寡信,但他年事已高,第二天就突发中风,虽然被抢救过来,但神志已经不清楚了。从此,他就与轮椅相伴,用茫然的目光看着这个他已不能理解的世界。

有时,他会紧皱眉头,努力地回想,似乎有一件未了之事,一件他许诺过的事,一件不该忘记的事,但他终于没能回想起来。这使他十分烦躁,他一直口齿不清地向亲人诉说,发脾气,但亲人们不能理解他的意思。

只有他的前秘书猜到了,但一直没有说破。在秘书看来,那份建议书纯粹是白日梦话,是精神不大正常的人写的,他不理解曾主席竟然答应替男孩子转交!秘书相信,一旦这份建议书真的转交给有关方面,那些人肯定会表面恭敬、内心怜悯地看着曾老:是不是老人已老糊涂了。

秘书不愿曾老的名誉受损,所以,他把这份建议书悄悄送进了碎纸机。一直到40多年后,秘书也变成一位耄耋老人时,他才向周涵宇忏悔。那时,环宇探险事业已经在全国深入人心了。

三　航程

飞船里仍保持着24小时的节律,保持着北京时间。早上6点,当地球上的太阳开始升起时，飞船天幕灯即开启并缓缓加强，在飞船内营造出白天的气氛。三名乘员都按时起来锻炼，有时晓东比较贪睡（他毕竟是一个16岁的孩子），小星就会敲着他的门，大喊："太阳出来了！"白天是两个孩子学习的时间；晚上6点半，天幕灯缓缓变弱并熄灭，乘员们便把居室灯打开。这样的灯光转换实际上毫无意义，但飞船上的人认真地做着，就像是执行某种宗教仪式。

他们是在以此来保存对地球生活的记忆。

飞船一直是背对太阳而行，现在离太阳已有0.23光年，阳光微弱多了，但它仍不挠不屈地推动着巨大的光帆，给飞船提供$0.4g$的加速度。这个加速度在飞船内造成了较弱的重力环境，在他们的感觉中，飞船一直在向上飞，太阳却永远藏在地板之下。

飞船速度已经达到$0.2g$（光速）。这个速度还太低，冲压式动力系统还不能起作用。因为速度远低于光速，由速度引起的时间缩短效应也不显著，所以，这一段航行将是整个环宇航行中最难熬的一段。按预定的航向，飞船将直奔小犬星座的α星（又名南河三，星等0.37，距地球11.3光年），在那里做第二次重力加速，并借助于南河三的强光驱动光帆。之后，开向双子座的β星（又名北河三，星等1.16，距地球35光年），然后奔向猎犬座的α星（又名参宿四，星等0.41，距地球520光年，它是一座变光星），在双子座β星、猎犬座α星附近再来两次重力加速。其后，飞船要穿越猎户座大星云（距地球1 500光年），因为对于冲压式飞船来说，含氢的星云是最好的燃料补给站。穿过猎户座星云后，飞船的速度就非常接近于光速了，此后飞船不会再走曲线，而是直奔150亿光年外的一个类星体而去。

那时，飞船上的时间速率将非常接近于零，乘员们将在眨眼之间穿越一个星系，在一呼一吸之间目睹一个星系的诞生、成熟和灭亡。那时，他们将拥有"上帝之眼"。

但目前，他们只有耐着性子，任凭"夸父号"飞船在茫茫宇宙中缓缓地"爬行"。窗外永远是暗淡的天幕、不变的星空，各个星体都安静地待在自己的原位，似乎一万年都不准备挪动。这种一成不变的航行太乏味了。人类在地球上修高速公路时，会在过长的直路上有意地加几个转弯，为的是防止驾驶员在一成不变的环境下打瞌睡，现在，晓东和小星真切地认识到，这个规定太对了。

尽管两个高智商的孩子都拿了14个博士学位，他们对学习抓得仍然很紧，光盘里有学不尽的知识，如果对纯粹的学习感到厌烦，还有希尔伯特的几个经典数学难题在等着他们。他们学得很自觉，因为，当他们在航行中面临一些突变，需要做出抉择的话，什么知识都可能是有用的。何况，这也是克服旅途烦闷症的最好办法。

对于飞船的操纵，他们反倒无事可做，主要由电脑图林先生直接操纵。飞船的航行有着固定程序，不可能停靠，不可能减速，尤其是速度接近光速后，因为那时的减速要耗费巨额能量，而飞船上储存的重水只够一次减速之用，也就是在返回地球时用。"如果途中遇到外星人怎么办？"两个孩子在接受培训时曾问，答案是：只有对外星人的存在确认无疑，而且确认其科技水平可以向飞船补充燃料的时候，才能下达飞船减速的命令。

对于光速飞船来说，要迅速做出准确的判断不是一件容易事。

晚上7点是与地球的通话时间，晓东打开了通话器，其他两人围在旁边。估计与地球的联系很快就要中断了，至少是单向中断，因为飞船上的电台功率较小，无法飞越几千亿公里的距离。现在，三个人都十分珍惜与地球的每一次通话。

电波中传来老地球的声音，虽然已很微弱，但还相当清晰：

"地球北京天文台向'夸父号'呼唤，你们在2087年6月8日发回的电波已收悉，现在是地球时间2087年10月10日19时3分20秒。据我们测定，你们离地球已有0.23光年的距离，并精确地保持着预定的行进方向……"

谢晓东迅速计算了一下，扣除回电所耗费的时间，截至地球发出这封回电时，飞船上的时间已比地球上少了3天，他简短地告诉周爷爷："我们比地球人已年轻了3天！"

谢晓东向地球汇报了今天的航程和飞船上的生活情况。下面是与家属通话时间，这是三个人最为珍视的时刻。可惜，由于距离的遥远，一方的通话，对方要在4个月后才能收到。所以，这不是通话，而是互不相关的陈述。双方都意识到，连这种打了折扣的联络都很快就要中断了，永远地中断了，所以，语调中难免透出悲凉。狄小星的妈妈说，家里一切都好，小星最喜欢的小猫白点子昨天生了四只猫崽（当然这已是半年前的事了）。谢晓东的父亲说，他和晓东妈刚刚庆祝了25年银婚纪念日，家宴中还特意为晓东摆了一副碗筷。最后通话的是周涵宇的儿子。这是与儿子的第一次通话，所以老人很激动，手指微微颤动着。儿子的话很简单，仍多少透着生疏，但他以尽量亲切的语调向爸爸问了好，祝爸爸长寿，还说他的重孙子昨天刚刚出生，为了纪念曾祖爷爷，特意取名为"环宇"。

周涵宇的眼眶中涌出热泪。两个孩子在旁悄悄观察着，既为老人高兴，也可怜他。老人与妻儿的不和是众人皆知的，他妻子早已去世，离开地球这么多天，儿孙们竟然没人与他通话。所以，每次同家人通话时，晓东和小星都生怕刺激了老人。谢天谢地，今天，他的儿子总算良心发现了！晓东把话筒递给老人，轻声说："爷爷，您给家人说几句吧！"

老人嗓音颤抖地说："儿子，谢谢你的通话。爸爸这一生亏负你们太多，请你们原谅我吧。问全家好，替我亲亲我的重孙子。"

他把话筒递给狄小星，小星说："以下是狄小星同家人的通话。爸、妈，我们这儿一切都好，请转告我的心理老师雷英，他所担心的心理幽闭效应并没有出现。因为飞船上现在有一位亲切的老祖父，他每天都给我们讲地球的风土人情、历史掌故，这一切冲淡了旅程的寂寞。我们真庆幸他能上飞船，我们希望他能活一百岁、二百岁，永远陪着我们！"

听着这些孩子气的话，周涵宇笑了，把小星揽到怀里。

通话完毕，两个孩子立即围坐在老人身边，"爷爷，今晚讲什么？"

老人抚摸着他们的脑袋："你们说呢？"

"讲各地的小吃！""讲各处的景点！""讲地球上的笑话！"

"行啊，行啊，"老人既欣慰，也对孩子们心生怜悯。为了承担环宇航行的大任，几百个孩子从8岁起就过着基本封闭的生活，进行强化学习和锻炼。经过一轮又一轮残酷的淘汰，只剩下小星和晓东两人。这两个孩子没享受到童年欢趣，他愿意为他们补上这一课。

"今天讲讲地球上的野草，你们愿听吗？好，我就介绍几种中国北方常见的野草。有一种叫节节草，茎是一节一节的，细叶，附地生长，其根部是白色的，和茎部一样呈节状，有甜味。这种草生命力很强，你把它连根刨掉，再埋进土里，它的茎部就会变成根，顽强地探出头去，活下来。还有一种野草叫马齿苋，叶子肥厚，像马的牙齿，可以做蒸菜吃，略带一点酸味儿，但味道很可口。这种草的生命力也很顽强，把它拔下来晒上四五天，叶片的绿色都不会变，种下去照样能活。另一种叫酸豆秧，十字形的叶片……"

虽然他讲的是平坦无奇的乡间杂草，两个孩子还是听得津津有味。

深夜，铃声突然刺耳地响起，电脑图林先生自动打开屏幕，用合成声音高声喊：

"谢晓东先生，狄小星小姐，快起来，周先生心脏病发作了！"

狄小星第一个跳下床，另一间屋子里，谢晓东也跳下床。他们赶到周老的卧室，见他面孔苍白，呼吸急促，心电监视仪上显示着极不规则的搏动。

两人都经过严格的医务训练，立即投入紧张的抢救，为老人注射了强心针。少顷，老人慢慢地睁开眼睛，看到晓东正在寻找血管为他打吊针，便虚弱地说："晓东……不必为这具破躯壳浪费药物了，飞船上药物有限……这辈子能死在飞船上我已经满意了……"

谢晓东打断了他的话："不要说话——请服从医生，配合治疗。"

这会儿，两个孩子已完全脱去稚气，行动干练自信。周涵宇喜悦地想：不愧是经过严格训练的航天员啊，我即使死去也放心了。然后，他在药物的催眠下沉沉地睡去了。

第二天早上，周涵宇醒来了，见小星在房间里值班，她伏在床边睡得很甜。周涵宇怕惊醒她，小心翼翼地不敢动。但狄小星还是立即醒来，俯身问："爷爷醒了，您感觉怎么样？"

"我已经完全恢复了，小星，快点休息吧。"

"不，我不困，我现在给您拿早饭。"

两个孩子围在他的病床边吃了早饭，仍是千篇一律的太空流食。在飞船的食物封闭循环中,制造美食所需的机器的结构过于复杂,为了环宇飞船早日上天,乘员们不得不放弃了口腹享受。在早年的宇航训练中,晓东和小星早已习惯了这样的食品,所以他们吃起饭来并不觉得是吃苦。老人看着他们,泪珠悄悄溢了出来。

"爷爷,你怎么啦?"

"没什么。"老人掩饰着,"大病之后一时的感情脆弱。孩子,你们选择了这条人生之路,不后悔吗?"

"不!"两人同声回答。谢晓东看看小星,笑着说:"爷爷,知道我是怎么走上这条路的吗?说来和您直接有关呢。"

"是吗?"

"我早就想把这件事告诉您了,我要完成我爷爷谢大成的嘱托——亲口向你道歉。"

老人困惑地说:"你说的什么呀,为什么要道歉?"

收拾了餐具,两人围在老人床边,晓东说:"爷爷,您为了环宇飞船,从25岁起就在全国演讲募捐,整整奔波了50年。您还记得第一次募捐是在什么地方吗?"

"当然记得,是在我家乡附近一所小学,菩提寺小学。"

"您还记得第一个捐款的学生吗?"

老人坐直了身子,急急地说:"记得!我不知道他的名字,但我还记得他的样子,是个又黑又瘦的男孩子,脑门特别高,他……"

晓东笑了:"难道你没有发现我的大脑门吗?他是我的爷爷,谢大成,飞船上天前他已经去世了。"

老人定定地看着他,百感交集,喃喃地说:"对,你和他很相像,这已经是60多年前的事了。"

"我爷爷是环宇事业的铁杆支持者,我的爸爸妈妈也是。如果可能,他们都乐意当'夸父号'的船员。他们都没赶上,我赶上了。我这辈子是在环宇之梦中长大的,你想我会后悔吗?"

小星说:"我也是一样。爷爷,我从小就是您的崇拜者,能和您在一条飞船上,您不知道我们有多高兴!昨天晚上您把我们吓坏了,以后您可不许再犯病,要陪我俩一直走完整个航程!"

老人发自内心地笑了:"好的,好的。放心吧,咱们的飞船越飞越快,死神追不上啦。"

四 第一名捐款者

菩提寺小学在一片浅山区,当 25 岁的周涵宇把它选为募捐第一站时,他自己也不知道是如何选中的,是天意,还是偶然。小学比较贫穷,教学楼虽然刚刚翻盖过,但建筑粗糙简朴,学生的衣着式样也比较陈旧。他硬着头皮找到校长,一个刚过 30 岁的瘦削男子,戴着一副近视镜,面相很和善。周涵宇红着面孔讲完来意,他知道自己的设想对一般人来说过于玄妙,很可能会被人当成骗子。王校长耐心地听完,仰着头思索片刻,又盯着周涵宇看了一会儿,忽然出人意料地说:

"行啊,给你一个小时。"他补充一句,"中国孩子还是要有一点梦想的!"

周涵宇猛然拉住校长的手,热泪唰唰地流下来,他哽咽着,仅仅说出两个字:

"谢谢。"

下午课外活动时，100多名小学生集合在操场上，主席台是一张课桌，上面放了一个粗糙的捐款箱，是用硬纸箱临时糊成的。周涵宇望着100多个人头，100多双眼睛，口里发干，心脏扑通扑通地跳着。自从14岁那年他把倡议书交给曾郁爷爷后，就一直盼着回信。但倡议书石沉大海。此后，他把一封一封的倡议书寄给有关单位，仍如泥牛入海。他并不怪罪有关单位的掌权者，毕竟"环宇探险"的想法太超前、太胆大包天，与现实生活的反差太大。曾老说得对，中国要花钱的地方太多了！但他没有停止努力，他决定改变方法，从打动老百姓开始，再去推动上层。今天，是他进行募捐的头一次讲演，但愿它能成功。

他终于镇定了下来："同学们，"他开门见山地说，"人类天生具有探索与探险的天性。人类是在东非诞生的，大致在25万年～30万年前，他们开始沿非洲东部向北迁徙，经过西奈半岛、中东，进入亚洲；又向北扩张，大约在3万5千年前，进入欧洲，并在各地区进化出黑种人、黄种人、白种人等各色人种。大约在2万年～4千年前，几支属于蒙古人种的部落（一说是日本岛的绳纹人和阿伊努人）先后跨过辽阔蛮荒的西伯利亚，经过串珠似的阿留申群岛，进入北美洲。随后迅速向南蔓延，于是，美洲大陆上留下了因纽特人、印第安人和玛雅人的足迹。大致在同样的时代，马来半岛上的土著民族也向大洋洲扩张，使人类的足迹遍布大洋洲的各个群岛、新西兰和澳大利亚，形成了众多的岛域土著民族。你们从历史书中可以知道，是哥伦布发现了美洲，库克发现了澳洲。但实际上这只是人类的第二次发现，早在数万年前，人类就发现了非洲、亚洲、欧洲、美洲和大洋洲，这些发现都是由不知名的英雄们完成的！"

操场上鸦雀无声，一百多双黑黑的瞳仁紧盯着他，他愈发进入状态，把萦回于心中十几年的激情倾倒给听众：

"这些史前探险家的探险生涯是无比艰难、无比危险的，不妨设想一下，一支蒙古人种的部落沿水草丰饶的西伯利亚草原逐年北上，进入冻土带，进入冰天雪地的北极圈。他们根本不知道白令海峡另一边有一个广袤的大陆，他们很可能认为这个酷寒的世界就是地狱的入口，那么，是什么信念支持他们毅然跨过白令海峡？再看看大洋洲，不少岛屿，比如复活节岛、夏威夷群岛都孤悬在大洋深处，离最近的陆地有数千公里。那时，人们没有地图，没有指南针和六分仪，没有能长期保存的罐头食品和瓶装淡水，没有设施齐全的越洋木船，甚至，他们根本不知道浩瀚大洋的对面有没有大陆或岛屿。那么，他们为什么有勇气开始孤注一掷的探险？每每想到这里，我都由衷地佩服这些无名的探险家，包括无数在探险中牺牲的失败者！"

听众中有了轻微的骚动，随即安静下来。

"刚才说过，对这些新大陆的探险都发生过两次，两次的情况不同。第二次探险的成功者都在历史上留下了名字，推动了世界范围内的移民，促进了本国的富强。但第一次探险，即史前探险却是一去不返式的。他们在新大陆撒播了人类的种子，但他们的信息丝毫没有传回自己的母族、母国。比如说，我们中国人从来不知道蒙古人种的一支后裔或侧支，竟跨越半个地球到了北美洲和南美洲。他们的探险也没有为母族带来任何的利益。但我们能因此就抹杀他们的功劳吗？"

台下，一个男孩子脱口喊了一句："不能！"那孩子看到周围的人们都入神地静听，忙捂住嘴巴。周涵宇不由绽出一丝微笑，提高嗓音说：

"我们不必去羡慕古人，羡慕那些大无畏的史前探险家，因为，一项空前伟大的探险在等着我们，那就是——环宇宙探险！"

在听众的震惊中，他尽量简明地介绍了爱因斯坦的宇宙超圆体假说，

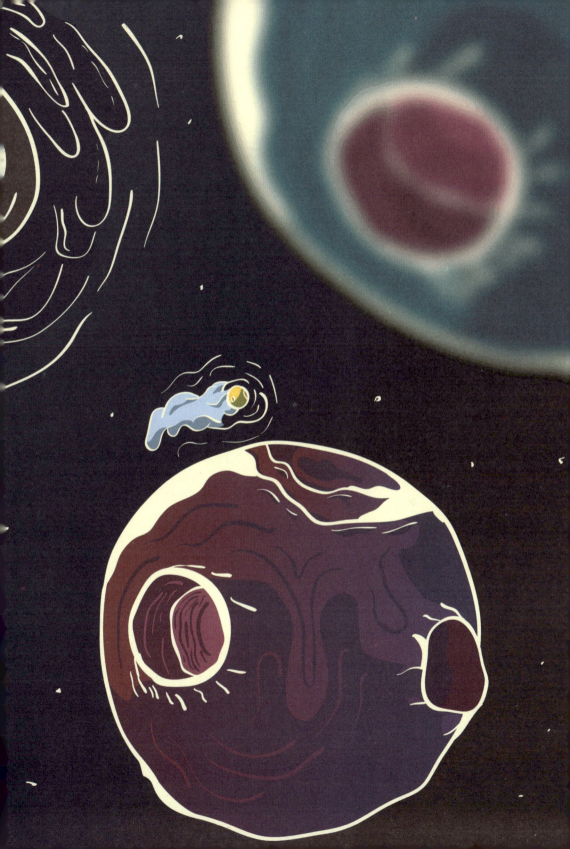

并说明，一般人认为是"科幻性"的行动，实际上已能提上人类的议事日程，因为环宇飞船的技术已接近于突破。他说，这也是一种史前式的探险，探险者很可能再也回不到地球，连他们成功与否的信息也传不回来。即使如此，这项探险仍值得做下去，原因无他，就因为探险是人类与生俱来的天性，它超越了狭隘的功利目的。

他讲得激情飞扬。有人走上讲台为他倒杯水，是校长，目光中还满含鼓励。他感激地向校长点点头，端起杯，喝了一大口。入口才知道茶水太烫，校长想阻止他，却晚了半拍。这个小插曲在听众中激起一片笑声，但笑声马上停止了。

"中华民族是一个陆地民族，实事求是地讲，我们比较欠缺探险精神，除了郑和下西洋值得大书一笔外，其他探险活动乏善可陈。现在机遇摆到了我们面前，如果努力去做的话，环宇航行有可能在一个世纪内实现。我呼吁全体中国人从现在起就来推动这件事，使环宇探险成为这个世纪中国人的精神凝聚点。当然，组织这次探险耗资巨大，难度很高，但只要13亿人立志去做，天底下还有克服不了的困难吗？想想二十世纪六十年代的美国登月计划吧。"

他郑重地指指捐款箱，"所以，我今天为环宇探险向少年朋友募捐。我谨在此发誓，你们捐的每一分钱都会用到环宇探险事业上，绝不会变成酒宴上的饭菜，不会被人中饱私囊。此心昭昭，可对日月！现在，请大家踊跃捐款，数量不拘。"

台下一片静默。周涵宇心中忐忑不安，毕竟这是他的第一次募捐，毕竟他说的环宇探险是过于超前的事。如果没有一个人捐款，他也会高贵地接受失败。但他的担心是多余的，台下的静默只是因为听众太投入了，片刻之后，刚才曾脱口高喊的那个男孩高叫着："我捐！"

他急忙跑上讲台，把两张一元钱投进捐款箱。在他身后，一百多名学生蜂拥而来，100多只小手在空中挥舞着，争着向箱内投入自己的钱。周涵宇的眼泪不由得流下，声音嘶哑地说："谢谢，谢谢！"

第一个捐款的男孩子跑过来——他就是谢晓东的祖父——拉拉周涵宇的衣襟，认真地说："我明天还要捐，我到哪儿找你！"

"我明天在学校门前等你，谢谢你，小兄弟！"

最后捐款的是校长，他向箱内投了一张50元的钞票，笑嘻嘻地说："周先生，我不相信你说的——环宇航行会在一百年内实现，但我仍感谢你为孩子们编织了一个美妙的梦。"

"谢谢校长，谢谢！"

第二天，周涵宇怀抱着捐款箱立在校门口，那个男孩子果然又捐了20元钱，还有几十个学生再次捐了款。一个30岁左右的路人不知道这儿是在干什么，走过来，歪着脑袋观察捐款箱，听了孩子们的话，他讥诮地说："什么狗屁探险？骗钱呗！这些娃儿们全是傻蛋！"

周涵宇直视着他，忽然咬破手指，在捐款箱上写了一行血字："如有一分钱未用到环宇探险上，天诛地灭！"年轻人读过这行血字，脸红了，讪讪地离开了。一群孩子围着他七嘴八舌地说："不要听他的，大哥哥，我们信得过你！"

就这样，从这所小学开始的涓涓细流，最终汇成了大江大海。50年后，他和伙伴们募得了数百亿元的资金，启动了环宇探险事业。在这个世纪中，环宇探险始终是中国社会的主旋律，它凝聚了一个民族的意志，值得一代一代人坚持下去。

晓东和小星依偎着坐在对面，老人想，他们是一对恋人，可惜他们的恋爱没有花前月下、湖光山色。他们要在广袤酷寒的太空中度过一生,而这一切都是从那两元钱捐款开始的。周涵宇一直不知道那个男孩的姓名,因为所有捐款者都没留下名字,但他清楚地记得男孩的模样。他说:"晓东,你爷爷的那两元捐款,可以说是环宇事业的奠基石,我永远忘不了他,在我心目中,那两元钱一直是安放在祭坛上——可是,你说什么道歉?我对他只有感激。"

晓东和小星相视一笑,显然连小星也清楚这件事的根根梢梢,她问:"爷爷,在您开始募捐的6年后,曾有过很轰动的'非法集资案',你肯定不会忘记吧。"

"当然,这件事的起因全怪我。"老人愧疚地说,"那时我是凭一腔热情去搞募捐,但几乎是个法盲,不知道金融机关对集资有严格的规定。开始时,我大多是在小县城募捐,社会影响比较小,也没有人来管我。6年后,等我筹到了4 000万元,在社会上有一点影响,忽然法院封了我的账号,把我也拘捕了。那时,我觉得天塌了,在拘留所的两天两夜里,我的头发成把成把地往下掉,嗓子哑得几乎失音。"

"舆论界那时也对您大加挞伐,'世纪骗子''拙劣的科学骗局'……对吧。"

老人宽厚地说:"那只是因为他们不了解真相,不怪他们。"

"可是,您知道这场讨伐对我爷爷的影响吗?他是您的狂热支持者,他省吃俭用把微薄的积蓄捐出来,一次又一次;他到处向人宣讲环宇探险……可是忽然间别人告诉他,你信仰的那个人是个大骗子!我爷爷的精神世界一下子崩坍了。如果果真如此,他被骗走的可不仅仅是钱财,而是一生的信仰!他甚至准备了匕首,想找您去复仇。"

老人肃然起敬:"真的吗?他是个真正的血性汉子,即使他把匕首捅到我的心窝里，我也会敬佩他。"

"幸亏他还没有完全失去理智，决定在复仇前亲自了解一下，于是他单枪匹马地开始了调查。他询问过您的募捐事务所的义务员工，也询问过您的妻子。那时，您还没有离婚。"

晓东小心翼翼地说出最后一句话，他知道这是老人心中永远不会痊愈的伤口。果然，老人的脸色阴了下来，苦涩地说："我们是在两年之后离的婚，怨我对他们母子太薄情。"

"我爷爷谢大成拜访了您的妻子，在那时，他看到了真实的您。"

谢大成几经周折找到了周涵宇的家。主妇穿着围裙开了门，冷冷地盯着他，一副拒人于门外的表情，不过她最后还是让他进了屋，指了指沙发让他坐下。屋内摆着一辆婴儿车，一个大约两岁的男孩正在熟睡。屋里的摆设很简单，也相当凌乱，到处是小孩的玩具，几件脏衣服扔在地上，主妇的脸色透着疲惫。谢大成自称是某师院校刊的编辑（这点他没说谎），想来采访周先生，主妇听后愤怒地说："他死了！他不在这儿！"

看到来访者的困窘，她又多少缓和了语调，"我让他从这儿搬走了，我们已经分手了。我是被逼无奈，你看看这个狗窝！"她的怒气又渐渐高涨，"他从不顾家，一天到晚念叨着环宇宙探险，和一群狐朋狗友一侃就是半夜。他每个月的工资只交给我200元，剩下的全填到那个无底洞中，迎来送往，出门演讲，花起钱来大方得很，只有对家里一毛不拔！"

她的声音太大，把孩子惊醒了。男孩撇着嘴哭泣，她忙把他抱起来，孩子在她怀里胆怯地看着生人。女人的嗓音放低了："他是个精神病！走火入魔，信的是邪教！"

谢大成环顾着屋内的贫穷模样，喃喃地说："听说他已募集了4 000万，也有人说他中饱私囊,他怎么不给家里留点儿钱呢?"

"放屁!"女人粗鲁地说,"我已经不打算和他过下去,犯不着为他辩护,不过人说话得凭良心。他哪里中饱私囊?他要是知道中饱私囊,也算得上是个人了。我这里像个狗窝,他自己的日子更是连狗都不如,每天省吃俭用,破衣烂衫,省下的钱都塞到那个无底洞中去。他迷上什么不行,偏要迷上环宇探险?这种玄天虚地的事情……"

谢大成觉得,该为周涵宇进行辩解了:"大嫂,环宇探险并不是玄天虚地的事情,19世纪末,俄国的齐奥科夫斯基就梦想火箭上天,那时他也被人们看成是疯子。现在,人类不是已经在月球和火星上登陆了吗?人类的科学进步都是从一个疯狂的想法开始的……"

女人不耐烦地打断了他的话,"你和他是一路货,"她非常精当地评价着,"谁当你的女人,谁也倒霉。走吧,你走吧。"

从周妻那儿回来后,谢大成又恢复了对周涵宇的崇拜。其后在对周涵宇的声援队伍中,谢大成是奔走最出力的一个。半年后,对这起非法集资案的审判结束了。毫无疑问,周涵宇的行为触犯了法律,但他的赤子之心打动了法官,对他的处罚之轻是前所未有的:责令补办登记,查封的捐款全部解冻。法庭宣判过后,周涵宇含泪对法官鞠躬,对听众席鞠躬。只是,他不知道声援人群中有一个叫谢大成的人。

经过这一番折腾,环宇探险事业的名声更大了。此后44年,他们共募集到500亿元的捐款,政府将环宇飞船的建造纳入了国家科技进步计划,3万名科技精英为之日夜奋斗。一直到2083年,集结了数代人心血和智慧的环宇飞船终于踏上茫茫的宇宙之旅。

"晓东，不要提什么道歉的话，感谢你的爷爷，感谢你们！"

五 太空婚礼

"'夸父号'向地球呼唤，'夸父号'向地球呼唤。"狄小星对着通信器说。地球的电波早已中断了，但他们仍坚持每天的通话，就像是一种宗教仪式。"现在是飞船时间 2092 年 7 月 24 日 18 时 20 分 32 秒，'夸父号'飞船刚刚掠过小犬 α 星，获得了又一次重力加速，现在飞船速度已达 $0.999g$，距地球 22.3 光年。"

$0.999g$，相应的时间速率为地球的 1/22。他们已离开地球 32 年，但飞船上的时间只过了 9 年。总的说来，航行十分顺利，光帆动力和冲压式动力不屈不挠地推动飞船加速。再加上小犬 α 星的重力加速，飞船的速度已相当接近光速。不过，由于飞船质量的迅速增大，加速度的绝对值已经只有 $0.08g$ 了。飞船开启了旋转系统，以离心力来模拟重力。飞船上的生活环境也随之改变了，船舱的环形舱壁变成了地板，人们的头顶指向环形的中心，而飞船的前进方向正与这个环形垂直。

也可能是太空环境有利于健康，在心脏病发作过一次之后，周涵宇的身体状况很好。按地球年龄算，他已经 120 岁；即使按飞船年龄算，他也 97 岁了，但他一直活得很好。他对两个孩子开玩笑地说："我那次没说错，飞船的速度太快，死神肯定追不上我了。"

25 岁的晓东和小星快活地说："是啊，死神肯定没有能力配备光速飞船！爷爷，陪我们把这趟旅行走完吧。"

远离观察者而去的天体表现出谱线红移

面向观察者而来的天体表现出谱线蓝移

红移效应：是多普勒效应的一个方面。当一个星系向我们远离的时候，这个星系的光谱就会向波长更长、频率更低的红色部分移动，这种现象被称为红移。

"好啊，我会尽量做到这一点。"

舱外已不再是枯燥沉闷的暗淡太空。飞船的极高速度造就了从来没有人欣赏过的美景。由于多普勒效应，飞船正前方的星光发生了紫移，而后方的星光则发生了红移，它们都外移到人眼看不到的波段，在人的视野中一个接一个地消失。只有与飞行方向垂直的星空，星光的频率（即颜色）保持不变。结果，前后两个方形则成了黑渊，黑渊向飞船的中央扩展，直到只剩下环绕船中央的一条星带。赤橙黄绿青蓝紫，一个美丽的彩虹星环出现了。

不过，这只是多普勒效应产生的结果，实际上还存在着光行差效应，它使彩虹星环逐步向运动前方靠拢，就像在雨中奔跑时雨柱会向前方倾斜。于是，彩虹星环便逐渐爬到飞船的正前方。

飞船每天向着这道璀璨壮伟的星环飞去，但永远追不上它。

这样的美景令人百看不厌，闲暇无事，周涵宇会仰靠在床上，透过飞船前方的舷窗，透过一万吨重冰（重水结成的冰）所凝成的巨大透镜，透过直径300公里的磁力收集罩，欣赏着这个美丽的环形彩虹。这时，他觉得一生的辛劳都得到了报偿。

电脑把变形的星空扯平，在屏幕上显示出它的原貌。太阳在飞船的后方，早就变成了一颗普通的星星，不过仍是较亮的一颗。月亮、金星、火星之属当然早已看不见了。刚刚飞过的南河三（小犬α星）变成了榛子大小的一颗亮星，闪着耀眼的白光；前方则是北河三（双子座β星），它离飞船只有12光年的距离，也有榛子般大小，强光耀眼夺目。因为前后都有强光源，光帆无法起作用，所以光帆已收起来了。不过，冲压式动力十分有效，再加上频繁的重力加速，所以飞船的速度仍在快速向光速逼近。

晓东和小星都过了25岁生日，晓东肩膀宽阔，喉结凸出，上唇已长出了浓密的胡须。小星也长成了亭亭玉立的大姑娘。这天，两人手挽手走到老人面前，郑重地说，他们要结婚了。

"好啊，"老人喜悦地说，"我总算盼到这一天了。什么时候举行婚礼？"

"就在明天吧。"

"该做些什么准备呢？我希望你们举行一个中国式的婚礼，不过飞船上没有红烛、喜宴和爆竹。"

"一切都准备好了，不用您老操心。不过，您的工作也很繁重的。您要担当主婚人、证婚人、司仪和双方家长。"

"没问题，我会扮好所有的角色！"

飞船上天前，宇航局就彩排了婚礼的场景，把它储存在光盘里。现在，隆重豪华的婚宴在船舱里进行着。身披婚纱的小星挽着丈夫走上前台，政府代表、宇航局代表、国外来宾依次同他们拥抱。天穹上撒下漫天花雨，七彩的激光在空间闪烁。双方的家长幸福满面，人们觥筹交错。

当然，这只是虚拟场景。在真实的飞船里，一对新人按照司仪的礼赞，向父母的位置鞠躬，向主婚人鞠躬，夫妻对拜，然后三人坐在餐桌前。今天的宴席仍是太空流食，只是多了三副酒杯和两瓶茅台酒，那是特意为今天准备的。三人举杯相碰，一饮而尽。一瓶茅台很快见底，三人都有些醉意。老人说："我太高兴了，太高兴了，我能活着看到你们成家立业。祝你们婚姻美满，早日生下儿女。我的身板儿还硬朗，还能为你们抱孩子呢。"

小星趁着七八分醉意，脱口说道："可惜咱们的孩子永远不会有同龄伙伴，也不会有游乐场、游泳池和绿草地。"晓东忙制止她，说："不过他仍然会非常幸福的，他会有一个非常独特的经历。再说，这也是人类为了探索必须付出的牺牲。想想那支跨越白令海峡的蒙古人种部落吧，他们在冰天雪地里不知失去多少孩子，才变成不怕冷的因纽特人？"

老人机敏地扭转了这过于沉重的谈话，笑哈哈地说："时候不早了，你们两位该入洞房了。我呢，我还要留在这儿慢慢品尝茅台酒。我这一生从没像今天这样喝得痛快。"

一对新人站起来向老人告辞，小星说："爷爷，不要喝过量了。"虚拟场景结束了，周涵宇老人握着酒杯，但并没有喝酒。突然，他向星环举起酒杯，喃喃地说着什么。

六 远古的梦

这也许是发生在 3 000 年前的场景。在地球上，在浩瀚的南太平洋海面上，有七八只独木舟在海面上漂流。船上没有帆，那时的人还没有学会使用船帆的技术；也没有人划桨，因为船上的人早已没有力气了。只有海流不停息地推着独木舟向西飘去。

船上的人有男有女，也有一两个幸存的小孩。他们都半裸着身体，古铜色的皮肤，黑色头发。前边一只独木舟上是巫师萨摩和他的家人，他是这次探险的倡议者。半年前，在篝火前的祭神傩舞中，在嚼食古柯叶造成的虚幻中，他忽然得到了神谕。神说，集合你的族人，驾上你们的独木舟，向太阳落山的方向前行，在遥远的海洋深处有一处肥美之地，树上挂着美味的水果，山上有甘美的泉水，鱼儿会自己跳进你的网中。

于是，萨摩率领全族人离开了他们居住的陆地，即被后人称作南美洲的地方。经过两个多月艰难的航行，他们什么也没发现。船上的淡水早已发臭，连这些发臭的淡水也已被喝完；早就没有了食物，他们只能靠夜里蹦上船的飞鱼略略充饥。人们一个一个得病死去，不少船只落后了，失踪了，只剩下最后七八条船和 20 余人在做最后挣扎。

萨摩的孩子病了 10 天，今天咽下最后一口气。萨摩的女人把孩子小心地抛到水里，尸体很快在船后消失了。女人抬起头虚弱地说："我也要走了，我要跟儿子一块走了。男人啊，你说的肥美之地在哪儿呢？"

萨摩大声说："大神说那片土地就在前边，大神不会骗我们！"他挣扎起来，跪在地上向大神祷告。这次，他没有听到神谕，失望地回转身，忽然瞪大了眼睛：在他们的侧后方，天空中似乎有一只飞鸟！飞鸟离他们很远，在天空与水面连接处飞着。他揉揉眼再看，飞鸟已消失了。

萨摩愣了很久，不知道自己是否看花了眼。但不管怎样，这是他们最后的机会了，于是，他站起身，对后边的独木舟高声喊：

"看啊，大神派飞鸟来迎接我们了！"

他掉转航向，向飞鸟消失的地方划去，船上的人早已奄奄一息，但生的希望激发了强大的力量。他们顽强地划着桨，向着那最后的希望划去。在太阳落山前，他们再一次看到了天空的飞鸟，然后他们看到了一个小岛，看到了岛上的绿树。萨摩喃喃地祷告着，他想肯定是他的虔诚感动了大神，否则他们就会与这座岛域擦肩而过，葬身在无垠的海洋里。

这也许就是南太平洋某个珊瑚礁岛上土著民族的由来。一条血脉之河脱离了主流，在一个蛮荒之地保存下来。

七　双子星湮灭

飞船的速度又向光速逼近了万分之一，现在，飞船上的一天已经等于船外的一年，换句话说，飞船每一天都能轻松地跨越一光年的距离。路遇的恒星不再是稀罕物，每隔几天、几十天，就会有一颗恒星在飞船旁近距离掠过。

三个人常常饶有兴趣地观察窗外的奇景，当然是通过电脑屏幕锁定位置。有时，他们遇见了一只刚从星云中诞生的原始恒星，它以红色的光芒烘烤着围绕它的星云；有时，他们会遇见一对互相缠绕的双子星，因为离得太近，在引力的作用下，其中一只气态星球变成梨形，梨形的尖嘴对着白矮星伴星，恒星的气态物质正通过这个尖嘴被伴星吞食；有时，他们会遇见红色的饼状星云，它是一颗暗弱的恒星抛洒出来的，在旋转的星云中已能看出几颗行星的轮廓。最常见到的是旋涡状的星云，随着飞船的迅速逼近，淡薄的星云逐渐掀开，眼前是一颗颗发着强光的星体。

这种视野是地球人不可能拥有的，正像那些从未坐过飞机的土著人不可能从天上俯视云层。坐在近光速飞船上，宇宙的变化被浓缩了，可以说他们已拥有了"上帝之眼"。

算来，地球上的时间已过去1200年，他们所有的熟人都早已作古。1200年来，地球科技又有了什么发展？他们是不是又向太空派遣了更先进的光速飞船？这些问题无法得到答案，只能供他们遐想。

20天前，他们在前方的星空里发现了一对双子星。这对双子星个头很小，只有几百千米，光也比较微弱，所以地球上的星图中从没有标注它们。

但电脑图林先生的计算说明，这是密度极大、相距很近的一对中子星，它们周围的重力场是已知星体中最强的。

图林先生提示说，这种重力场极强的双子星是进行重力加速的最好场所，如果能在那儿加速，飞船的速度又将提高万分之一。这个速度与光速是那样贴近，以至于飞船内的一天可抵船外的一千万年。所以，他们可以说已经进入与天地同寿的境界——在一二十年内完成环绕宇宙的航行，同时，目睹宇宙飞速地走向死亡。

他们当然不会放过这次机会。

从发现这对无名双子星的那天起，晓东、小星和电脑图林先生就开始了紧张的计算。前边既是一个机会，也是一个陷阱，弄不好的话，飞船会被强重力场的潮汐作用撕碎，乘员也会死于中子星的强辐射。

他们详细计算了飞船切入的角度和距离，以及飞船重水的屏蔽效果和屏蔽角度。时间过得太快了，每过一天，飞船就向双子星靠近一光年。有时，他们甚至祈盼飞船的速度能减慢一些。

周涵宇在这些事上没办法帮忙，他毕竟没受过系统的高等教育，70多年来他也曾如饥似渴地学习太空飞行知识，但充其量只能做一个内行的旁观者。在距无名双子星还有一天路程时，他们的计算终于得出了结果。

双子星在电脑屏幕上迅速增大，快速旋转着，既有自转也有公转，每当其中一个星体的转轴指向飞船时，便有强X光辐射从飞船上扫过。双子星已经变成月亮大小，谢晓东启动了飞船上的备用动力，调整着飞船姿态，飞船极其迅速地插入它们之间，沿着其中一个星体转了半圈，被离心力沿着抛物线方向甩了出去。

这个过程持续了两个小时，但在飞船上只是几秒。在这几秒里，三个人都失去了重力，随着飞船在做自由飘浮。等飞船重新恢复直线飞行时，晓东和小星互相拥抱着大声欢呼起来："成功了！爷爷，我们成功了！"

经过这次加速，飞船上的时间已接近了静止，所以，几乎在眨眼之间，飞船已飞离双子星10光年。他们静下心，从屏幕上观察双子星的运动。

与他们的预测一样，在飞船飞离之后，双子星的公转速度明显减慢了。因为近光速飞船具有极大的质量，在这次加速中，飞船从中子星重力场窃走了巨大的能量，导致中子星的转速明显降低。于是，两颗中子星沿着两条螺线互相靠近。这个过程拖了几十年的时间，但在飞船上仅仅是一刹那。

刹那之后，两颗中子星相撞，激起一场骇人的爆炸，这里霎时间成了宇宙中最亮的地方。白光以不可阻挡之势向四周扩散，也从后边凶猛地追赶着"夸父号"飞船。

按照爱因斯坦相对论所揭示的奇特规律，对于近光速飞行的飞船来说，这波强光风暴仍是以光速向它逼近，在60光年后追上了"夸父号"。尽管由于极端的红移效应，强光变成不可见光，但它的能量仍是实实在在的。"夸父号"的太阳帆被彻底摧毁了，好在飞船本身没有受伤。

三名乘员紧张地看着屏幕，通过电脑的校正，红移光线在屏幕上恢复了原状，于是他们看到了铺天而来的强光的洪流，飞船整个沐浴在白光之中。白光撕裂了光帆，又裹着光帆飞速向前飞去。

很快，强光的洪流掠过飞船，消失在飞船前方。

八　弥留

双子星湮灭之后，周涵宇也进入了慢性死亡的阶段。这次，他不是心脏病发作，也没有得任何病症，只因他的生命力已经燃烧净尽。他不再进食，不再离开床铺，身躯迅速消瘦，只有思维还很清晰，一双眼睛像是冬夜的火炉，似乎他全身仅存的生命力都在瞳孔中燃烧。

晓东和小星终日守候在床前，耐心地、柔声细语地劝他："爷爷吃一点饭吧，您说过要陪我们走完环宇航行，您还说要帮我们带孩子。爷爷，您不能失信呀。"

老人内疚地说："恐怕我要失信了，我已经累了，想休息了。按飞船年龄，我已经 102 岁；若按地球年龄呢，应该是多少？"

晓东说："现在飞船的速度与光速非常非常接近，接近得飞船上的测速系统已失去了意义，所以无法得出准确的时间速率。按估计，现在飞船上的一天已相当于飞船外的 1100 万年。累计起来，从飞船升空到现在，地球已过去 34 亿年了。"

老人说："你看，我已经是 34 亿零 102 岁的老怪物了，我真的该休息了。"小星机敏地反驳："这可不是理由，我和晓东也都是 34 亿零 30 岁的

老怪物了,您看,咱们基本上是同龄人哩。还有我腹中的小宝宝,他只有四个月大,但也相当于飞船外的12亿岁老人,也是个老怪物呢。"

虽然身体已很虚弱,但老人仍不禁一笑。的确,生活在近光速飞船上,日子仍按正常节律那样度过,就真的很难想象飞船外那个比蜗牛还慢的世界。现在,飞船上的人几乎已得到了永生,但他已无福消受了,他就像战争结束前牺牲的最后一个军人。

不过他不后悔,一点也不后悔,他侧过头看看屏幕,一颗接一颗的恒星在屏幕上闪过,就像火车线旁的电线杆,因为,在飞船上的一声"滴答"中,飞船已飞过了几百光年啊,他问孩子们:"34亿年了,太阳是否已变成红巨星?地球是否已被红巨星吞没?"

晓东安慰他:"不,太阳还不到变成红巨星的时刻。再说,谁知道34亿年后的人类发展到什么程度?真是难以想象,也许他们派出的后续部队已在前边的路上等着我们哩。"

老人不再说话,闭上了眼睛,思绪已经飞回地球。晓东和小星不愿打扰他,轻手轻脚地离开老人的房间,两人低声商量着,该为老人准备后事了。

正在这时,飞船内响起刺耳的警铃,飞船的侧喷管突然自动点火,向左侧喷出炙热的火焰。飞船陡然向右急转,两人措手不及,全都跌倒在地。晓东立即爬了起来,四肢着地地向老人房间爬去。老人果然也被甩到地板上,幸而没有受伤,他把老人揽到怀里,老人睁开眼,声音微弱地问:"怎么了?"

这时,突然传来电脑图林先生急促的声音:"船长!航程正前方1万光年处发现了一个黑洞,我已让飞船紧急转向!"

"做得好,谢谢你。"

晓东和小星都暗自庆幸，1万光年，普通飞船要1万年后才能到达——但对于近光速飞船来说，这只是8.7秒的时间。飞船内外的时间差使得飞船上的人，甚至电脑都变成了反应奇慢的树懒，对航程中的陷阱很难及时做出反应。这会儿，飞船勉强绕了一个弯，从黑洞旁掠过。飞船的观测系统在近距离内观察到了这个黑洞，它和一颗白热的恒星形成双星系统，并被恒星所照亮。黑洞吞噬着周围的物质，形成巨大的吸积盘。由于黑洞造成的强烈的空间畸变，使得盘的上下面都能被一个观察者同时观察到！这种多重成像的堆积使得吸积盘看起来像一个奇特的草帽，草帽的前部非常明亮，草帽凸起部则隐藏着一个半球形的黑体。

"飞船已绕过黑洞，请问是否转回原航向？"图林先生解释道，"如果再次点火，飞船的重氢存量将无法满足今后的减速。"

这也就是说，就算以后能回到地球身边，他们也不能停下，而只能从地球旁边飞速掠过了。晓东看看小星，没有犹豫："点火吧。首先我们要保证能回到正确的航线。"

另一侧喷管点火，飞船缓缓地向左转弯，回到了原来的航向。

老人已陷入昏迷，脉搏极为微弱。两人轮流守在床边，轻声呼唤着他。夜里，老人忽然睁开眼睛，清楚地说道："孩子们，我要走了。"

晓东和小星知道他的生命已不可挽回，便轻声告诉他，飞船上已准备了一具棺木，他的遗体将密封在棺木里，系缆在飞船外壳上。在飞船外零下270度的寒冷中，遗体将被妥善冷冻，直到飞船返回地球。老人很欣慰，一波笑纹从脸上漾过："谢谢你们的安排。我先回去了。"

他永远地闭上了眼睛。

九　童话

　　周涵宇的灵魂已脱离了躯壳，离开飞船，逆着来路向前摸索，就像一只循着气味寻找旧宅的老猎犬。

　　灵魂的旅行大概不受光速的限制吧。

　　他生长在内陆的小县城，17岁前没见过大海，所以不像海洋民族的孩子那样对大海有强烈的向往：无垠的海面，水天连接处的轮船，海鸥在天空搏击，招潮蟹在沙滩上横行，就连小小海贝那闪着珍珠光泽的内壳里都蕴藏着大海的秘密……他没有对大海的直观感受，但他另有地方寄托遐思、激情和幻想，那就是比大海更为浩瀚深邃的天空。

　　他曾躺在家乡的小山包上唱儿歌，"青石板上钉银钉，千颗万颗数不清"；也曾在葡萄架下听老人讲牛郎织女的故事。小学二年级时，一位去北京天文馆参观的同学给了他一张活动星座图，这份价值一元的制作粗糙的礼物成了他的最爱。活动星座图是可以旋转的两个同心圆盘，上面一张留有一个椭圆形的透明窗口，旋转这个窗口，就能看到冬夜、春夜、夏夜和秋夜的星座。他对这张图十分着迷。夜里只要有闲暇，他就把图举过头顶，逐个寻找天上的星星：天鹰座α星（牛郎星），天琴座α星（织女星），大熊星座（勺星），小熊星座（北极星），天顶处美丽的北冕星座，蜿蜒绵亘的长蛇星座，还有猎户星座的三星，半人马座的南门二（那是离地球最近的恒星）……待到星座图用坏，他已经把所有的星座烂熟于心。

　　童年一份偶然的礼物是能影响一个人的一生的，从此他和宇宙星空建立了深深的恋情，而且从没中断或减弱。中学时代，他了解了爱因斯坦的超圆体宇宙论，这奇妙的理论令他心醉——只是，为什么没有人像麦哲伦那样，以亲身的旅行来证实它呢？

他为这个少年的奇想耗尽了人生。"夸父号"正在环绕宇宙飞行，航行还没有结束，只是他的力量已用尽了，他该休息了。他曾那么急切地盼望着飞出地球，现在他以同样的急切盼着飞回去。

人的思维恐怕也是一个超圆体吧。

十　送葬

周涵宇平静地去世了，脸上凝着恬然的微笑。

尽管早有心理准备，晓东和小星仍然很悲伤。三人世界倒塌了，那个充满激情的、阅历丰富的老人走了，再不能给他们讲述老地球的故事了。

两个人细心地操办了老人的丧事。他们为老人净身，换上寿衣，把老人的遗体放在棺木里，垫上元宝枕。飞船里没有备香烛，两人便在灵前装上两颗灯泡作为长明灯。在晚上的例行通话中，他们向地球通报了老人的死亡（当然这些通话不可能被几十亿光年之外的地球收到）。停灵三天后，两人最后一次向老人告别，然后扣紧了棺盖。

晓东穿上太空服，推着棺木进了气密室。外门打开了，由于旋转船舱的离心力，棺木自己沿切线飞了出去，一根保险索飘飘摇摇地扯在棺木之后。晓东追了上去，把棺木牢牢地连在船舱外壁上。零下270℃的酷寒将很好地保护着这具遗体，直到飞船返回地球。

晓东抚摸着棺木，轻轻叹了口气。他没有告诉老人，躲避黑洞耗尽了能源，飞船已经无法减速，也就是说，即使他们能返回地球，而且地球仍安然无恙，他们也只能与地球擦肩而过，永远无法叶落归根了。

这是晓东的第一次太空行走。由于太空行走必然造成气体的漏泄（对于无法取得补充的光速飞船，船上的氧气是十分宝贵的），又容易使太空人遭受辐射，所以在一般情况下，他们不会打开飞船的舱门。今天是特殊情况。他是以光速在太空中行走的第一人，也可能是唯一的一人。

他贪婪地观察着飞船外的太空。

经过昨天黑洞的重力加速，飞船的速度又向光速逼近了。他看着飞船前方的彩虹星环，忽然发现它的光度大大减弱了。这可能是几天前就发生的事。但他们忙于躲避黑洞和为老人送葬，忽略了这一点。

这是怎么回事？星环的亮度仍然在显著地减弱，一分钟一分钟地减弱，他猛然想到了这种变化的原因。他不敢多做停留，在心中同老人告别后，便迅速返回气密门内。

狄小星正坐在驾驶椅上观看屏幕，也发现了舱外的异常。她看了看丈夫，在无言的交流中两人明白了一切。屏幕上是经电脑复原的太空，飞速掠过的恒星形成不间断的光流，但现在光流逐渐暗淡。这一切都是在逃离黑洞后的30天内发生的，在这30天内，舱外的宇宙走完了最后的几亿年里程，宇宙之光开始熄灭了。狄小星抚摸着肚子中八个月的胎儿，偎依在丈夫怀里，忧伤地观察着屏幕。

他们使屏幕暂停，一帧一帧地回溯倒看——光流复原成恒星，一个个互相逃离，并暗淡下去，在发出最后一道光之后便归于熄灭。不过，恒星全部熄灭之后，宇宙背景并没有变成漆黑一团，因为不会衰老的光速粒子（光子和中微子）脱离光源之后还在超圆体宇宙中永不停息地奔波，照亮了宇宙消亡后留下的太空尘粒。

谢晓东说:"小星,我们看到的是正在灭亡的宇宙,一个无限膨胀的热寂宇宙。"

"是的。"

"我们是从一个静止的时间码头去观察宇宙的飞速流逝。"

"是的。"

"我们是这个宇宙唯一的幸存者,因为我们是宇宙唯一的光速实体。"

"是的。"

"小星,我在想,上帝最可怜,因为他太寂寞了啊。"

小星仰起头吻了吻丈夫,"晓东,不要太感伤了,孩子快出生了,我们陪着孩子等待宇宙的再生。一定会很快的,等恒星重新闪亮时,也许孩子还没满月哩。"

谢晓东笑了:"你说得对,这倒使我想到了一个好名字,咱们的儿子就叫——耶和华吧。"

小星马上接道:"耶和华说:'要有光',就有了光。"

两人笑着拥在一起,额头顶着额头。

十一　永远的老地球

两个月之后,一个男孩呱呱坠地。夫妻两人按照那一天的玩笑,真的把他取名为耶和华。不过这位"耶和华"与圣经上那位高鼻深目、长发披肩的老人可没有丝毫相似之处——他脸蛋皱巴巴的,皮肤粉红,小手小脚,不过哭声倒是凶猛而嘹亮。

晓东和小星都忙于照护孩子,已顾不上注意飞船外的情景。又是几亿年过去了,宇宙丝毫没有复苏的迹象。光速粒子仍在不知疲倦地奔波,但随着宇宙的膨胀,这锅"粒子汤"越来越寡淡,舱外越来越黑暗。宇宙的黑夜已降临,只是不知道是否有明天的日出。

小星的奶水很好,耶和华吃饱了,满足地打着哈欠。妈妈心醉神迷地看着他,逗弄着他的小耳垂、小鼻子,有时会喜悦地喊:"晓东,你看,他在吮我的手指头呢。"晓东也在品尝着初为人父的喜悦,但喜悦之中难免有些悲凉。他们三个很可能是浩瀚宇宙中仅存的生命体。虽然飞船上的能量在躲避黑洞时用去大半,但剩余能量用以应付飞船所需还是绰绰有余,至少可用100年。那相当于飞船外的万亿年,时间真是不可思议的漫长——可是,在100年后呢?再说,难道他们一家就这样孤零零地永远活下去?

那恐怕会让人发疯。

每天晚上,谢晓东依然同地球通话,报告近况,包括儿子的近况。当然,这纯粹是象征性的。现在已不是地球收到收不到电波的问题,而是根本没有这么一个老地球了。

但晓东依然每天如故。他绝对想不到,自己的努力会感动上帝,给他送来一份丰厚的回报。

耶和华可不管舱外的天翻地覆,照样慢条斯理地皱眉,哭泣,吃奶,撒尿——一泡尿的期间,千百万年又过去啦!幸亏有了小耶和华,夫妻两人忙着照顾他,已忘了对宇宙灭亡的感伤。既然感伤也无用,那就索性抛开它,全力倾注在耶和华身上吧。

这天,耶和华第一次睁开眼睛,向这个世界投去茫然的一瞥。年轻的

父母很兴奋。晚上通话时,他们还没忘记把这个喜讯告诉地球。很奇怪,谢晓东忽然听到了微弱的呼唤:

"地球呼唤'夸父号'!地球呼唤'夸父号'!"

声音酷似周爷爷的声音。真像是白日撞见鬼,谢晓东惊得几乎跳起来。正在逗弄孩子的狄小星也听见了这两声呼唤,惊讶地转过头。

呼唤声仍在继续:"地球呼唤'夸父号'!你们2098年10月14日18时4分30秒发来的通话我们已收到。"

他们收到的是10天前的电波,按飞船上的时间推算,两者相距不足1亿光年。就像久居暗室者不敢见阳光,两个人不敢相信这个喜讯。舱外的宇宙已进入茫茫黑夜,万物皆已消亡,难道唯有地球长存吗?看来对方也十分了解这边的心理,开始做出解释:

"'夸父号'乘员,我们仍使用古人类语言与你们通话。我们在模仿周涵宇老人的口音,根据时间估计,老人肯定已去世。我们谨以此表达对他深深的敬意。

"可能你们会奇怪,何以宇宙热寂后地球还会存在,其实这多半得益于你们的伟大创举。'夸父号'升空10年后,就有人提出了'光速地球'的设想;又经过漫长的180万年,这个设想终于实现。所以地球和'夸父号'一样,也变成了几乎不会衰老的光速实体……"

光速地球!两人惊喜得大叫起来。耶和华受到惊吓,响亮地哭起来。那边继续说道:"6个月前,也就是宇宙时间18亿年前,地球曾偶然接收到你们的信号,不过信号随即中断。从那时起,地球就投入全力寻找你们……"

晓东和小星互相望望,紧紧拥抱,酸甜苦辣各种情绪一下子涌上心头。他们在明知无望的情况下坚持通话,这种宗教般的热诚终于有了回报。

"现在请立即改变方向,向地球方向靠拢!"

谢晓东迅速测定了电波的方向,向图林先生下了转向的命令:"飞船只留下三天的能量,其余全部用于转向!"

飞船侧喷管喷出绚丽的火舌,飞船缓缓转弯,在黑暗的宇宙中向地球方向靠拢。

那边的声音忽然提高:"'夸父号'飞船,我们刚刚收到了你们10月15号晚7点30分的通话。地球与'夸父号'只有两个小时——当然指飞船时间——的距离了!"

地球上的通话者十分激动,飞船上的人更不用说。他们这会儿最感谢的是爱因斯坦,使远隔几千万光年的人很快就可以在两个小时中相逢。狄小星频频亲着耶和华,孩子,孩子,地球马上来了,我们马上要回地球了!

亲爱的老地球啊!

地球和飞船的距离正在迅速缩短,现在,尽管回电仍有延迟,但双方已能勉强地对话了。

那边忽然笑道:"我听到了孩子的哭声,是耶和华的哭声!我还忘了恭喜你们呢!"

"谢谢!谢谢!"

在此后的对话中,谢晓东迫不及待地询问着有关地球的一切。对方告诉他,飞船现在所在的方位已离太阳系的原位置不远了。虽然在恒星消亡后,宇宙失去了定位的标志,但地球已研发出新式的空间定位技术。"顺便告诉你,宇宙超圆体理论早已得到验证,在'夸父号'升空的10万年后,地球派出了性能更为优异的'夸父2号',并早于你们返回地球。很可惜'夸父2号'没有遇到你们。"

谢和狄苦笑着说："那我们的努力不是白费了吗？"

"没有白费，怎么能说白费呢。你们难道认为蒙古人种对美洲的史前探险是没有意义的吗？"

"谢谢你的安慰，我们不会沮丧。至少，能返回地球这件事就足以补偿一切。对了，还没请教你的姓名呢。"

对方略微迟疑一下："你不妨称我周先生。我想应该告诉你，比你们多进化了180万年的地球人类早已不是原来的模样了。我们的外形，智力型式，婚姻生殖方式，进食方式，乃至姓名，衣着，都是你们无法想象的。现在的人类处于共生态，你们所熟悉的单独的个体已不存在。所以，"他半开玩笑地说，"在你们走下飞船前，请预先做好思想准备。"

谢晓东看看妻子，多少带点勉强地笑道："即使你们变成多足蠕虫，我们也会很快习惯的，反正我们知道你们是地球人类的后代，是地球文明的继承人，而且，你的这些话多么富于人情味儿！"

对方也笑了："当然当然。尽管有了巨大的变化，我们仍是人类呀。"

谢晓东和妻子对视，没有就这个话题往下说。他们的心里多少是有些担忧的。回到180万年后的人类社会，是不容易适应的。但他们也很快找到了自我安慰的理由，毕竟，这比回到500亿年后的人类社会要强得多吧。

依电波的往返时间测量，地球离这儿已经很近了。对方说："请你们打开所有的照明，好吗？地球现在已将所有的灯全部点亮，准备与你们会师。"

狄小星突然惊喜地喊："看哪！"

在黑暗的宇宙背景中，忽然钻出一个小小的亮点，像针尖一样刺破黑暗。亮点极其迅速地扩大，很快变成了圆盘，变成了巨大的亮球，占据了半边天空。它是这样璀璨，这样耀眼，看起来像一个透明的发光体。地球继续逼近，白亮的强光中开始分解出绿色和蔚蓝，绿色无边无际，蔚蓝无垠无限。绿色和蔚蓝之中是高与天齐、奇形怪状的建筑物，在建筑物的上方，是一个环绕整个地球的透明的天球。天球并不是绝对透明，上面流淌着七彩的云霞，缓缓扩展，变幻，消失，重生。两人入迷地看着，总觉得这些云霞的变化似乎和他们有心灵感应。

谢晓东也打开了飞船上所有的灯，当然比起地球来说差远了，微弱得就像是皓月之下的一只萤火虫。但在黑暗的宇宙中，有这么两个发光体互相呼应，足以在人的心里激发出一种温馨的感觉。光速飞船和光速地球现在并肩飞行，两者速度差别很小，所以基本上处于相对静止。飞船进入地球的重力场，飞行方向开始向地球倾斜。

地球上的那位先生说："'夸父号'，请开始降落吧。"

地球的透明罩有一处打开了，露出一个圆形孔洞，孔洞对着一个巨大的十字，那是飞船降落的基准。

谢晓东说："四天前我们为躲避一个黑洞，耗尽了能量，现存的能量已不足以降落了，我想，你们得派一艘救护飞船。"

"不必要，我们已在降落场开启了反重力装置。"

"反重力装置？"

"对，反重力装置，你尽管大胆地朝十字中心冲过来吧。"

谢晓东心中忐忑着，用仅余的能量调整航向，向着十字中心冲去。在重力作用下，飞船的下降速度越来越快，但在越过地球的透明罩之后，速度忽然稳定下来。现在，他们就像乘坐着高速电梯，平稳匀速地下降。舱外景色美不胜收。越过透明罩盖之后，飞船进入松软洁白的云层，几艘形状奇特的飞行器完全不顾重力规则，在天空中疾速飘移。天空的辉光拼成通天彻地的大字：欢迎"夸父号"的英雄们归来！然后是建筑物，它们有的在空中飘浮，与地面没有任何联系；有的从地面长出来，探头在云层中，随着微风轻轻摇摆，这些奇特的建筑超出了两人的想象力。谢晓东忽然想到一个问题："周先生，恒星都熄灭了，地球从哪儿索取能量？"

对方简捷地回答："能量是可以创生的，只要把伴生的负能量及时处理掉就行。等你们回到地球再补课吧，180万年的进步不是三言两语能说完的。再次提醒你们，地球人的外形已有了很大变化，你们见到欢迎人群时不要吃惊。"

夫妻二人对望一眼，不知怎的，他们始终对此心怀忐忑。当然，新地球人绝不会有任何恶意，但以后要生活在异类生物中——这事始终让人别扭。

谢晓东勉强笑道："我们已做好思想准备啦，不必担心。噢，对了，飞船外系缆着周涵宇先生的遗体，请你们小心。"

"不必担心，反重力场万无一失。"

飞船平稳减速，落在降落场上。两人心潮激荡，激情难抑，时隔12年之后，或者说，时隔470亿年之后，他们终于要踏上地球的土地了！耶和华可不管大人的感受，他刚咂完奶，闭着眼睛，睡得十分香甜。小星抱上他，丈夫搂着她的腰身，一同走出了飞行舱。

在他们看到欢迎人群前，首先看到的是三个人：白须飘飘的周涵宇老人，身边偎依着两个16岁的少年航天员，那当然是他们两个。三个人脸上漾着灿烂的微笑，频频向他们招手。晓东和小星稍稍愣了一下，难道地球人的高科技把周涵宇老人复活了？又为他们克隆了两具替身？不过他们随即就明白了。那三人站在一个高高的基座上，上身可以动，但脚下不会动，他们的身躯也比正常人大了几倍。看来，这是地球人为纪念"夸父号"船员所修的塑像，不过塑像在某种程度上是活的。

两人定定地看着老人，心中甘苦交加，他们真想扑到老人怀中去哭去笑，想把怀中的耶和华递到老人怀里，让老人亲亲他光滑柔嫩的小脸蛋。之后，他俩才看到雕像基座旁的欢迎人群——天啊，180万年后的后代竟然是这么一种模样！不过，他们没犹豫，走下舷梯，向那群姿态各异的生物快步走去。

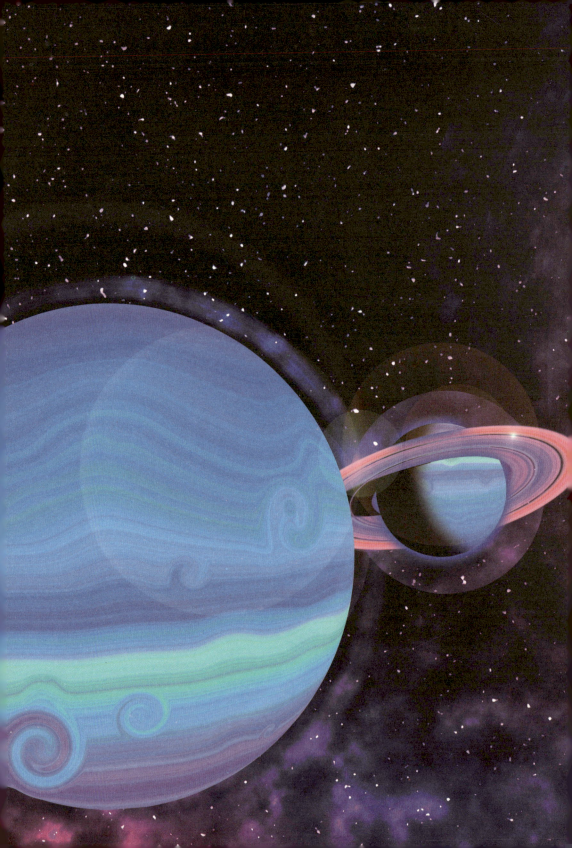

地球是人类的摇篮,但人类不可能永远生活在摇篮中。开始,他们将小心翼翼地穿出大气层。然后,去征服太阳系……

——"航天之父"康斯坦丁·齐奥尔科夫斯基

The Wandering Earth

流浪地球

刘慈欣 王晋康 ● 著

哈尔滨工业大学出版社
HARBIN INSTITUTE OF TECHNOLOGY PRESS

图书在版编目(CIP)数据

国际科幻大奖青少科学启蒙系列.2,流浪地球/刘慈欣,王晋康著.—哈尔滨:哈尔滨工业大学出版社,2022.7

ISBN 978-7-5603-9844-0

Ⅰ.①国… Ⅱ.①刘…②王… Ⅲ.①中篇小说—小说集—中国—当代 ②短篇小说—小说集—中国—当代 Ⅳ.①I247.7

中国版本图书馆CIP数据核字(2021)第226308号

| 流浪地球 |
| LIULANG DIQIU |

总 策 划	张　丽
策划编辑	李艳文　范业婷
责任编辑	孙　迪　徐　昕
装帧设计	平　平
出版发行	哈尔滨工业大学出版社
社　　址	哈尔滨市南岗区复华四道街10号　邮编150006
传　　真	0451-86414749
网　　址	http://hitpress.hit.edu.cn
印　　刷	天津久佳雅创印刷有限公司
开　　本	787毫米×1 092毫米　1/16　印张44　字数584千字
版　　次	2022年7月第1版　2022年7月第1次印刷
书　　号	ISBN 978-7-5603-9844-0
定　　价	192.00元(全四册)

(如因印刷质量问题影响阅读,我社负责调换)

目　录

▸ **流浪地球** ◎刘慈欣　　　　　　001

▸ **全频带阻塞干扰** ◎刘慈欣　　　045

▸ **乡村教师** ◎刘慈欣　　　　　　099

▸ **临界** ◎王晋康　　　　　　　　141

流浪地球

◎ 刘慈欣

刹车时代

我没见过黑夜，我没见过星星，我没见过春天、秋天和冬天。

我出生在"刹车时代"结束的时候，那时地球刚刚停止转动。

地球自转刹车用了42年，比联合政府的计划长了三年。妈妈给我讲过我们全家看最后一次日落的情景——太阳落得很慢，仿佛在地平线上停住了，用了三天三夜才落下去。当然，以后没有"白天"也没有"黑夜"了。东半球在相当长的一段时间里（有十几年吧）将处于永远的黄昏中，因为太阳在地平线下并没落深，还在半边天上映出它的光芒。

就在那次漫长的日落中，我出生了。

黄昏并不意味着昏暗，地球发动机把整个北半球照得通明。地球发动机安装在亚洲和美洲大陆上，因为只有这两个大陆完整坚实的板块结构才能承受发动机对地球巨大的推力。地球发动机共有1.2万台，分布在亚洲

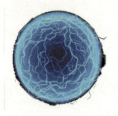

等离子体：由部分电子被剥夺后的原子及原子团被电离后产生的正负离子组成的离子化气体状物质，是除去固体、液体和气体外，物质存在的第四种形态。

和美洲大陆的各个平原上。从我住的地方，可以看到几百台发动机喷出的等离子体光柱。你想象一座巨大的宫殿，有雅典卫城上的神殿那么大，殿中有无数根顶天立地的巨柱，每根柱子都像巨大的日光灯管那样发出蓝白色的强光，而你则是那巨大宫殿地板上的一个细菌，这样，你就可以想象到我所在的世界是什么样子了。其实这样描述还不是太准确，地球发动机的喷射必须有一定的角度，这样切线推力分量才能刹住地球的自转，所以天空中的那些巨型光柱是倾斜的，我们是处在一个将要倾倒的巨殿中！如果有人突然从南半球到北半球，多半会精神失常的。比这景象更可怕的是发动机带来的酷热，户外气温高达七八十摄氏度，必须穿冷却服才能外出。在这样的气温下，常常会有暴雨，而发动机光柱穿过乌云时的景象简直是一场噩梦！光柱蓝白色的强光在云中散射，变成无数种色彩组成的疯狂涌动的光晕，整个天空仿佛被白热的火山岩浆所覆盖。爷爷老糊涂了，有一次被酷热折磨得实在受不了，看到下大雨喜出望外，赤膊冲出门去，我们没来得及拦住他。外面的雨点已被地球发动机超高温的等离子光柱烤沸，把他身上烫脱了一层皮。

但对于在北半球出生的我们这一代人来说，这一切都很自然，就如同刹车时代以前的人们，看见太阳、星星和月亮很自然一样。我们把那以前人类的历史都叫作"前太阳时代"，那真是个让人神往的黄金时代啊！

在我小学入学时，作为一门课程，老师带我们班的30个孩子进行了一次环球旅行。这时地球已经完全停转，地球发动机除了维持这颗行星的静止状态外，只进行一些姿态调整，所以从我三岁到六岁的三年中，光柱的光度大为减弱，这使得我们可以在这次旅行中更好地认识我们的世界。

我们首先近距离见到了地球发动机，是在石家庄附近的太行山出口处看到的。那是一座金属的高山在我们面前赫然耸立，占据了半个天空。同它相比，西边的太行山脉如同一串小土丘。有的孩子惊叹它如珠峰一样高。我们的班主任小星老师是一位漂亮姑娘，她笑着告诉我们，这台发动机的高度是11 000米，比珠峰还要高2 000多米，人们管它叫"上帝的喷灯"。我们站在它巨大的阴影中，感受着它通过大地传来的震动。

地球发动机分为两大类，大一些的叫"山"，小一些的叫"峰"。我们登上了"华北794号山"。登"山"比登"峰"花的时间长，因为"峰"是靠巨型电梯上下的，上"山"则要坐汽车沿盘"山"公路走。我们的汽车混在不见首尾的长长车队中，沿着光滑的钢铁公路向上爬行。我们的左边是青色的金属峭壁，右边是万丈深渊。车队由50吨重巨型自卸卡车组成，车上满载着从太行山上挖下的岩石。汽车很快升到了5 000米以上，下面的大地已看不清细节，只能看到地球发动机反射的一片青光。小星老师让我们戴上氧气面罩。随着我们距喷口越来越近，光度和温度都在剧增，面罩的颜色渐渐变深，冷却服中的微型压缩机也大功率地忙碌起来。在6 000米处，我们见到了进料口，一车车的大石块倒进那闪着幽幽红光的大洞中，一点声音都没传出来。我问小星老师："地球发动机是如何把岩石做成燃

重元素：除去氢和氦之外的所有化学元素。由氢与氦通过恒星内部核聚变反应产生。在恒星爆发成为超新星之后，重元素会扩散到宇宙空间中去。

料的？"

"重元素聚变是一门很深的学问，现在给你们还讲不明白。你们只需要知道，地球发动机是人类建造的力量最大的机器，比如我们所在的华北794号，全功率运行时能对大地产生150亿吨的推力。"

我们的汽车终于登上了山顶，喷口就在我们头顶上。由于光柱的直径太大，我们现在抬头看到的是一堵发着蓝光的等离子体巨墙，向上伸延到无限高处。这时，我突然想起不久前的一堂哲学课，那个憔悴的老师给我们出了一个谜语："你在平原上走着走着，突然迎面遇到一堵墙，这墙向上无限高，向下无限深，向左无限远，向右无限远，这墙是什么？"

我打了一个寒战，随后把这个谜语告诉了身边的小星老师。她想了好长一会儿，困惑地摇摇头。我把嘴凑到她耳边，把那个可怕的谜底告诉她："死亡。"

她默默地看了我几秒，突然把我紧紧地抱在怀里。我从她的肩上极目望去，迷蒙的大地上，耸立着一座座金属巨峰，从我们周围一直延伸到地平线。巨峰吐出的光柱，如一片倾斜的宇宙森林，刺破我们摇摇欲坠的天空。

我们很快到达了海边，看到城市摩天大楼

的尖顶伸出海面，退潮时，白花花的海水从大楼无数的窗子中流出，形成一道道瀑布……刹车时代刚刚结束，其对地球的影响已触目惊心：地球发动机加速造成的潮汐吞没了北半球三分之二的大城市；发动机带来的全球高温融化了极地冰川，更给这大洪水推波助澜，波及南半球。爷爷在30年前目睹了百米高的巨浪吞没上海的情景，他现在讲这事的时候眼睛还直勾勾的。事实上，我们的星球还没起程就已面目全非了，谁知道在以后漫长的外太空流浪中，还有多少苦难在等着我们呢？

我们乘上一种叫"船"的古老交通工具，在海面上航行。地球发动机的光柱在后面越来越远，一天以后就完全看不见了。这时，大海处在两片霞光之间——一片是西面地球发动机的光柱产生的青蓝色霞光，一片是东方海平面下的太阳产生的粉红色霞光——它们在海面上的反射使大海也分成了闪耀着两色光芒的两部分，我们的船就行驶在这两部分的分界处，这景色真是奇妙。但随着青蓝色霞光的渐渐减弱和粉红色霞光的渐渐增强，一种不安的气氛在船上弥漫开来。甲板上见不到孩子们了，他们都躲在船舱里不出来，舷窗的帘子也被紧紧拉上。一天后，我们最害怕的时刻终于到来了。我们集合在那间用来做教室的大舱中，小星老师庄严地宣布："孩子们，我们要去看日出了。"

没有人动。我们目光呆滞，像突然冻住一样僵在那儿。小星老师又催了几次，还是没人动。她的一位男同事说："我早就提过，环球体验课应该放在近代史课后面，学生在心理上就比较容易适应了。"

"那没什么用的。在近代史课前，他们早就从社会上知道一切了。"小星老师说。她接着对几位班干部说："你们先走，孩子们，不要怕，我小时候第一次看日出也很紧张的，但看过一次就好了。"

孩子们终于一个个站了起来，朝着舱门挪动脚步。这时，我感到一只湿湿的小手抓住了我的手,回头一看,是灵儿。

"我怕……"她嘤嘤地说。

"我们在电视上也看到过太阳,反正都一样的。"我安慰她说。

"怎么会一样呢,你在电视上看蛇和看真蛇一样吗?"

"反正我们得上去,要不这门课会被扣分的!"

我和灵儿紧紧拉着手,和其他孩子一起战战兢兢地朝甲板走去,去面对我们人生中的第一次日出。

"其实,人类把太阳同恐惧连在一起也只是这三四个世纪的事。这之前,人类是不怕太阳的,相反,太阳在他们眼中是庄严和壮美的。那时地球还在转动,人们每天都能看到日出和日落。他们对着初升的太阳欢呼,赞颂落日的美丽。"小星老师站在船头对我们说。海风吹动着她的长发,在她身后,海天连接处射出几道光芒,好像海面下的一头大得无法想象的怪兽喷出的鼻息。

终于,我们看到了那令人胆寒的火焰。开始只是天水连线上的一个亮点,但很快增大,渐渐显示出了圆弧的形状。这时,我感到自己的喉咙被什么东西掐住了,恐惧使我窒息,脚下的甲板仿佛突然消失,我在向海的深渊坠下去,坠下去……和我一起下坠的还有灵儿,她那蛛丝般柔弱的小身躯紧贴着我颤抖不已。还有其他孩子,其他所有人,整个世界,都在下坠。这时我又想起了那个谜语,我曾问过哲学老师,那堵墙是什么颜色的,他说应该是黑色的。我觉得不对,我想象中的死亡之墙应该是雪亮的,这就是为什么那道等离子体墙让我想起了死亡。这个时代,死亡不再是黑色的,而是闪电的颜色。当那最后的闪电到来时,世界将在瞬间变成蒸汽。

三个多世纪前,天体物理学家就发现太阳内部氢转化为氦的速度突然加快，于是，他们发射了上万枚探测器穿过太阳，最终建立了这颗恒星完整精确的数学模型。巨型计算机对这个模型计算的结果表明，太阳的演化已向主星序外偏移，氦元素的聚变将在很短的时间内传遍整个太阳内部，由此产生一次叫"氦闪"的剧烈爆炸。之后，太阳将变为一颗巨大但暗淡的红巨星，它膨胀到如此之大，地球将在太阳内部运行！事实上，在这之前的氦闪爆发中，我们的星球已被气化了。

这一切将在400年内发生，现在已过了380年。

太阳的灾变将炸毁和吞没太阳系所有适合居住的类地行星，并使所有类木行星完全改变形态和轨道。自第一次氦闪后，随着重元素在太阳中心的反复聚集，太阳氦闪将在一段时间内反复发生，这"一段时间"是相对于恒星演化来说的，其长度实际上可能是人类历史的上千倍。所以，人类在以后的太阳系中已无法生存下去，唯一的生路是向外太空恒星际移民。而按照人类目前的技术力量，全人类移民唯一可行的目标是半人马座比邻星，这是距我们最近的恒星，有4.3光年的路程。在这个问题上，人们已达成共识，争论的焦点在移民方式上。

氦闪：在中等质量恒星的核心，或是白矮星表面堆积的氦突然开始的核聚变现象。

红巨星：一种处于演化晚期的恒星，是恒星燃烧到后期所经历的一个较短的不稳定阶段。红巨星时期的恒星表面温度相对很低，但极为明亮，体积非常巨大，因此得名。

流浪地球

为了加强教学效果,我们的船在太平洋上折返了两次,又给我们制造了两次日出。现在我们已完全适应了,也相信了南半球那些每天面对太阳的孩子确实能活下去。

以后我们就在太阳下航行了。太阳在空中越升越高,凉爽下来的天气又热了起来。我正在自己的舱里昏昏欲睡,忽然听到外面有喧闹纷乱的人声。灵儿推开门,探进头来。

"嗨,飞船派和地球派又打起来了!"

我对这事儿不感兴趣,他们已经打了四个世纪了。但我还是到外面看了看,在那打成一团的几个男孩儿中,一眼就看出了挑起事端的是阿东。他爸爸是个顽固的飞船派,因参加一次反联合政府的暴动,现在还被关在监狱里,有其父必有其子。

小星老师和几名健壮的船员好不容易才拉开架,阿东鼻子血糊糊的,他振臂高呼:"把地球派扔到海里去!"

"我也是地球派,也要扔到海里去?"小星老师问。

"地球派都扔到海里去!"阿东毫不示弱。现在,全世界飞船派情绪又呈上升趋势,所以他们又狂起来了。

"为什么这么恨我们?"小星老师问。

"我们不和地球派傻瓜在地球上等死!"其他几个飞船派小子接着喊了起来。

"我们要坐飞船走!飞船万岁!"

⋯⋯⋯⋯

小星老师按了一下手腕上的全息显示器,我们面前的空中立刻显示出一幅全息图像,孩子们的注意力被它吸引过去,暂时安静下来。那是一个晶莹透明的密封玻璃球,直径大约 10 厘米,球里有三分之二充满了水,水中有一只小虾、一小丛珊瑚和一些绿色的藻类植物,小虾在水中悠然地游动着。小星老师说:"这是阿东的一件自然课设计作品,小球中除了这几样东西外,还有一些看不见的细菌,它们在密封的玻璃球中相互依赖,相互作用。小虾以海藻为食,从水中摄取氧气,排出含有机物质的粪便和二氧化碳废气。细菌将这些东西分解成无机物质和二氧化碳。然后,海藻利用这些无机物质和二氧化碳在人造阳光的照射下进行光合作用,制造营养物质,生长和繁殖同时放出氧气,供小虾呼吸。这样的生态循环应该能使玻璃球中的生物在只有阳光供应的情况下生生不息。这是我见过的最好的课程设计。我知道,这里面凝聚了阿东和所有飞船派孩子的梦想,这就是你们梦中飞船的缩影啊!阿东告诉我,他按照计算机中严格的数学模型,对球中每一样生物进行了基因设计,使它们的新陈代谢正好达到平衡。他坚信,球中的生命世界会长期存在下去,直到小虾寿命的终点。老师们都很钟爱这件作品。我们把它放到所要求强度的人造阳光下,默默地祝福阿东创造的这个小小的世界,能像他预想的那样长存。但现在,时间只过去了十几天……"

小星老师从随身带来的一个小箱子中小心翼翼地拿出了那个玻璃球。死去的小虾漂浮在水面上,水混浊不堪,腐烂的藻类植物已失去了绿色,变成一团没有生命的毛状物覆盖在珊瑚上。

"这个小世界死了。孩子们,谁能说出为什么?"小星老师把那个死亡的世界举到孩子们面前。

"它太小了!"

"说得对,太小了。小的生态系统,不管多么精确,也是经不起时间的风浪的。飞船派想象中的飞船也一样。"

"我们的飞船可以造得像上海或纽约那么大。"阿东说,声音比刚才低了许多。

"是的，按人类目前的技术最多也只能造这么大。但同地球相比，这样的生态系统还是太小了，太小了。"

"我们会找到新的行星。"

"这连你们自己也不相信。半人马座没有行星，最近的有行星的恒星在850光年以外，目前人类能建造的最快的飞船也只能达到光速的0.5%，这样就需17万年才能到那儿，飞船规模的生态系统连这十分之一的时间都维持不了。孩子们，只有像地球这样规模的生态系统、这样气势磅礴的生态循环，才能使生命万代不息！人类在宇宙间离开了地球，就像婴儿在沙漠里离开了母亲！"

"可……老师，我们来不及了，地球来不及了——它还来不及加速到足够快，航行到足够远，太阳就爆炸了！"

"时间是够的，要相信联合政府！这话我说了很多遍。如果你们还不相信，我们就退一万步说：人类将自豪地去死，因为我们尽了最大的努力！"

人类的逃亡分为五步：第一步，用地球发动机使地球停止自转，使发动机喷口对准地球运行的反方向；第二步，全功率开动地球发动机，使地球加速到逃逸速度，飞出太阳系；第三步，在外太空继续加速，飞向比邻星；第四步，在中途使地球重新自转，掉转发动机方向，开始减速；第五步，地球泊入比邻星轨道，成为这颗恒星的行星。人们把这五步分别称为刹车时代、逃逸时代、流浪时代Ⅰ（加速）、流浪时代Ⅱ（减速）、新太阳时代。

整个移民过程将延续2 500年，100代人。

我们的船继续航行，到了地球黑夜的部分。在这里，阳光和地球发动机的光柱都照不到。在大西洋清凉的海风中，我们这些孩子第一次看到了星空。天啊，那是怎样的景象啊，美得让我们心醉。小星老师一手搂着我们，一手指着星空。"看，孩子们，那就是半人马座，那就是比邻星，那就是我们的新家！"说完她哭了起来，我们也都跟着哭了，周围的水手和船长，这些铁打的汉子也流下了眼泪。所有的人都用泪眼望着老师指的方向，星空在泪水中扭曲抖动，唯有那颗星星是不动的。它是黑夜大海狂浪中远方陆地的灯塔，是冰雪荒原中快要冻死的孤独旅人前方隐现的火光，是我们心中的太阳，是人类在未来100代的苦海中唯一的希望和支撑……

在回家的航程中，我们看到了起航的第一个信号：夜空中出现了一颗巨大的彗星，那是月球。人类带不走月球，就在月球上也安装了行星发动机，把它推离地球轨道，以免在地球加速时相撞。月球上行星发动机产生的巨大彗尾使大海笼罩在一片蓝光之中，群星看不见了。月球移动产生的引力潮汐使大海巨浪滔天，我们改乘飞机向南半球的家飞去。

起航的日子终于到了！

我们一下飞机，就被地球发动机的光柱照得睁不开眼，这些光柱比以前亮了几倍，而且所有光柱都由倾斜变成笔直。地球发动机开到了最大功率，加速产生的百米巨浪轰鸣着扑向每个大陆，灼热的飓风夹着滚烫的水沫，在林立的顶天立地的等离子光柱间疯狂呼啸，拔起了陆地上所有的大树……这时从宇宙空间看，我们的星球也成了一颗巨大的彗星，蓝色的彗尾刺破了黑暗的太空。

地球上路了，人类上路了。

就在起航时，爷爷去世了，他身上的烫伤已经感染。弥留之际，他反复念叨着一句话："啊，地球，我的流浪地球啊……"

逃逸时代

学校要搬入地下城了，我们是第一批入城的居民。校车钻进了一个高大的隧洞，隧洞呈不大的坡度向地下延伸。走了有半个钟头，我们被告知已入城了，可车窗外哪有城市的样子？只看到不断掠过的错综复杂的支洞和洞壁上无数的密封门，在高高的洞顶一排泛光灯下，一切都呈单调的金属蓝色。想到后半生的大部分时光都要在这个世界中度过，我们不禁黯然神伤。

"原始人就住洞里，我们又住洞里了。"灵儿低声说，这话还是让小星老师听见了。

"没有办法的，孩子们，地面的环境很快就要变得很可怕很可怕。那时，冷的时候，吐一口唾沫，还没掉到地上呢，就冻成小冰块儿了；热的时候，再吐一口唾沫，还没掉到地上，就变成蒸汽了！"

"冷我知道，因为地球离太阳越来越远了。可为什么还会热呢？"同车的一个低年级的小娃娃问。

"笨，没学过变轨加速吗？"我没好气地说。

"没有。"

灵儿耐心地解释起来，好像是为了缓解刚才的悲伤。"是这样，跟你想的不同，地球发动机没那么大劲儿，它只能给地球很小的加速度，不能把地球一下子推出绕日轨道。在地球离开太阳前，还要绕着它转 15 个圈呢！在这期间，地球会慢慢加速。现在，地球绕太阳转着一个挺圆的圈，可它的速度越快呢，这圈就越扁，越快越扁，越快越扁……所以后来，地球有时会离太阳很远很远,当然冷了……"

"可……还是不对!地球到最远的地方是很冷,可在扁圈的另一头儿,它离太阳……嗯,我想想,按轨道动力学,它离太阳还是现在这么近啊,怎么会更热呢?"

真是个小天才,记忆遗传技术使这样的小娃娃具备了成人的智力水平,这是人类的幸运,否则,像地球发动机这样连神都不敢想的奇迹,是不会在四个世纪内变成现实的。

我说:"还有地球发动机呢,小傻瓜。现在,一万多台那样的大喷灯全功率开动,地球就成了火箭喷口的护圈了……你们安静点吧,我心里烦!"

我们就这样开始了地下的生活,像这样在地下 500 米处人口超过 100 万的城市遍布各个大陆。在这样的地下城中,我读完小学并升入中学。学校教育都集中在理工科上,艺术和哲学之类的教育被压缩到最少,人类没有这份闲心了。这是人类最忙的时代,每个人都有做不完的工作。历史课还是有的,只是课本中前太阳时代的人类历史在我们听来就像伊甸园中的神话一样。

我的父亲是空军的一名近地轨道宇航员,在家的时间很少。记得在变轨加速的第五年,在地球处于远日点时,我们全家到海边去过一次。运行到远日点顶端那一天,是一个如同新年或圣诞节一样的节日,因为这时地球距太阳最远,人们都有一种虚幻的安全感。像以前到地面上去一样,我们必须穿上带有核电池的全密封加热服。外面,地球发动机林立的刺目光柱是主要能看见的东西,地面世界的其他部分都淹没于光柱的强光中,看不出变化。我们乘飞行汽车飞了很长时间,到了光柱照不到的地方,到了能看见太阳的海边。这时的太阳只有棒球大小,一动不动地悬在

天边，它的光芒只在自己的周围映出了一圈晨曦似的亮影。天空呈暗暗的深蓝色，星星仍清晰可见。举目望去，哪有海啊，眼前是一片白茫茫的冰原。在这封冻的大海上，有大群狂欢的人。焰火在暗蓝色的空中绽放，冰冻海面上的人们以一种反常的情绪狂欢着，到处都是喝醉了在冰上打滚儿的人，更多的人在声嘶力竭地唱着不同的歌，都想用自己的声音压住别人的。

"每个人都在不顾一切地过自己想过的生活，这也没有什么不好。"爸爸突然想起了一件事，"呵，忘了告诉你们，我爱上了黎星，我要离开你们和她在一起。"

"她是谁？"妈妈平静地问。

"我的小学老师。"我替爸爸回答。我升入中学已两年，不知道爸爸和小星老师是怎么认识的，也许是在两年前那个毕业仪式上？

"那你去吧。"妈妈说。

"过一阵子我肯定会厌倦，那时我就回来，你看呢？"

"你要愿意当然行。"妈妈的声音像冰冻的海面一样平稳，但很快激动起来，"啊，这一颗真漂亮，里面一定有全息散射体！"她指着刚在空中绽放的一朵焰火，真诚地赞美着。

在这个时代，人们看四个世纪以前的电影和小说时都莫名其妙。他们不明白，前太阳时代的人怎么会在无关生死的事情上倾注那么多的感情。当看到男女主人公为爱情而痛苦或哭泣时，他们的惊奇是难以言表的。在这个时代，死亡的威胁和逃生的欲望压倒了一切，除了当前太阳的状态和地球的位置，没有什么能真正引起他们的注意并打动他们了。这种注意力高度集中的关注，渐渐从本质上改变了人类的心理状态和精神生活。对于爱情这类东西，他们只是用余光瞥一下而已，就像赌徒在盯着轮盘的间隙抓住几秒喝口水一样。

过了两个月，爸爸真从小星老师那儿回来了，妈妈没有高兴，也没有不高兴。

爸爸对我说："黎星对你印象很好，她说你是一个有创造力的学生。"

妈妈一脸茫然："她是谁？"

"小星老师嘛，我的小学老师，爸爸这两个月就是同她在一起的！"

"哦，想起来了！"妈妈摇头笑了，"我还不到四十，记忆力就成了这个样子。"

她抬头看看天花板上的全息星空，又看看四壁的全息森林，"你回来挺好，把这些图像换换吧，我和孩子都看腻了，但我们都不会调整这玩意儿。"

当地球再次向太阳跌去的时候，我们全家已经把爸爸和小星老师的事忘了。

有一天，新闻报道海冰在融化，于是我们全家又到海边去。地球正在通过火星轨道，按照这时太阳的光照量，地球的气温应该仍然是很低的，但由于地球发动机的影响，地面的气温正适宜。能不穿加热服或冷却服去地面，那感觉真令人愉快。地球发动机所在的半球天空还是老样子，但到达另一个半球时，真正感到了太阳的临近：天空是明朗的纯蓝色，太阳在空中已同起航前一样明亮了。可我们从空中看到海冰并没融化，还是一片白色的冰原。当我们失望地走出飞行汽车时，听到惊天动地的隆隆声，那声音仿佛来自这颗星球的最深处，真像地球要爆炸一样。

"这是大海的声音！"爸爸说，"因为气温骤升，厚厚的冰层受热不均匀，这很像陆地上的地震。"

突然，一声雷霆般尖厉的巨响插进这低沉的隆隆声中，我们后面看海的人们欢呼起来。我看到海面上裂开一道长缝,其开裂速度之快,如同广阔的冰原上突然出现的一道黑色闪电。接着在不断的巨响中,这样的裂缝一条接一条地在海冰上出现,海水从所有的裂缝中涌出,在冰原上形成一条条迅速扩散的急流。

回家的路上,我们看到荒芜已久的大地上,野草在大片大片地钻出地面,各种花朵竞相怒放,嫩叶给枯死的森林披上绿装……所有的生命都在抓紧时间焕发着活力。

随着地球和太阳的距离越来越近,人们的心也一天天揪紧了。到地面上来欣赏春色的人越来越少,大部分人都深深地躲进了地下城中,这不是为了躲避即将到来的酷热、暴雨和飓风,而是躲避那对越来越近的太阳的恐惧。有一天,在我睡下后,听到妈妈低声对爸爸说:"可能真的来不及了。"

爸爸说:"前四个近日点时也有这种谣言。"

"可这次是真的,我是从钱德勒博士夫人口中听说的,她丈夫是航行委员会的那个天文学家,你们都知道他的。他亲口告诉她,已观测到氦的聚集在加速。"

"你听着,亲爱的,我们必须抱有希望,这并不是因为希望真的存在,而是因为我们要做高贵的人。在前太阳时代,做一个高贵的人必须拥有金钱、权力或才能,而在今天,你只需要拥有希望。希望是这个时代的黄金和宝石,不管活多久,我们都要拥有它!明天把这话告诉孩子。"

和所有的人一样,我也随着近日点的到来而心神不定。有一天放学后,我不知不觉走到了城市中心广场,在广场中央有喷泉的圆形水池边呆立着,时而低头看着蓝莹莹的池水,时而抬头望着广场圆形穹顶上梦幻般的光波纹,那是池水反射上去的。

这时我看到了灵儿，她拿着一个小瓶子和一根小管儿，在吹肥皂泡。每吹出一串，她都呆呆地盯着空中飘浮的泡泡，看着它们一个个消失，然后再吹出一串……

"都这么大了还干这个，好玩吗？"我走过去问她。

灵儿见了我喜出望外，说："我俩去旅行吧！"

"旅行？去哪儿？"

"当然是地面啦！"她挥手在空中划了一下，用手腕上的计算机甩出一幅全息图像，显示出一片落日下的海滩。微风吹拂着棕榈树，白浪拍打着金黄的沙滩，一对对情侣在铺满碎金的海面前相依相偎。"这是梦娜和大刚发回来的，他俩现在还满世界转呢，他们说外面现在还不太热，外面可好呢，我们去吧！"

"他们因为旷课刚被学校开除了。"

"哼，你根本不是怕这个，你是怕太阳！"

"你不怕吗？别忘了你因为怕太阳还看过精神科医生呢。"

"可我现在不一样了，我受到了启示！你看，"灵儿用小管儿吹出了一串肥皂泡，"盯着它看！"她用手指着一个肥皂泡说。

我盯着那个泡泡，看到它表面上光和色的狂澜，那狂澜以人的感觉无法把握的复杂和精细在涌动，好像那个泡泡知道自己生命短暂，所以要疯狂地把自己浩如烟海的记忆中无数的梦幻和传奇向世界演绎。很快，光和色的狂澜在一次无声的爆炸中消失了。我看到了一小片似有似无的水汽，这水汽也只存在了半秒，然后什么都没有了，好像什么都没有存在过。

"看到了吗？地球就是宇宙中的一个小水泡，啪一下，什么都没了，有什么好怕的呢？"

"不是这样的,据计算,在氦闪发生时,地球被完全蒸发掉至少需要100个小时。"

"这就是最可怕之处了!"灵儿大叫起来,"我们在这地下500米,就像馅儿饼里的肉馅儿一样,先给慢慢烤熟了,再蒸发掉!"

一阵冷战传遍我的全身。

"但在地面就不一样了,那里的一切瞬间被蒸发,地面上的人就像那泡泡一样,啪的一下……所以,氦闪时还是在地面上为好。"

不知为什么,我没同她去,她就同阿东去了,我以后再也没见到他们。

氦闪并没有发生,地球高速掠过了近日点,第六次向远日点升去,人们绷紧的神经松弛下来。由于地球自转已停止,在绕日轨道的这一侧,亚洲大陆上的地球发动机面朝地球的运行方向,所以在通过近日点前都停了下来,只是偶尔做一些调整姿态的运行。我们这儿处于宁静而漫长的黑夜之中,美洲大陆上的发动机则全功率运行,那里成了火箭喷口的护圈。由于太阳这时正悬挂在西半球,那儿的高温更是可怕,草木生烟。

地球的变轨加速就这样年复一年地进行着。每当地球向远日点升去时,人们的心也随着地球与太阳距离的日益拉长而放松;而当它在新的一年向太阳跌去时,人们的心就一天天紧缩起来。每次到达近日点,社会上就谣言四起,说太阳氦闪就要在这时发生。直到地球再次升向远日点,人们的恐惧才随着天空中渐渐变小的太阳平息下来,但下一次的恐惧又在酝酿……人类的精神像在荡着一个宇宙秋千,更恰当地说,在经历着一场宇宙俄罗斯轮盘赌——升上远日点和跌向太阳的过程是在转动弹仓,掠过近日点时则是扣动扳机!每扣一次时的神经比上一次更紧张。我就是在这种交替的恐惧中度过了自己的少年时代。其实仔细想想,即使在远日点,地球也未脱离太阳氦闪的威力圈,如果那时太阳氦闪爆发,地球不是被气化而是被慢慢液化，那种结果还真不如在近日点。

在逃逸时代，大灾难接踵而至。

由于地球发动机产生的加速度及运行轨道的改变，地核中铁镍核心的平衡被扰动，其影响穿过古登堡不连续面，波及地幔。各个大陆地热逸出，火山爆发，这对于人类的地下城市是致命的威胁。从第六次变轨周期后，在各大陆的地下城中，岩浆渗入灾难频繁发生。

那天当警报响起来的时候，我正走在放学回家的路上，听到市政厅的广播："F112市全体市民注意，城市北部屏障已被地应力破坏，岩浆渗入！岩浆渗入！现在岩浆流已到达第四街区！公路出口被封死，全体市民到中心广场集合，通过升降梯向地面撤离。注意，撤离时按《危急法》第五条行事。强调一遍，撤离时按《危急法》第五条行事！"

我环视了一下四周迷宫般的通道，地下城现在看上去并没有什么异常。但我知道现在的危险：只有两条通向外部的地下公路，其中一条去年因加固屏障的需要已被堵死，如果剩下的这条也被堵死了，就只有通过经竖井直通往地面的升降梯逃命了。升降梯的载运量很小，要把这座城市的36万人运出去需要很长时间，

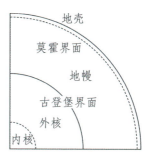

古登堡不连续面：是地幔与地核的分界面，因发现者德裔美籍学者古登堡而得名。地震波在传播时，在地球内部深度约33千米处波速会有一个显著的变化（此处称为莫霍界面，是地壳与地幔的分界线）；在深度约为2 900千米处，地震波传播状态也会发生明显的改变，此处被称为古登堡界面。古登堡界面以上到莫霍界面之间的地球部分称为地幔；古登堡界面以下到地心之间的地球部分称为地核。

地应力：是存在于地壳中的未受工程扰动的天然应力，也称岩体初始应力、绝对应力或原岩应力；广义上也指地球体内的应力，包括由地热、重力、地球自转速度变化及其他因素产生的应力。

流浪地球　021

但也没有必要去争夺生存的机会，联合政府的《危急法》把一切都安排好了。

古代曾有过一个伦理学问题：当洪水到来时，如果一次只能救走一个人，是去救父亲呢，还是去救儿子？在这个时代的人看来，这个问题很不可理解。

当我到达中心广场时，看到人们已按年龄排起了长队。最靠近电梯口的是由机器人保育员抱着的婴儿，然后是幼儿园的孩子，再往后是小学生……我排在队伍靠前的部分。爸爸现在在近地轨道值班，城里只有我和妈妈。我现在看不到妈妈，就顺着长长的队伍往后跑，没跑多远就被士兵拦住了。我知道她在最后一段，因为这座城市是学校集中地，家庭很少，她已经算年纪大的那批人了。

长队以让人心里着火的慢速度向前移动。三个小时后，轮到我跨进升降梯时，我心里一点都不轻松，因为这时在妈妈和生存之间，还隔着两万多名大学生呢！而我已闻到了浓烈的硫黄味……

我到地面两个半小时后，岩浆就在500米深的地下吞没了整座城市。我心如刀绞地想象着妈妈最后的时刻：她同没能撤出的1.8万人一起，看着岩浆涌进市中心广场。那时已经停电，整个地下城只有岩浆那可怕的暗红色光芒。广场那高大的白色穹顶在高温中渐渐变黑，所有的遇难者可能还没接触到岩浆，就被这上千度的高温夺去了生命。

但生活还在继续，在这残酷可怕的现实中，爱情仍不时闪现出迷人的火花。为了缓解人们的紧张情绪，在第12次到达远日点时，联合政府居然恢复了中断达两个世纪的奥运会。我作为一名机动雪橇拉力赛选手参加了奥运会，驾驶机动雪橇，从上海出发，沿冰面横穿封冻的太平洋，再横穿美洲大陆，到达终点纽约。

发令枪响过之后，上百只雪橇在冰冻的海洋上以每小时 200 公里左右的速度出发了。开始还有几只雪橇相伴，但两天后，它们或前或后，都消失在地平线之外。这时，背后地球发动机的光芒已经看不到了，我正处于地球最黑暗的部分。在我眼中，世界就是由广阔的星空和向四面无限延伸的冰原组成的，这冰原似乎一直延伸到宇宙的尽头，或者它本身就是宇宙的尽头。而在无限的星空和无限的冰原组成的宇宙中，只有我一个人！雪崩般的孤独感压倒了我，我想哭。我拼命地赶路，名次已无关紧要，只是为了在这可怕的孤独感杀死我之前尽早地摆脱它，而那想象中的彼岸似乎根本就不存在。

就在这时，我看到天边出现了一个人影。近了些后，我发现那是一个姑娘，正站在她的雪橇旁，她的长发在冰原上的寒风中飘动。你知道这时遇见一个姑娘意味着什么——我们的后半生由此决定了。她是日本人，叫山彬加代子。女子组比我们先出发 12 个小时，她的雪橇卡在冰缝中，把一根滑竿卡断了。我一边帮她修雪橇，一边把自己刚才的感觉告诉她。

"您说得太对了，我也是那样的感觉！是的，好像整个宇宙中就只有你一个人！知道吗？我看到您从远方出现时，就像看到太阳升起一样呢！"

"那你为什么不叫救援飞机？"

"这是一场体现人类精神的比赛。要知道，流浪地球在宇宙中是叫不到救援的！"她挥动着小拳头，以日本人特有的执着说。

"不过现在总得叫了，我们都没有备用滑竿，你的雪橇修不好了。"

"那我坐您的雪橇一起走好吗？如果您不在意名次的话。"

我当然不在意，于是，我和加代子一起在冰冻的太平洋上走完了剩下的漫长路程。经过夏威夷后，我们看到了天边的曙光。在被那个小小的太阳照亮的无际冰原上,我们向联合政府的民政部发去了结婚申请。

当我们到达纽约时,这个项目的裁判们早等得不耐烦,收摊走了。但有一个民政局的官员在等我们,他向我们致以新婚的祝贺,然后开始履行职责:他挥手在空中画出一个全息图像,上面整齐地排列着几万个圆点,代表这几天全世界有几万对男女向联合政府申请结婚。由于环境的严酷,法律规定每三对新婚配偶中只有一对有生育权,抽签决定。加代子对着半空中那几万个点犹豫了半天,点了中间的一个。当那个点变为绿色时,她高兴得跳了起来。但我的心中却不知是什么滋味。我的孩子出生在这个苦难的时代,是幸运还是不幸呢?那个官员倒是兴高采烈,他说每当一对儿"点绿"的时候,他都十分高兴。他拿出了一瓶伏特加,我们三个轮着一人一口地喝,为人类的延续干杯。我们身后,遥远的太阳用它微弱的光芒给自由女神像镀上了一层金辉。对面,是早已无人居住的曼哈顿的摩天大楼群,微弱的阳光把它们的影子长长地投在纽约港寂静的冰面上。醉意蒙眬的我,眼泪涌了出来。

地球,我的流浪地球啊!

分手前,官员递给我们一串钥匙,醉醺醺地说:"这是你们在亚洲分到的房子,回家吧。哦,家多好啊!"

"有什么好的?"我漠然地说,"亚洲的地下城充满危险,这你们在西半球当然体会不到。"

"我们马上也有你们体会不到的危险了,地球又要穿过小行星带,这次是西半球对着运行方向。"

"上几个变轨周期也经过小行星带,不是没什么大事吗?"

"那只是擦着小行星带的边缘走,太空舰队当然能应付,他们可以用激光和核弹把地球航线上的那些小石块都清除掉。但这次……你们没看新闻？这次地球要从小行星带正中穿过去！舰队要对付的是那些大石块，唉……"

在回亚洲的飞机上，加代子问我："那些石块很大吗？"

我父亲现在就在太空舰队干那件工作，所以尽管政府为了避免惊慌照例封锁消息，我还是知道一些情况。我告诉加代子，那些石块大得像一座大山，5 000万吨级的热核炸弹只能在上面打出一个小坑。"他们就要使用人类手中威力最大的武器了！"我神秘地告诉加代子。

"你是说反物质炸弹？"

"还能是什么？"

"太空舰队的巡航距离是多远？"

"现在他们力量有限，我爸说只有150万公里左右。"

"啊，那我们能看到了！"

"最好别看。"

加代子还是看了，而且是没戴护目镜看的。反物质炸弹的第一次闪光是在我们起飞不久后从太空传来的，那时加代子正在欣赏飞机舷窗外空中的星星，这使她的双眼失明了一个多小时，以后的一个多月眼睛都红肿流泪。那真是让人心惊肉跳的时刻，反物质炸弹不断地击中小行星，强光在漆黑的太空中此起彼伏地闪现，仿佛宇宙中有一群巨人围着地球用闪光灯疯狂拍照似的。

半小时后，我们看到了火流星，它们拖着长长的火尾划破长空，给人一种恐怖的美感。火流星越来越多，在空中划过的距离越来越长。突然，机身在一声巨响中震颤了一下，紧接着又是连续的巨响和震颤。加代子惊叫着扑到我怀中，她显然以为飞机被流星击中了，这时舱里响起了机长的声音。

"请各位乘客不要惊慌,这是流星冲破音障产生的超音速爆音。请大家戴上耳机,否则您的听力会受到永久性损害。由于飞行安全已无法保证,我们将在夏威夷紧急降落。"

这时我盯住了一颗火流星,那个火球比别的大出许多,我不相信它能在大气中烧完。果然,那火球疾驰过大半个天空,越来越小,但还是坠入了冰海。我从万米高空看到,海面被击中的位置出现了一个小白点,那白点立刻扩散成一个白色的圆圈,圆圈迅速在海面扩大。

"那是浪吗?"加代子颤着声儿问我。

"是浪,上百米的浪。不过海封冻了,冰面会很快使它衰减的。"我自我安慰地说,不再看下面。

我们很快在檀香山降落,由当地政府安排去地下城。我们的汽车沿着海岸走,天空中布满了火流星,那些红发恶魔好像是从太空中的某一个点同时迸发出来的。一颗流星在距海岸不远处击中了海面,没有看到水柱,但水蒸气形成的白色蘑菇云高高地升起。涌浪从冰层下传到岸边,厚厚的冰层轰隆隆地破碎了,冰面显出了浪的形状,好像有一群柔软的巨兽在冰下排着队游过。

"这颗流星有多大?"我问那位来接应我们的官员。

"不超过 5 公斤,不会比你的脑袋大吧。不过刚接到通知,在北方 800 公里外的海面上,刚落下一颗 20 吨左右的。"

这时他手腕上的通信机响了,他看了一眼后对司机说:"来不及到 204 号门了,就近找个入口吧!"

汽车拐了个弯,在一个地下城入口前停了下来。我们下车后,看到入口处有几个士兵,他们都一动不动地盯着远方,眼里充满了恐惧。我们顺着他们的目光看去,在天海连线处,我们看到一道黑色的屏障,乍一看好像是天边低低的云层,但那"云层"的高度太整齐了,像一堵横在天边的长墙,再仔细看,墙头还镶着一线白边。

"那是什么呀?"加代子怯生生地问一个军官,得到的回答让我们毛发直竖。

"浪。"

地下城高大的铁门隆隆地关上了。约莫过了10分钟,我们感受到从地面传来的低沉的声音,咕噜噜的,像一个巨人在地面打滚。我们面面相觑,大家都知道,百米高的巨浪正在滚过夏威夷,也将滚过各个大陆。但另一种震动更吓人,仿佛有一只巨拳从太空中不断地击打地球。在地下,这震动并不大,只能隐约感到,但每一次震动都直达我们灵魂深处。这是流星在不断地击中地面。

我们的星球所遭到的残酷轰炸断断续续持续了一个星期。

当我们走出地下城时,加代子惊叫:"天啊,天怎么是这样的!"

天空是灰色的,这是因为高层大气弥漫着小行星撞击陆地时产生的灰尘,星星和太阳都消失在这无际的灰色中,仿佛整个宇宙在下着一场大雾。地面上,滔天巨浪留下的海水还没来得及退去就封冻了,城市幸存的高楼形单影只地立在冰面上,挂着长长的冰凌柱。冰面上落了一层撞击尘,于是这个世界只剩下一种颜色——灰色。

我和加代子继续回亚洲的旅行。在飞机越过早已无意义的国际日期变更线时,我们见到了人类所见过的最黑的黑夜。飞机仿佛潜行在墨汁的海洋中,我们看着机舱外那没有一丝光线的世界,心情也黯淡到了极点。

"什么时候到头呢?"加代子喃喃地说。我不知道她指的是这段旅程,还是这充满苦难和灾难的生活,我现在觉得两者都没有尽头。是啊,即使地球航出了氦闪的威力圈，我们得以逃生，又怎么样呢？我们只是那漫长阶梯的最下一级，当我们的100代子孙爬上阶梯的顶端，见到新生活的光明时，我们的骨头都变成灰了。我不敢想象未来的苦难和艰辛，更不敢想象要带着爱人和孩子走过这条看不到头的泥泞路，我累了，实在走不动了……就在我被悲伤和绝望逼到窒息的时候，机舱里响起了一声女人的惊叫："啊！不！不能，亲爱的！"

我循声看去，见那个女人正从旁边的一个男人手中夺下一把手枪，他刚才显然想把枪口凑到自己的太阳穴上。这人很瘦弱，目光呆滞地看着前方无限远处。女人把头埋在他膝上，嘤嘤地哭了起来。

"安静。"男人冷冷地说。

哭声消失了，只有飞机发动机的嗡嗡声在轻响，像不变的哀乐。在我的感觉中，飞机已粘在这巨大的黑暗中，一动不动，而整个宇宙，除了黑暗和飞机，什么都没有了。加代子紧紧钻在我怀里，浑身冰凉。

突然，机舱前部一阵骚动，有人在兴奋地低语。我向窗外看去，发现飞机前方出现了一片朦胧的光亮，那光亮是蓝色的，没有形状，十分均匀地出现在前方弥漫着撞击尘埃的夜空中。

那是地球发动机的光芒。

西半球的地球发动机已被陨石击毁了三分之一，但损失比起航前预测的要少；东半球的地球发动机由于背向撞击面，完好无损。从功率上来说，它们是能使地球完成逃逸航行的。

在我眼中，前方朦胧的蓝光，如同从深海漫长上浮后看到的海面的亮光，我的呼吸又顺畅起来。

我又听到那个女人的声音："亲爱的，痛苦呀恐惧呀这些东西，也只有在活着时才能感觉到。死了，死了什么也没有了，那边只有黑暗，还是活着好。你说呢？"

那瘦弱的男人没有回答，他盯着前方的蓝光，眼泪流了下来。我知道他能活下去了。只要那代表希望的蓝光还亮着，我们就都能活下去，我又想起了父亲关于希望的那些话。

下了飞机，我和加代子没有去我们在地下城中的新家，而是到设在地面的太空舰队基地去找父亲，但在基地，我只见到了追授给他的一枚冰冷的勋章。这勋章是一名空军少将给我的，他告诉我，在清除地球航线上的小行星的行动中，一块被反物质炸弹炸出的小行星碎片击中了父亲的单座微型飞船。

"当时那个石块和飞船的相对速度有每秒100公里，撞击使飞船座舱瞬间气化了，他没有一点痛苦，我向您保证，没有一点痛苦。"将军说。

当地球又向太阳跌回去的时候，我和加代子又到地面上来看春天，但没有看到。世界仍是一片灰色。阴暗的天空下，大地上分布着由残留海水形成的一个个冰冻湖泊，见不到一点绿色。大气中的撞击尘埃挡住了阳光，使气温难以回升。甚至到了近日点，海洋和大地也没有解冻，太阳只是一片朦胧的光晕，仿佛是撞击尘埃后面的幽灵。

三年以后，空中的撞击尘埃才有所消散，人类终于最后一次通过近日点，向远日点升去。在这个近日点，东半球的人有幸目睹了地球历史上最快的一次日出和日落。太阳从海平面上一跃而起，迅速划过长空，大地上万物的影子快速地变换着角度，仿佛是无数根钟表的秒针。这也是地球上最短的一个白天，只有不到一个小时。当太阳没入地平线，黑暗再度降临大地时，我感到一阵伤感。这转瞬即逝的一天，仿佛是对地球在太阳系45亿年进化史的一个短暂总结。直到宇宙末日，地球也不会再回来了。

"天黑了。"加代子忧伤地说。

"最长的一夜。"我说。东半球的这一夜将延续2 500年，100代人后，半人马座的曙光才能再次照亮这片大陆。西半球也将面临最长的白天，但比这里的黑夜要短得多。在那里，太阳将很快升到天顶，然后一直静止在那个位置上渐渐变小，半个世纪内，它就会融入星群难以分辨了。

按照预定的航线，地球升向与木星的会合点。航行委员会的计划是：地球第15圈的公转轨道是如此之扁，以至于它的远日点到达木星轨道，地球将与木星在几乎相撞的距离上擦身而过。在木星巨大引力的拉动下，地球将最终达到逃逸速度。

离开近日点后两个月，就能用肉眼看到木星了。它开始只是一个模糊的光点，但很快显出圆盘的形状。又过了一个月，木星在地球上空已有满月大小，呈暗红色，能隐约看到上面的条纹。这时，15年来一直垂直的地球发动机光柱中有一些开始摆动，地球在做会合前最后的姿态调整。木星渐渐沉到了地平线下。以后的三个多月，木星一直处在地球的另一面，我们看不到它，但知道两颗行星正在交会之中。

有一天我们突然被告知东半球也能看到木星了，于是人们纷纷从地下城中来到地面。我走出城市的密封门来到地面，发现开了15年的地球发动机已经全部关闭了。

我再次看到了星空，这表明同木星最后的交会正在进行。人们都在紧张地盯着西方的地平线。地平线上出现了一片暗红色的光，那光区渐渐扩大，伸延到整个地平线的宽度。我现在发现，那暗红色的区域上方同漆黑的星空有一道整齐的边界，那边界呈弧形，从地平线的一端跨到了另一端，在缓缓升起，巨弧下的天空都变成了暗红色，仿佛一块同星空一样大小的暗红色幕布逐渐把地球同整个宇宙隔开。当我回过神来时，不由倒吸一口冷气，那暗红色的幕布就是木星！我早就知道木星的体积是地球的1300

倍,现在才真正感觉到它的巨大。这宇宙巨怪在整个地平线上升起时引发的恐惧和压抑是难以用语言描述的。一名记者后来写道:"不知是我身处噩梦中,还是这整个宇宙都是造物主巨大而变态的头脑中的噩梦!"木星恐怖地上升着,渐渐占据了半个天空。这时,我们可以清楚地看到它云层中的风暴,那风暴把云层搅动成让人迷茫的混乱线条。我知道,那厚厚的云层下是沸腾的液氢和液氦的大洋。著名的大红斑出现了,这个在木星表面维持了几十万年的大旋涡大得可以吞下整整三个地球。这时木星已占满了整个天空,地球仿佛是浮在木星沸腾的暗红色云海上的一只气球!而木星的大红斑就处在天空正中,如一只红色的巨眼盯着我们的世界,大地笼罩在它那阴森的红光中……谁都无法相信小小的地球能逃出这巨大怪物的引力场。从地面上看,地球甚至连成为木星的卫星都不可能。

我们似乎就要掉进那无边云海覆盖着的地狱中去了!但领航工程师的计算是精确的,迷乱的暗红色的天空继续缓缓移动,不知过了多长时间,西方的天边露出了黑色的一角,那黑色迅速扩大,其中有星在闪烁——地球正在冲出木星的引力魔掌。这时警报尖叫起来,木星产生的引力潮汐正在向内陆推进。后来得知,百米多高的巨浪再次横扫了整个大陆。在跑进地下城的密封门时,我最后看了一眼仍占据半个天空的木星,发现木星的云海中有一道明显的划痕,后来知道,那是地球引力作用在木星表面留下的痕迹——我们的星球也在木星表面拉起了如山的液氢和液氦的巨浪。这时,木星巨大的引力正在把地球加速甩向外太空。

离开木星时,地球已达到了逃逸速度,它不再需要返回潜藏着死亡的太阳系,而是向广漠的外太空飞去。漫长的流浪时代开始了。

就在木星暗红色的阴影下,我的儿子在地层深处出生了。

叛乱

离开木星后,亚洲大陆上一万多台地球发动机再次全功率开动。这一次,它们要不停地运行 500 年,不停地加速地球。这 500 年中,发动机将把亚洲大陆上一半的山脉当作燃料消耗掉。

从四个多世纪的死亡恐惧中解脱出来,人们长出了一口气。但预料中的狂欢并没有出现,接下来发生的事情出乎所有人的想象。

在地下城的庆祝集会后,我一个人穿上密封服来到地面。童年时熟悉的群山已被超级挖掘机夷为平地,大地上只有裸露的岩石和坚硬的冻土,冻土上到处是白色的斑块,那是大海潮留下的盐渍。面前那座爷爷和爸爸度过了一生的曾有千万人口的大城市,现在已是一片废墟,钢筋外露的高楼残骸在地球发动机光柱的蓝光中拖着长长的影子,好像是史前巨兽的化石……一次次的洪水和小行星的撞击已摧毁了地面上的一切,各大陆上的城市和植被都荡然无存,地球表面已变成火星一样的荒漠。

这一段时间,加代子心神不定。她常常扔下孩子不管,一个人开着飞行汽车出去旅行,回来后,只是说她去了西半球。最后,她拉我一起去了。

我们的飞行汽车以四倍音速飞行了两个小时,终于能够看到太阳了。它刚刚升出太平洋,看上去只有棒球大小,给冰封的洋面投下一片微弱的、冷冷的光芒。加代子把飞行汽车悬停在 5 000 米的空中,然后从后面拿出了一个长长的东西,去掉封套后,我看到那是一架天文望远镜,业余爱好者用的那种。加代子打开车窗,把望远镜对准太阳,让我看。

从有色镜片中,我看到了放大几百倍的太阳,我甚至清楚地看到太阳表面缓缓移动的明暗斑点,还有日球边缘隐隐约约的日珥。

加代子把望远镜同车内的计算机连起来,记录下一幅太阳影像。然后,她又调出了另一幅太阳图像,说:"这是四个世纪前的太阳图像。"接着,计算机对两幅图像进行比较。

"看到了吗?"加代子指着屏幕说,"它们的光度、像素排列、像素概率、层次统计等参数都完全一样!"

我摇摇头说:"这能说明什么?一架玩具望远镜,一个低级图像处理程序,加上你这个无知的外行……别自寻烦恼了,别信那些谣言!"

"你是个白痴。"她说着,收回望远镜,把飞行汽车往回开去。这时,在我们的上方和下方,我又远远地看到了几辆飞行汽车,同我们刚才一样悬在空中,从每辆车的车窗中都伸出一架望远镜对着太阳。

以后的几个月中,一个可怕的说法像野火一样在全世界蔓延。越来越多的人自发地用更大型、更精密的仪器观测太阳。后来,一个民间组织向太阳发射了一组探测器,它们在三个月后穿过太阳。探测器发回的数据最后证实了那个传言——

同四个世纪前相比,太阳没有任何变化。

日珥:是突出在日面边缘外面的一种太阳活动现象,发生在色球层,就像是太阳的"耳环"一样。在一般情况下无法用肉眼观测到,因此必须使用太阳分光仪、单色光观测镜等仪器,或者在日全食时才能观测到。

现在，各大陆的地下城已成了一座座骚动的火山，随时可能喷发。一天，按照联合政府的法令，我和加代子把儿子送进了养育中心。回家的路上，我俩都感到维系我们关系的唯一纽带已不复存在了。走到市中心广场，我们看到有人在演讲，另一些人在演讲者周围向市民分发武器。

"公民们！地球被出卖了！人类被出卖了！文明被出卖了！我们都是一个超级骗局的牺牲品！这个骗局之巨大之可怕，上帝都会为之休克！太阳还是原来的太阳，它不会爆发，过去现在将来都不会，它是永恒的象征！爆发的是联合政府中那些人阴险的野心！他们编造了这一切，只是为了建立他们的独裁帝国！他们毁了地球！他们毁了人类文明！公民们，有良知的公民们！拿起武器，拯救我们的星球！拯救人类文明！我们要推翻联合政府，控制地球发动机，把我们的星球从这寒冷的外太空开回原来的轨道！开回到我们的太阳的温暖怀抱！"

加代子默默地走上前去，从分发武器的人手中接过一支冲锋枪，加入拿到武器的市民的队列中。她没有回头，同那支庞大的队列一起消失在地下城的迷雾里。我呆呆地站在那儿，手在衣袋中紧紧攥着父亲用生命和忠诚换来的那枚勋章，它的边角把我的手扎出了血⋯⋯

三天后，叛乱在各个大陆同时爆发了。

叛军所到之处，人民群起响应。到现在，很少有人不怀疑自己受骗了。但我加入了联合政府的军队，这并非出于对政府的信任，而是因为我三代前辈都有过军旅生涯，他们在我心中种下了忠诚的种子，不论在什么情况下，背叛联合政府对我来说都是一件不可想象的事。

美洲、非洲、大洋洲和南极洲相继沦陷，联合政府收缩防线，死守地球发动机所在的东亚和中亚。叛军很快包围了这里。他们对政府军占有压倒性优势，之所以在相当长一段时间里没有取得进展，完全是由于地球发动机。叛军不想毁掉地球发动机，所以在这一广阔的战区没有使用重武器，联合政府得以苟延残喘。双方这样相持了三个月后，联合政府的12个集团军相继倒戈，中亚和东亚防线全线崩溃。两个月后，大势已去的联合政府连同不到十万人的军队在靠近海岸的地球发动机控制中心陷入重围。

我就是这残存军队中的一名少校。控制中心有一座中等城市大小，它的中心是地球驾驶室。我拖着一条被激光束烧焦的手臂，躺在控制中心的伤兵收容站里。就是在这儿，我得知加代子已在大洋洲战役中阵亡。我和收容站里所有的人一样，整天喝得烂醉，对外面的战事全然不知，也不感兴趣。不知过了多久，我听到有人在高声说话。

"知道你们为什么这样吗？你们在自责。在这场战争中，你们站到了反人类的一边，我也一样。"

我转头一看，发现讲话的人肩上有一颗将星，他接着说："没关系，我们还有最后的机会拯救自己的灵魂。地球驾驶室距我们这儿只有三个街区，我们去占领它，把它交给外面理智的人类！我们为联合政府已尽到了责任，现在该为人类尽责任了！"

我用那只没受伤的手抽出手枪，随着这群突然狂热起来的受伤和没受伤的人，沿着钢铁通道，向地球驾驶室冲去。出乎意料，一路上我们几乎没遇到抵抗，倒是有越来越多的人从错综复杂的钢铁通道的各个分支中加入我们。最后，我们来到了一扇巨大的门前，那钢铁大门高得望不到顶，它轰隆隆地打开了，我们冲进了地球驾驶室。

尽管以前无数次在电视中看到过，所有的人还是被驾驶室的雄伟震惊了。很难判断这里的实际大小，因为驾驶室淹没在一幅巨型太阳系全息图中。整幅图实际就是一个向所有方向无限伸延的黑色空间，我们一进来，就悬浮在这空间之中。由于尽量反映真实的比例，太阳和其他行星都很小很小，小得像远方的萤火虫，但能分辨出来。以那遥远的代表太阳的光点为中心，一条醒目的红色螺旋线扩展开来，像广阔的黑色洋面上迅速扩散的红色波纹。这是地球的航线。在螺旋线最外层的一点上，航线变成明亮的绿色，那是地球还没有完成的路程。那条绿线从我们的头顶掠过，顺着看去，我们看到了灿烂的星海。绿线消失在星海的深处，我们看不到它的尽头。在这广漠的黑色空间中，还飘浮着许多闪亮的灰尘，其中几颗尘粒飘近，我发现那是一块块虚拟屏幕，上面翻滚着复杂的数字和曲线。

我看到了全人类瞩目的地球驾驶台，它好像是飘浮在黑色空间中的一颗银白色的小行星。看到它，我更难以想象这里的巨大——驾驶台本身就是一个广场，现在上面密密麻麻地站着 5 000 多人，包括联合政府的主要成员、负责实施地球航行计划的星际移民委员会的大部分成员，以及那些最后忠于政府的人。这时，我听到最高执政官的声音在整个黑色空间响了起来：

"我们本来可以战斗到底的，但这可能导致地球发动机失控，这种情况一旦发生，过量聚变的物质将烧穿地球，或蒸发全部海洋，所以我们决定投降。我们理解所有的人，因为在还要延续 100 代人的艰难奋斗中，永远保持理智确实是一个奢求。但也请所有的人记住我们。站在这里的这 5 000 多人里，有联合政府的最高执政官，也有普通的列兵，是我们把信念坚持到了最后。我们都知道自己看不到真理被证实的那一天，但如果人类得以延续万代，以后所有的人都将在我们的墓前洒下眼泪。这颗叫地球的行星，就是我们永恒的纪念碑！"

控制中心巨大的密封门隆隆开启，5 000 多名最后的地球派成员一群群走了出来，在叛军的押送下向海岸走去。一路上两边挤满了人，所有人都冲他们吐唾沫，用冰块和石块砸他们。他们中有人密封服的面罩被砸裂了，外面零下100多摄氏度的严寒使那些人的脸麻木了，但他们仍努力地走下去。我看到一个小女孩，举起一大块冰用尽全身力气狠命地向一个老者砸去，她那双眼睛透过面罩射出疯狂的怒火。

当我听到这5 000人全部被判处死刑时，觉得太宽容了。难道让他们仅仅一死吗？这一死就能偿清他们的罪恶吗？能偿清他们用一个离奇变态的想象和骗局毁掉地球、毁掉人类文明的罪恶吗？他们应该死一万次！这时，我想起了那些作出太阳爆发预测的天体物理学家，那些设计和建造地球发动机的工程师，他们在一个世纪前就已作古，我现在真想把他们从坟墓中挖出来，让他们也死一万次。

真感谢死刑的执行者们，他们为这些罪犯找了一种"最佳"的死法：他们收走了被判死刑的每个人密封服上加热用的核能电池，然后把他们丢在大海的冰面上，让零下100摄氏度的严寒慢慢夺去他们的生命。

这些人类文明史上最险恶、最可耻的罪犯在冰海上站了黑压压的一片，岸上有十几万人在看着他们，十几万副牙齿咬得咔咔响，十几万双眼睛喷出和那个小女孩一样的怒火。

这时，所有的地球发动机都已关闭，壮丽的群星出现在冰原之上。

我能想象出严寒像无数把尖刀刺进他们的身体，他们的血液在凝固，生命从他们的体内一点点流走。这想象中的感觉变成一种快感，传遍我的全身。看到那些人在严寒的折磨中慢慢死去，岸上的人快活起来，他们一起唱起了《我的太阳》。我唱着，眼睛看着星空的一个方向。在那个方向上，有一颗刚刚显出圆盘形状的星星发出黄色的光芒，那就是太阳。

啊，我的太阳，生命之母，万物之父，我的大神，我的上帝！还有什么比您更稳定，还有什么比您更永恒？我们这些渺小的、连灰尘都不如

碳基：以含有碳以及碳的化合物为主的物质构成的生命。从物质组成上看，地球上所有生物都具有基本相似的物质组成，基本上都由碳、氢、氧、氮、磷、硫、钙等元素构成。这些元素相互结合，构成氨基酸、核苷酸、葡萄糖等生命小分子，这些小分子再通过特殊的方式相互结合，形成蛋白质、核酸、多聚糖和脂类等生物大分子。这些分子则成为构建生命的基本形式。由于构成这些生命的这些重要的生物大分子都以碳骨架为基础，所以研究者称这样的生命为"碳基生命"。后文的硅基生命则指以含有硅以及硅的化合物为主的物质构成的生命。

的碳基细菌，拥挤在围着您转的一粒小石头上，竟敢预言您的末日，我们怎么能蠢到这个程度！

　　一个小时过去了，海面上那些反人类的罪犯虽然还全都站着，但已没有一个活人，他们的血液已被冻结了。

　　我的眼睛突然什么都看不见了。几秒后，视力渐渐恢复，冰原、海岸和岸上的人群又在眼前慢慢显影，最后完全清晰了，而且比刚才更清晰，因为这个世界现在笼罩在一片强烈的白光中，刚才我眼睛失明正是由于这突然出现的强光的刺激。但星空没有重现，所有的星光都被这强光所淹没，仿佛整个宇宙都被强光熔化了。这强光从太空中的一点迸发出来，那一点现在成了宇宙中心，那一点就在我刚才盯着的方向。

　　太阳氦闪爆发了。

　　《我的太阳》的合唱戛然而止，岸上的十几万人呆住了，似乎同海面上那些人一样，冻成了一片僵硬的岩石。

　　太阳最后一次把光和热洒向地球。地面上冰结的二氧化碳干冰首先升华，腾起了一阵白色的蒸汽；然后海冰表面也开始融化，受热不均的大海冰层发出惊天动地的巨响。渐渐地，照在地面上的光柔和起来，天空露出了微微的蓝色。后来，强烈的太阳风产生的极光在空中出现，苍穹中飘动着巨大的彩色光幕……

在这突然出现的灿烂阳光下，海面上最后的地球派们仍稳稳地站着，仿佛5 000多尊雕像。

太阳氦闪爆发只持续了很短的时间，两个小时后，强光开始急剧减弱，很快熄灭了。在太阳的位置上，出现了一颗暗红色球体，它的体积慢慢膨胀，最后达到了从原来地球轨道上看到的太阳大小。这意味着它的实际体积已大到越出火星轨道，而水星、金星和火星这三颗地球的伙伴行星，已在上亿度的辐射中化为一缕轻烟。但那个红球已不是太阳，它不再发出光和热，看上去如同贴在太空中的一张冰冷的红纸，它那暗红色的光芒似乎是周围星光的散射。这就是小质量恒星演化的归宿——红巨星。

50亿年的壮丽生涯已成为飘逝的梦幻，太阳死了。

幸运的是，还有人活着。

流浪时代

当我回忆这一切时，半个世纪已过去了。20年前，地球航出了冥王星轨道，航出了太阳系，在寒冷广漠的外太空继续着孤独的航程。

最近一次去地面是十几年前的事了，那是儿子和儿媳陪我去的。儿媳是一个金发碧眼的姑娘，就要做母亲了。

到地面后，我首先注意到，虽然所有地球发动机仍在全功率运行，巨大的光柱却看不到了，这是因为地球大气已消失，等离子体的光芒没有散射的缘故。我看到地面上布满了奇怪的黄绿相间的半透明晶体块,这是固体氧氮,是已冻结的空气。有趣的是,空气并没有均匀地冻结在地球表面,而是形成了小山丘似的不规则的隆起。在原来平滑的大海冰原上,这些半透明的小山形成了奇特的景观。银河纹丝不动地横过天穹,也像被冻结了,但星光很亮,看久了还刺眼呢。

地球发动机将不间断地开动 500 年,到时地球将加速至光速的千分之五,然后地球将以这个速度滑行 1 300 年,走完三分之二的航程,然后掉转发动机的方向,开始长达 500 年的减速。地球将在航行 2 400 年后到达比邻星,再用 100 年时间泊入这颗恒星的轨道,成为它的一颗行星。

我知道已被忘却
流浪的航程太长太长
但那一时刻要叫我一声啊
当东方再次出现霞光

我知道已被忘却
起航的时代太远太远
但那一时刻要叫我一声啊
当人类又看到了蓝天

我知道已被忘却
太阳系的往事太久太久
但那一时刻要叫我一声啊
当鲜花重新挂上枝头

……

每当听到这首歌,一股暖流就涌进我这年迈僵硬的身躯,我干涸的老眼又湿润了。我好像看到半人马座三颗金色的太阳在地平线上依次升起,万物沐浴在温暖的光芒中。固态的空气融化了,天变蓝了。2 000多年前的种子从解冻的土层中复苏,大地绿了。我看到我的第 100 代孙子孙女们在绿色的草原上欢笑,草原上有清澈的小溪,溪中有银色的小鱼……我看到了加代子,她从绿色的大地上向我跑来,年轻美丽,像个天使……

啊,地球,我的流浪地球……

全频带阻塞干扰

◎ 刘慈欣

以深深的敬意献给俄罗斯人民,他们的文学影响了我的一生。

——刘慈欣

在战场电磁干扰形式的选择上,本手册主张采用对某一特定频率或信道所进行的瞄准式干扰,而不主张采用同时干扰一个较宽频带的阻塞式干扰,因为后者对己方的电磁通信和电子支援措施也会产生影响。

——摘自1993年美国陆军《电子战手册》

1月5日,斯摩棱斯克前线

失陷的城市已经看不见了,战线在一夜之间后退了40千米。

在凌晨的天光下，雪原呈现出寒冷的暗蓝色。在远方的各个方向上，被击中的目标冒出一道道黑色的烟柱，笔直地向高空升去，好像是连接天地的一条条细长的黑纱。顺着烟柱向上看，卡琳娜吃了一惊——刚刚显现晨光的天空被一团巨大的白色乱麻充斥着，这纷乱的白色线条仿佛是一个精神错乱的巨人疯狂地画在天上的。那是歼击机的混乱尾迹，是俄罗斯空军和北约空军为争夺制空权所进行的一夜激战留下的。

来自空中和远方的精确打击也持续了一夜。在非专业人士看来，打击似乎并不密集，爆炸声每隔几秒甚至几分钟才响一次。但卡琳娜知道，每一次爆炸都意味着一个重要目标被击中，几乎不会打空。这一声声爆炸，仿佛是昨夜这篇黑色文章中的一个个闪光的标点符号。凌晨到来时，卡琳娜不知道防线还剩下多少力量，甚至不知道防线是否还存在，似乎整个世界上只有她一人在抵抗。

卡琳娜少校所在的电子对抗排是在半夜被摧毁的，当时这个排所在的位置落下了六颗激光制导炸弹。卡琳娜所乘的那辆装载干扰机的 BMP-2 装甲车还在燃烧，这个排的其他电子战车现在都变成散落在周围雪地上的一堆堆黑色金属块。卡琳娜所在的弹坑中的余热正在散去，她感到了寒冷。她用手撑着坐直，右手触到了一团黏糊糊的冰冷绵软的东西，看上去像一个沾满了黑色弹灰的泥团。她突然意识到那是一块残肉。她不知道它属于身体的哪一部分，更不知道属于哪个人。在昨夜的那次致命打击中，阵亡了一名中尉、两名少尉和八名士兵。卡琳娜呕吐起来，但除了酸水什么也没吐出来。她拼命把双手在雪里擦，想把手上的血迹擦掉，但黑红色的血在寒冷中很快在手上凝固，依然那么醒目。

令人窒息的死寂已持续了半个小时，这意味着新一轮的地面进攻就要开始了。卡琳娜拧大了别在左肩上的对讲机的音量，但传出的只有沙沙的噪声。突然，几句模糊的话语传了出来，仿佛是大雾中掠过的几只鸟儿。

"06观察站报告：1437阵地正面，M1A2坦克37辆，平均间隔60米；'布莱德雷'运兵车41辆，距M1A2坦克攻击前锋500米；M1A2坦克24辆，'勒克莱尔'8辆，正在向1633阵地侧翼迂回，已越过同1437的接合部。1437，1633，1752，准备接敌！"

卡琳娜克制住因寒冷和恐惧引起的颤抖，使地平线在望远镜视野中稳定下来。她看到天边出现了一团团模糊的雪雾，给地平线镶上了一道毛茸茸的边儿。

这时，卡琳娜听到了身后传来发动机的轰鸣，一排T90式坦克越过她的位置冲向敌人，在后面，更多的俄罗斯坦克正在越过高速公路的路基。卡琳娜又听到了另一种轰鸣，敌人的攻击直升机群在前方的天空中出现，它们队形整齐，在黎明惨白的天空中形成一片黑色的点阵。卡琳娜周围坦克的发烟管启动了，随着一阵低沉的爆破声，阵地笼罩在一团白色的烟雾中。透过白雾的缝隙，她看到俄罗斯的直升机群正从头顶掠过。

坦克上的125毫米口径炮疾风骤雨般地响了起来，白雾变成了疯狂闪烁的粉红色光幕。几乎与此同时，敌人的第一批炮弹落了下来，白雾中，粉红色的光芒被爆炸产生的刺眼蓝白色闪电所代替。卡琳娜伏在弹坑底部，感到身下的大地在密集的巨响中像一张震动的鼓皮，身边的泥土和小石块被震得飞起老高，落满了她的后背。在这爆炸声中，还可隐约听到反坦克导弹发射时的嘶鸣。卡琳娜感到整个宇宙都在这撕人心肺的巨响中化为碎片，向无限深处坠落……就在她的神经几乎崩溃时，这场坦克战结束了，它只持续了约30秒。

当白雾和浓烟散去时，卡琳娜看到面前的雪地上散布着被击中的俄罗斯坦克，燃起一堆堆裹着黑烟的熊熊大火。她举目望去，远方同样有一大片被击毁的北约坦克，看上去只是雪原上一个个冒出浓烟的黑点。但更多的敌军坦克正越过那一片残骸冲来，裹在由履带搅起的一团团雪雾中。"艾布拉姆斯"那凶猛的扁宽前部不时从雪雾中露出来，仿佛是一头头从海浪中冲出的恶龟，滑膛炮炮口的闪光不时亮起，好像恶龟闪亮的眼睛……低空中，直升机的混战仍在继续，卡琳娜看到一架"阿帕奇"在不远的半空中爆炸，一架米-28拖着漏出的燃料，摇晃着掠过她的头顶，在几十米之外坠地，炸成了一团火球。近距空空导弹的尾迹，在低空拉出了无数条平行的白线……

卡琳娜听到"咣"的一声，转身一看，不远处一辆被击中后冒出浓烟的T90后部的底门打开了，没看到人出来，只见门下方垂下一只手。卡琳娜从弹坑中跃出，冲到那辆坦克后面，抓住那只手向外拉。

车内响起一声沉闷的爆炸，一股灼热的气浪将卡琳娜向后弹出了几步远。她的手中抓着一团黏软的很烫的东西，那是从坦克手的手上拉脱的一团烧熟的皮肤。卡琳娜抬头看到一股火焰从底门中喷出。车内已成了一座小型的炼狱。在那暗红色的透明火焰中，阵亡坦克手的身影清晰可见，像在水中一样波动着。

卡琳娜又听到两声尖啸。这时，她左前方的一个导弹班把最后两枚反坦克导弹发射出去，其中一枚有线制导的"赛格"导弹成功地击毁了一辆"艾布拉姆斯"，另一枚无线制导的导弹则被干扰，向斜上方冲去，失去了目标。导弹班的六个人撤出掩体，向卡琳娜所在的弹坑跑来。一架"科曼奇"直升机向他们俯冲下来，那棱角分明的机体看上去像一只凶猛的鳄鱼。一长排机枪子弹打在雪地上，击起的雪和土如同一道突然立起又很快倒下的栅栏。这栅栏从那支小小的队伍中穿过，击倒了其中四人，只有一名中尉和一名士兵到达了弹坑。

卡琳娜这时才注意到那名中尉戴着坦克防震帽，可能来自一辆已被击毁的坦克。他们每人手中都拿着一管反坦克火箭筒。跳进弹坑后，中尉首先向距他们最近的一辆敌坦克射击，击中了那辆 M1A2 的正面，诱发了它的反应装甲，火箭弹和反应装甲的爆炸声混在一起，听起来很怪异。坦克冲出了爆炸的烟雾，反应装甲的残片挂在它前面，像一件破烂的衣衫。那名年轻的士兵继续对着它瞄准，手中的火箭筒随着坦克的起伏而抖动，一直没有击发。当距他们只有四五十米的坦克冲进一个洼地时，那名士兵只能站到弹坑边缘向斜下方瞄准。他手中的火箭筒与那辆"艾布拉姆斯"的 120 毫米口径炮同时响起。

坦克的炮手情急之中发射的是一发不会爆炸的贫铀穿甲弹。初速每秒 800 米的炮弹击中了那个士兵，把他上半身打成了一团飞溅的血花！卡琳娜感觉到细碎的血肉有力地打在她的钢盔上，噼啪作响。

她睁开眼睛，看到就在她眼前的弹坑边缘，那名士兵的两条腿如同两根黑色的树桩，无声地滚落到弹坑底部她的脚下。士兵被粉碎的身体的其他部分，在雪地上溅出了一大片放射状的红色斑点。火箭击中了"艾布拉姆斯"，聚能爆炸的热流切穿了它的装甲，车体冒出了浓烟。但那个钢铁怪兽仍拖着浓烟向他们冲来，直冲到距他们 20 米左右才在车体内的一声爆炸中停了下来，那声爆炸把它炮塔的顶盖高高掀飞。

紧接着，北约的坦克阵线从他们周围通过，地皮在履带沉重的撞击下微微颤抖，但这些坦克对他们俩所在的弹坑未加理会。当第一波坦克冲过去后，中尉一把拉住卡琳娜的手，拽着她跃出弹坑，来到一辆已布满弹痕的吉普车旁。在 200 多米远处，第二道装甲攻击波正快速冲过来。

"躺下装死！"中尉说。卡琳娜于是躺到了吉普车的轮子边，闭上双眼，"睁开眼更像！"中尉又说，并在她脸上抹了一把不知是谁的血。他也躺下，与卡琳娜成直角，头紧挨着卡琳娜的头。他的钢盔滚到了一边，粗硬的头发扎着卡琳娜的太阳穴。卡琳娜大睁着双眼，看着几乎被浓烟吞没的天空。

两三分钟后，一辆半履带式"布莱德雷"运兵车在距他们十几米处停下来，从车上跳下几名身穿蓝白相间雪地迷彩服的美军士兵，他们中大部分平端着枪呈散兵线向前去了，只有一个朝这辆吉普车走来。卡琳娜看到两只粘满雪尘的伞兵靴踏到了紧靠她脸的地方。插在伞兵靴上的匕首刀柄上，82空降师的标志清晰可辨——一匹帕加索斯飞马。那个美国人俯身看她，他们的目光相遇了。卡琳娜尽最大努力使自己的目光呆滞无神，对着那双透出惊愕的蓝色瞳仁。

"Oh, God!"

卡琳娜听到了一声惊叹，不知是惊叹这名肩上有一颗校星的姑娘的美丽，还是她那满脸血污的惨相，也许两者都有。他接着伸手解她领口的衣扣。卡琳娜浑身起了鸡皮疙瘩，手向腰间的手枪移动了几厘米，但这个美国人只是扯下了她脖子上的识别牌。

他们等的时间比预想的长。敌人的坦克和装甲车源源不断地从他们身边轰鸣着驶过，卡琳娜感到自己的身体在雪地上都快冻僵了。她这时竟想起了一首军旅诗歌中的一句，那首诗是她在一本记述马特洛索夫事迹的旧书上读到

> 马特洛索夫：苏联家喻户晓的战争英雄，牺牲时年仅19岁。1943年2月，在苏联卫国战争中，第91西伯利亚志愿军旅254团战士马特洛索夫所在部队在进攻时遭德军火力阻挠，他毅然以身体挡住敌人的机枪。马特洛索夫壮烈牺牲后，被追授"苏联英雄"称号。

的："士兵躺在雪地上，就像躺在天鹅绒上一样。"她得到博士学位的那天，曾把这句诗写到日记上。那也是一个雪夜，她站在莫斯科大学科学之宫顶层的窗前。那夜的雪也真像天鹅绒，雪雾中，首都的万家灯火时隐时现。第二天，她就报名参军了。

这时，一辆敌方吉普车在距他们不远处停了下来，三名北约军官在车上抽着雪茄聊天。卡琳娜和中尉的周围空旷起来，他们跳上己方吉普车，中尉把车发动，沿着早已看好的路飞快驶去。他们身后响起了冲锋枪的射击声，子弹从头顶飞过，其中一颗打碎了后视镜。吉普车迅急拐进了一个燃烧着的居民点，敌人没有追来。

"少校，你是博士，对吗？"中尉开着车问。

"你在哪儿认识的我？"

"我见过你和列夫森科元帅的儿子在一起。"

沉默了一会儿，中尉又说："现在，他的儿子可是世界上离战争最远的人了。"

"你这话什么意思，你要知道……"

"没什么意思，说说而已。"中尉淡淡地说。他们的心思都不在这个话题上，他们都在想着还抱有的那一线希望——

但愿整个战线只有这一处被突破。

1月5日，近日轨道，"万年风雪号"

米沙感受到了一个人独居一座城市的孤独。

"万年风雪号"太空组合体确实有一座小城市那么大,体积相当于两艘巨型航空母舰,可容纳5 000人同时在太空中生活。当组合体处于旋转重力状态时,里面甚至有一个游泳池和一条小河,这在当今的太空工作环境中,可以说是绝无仅有的奢侈。但事实是,"万年风雪号"是自"和平号"以来俄罗斯航天界一贯的节俭思维的产物。它的设计思想是:赋予一个构造拥有在太阳系内进行太空探索的所有功能。虽一次性投资巨大,但从长远看还是十分经济的。

"万年风雪号"被西方戏称为"太空的瑞士军刀",它可作为空间站在地球各个高度的轨道上运行,还可以方便地移动到绕月轨道上,或做行星际探索飞行。"万年风雪号"已去过金星和火星,并探测过小行星带。以它那巨大的体积,等于把一个研究院搬到了太空中。就太空科学研究而言,它比西方那些数量众多但小巧玲珑的飞船具有更大的优势。

当"万年风雪号"准备开始前往木星的为期三年的航行时,战争爆发了。它上面的一百多名乘员几乎全都返回了地面——他们大部分是空军军官——只留下了米沙一个人。这时,"万年风雪号"暴露出它的一个缺陷:它目标太大,且没有任何防御能力。没有预见到后来太空军事化的进程,是设计者的一个失误。战争爆发后,"万年风雪号"只能进行躲避飞行。去外太空是不行的。在木星轨道之内,有大量的北约无人航行器,它们都体积不大,武装或非武装,每一个对"万年风雪号"都是致命的威胁。于是,它只有驶向近日空间。"万年风雪号"引以为傲的主动制冷式热屏蔽系统,使它可以比目前人类的任何太空航行器都更接近太阳。现在,"万年风雪号"已到达水星轨道,距太阳五千万千米,距地球一亿千米。

虽然"万年风雪号"上的大部分舱室已经关闭,但留给米沙的空间仍大得惊人。透过广阔的透明穹顶,比从地球上看去大三倍的太阳发出耀眼的光芒。太阳表面的耀斑和紫色日冕中奇丽的日珥清晰可见。有时,他甚至还可以看到光球表面因对流而产生的米粒组织。这里的宁静是虚假的。飞船外面,太阳抛出的粒子流和射电波的狂风巨浪在呼啸,"万年风雪号"就是这动荡海洋中漂浮的一粒小小的种子。

一束细如游丝的电波把米沙同地球连接起来,也把那遥远世界的忧虑带给了他。他刚刚得知,莫斯科近郊的控制中心已被巡航导弹摧毁,对"万年风雪号"的控制转由设在古比雪夫的第二控制中心执行。他每隔5个小时会接收一份从地球传来的战争新闻,每到这时,他就想起了父亲。

1月5日,俄罗斯军队总参谋部

米哈伊尔·谢米扬诺维奇·列夫森科元帅觉得自己面对着的是一堵墙,实际上,他面前是一幅平铺的莫斯科战区全息战场地图。以前,当他面对挂在墙上的宽大纸质地图时,却能看到广阔而深邃的空间。不管怎样,他还是喜欢传统的地图。记不清有多少次,要找的位置在地图的最下方,他和参谋们只好趴在地上看。现在想起来,他不禁微微一笑。他又想起多次演习前,在野战帐篷中,自己总会用透明胶带把刚发下来的作战地图拼贴起来,他经常贴不好,倒是第一次随他看演习的儿子一上手就比他贴得好……发现自己又想起儿子,他警觉地打住了思绪。

作战室中只有他和西部集群司令两人,后者一根接一根地抽着烟,他们凝神盯着全息地图上方变幻的烟团,仿佛那就是严峻的战局。

西部集群司令说:"北约在斯摩棱斯克一线的兵力已达75个师,攻击正

面有100千米宽,已多处突破。"

"东线呢?"列夫森科元帅问。

"第11集团军的大部都倒向右翼联盟了,这您是知道的。右翼联盟的军队已达24个师,但他们对雅罗斯拉夫尔的攻击仍然是试探性的。"

地面的一次爆炸将微微的震动传了下来,作战室里充满了随着顶板上的挂灯而轻轻摇晃的暗影。

"现在,已有人谈论退守莫斯科,凭借城市外围建筑和工事进行巷战了,像70多年前一样。"

"胡说八道!我们一旦从西线收缩,北约就可能从北部迂回,在加里宁同右翼军队会合,莫斯科将不战自乱。下步作战方针,第一是反击,第二是反击,第三还是反击。"

西部集群司令叹了一口气,无言地看着地图。

列夫森科元帅接着说:"我知道西线力量不够,准备从东线抽调一个集团军加强西线。"

"什么?现在雅罗斯拉夫尔的防守已经很难了。"

列夫森科元帅笑了笑,"现在相当多的指挥官只从军事角度考虑问题,严峻的形势让我们钻进去出不来了。从目前的态势看,你认为右翼军队没有力量攻下雅罗斯拉夫尔吗?"

"我认为不是,像第14集团军这样的精锐部队,集中了如此密集的装甲和低空攻击力量,在没有遭受太大损失的情况下,一天的推进还不到15千米,显然是有意放慢的。"

"这就对了。他们在观望,在观望西线战局!如果我们在西线夺回战场主动权,他们就会继续观望下去,甚至有可能在东线单方面停火。"

西部集群司令把刚拿出的一根烟夹在手上,忘了点火。

"东线的几个集团军的叛变确实是在我们背后捅了一刀,但一些指挥官在心理上把这当作借口,使我们的作战方针趋向消极。这种心态必须转变!当然,应当承认,要从根本上扭转战局,莫斯科战区的力量不够,我们的最终希望寄托在增援的高加索集群和乌拉尔集群上。"

"较近的高加索集群要完成集结并进入出击位置,最少也需一个星期。考虑到争夺制空权的因素,时间可能还要长。"

1月5日,莫斯科

卡琳娜和中尉的吉普车开进城时已是下午三点多,空袭警报刚刚响过,街上空荡荡的。

中尉长叹了一口气说:"少校,我真想念我那辆T90啊!四年前从装甲学院毕业的时候,我正失恋,可刚到部队的我一看到那辆坦克,心情一下子由阴转晴了。我摸着它的装甲,光溜溜、温乎乎的,像摸着女孩子的手。嗨,女孩儿算什么,这才是男人真正的伴侣!可今天早上,它中了一颗'西北风'。唉,可能现在火还没灭呢……"

这时,城市西北方向传来密集的爆炸声,这是现代空袭中很少见的野蛮的地毯式轰炸。

中尉仍沉浸在早上的战斗中,"唉,不到30秒,整整一个坦克营就完了。"

"敌人的伤亡也很大。"卡琳娜说,"我注意观察了战果,双方被击毁的装甲的数量相差并不大。"

"敌我坦克的对毁率大约 1:1.2 吧！直升机差一些，但也不会超过 1:1.4。"

"尽管如此，战场的主动权仍在我们一边——我们在数量上占很大优势，但仗怎么会打成这样呢？"

中尉扭头看了卡琳娜一眼："你是搞电子战的，还不明白为什么？你们的那套玩意儿，什么第五代 C3I，什么三维战场显示，还有动态态势模拟、攻击方案优化之类的，在演习中很像那么回事，可一到实战中，我面前的液晶屏上最常显示的就两句：COMMUNICATION ERROR 和 COULD NOT LOG IN。就说今天早上吧，我对正面和两翼的情况完全不清楚，只接到一个命令：接敌。唉……假如再投入一半的增援兵力，敌人就不会在我们的位置突破。整个战线的情况，大都如此。"

卡琳娜知道，在刚刚过去的战斗中，双方在整个战线上投入的坦克总数可能超过 10 000 辆，还有数目相当于坦克一半的武装直升机。

说话间，他们的车驶入了阿尔巴特街，昔日的步行街现在空空荡荡，古玩店和艺术品商店的门前堆着充作工事的沙袋。

"我的那辆钢铁情人不亏本儿。"中尉仍沉浸在早上的战斗中不可自拔，"我肯定打中了一辆'挑战者'，但我最想打中的是一辆'艾布拉姆斯'，知道吗？一辆'艾布拉姆斯'……"

卡琳娜指着一家古玩店的门口，说："那儿，我爷爷就死在那儿。"

"可这里好像没有遭到空袭。"

"我说的是 20 年前的事了，那时我才 4 岁。那个冬天真冷啊！暖气停了，房间里结了冰，我只好抱着电视机取暖，听着总统在我怀中向俄罗斯人许诺一个温暖的冬天。我哭着喊冷，喊饿，爷爷默默地看着我，终于下了决心，拿出他珍藏的勋章，带着我走了出去，来到这条街。那时这儿是自由市场，从伏特加到政治观点，人们什么都卖。一个美国人看上了爷爷的勋章，但只肯出40美元。他说："红旗勋章和红星勋章都不值钱的，但如果有赫梅利尼茨基勋章，我肯出100美元，光荣勋章，150美元，纳希莫夫勋章，200美元，乌沙科夫勋章，250美元。最值钱的胜利勋章你当然不可能有，那只授给元帅，但苏沃洛夫勋章也值钱，我可以出450美元……"爷爷默默地走开了。我们沿着寒风中的阿尔巴特街走啊走，后来爷爷走不动了，天也快黑了，他无力地坐到那家古玩店的台阶上，让我先回家。第二天人们发现他冻死在那里，一只手伸进怀中，握着他用鲜血换来的勋章，睁大双眼看着这个他在70多年前从古德里安的坦克群下拯救的城市……"

1月5日，俄罗斯军队总参谋部

这是一个星期以来，列夫森科元帅第一次走出了地下作战室，他踏着厚厚的白雪散步，同时寻找着太阳。这时，太阳已在挂满雪的松林后面落了一半儿。在元帅的想象中，有一个小黑点正在夕阳那橘红色的表面缓缓移动。那是"万年风雪号"，元帅的儿子在上面。他是这个星球上离父亲最远的儿子了。

这件事在国内引起了许多流言蜚语，在国际上，敌人更是大肆炒作。《纽约时报》用大得吓人的黑体字登出了一个标题：战争史上逃得最远的逃兵！下面是米沙的照片，照片的注脚是：在俄国政府煽动三亿俄罗斯人用鲜血淹没入侵者时，他们最高军事统帅的儿子却乘着这个国家唯一一艘巨型飞船，逃到了距战场一亿千米的地方。他是目前这个国家最安全的人了。

但列夫森科元帅问心无愧。从中学到博士后，米沙周围几乎没有人知道他的父亲是谁。航天控制中心做出这个决定，仅仅是因为米沙的研究专业是恒星数学模型。"万年风雪号"这次接近太阳，对他的研究是一次难得的机会，而组合体不能完全遥控飞行，上面至少应该有一个人。总指挥也是后来从西方的新闻中才得知米沙的身份的。

另一方面，不管列夫森科元帅是否承认，在他的内心深处，确实希望儿子远离战争。这并不仅仅是出于血肉之情。列夫森科元帅总觉得自己的儿子不属于战争。是的，他是世界上最不属于战争的人了。但他又知道自己这想法有问题：谁是属于战争的呢？

况且，米沙就属于恒星吗？他喜欢恒星，把全部生命投入到对它们的研究上面，但他自己却是恒星的反面，他更像冥王星，像那颗寂静、寒冷的矮行星，孤独地运行在尘世之光照不到的遥远空间。米沙的性格，加上他那白皙清秀的外表，使人很容易觉得他是个女孩子。但列夫森科元帅心里清楚，儿子从本质上一点不像女孩子——女孩儿都怕孤独，但米沙喜欢孤独。孤独是他的营养，他的空气。

米沙是在民主德国出生的。儿子的生日对

矮行星：也称"侏儒行星"，体积介于行星和小行星之间，围绕恒星运转。

元帅来说是一生中最暗淡的一天。那天傍晚，还是少校的他，在西柏林蒂加尔登苏军烈士墓前，同部下一起为烈士们站40多年来的最后一班岗。他的前面，是一群满脸笑容的西方军官和几个牵着狼狗来换防的吊儿郎当的德国警察，还有那些高呼"红军滚出去"的光头新纳粹。他的身后，是大尉连长和士兵们含泪的眼睛。他控制不住自己，只好也让泪水模糊了这一切。天黑后回到已搬空的营地，在这回国前的最后一夜，他得知米沙出生了，但妻子因难产而死……回国后日子也很难。同从欧洲撤回的40万军人和12万文职人员一样，他没有住房，和米沙住在一间冬冷夏热的临时铁皮屋里。他昔日的战友为了生活什么都干，但他一直像军人一样正直地生活着，米沙也在艰辛中默默地长大。同别的孩子不同，他似乎天生就会忍受，因为他有自己的世界。

早在上小学的时候，米沙每天都在自己的小房间里静悄悄地一人度过整晚。元帅起初以为他在看书，但有一次，他无意中发现，儿子是站在窗前一动不动地看着星星。

"爸爸，我喜欢星星，我要看一辈子星星。"他这样对父亲说。

11岁生日那天，米沙首次向父亲提出了一个要求：想要一架天文望远镜。这之前，他一直用列夫森科元帅的军用望远镜观察星星。后来，那架天文望远镜就成了米沙唯一的伴侣。他在阳台上看星星可以一直看到东方发白。有那么不多的几次，他们父子俩一起在阳台上看星星，元帅总是把望远镜对准夜空中看起来最亮的一颗星，但儿子不以为然地摇摇头，"那颗没意思，爸爸，那是金星，金星是行星，我只喜欢恒星。"

但对其他男孩子喜欢的东西，米沙却一点儿兴趣都没有。隔壁空降兵参谋长家的那个小胖子，偷拿父亲的手枪玩，结果走火把大腿打穿了。参谋部将军们的那些男孩子，如果能被爸爸领到部队的靶场上打一次枪，就算是最高的奖赏了。但男孩子对武器的这种天生的迷恋，在米沙身上丝毫没有出现。从这点来说，他确实不像男孩子。元帅对此很不安，他几乎无法容忍自己的儿子对武器无动于衷，以至于后来做出了一件至今想起来仍让他很不好意思的事。有一次，他把自己的那支马卡诺夫式手枪悄悄放到了儿子的书桌上。放学回来后不久，米沙就拿着枪从他的小房间中走了出来——他拿枪像女人那样，小心地握着枪管——把枪轻轻地放到父亲面前，淡淡地说："爸，以后别把这东西乱放。"

在米沙的前途问题上，元帅是一个开明的人。他不像周围的那些将军，一心让儿子甚至女儿延续自己的军旅生涯。但米沙离父亲的事业确实太远太远了。

列夫森科元帅不是一个脾气暴躁的人，但作为全军统帅，他不止一次在上万名官兵面前斥责一位将军。可对米沙，他却从来没有发过火。这固然因为米沙一直默默地沿着自己的轨道成长，很少让父亲操心，更重要的是，米沙身上似乎生来就有一种非同寻常的超脱的气质，这气质有时甚至让列夫森科元帅感到有些敬畏。就如同他在花盆中随意埋下一颗种子，却长出了绝世珍稀的植物。他敬畏地看着这植物一天天成长，小心地呵护着它，等着它开出花朵。他的期望没有落空，儿子现在已成为世界上最出色的天体物理学家。

这时，太阳已在松林后面完全落下，地上的雪由白色变成浅蓝色。列夫森科元帅收回了思绪，回到地下作战室。参与作战会议的人都到齐了，包括西部集群和高加索集群的主要指挥官。

另外还有电子战指挥官，从少将到上尉都有，大部分是刚从前线回来的。作战室里正在进行一场激烈的争论，争论的双方是西部集群的陆战部队和电子战部队的军官们。

"我们正确判明了敌人主攻方向的转变。"塔曼摩的费列托夫师长说,"我们的装甲力量和陆航低空攻击力量的机动性也并不差,但通信系统被干扰得一塌糊涂,C3I 指挥系统几乎瘫痪!集团军中的电子战单位,级别从营升到了团,从团又升到了师,这两年在这上面的资金投入比常规装备的投入都多,就这么个结果?!"

负责指挥战区电子战的一位中将看了身边的卡琳娜一眼。同其他刚从前线归来的军官一样,她的迷彩服上满是污渍和焦痕,脸上还残留着血迹。中将说:"卡琳娜少校在电子战研究方面很有造诣,同时也是总参派往前线的电子战观察员,她的看法可能更有说服力一些。"像卡琳娜这样的年轻博士军官大多心直口快,无所顾忌,往往被人当枪使,这次也不例外。

卡琳娜站起来说:"上校,话不能这么说!比起北约,我们这些年对 C3I 的投入微不足道。"

"那电子反制呢?"师长问,"敌人能干扰我们,你们就不能干扰他们?!我们的 C3I 瘫痪了,北约的却运转得很好,像上了润滑油似的。今天早上我对面的陆战一师能那么快速地转变攻击方向就是证明!"

卡琳娜苦笑了一下:"提起对敌干扰,费利托夫上校,不要忘了,就是在你们师的阵地上,你的人用枪顶着操作员的脑袋,逼停了集团军电子对抗部队的干扰机!"

"怎么回事?"列夫森科元帅问,这时,人们才发现他进来了,纷纷起身敬礼。

"是这样,"师长对元帅解释说,"对我们的通信指挥系统来说,他们的干扰比北约的更厉害!在北约的干扰中,我们还能维持一定的无线通信,可他们的干扰机一开,就把我们全盖住了!"

卡琳娜说:"可同时敌人也全被盖住了!这是我军目前实施电子反制可

选择的唯一战略。北约目前在战场通信中，已广泛采用诸如跳频、直接序列扩频、零可控自适应天线、猝发、单频转发和频率捷变等技术。我们用频率瞄准方式进行干扰根本不起作用，只能采用全频带阻塞干扰。"

第五集团军的一位上校质问："少校，北约采用的可全是频率瞄准式干扰，频带还相当窄；而我们的C3I系统也普遍采用了你提到的那些通信技术，为什么他们对我们的干扰那样有效呢？"

"这原因很简单。我们的C3I系统是建立在什么样的软硬件平台上？UNIX，LINUX，甚至WINDOWS 2010，CPU是INTEL和AMD！这是用人家养的狗给自己看门！在这种情况下，敌人可以很快掌握诸如跳频规律之类的电子战情报，同时用更多更有效的纯软件攻击加强其干扰效果。总参谋部曾经大力推广过国产操作系统，但到了下面阻力重重，你们集团军就是最顽固的堡垒……"

"好了，你们所说问题和矛盾正是今天会议要解决的，开会！"列夫森科元帅打断了这场争论。

当大家在电子沙盘前坐好后，列夫森科元帅叫过来一位少校参谋，这个身材细高的年轻人双眼眯缝着，好像不适应作战室中的光线。"介绍一下，这位是邦达连科少校，他最大的特点就是深度近视。他的眼镜与众不同，别人的眼镜片在镜框里边，他的镜片在镜框外面，哈，就像茶杯底那么厚啊！但我们现在看不到镜片——早上少校的吉普车遇到空袭时给砸了，好像隐形眼镜也弄丢了？"

"报告首长，那是五天前在明斯克丢的。我的眼睛是在半年内变成这样的。这变化早些的话，我就进不了伏龙芝军事学院。"少校立正说道。

虽然谁也不知道元帅为什么介绍这位少校，人群中还是响起了低低的笑声。

"战争爆发以来的事实说明,虽然有白俄罗斯战场的失利,但在空中和陆上常规武器方面,我们并不比敌人差多少;在电子战方面,我们的差距之大却出人意料。造成这样的局面有很深远的历史原因,这不是我们今天要讨论的。我们要明确的是以下一点:目前,电子战是我军夺回战争主动权的关键!我们首先必须承认敌人在电子战方面的优势,甚至是压倒性优势,然后我们必须以我军现有的电子战软硬件条件为基础,制定出一套行之有效的战略战术。这套战略战术的目的,是要在短时间内,使我军和北约在电子战方面形成力量上的平衡。也许大家认为这不可能——我军上世纪末以来的战争理论,主要是基于局部有限战争的,对目前在军事上如此强大的敌人的全面进攻,确实研究得不够。在这样严峻的形势下,我们必须以一种全新的方式思维。下面我要介绍的统帅部新的电子战战略,就可以看作这种思维的结果。"

灯灭了,电脑屏幕和电子沙盘都关闭了,重重的防辐射门也紧紧关闭,作战室淹没于伸手不见五指的黑暗之中。

"是我让关灯的。"黑暗中传来元帅的声音。

时间在黑暗和沉默中慢慢流逝,这样过了有一分钟。

"大家现在有什么感觉?"列夫森科元帅问。

没有人回答。浓重的黑暗使军官们仿佛沉没在夜之海海底,呼吸都有些困难。

"安德烈将军,你说说看。"

"这几天在战场上的感觉。"第五集团军军长说。黑暗中又响起了一阵低低的笑声。

"别的人呢?大概都与他有同感吧?"元帅说。

"当然。您想想,耳机里除了沙沙声什么也没有,屏幕上一片空白,对作战命令和周围的战场态势一无所知,可不就是这种感觉嘛!这黑暗,压得人喘不过气来啊!"

"但并非所有人都是这种感觉。邦达连科少校,你呢?"列夫森科元帅问。

邦达连科少校的声音从作战室的一角传来:"我的感觉不像他们这么糟糕。在亮着灯的时候,我看周围也是模模糊糊的。"

"你甚至还有一种优越感吧?"列夫森科元帅问。

"是的,元帅您可能听说过,在纽约大停电时,是盲人带领人们走出摩天大楼的。"

"但安德烈将军的感觉也是可以理解的。他有一双鹰眼,还是个神枪手,喝酒时常用手枪在十几米外开酒瓶盖。想想他和邦达连科少校在这里用手枪决斗,可是一件很有意思的事。"

黑暗中的作战室又陷入了沉默,指挥官们都在思考。

灯亮了,人们都眯起了双眼,与其说是不能适应突然出现的亮光,不如说是对元帅刚刚的暗示感到震惊。

列夫森科元帅站起来说:"我想,刚才我已把我军的电子战新战略表达清楚了:全频带大功率的阻塞干扰,在电磁通信上,制造一个双方'共享'的全黑暗战场!"

"这样将使我军的战场指挥系统全面瘫痪!"有人惊恐地说。

"北约也一样!瞎大家一起瞎,聋大家一起聋,在这样的条件下同敌人达到电子战的力量平衡。这就是新战略的核心思想。"

"那总不至于让我们派通信员骑摩托车传达作战命令吧?!"

"要是路不好,他们还得骑马。"列夫森科元帅说,"我们粗略估计了一下,这样的全频带阻塞干扰,至少可覆盖北约 70% 的战场通信系统,这就意味着他们的C3I系统将全面瘫痪。同时，还可使敌人50%～60%的远程打击武器失去作用，尤其是'战斧'巡航导弹——现在这种导弹的制导系统同上个世纪相比有了很大的改变，那时的'战斧'主要使用地形匹配和小型测高雷达来导航，现在这种导航方式只用作末端制导，而在其运行过程的大部分都依靠卫星全球定位系统（GPS）。通用动力公司和麦克唐纳·道格拉斯公司认为他们所做的这种改进是一大进步。美国人太相信来自太空的导航电波了，但GPS的电波传输一旦被干扰，'战斧'就成了瞎子。这种对GPS的依赖在北约大部分远程打击武器中都存在。在我们所设想的战场电磁条件出现时，敌人就会被迫同我们打常规战，我们自己的优势就会充分发挥出来。"

"我还是心里没底。"被从东线调往西线的第十二集团军军长忧心忡忡地说，"在这样的战场通信条件下，我甚至怀疑我的集团军能不能从东线顺利地调到西线。"

"你肯定能的！"列夫森科元帅说，"这段距离，对库图佐夫来说很短，我不信今天的俄罗斯军队离了无线电就走不过去了！被现代化装备惯坏的，应该是美国人而不是我们。我知道，当整个战场都处于电磁黑暗中时，你们心中肯定会感到恐惧。这时要记住，敌人比你们恐惧十倍！"

看着卡琳娜的身影混在穿迷彩服的军官中，消失在作战室的出口，列夫森科元帅不禁担心起来。她将重返前线，而她所在的电子战部队将是敌人火力最集中的地方。昨天，在同一亿千米远的儿子那来回延时达5分钟的通话中，元帅曾告诉他卡琳娜很好，但在今早的战斗中，她就险些没回来。

米沙和卡琳娜是在一次演习中认识的。那天，元帅和儿子一起吃晚饭，同往常一样，他们默默地吃着，米沙早逝的母亲在远处的相框中默默地看

着他们。米沙突然说:"爸爸,我想起明天就是您的51岁生日了,我应该送您一件生日礼物。我是看见那架天文望远镜才想起来的,那件礼物真好。"

"送我几天时间吧!"

儿子抬头静静地看着父亲。

"你有你的事业,我很高兴,但做父亲的想让儿子了解自己的事业,这总不算过分吧!明天你和我一起去看军事演习怎么样?"

米沙笑着点点头。他很少笑的。

这是21世纪国内规模最大的一场演习。演习开始的前夜,米沙对公路上那滚滚而过的钢铁洪流并没有什么兴趣。一下直升机,他就钻进野战帐篷,用透明胶带替父亲贴好刚发下来的作战地图。第二天演习的整个过程中,米沙也没表现出丝毫的兴趣。这早在列夫森科元帅的预料之中,但有一件事使他感到莫大的安慰。

上午进行的演习项目是装甲师进攻高地,米沙同一群地方官员一起坐在观摩台的北侧。这次观摩台的位置虽在安全距离之外,但应那些猎奇的地方官员的要求,比过去大大靠前了。图22轰炸机群掠过高地上空,重磅航空炸弹雨点般地落下,使那座山头变成喷发的火山口。这时,那群地方官员才明白真实战场同电影里的区别。在那地动山摇的巨响中,他们全都用双臂抱住脑袋伏在桌子上,有几位女士甚至尖叫着往桌下钻。但元帅看到,只有米沙一个人仍直直坐着,仍是那副冷漠的表情,静静地无动于衷地看着那座可怕的火山,任爆炸的火光在他的墨镜中狂闪。一股暖流冲击着列夫森科元帅的心田。儿子,你的身上到底流着军人的血啊!

这天晚上,父子俩在白天的演习现场散步。远处,各种装甲车辆的前灯如繁星洒满山谷和平原,空气中还残留着淡淡的硝烟味。

"这场演习要花多少钱?"米沙问。

"直接费用大约三亿卢布。"

米沙叹了口气,"我们的课题组想搞第三代恒星演化模型,申请了35万经费都批不下来。"

列夫森科元帅把他早就想对儿子说的话说了出来:"我们两个的世界相差太远了。你的恒星,最近的也有4光年吧,它同地球上的军队与战争真是毫不相干。我对你的事业知之不多,但为之感到很骄傲。作为军人,我们也是最想让儿子了解自己事业的人。哪一个父亲不把对儿子讲述自己的戎马生涯当作最大的幸福?而你对我的事业却总抱着冷漠的态度。事实上,我的事业是你的事业的基础和保障。一个国家,如果没有足够数量和质量的武装力量保证它的和平的话,像你从事的这种纯基础研究根本不可能进行。"

"爸爸,你说反了。如果人们都像我们这样,用全部的生命去探索宇宙的话,就能领略到宇宙的美——它的宏大和深远后面的美,而一个对宇宙和自然的内在美有深刻感觉的人,是不会去进行战争的。"

"你这种想法真是幼稚到家了!如果战争是因为人们缺乏美感造成的,那和平可太容易了!"

"您以为让人类感受这种美就那么容易吗?"米沙指了指夜空中灿烂的星海,"您看这些恒星。人们都知道它们是美的,但有多少人能够真正体会到这种美的最深层呢?这无数的天体,它们从星云到黑洞的演化是那么壮丽,它们喷发的能量是那么巨大,但您知道吗,只用数目不多的几个优美的方程式就能精确地描述这一切。用这些方程式建立的数学模型能极其精确地预言恒星的一切行为。甚至我们对自己星球上大气层建立的数学模型,精确度都要比它低几个数量级。"

列夫森科元帅点点头,说:"这是可能的,据说人类对月球的了解比对地球海底的了解还要多。但你所说的对宇宙和自然深层次美的感受还是制止不了战争。没有人比爱因斯坦更能感受这种美了，原子弹不还是在他的建议下造出来的吗？"

"爱因斯坦在他的后期研究中没什么建树，很大程度上是由于他过多地介入了政治。我不会走他的老路的。但，爸爸，到了需要的时候，我也会尽自己的责任的。"

米沙在演习区待了五天。元帅不知儿子是什么时候认识卡琳娜的。第一次看到他们在一起的时候，他们已经谈得很融洽了。他们谈恒星，而卡琳娜对此知道得很多。卡琳娜只是个天真烂漫的女孩，但因为拥有博士学位，她早早就扛上了一颗校星，他对此心里多少有些别扭。不过除此之外，他对卡琳娜的印象还是很好的。第二次见到米沙和卡琳娜在一起时，列夫森科元帅发现他们关系已更加亲密。他们谈话的内容让他很意外——他们在谈电子战。当时，他们俩在距元帅的吉普车不远的一辆坦克边，并没有避开别人的意思。

元帅听到米沙说："你们现在只关注于一些纯软件的高层次的东西，比如 C3I、病毒攻击、数字战场，等等。可你想到没有，你们可能握着一把木头做的剑。"看着卡琳娜惊奇的目光，米沙继续说，"你想过这些东西的基础吗？也就是位于网络七层协议最下面的物理层？对于民用网络，可以使用光纤和定向激光之类的东西作为通信媒介。但对于用于战场的 C3I 系统，它的各个终端是快速移动和位置不定的，只能主要依赖电磁波来进行信息联系，而电磁波这东西，你知道，在干扰下就像薄冰一样脆弱……"

元帅真的吃惊不小。他从未与儿子交流过这些，米沙更不可能偷看他的机密文件，但米沙却把自己在电子战上多年来形成的思想简明准确地表达出来！米沙的这番话对卡琳娜的影响更大，居然使她偏离了原来的研究方向，研制出一种代号"洪水"的电磁干扰装置。"洪水"的大小可以装入一辆装甲车，能同时发出 3kHz～30GHz 的强烈电磁干扰波，覆盖除毫米波之外的所有电磁通信波段。这种武器在西伯利亚某基地进行的第一次试验就为军队惹来了一屁股官司——"洪水"使附近那座城市的电磁波通信全部中断——手机不通了，传呼机不响了，电视机和收音机都收不到信号。对银行和股市的影响更是灾难性的，地方上把造成的损失说成了天文数字。"洪水"的灵感来自于一种电磁炸弹，原理是使用高能炸药在一次性线圈中产生强烈的电磁脉冲。所以，"洪水"工作起来如同火箭发动机一样，产生的声波能震破附近的窗玻璃，这就决定了它只能遥控操作，而距它二三千米处的操作人员还得穿上防微波辐射的防护服。"洪水"在总装备部和总参谋部的电子战指挥机构引起了很大的争论。很多人认为它没什么实战价值，在有限战场上使用它，就如同在巷战中使用核武器，对敌我的杀伤力都一样大。但在元帅的坚持下，"洪水"还是批量生产了 200 多台。现在，在统帅部新的电子战战略中，它将担当主要角色。

儿子爱上了一个军中的姑娘，元帅深感意

> 毫米波：指波长为 1~10 毫米的电磁波，它位于微波与远红外波相交叠的波长范围，因而兼有两种波谱的特点。

外。他的结论是,米沙对卡琳娜的感情同她的职业无关。后来,米沙带卡琳娜到家里来过几次,第一次卡琳娜穿着一件亮丽的连衣裙,走时元帅听到米沙对卡琳娜说:"下次穿军装来。"这事使元帅否定了自己先前的结论。他现在知道,米沙爱上卡琳娜,与她是一名少校军官并非一点关系也没有。与演习第一天上午感到的别扭不同,现在元帅觉得卡琳娜肩上的那颗校星无比美丽。

1月6日,莫斯科战区

强烈的电磁波在战区上空很快聚集,最后形成了巨大的电磁台风。战后人们回忆,当时在远离前线的山村里,人们也看到动物和鸟儿骚动不安;在灯火管制的城市中,人们能看到电视天线上感应出的微小火花……

从东线调往西线的第十二集团军的一个装甲团正在急速行军,团长站在停在路边的吉普车旁,满意地看着漫天雪尘中急速行进的部队。敌人的空袭远没有预料的强度,所以部队可以在白天赶路了。这时,三枚"战斧"导弹低低地从他们头顶掠过,冲压发动机低沉的嗡嗡声清晰可闻。不一会儿,远处响起了三声爆炸。团长身边的通信员拿着只听得到沙沙声的耳机无事可做,转头看看爆炸的方向,然后惊叫起来,让他看。他让通信员不要大惊小怪,但旁边的一位少校营长也让他看,他就看了,然后困惑地摇了摇头。"战斧"不是每枚都能命中目标,但像这样三枚相距上千米落到空无一物的田野上,还真是少见。

两架苏27孤独地飞行在战区5 000米上空。它们本来属于一支歼击机中队，但这支中队刚刚在海上同一组北约的F22发生了遭遇战，混战中，它们和中队失散了。在以前，重新会合是轻而易举的事，但现在，无线电联络不通了，原来对高速歼击机来说很狭小的空域现在变得如宇宙一样广阔，要想会合难如登天。这对长僚机只能紧贴着飞行，距离之近像在飞特技。只有这样，他们才能听到对方的无线电呼叫。

"左上方发现可疑目标，方位220，仰角30！"僚机报告。长机飞行员沿那个方位看去，冬日雪后的晴空一碧如洗，能见度极好。两架飞机向斜上方靠近目标观察。那个目标与他们同一方向飞行，但速度慢了许多，所以他们很快追上了它。

当他们看清目标后，真觉得白天见了鬼。那是一架北约的E-4A预警机，是歼击机最不可能遇到的敌方飞机，就像一个人不可能看到自己的后脑勺一样。E-4A预警飞机上的雷达监视面积可达100万平方千米，环视一圈只需5秒；它能发现远离防区2 000千米处的目标，可以提供40分钟以上的预警时间；它能发现1 000～2 000千米范围里的800～1 000个电磁信号，每次扫描可询问和识别2 000个海陆空各类目标。预警机从不需护航，它强有力的千里眼可使自己远远地避开歼击机的威胁，所以长机飞行员理所当然地认为这可能是一个圈套。他和僚机向四周的空域仔细搜索了一遍，明净寒冷的空中看不到任何东西，长机决定冒一次险。

"雷球，雷球，我将发起攻击，你向317方位警戒，但注意不要超出目视距离！"

看着僚机向着长机认为最可能有埋伏的方位飞去后，他打开油门，猛拉操纵杆。苏27拖着加速产生的黑烟，如一条仰起头的眼镜蛇向斜上方的预警机扑去。这时，E-4A也发现了向它逼近的威胁，急忙向东南方向做逃脱的机动飞行。干扰热寻导弹的镁热弹不断地从机尾蹦出，那一串小小的光球仿佛是它那被吓出壳的灵魂。预警飞机在歼击机面前就如同自行车在摩托车面前一样，是无法逃脱的。这时，长机飞行员才感到他刚才给僚机的命令是多么自私。他在E-4A的后上方远远跟着它，欣赏着到手的猎物。E-4A背上蓝白相间的雷达天线罩线条优美，像一件可人的圣诞玩具；它那粗大的白色机身，如同摆在盘子里的一只肥美的烤鸭，令他垂涎欲滴，又不忍下刀叉。但直觉使他不敢拖延。他首先用20毫米口径机炮做了一个点射，击碎了E-4A的雷达天线罩。他看到，西屋公司制造的AN/PY-3型雷达的天线的碎片飞散在空中，如圣诞节银色的纸花。接着，他用机炮切断了E-4A的一个机翼，最后，射速达每分钟6 000发的双管机炮射出的死亡之刃，将已经翻滚下坠的E-4A拦腰斩断。苏27盘旋着跟随两块坠落的机体，飞行员看到，人员和设备不停地从机舱中掉出，就像从盒中掉出的糖果一样，有几朵伞花在空中绽开。他想起了在刚过去的空战中，一个战友被击落时的情景：一架F22三次从战友的降落伞上方掠过，把伞冲翻了，他看着战友像块石头一样渐渐消失在大地的白色背景中。他克制了这样做的冲动，同僚机会合后，双机编队以最快的速度脱离这个空域。

他们仍觉得这可能是个圈套。

走散的飞机并不止那两架。在战线的上空，一架隶属于美国陆军骑一师的"科曼奇"在漫无目标地飞着，飞行员沃克中尉却倍感兴奋。他刚从"阿帕奇"转飞"科曼奇"不久，对这种20世纪末才大量装备陆军的武装攻击直升机不太适应。他不喜欢"科曼奇"的没有脚踏的操纵系统，并觉得它的双目头盔瞄准镜不如"阿帕奇"的单目镜舒服，但他最不适应的还是坐在前面的攻击指挥员哈尼上尉。他们第一次见面时，哈尼说："中尉，你要清楚自己的位置，我是这架直升机的大脑，你只是它电子和机械部件的一部分——你要尽到一个部件的责任！"而沃克最讨厌作为一个部件而存在。

记得一位年近百岁的参加过二战的前海军飞行员参观他们的基地时，看了看"科曼奇"的座舱，摇摇头说："唉，孩子们，我当年那架'野马'，座舱里的仪表还不如现在微波炉上的多。我最好的仪表是它！"他拍了拍沃克的屁股，"我们两代飞行员的区别，就是空中骑士和电脑操作员的区别。"

沃克想当空中骑士，现在机会来了。在俄罗斯人那近乎变态的疯狂干扰下，这架直升机上的什么"作战任务设备一体化系统"，什么"目标探测系统"，什么"辅助目标探查分类系统"，什么"真实视觉场面发生器"，还有"资料突发系统"，全都休克了！只剩下那两台 1 200 马力的 T800 型引擎还在忠实地转动着。哈尼平时就是全凭那些电子玩意儿发号施令的，现在他那张喋喋不休的臭嘴也随着这些东西安静下来。这时，内部送话系统传来了哈尼的话音："注意，发现目标，好像在左前方，好像在那个小山包旁边，有一支装甲部队，好像是敌人的，你……看着办吧！"

沃克差点笑出声来："哈，这小子，听他以前是怎么指挥的：'发现目标，方位 133，90 式坦克 17 辆，89 式运兵车 21 辆，向 391 方位以平均时速 43.5 千米运动，平均间隔 31.4 米。按'AJ041 号'优化攻击方案，从 179 方位以 37 度倾角进入……'现在呢？'好像'有装甲部队，'好像'在'山包那边'。这用你说？我早看见了！还让我看着办！你是废物了，哈尼，现在是我的天下，我要用屁股当仪表做一个骑士了！这架'科曼奇'在我的手中将不辜负它那英勇的印第安部落的名字。"

"科曼奇"向着那显而易见的目标冲去，把机上的 62 枚 27.5 英寸口径"蜂巢"火箭全部发射出去。沃克陶醉地看着那群拖着着火尾的小蜜蜂欢快地向目标飞去，把敌人的车队淹没于一片火海之中。但当他迂回飞行观察战果时却发现事情不对，地面上敌人的士兵没有隐蔽，而是全都站在雪地上冲他指指点点，像是在破口大骂。沃克飞近一些，清楚地看到了一辆被击毁的装甲车上的标志,那是个三环同心圆,中间是蓝色,然后是一个白圈儿和一个红圈儿。沃克眼前一黑,感到世界变成了地狱,破口大骂起来:"你个白痴,你瞎眼了?!"

但他还是聪明地远远飞开,以防那些暴怒的法国佬还击。"你现在大概在想,到军事法庭上怎样把责任推给我。你推不掉的,你是负责目标甄别的,你要明白这一点!"

"也许……我们还有机会补救,"哈尼怯生生地说,"我又发现了一支部队,就在对面……"

"去你的吧!"沃克没好气地说。

"这次没错,他们正在同法国人交火!"

这下沃克又来了精神,他驾机向新目标冲去,看到对方主要是步兵,装甲力量不多,这倒证实了哈尼的判断。沃克把仅剩的四枚"地狱火"导弹发射出去,然后把加特林双管机枪的射速调到每分钟 1 500 发并开始射击,他舒服地感觉到机枪通过机体传来的微微振动,看到地面敌人的散兵线被撒上了一层白色的"胡椒面"。但一名老练的武装直升机飞行员的直觉告诉他有危险。他扭头一看,只见一枚肩射导弹刚刚从左下方一名站在吉普车上的士兵肩上射出来。沃克手忙脚乱地发射了诱饵镁热弹,又向后方做摆脱飞行,但晚了,那枚导弹拖着蛛丝般的白烟击中了"科曼奇"的机头下部。沃克从爆炸带来的短暂昏眩中醒来时,发现直升机已坠落到雪地上。沃克拼命爬出全是白烟的机舱,在雪地上抱住一棵刚被螺旋桨齐腰砍断的树,回头看见了前舱中被炸成肉酱的哈尼上尉。他又看到前方一群端着冲锋枪的士兵正在向他跑来。沃克颤抖着抽出手枪放到面前的雪地上,然后掏出俄语会话本读了起来:"吾已方下无起,吾是战扶,日内瓦……"

他后脑挨了一枪托,肚子上又挨了一脚,但他翻倒在雪地上时却大笑起来——他可能被揍个半死，但不会全死，因为他看到了那些士兵衣领上波兰军队的鹰形领章。

1月7日，明斯克，北约军队作战指挥中心

"把那个该死的军医叫来！"托尼·帕克上将烦躁地喊道。当那名瘦高的上校军医跑到他面前时，他恼怒地说："怎么搞的？你折腾了两次，我的假牙还在嗡嗡响！"

"将军，这是我见过的最奇怪的事，也许是您的神经系统有问题，要不我给您打一针局部麻醉？"

这时，一位少校参谋走过来说："将军，请把假牙给我，我有办法的。"于是帕克取下假牙，放到了少校递过来的纸巾上。

关于将军掉的两颗门牙，媒体的普遍说法是在波斯湾战争中他所在的坦克被击中时造成的，只有将军自己知道这不是真的。那次是断了下颚，牙则是更早些时候掉的。那是在克拉克空军基地，当时的世界好像除了火山灰外什么都没有——天是灰的，地是灰的，空气也是灰的，就连他和基地最后一批人员将要登上的那架"大力神"，机顶上也落了厚厚白白的一层。火山岩浆的暗红色火光在这灰色的深处时隐时现。那个菲律宾女职员还是找来了，说基地没了，她失业了，房子也压在火山灰下，让她和肚子里的孩子怎么活？她拉着他，求他一定带她到美国去，他告诉她这不可能，于是她脱下高跟鞋朝他脸上打，打掉了他的两颗门牙。看着灰色的海水，帕克默念："我的孩子，现在你在那儿？你是和母亲在马尼拉的贫民窟中度日

吗？如果你是个女孩，说不定像你妈妈（她叫什么来着，哦，阿莲娜）一样能认识个美国军官……"

修牙的少校回来了，打断了将军的胡思乱想。将军拿过纸巾上的假牙装上，几秒后惊奇地看着少校："嗯？你是怎么做到的？"

"将军，您的假牙响是因为它对电磁波产生了共振。"

将军盯着少校，分明不相信他的话。

"将军，真是这样！也许您以前也曾暴露在强烈的电磁波下，比如在雷达的照射范围里，但那些电磁波的频率同您的假牙的固有频率不吻合。而现在，空中所有频带的电磁波都很强烈，于是产生了这种情况。我把假牙进行了一些加工，使它的共振频率提高了许多，它现在仍然共振，但您感觉不到了。"

少校离开后，帕克将军的目光落到了电子作战图旁的一个座钟上。钟座是骑着大象的汉尼拔塑像，上面刻着"战必胜"三个字，原来摆放在白宫的蓝厅，当时总统发现他的目光总落在那玩意儿上，就亲自拿起了在那儿放了100多年的钟赠给了他。

"上帝保佑美国，将军，现在您就是上帝！"

帕克沉思了很久，缓缓地说："命令全线停止进攻，用全部空中力量搜寻并摧毁俄罗斯人的干扰源。"

1月8日，俄罗斯军队总参谋部

"敌人停止进攻了，你好像并不感到高兴。"列夫森科元帅对刚从前线归来的西部集群司令说。

"是高兴不起来。北约的全部空中力量已集中打击我们的干扰部队,这种打击确实是很奏效的。"

"这在我们的预料之中。"列夫森科元帅平静地说,"我们的战术在开始会使敌人手足无措,但他们总会想出对付的办法。用于阻塞式干扰的干扰机,由于其强烈的全频带发射,很容易被探测和摧毁。好在我们已争取了相当的时间,现在全部希望都寄托在两个集群的快速集结上了。"

"情况可能比预想的严峻",西部集群司令说,"在我们失去电子战优势之前,可能没有给高加索集群进入出击位置留下足够的时间。"

西部集群司令走后,列夫森科元帅看着电子沙盘上的前线地形,想起了正处于敌人密集火力下的卡琳娜,由此又想起了米沙。那天,米沙回到家里,脸上青一块紫一块的。这之前,元帅已听到传言,说他儿子是那所大学中唯一一名反战分子,结果被学生们打了。

"我只是说不要轻言战争,我们真的不能同西方达成一种理智的和平吗?"米沙对父亲解释说。

元帅用从未有过的严厉口吻对儿子说:"你知道自己的身份。你可以不说话,但以后绝不许出现类似的言论。"

米沙点了点头。

再往后,父子俩每天晚上都像往常一样默默地吃饭,直到有一天,米沙接到航天基地的通知,收拾起行装走了。两天后,他乘航天飞机登上了在近地轨道运行的"万年风雪号"。

又过了一周,战争全面爆发。这是一场由空前强大的敌人从预料不到的方向发起的旨在彻底肢解俄罗斯的世界大战。

1月9日，近日轨道，"万年风雪号"掠过水星

　　由于"万年风雪号"的速度很快，它不可能成为水星的卫星，只能从这颗行星面对太阳的那一面高速掠过。这是人类第一次用肉眼直接对水星表面进行近距离观察。米沙看到，水星表面高达两千米的峭壁，蜿蜒数百千米，穿过布满巨大坑穴的平原。他还看到了被行星地质学家称作"不可思议的地形"的名叫"卡托里萨"的盆地，其直径达1 300千米。它的不可思议之处在于，在水星的另一面，有一个面积相仿的盆地正对着它。人们猜测，这是因为一颗巨大的彗星撞击了水星，强烈的震波穿过了整个星体，在两个半球同时形成了极其相似的两个盆地。米沙还发现水星表面有许多明亮的光斑。当他在屏幕上把那些光斑放大后，激动得屏住了呼吸。

　　那是水星上的水银湖泊，每个的面积平均达上千平方千米。

　　米沙想象着在水星那漫长的白天，在那1 800℃的高温下，站在水银湖岸边的情形。即使在狂风中，水银湖也会很平静，更不要说水星没有大气，没有风。湖的表面如广阔的镜子平原。太阳和银河毫不失真地投射在上面。

　　"万年风雪号"掠过水星后，将继续靠近太阳，一直航行到它那由核聚变制冷装置支持的绝热层所能忍受的极限距离。太阳的高温将是它最好的掩护。北约的任何太空航行器都不可能飞进这个酷热的地狱。

　　看看这广阔的宇宙，再想想一亿千米之外的母星上的那场战争，米沙再次哀叹人类目光的狭隘。

1月10日，斯摩棱斯克前线

看着敌人渐渐靠近的散兵线，卡琳娜明白了为什么当周围的干扰点相继被摧毁后，只有她这里幸存下来——敌人想夺取一台完整的"洪水"。

由三架"科曼奇"和四架"黑鹰"组成的直升机群轻而易举地发现了这台"洪水"的位置。由于"洪水"巨大的电磁波，对它的遥控只能通过光缆，敌人顺着光缆发现了卡琳娜所在的距那台"洪水"3 000米的遥控站。这是一间被废弃的孤立的小库房。

四架运载着40多名敌人步兵的"黑鹰"在距库房不到200米处降落了。当时，遥控站中除卡琳娜之外还有一名上尉和一名上士。上士听到引擎声响，刚拉开库房的门，就被直升机上的狙击手射出的一颗子弹掀开了头盖骨。敌人随后的火力很谨慎也很节制，显然怕伤了库房里他们想得到的设备，卡琳娜和那名上尉得以多坚守了一段时间。

现在，在卡琳娜的左前方，上尉的冲锋枪声沉默了，这枪声是这里唯一的安慰。她看到在作为掩体的树桩后面，上尉一动不动，一圈殷红的鲜血正在他周围的雪地上扩散。卡琳娜处在库房前由几个沙袋堆成的简易掩体后面，脚下散落着八个冲锋枪弹夹，滚烫的枪管在沙袋上面的积雪中发出嘶嘶的声音。每当卡琳娜射击时，对面的敌人就会卧倒，子弹在他们前面溅起一团团雪花，而半圆形包围圈未受攻击的敌人则跃起快步推进一段距离。现在，卡琳娜只剩下三个弹夹了，她开始打单发，这没有经验的举动等于告诉敌人她子弹不多了，使他们更快更大胆地推进。卡琳娜再次换弹夹时，听到沙袋顶上厚厚的积雪"吱"地响了一声，有什么东西从中飞

快地钻了过来，她感到右胁被什么猛推了一下，没有疼痛，只有一阵很快扩散的麻木感，温热的血顺着右侧身体流了出来。她坚持着，几乎是漫无目标地打完了这个弹夹。当她伸手拿起沙袋顶上最后一个弹夹时，一颗子弹打断了她的前臂，弹夹掉到雪地上。卡琳娜站起身，回头向库房门走去，身后的雪地上留下了一条细细的血迹。当她拉开门时，又一颗子弹穿透了她的左肩。

由瑞特·唐纳森上尉率领的美国海军陆战队"海豹"突击队小分队谨慎地靠近库房。唐纳森和两名陆战队员越过那名俄罗斯上士的尸体，踹开门冲进帐篷，发现里面只有一名年轻女军官。她坐在他们的目标——"洪水"遥控仪旁边，一只被打断的手臂无力地垂在控制台上，对着显示屏上映出的影子，用另一只手整理着自己的头发，不断滴下的鲜血在她的脚下积成了小小的血洼。她对着冲进来的美国人和那一排枪口笑了一下，算是打了招呼。唐纳森长出了一口气，但这口出来的气再也没有吸回去——他看到她整理头发的手从控制台上拿起了一个墨绿色椭圆形的东西，把它悬在半空中。唐纳森立刻认出了那是一枚气体炸弹，由于是装备武装直升机的，体积很小。那东西可由激光近炸引信引爆，在距地面半米处发生两次爆炸，第一次扩散气体炸药，第二次引爆炸药雾。他现在就是一支箭也飞不出它的威力圈。

他朝她伸出一只手向下压着，"镇静，少校，镇静下来，不要激动。"他朝周围示意了一下，陆战队员们的枪口垂了下来，"您听我说，事情没您想的那么严重。您将得到最好的医疗，您将被送到德国最好的医院，然后，会作为第一批交换的战俘……"少校又对他笑了一下，这使他多少受到了一些鼓励，"您完全没必要采用这么野蛮的方式，这是一场文明的战争，它本来是会很顺利的，这一点在20天前越过波俄边境时我就感觉到了。当时你们的大部分火力都被摧毁，只有零星的机枪声恰到好处地点缀着我们这场光荣而浪漫的远征。您看，一切都会很顺利的，没必要——"

"我还知道另一次更美妙的开始。"少校用纯正的英语说，她轻柔的声音如同来自天堂，能让火焰熄灭，钢铁变软，"美丽的沙滩，棕榈树上挂着欢迎的横幅。到处是漂亮的姑娘，留着齐腰的长发，穿着沙沙作响的丝裤，在年轻的士兵中移动，用红色和粉红色的花环装点着他们，羞怯地对着目瞪口呆的士兵们微笑……上尉，您知道这次登陆吗？"

唐纳森困惑地摇摇头。

"这就是1965年3月8日上午9点，在岘港，美国首批海军陆战队士兵登上越南土地的情景，也是越战的开端。"

唐纳森觉得自己一下子掉进了冰窟，刚才的镇静瞬间消失了，他的呼吸急促起来，声音开始颤抖："不，别这样少校。您这样对待我们是不公平的！我们没有杀过多少人，杀人的是他们。"他指着窗外半空中悬停着的直升机，"是那些飞行员，还有那些在很远的航空母舰上操作电脑指引巡航导弹的先生，但他们也都是些体面的人。他们所面对的目标都是屏幕上漂亮的彩色标记，他们按一下按钮或动一下鼠标，耐心地等一会儿，那些标志就消失了。他们都是文明的先生，他们没有恶意，真的没有恶意……您在听我说吗？"

少校笑着点点头，谁说死神是丑恶恐怖的。死神真美。

"我有一个女朋友，她在马里兰大学读博士，她像您一样美丽，真的，她还参加反战游行……"我真该听她的，唐纳森想，"您在听我说吗？您也说点什么吧，求求您说点什么。"

美丽的少校最后对敌人微笑了一次："上尉，我尽责任了。"

这时，赶来增援的俄军104摩步师的一支部队距"洪水"遥控站还有 500 米，他们首先听到了一声沉闷的爆炸，并远远看到那间宽阔田野中孤零零的小库房隐没于一团白雾之中。紧接着是一声比刚才高百倍的巨响，地动山摇，一团巨大的火球在库房的位置出现，火焰裹在黑色的浓烟中高高升起，化作高耸的蘑菇云，如绽放在天地之间的一朵绝美的生命之花。

1 月 11 日，俄罗斯军队总参谋部

"我知道你想要什么东西，别废话，要吧！"列夫森科元帅对高加索集群司令说。

"我想让前两天的战场电磁条件再持续 4 天。"

"你清楚，我们的战场干扰部队现在有 70% 已被摧毁，我现在连 4 个小时都无法给你了！"

"那我的集群无法按时到达出击位置，北约的空中打击大大迟滞了部队的集结速度。"

"要是那样的话，你就把一颗子弹打进自己脑袋里去吧！现在敌人已逼近莫斯科，已到了 70 年前古德里安到过的位置。"

在走出地下作战室的途中，高加索集群司令在心里默念：莫斯科，坚持啊！

1月12日，莫斯科防线

塔曼摩步师师长费利托夫上校清楚，他们的阵地最多只能再承受一次进攻了。

敌人的空中打击和远程打击渐渐猛烈起来，而俄军的空中掩护却越来越少了。这个师的装甲力量和武装直升机都所剩无几，最后的坚守几乎全靠血肉之躯。

师长拖着被弹片削断的腿，拄着一支步枪走出掩体。他看到战壕挖得不深，这也难怪，现在阵地上大部分都是伤员了。但他惊奇地发现，在战壕的前面筑起了一道整齐的约半米高的胸墙。师长很奇怪这胸墙是用什么材料这么快筑起的，这时他看到被雪覆盖的胸墙上伸出几条树枝一样的东西，走近一看，那是一只只惨白僵硬的手臂……他勃然大怒，一把抓住一位上校团长的衣领。

"混蛋！谁让你们用士兵的尸体筑掩体的？！"

"是我命令这样干的。"师参谋长的声音从师长身后平静地响起，"昨天晚上进入新阵地太快，这里又是一片农田，实在没有什么别的材料了。"

他们沉默对视着。参谋长额头绷带中流出的血在脸上一道道地冻结了。这样过了一会儿，他们两人朝这堵用青春和生命筑成的胸墙走去。师长的左手拄着用作拐杖的步枪，右手扶正了钢盔，向着胸墙行军礼，仿佛在最后一次检阅自己的部队……

他们路过了一个被炸断双腿的小士兵，从断腿中流出的血把下面的雪和土混成了红黑色的泥，这泥的表面现在又冻住了。小士兵正躺着把一颗反坦克手雷往自己怀里放,他抬起没有血色的脸,朝师长笑了笑,"我要把这玩意儿塞进'艾布拉姆斯'的履带里。"

寒风卷起团团雪雾,发出凄厉的啸声,仿佛在奏着一首上古时代的战歌。

"如果我比你先阵亡,请你也把我砌进这道墙里。这确实是一个好归宿。"师长说。

"我们两个不会相差太长时间的。"参谋长用他那特有的平静说。

1月12日,俄罗斯军队总参谋部

一个参谋来告诉列夫森科元帅,航天部部长急着要见他,事情很紧急,是有关米沙和电子战的事。

听到儿子的名字,列夫森科元帅心里一震。他已得知卡琳娜阵亡的消息,但他无法想象一亿千米之外的米沙同电子战有什么关系,他甚至想象不出米沙现在和地球有什么关系。

部长一行人走了进来,他没有多说话,径直把一张3英寸光盘递给了列夫森科元帅:"元帅,这是我们一小时前收到的米沙从'万年风雪号'上发回的信息。"后来他又补充说,"这不是私人信息,希望您能当着所有相关人员的面播放它。"

作战室中的所有人听着来自一亿千米以外的声音:"我从收到的战争新闻中得知,如果电磁干扰不能再持续三到四天的话,我们可能输掉这场战争。如果这是真的,爸爸,我能给您这段时间。

"以前,您总认为我所研究的恒星与现实相距太远,我自己也是这么认为,现在看来我们都错了。我记得对您提起过,恒星产生的能量虽然巨大,但它本身却是一个相对单纯和简单的系统。比如我们的太阳,组成它的只是两种最简单的元素:氢和氦。它的运行也只是由核聚变和引力平衡两种机制构成。同我们的地球相比,它的运行状态在数学模型上比较容易把握。现在,我们对太阳已经建立了十分精确的数学模型,其中也有我做的工作。通过这个数学模型,我们可以对太阳的行为做出十分精确的预测,这就使我们可以利用一个微小的扰动,在短时间内局部打破太阳运行的平衡。方法很简单:用'万年风雪号'精确撞击太阳表面的某点。

　　"也许您认为,这不过是把一块小石头投入海洋,但事实不是这样。爸爸,这是一粒沙子掉进了眼睛!

　　"根据数学模型我们得知,太阳是一个极其精细而敏感的能量平衡系统,如果计算得当,一个微小的扰动就能在太阳表面和内部产生连锁反应,这种反应扩散开来,其局部平衡就会被打破。历史上有过这样的先例。最近的记载是在1972年8月初,在太阳表面一个很小的区域发生了一次剧烈的电磁爆发,对地球产生了巨大的影响。飞机和轮船上的罗盘指针胡乱跳动;远距离无线电通信中断;在北极地区,夜空中闪动着炫目的红光;在乡村,电灯时亮时灭,如同处于雷暴的中心。这种效应持续了一个多星期。现在比较可信的解释是:当时有一颗比'万年风雪号'还小的天体撞击了太阳表面。类似的太阳表面平衡扰动在历史上一定多次发生过,但大部分发生在人类发明无线电接收装置以前,所以没被察觉。这些对太阳表面的撞击都是随机的、偶然的,因而所能产生的平衡扰动在强度和范围上都是有限的。

　　"但'万年风雪号'对太阳的撞击点是经过精确计算的,所产生的扰动比上面提到的自然产生的扰动要大几个数量级。这次扰动将使太阳向太空喷发出强烈的电磁辐射，包括从极低频到甚高频的所有频带的电磁波。同时，太阳射出的强烈的X射线将猛烈撞击对短波通信十分重要的电离层，从而改变电离层的性质，使通信中断。在扰动发生时，地球表面除毫米波外的绝大部分无线电通信将中断。这种效应在晚上可能相对弱一些，但在白天甚至超过了你们前两天进行的电磁干扰。据计算，这次扰动大约可持续一周。

"爸爸，以前我们两个人一直生活在相距遥远的两个世界中，互相交流很少。但现在，我们这两个世界已融为一体，我们在为一个共同的目标而战，我为此自豪。爸爸，像您的每一个士兵一样，我在等着您的命令。"

航天部部长说："米哈伊尔博士所说的都是事实。去年，我们向太阳发射过一个探测器，它依据数学模型的计算对太阳表面进行了一次小型的撞击实验，证实了模型所预言的扰动。博士和他的研究小组还提出了一个设想：将来也许可以用这种方法适当改变地球的气候。"

列夫森科元帅走进一个小隔间，拿起直通总统的红色电话。过了一会儿，他就从隔间走了出来。历史对这一时刻的记载是不同的，有人说他马上说出了那句话，也有人说他沉默了一分钟之久，但那句话的内容是一致的。

"告诉米沙，照他说的去做吧。"

1月12日，近日轨道，"万年风雪号"冲向太阳

"万年风雪号"的十台核聚变发动机全部打开，每台发动机的喷口都喷出了长达上百千米的等离子体射流，它在最后修正轨道和姿态。

在"万年风雪号"的正前方,有一道巨大的美丽日珥。那是从太阳表面盘旋而上的灼热的氢气气流,像一条长长的轻纱,飘浮在太阳火的海洋上空,变幻着形状和姿态。它的两端都连着日球表面,形成了一座巨大的拱门。"万年风雪号"从这高达 40 万千米的凯旋门正中缓缓地、庄严地通过。前方又出现了几道日珥,它们只有一头同太阳相连,另一头伸进了太空深处。发动机闪着蓝光的"万年风雪号"像穿行在几棵大火树中的一只小小的萤火虫。后来,那蓝光渐渐熄灭,发动机停止了,"万年风雪号"的轨道已精确设定,剩下的一切都将由万有引力定律来完成了。

当飞船进入太阳的上层大气日冕时,上方太空黑色的背景变成了紫红色,这紫红色的辉光弥漫了这里的所有空间。在下方,可以清楚地看到太阳色球中的景象。在那里,成千上万的针状体在闪闪发光。那些东西在 19 世纪就被天文学家观察到了,它们是从太阳表面射向高空的发光的气体射流,这些射流使得太阳大气看上去像一片燃烧的大草原,每棵草都有上千千米高。在这燃烧的大草原下面就是太阳的光球,那是无边无际的火的海洋。

从"万年风雪号"发回的最后的图像中,人们看到米沙从巨大的监视屏前起身,打开了透明穹顶外面的防护罩,壮丽的火海展现在他面前。他想亲眼看看他童年梦幻中的世界。火之海在抖动变形,那是半米厚的绝热玻璃在熔化。很快,那上百米高的玻璃壁化作一摊透明的液体滚落下来。像一个初见海洋的人陶醉地面对海风,米沙伸开双臂迎接那向他呼啸而来的 6 000 摄氏度的飓风。在摄像机和发射设备被烧熔之前发回的最后几秒图像中,可以看到米沙的身体燃烧起来,最后变成了一个跳动的火炬,和太阳的火海融为一体……

接下来的景象只能猜想了:"万年风雪号"的太阳能电池板和突出结构

首先熔化，由于其表面张力，飞船的表面形成一个个银色的小球。当"万年风雪号"越过色球和日冕的交界处时，它的主体开始熔化。当它深入 2 000 千米后，整个飞船完全熔化。一滴滴分开的金属液珠合并成一个巨大的银色液球，精确地沿着那已化为液体的计算机所设定的目标高速飞去。太阳大气的作用开始显现——液球的周围出现了一圈淡蓝色的火焰，向后拖了几百千米长，颜色由淡蓝渐变为黄色，在尾部变成美丽的橘红色。

最后，这美丽的火凤凰消失在浩渺的火海之中。

1月13日，地球

人类回到了马可尼之前的世界。

入夜，即使在赤道地区，夜空也充满了涌动的极光。

面对着一片雪花的电视屏幕，大多数人只能猜测和想象那块激战中的广阔土地上的情形。

马可尼（1874—1937）：意大利无线电工程师，企业家，被称为"无线电之父"。1894 年，马可尼了解到海因利希·赫兹几年前所做的实验，这些实验清楚地表明了不可见的电磁波是存在的，并以光速在空中传播。在博洛尼亚大学学习期间，他用电磁波进行约 2 公里距离的无线电通信实验，获得了成功。1897 年，他在伦敦成立"马可尼无线电报有限公司"。1909 年，他与布劳恩一起获得诺贝尔物理学奖。

1 月 13 日，莫斯科前线

帕克将军推开了企图把他拉上直升机的 82 空降师师长和几名前线指挥官，举起望远镜继续看着远方。那里，俄罗斯人的坦克滚滚而来。

"定标 4 000 米，9 号弹药装填，缓发引信，放！"

通过来自后方的射击声帕克知道，还有不到 30 门 105 毫米口径榴弹炮可以射击，这是他目前唯一可以用于防守的重武器了。

一小时前，这个阵地上唯一一支装甲力量——德军的一个坦克营——以令人钦佩的勇气发起反冲锋，并取得了显著的战果：在距此 8 千米处击毁了相当于他们坦克数目 1.5 倍的俄罗斯坦克。但由于数量上的绝对劣势，他们在俄罗斯人的钢铁洪流面前如正午太阳下的露珠一样消失了。

"定标 3 500 米，放！"

炮弹飞行的嘶鸣过后，在俄罗斯人的坦克阵前面掀起了一道由泥土和火焰构成的高墙。但就如同塌下的泥土只能暂时挡住洪水，洪水最终将漫过来一样，爆炸激起的泥土落下后，俄罗斯人的装甲前锋又在浓烟中显现。帕克看到他们的编队十分密集，如同在接受检阅。在前几天用这种队形进攻是自取灭亡，但现在，在北约的空中和远程打击火力几乎全部瘫痪的情况下，这却是可以采用的队形，可以最大限度地集中装甲攻击力量，以确保在战线上的突破。

防线配置的失误是在帕克将军预料之中的，因为在这样的战场电磁条件下，要想准确快速地判明敌人的主攻方向几乎是不可能的。对下一步的防守，他心中一片茫然。在 C3I 系统全面瘫痪的情况下，快速调整防御布局是十分困难的。

"定标3 000米,放!"

"将军,您在找我?"法军司令若斯凯尔中将走了过来。他身边只跟着一名法军中校和一名直升机飞行员。他没穿迷彩服,胸前的勋章和肩上的将星擦得锃亮,但却戴着钢盔,提着步枪,显得不伦不类。

"听说在我们的左翼,幼鹿师正在撤出阵地。"

"是的,将军。"

"若斯凯尔将军,在我们的身后,70万北约部队正在撤退,他们的成功突围取决于我们的坚固防守!"

"是取决于你们的坚固防守。"

"我听不明白。"

"您什么都明白!你们对我们隐瞒了真实战局,你们早就知道右翼联盟的军队要在东线单方面停火!"

"作为北约军队最高指挥官,我有权这样做。将军,我想您也明白,您和您的部队有接受指挥的职责。"

…………

"定标2 500米,放!"

…………

"我只遵守法兰西共和国总统的命令。"

"我不相信现在您能收到这样的命令。"

"几个月前就收到了。在爱丽舍宫的国庆招待会上,总统亲自向我说明了在这种情况下法国军队的行为准则。"

"你们这些家伙,这几十年来你们一直没变!"帕克终于失去控制。

"话别说得这么难听,将军。如果您不走,我也会一个人留下来,我们一起光荣地战死在这广阔的雪原上。拿破仑在这儿也失败过，我们不丢人。"若斯凯尔向帕克挥动着那支 FAMS 法军制式步枪说。

…………

"定标 2 000 米，放！"

…………

帕克慢慢地转过身，面对一群前线指挥官："请你们向坚守阵地的美军部队传达我下面的话：我们并非生来就是一支只能靠电脑才能打仗的军队，我们原本是由庄稼汉组成的军队。几十年前，在瓜达卡纳尔岛，我们在热带丛林中一个地洞一个地洞地同日本人争夺；在溪山，我们用圆锹挡开北越士兵的手榴弹；更远一些的时候，在那个寒冷的冬夜，伟大的华盛顿领着没有鞋穿的士兵渡过冰封的特拉华河，创造了历史……"

"定标 1 500 米，放！"

"我命令，销毁文件和非战斗辎重……"

"定标 1 200 米，放！"

帕克戴上钢盔，穿上防弹衣，并把那只 9 毫米口径手枪别在左腋下。这时，榴弹炮的射击声沉默了，炮手正把手榴弹填进炮膛中，接着响起了一阵杂乱的爆炸声。

"全体士兵，"帕克看着已像死亡屏障一样在他们面前展开的俄罗斯坦克群说，"上刺刀！"

战场的浓烟后面，太阳时隐时现，给血战中的雪野投下变幻的光影。

乡村教师

◎ 刘慈欣

他知道,这最后一课要提前讲了。

又一阵剧痛从肝部袭来,使他几乎晕厥过去。他已没有气力下床了,便艰难地挪向床边的窗口。月光映在窗纸上,银亮亮的,使小小的窗户看上去像是通向另一个世界的门。那个世界的一切一定都是银亮亮的,如同用银子和不冻人的雪做成的盆景。他颤颤地抬起头,从窗纸的破洞中望出去,幻觉立刻消失了,他看到了远处自己度过了一生的村庄。

村庄静静地卧在月光下,像是百年前就没了人似的。那些黄土高原上特有的平顶小屋,形状同村子周围的黄土包没啥区别,在月夜中颜色都一样,整个村子仿佛已融入这黄土坡之中。只有村前那棵老槐树看得很清楚,树上干枯枝杈间的几个老鸦窝更是黑黑的,像是落在这暗银色画面上的几滴醒目的墨点……其实,村子也有美丽温暖的时候。比如秋收时,外面打工的男人、女人大都回来了,村里有了人声和笑声,家家屋顶上堆着金灿灿的玉米,打谷场上娃们在秸秆堆里打滚。再比如过年的时候,打谷场被汽灯照得通亮,在那里连着几天闹红火、摇旱船、舞狮子。那几个狮子只剩下咔嗒作响的木头脑壳,上面的油漆都脱了,村里没钱置新狮子皮,就用几张床单代替,人们玩得也挺高兴。但正月十五一过,村里的青壮年都外出打工挣生活去了,村子一下没了生气。只有每天黄昏,当稀稀拉拉的几缕炊烟升起时,村头可能出现一两个老人,扬起山核桃一样的脸,眼巴巴地望着那条通向山外的路,直到在老槐树上挂着的最后一抹夕阳消失。天黑后,村里早早就没了灯光——娃娃和老人睡得都早,电费贵,现在到一块八一度了。

这时,村里隐约传出一声狗叫,声音很轻,好像那狗在说梦话。他看着村子周围月光下的黄土地,突然觉得那仿佛是纹丝不动的水面。要真是水就好了,今年是连着第五个旱年了,要想有收成,又要挑水浇地了。想起田地,他的目光向更远的地方移去。那些小块的山田,月光下如同巨人登山时留下的一个个脚印。在这座只长荆条和毛蒿的石头山上,田也只能是这么东一小块西一小块的,别说农机,连牲口都转不开身,只能凭人力耕种。去年一家农机厂到这儿来,推销一种微型手扶拖拉机,说可以在这些巴掌大的地里干活儿。那东西真是不错,可村里人说他们这是闹笑话哩!他们想过那些巴掌地能产出多少东西来吗?就是绣花似的种,能种出一年的口粮就不错了,遇上这样的旱年,可能种子钱都收不回来!为这样的田买那三五千一台的拖拉机,再搭上两块多一升的柴油?唉,山里人的难处,外人哪能知晓?

这时,窗前走过了几个小小的黑影,在不远的田垄上围成一圈蹲了下来,不知要干什么。他知道他们都是自己的学生。其实只要他们在近旁,不用眼睛他也能感觉到他们的存在,这直觉是他用一生积累出来的,只是在这生命的最后时间里更敏锐了。

他甚至能认出月光下的那几个孩子,其中肯定有刘宝柱和郭翠花。这两个孩子都是本村人，本来不必住校的，但他还是收他们住了。刘宝柱的爹十年前买了个川妹子成亲，生了宝柱，五年后娃大了，对那女人看得也松了，结果有一天她跑回四川了，还卷走了家里所有的钱。那以后，宝柱爹也变得不成样儿了，开始是赌，同村子里那几个老光棍一样，把自家折腾得只剩四堵墙一张床；然后是喝，每天晚上都用八毛钱一斤的地瓜烧把自己灌得烂醉，拿孩子出气，每天一小揍三天一大揍，直到上个月的一天半夜，抡了根烧火棍差点把宝柱的命要了。郭翠花更惨了。要说她妈还是正经娶来的，在这儿可是个稀罕事，男人也很荣光了。可好景不长，喜事刚办完，大家就发现她妈是个疯子，之所以迎亲时没看出来，大概是吃了什么药。本来嘛，好端端的女人哪会到这穷得鸟都不拉屎的地方来？但不管怎么说，翠花还是生下来了，并艰难地长大。但她那疯妈妈的病也越来越重，犯起病来，白天拿菜刀砍人，晚上放火烧房，更多的时间是阴森森地笑，那声音让人汗毛直竖……

剩下的都是外村的孩子了。他们的村子距这里最近的也有二十里山路，他们只能住校。在这所简陋的乡村小学里，一住就是一个学期。娃们来时，除了带自己的铺盖，每人还背了一袋米或面，十多个孩子在学校的那个大灶做饭吃。当冬夜降临时，娃们围在灶边，看着菜面糊糊在大铁锅中翻腾，灶膛里秸秆橘红色的火光映在他们脸上……这是他一生中看到过的最温暖的画面，他会把这画面带到另一个世界。

窗外的田垄上，在那圈娃们中间，亮起了几点红色的小火星。在这一片银灰色的月夜背景上，火星的红色格外醒目。这些娃在烧香，接着他们又烧起纸来，这使他又想起了那灶边的画面。他脑海中还出现了另一个类似的画面：当学校停电时（可能是因为线路坏了，但大多数时间是因为交不起电费），他给娃们上晚课，手里举着一根蜡烛照着黑板。"看得见不？"

他问。"看不见!"娃们总是这样回答。那么一点点亮光,确实难看清,但娃们缺课多,晚课是必须上的。于是,他再点上一根蜡,手里两根蜡一齐举着。"还是看不见!"娃们喊。于是他再点上一根,虽然还是看不清,但娃们不喊了,他们知道再喊老师也不会加蜡了——蜡太多了也是点不起的。烛光中,他看到下面娃们的面容时隐时现,像一群用自己的全部生命拼命挣脱黑暗的小虫虫。

娃们和火光,娃们和火光,总是娃们和火光,总是夜色中的娃们和火光,这是这个世界深深刻在他脑海中的画面,但他始终不明其含义。

他知道娃们是在为他烧香和烧纸,他们以前多次这么干过,只是这次,他已没有力气斥责他们迷信了。他用尽了一生在娃们的心中燃起科学和文明的火苗,但他明白,同笼罩着这偏远山村的愚昧和迷信相比,那火苗是那么弱小,就像那深山冬夜中教室里的那根蜡烛。半年前,村里的一些人来到学校,要从本来已很破旧的校舍取下椽子木,说是修村头的老君庙用;问他们校舍没顶了,娃们以后住哪儿,他们说可以睡教室里嘛。他说那教室四面漏风,大冬天能住?他们说反正都是外村人。他拿起一根扁担和他们拼命,结果被人家打断了两根肋骨。好心人抬着他走了三十多里山路,送到了镇医院。

就是在那次检查伤势时,意外发现他患了食道癌。这并不稀奇,这一带是食道癌高发区。镇医院的医生恭喜他因祸得福,因为他的食道癌现处于早期,还未扩散,动手术就能治愈。食道癌是手术治愈率最高的癌症之一,他算捡了条命。

于是,他去了省城,去了肿瘤医院,在那里,他问医生动一次这样的手术要多少钱。医生说像你这样的情况可以住我们的扶贫病房,其他费用也可适当减免,最后下来不会太多的,也就两万多元吧。想到他来自偏远山区，医生接着很详细地给他介绍住院手续怎么办。他默默地听着，突然问："要是不手术，我还有多长时间？"

医生呆呆地看了他好一阵儿，才说："半年吧。"他长出了一口气，好像得到了很大安慰。

至少能送走这届毕业班了。

他真的拿不出这两万多元。民办教师工资很低，干了这么多年，孤身一人无牵无挂，按说也能攒下一些钱了。只是他把钱都花在娃们身上了。他已记不清给多少学生代交了学杂费，最近的就有刘宝柱和郭翠花。更多的时候，他看到娃们的饭锅里没有多少油星星，就用自己的工资买些肉和猪油回来……反正到现在，他全部的钱也只有手术所需费用的十分之一。

沿着省城那条宽长的大街，他向火车站走去。这时，天已黑了，城市的霓虹灯开始发出迷人的光芒，多彩而斑斓，让他迷惑。还有那些高楼，一入夜就变成了一盏盏高耸入云的巨大彩灯。音乐声在夜空中飘荡，疯狂的，轻柔的，走一段一个样。

就在这个不属于他的世界里，他慢慢地回忆起自己不算长的一生。他很坦然，各人有各人的命。早在二十年前初中毕业回到山村小学时，他就选定了自己的命。再说，他这条命很大一部分是另一位乡村教师给的。他就是在自己现在任教的这所小学度过童年的。他爹妈死得早，这所简陋的乡村小学就是他的家。他的小学老师把他当亲儿子待，日子虽然穷，但他的童年并不缺少爱。那年，放寒假了，老师要把他带回自己的家里过冬。老师的家很远，他们走了很长的积雪的山路，看到老师家所在的村子的一点灯光时，已是半夜了。他们身后不远处浮现出四点绿莹莹的亮光，那是两双狼眼。那时山里有很多狼，学校周围就能看到一堆堆狼屎。有一次他淘气，把那灰白色的东西点着扔进教室，浓浓的狼烟充满了教室，把娃们都呛得跑了出来,让老师很生气。现在,那两只狼向他们慢慢逼近,老师折下一根粗树枝,挥动着,拦住狼的来路,同时大声喊着让他向村里跑。他当时吓糊涂了,只顾跑,只想着那狼会不会绕过老师来追他,没想着会不会遇到其他的狼。他上气不接下气地跑进村子,同几个拿猎枪的汉子去接老师,却发现老师躺在一片已冻成糊状的血泊中,半条腿和整只胳膊都被狼咬掉了。老师在送往镇医院的路上就咽了气。在火把的光芒中,他看到了老师的眼睛,老师的腮帮被深深地咬下一大块,已说不出话,但用目光把一种心急如焚的牵挂传给了他。他读懂了那牵挂,记住了那牵挂。

初中毕业后,他放弃了在镇政府里一个不错的工作机会,直接回到了这个举目无亲的山村,回到了老师牵挂的这所乡村小学。这时,学校因为没有教师已荒废好几年了。

前不久,教委出台新政策,取消了民办学校,其中的一部分经考试考核转为公办。当他拿到教师证时,知道自己已成为一名国家承认的小学教师了,很高兴,但也只是高兴而已,不像别的同事那么激动。他不在乎什么民办、公办,只在乎那一批又一批的娃,从他的学校读完了小学,走向生活。不管他们是走出山去还是留在山里,他们的生活同那些没上过一天学的娃总是有些不一样的。

他所在的山区,是这个国家最贫困的地区之一。但穷不是最可怕的,最可怕的是那里的人们对现状的麻木。记得,那是好多年前了,搞包产到户,村里开始分田,然后又分其他东西。对于村里唯一的一台拖拉机,油钱怎么出,出机时怎么分配,大伙总也谈不拢,最后唯一大家都能接受的办法是把拖拉机分了——真的分了,你家拿一个轮子,他家拿一根轴……再就是两个月前,有一家工厂来扶贫,给村里安了一台潜水泵,考虑到用电贵,人家还给带了一台小柴油机和足够的柴油。挺好的事儿,但人家前脚走，村里后脚就把机器都卖了，连泵带柴油机，只卖了一千五百块钱，全村吃了好几顿，算是过了个好年。一家皮革厂来买地建厂，村里什么都不清楚就把地卖了。那厂子建起后，硝皮子的毒水流进了河里，渗进了井里，人一喝了那些水浑身就起红疙瘩。就算这样也没人在乎，还沾沾自喜地说那地卖了个好价钱。村里那些娶不上老婆的光棍，每天除了赌就是喝，但不去种地。他们都能算清：县里每年总会有些救济，那钱算下来也比在那巴掌大的山地里刨一年土坷垃挣得多……没有文化，人们都变得下作了。穷山恶水固然让人灰心，但真正让人感到没指望的，是山里人那呆滞的目光。

他走累了，就在人行道边坐下来。他面前，是一家豪华的大餐馆，靠街的全是一整面透明玻璃，华丽的枝形吊灯把光芒投射到外面。整个餐馆像一个巨大的鱼缸，里面衣着华贵的客人则像一群多彩的观赏鱼。他看到在靠街的一张桌子旁坐着一个胖男人，头发和脸似乎都在冒油，看上去像用一大团表面涂了油的蜡做的。男人两旁各坐着一个身材高挑、穿着暴露的女郎，男人转头对一个女郎说了句什么，把她逗得哈哈大笑，男人跟着笑起来，另一个女郎则娇嗔地用两个小拳头捶那个男人……真没想到还有个子这么高的女孩子，秀秀的个儿，大概只到她们一半……他叹了口气。唉，又想起秀秀了。

秀秀是本村唯一没有嫁到山外的姑娘，也许是因为她从未出过山，怕外面的世界，也许是别的什么原因。他和秀秀好过两年多，最后那阵差点儿就成了。秀秀家里也通情达理，只要一千五百块的肚疼钱（生养费）。但后来，村子里出去打工的人赚了些钱回来，和他同岁的二蛋虽不识字但脑子活，去城里干起了挨家挨户清洗抽油烟机的活儿，一年下来竟赚了个万把块。前年回来待了一个月，秀秀不知怎的就跟这个二蛋好上了。秀秀一家全是睁眼瞎，家里粗糙的干打垒墙壁上，除了贴着一团一团用泥巴和起来的瓜种子，还画着长长短短的道道儿，那是她爹多少年来记的账。秀秀没上过学，但自小对识文断字的人有好感，这是她同他好的主要原因。但二蛋的一瓶廉价香水和一串镀金项链就把这种好感全打消了。"识文断字又不能当饭吃。"秀秀对他说。虽然他知道识文断字是能当饭吃的，但具体到他身上，吃得确实比二蛋差好远，所以他也说不出什么。秀秀看他那样儿，转身走了，只留下一股让他皱鼻子的香水味。

　　和二蛋成亲一年后，秀秀生娃死了。他还记得那个接生婆，把那些锈不拉叽的刀刀铲铲放到火上烧一烧就向里捅。秀秀可倒霉了，血流了一铜盆，在送镇医院的路上就咽气了。成亲办喜事的时候，二蛋花了三万块，那排场在村里真是风光死了，可他怎么就舍不得花点儿钱让秀秀到镇医院去生娃呢？后来他一打听，这花费一般也就二三百，就二三百呀！但村里历来都是这样，生娃是从不去医院的。所以没人怪二蛋，秀秀就这命。后来他听说，比起二蛋妈来，她还算幸运。二蛋妈生二蛋时难产，二蛋爹从产婆那儿得知是个男娃，就决定只要娃了，于是，把二蛋妈放到驴子背上，让那驴子一圈圈地走，硬是把二蛋挤了出来。听当时看见的人说，血在院子里流了一圈……

　　想到这里，他长出了一口气，笼罩着家乡的愚昧和绝望使他窒息。

　　但娃们还是有指望的。对那些在冬夜寒冷的教室中盯着烛光照着的黑板的娃来说，他也是蜡烛，不管能点多长时间，发出的光有多亮，他总算是从头点到尾了。

　　他站起身来继续走，没走多远就拐进了一家书店。城里就是好，还有夜里开门的书店。除了回程的路费，他把身上所有的钱都买了书，以充实他的乡村小学里那小小的图书室。半夜，提着两捆沉重的书，他踏上了回家的火车。

在距地球 5 万光年的远方，在银河系的中心，一场延续了 2 万年的星际战争已接近尾声。

那里的太空中渐渐出现了一个方形区域，仿佛灿烂群星的背景被剪出一个方口。这个区域的边长约 10 万千米，区域的内部是一种比周围太空更黑的黑暗，让人感到一种虚空中的虚空。从这黑色的正方形中，开始浮现出一些实体，它们形状各异，都有月球大小，呈耀眼的银色。这些物体越来越多，组成了一个整齐的立方体方阵。这银色的方阵庄严地驶出黑色正方形，构成了一幅挂在宇宙永恒墙壁上的镶嵌画。这幅画以绝对黑色的正方形天鹅绒为衬底，由纯净的耀眼的白银小构件镶嵌而成，仿佛是一首凝固的宇宙交响乐。渐渐地，黑色的正方形消融在星空中，群星填补了它的位置，银色的方阵庄严地悬浮在群星之间。

银河系碳基联邦的星际舰队，完成了本次巡航的第一次时空跃迁。

在舰队的旗舰上，碳基联邦的最高执政官看着眼前银色的金属大地，上面布满了错综复杂的纹路，像一块无限广阔的银色蚀刻电路板，不时有几个闪光的水滴状小艇出现在大地

跃迁：指量子力学体系状态发生跳跃式变化的过程。在科幻作品中，跃迁则是一种假想的星际旅行方式。通常被描述成通过"虫洞"等通道，让宇宙飞船的航行轨迹短于两点间的最短距离。

乡村教师　107

上，沿着纹路以令人目眩的速度行驶几秒，然后无声地消失在一口突然出现的深井中。时空跃迁带过来的太空尘埃被电离，成为一团团发着暗红色光的云，笼罩在银色大地的上空。

最高执政官以冷静著称，他周围那似乎永远波澜不惊的淡蓝色智能场就是他人格的象征。但现在，和周围的人一样，他的智能场也微微泛出黄光。

"终于结束了。"最高执政官的智能场振动了一下，把这个信息传送给站在他两旁的参议员和舰队统帅。

"是啊，结束了。战争的历程太长太长，以至于我们都忘记了它的开始。"参议员回答。

这时，舰队开始了<u>亚光速</u>巡航，它们的亚光速发动机同时启动，旗舰周围突然出现了几千个蓝色的太阳，银色的金属大地像一面无限广阔的镜子，把蓝太阳的数量又复制了一倍。

远古的记忆似乎被点燃了。其实，谁能忘记战争的开始呢？这记忆虽然传承了几百代，但在碳基联邦的万亿公民的脑海中，它仍那么鲜活，那么铭心刻骨。

2万年前的那一时刻，硅基帝国从银河系外围对碳基联邦发动全面进攻。在长达1万

亚光速：即接近于光速的速度，当物体的速度大于90%光速但小于光速时，称其速度处于亚光速状态。也就是说亚光速小于光速299 792 458米／秒，大于270 000 000米／秒。

光年的战线上，硅基帝国的500多万艘星际战舰同时开始恒星蛙跳。每艘战舰首先都会借助一颗恒星的能量打开一个时空虫洞，然后从这个虫洞跃迁至另一个恒星，再用这颗恒星的能量打开第二个虫洞继续跃迁……由于打开虫洞消耗了恒星大量的能量，恒星的光谱会暂时红移。当飞船完成跃迁后，恒星的光谱会渐渐恢复原状。当几百万艘战舰同时进行恒星蛙跳时，所产生的这种效应是十分恐怖的——银河系的边缘出现一条长达1万光年的红色光带，向银河系的中心移来。这个景象在光速视界是看不到的，但在超空间监视器上却能显示出来。那条由变色恒星组成的红带，如同一道1万光年长的血潮，向碳基联邦的疆域涌来。

碳基联邦最先接触硅基帝国攻击前锋的是绿洋星。这颗美丽的行星围绕着一对双星恒星运行，它的表面全部被海洋覆盖。那生机盎然的海洋中漂浮着由柔软的长藤植物构成的森林。温和美丽、身体晶莹透明的绿洋星人在这海中的绿色森林间轻盈地游动，创造了绿洋星伊甸园般的文明。突然，几万道刺目的光束从天而降，硅基帝国舰队开始用激光蒸发绿洋星的海洋。在很短的时间内，绿洋星变成了一口

虫洞：也称爱因斯坦－罗森桥，是宇宙中可能存在的连接两个不同时空的狭窄隧道。20世纪30年代由爱因斯坦及纳森·罗森在研究引力场方程时提出假设，认为透过虫洞可以做瞬时空间转移或者时间旅行。

银河系第二旋臂：银河系是棒旋星系，有多条旋臂。旋臂则由星际物质构成，包括三个主要的组成部分：包含旋臂的银盘，中央突起的银心和晕轮部分。

超新星：是恒星演化过程中的一个阶段。是某些恒星在演化接近末期时经历的一种剧烈爆炸。这种爆炸度极其明亮，过程中突发的电磁辐射甚至能够照亮其所在的整个星系，并可持续几周至几个月（一般最多是两个月）才会逐渐衰减变为不可见。

沸腾的大锅。这颗行星上包括 50 亿绿洋星人在内的所有生物都在沸水中极度痛苦地死去，它们被煮熟的有机质使整个海洋变成了绿色的浓汤。最后，海洋全部蒸发了，昔日美丽的绿洋星变成了一个由厚厚蒸汽包裹着的地狱般的灰色行星。

这是一场几乎波及整个银河系的星际大战，是银河系中碳基和硅基文明之间惨烈的生存竞争，但双方谁都没有料到战争会持续 2 万银河年！

现在，除了历史学家，谁也记不清有百万艘以上战舰参加的大战役发生过多少次了。规模最大的一次超级战役是第二旋臂战役。战役在银河系第二旋臂中部进行，双方投入了上千万艘星际战舰。据历史记载，在那广漠的战场上，被引爆的超新星就达 2 千多颗。那些超新星像第二旋臂中部黑暗太空中怒放的焰火，使那里变成超强辐射的海洋，只有一群群幽灵似的黑洞漂行其间。战役的最后，双方的星际舰队几乎同归于尽。

15 000 年过去了，第二旋臂战役现在听起来就像上古时代缥缈的神话，只有那仍然存在的古战场证明它确实发生过。但很少有飞船真正进入过古战场，那里是银河系中最恐怖的区域。这并不仅仅是因为辐射和黑洞。当时,双方数量多得难以想象的战舰为了进行战术机动,进行了大量的超短距离时空跃迁。据说,一些星际歼击机在空间格斗时,时空跃迁的距离竟短到令人难以置信的几千米!这样就把古战场的时空结构搞得千疮百孔,像一块内部被老鼠钻了无数长洞的大乳酪。

飞船一旦误入这个区域,就可能在瞬间被畸变的空间扭成一根细长的金属绳,或压成一张面积有几亿平方千米,但厚度只有几个原子的薄膜,立刻便会被辐射狂风撕得粉碎。但更为常见的是飞船变为建造它们时的一块块钢板,或者旧得只剩下一个破外壳,内部的一切都变成古老灰尘。人在这里也可能瞬间回到胚胎状态或变成一堆白骨……

但最后的决战不是神话,它就发生在一年前。在银河系第一和第二旋臂之间的荒凉太空中,硅基帝国集结了最后的力量。这支由150万艘星际战舰组成的舰队在自己周围构筑了半径一千光年的反物质云屏障。碳基联邦投入攻击的第一个战舰群刚完成时空跃迁就陷入了反物质云中。反物质云十分稀薄,但对战舰具有极大的杀伤力。碳基联邦的战舰立刻变成一个个刺目的火球,但它们仍奋勇冲向目标。每艘战舰都拖着长长的火尾,在后面留下一条发着荧光的航迹,这由30多万个火流星组成的阵列瞬间幻化成了碳硅战争中最为壮观、最为惨烈的画面。在反物质云中,这些火流星渐渐缩小,最后在距硅基帝国战舰阵列很近的地方消失了,但它们用自己的牺牲为后续的攻击舰队在反物质云中打开了一条通道。在这场战役中,硅基帝国最后的舰队被赶到银河系最荒凉的区域——第一旋臂的顶端。

现在,这支碳基联邦舰队将完成碳硅战争中的最后一项使命——在第一旋臂的中部建立一条500光年宽的隔离带。隔离带中的大部分恒星将被摧毁,以制止硅基帝国的恒星蛙跳。恒星蛙跳是银河系中大吨位战舰进行远距离快速攻击的唯一途径,而一次蛙跳的最大距离是 200 光年。隔离带一旦建立,硅基帝国的重型战舰要想进入银河系中心区域,就只能以亚光速跨越这 500 光年的距离。这样,硅基帝国实际上就被禁锢在第一旋臂顶端,再也无法对银河系中心区域的碳基文明构成任何严重威胁。

"我带来了联邦议会的建议,"参议员用振动的智能场对最高执政官说,"他们仍然强烈建议:在摧毁隔离带中的恒星前,对它们进行生命级别的保护甄别。"

"我理解议会。"最高执政官说,"在这场漫长的战争中,各种生命流出的血足够形成上千颗行星的海洋了。战后,银河系中最迫切需要重建的是对生命的尊重。这种尊重不仅是对碳基生命的,也是对硅基生命的。正是基于这种尊重,碳基联邦才没有彻底消灭硅基文明。但硅基帝国并没有这种对生命的感情。如果说碳硅战争之前,战争和征服对于它们还仅仅是一种本能和乐趣的话,那么现在这种东西已根植于它们的每个基因和每行代码之中,成为它们生存的终极目的。由于硅基生物对信息的存贮和处理能力远远高于我们,可以预测硅基帝国在第一旋臂顶端的恢复和发展将是神速的,所以我们必须在碳基联邦和硅基帝国之间建成足够宽的隔离带。在这种情况下,对隔离带中数以亿计的恒星进行生命级别的保护甄别是不现实的。第一旋臂虽属银河系中最荒凉的区域,但其拥有生命行星的恒星仍可能达到支持蛙跳的密度,这种密度足以支持中型战舰进行蛙跳,而即使只有一艘硅基帝国的中型战舰闯入碳基联邦的疆域,其可能造成的破坏也是巨大的。所以在隔离带中只能进行文明级别的甄别。我们不得不牺牲隔离带中某些恒星周围的低级生命——这是为了拯救银河系中更多的高级和低级生命。这一点我已向议会说明。"

参议员说:"议会也理解您和联邦防御委员会,所以我带来的只是建议而不是法案。但隔离带中周围已形成 3C 级以上文明的恒星必须被保护。"

"这一点毋庸置疑。"最高执政官的智能场闪现出坚定的红色,"对隔离带中拥有行星的恒星文明检测将是十分严格的!"

舰队统帅的智能场第一次发出信息:"其实我觉得你们多虑了。第一旋臂是银河系中最荒凉的荒漠,那里不会有 3C 级以上文明。"

"但愿如此。"最高执政官和参议员同时发出了这条信息,他们智能场的共振使一道弧形的等离子体波纹向银色金属大地的上空扩散开去。

舰队开始了第二次时空跃迁,以近乎无限的速度奔向银河系第一旋臂。

夜深了,烛光中,全班的娃们围在老师的病床前。

"老师歇着吧,明儿个讲也行的。"一个男娃说。

他艰难地苦笑了一下,"明儿个有明儿个的课。"

他想,如果真能拖到明天当然好,那就再讲一堂课。但直觉告诉他怕是不行了。

他做了个手势,一个娃把一块小黑板放到他胸前的被单上。最后一个月,他就是这样把课讲下来的。他用软弱无力的手接过娃递过来的半截粉笔,吃力地把粉笔头放到黑板上,这时又一阵剧痛袭来,手颤抖了几下,粉笔嗒嗒地在黑板上敲出了几个白点儿。从省城回来后,他再也没去过医院。两个月后,他的肝部疼了起来,他知道癌细胞已转移到那儿了。这种疼痛越来越厉害,最后变成了压倒一切的痛苦。他一只手在枕头下摸索着,找出了一些止痛片,是最常见的用塑料长条包装的那种。对于癌症晚期的剧痛,这药已经没有任何作用。可能是由于精神暗示,他吃了后总觉得好杜冷丁：即盐酸哌替啶，是一种临床应用的合成镇痛药，其作用和机理与吗啡相似，但镇静、麻醉作用较小。

一些。杜冷丁倒是也不算贵，但医院不让带出来用，就是带回来也没人给他注射。他像往常一样从塑料条上取下两片药来，但想了想，便把所有剩下的十二片全剥出来，一把吞了下去——他知道以后再也用不着吃药了。他又挣扎着想向黑板上写字，但头突然偏向一边，一个娃赶紧把盆接到他嘴边，他吐出了一口黑红的血，然后虚弱地靠在枕头上喘息着。

娃们中传出了低低的抽泣声。

他放弃了在黑板上写字的努力，无力地挥了一下手，让一个娃把黑板拿走。他开始说话，声音细若游丝。

"今天的课同前两天一样，也是初中的课。这本来不是教学大纲上要求的，但我想你们中的大部分人，这一辈子可能永远也听不到初中的课了，所以我最后讲一讲，也让你们知道稍深一些的学问是什么样子。昨天讲了鲁迅的《狂人日记》，你们肯定不大懂，不管懂不懂都要多看几遍，最好能背下来，等长大了，总会懂的。鲁迅是个很了不起的人，他的书每一个中国人都应该读读的，你们将来也一定找来读读。"

他累了，停下来喘息着歇歇，看着跳动的烛光，鲁迅写下的几段文字在他的脑海中浮现出来。那不是《狂人日记》中的，课本上没有，他是从自己那套本数不全、已经翻烂的《鲁迅全集》上读到的。许多年前读第一遍时，那些文字就深深地刻在了他的脑子里：

假如一间铁屋子，是绝无窗户而万难破毁的，里面有许多熟睡的人们，不久都要闷死了，然而是从昏睡入死灭，并不感到就死的悲哀。现在你大嚷起来，惊起了较为清醒的几个人，使这不幸的少数者来受无可挽救的临终的苦楚，你倒以为对得起他们么？

然而几个人既然起来，你不能说绝没有毁坏这铁屋的希望。

他用尽最后的力气，接着讲下去。

"今天我们讲初中物理。物理你们以前可能没有听说过，它讲的是物质世界的道理，是一门很深很深的学问。

"这课讲牛顿三定律。牛顿是从前英国的一个大科学家，他说了三句话，这三句话很神的，把人间天上所有东西的规律都包含进去了，上到太阳、月亮，下到流水、刮风，都跑不出这三句话画定的圈圈。用这三句话，可以算出什么时候日食，就是村里老人说的天狗吃太阳，一分一秒都不差的。人飞上月球，也要靠这三句话。这就是牛顿三定律。

"下面讲第一定律：当一个物体没有受到外力作用时，它将保持静止或匀速直线运动不变。"

娃们在烛光中默默地看着他，没有反应。

"就是说，你猛推一下谷场上那个石碾子，它就一直滚下去，滚到天边也不停下来。宝柱你笑什么？是啊，它当然不会那样，这是因为有摩擦力，摩擦力让它停下来。这世界上，没有摩擦力的环境可是没有的……"

是啊，他人生的摩擦力就太大了。在村里他是外姓人，本来就没什么分量，加上他这个倔脾气，这些年来把全村人都得罪了。他挨家挨户地拉人家的娃入学，跑到县里，把跟着爹做买卖的娃拉回来上学，拍着胸脯保证垫学费……这一切并没有赢得多少感激。关键在于，他对过日子的看法同周围的人太不一样，成天想的说的，都是些不着边际的事，这是最让人讨厌的。在查出病来之前，他曾跑到县里，居然从教育局要回一笔维修学校的款子，村子里只拿走了一小部分，想过节请个戏班子唱两天戏，结果让他搅了，愣从县里拉了个副县长来，让村里把钱拿了回来，可当时戏台子都搭好了。学校倒是修了，但他扫了全村人的兴，以后的日子更难过。先是村里的电工，村长的侄子，把学校的电掐了，接着做饭取暖用的秸秆，村里也不给了，害得他扔下自己的地不种，一人上山打柴，更别提后来拆校舍的房椽子那事了……这些摩擦力无所不在，让他心力交瘁，让他无法做匀速直线运动，他不得不停下来了。

也许，他就要去的那个世界是没有摩擦力的，那里的一切都是光滑可爱的，但那有什么意义？在那边，他的心仍留在这个充满灰尘和摩擦力的世界，留在这所他倾注了全部生命的乡村小学里。他不在了以后，剩下的两个教师也会离去，这所他用力推了一辈子的小学校就会像谷场上那个石碾子一样停下来。他陷入深深的悲哀，但不论在这个世界或是那个世界，他都无力回天。

"牛顿第二定律比较难懂，我们最后讲。下面先讲牛顿第三定律：当一个物体对第二个物体施加一个力，第二个物体也会对第一个物体施加一个力，这两个力大小相等，方向相反。"

娃们又陷入了长时间的沉默。

"听懂了没？谁说说？"

国际科幻大奖青少科学启蒙系列·流浪地球

班上学习最好的赵拉宝说:"我知道是啥意思,可总觉得说不通。晌午,我和李权贵打架,他把我的脸打得那么痛,肿起来了,所以作用力应该不相等的才对,我受的肯定比他大嘛!"

喘息了好一会儿,他才解释说:"你痛是因为你的腮帮子比权贵的拳头软,它们相互的作用力还是相等的……"

他想用手比画一下,但手已抬不起来了。他感到四肢像铁块一样沉,这沉重感很快扩展到全身,他感到自己的躯体像要压塌床板,陷入地下似的。

时间不多了。

"目标编号:1033715。绝对目视星等:3.5。演化阶段:主星序偏上。发现2颗行星,平均轨道半径分别为1.3和4.7个距离单位,在一号行星上发现生命。这是红69012舰的报告。"

碳基联邦星际舰队的10万艘战舰目前已散布在一条长1万光年的带状区域中,这就是正在建立的隔离带。工程刚刚开始,只是试验性地摧毁了5 000颗恒星,其中拥有行星的只有137颗,而行星上有生命的这是第一颗。

"第一旋臂真是个荒凉的地方啊!"最高执政官感叹道。他的智能场振动了一下,用全息图隐去了脚下的旗舰和上方的星空,使他、舰队统帅和参议员悬浮于无际的黑色虚空中。接着,他调出了探测器发回的图像——虚空中出现了一个发着蓝光的火球,最高执政官的智能场出现一个白色的方框,那方框调整大小,圈住了这颗恒星并把它的图像隐去了,他们于是又陷入无边的黑暗之中。但这黑暗中有一个小小的黄色光点,图像的焦距开始大幅度调整,行星的图像以令人目眩的速度推向前来,很快占满了半个虚空,三个人都沉浸在它反射的橙黄色光芒中。

这是一颗被浓密大气包裹着的行星。在它那橙黄色的气体海洋上，汹涌的大气运动描绘出极端复杂的不断变幻的线条。行星图像继续移向前来，直到占据了整个虚空，三个人被橙黄色的气体海洋吞没了。探测器带着他们在浓雾中穿行，很快，雾气稀薄了一些，他们看到了这颗行星上的生命。

那是一群在浓密大气上层飘浮的气球状生物，表面有美丽的花纹，不停变幻着色彩和形状，时而呈条纹状，时而呈斑点状，不知这是不是一种可视语言。每个气球都有一条长尾，那长尾的尾端不时炫目地闪烁一下，光沿着长尾传到气球上，化为一片弥漫的荧光。

"开始四维扫描！"红69012舰上的一名上尉值勤军官说。

一束极细的波束开始从上至下飞快地扫描那群气球。这束波只有几个原子粗细，但其波管内的空间维度比外部宇宙多一维。扫描数据传回舰上，在主计算机的内存中，那群气球被切成了几亿亿个薄片，每个薄片只有一个原子的厚度。在薄片上，每个夸克的状态都被精确地记录下来。

"开始数据镜像组合！"

在主计算机的内存中，那几亿亿个薄片按

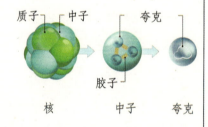

夸克：一种结构上无法再往下细分的基本粒子。

原有顺序叠加起来，很快组合成一群虚拟气球。在计算机内部广漠的数字宇宙中，这个行星上的那群生物体有了精确的复制品。

"开始 3C 级文明测试！"

在数字宇宙中，计算机敏锐地定位了气球的思维器官，它是悬在气球内部错综复杂的神经丛中间的一个椭圆体。计算机在瞬间分析了这个椭圆体的结构，并越过所有低级感官，直接同它建立了高速信息接口。

文明测试是从一个庞大的数据库中任意地选取试题，测试对象如果能答对其中 3 道，则测试通过。如果头 3 道题没有答对，测试者有两种选择：可以认为测试对象没有通过；继续测试，题数不限，直到测试对象答对的题数达到 3 道，这时可认为其通过测试。

"3C 文明测试试题 1 号：请叙述你们已探知的组成物质的最小单元。"

"嘀嘀，嘟嘟嘟，嘀嘀嘀嘀。"气球回答。

"1 号试题测试未通过。3C 文明测试试题 2 号：你们观察到物体中热能的流向有什么特点？这种流向是否可逆？"

"嘟嘟嘟，嘀嘀，嘀嘀嘟嘟。"气球回答。

"2 号试题测试未通过。3C 文明测试试题 3 号：圆的周长和它的直径之比是多少？"

"嘀嘀嘀嘀嘟嘟嘟嘟嘟。"气球回答。

"3 号试题测试未通过。3C 文明测试试题 4 号……"

"到此为止吧，"当测试题数达到 10 道时，最高执政官说，"我们时间不多。"他转身对旁边的舰队统帅示意了一下。

"发射奇点炸弹！"舰队统帅命令。

奇点炸弹实际上是没有大小的，它是一个严格意义上的几何点，一个原子同它相比都是无穷大，虽然最大的奇点炸弹质量有上百亿吨，最小的也有几千万吨。当一颗奇点炸弹沿着长长的导轨从红69012舰的武器舱中滑出时,可以看到一个直径达几百米的发着幽幽荧光的球体,这荧光是周围的太空尘埃被吸入这个微型黑洞时产生的辐射。同恒星引力坍缩形成的黑洞不同,这些小黑洞在宇宙之初就形成了,它们是大爆炸前的奇点宇宙的微缩模型。碳基联邦和硅基帝国都有庞大的船队,游弋在银河系银道面外的黑暗荒漠搜集微型黑洞。有的海洋行星上的种群把这些船队戏称为"远洋捕鱼船队",而这些船队带回的东西,是银河系中最具威力的武器之一,是迄今为止唯一能够摧毁恒星的武器。

奇点炸弹脱离导轨后,沿一条由母舰发出的力场束加速,直奔目标恒星。过了不长的一段时间,这颗灰尘似的黑洞高速射入了恒星表面火的海洋。想象在太平洋的中部突然出现一个半径100千米的深井,就可以大概把握这时的情形。巨量的恒星物质开始被吸入黑洞,汹涌的物质洪流从所有方向会聚到一点并消失在那里。物质被吸入时产生的辐射在恒星表面产生了一团刺目的光球,仿佛给恒星戴上了一枚光彩夺目的钻石戒指。随着黑洞向恒星内部沉落,光团暗淡下来,可以看到它处于一个直径达几百万千米的大旋涡正中。那巨大的旋涡散射着光团的强光,缓缓转动着,呈现出飞速变幻的色彩,使恒星从这个方向看去仿佛是一张狰狞的巨脸。很快,光团消失了,旋涡也渐渐消失,恒星表面似乎又恢复了它原来的色彩和光度。但这只是毁灭前最后的平静。随着黑洞向恒星中心下沉,这个贪婪的饕餮者更疯狂地吞噬周围密度急剧增高的物质,在一秒内吸入的恒星物质总量可能相当于上百个中等行星。黑洞巨量吸入物质时产生的超强辐射向恒星表面蔓延,由于恒星物质的阻滞,只有一小部分到达了表面,其余辐射的能量留在了恒星内部,快速破坏着恒星的每一个细胞,从整体上把它飞快地拉离平衡态。从外部看,恒星的色彩在缓缓变化,从浅红色变为明黄色，从明黄色变为鲜艳的绿色，从绿色变为如洗的碧蓝，从碧蓝变为恐怖的紫色。这时，在恒星中心的黑洞产生的辐射能已远远大于恒星本身辐射的能量。随着更多的能量以非可见光的形式溢出恒星，紫色渐渐加深。这颗恒星看上去像太空中一个在忍受超级痛苦的灵魂。痛苦急剧增加，紫色已深到极限，这颗恒星用不到一个小时的时间走完了它未来几十亿年的旅程。

一团似乎吞没整个宇宙的强光闪起，然后慢慢消失。在原来恒星所在的位置上，可以看到一个急剧膨胀的薄球层，像一个被吹大的气球，这是被炸飞的恒星表面。随着薄球层体积的增大，它变得透明了，可以看到它内部的第二个膨胀的薄球层，然后又可以看到更深处的第三个薄球层……这个爆炸中的恒星，就像宇宙中突然显现的一个套一个的玲珑剔透的镂花玻璃球，其中最深处的薄球层的体积也是恒星原来体积的几十万倍。当爆炸恒星的第一层膨胀外壳穿过那个橙黄色行星时，它立刻被汽化了。其实，在恒星爆炸的壮丽场景中根本就看不到它。同那膨胀的恒星外壳相比，它只是一粒微不足道的灰尘，其大小甚至不能成为那几层镂花玻璃球上的一个小点。

"你们感到消沉？"舰队统帅问。他看到最高执政官和参议员的智能场暗了下来。

"又一个生命世界毁灭了，像烈日下的露珠。"

"那您就想想伟大的第二旋臂战役，当2 000多颗超新星被引爆时，有12万个这样的世界同碳硅双方的舰队一起化为蒸汽。阁下，时至今日，我们应该摆脱这种无谓的多愁善感了。"

参议员没有理会舰队统帅的话，径直对最高执政官说："这种对行星表面取随机点的检测方式是不可靠的，可能漏掉行星表面的文明特征。我们应该进行面积检测。"

最高执政官说:"这一点我也同议会讨论过。在隔离带中我们要摧毁的恒星有上亿颗,其中估计有1 000万个行星系,行星数量可能达5 000万颗。我们时间紧迫,对每颗行星都进行面积检测是不现实的。我们只能尽量加宽检测波束,以增大随机点覆盖的面积。除此之外,只能祈祷隔离带中那些可能存在的文明在其星球表面的分布尽量均匀了。"

"下面我们讲牛顿第二定律……"

他心急如焚,极力想在有限的时间里给娃们多讲一些。

"一个物体的加速度,与它所受的力成正比,与它的质量成反比。首先,加速度,这是速度随时间的变化率,它与速度是不同的,速度大加速度不一定大,加速度大速度也不一定大。比如:一个物体现在的速度是110米每秒,2秒后的速度是120米每秒,那么它的加速度就是120减110除2,5米每秒——呵,不对,5米每秒的平方。另一个物体现在的速度是10米每秒,2秒后的速度是30米每秒,那么它的加速度就是30减10除2,10米每秒的平方。看,后面这个物体虽然速度小,但加速度大!呵,刚才说到平方,平方就是一个数自个儿乘自个……"

他惊奇于自己的头脑如此清晰,思维如此敏捷。他知道,自己生命的蜡烛已燃到根上,棉芯倒下了,把最后的一小块蜡全部引燃了,一团比以前的烛苗亮十倍的火焰熊熊燃烧起来。剧痛消失了,身体也不再沉重。其实,他已感觉不到身体的存在,他的全部生命似乎只剩下那个在疯狂运行的大脑。那个悬在空中的大脑竭尽全力,尽量多尽量快地把自己存贮的信息输出给周围的娃们,但靠说话来传输知识是来不及了。他产生了一个幻象:一把水晶样的斧子把自己的大脑无声地劈开,他一生中积累的那些知识——虽不是很多但他很看重的——像一把发光的小珠子毫无保留地落在地上，发出一阵悦耳的叮当声，娃们像见到过年的糖果一样抢那些小珠子……这幻象让他有一种幸福的感觉。

"你们听懂了没？"他焦急地问。他已经看不到周围的娃们，但还能听到他们的声音。

"我们懂了！老师快歇着吧！"

他感觉到那团最后的火焰在一点点地减弱，"我知道你们不懂，但你们把它背下来，以后慢慢会懂的。一个物体的加速度，与它所受的力成正比，与它的质量成反比。"

"老师，我们真懂了，求求你快歇着吧！"

他用尽最后的力气喊道："背呀！"

娃们抽泣着背了起来："一个物体的加速度，与它所受的力成正比，与它的质量成反比。一个物体的加速度，与它所受的力成正比，与它的质量成反比……"

这几百年前就在欧洲化为尘土的卓越头脑所产生的思想，以浓重西北方言的童音在 20 世纪中国最偏僻的山村中回荡，就在这声音中，那烛火灭了。

娃们围着老师已没有生命的躯体大哭起来。

"目标编号：500921473。绝对目视星等：4.71。演化阶段：主星序正中，带有八大行星。这是蓝 84210 号舰的报告。"

"一个精致完美的行星系。"舰队统帅赞叹道。

最高执政官很有同感，"是的，它的固态小体积行星和气液态大体积行星的配置很有韵律感。小行星带的位置恰到好处，像一条美妙的装饰链。

还有最外侧那颗小小的甲烷冰行星,似乎是这首音乐最后一个余音未尽的音符,暗示着某种新周期的开始。"

"这是蓝84210号舰,将对最内侧1号行星进行生命检测,检测波束发射。该行星没有大气,自转缓慢,温差悬殊。1号随机点检测,白色结果;2号随机点检测,白色结果……10号随机点检测,白色结果。蓝84210号舰报告,该行星没有生命。"

舰队统帅不以为意地说:"这颗行星的表面温度可以当冶炼炉了,没必要浪费时间。"

"开始2号行星生命检测,波束发射。该行星有稠密大气,表面温度较高且均匀,大部为酸性云层覆盖。1号随机点检测,白色结果;2号随机点检测,白色结果……10号随机点检测,白色结果。蓝84210号舰报告,该行星没有生命。"

通过四维通信,最高执政官对一千光年之外蓝84210号舰上的值勤军官说:"直觉告诉我,3号行星有生命的可能性很大,在它上面检测30个随机点。"

"阁下,我们时间很紧了。"舰队统帅说。

"照我说的做。"最高执政官坚定地说。

"是,阁下。开始3号行星生命检测,波束发射。该行星有中等密度的大气,表面大部为海洋覆盖……"

来自太空的生命检测波束落到了亚洲大陆靠南一些的一点上,在地面上形成了一个直径约5 000米的圆形。如果是在白天,肉眼有可能觉察到波束的存在,因为当波束到达时,在它的覆盖范围内,一切无生命的物体都将变成透明状态。现在它覆盖的中国西北的这片山区将如同水晶的山脉——阳光在这些山脉中折射,将是一幅十分奇异壮观的景象——大地也会变成深不可测的深渊。而被波束判断为有生命的物体则保持原状态不变,人、树木和草在这水晶世界中显得格外清晰醒目。但这效应只持续半秒,检测波束完成初始化后,一切就会恢复原状,旁观者肯定会认为自己产生了一瞬间的幻觉。但现在,这里正是深夜,自然难以觉察到什么了。

这所山村小学,正好位于检测波束圆形覆盖区的圆心上。

"1号随机点检测,结果……绿色结果,绿色结果!蓝84210号舰报告,目标编号:500921473,第3号行星发现生命!"

检测波束对覆盖范围内的众多种类生命体进行分类。在以生命结构的复杂度和初步估计的智能等级进行排序的数据库中,一个方形掩蔽物下的一簇生命体排在首位。于是,波束迅速收缩,汇聚到那个掩蔽物上。

最高执政官的智能场接收到从蓝84210号舰上发回的图像,并把它放大到整个太空背景上。图像处理系统已经隐去了掩蔽物,但那簇生命体的图像仍不清晰。它们的外形太不醒目了,几乎同周围行星表面的以硅元素为主的黄色土壤融为一体。计算机只好把图像中所有的无生命部分,包括这些生命体中间的那具体形较大的已没有生命的躯体,全部隐去,这样那一簇生命体就仿佛悬浮在虚空之中。尽管如此,它们看上去仍是那么平淡、缺乏色彩,像一簇黄色的植物,一看就知道是那种在它们身上不会发生任何奇迹的生物。

一束纤细的四维波束从蓝84210号舰发射。这艘有一个月球大小的星际战舰正停泊在木星轨道之外,使太阳系暂时多了一颗行星。那束四维波束在三维太空中以接近无限的速度到达地球,穿过那所乡村小学校舍的屋顶,以基本粒子的精度对这18个孩子进行扫描。数据的洪流以人类难以想象的速率传回太空。很快,在蓝 84210 号舰主计算机的广阔内存中,孩子们的数字复制体形成了。

　　18 个孩子悬浮在一个无际的空间里,那空间呈现出一种无法形容的色彩——实际上那不是色彩,虚无是没有色彩的,虚无是透明中的透明。孩子们都不由想拉住旁边的伙伴,但手却从伙伴身体里毫无阻力地穿过去了。孩子们感到了难以形容的恐惧。计算机觉察到了这一点,认为这些生命体需要一些熟悉的东西,于是为它们模拟出了这个行星天空的颜色。孩子们立刻看到了蓝天,没有太阳,没有云,更没有浮尘,只有蓝色,那么纯净,那么深邃。孩子们的脚下没有大地,也是与头顶一样的蓝天。他们似乎置身于一个无垠的蓝色宇宙中,而他们是这宇宙中唯一的实体。计算机感觉到,这些数字生命体仍然处于惊恐中。它用了亿分之一秒想了想,终于明白了:银河系中大多数生命体并不惧怕悬浮于虚空之中,但这些生命体不同,它们是大地上的生物。于是,它给了孩子们一个大地,并给了它们重力感。孩子们惊奇地看着脚下突然出现的大地,它是纯白色的,上面有黑线画出的整齐方格。他们仿佛站在一个无限广阔的语文作业本上。他们中有人蹲下来摸摸地面,这是他们见过的最光滑的东西。他们迈开双脚走,但原地不动——这地面是绝对光滑的,摩擦力为零。他们很惊奇自己为什么不会滑倒。这时,有个孩子脱下自己的一只鞋子,沿着地面扔了出去。那鞋子以匀速直线运行向前滑去,孩子们呆呆地看着它以恒定的速度渐渐远去。

　　他们看到了牛顿第一定律。

　　有一个声音,空灵而悠扬,在这数字宇宙中回荡。

　　"开始 3C 级文明测试,3C 文明测试试题 1 号:请叙述你所在星球生物进化的基本原理,是自然淘汰型还是基因突变型?"

孩子茫然地沉默着。

"3C 文明测试试题 2 号:请简要说明恒星能量的来源。"

孩子茫然地沉默着。

……………

"3C 文明测试试题 10 号:请说明构成你们星球上液体海洋的分子构成。"

孩子仍然茫然地沉默着。

那只鞋在遥远的地平线处变成一个小黑点消失了。

"到此为止吧!"在 1 000 光年之外,舰队统帅对最高执政官说,"不能再耽误时间了,否则我们肯定不能按时完成第一阶段的任务。"

最高执政官的智能场发出了微弱的表示同意的振动。

"发射奇点炸弹!"

载有命令信息的波束越过四维空间,瞬间到达了停泊在太阳系中的蓝 84210 号舰。那个发着幽幽荧光的雾球滑出了战舰前方长长的导轨,沿着看不见的力场束急剧加速,向太阳扑去。

最高执政官、参议员和舰队统帅把注意力转向了隔离带的其他区域,那里又发现了几个有生命的行星系,但其中最高级的生命是一种生活在泥浆中的无脑蠕虫。接连爆炸的恒星像宇宙中怒放的焰火,使他们想起了史诗般的第二旋臂战役。

不知过了多长时间,最高执政官智能场的一小部分下意识地游移到太阳系,他听到了蓝 84210 号舰舰长的声音:"准备脱离爆炸威力圈,时空跃迁准备,30 秒倒数!"

"等一下,奇点炸弹到达目标还需多长时间?"最高执政官说,舰队统帅和参议员的注意力也被吸引过来。

"它正越过内侧 1 号行星的轨道,大约还有 10 分钟。"

"用 5 分钟时间,再进行一些测试吧!"

"是,阁下。"

接着,他们听到了蓝 84210 号舰值勤军官的声音:"3C 文明测试试题 11 号:一个三维平面上的直角三角形,它的三条边的关系是什么?"

沉默。

"3C 文明测试试题 12 号:你们的星球是你们行星系的第几颗行星?"

沉默。

"这没有意义,阁下。"舰队统帅说。

"3C 文明测试试题 13 号:当一个物体没有受到外力作用时,它的运行状态如何?"

数字宇宙广漠的蓝色空间中突然响起了孩子们清脆的声音:"当一个物体没有受到外力作用时,它将保持静止或匀速直线运动不变。"

"3C 文明测试试题 13 号通过! 3C 文明测试试题 14 号……"

"等等!"参议员打断了值勤军官,"下一道试题也出关于甚低速力学基本近似定律的。"他又问最高执政官,"这不违反测试准则吧?"

"当然不,只要是测试数据库中的试题。"舰队统帅代为回答。这些令他大感意外的生命体把他的注意力全部吸引过来了。

"3C 文明测试试题 14 号:请叙述相互作用的两个物体间力的关系。"

孩子们说:"当一个物体对第二个物体施加一个力,第二个物体也会对第一个物体施加一个力,这两个力大小相等,方向相反!"

"3C 文明测试试题 14 号通过! 3C 文明测试试题 15 号:对于一个物体,请说明它的质量、所受外力和加速度之间的关系。"

孩子们齐声说:"一个物体的加速度,与它所受的力成正比,与它的质量成反比!"

"3C 文明测试试题 15 号通过,文明测试通过!确定目标恒星 500921473 的 3 号行星上存在 3C 级文明。"

"奇点炸弹转向!脱离目标!"最高执政官的智能场急剧闪动着,用最大的能量把命令通过超空间传送到蓝 84210 号舰上。

在太阳系,推送奇点炸弹的力场束弯曲了。长达几亿千米的力场束此时像一根弓起的长杆,努力把奇点炸弹挑离,射向太阳的轨道。蓝 84210 号舰上的力场发动机以最大功率工作,巨大的散热片由暗红变为耀眼的白炽色。力场束向外的推力分量开始显示出效果,奇点炸弹的轨道开始弯曲,但它已越过水星轨道,距太阳太近了,谁也不知道这努力是否能成功。通过超空间直播,全银河系都在盯着那个模糊的雾团的轨迹。它的亮度急剧增大,这是一个可怕的迹象,说明炸弹已能感受到太阳外围空间粒子密度的增大。舰长的手已放到了那个红色的时空跃迁启动按钮上,以便飞速地在奇点炸弹击中太阳前的一刹那脱离这个空间。但奇点炸弹最终像一颗子弹一样擦过太阳的边缘。当它以仅几万米的高度掠过太阳表面时,由于黑洞吸入了太阳大气中大量的物质,亮度增到最大,太阳边缘出现了一个刺眼的蓝白色光球,使它在这一刻看上去像一个紧密的双星系统。这一奇观对人类将永远是个难解之谜。蓝白色光球飞速掠过时,其下太阳浩瀚的火海黯然失色。像一艘快艇掠过平静的水面,黑洞的引力在太阳表面划出了一道"V"形的划痕,波及半个太阳。奇点炸弹撞断了一条日珥,这条从太阳表面升起的百万千米长的美丽轻纱在高速冲击下碎成一群欢快舞蹈着的小小的等离子体旋涡……奇点炸弹掠过太阳后,亮度很快暗了下来,最后消失在茫茫太空的永恒之夜中。

"我们险些毁灭了一个碳基文明。"参议员长出一口气说。

"真是不可思议,在这么荒凉的地方竟会存在 3C 级文明!"舰队统帅感叹说。

"是啊,无论是碳基联邦,还是硅基帝国,其文明扩展和培植计划都不包括这一区域。如果这是一个自己进化的文明,那可是一件很不寻常的事。"最高执政官说。

"蓝 84210 号舰,你们继续留在那个行星系,对 3 号行星进行全表面文明检测,你舰前面的任务将由其他舰只接替。"舰队司令命令道。

同他们在木星轨道之外的数字复制品不一样,山村小学中的娃们丝毫没有觉察到什么。在那间校舍里的烛光下,他们只是围着老师的遗体哭啊哭。不知哭了多长时间,娃们最后安静下来。

"咱们去村里告诉大人吧!"郭翠花抽泣着说。

"那又咋的?"刘宝柱低着头说,"老师活着时,村里的人都腻歪他,这会儿肯定连棺材钱都没人给他出!"

最后,娃们决定自己掩埋自己的老师。他们拿起锄头、铁锹,开始在学校旁边的山地上挖墓坑。灿烂的群星在整个宇宙中静静地看着他们。

"天啊!这颗行星上的文明不是 3C 级,是 5B 级!"看着蓝 84210 号舰从一千光年之外发回的检测报告,参议员惊呼起来。

人类城市的摩天大楼群的影像在旗舰上方的太空中显现。

"他们已经开始使用核能,并用化学推进方式进入太空,甚至已登上了他们所在行星的卫星。"

"他们的基本特征是什么?"舰队统帅问。

"您想知道哪些方面?"蓝 84210 号舰上的值勤军官问。

"比如，这个行星上生命体记忆遗传的等级是多少？"

"他们没有记忆遗传，所有记忆都是后天取得的。"

"那么，他们的个体相互之间信息交流的方式是什么？"

"极其原始，也十分罕见。他们身体内有一种很薄的器官，在这个行星以氧氮为主的大气中，振动可产生声波，同时把要传输的信息调制到声波之中，接收方也用一种薄膜器官从声波中接收信息。"

"这种方式信息传输的速率是多大？"

"大约每秒1至10比特。"

"什么？"旗舰上听到这话的所有人都大笑起来。

"真的是每秒1至10比特，我们开始也不相信，但反复核实过。"

"上尉，你是个白痴吗？"舰队统帅大怒，"你是想告诉我们，一种没有记忆遗传，相互间用声波进行信息交流，并且是以令人难以置信的每秒1至10比特的速率进行交流的物种，能创造出5B级文明？而且这种文明是在没有任何外部高级文明培植的情况下自行进化的？"

"但，阁下，确实如此。"

"但在这种状态下，这个物种根本不可能在代际中积累和传递知识，而这是文明进化所必需的！"

"他们有一种个体，有一定数量，分布于这个种群的各个角落，这类个体充当着两代生命体之间知识传递的媒介。"

"听起来像神话。"

"不，"参议员说，"在银河文明的太古时代，确实有过这种个体，但即使在那时也极其罕见。除了我们这些星系文明进化史的专业研究者，很少有人知道。"

"你是说那种在两代生命体之间传递知识的个体？"

"他们叫教师。"

"教——师？"

"一个早已消失的太古文明单词，很生僻，在一般的古词汇数据库中都查不到。"

这时，从太阳系发回的全息影像焦距拉长，显示出蔚蓝色的地球在太空中正缓缓转动。

最高执政官说："在银河系联邦时代，独立进化的文明十分罕见，能进化到5B级的更是绝无仅有。我们应该让这个文明继续不受干扰地进化下去，对它的观察和研究，不仅有助于我们对太古文明的认识，对今天的银河文明也有启示。"

"那就让蓝84210号舰立刻离开那个行星系吧，并把这颗行星周围一百光年的范围列为禁航区。"舰队统帅说。

北半球失眠的人，或许会看到星空突然微微抖动。那抖动从空中的一点发出，呈圆形向整个星空扩展，仿佛星空是一汪静水，有人用手指在水中央点了一下。

蓝84210号舰跃迁时产生的时空激波到达地球时已大大衰减，只让地球上所有的时钟都快了3秒，但在三维空间中的人类是不可能觉察到这一效应的。

"很遗憾，"最高执政官说，"如果没有高级文明的培植，他们还要在亚光速和三维时空中被禁锢两千年，至少还需一千年时间才能掌握和使用湮灭能量，两千年后才能通过多维时空进行通信。至于通过超空间跃迁进行宇宙航行，可能是五千年后的事了。至少要一万年，他们才具备加入银河系碳基文明大家庭的基础条件。"

参议员说："文明的这种孤独进化，是银河系太古时代才有的事。如果古老的记载正确，我那太古的祖先即生活在一个海洋行星的深海中。在黑暗世界的无数个王朝后，一个庞大的探险计划开始了。他们发射了第一艘外空飞船，那是一个透明的、充满浮力的小球，经过漫长的路程浮上海面。当时正是深夜，小球中的先祖第一次看到了星空。你们能够想象，那对他们而言是怎样的壮丽和神秘啊！"

最高执政官说："那是一个让人向往的时代。一粒灰尘样的行星对先祖来说都是一个无限广阔的世界。在那绿色的海洋和紫色的草原上，先祖敬畏地面对群星——这样的感觉我们已丢失千万年了。"

"可我现在又找回了它！"参议员指着地球的影像说。那蓝色的晶莹球体上浮动着雪白的云纹，酷似一种来自祖先星球海洋中的美丽珍珠，"看这个小小的世界，它上面的生命体在过着自己的生活，做着自己的梦。对我们的存在，对银河系中的战争和毁灭全然不知。宇宙对他们来说，是希望和梦想的无限源泉。这真像一首来自太古时代的歌谣。"

他真的吟唱了起来。他们三人的智能场合为一体，漾起玫瑰色的波纹。那从遥远得无法想象的太古时代流传下来的歌谣听起来悠远、神秘、苍凉，通过超空间传遍了整个银河系。在这团由上千亿颗恒星组成的星云中，数不清的生命感受到了久违的温馨和宁静。

"宇宙的最不可理解之处在于它是可以理解的。"最高执政官说。

"宇宙的最可理解之处在于它是不可理解的。"参议员说。

当娃们造好那座新坟时，东方已经放亮了。老师是放在从教室拆下来的一块门板上下葬的，陪他入土的是两盒粉笔和一套已翻破的小学课本。娃们在那个小小的坟头上立了一块石板，上面用粉笔写着"李老师之墓"。

只要一场雨，石板上那稚拙的字迹就会消失。用不了多长时间，这座坟和长眠在里面的人就会被外面的世界忘得干干净净。

太阳从山后露出一角，把一抹金晖投进沉睡着的山村。在仍处于阴影中的山谷草地上，露珠闪着晶莹的光，可听到一两声怯生生的鸟鸣。

娃们沿着小路向村里走去，那一群小小的身影很快便消失在山谷淡蓝色的晨雾中。

他们将活下去，为了在这块古老贫瘠的土地上收获虽然微薄但确实存在的希望。

临界

◎ 王晋康

> 谨以此文献给我仰慕的一位科学家。但本文不是报告文学,人物、情节均有虚构。
>
> ——题记

一

我永远忘不了那一天,1990 年 6 月 22 日,因为此后数月令人惊悚的日子是从那天开始的。那年,我 14 岁,姐姐文容 16 岁,爷爷文少博 78 岁,奶奶楚白水 75 岁。

离亚运会开幕还有整整三个月,在北京随处可以摸到亚运会的脉搏。街上到处是大幅标语,高架桥的栏杆上插满"迎接亚运"的彩旗,姐姐和我的学校里都在挑选亚运会的志愿服务人员,公交车司机在学习简单的英语会话。只有爷爷游离于这种情绪之外,仍独自待在书房里埋头计算。那天早上,奶奶比往常起得更早,做好早饭,拿出一套新衣让爷爷穿上,昨晚她已逼爷爷去理了发。她端详着穿戴整齐的爷爷,笑道:

"哟,这么一打扮,又是一个漂漂亮亮的老小伙儿啦!"

姐姐和我都起哄,说,爷爷真漂亮,爷爷帅呆啦!爷爷像小孩子一样难为情地笑着:"爷爷老啦!"爷爷确实有点儿"老小孩"的迹象,笑起来像小孩一样天真。他在生活琐事上一向低能,现在更离不开奶奶的照顾。爷爷生于豪门望族,当年的文家二少爷也曾是风流倜傥。但他从英国留学归来便选择了一项最艰苦的职业——地质勘探。50年的风雨已经彻底改变了他的气质,现在,从外貌看来,他更像偏远地区的乡村老教师。

爷爷马上要去位于复兴路北的国家地震局(我去过那里,是一幢能抗7级地震的大楼)做报告,报告的具体内容爷爷对我们严格保密,他一向严格执行《地震预报条例》的规定。不过据我猜测,这次报告很可能涉及亚运会期间的震情。

别人开玩笑说,我家实行隔代遗传。爷爷是国内著名的地质学家,国内几个大油田的发现都有他的功劳,连他的学生中都有几个中科院院士呢。奶奶是有名的医学生物学家,中国消灭了天花和脊髓灰质炎病毒,其中有她很多心血。可惜爸爸那代人没继承他们的衣钵,不过这个传统让我和姐姐接续上了。虽说在1990年说这话还嫌太早,但至少在我和姐姐的学校里,我们已是有名的地震和病毒小专家了。

我父母常年在外地(大庆油田)。自从爷爷奶奶退休并定居北京后,我和姐姐一直住在爷爷家。那时爷爷还没有搬家,住在平安里一座小四合院里,房子十分破旧,下雨时首先要用雨布遮盖爷爷的那台286电脑,然后收拾满桌满床的大部头书籍:《地震学》《世界地震带挂图》《古地磁学》《地球固体潮》《20年中国地震台网观测报告汇编》《病毒学》《医学免疫学》《血型血清学》《干扰素治疗》……爷爷奶奶似乎比退休前还忙,尤其是爷爷,每天埋头于电脑前认真计算着。夏天,破旧的纱门挡不住蚊虫,他干脆弄两只水桶把腿脚泡进去,一来防蚊叮,二来降温。冬天房子像冰窖,他把一只小火炉放在桌边,手冻僵了,就在火上烤一会儿。这种情形一直持续到石油物探局专门为爷爷配置了一台取暖锅炉为止。

常常有他们的学生来这儿探望或请教。他们先站在天井里大声问好,然后再进屋。凡是爷爷的学生,都是称呼老师、师母好;凡是奶奶的学生,则称呼文老师、楚老师好。我和姐姐发现这条规律,常躲在一旁验证,百试百灵。

我和姐姐并没有刻意去继承爷爷奶奶的衣钵,但他们的知识不知不觉就传给我们了,因为这些知识一直弥漫在空气中,潜移默化地渗入到我们的血液中。比如,姐姐常常流利地告诉同学,病毒都是采用超级寄生,利用被攻击细胞的核酸来繁殖的,所以,任何药物包括抗生素对病毒基本是无能为力的,只能依靠人类在千万年进化中产生的特异免疫力,疫苗的作用则是唤醒和强化这种免疫力。不过,人类对病毒的战争已经取得了里程碑式的成功,天花病毒已经被全歼,脊髓灰质炎病毒的全歼已经提上日程。为什么先拿这两种病毒开刀?因为它们只寄生于人体,没有畜禽的交叉感染渠道。现在,中国卫生部正在部署围剿脊髓灰质炎病毒的大战役,将从1993年开始,连续数年对8亿儿童进行免疫。奶奶虽然已退休,卫生部的轿车仍然常来把她接去,参加某个重要讨论。姐姐笑着对奶奶说:

"奶奶,别把坏蛋杀完了,留两个给孩儿杀杀。"

构造型地震：是由地壳运动所引起的地震。一般认为，地壳运动是长期的、缓慢的，一旦地壳所积累的地应力超过了组成地壳岩石极限强度时，岩石就会发生断裂而引起地震。构造型地震是一种活动频繁、影响范围大、破坏力强的地震。地球上最多（90%以上）和最大的地震都属于构造型地震。

奶奶笑道："留着哪，病毒的全歼可不是二三百年能干完的事。"

我也常常给同学举办地震知识讲座。我说，地震是人类最凶恶的自然灾难，20世纪共发生7级以上地震65起，8级以上7起，死亡103万人。地震中最常见的是构造型地震，因为地壳是由六大板块（太平洋、亚欧、非洲、美洲、印度洋、南极洲）组成，各板块缓慢运动，互相挤压，形成三大地震带，即环太平洋地震带、欧亚地震带（又称地中海—喜马拉雅地震带）和海岭地震带。我国处于两大地震带之间，震灾十分频繁。1900年以来中国地震死亡人数55万，占全世界的53%；1949年来死亡人数27万人，占全国同期自然灾害死亡人数的54%。而且和其他学科的科学家不同，地震学家们是一伙"自卑"的家伙，因为，尽管他们投入了巨大的心血，但在地震预报方面实在是乏善可陈！1966年，邢台地震伤亡惨重，周总理亲自部署对地震预报的研究。1975年，成功预报了海城地震，经联合国教科文组织评定，成为唯一载入地震预报史册的范例。那时，在"文革"期间的亢奋中，有人宣称中国已完全掌握地震预报的规律。但仅仅一年后，唐山地震来了，它阴险地偷越众多机构组成的警戒线，狞笑着扑向梦乡中的唐山人。对地震工作者来说，这是一次极为丢脸的失败，地震爆发后，国家地震局竟然不能确定震中在哪儿！幸亏几位唐山人星夜驱车赶往国务院汇报灾情，国家才开始组织抢救工作。

  我是在唐山地震之后出生的，但我想我目睹了唐山地震的惨景——通过爷爷的眼睛和爷爷的叙述。地震第二天爷爷就赶到现场。美丽的唐山全毁了，房屋几乎全部倾颓，烟尘聚集在城市上空，久久不散，就像死神的旗幡。火车轨道被扭成麻花，水泥路面错位。地上分布着很多纵横裂缝，最宽可达30米。五个水库的大坝被震垮。一个男人从四楼跳下来，却被同时落下的楼板压住双脚，身体倒吊在半空中死了；一位妈妈已从窗户里探出半个身子，但还是被砸死，她最后的动作是竭力想护住怀中的孩子；另一位妈妈幸运地逃了出来，在废墟中机械地走动，哄着怀中的孩子——孩子早已长眠不醒；很多幸存者被挤在狭小的空间中，在黑暗和酷热中待了数天才被救出。一直到多少年后，他们睡觉时甚至不敢熄灯，因为只要沉入黑暗，他们就开始心理性的窒息！

  一场空前绝后的浩劫啊！所有赶来救援的人，从身经百战的老师长到长着娃娃脸的小兵，都要惊愕地看上几分钟，把撕裂的心房艰难地平复，才脸色阴沉地投入抢救。不过，对于地震工作者来说，更多的是痛愧，是无地自容。爷爷说，那时他乘的是石油勘探局的汽车，还没有成为众矢之的，而那些乘国家地震局车辆的同行简直没法出门。一位老大爷对他们哀哀地哭诉着："为啥不提前打个招呼哩，你们不是管地震预报的吗？"血迹斑斑的年轻伤员们咬牙切齿地骂："这些白吃饭的，饿死他们！砸死他们！"

  国家地震局的老张是爷爷的熟人。白天，他们默默忍受着唐山人的咒骂，记录着各种宝贵的资料。当时正值盛夏，废墟中的尸体很快就腐烂了，令人作呕的怪味儿在周围涌动，呕得人根本无法进餐。他们用酒精把口罩浸湿,一言不发地工作着。一天晚上,老张来找爷爷,声音嘶哑地说:"文老,咱们出去走走!"爷爷跟他出去了。月亮没出来,废墟埋在浓重的夜色中,除了帐篷里泻出来的灯光,唐山黑得像地狱。老张一直低着头,磕磕绊绊地走着,等到远离帐篷,老张站住了,一句话没说,忽然号啕大哭,哭得撕心裂肺!爷爷没劝他,陪着他默默流泪。痛痛快快哭了一场后,老张问他:

"文老,地震真的不能预报吗?咱们真的无能为力吗?"

爷爷生气地说:"怎么不能!没有人类认识不了的规律!"

爷爷那时的主业是石油物探,搞地震预测只是兼职。他在石油物探方面已是一代宗师,桃李满天下,而且已年近古稀,没理由再转行。但邢台地震尤其是唐山地震后,几十万冤魂的号哭一直在他耳边回响。1978 年,他正式递交了退休申请,从领导岗位上退下来,全身心投入地震预报的研究——但只能是私人性质的研究了。多年后,一位伯伯曾叹息地告诉我,你爷爷为这个决定吃了大亏。他那时虽然已 68 岁,但身体好,思路清晰,经验丰富,部里原打算让他再干几年的。他这么一退,首先是经济上吃亏,因为那些年还没有到涨工资的高峰期,退休工资很低。再者,过早从科学家的主流圈中退出来,还有很大的隐性损失,这一点就不必多言了。

我想伯伯说得对。爷爷的晚年是相当困窘的,工资不高,又把大部分工资用于购买资料——他不是进行官方研究,资料费没处报销。可以说,退休后他完全靠奶奶的工资养着。在和爷爷奶奶共同生活的那几年里,我和姐姐都能触摸到家中的贫穷。常常有国外的学生来看爷爷,他们大都衣着光鲜,唇红齿白,外貌比实际年龄要年轻 20 岁。他们惊讶地打量着爷爷的陋舍,小心地掩饰着目光中的怜悯。我想,恰在这时我最佩服爷爷。因为他在这些怜悯的目光中尚能坦然微笑,不卑不亢。这一点太难啦,至少我在这些客人面前就很难没有一点儿自卑。在我成人后，每当看到报上说某某知识分子"安于贫贱""儿不嫌母丑，狗不嫌家贫"之类的滥调时，我就反胃。我觉得，若不能让科研工作者过上相对舒适的生活，以保证他们思想和研究的自由，这个社会就是病态的、畸形的、没有前途的。

"爷爷，你后悔吗？"有一天我向他转述了那位伯伯的话，问他。爷爷停下蒲扇，沉思地看着我。他不是在看我，是越过我的头顶看着远处。过一会儿，他说：

"1966年邢台地震后，周总理亲自找李四光先生和我谈话。他痛心地说，地震给中华民族带来了深重的灾难，地震能预报吗？李先生说能！我也说能！周总理说，拜托你们啦，希望在你们这一代把地震预报搞成。从那时起我们做了很多努力，成功地预报了海城地震，可惜漏报了最凶残的唐山地震。现在，周总理和李先生都已不在人世，当时谈话的就剩下我一人了。"

他没有回答后悔不后悔，我也没再问。

我和姐姐吃早饭时，爷爷已早早吃完，坐在正间的竹圈椅里静候。听见他低声问奶奶："车辆联系好了吗？不会误事吧？"这已是他第二次询问了。奶奶耐心地说："不会误事的，是国家地震局派的车，昨晚石油物探局还问用不用他们派车，我谢绝了。"

姐姐瞄瞄爷爷，抿嘴乐道："你看爷爷就像赶考的孩子，蛮紧张呢！"我说："笑话，爷爷会紧张？爷爷可不是没见过世面的人，连政治局委员们还听过他的课呢！"姐姐没争辩，扒完饭骑车走了。我出去时，发现爷爷确实有点儿紧张，他一言不发地坐着，目光亢奋，手指下意识地敲着椅子扶手。后来，知道这次报告的内容之后，我才理解爷爷的紧张，那是对于一个高度敏感的地区（首都）、高度敏感的时间（亚运会）所做的强震预报呀！

事后国家地震局的张爷爷说,当爷爷在6月22日报告会上撂出这个响炮时,会议参加者都惊呆了。他说,也只有你爷爷的资历和胆量敢撂这个响炮,只有他一人!

该上学了,我推出自行车。这时一辆轿车开到大门口,国家地震局的何伯伯进来,和我打了个招呼:"小郁,上学呀?"我说:"伯伯好,爷爷等你很长时间了。"何伯伯在天井处大声问了好,说:"文老师咱们出发吧!师母,中午老师不回来,饭后休息一会儿,下午我送他回来。"奶奶交代着:"若下午赶不回来,记住5点钟让他吃降压药,药片在他右边口袋里放着。最近血压又高了,低压130,高压200。"何伯伯说:"我会提醒他的,师母,你放心。"

何伯伯扶爷爷上车后,汽车开走了。

爷爷预报地震不需要声光报警器,不需要GPS观测网络、地磁观测仪、地电观测仪、重力观测仪和电磁波观测仪,不需要水位计、蠕变仪、岩体膨胀计——作为私人性质的研究,他也没有这些条件。他所拥有的,就是他费尽心血搜集到的浩繁的地震资料,还有一把计算尺(后来升格为286、386电脑)。所有预测结果都是在纸上算出来的。

我常常帮爷爷计算,也很早就大致了解了他的理论核心——可公度计算。可公度计算是说:各地震带的地震肯定各自具有相对不变的物理成因,因而有相对不变的物理规律。这些物理成因可能埋得很深,一时抽提不出来,但可以先把它们虚化,用纯数学手段凑出一些公式来逼近它。有了这些近似公式,就能对未来的地震做出近似的预测。比如,1906年以来世界上8.5级以上地震共12次,按发生日期依次编号为$X(i)$=1917.5.1;1917.6.26;1920.12.16;1929.3.7……1958.11.6。用可公度法试算后发现间隔时间大致符合以下一些等式:

$X(3)+X(6)=X(2)+X(5)$

$X(4)+X(7)=X(1)+X(11)$

…………

$X(3)+X(12)=X(4)+X(11)$

把二元相加的结果画在坐标上，能得出一张图形基本对称的坐标图。依照这张图做适当外推，就可对未来的8.5级以上大震做出预测。当然实际没这么简单，实际计算时每个预测结果都要用多元可公度计算互相校核，还要用爷爷自创的"醉汉游走理论"推算这个结果的可信度。但不管怎么说，这是一种极简化的运算，它抛弃了地震的物理内核，转化为地震参数的纯数学运算。

很早我就知道，地震界的大部分专家对爷爷的预测办法颇有微词。由于爷爷的人品和声望，他们一般不公开批评，但私下里他们叹息着："文先生真的老了，文先生怎么从科学宿儒变成算命先生了呢？"这些叹息也传到我和姐姐的耳中。我们确实心中嘀咕：凭这些简单的计算就能抓住地壳深处潜行的魔鬼？但爷爷确实做出很多接近正确的预报：像1983年新疆乌恰地震，1989年10月17日美国旧金山6.9级地震，其后还有1992年6月28日美国加利福尼亚7.4级地震，1993年10月12日日本关东7.1级地震……

爷爷的声名（指地震预测方面的声名，作为石油地质学家他早已闻名遐迩了）渐渐传播到海内外。常常有国内外的人士给爷爷写信，对爷爷的"神机妙算"表示仰慕，把他誉为刘伯温式的"预测宗师"。慢慢地，我和姐姐也忘了心中的嘀咕。

爷爷不会错的——他怎么可能错呢？看看他为地震预测投入的心血、做出的牺牲和承受的苦难，如果真有一个主管宇宙运行的上帝，也会被爷爷感动的。

亚运会一天天临近，街上满是吉祥物熊猫盼盼的图样。从盼盼家乡送来的熊猫雕塑在北中轴路落户，由于赶工太紧，这件雕塑有点儿失真、有点儿驼背，不过孩子们不大理会这点儿"残疾"，照样喜欢它。奥林匹克体育中心、亚运村、专为亚运村配套的北辰购物中心都相继完工，亚运会的气氛越来越浓了。

6月22日以后，国家地震局在门头沟召开了北京震情会商会，这次爷爷没有参加。由于爷爷的严格保密，我一直不知道爷爷曾撂过一个响炮，但我对爷爷的行迹越来越疑惑。两个月来，他一直趴在电脑前狂热地计算着、校核着。他的血压升到了230/140mmHg，眼睛充血，手指发颤，脸色像是害了一场大病。奶奶很着急，逼着他吃药，有时甚至强行关掉电脑，但只要奶奶转过脸，他马上溜回书房。

他为什么这样焦灼和担心？姐姐发现了他的异常，担心地问："奶奶，爷爷的脸色太差了，他在忙些什么呀？"

奶奶含含糊糊地搪塞过去。

这一天，我夜里起来小便，偶然听到爷爷焦灼的低语："……已多次校核，每次可公度计算指向同一个结果……我从来没有这样肯定过……国家地震局迟迟不发震情预报……"

我愣住了。从这些只言片语中，我足以猜到爷爷焦灼的原因：北京有大震！在亚运会期间！

大概听到我的动静，爷爷那边不说话了。我小便后躺在床上睡不着。木隔板那边，姐姐睡得正香，鼻息绵绵细细。犹豫了半个小时，我跳下床，偷偷溜到爷爷的电脑前，打开它。爷爷的资料库设置有密码，但他对密码太过信任了。爷爷70岁开始学电脑，现在已经能熟练地应用，这已经相当不易。不过他毕竟老了,他只能浮在电脑的表层程序,而我能下潜到水底。没费什么事,我就破解了密码,打开爷爷的文件,一帧帧地寻找,终于找到我要的东西:

90.07 号震情预报:

预测三要素为:

时间:1990 年 9 月 20 日

地点:北京昌平一带

震级:7.5～8.0 级

附注:已提交 1990 年 5 月 5 日政协第七届全国委员会

昌平? 8.0 级地震? 亚运会期间? 我简直傻了。屏幕上似乎闪出唐山大地震的画面:倾颓的楼房,阳台在半空中摇晃、扭曲的钢轨、阴森森的地裂……我打一个寒战,揉揉眼睛,另一些画面又占据了屏幕:死在窗台边的母女、半空中倒吊的男人、令人作呕的腐尸气味……

突然,有人拍拍我的脑袋,我惊得一乍,迅速扭回头,是姐姐。她揉着眼睛奇怪地看着我。"郁郁,你在干什么?已经夜里 2 点啦!"她睡意浓浓地说。我赶忙关了电脑,强笑道:"没事没事,我在查一份资料。姐姐,别告诉爷爷奶奶啊!"

我溜回去,睡到床上。姐姐解手后还隔着木板壁问了一句:"郁郁,你在查什么?"我装着没听见,我不敢告诉姐姐。虽然 14 岁是一个满不在乎的年龄,但从小受爷爷熏陶,我知道地震预报泄露出去是多么严重的事情。

我想那晚我一定会失眠的,一个小时后我还是进入了梦乡。

因为心中藏有这个恐怖的秘密,我在一夜之间长大了10岁。我独自从欢快亢奋的社会氛围中游离出来,惊悸地注视着亚运会的进程。开幕式已开始彩排,看过彩排的同学眉飞色舞地说:美极了!报道说萨马兰奇已经确定要出席亚运会,定于9月21日到京。内幕消息说,将在念青唐古拉山下的当雄县城采集天火作为亚运圣火,采火人已经内定,是一个叫达娃央宗的藏族姑娘。节日的北京如一条奔腾喧闹的河流,河道两旁花团锦簇。而在地下,那个魔鬼正一步步向我们逼近,它只要抖抖身躯,打一个哈欠,就会带来惨绝人寰的灾难。我常常想跳到大街上去高喊:"你们干吗还要搞这些花哨的东西?快准备吧,'它'要来了!"

爷爷不再计算,看来已不需要复核了。他总是坐在正间的竹圈椅中,神情肃然地盯着不可见的远方。奶奶肯定知道内情,但她仍保持着平日的节律,采买,做饭,偶尔同研究所的后辈们通通电话。不过,我能察觉到她内心的焦忧。在我们这个四口之家里,只有姐姐什么也不知道。随着亚运会的临近,她的情绪越来越高涨,每天回家,自行车没停稳,就开始通报今天的花边新闻。她根本不知道,在我听来,这些新闻是多么浅薄可笑。

有时我甚至对爷爷的沉默心生怨恨。爷爷,作为一个预知天机的人,你为什么不到街上大声疾呼,唤醒满街的梦中人呢?如果是受法律所限不能张扬的话,你至少该考虑到家庭的自救,带我们悄悄迁移到别处躲躲嘛。不过总的来说我理解爷爷,关键是没人能确切肯定自己的预报绝对正确,而一旦误报将造成巨大的损失。像1989年,美国气候学家布朗宁预报圣路易斯市12月上旬有大地震,引发了民众的恐慌,造成了6亿美元的损失。中国唐山地震后,一个回乡民工在火车站听到几句谣传,回烟台后散播,在烟台掀起一场恐慌……地震预报真是天下最难的事业,进也难退也难，一字重如千钧呀！

不知道国家地震局的专家们此刻是什么心情？亚运会牵涉到国内外，当然不可能随便改期。但地震——这个在地下潜行的魔鬼，它可不会顾忌人世间的什么典礼或赛事，它可不管背上驮着的是首都还是乡村。它在狞笑着逼近。开幕式上万众欢腾，中外贵宾齐聚一堂，可是忽然天崩地裂。那时，地震局的人可是万死莫赎其罪了。

这个秘密锁在一个14岁中学生的心里并悄悄膨胀，我的胸膛快要憋炸了。我变得十分神经质，上课时听不懂老师的讲课，下课时总一人愣着，听不见同学唤我。特别是在夜里，我的耳朵变得十分灵敏，一点儿风声或落叶声都能使我从床上惊跳起来。容容姐是一个又迟钝又敏感的家伙，她一直没猜出家庭中这个秘密，却看出了我的惊悚。她关心地一再追问："郁郁，你怎么啦？你这几天就像是干了什么亏心事似的。"我没法儿回答，我真可怜姐姐。

书房里挂着中国地震活动断裂图，我看过不下百遍，但这些天我简直不敢面对它。全国尤其是京津唐地区的断裂带纵横交错，就像母亲乳房上划出的刀痕，十分瘆人。我不禁生出一个想法：如果1949年这张图挂在第一代领导人位于河北西柏坡的办公室里，他们大概不会选北京做首都吧。但即使首都不在北京又有什么用？中国几十个大城市都位于活动断裂带上，无处可迁，中华民族注定要生生世世与魔鬼为伴。丧气的是，这个魔鬼是无法驱走的，总有一天，它会来敲你的门。

在哪本书上看到一句话：灾难、疾患、死亡是人类不可豁免的痛苦。我曾一本正经地把它抄到笔记本上，其实当时并没什么感悟。到现在，我才对"不可豁免"这四个字有了最深切的体会。

这天晚上，奶奶把姐姐和我叫到他们的卧室，似乎无意地说："小郁，你不是想当地震专家吗？今天忽然想考考你，你说，地震发生时如何自救？"

我看看奶奶，她当然不是毫无缘由地问到这个问题，但奶奶的表情中看不出什么异常。我看看爷爷，天真的爷爷已不大会隐藏感情了，他躲开我的目光，笑容中浮着愧意。我说："奶奶，我知道，关键是及时自救。地震的纵波（P波）速度快，每秒7～8千米；横波（S波）慢，每秒4～5千米。纵波破坏力较小而横波破坏力较大，所以要利用纵横波的时间差迅速自救。"

奶奶说："对，这段时间很短的，所以一旦发生地震，千万不要打算帮助我们，你们要先自救，然后才能想办法救别人。这两天咱们来一次演习，只要听见我或爷爷喊地震了，马上滚下床，躲在床边（不要钻到床下），依靠床的高度掩护自己。各人床下放有干粮和水瓶。你们要记住啊！"

姐姐再迟钝，这会儿也看出了苗头，她怀疑地问："是不是有地震？爷爷，你是不是预测出地震了？"

我觉得爷爷更窘迫了，忙推推姐姐："不会的，这只是一次演习罢了，要有地震爷爷肯定会告诉咱们的，对吧？"

奶奶说："对，这只是预防万一。由于你爷爷的身份，你们在外面千万要谨慎，说错一句话都会引起混乱的。千万小心啊！"

我回到自己房间，朝床下瞄了瞄，那儿果然放着一包饼干和一瓶水。这两样很平常的东西在我心中简直是魔鬼的化身，夜里我睡不安稳，总是梦见《一千零一夜》里的魔鬼吱吱叫着在瓶里挣扎，它马上就要把瓶子挣破了——后来我知道，那个声音倒是真实的，是耗子在咬塑料袋，我的饼干让它们美美地打了一顿牙祭。

亚运会开幕前两天，9月20日晚上，爷爷把我俩叫到一起，平静地说：

"容儿，郁儿，有句话我总算可以说出来了。今天国家地震局正式发布中等强度地震的震情预报，其实我在四个月前就预测到了。"

非常奇怪，听了爷爷迟来的宣布，我突然觉得一阵轻松。我想爷爷也有同样的心情。实际上地震的危险并没有消失，它甚至更现实了。但是，能在家里公开谈论这件事，本身就是对我的解放。我忍不住大声喊道：

"爷爷，我早知道了！但你的预报可不是中等强度的——昌平地区，9月20日左右，7.5～8.0级浅源地震。"爷爷愕然地看着我，我咧嘴笑着，"爷爷，我向你道歉，我破解了你的密码，查到90.07号震情预报。不过你放心，我没对任何人透露过，连姐姐也没有。"

姐姐马上反应过来："那天夜里你是在刺探爷爷的情报？哼，你竟然瞒着我，全家人都瞒着我！"

姐姐十分气恼，因为姐弟间从来没有秘密的，而现在她第一次被排除在某个秘密的知情圈子之外，这严重挫伤了她的自尊心。她对我怒目而视，气哼哼地说："好啊，你个小东西，竟然敢——"

我大叫起来："姐姐，你别得便宜卖乖了！我巴不得和你换换位置。这么多天担惊受怕，又不敢和任何人谈这桩秘密，我都快憋疯了！"

姐姐扑哧一笑，又赶紧绷起脸。爷爷看看奶奶，欣慰地说："好啊，能守住这个秘密，咱们的文郁已经是男子汉了。"他又说，"这些天睡觉要灵醒些，好在咱家是平房，危险要小得多。关于地震时自救的办法前天也温习过了，地震来时要镇静。"

我们严肃地点点头。姐姐担心地问："亚运会会不会改期？正赶上开幕啊！"

爷爷苦涩地摇摇头："不会，毕竟这只是预测。不过，国家地震局早就

处于一级战备,有征兆会及时发出临震预报。"

我笑着指责爷爷:"爷爷,你真狠心啊,这么长时间把我们蒙在鼓里。万一地震来了把全家人砸死,你后悔不后悔?"

这个玩笑肯定不合适,看来它正好戳到爷爷的痛处,奶奶急忙向我使眼色。爷爷愣了一会儿,难过地说:"我当然后悔,我会后悔一辈子的——可我不能透露啊!"

他的语调苍凉,透着深深的无奈。奶奶忙打岔说:"睡吧,睡觉吧。"然后赶紧把我俩赶走。临走时我看看目光苍凉的爷爷,忽然蹦出个随意的想法:做一个通晓未来的先知或上帝,真不是轻松的职业啊!

9月22日,亚运会开幕,彩旗如云,万众欢腾。这天,北京西北昌平一带发生4.5级地震,北京有震感,楼房晃了一下。

一个又一个电话打到我家:"文老,还有主震吗?多大震级?会不会是第二个唐山地震?""文老,你是大家信服的预测大师,你说一句话我们就心中有底了……"爷爷疲惫地一次次回答:"不知道,我没有就此做过预测。很可惜,无可奉告。"不过,在他打给国家地震局的电话中透露出了他的真实想法:

"老张,我的预测没有变,很可能只是一次前震,不要放松警惕。"

爷爷没有放松警惕,爷爷的神经之弦始终紧绷着。亚运会的日历一天天翻过去,我和姐姐毕竟年轻,我们兴奋地计算着中国的金牌数,慢慢忘了地震这档事。但爷爷没忘。有时夜里起来小便,还能看到他静静地坐在竹圈椅中,就像雁群睡觉时那个永远清醒的雁哨。

他还在等待,等待那个按照计算"理应到来"的强震。他的神经之弦绷得那样紧,我总觉得若不小心碰着它,那根弦就会铮然断裂。奶奶没有劝他,只是关照他按时吃降压药,也常常拉他出去散步。有一天,我忽然悟到这件事对爷爷的意义——他已经把这次预测的正误设定为对自己理论的最无情的检验了！如果预测错误，意味着他12年的辛苦白白浪费了。刹那间我竟然盼着——啊，不，不能这样，连想想也是罪过呀！但愿爷爷错了，那个地震魔鬼不会来了。

亚运会结束了，魔鬼没有来。它至今也没有来到北京。

爷爷预测错了。在他后半生最大的一次战役中，爷爷悲壮地输了。

二

12年后的冬天，我在美国加州大学洛杉矶分校读完博士回国，在国家地震局找到了自己的位置。上班后正赶上局里组织的一次大检查，对象是局属的各地震观测台站，包括GPS观测网、地磁、地电、重力、电磁观测站。现在国内观测网站已经接近国际水平，能从宽频带、大动态范围和数字化地震资料中，对地震破裂的时空进程成像，以指导地震的预报。这些年也有一些成功的范例，比如对1995年7月12日云南勐连地震、1997年3月5日日本伊豆地震都做出成功的长、中、短、临预报。但总的说来，地震预报尤其是短期预报和临震预报还远未过关。比如，云南丽江1996年2月3日地震，在已经做出正确的长、中、短预报的有利条件下，却未能做出正确的临震预报——恰恰这种临震预报对减轻伤亡是最重要的。

想想爷爷生前的研究条件，与现在真是天壤之别。不过，具有讽刺意味的是，这么好的条件，预报成功率却一直徘徊在30%以下，并不比爷爷高多少。

国家地震局的网页上，对于中国地震预测能力给出字斟句酌的自我评价：

"能对某些类型的地震做出一定程度的预报，但还不能预报所有的地震。较长时间尺度的中长期预报已有一定可信度，但短临预报的可信度还比较低。"

读此文时我揶揄地想：这个评价真是千金难易一字呀！

我被分在西北检查组，检查阿克苏、包楚、甘河子、高台等地震台。我们乘坐越野车，风尘仆仆地跑了20天，观看那些在密封山洞中静静倾听魔鬼脚步声的各种仪器。张爷爷也在这个组，他已经退休了，这次被返聘来参与检查。他脸上皱纹纵横，那是多年野外生活留下的痕迹。一见面他就说：

"小郁，洋博士回来了，接上你爷爷的班啦，隔代遗传啊！"

我笑道："对，隔代遗传。我姐姐也接了奶奶的班，在医学科学院工作。她这会儿也在西北，在青海省。"

"不错，不错，你爷爷奶奶九泉下也安心了。晚上去找我，聊聊你爷爷。"

晚上我们宿在祁连山下一个简陋的旅馆里，没有暖气。窗户对着戈壁旷野，黑色的乱石上堆着薄薄的积雪。我敲响张爷爷的房门，他趿着一双劣质塑料拖鞋开了门，又赶紧回到被窝里，说："你也上来，上来暖和。"我跳上床，坐到床的另一头，拉过被子盖住腿脚。被子又凉又硬，简直像石板，但张爷爷已经习以为常了。他问："在加州大学跟谁读的博士？"

"陈坎先生。"

"我认得他，退休前和他有联系。怎么样，国外现在的预报水平？主要是美国和日本。"

"不比咱们强。日本地震学家一再预测的东海大震至今没来,相反,没人关注的兵库县却来了个 7.2 级。美国地震局网页上曾登过一幅自嘲的漫画,一只惊恐的大猩猩大叫:为什么我能预报地震而科学家不能?"

"苦中作乐嘛,美国人比咱想得开。1976 年唐山地震,我和你爷爷在现场大哭一场,怕影响年轻人,躲到远处去哭。从那时一直到退休,我的精神一直高度紧张,如果真有一场大震溜过警戒来到北京,那可是万死莫赎其罪啦!可是,大震迟早总要来的,而按目前的水平,即使工作再负责也不能排除漏报的可能。我的胃溃疡就与精神高度紧张有关,一退休马上好了。虽然还要关心,毕竟不是职责所系。"他问,"小郁,还记得 1990 年那次预报吗?"

"当然。"我讲述了那时我如何偷窥爷爷的资料,并为此遭受两个月的心理酷刑。张爷爷笑了:

"原来还有这么一段小故事啊!小文,你知道吗?那时国家地震局里信服可公度计算的人不多,但我对你爷爷的科学功力近乎迷信,再加上那时北京地区确实有不少地震前兆,所以,在你爷爷 6 月 22 日放过那个响炮后,我几乎要提出亚运会改期。现在想想都后怕,如果亚运会真的改期,牵动国内外,劳民伤财,最后只是楼房晃那么一下。如今我常为你爷爷遗憾,以他的睿智,晚年怎么会钻到'可公度计算'的死胡同里呢?那时他的脑子又没有糊涂。"

听着对爷爷的批评,我心里很不是滋味,勉强为爷爷辩解道:"我想是因为他对科学的信仰太炽烈了吧。他相信万物运行都有规律,这些规律常常是简谐而优美的,并终将为人类认识。有了这三条,他才敢去走'可公度计算'的捷径——却走进死胡同。"

"过犹不及。我不是批评你爷爷,这是我的自我反省。"他补充道,"我比所有人更了解文先生为此做出的牺牲,所以——真为他遗憾。"

"那么……"我缓缓地问,"站在今天的知识平台上,你认为地震预报,尤其是临震预报最终能取得突破吗?"

张爷爷惊奇地说:"当然能!否则我们研究地震干什么?"他半开玩笑地说,"你不会到国外转了一圈就变成不可知论吧?人类必将逐步掌握大自然的运行规律,这还用怀疑吗?地震规律当然不例外,这个世纪不行,下个世纪总可以吧?"

我温和地反驳:"科学已确证了量子世界的不确定性规律。还有,即使在宏观世界里,三体以上的牛顿运动也无法预测。"

张爷爷摇摇头,坚决地说:"地震一定能预报!总有一天能预报!"他怀疑地看看我,闷声不响了,颇有点儿话不投机半句多的味道。不过我不想同他争论。正好手机响了,是姐姐从青海循化打来的,她来青海已经两个月了。中国自1994年9月发现最后一例本土脊髓灰质炎野病毒病例后,已经连续7年没发现,2000年10月被世界卫生组织评定为"已阻断脊髓灰质炎病毒传播途径"。但2001年1月17日青海循化撒拉族自治县又发现一例,姐姐就是为它去的。

我向张爷爷告辞,走到外边接听电话。姐姐的声音嘶哑疲惫,几乎能想见她在野外时的枯槁模样。但她的语调是欣喜的,她说经调查确认,这是一例境外传来的病毒,是偶发性的。但他们并没有大意,已在疫区街子乡团结村对患儿周围环境和终末物进行了彻底消毒。对0~9岁的1万名儿童进行了应急局部接种,随后还要进行更大规模的免疫接种。"简直是一场战争啊!"姐姐惊叹。

我说:"辛苦啦,我的老姐,看来当医学科学家也不比地震学家轻松。维持一个遍布全地球的无病毒真空,简直是西西弗斯的工作。"

姐姐说清明节快到了,她不一定能赶回家。如果我能赶回去的话,记着给爷爷奶奶扫墓。"把有关脊髓灰质炎的情况给奶奶说道说道,我想老人家九泉之下也操心着这件事呢!"

我叹了口气:"你是有东西可夸,我呢?我可没好消息告诉爷爷。喂,爸妈叫我关注你的婚事,让我批判你的独身主义,为科学献身并不意味一定要独身。你想想嘛,要是奶奶当年选择独身,哪里还有你我二人?"

姐姐骂道:"小东西,甭跟我油嘴滑舌。我的主意不会变的。"她挂了电话。

爷爷去世前已经调了房子,是某小区一幢相当宽敞的住宅,带欧式铁艺的凉台,台阶下的草丛中卧着小鹿塑像。买房时我在国外,不太清楚爷爷花了多少钱。听说石油部(已改为石油天然气总公司)给了他尽可能多的优惠。他们始终没忘记已退休多年的爷爷,令人感动。

爸妈不想离开大庆,现在这儿只住着我和抱独身主义的姐姐。在这套不错的住房里,家具倒是相当寒碜的,低档的装修,只有客厅里置买了新家具。书房里堆满两位老人的专业书籍,东墙上有一块大黑板,挂着中国石油矿藏分布图、地震带分布图,图纸已经发黄发脆。桌上放着爷爷奶奶的合影,还有一台爷爷用过的586电脑。

清明节前一天,我在爷爷书桌上点了一炷香,把一张光盘放进爷爷的电脑里。那是我读博士的研究成果,是由美国加州大学巴克和陈坎先生搞出来的一个地震生成模式,我把它深化了。这个相对简单的模式反映了地震的深层次机理。

是否把这些告诉爷爷,我曾犹豫过。因为我的结论对爷爷来说太残酷了。但我想他一定想知道的,瞒着他——才是对爷爷的藐视。

青烟在袅袅盘旋,爷爷在镜框中看着我,脸上仍挂着他晚年常有的天真而略带窘迫的笑容。爷爷,请你认真观看吧!

屏幕上显出两大岩石板块互相挤压的过程。岩石受挤时储存了弹性能,当弹性力大于静摩擦力时,某一小区域会突然滑动。岩层滑动着、挤压着,有些区域变成红色,象征着该区域已进入"突然滑动"前的临界态,单独的临界态区域逐渐扩大,不过并不是整片出现,它们在岩层中一绺一绺地延伸,与白色的非临界区域犬牙交错。当红色区域开始占优势时,就形成了整体临界态,这时强震发生的条件孕育成熟了。

从非临界态发育到临界态——这个过程还是有规律的,爷爷那时在长、中期地震预报上某种程度上的成功,正是基于这个过程的可公度性。但整体临界态一旦出现,规律就消失了。此后,某块岩石的滑动可以带出完全不同的结果:它可能只滑动一下就停止;也可能沿着一个较长的"红色手指"传递,引发一片区域的滑动;甚至沿着一个更长的手指走到头,引发全区域的大坍塌,这就是有极大破坏力的强震。

问题是,最后的雪崩究竟是由哪个小滑动触发,这个过程却是完全随机的,没有规律的。要想对它做出准确预测,就需要随时掌握板块中每一部分的态势,实际上不可能做到。

换句话说,地震的临震预报根本不可能成功。

从理论上说也不可能。

爷爷苦苦寻觅近20年,只是在寻找一个根本不存在的东西。

我在青烟后看到爷爷,他的嘴角沉重地下垂着。我知道这个结论无疑是向他的祭坛撒尿。但科学是无情的,科学不照顾个人的愿望。爷爷,请原谅我告诉你这个残酷的结论,但我不会因此放弃努力。

爷爷听见了,默默转过身,踽踽而去。

三

以下摘自一篇小学生作文。

2156 年 4 月 2 日，王老师带我们参观了唐山滦县附近的 87 号超深井的钻进。同学们都说这次参观特刺激、特真实，比往常的激光全息教学课强多了。

参观前，王老师让我们查一查一个世纪前超深井的背景资料。我查到，那时世界上超深井纪录是 12 262 米，在苏联的科拉半岛。中国在江苏东海超高压变质带上打过一个超深井，才 5 000 米，投资 1.5 亿。超深井钻进极为困难，费用极为高昂，因为井越深，钻杆越长，大部分能量都被浪费在起下钻杆和克服钻杆的扭转形变上。不过自从激光钻头发明后，这些纪录已经大大改写了，现在 25 000 米的深井轻飘飘就能实现。

87 号超深井是在一口 3 000 米深的旧裸井上加深。这儿给我的第一个印象是没有高大的钻塔——现场的刘司钻给我们解释，过去那些高大的钻塔其实只有一个用处：起钻时一次能起出尽可能长的刚性钻杆。单根钻杆一般长 9.5 米，一次起升 3 根，井架就要高达 40 米。现在，激光钻头是用柔性钨钢索系连，耐高温电缆也是柔性的，所以钻塔高度只要高于激光钻头的长度就行。

（资料记录：激光钻头直径为 78 毫米，长 5.54 米，配套井架高 9.8 米。）

激光钻头其实就是一根大圆棒，银光闪闪，做工十分精致。现在开始下钻，钻头自带的摄像头把井下的图像送到控制台屏幕上。一个黑洞洞的岩石窟窿，直径比钻头大一倍，被摄像机灯光照亮的岩壁飞快地向上闪过去。钻头终于停下了,离井底有 30 米,咔吧一声,向四周伸出几十个爪子,把自己固定在井壁上。刘司钻对麦克风说:"各操作手注意,现在正式开钻。"他合上电源,一股极强的蓝色激光从钻头下方射出来,反射过来的余光立即把井壁笼罩,岩壁和钻头似乎都变成了蓝色的透明物体。激光照射到井底,岩石立即气化,变成高温高压的气浪,通过钻头和井壁之间的环形空间,凶猛地向上冲去。井口的强力抽气泵同时开动,高压气流带着惊天动地的啸声冲了出来。在井内气流是透明的,但喷出后变成白色,延伸了 100 多米。刘司钻急急地调整了消音系统,啸声显著降低了,但是仍让人头皮发炸。

这以后钻井队就没什么事干了,所有操作转为自动控制。气化的岩石被连续排出,激光束的长度自动延伸。钻进几百米后,刘司钻关闭激光束,把钻头下沉,固定,开始新一轮钻进,这是为了尽量减少激光束在气浪中的衰减。刘司钻自豪地说:"这种方法钻进极快,一天能钻 1 500 米,不过它可是吃电能的大老虎,半个城市的电能才够它的饭量呢!"

(资料记录:87 号超深井位于昌黎—蓟县第 7 号东西向断裂带,断裂带的力学性质为压扭,设计井深 25 000 米。)

我们还参观了唐(唐山)津(天津)滦(滦县)区域 2156-7 号消震行动。这回不是现场参观。陈指挥说:"没法儿看现场的,它分布在 200 多平方公里的区域,又是在 12 000 ～ 25 000 米的地下起爆,地面上只有轻微的震动。"

我们回到北京,在国家地震控制局(即原来的国家地震局)的控制室里观看了实际操作。这回是全息图像,两束激光互相干涉,打出这个区域的逼真的三维图。图中的不同颜色表示不同的岩石板块,发暗的条纹表示活动断裂带(或重力梯度带等)。暗条纹上下纵横交错,结成十分复杂的立体网络。我同桌付英低声惊呼:"我的妈,原来咱们的大地母亲有这么多的暗伤!想想咱们的高楼就建在这样的破基层上,真是可怕。"

陈指挥把岩层图转为应力图。一绺绺叶脉状的红色在岩层上蜿蜒,覆盖了相当一部分区域。陈指挥说:"红色表示岩层已进入发生滑动前的临界态,从红色的强度可以计算出,这片区域已孕育出 5～5.5 级地震的条件。

上百条笔直的红线从地面上向下延伸,各自终止在活动断裂带的某一点,有深有浅,最深的 28 000 米。这就是我们才参观过的那类诱爆井。"28 000 米深的诱震爆破可消去 30 000 米处的应力,而地震震源大部分在 30 公里以内。"陈指挥说。

一个个小亮点开始沿竖井下降,它们表示高能炸药(成分为 N5,即氮的同分异构体)。15 分钟后所有亮点停下来,炸药全部就位。屏幕上打出起爆前的自检结果:起爆井位、井深、起爆量、起爆顺序。检查通过。陈指挥非常庄重地摁下按钮。所有亮点几乎同时闪亮,在周围激出一圈圈涟漪。这是由炸药引起的震波,很微弱,它只起扣扳机的作用,用以引爆岩层中本来就储存的能量。忽然,某处震波被急剧放大,极强的涟漪向四周扩散,就像是推倒了多米诺骨牌,在各处引发强烈的震波。岩层抖动着、滑动着,图像上的红色随即被抹去。

但究竟哪个激爆点能够消除整个区域的临界状态,却完全不可预料。这其实与"临震预报从理论上不可实现"是一致的。

屏幕上打出地震参数:这是一场 5.2 级人工诱发地震,震源深度 21 公里,去应力效果良好。指挥部的人们都屏息静气,像是在等待什么。几秒之后,大楼有了轻微的晃动。"S 波!"年轻人欢呼着。过了几秒又是一阵晃动,比上次稍强些。"P 波!"大家喊着,互击手掌,表示祝贺。

照例得有领导讲话,陈指挥说:

"今天是文郁先生逝世100周年纪念日,国家地震局和学校共同组织了这次参观,作为对先生的纪念。文郁先生是伟大的地震学家,150年前他提出'低烈度纵火'的思想——以低烈度的人工诱发地震来取代破坏性强震——使地震科学开始了一场革命。现在我国已控制了京津唐地区的地震灾害,下一步将把工作重点移向台湾南部。"

讲到这儿,他忽然收起一本正经的表情,笑嘻嘻地说:"我知道文先生的曾孙今天在场,是哪一位?请站出来!"

我没有吭声,早有准备的王老师把我推出队列:"这位就是,文小虎!"

陈指挥走下讲台,俯下身同我热烈拥抱。"小虎,你应该骄傲,有这么一位伟大的曾爷爷。还不光是你曾爷爷呢,文家是科学世家,从曾曾祖一代的文少博夫妇算起,有曾祖一代的文郁、文容姐弟,祖父一代的文天奇夫妇,父代的文吉光、文吉霞兄妹。你曾姑奶文容也是大师级的科学家,她带领同行消灭了狂犬病毒、水痘病毒、乙脑病毒、破伤风杆菌、炭疽杆菌、黑热病原虫等36种病原体,让数千万人摆脱了病魔。小虎,真为你骄傲!"

同学们都羡慕地看着我,女孩儿们的眼神可以说是崇拜啦。不过我不打算买陈指挥的账,我不高兴地说:"我也希望你为我骄傲,不过不是今天,也不是因为我的爸爸、爷爷、曾爷爷、祖爷爷,而是几十年后,当我也成为大科学家的时候。"

陈指挥一愣,旋即朗声大笑:"好,有志气!预祝你早日成功。我这个位置为你留着!"

我摇摇头,说:"我不干这一行,这门学科里的坏蛋已杀得差不多啦,我想搞曾姑奶、奶奶和姑姑她们搞的病毒学。"

"你已经决定了?"姑姑问我,"接我的班,不接你爸的班?"

"嗯!"

姑姑看看爸爸，掩不住嘴边的笑意。爸爸平和地说："我们当然尊重你的选择，不过，告诉我为什么。"

我摇摇头，说："我不想说，姑姑要生气的。"

"什么话！你接我的班我还能生气？不生气，说吧！"

我有意再退后一步："只是一个小学生的胡思乱想，你们会笑话的。"

"小孩子有时能提出最有价值的思想。"爸爸笑道，"行啦，别卖关子了，说吧！"

于是我侃侃而谈："今天参观后我有一点很深的感触。文郁曾爷爷的成功就在于他用低烈度纵火化解了岩层中的临界态——但为什么医学科学家们却在干背道而驰的事情？姑姑，你们一直用斩尽杀绝的办法建立无病毒的真空，弱化人的免疫力，这是危险的临界态甚至超临界态呀！姑姑，这个超临界态能永远保持稳定吗？"

姑姑非常震惊，沉思半天才喃喃地说："我的小虎侄儿真够狂的，一句话否定了几代医学科学家的努力。"她又陷入沉思，眼神迷惘、心事重重地说："我当然不会马上接受你的观点，不过我会认真思考它。"

那么，我的志愿就这么定下来吧，我要接姑姑的班，做一个医学科学家——但我将干完全相反的事。她们几代人辛辛苦苦建立起无病毒的真空，我要用低烈度纵火的办法破坏它。

我想，总有一天姑姑会承认我是对的。

后记：本文中的观点——地震短临预报不可能实现——是一些西方科学家的观点，在这儿作为一家之言介绍给读者。至于它的正误——科幻作者不为小说中观点的正误打包票。

科幻文学骨子里就有很天真的东西,这和孩子的思维方式有相通之处。

——著名科幻作家 刘慈欣

The Song of Life

生命之歌

刘慈欣　王晋康●著

哈尔滨工业大学出版社
HARBIN INSTITUTE OF TECHNOLOGY PRESS

图书在版编目(CIP)数据

国际科幻大奖青少科学启蒙系列.3,生命之歌/刘慈欣,王晋康著.—哈尔滨:哈尔滨工业大学出版社,2022.7

ISBN 978-7-5603-9844-0

Ⅰ.①国… Ⅱ.①刘…②王… Ⅲ.①中篇小说—小说集—中国—当代 ②短篇小说—小说集—中国—当代 Ⅳ.①I247.7

中国版本图书馆CIP数据核字(2021)第226297号

HITPYWGZS@163.COM
艳文工作室 13936171227

生命之歌
SHENGMING ZHI GE

总 策 划	张　丽
策划编辑	李艳文　范业婷
责任编辑	孙　迪　徐　昕
装帧设计	平　平
出版发行	哈尔滨工业大学出版社
社　　址	哈尔滨市南岗区复华四道街10号　邮编150006
传　　真	0451-86414749
网　　址	http://hitpress.hit.edu.cn
印　　刷	天津久佳雅创印刷有限公司
开　　本	787毫米×1 092毫米　1/16　印张44　字数584千字
版　　次	2022年7月第1版　2022年7月第1次印刷
书　　号	ISBN 978-7-5603-9844-0
定　　价	192.00元(全四册)

(如因印刷质量问题影响阅读,我社负责调换)

目 录

- 生命之歌 ◎王晋康　　　　　001
- 太空清道夫 ◎王晋康　　　　033
- 失去它的日子 ◎王晋康　　　063
- 地火 ◎刘慈欣　　　　　　　095
- 欢乐颂 ◎刘慈欣　　　　　　139

生命之歌

◎ 王晋康

孔宪云晚上回到寓所时看到了丈夫从中国发来的传真。她脱下外衣，踢掉高跟鞋，扯掉传真躺到沙发上。

孔宪云是一个身材娇小的职业女性，动作轻盈，笑容温婉，额头和眼角已刻上 45 年岁月的痕迹。她是以访问学者的身份来伦敦的，离家已一年了。

云：

　　研究已取得突破，验证还未结束，但成功已经无疑……

孔宪云简直不敢相信自己的眼睛。虽然她早已不是容易冲动的少女，但一时间仍激动得难以自制。那项研究是 20 年来压在丈夫心头的沉重梦魇，并演变成了他唯一的生存目的。仅一年前，她离家来伦敦时，那项研究依然处于山穷水尽的地步。她做梦也想不到能有如此神速的进展。

其实我对成功已经绝望，我一直用紧张的研究来折磨自己，只不过想做一个体面的失败者。但是两个月前，我在岳父的实验室里偶然发现了十几页发黄的手稿，它对我的意义不亚于罗塞达石碑，使我 20 年盲目搜索到又随之抛弃的珠子一下子串在一起。

我不知道是否该把这些告诉你父亲。他在距胜利只有一步之遥的地方突然停步，承认了失败，这实在是一个科学家最惨痛的悲剧。

往下读传真时，宪云的眉头逐渐紧蹙，信中并无胜利的欢快，字里行间反倒透着阴郁，她想不通这是为什么。

但我总摆脱不掉一个奇怪的感觉，我似乎一直生活在这位失败者的阴影下，即使今天也是如此。我不愿永远这样，不管这次研究发表成功与否，我不打算屈从于他的命令。

爱你的哲

2253 年 9 月 6 日

孔宪云放下传真走到窗前，遥望东方幽暗而深邃的夜空，感触万千，喜忧参半。20 年前她向父母宣布，她要嫁给一个韩国人，母亲高兴地接受了，父亲的态度是冷淡的拒绝。

母亲安慰她："不要和怪老头一般见识。云儿，你要学会理解父亲。"母亲苦涩地说，"你父亲年轻时才华横溢，被公认是生物学界最有希望的栋梁，但他几十年一事无成，心中很苦啊。直到现在，我还认为他是一个杰出的天才，可是并不是每一个天才都能成功。你父亲陷进 DNA 的泥沼，耗尽了才气，而且……"母亲的表情十分悲凉，"这些年你父亲实际上已放弃努力，他已经向命运屈服了。"

这些情况宪云早就了解。她知道父亲为了 DNA 研究，33 岁才结婚，如今已是白发如雪。失败的人生扭曲了他的性格，他变得古怪易怒——而在从前他是一个多么可亲可敬的父亲啊。

母亲忧心忡忡地问："听说朴重哲也是搞 DNA 研究的？云儿，恐怕你也要做好受苦受难的准备。"

"算了，不说这些了，"母亲果决地一挥手，"明天把重哲领来让爸妈见见。"

第二天孔宪云把朴重哲领到家里，母亲热情地张罗着，父亲端坐不动，冷冷地盯着这名韩国青年，重哲则以自信的微笑对抗着这种压力。那年重哲 28 岁，英姿飒爽，倜傥不群。孔宪云不得不承认父亲的确有某些言中之处，才华横溢的重哲的确过于锋芒毕露，咄咄逼人。

母亲老练地主持着这场家庭聚会，笑着问重哲："听说你是研究生物的，具体是搞哪个领域？"

"遗传学，主要是行为遗传学。"

"什么是行为遗传学？给我启启蒙——要尽量浅显啊。不要以为遗传学家的老伴就必然是近墨者黑，他搞他的生物 DNA，我教我的音乐哆来咪，我们是井水不犯河水，互不干涉内政。"

DNA：即脱氧核糖核酸（Deoxyribonucleic Acid），是分子结构复杂的有机化合物，作为染色体的一个成分而存在于细胞核内，可组成遗传指令，以引导生物发育与生命机能运作，其中包含的指令是建构细胞内其他的化合物如蛋白质和 RNA（Ribonucleic Acid，核糖核酸）所需。DNA 的分子巨大，由核苷酸组成，呈双螺旋结构。核苷酸的含氮碱基为腺嘌呤、鸟嘌呤、胞嘧啶及胸腺嘧啶；带有遗传信息的脱氧核糖核酸片段被称为基因。

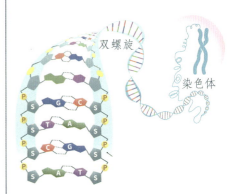

生命之歌　003

宪云和重哲都笑了。重哲斟酌着字句，简洁地说：

"生物繁衍后代时，除了生物形体有遗传性外，生物行为也有遗传性。即使幼体生下来就与父母群体隔绝，它仍能保存这个种族的本能。像人类婴儿生下来会哭会吃奶，小海龟会扑向大海，昆虫会避光或佯死等。有一个典型的例证：欧洲有一种旅鼠，在成年后便成群结队奔向大海，这种怪僻的行为曾使动物学家们迷惑不解。后来考证出它们投海的地方原来与陆路相连。毫无疑问，这种迁徙肯定曾有利于鼠群的繁衍，并演化成可以遗传的行为程式，现在虽然已时过境迁，但冥冥中的本能仍顽强地保持着，甚至战胜了对死亡的恐惧。行为遗传学就是研究这些本能与遗传密码的对应关系。"

母亲看看父亲，又问道：

"生物形体的遗传是由 DNA 决定的，像腺嘌呤、鸟嘌呤、胸腺嘧啶、胞嘧啶与各种氨基酸的转化关系啦，红白豌豆花的交叉遗传啦，这些都好理解。怎么样，我从你父亲那儿还偷学到一些知识吧！"她笑着对女儿说，"可是，要说无质无形、虚无缥缈的生物行为也是由 DNA 来决定，我总是难以理解，那更应该是神秘的上帝之力。"

重哲微笑着说："上帝只存在于某些人的信念之中。如果抛开上帝这个前提，答案就很明显了。生物的本能是生而有之的，而能够穿透神秘的生死之界来传递上一代信息的介质，仅有生殖细胞。所以毫无疑问，动物行为的指令只可能存在于 DNA 的结构中，这是一个简单的筛选法问题。"

一直沉默着的父亲似乎不想再听这些启蒙课程，开口问："你最近的研究方向是什么？"

重哲昂起头道："我不想搞那些鸡零狗碎的课题，我想破译宇宙中最神秘的生命之咒。"

"嗯？"

"一切生物，无论是病毒、苔藓还是人类，其最高本能是它的生存欲望，即保存自身、延续后代，其他欲望如食欲、性欲、求知欲和占有欲，都是由它派生出来的。有了它，母狼会为了狼崽同猎人拼命，老蝎子心甘情愿做小蝎子的食粮，泥炭层中沉睡数千年的古莲子仍顽强地活着，庞贝城的妇人在火山爆发时用身体为孩子争得最后的空间。这是最悲壮最灿烂的自然之歌，我要破译它。"他目光炯炯地说。

宪云看见父亲眸子里陡然亮光一闪，变得十分锋利，不过很快就隐去了。他仅冷冷地撂下一句：

"谈何容易。"

重哲扭头对宪云和母亲笑笑，自信地说："从目前遗传学发展水平来看，破译它的可能至少不是海市蜃楼了。这条无所不在的咒语控制着世界万物，显得神秘莫测。不过反过来说，从亿万种遗传密码中寻找一种共性，反而是比较容易的。"

父亲涩声说："已有不少科学家在这个堡垒前铩羽而归。"

重哲淡然一笑："失败者多是西方科学家吧，那是上帝把这个难题留给东方人了。正像国际象棋与围棋、西医与东方医学的区别一样，西方人善于做精确的分析，东方人善于做模糊的综合。"他耐心地解释道，"我看过不少西方科学家在失败中留下的资料，他们太偏爱把行为遗传指令同单一DNA密码建立精确的对应。我认为这是一条死胡同。生命之咒的秘密很可能存在于DNA结构的次级序列中，是隐藏在一首长歌中的主旋律。"

谈话进行到这里，宪云和母亲只有旁听的份儿了。父亲冷淡地盯着重哲，久久未言，朴重哲坦然自若地与他对视着。宪云担心地看着两人。忽然小元元笑嘻嘻地闯进来，打破了屋内的沉寂。他满身脏污，抱着家养的白猫小佳佳，白猫在他怀里不安地挣扎着。妈妈笑着介绍：

"小元元，这是你朴哥哥。"

小元元放下白猫，用脏兮兮的小爪子亲热地握住朴重哲的手。妈妈有意夸奖这个有智力缺陷的儿子："小元元很聪明呢，不管是下棋还是解数学题，在全家都是冠军。重哲，听说你的围棋棋艺还不错，赶明儿和小元元杀一场。"

小元元骄傲地昂起头，鼻孔翕动着，那是他得意时的表情。朴重哲目光锐利地打量着这个圆脑袋的小个儿机器人，他外表酷似真人，行为举止带着5岁孩童的娇憨。不过宪云透露过，小元元实际已17岁了。

朴重哲故意问："他的心智只有5岁孩童的水平？"

宪云偷偷看看爸妈，微微摇摇头，心里埋怨重哲说话太无顾忌。朴重哲毫不理会她的暗示，斩钉截铁地说："没有生存欲望的机器人永远也成不了人。"

元元懵懵懂懂地听着大人谈论自己，转着脑袋，看看这个，再看看那个。虽然宪云不是学生物的，但她敏锐地感觉到重哲这个结论的分量。她看看父亲，父亲一言不发，转身走了。

孔宪云心中忐忑，跟到父亲书房，父亲默然良久，冷声道：

"我不喜欢这个人，太狂！"

宪云很失望，心里斟酌着，打算尽量委婉地表明自己的意见。忽然父亲说道："问问他，愿不愿意到我的研究所工作。"

宪云愕然良久，咯咯地笑起来。她快活地吻了父亲，飞快地跑回客厅，把好消息告诉母亲和重哲。重哲当即答应："我很愿意到伯父这儿工作。我拜读过伯父年轻时的一些文章，很钦佩他清晰的思路和敏锐的直觉。"

他的表情道出了未尽之意：对一个失败英雄的怜悯。宪云心中不免有些芥蒂，这种怜悯刺伤了她对父亲的崇敬。但她无可奈何，因为他说的正是家人不愿道出的真情。

婚后，朴重哲来到孔昭仁生物研究所，开始了他的马拉松式研究。研究举步维艰。父亲把所有资料和实验室全部交给女婿，正式归隐。对女婿的工作情况，从此不闻不问。

传真机又轧轧地响起来，送出另一份传真。

云姐姐：

你好吗？已经一年没见你了，我很想你。

这几天爸爸和朴哥哥老是吵架，虽然声音不大，可是吵得很凶。朴哥哥在教我变聪明，爸爸不让。

我很害怕，云姐姐，你快回来吧。

元元

读着这份稚气未脱的信，宪云心中隐隐作痛，更感到莫可名状的担心。略为沉吟后，她用电脑预订了机票，明天早上6点的班机，随后又向剑桥大学的霍金斯教授请了假。

飞机很快穿过云层，脚下是万顷云海，或如蓬松雪团，或如流苏璎珞。少顷，一轮朝阳跃出云海，把万物浸在金黄色的静谧中，宇宙中鼓荡着无声的旋律，显得庄严瑰丽。孔宪云常坐早班机，就是为了观赏壮丽的日出，她觉得自己已融化在这金黄色的阳光里，浑身每个毛孔都与大自然息息相通。机上乘客不多，大多数人都到后排空位上睡觉去了，宪云独自倚在舷窗前，盯着飞机襟翼在空气中微微抖动，思绪又飞到小元元身上。

元元是爸爸研制的学习型机器人，比她小8岁。元元像婴儿一样头脑空白地来到这个世界，牙牙学语，蹒跚学步，逐步感知世界，建立起"人"的心智系统。爸爸说，他是想通过元元来观察机器人对自然的适应能力及建树自我的能力，观察它与人类"父母"能建立什么样的感情纽带。

元元一出生就生活在孔家。在小宪云的心目中，元元是和她一样的小

孩，是她亲亲的小弟弟。当然他有一些特异之处——不会哭，没有痛觉，跌倒时会发出铿锵的响声，但小宪云认为这是正常中的特殊，就像人类中有左撇子和色盲一样。

小元元是按男孩的形象塑造的。即使在科学昌明的23世纪，那种重男轻女的旧思想仍是无形的咒语，爸妈对孔家这个唯一的男孩十分宠爱。宪云记得爸爸曾兴高采烈地给小元元当马骑；也曾坐在葡萄架下，一条腿上坐一个，娓娓讲述古老的神话故事——那时爸爸的性情绝不古怪，这一段金色的童年多么令人怀念啊。小宪云曾为爸妈的偏心愤愤不平，但很快她自己也变成一只母性强烈的小母鸡，时时把元元掩在羽翼下。每天放学回家，她会把特地留下的糖果点心一股脑儿倒给弟弟，高兴地欣赏弟弟津津有味的吃相。"好吃吗？""好吃。"——后来宪云才知道元元并没有味觉，吃食物仅是为了获取能量，懂事的元元这样回答是为了让小姐姐高兴，这使她对元元更加疼爱。

小元元十分聪明，无论是数学、下棋、钢琴，姐姐永远不是对手。小宪云曾嫉妒地偷偷找爸爸磨牙："给我换一个机器脑袋吧，行不行？"但在5岁时，元元的智力发展——主要指社会智力的发展——却戛然而止。

在这之后，他的表现就像人们所说的白痴天才，一方面，仍在某些领域保持着过人的聪明，但他的心智始终没超过5岁孩童的水平。他成了父亲失败的象征，成了一个笑柄。爸爸的同事来家做客时，总是装作没看见小元元，小心地隐藏着对爸爸的怜悯。爸爸的性格变态正是从这时开始的。

以后父亲很少到小元元身边。小元元自然感到了这一变化，他想与爸爸亲热时，常常先怯怯地打量着爸爸的表情，如果没有遭到拒绝，他就会绽开笑脸，高兴得手舞足蹈。这使妈妈和宪云心怀歉疚，把加倍的疼爱倾注到傻头傻脑的元元身上。宪云和重哲婚后一直没有生育，所以她对小元元的疼爱，还掺杂了母子的感情。

但是……爸爸真的讨厌元元吗？宪云曾不止一次发现，爸爸长久地透过玻璃窗，悄悄看元元玩耍。他的目光里除了阴郁，还有道不尽的痛楚……那时小宪云觉得，大人真是一种神秘莫测的异类。现在她已长大成人了，还是不能理解父亲的怪异性格。

宪云又想起小元元的信。重哲在教元元变聪明，爸爸为什么不让？他为什么反对重哲公布成果？一直到走下飞机舷梯，她还在疑惑地思索着。

母亲听到门铃就跑出来，拥抱着女儿，问："路上顺利吗？时差疲劳还没消除吧，快洗个热水澡，好好睡一觉。"

女儿笑道："没关系的，我已经习惯了。爸爸呢，那古怪老头呢？"

"到协和医院去了，是科学院的例行体检。不过，最近他的心脏确实有些小毛病。"

宪云关心地问："怎么了？"

"轻微的心室纤颤，问题不大。"

"小元元呢？"

"在实验室里，重哲最近一直在为他开发智力。"

妈妈的目光暗淡下来——她们已接触到一个不愿触及的话题。宪云小心地问："翁婿吵架了？"

妈妈苦笑着说："嗯，已经有一个多月了。"

"到底是为什么？是不是反对重哲发表成果？我不信，这毫无道理嘛。"

妈妈摇摇头："不清楚。这是一次纯男人的吵架，他们瞒着我，连重哲也不对我说实话。"妈妈的语气中带着几丝幽怨。

宪云勉强笑着说："好，我这就去审个明白，看他敢不敢瞒我。"

透过实验室的全景观察窗，她看到重哲正在忙碌，小元元胸腔打开了，重哲似乎在调试和输入什么。小元元仍是那个憨模样，圆脑袋，大额头，一双眼珠乌黑发亮。他笑嘻嘻地用小手在重哲的胸膛上摸索，大概他认为

生命之歌

重哲的胸膛也是可以开合的。

宪云不想打扰丈夫的工作，靠在观察窗上，陷入沉思。爸爸为什么反对公布成果？是对成功尚无把握？不会。重哲早已不是20年前那个目空一切的年轻人了。这项研究实实在在是一场不会苏醒的噩梦，是无尽的酷刑，他建立的理论多少次接近成功，又突然倒塌。所以，重哲既然能心境沉稳地宣布胜利，那就是绝无疑问的——但为什么父亲反对公布？他难道不知道这对重哲来说是何等残酷和不公？莫非……一种念头悄悄涌上心头，莫非是失败者的嫉妒？

宪云不愿相信这一点，她了解父亲的人品。但是，她也提醒自己，作为一个失败者，父亲的性格已经被严重扭曲了。

宪云叹口气，但愿事实并非如此。婚后她才真正理解了妈妈要她做好受难准备的含义。从某种含义上说，科学家是勇敢的赌徒，他们在绝对黑暗中凭直觉定出前进的方向，然后开始艰难的摸索，为一个课题常常耗费毕生的精力。即使在研究途中的一万个岔路口中只走错一次，也会与成功失之交臂，而此时他们常常已步入老年，来不及改正错误了。

20年来，重哲也逐渐变得阴郁易怒，变得不通情理。宪云已学会用微笑来承受这种苦难，把苦涩埋在心底，就像妈妈一直做的那样。

但愿这次成功能改变他们的生活。

小元元看见姐姐了，他扬扬小手，做了个鬼脸。重哲也扭过头，匆匆点头示意——忽然一声巨响！窗玻璃哗的一声垮下来，屋内顿时烟雾弥漫。宪云目瞪口呆，泥塑般愣在那儿，她真希望这是一幕虚幻的影片，很快就会转换镜头。宪云痛苦地呻吟着：上帝啊，我千里迢迢赶回来，难道是为了目睹这场惨剧——她惊叫一声，冲进室内。

小元元的胸膛已被炸成前后贯通的孔洞，但她知道小元元没有内脏，这点伤并不致命。而重哲被冲击波砸倒在椅子上，胸部凹陷，鲜血淋漓。

宪云抱起丈夫，嘶声喊：

"重哲！醒醒！"

妈妈也惊惧地冲进来，面色惨白。宪云哭喊："快把汽车开过来！"妈妈跌跌撞撞地跑出去。宪云吃力地托起丈夫的身体往外走，忽然一只小手拉住她：

"小姐姐，这是怎么啦？救救我。"

虽然是在痛不欲生的震惊中，但她仍敏锐地感到元元细微的变化——小元元已有了对死亡的恐惧，丈夫多日的付出终于有了回报。

她含泪安慰道："小元元，不要怕，你的伤不重，我送你重哲哥到医院后马上为你请机器人医生。姐姐很快就回来，啊？"

孔昭仁直接从医院的体检室赶到急救室。这位 78 岁的老人一头银发，脸庞黑瘦，面色阴郁，穿一身黑色的西服。宪云伏到他怀里，抽泣着，他轻轻抚摸着女儿的柔发，送去无言的安慰。他低声问：

"正在抢救？"

"嗯。"

"小元元呢？"

"已经通知机器人医生去家里，他的伤不重。"

一个 50 岁左右的瘦长男子费力地挤过人群，步履沉稳地走过来。目光锐利，带着职业性的干练冷静。"很抱歉在这个悲伤的时刻还要打扰你们。"他出示了证件，"我是警察局刑侦处的张平，想尽快了解事情发生的经过。"

孔宪云擦了擦眼泪，苦涩地说："恐怕我提供不了多少细节。"她和张平叙述了当时的情景。张平转过身对着孔教授：

"听说元元是你一手研制的学习型机器人？"

"是。"

张平的目光十分犀利："请问他的胸膛里怎么会藏有一颗炸弹？"

宪云打了一个寒战，知道父亲已被列入第一号疑犯。

老教授脸色冷漠，缓缓说道："小元元不同于过去的机器人。除了固有的机器人三原则外，他不用输入原始信息，而是从零开始，完全主动地感知世界，并逐步建立自己的心智系统。当然，在这个开放式系统中，他也有可能变成一个江洋大盗或嗜血杀手。因此我设置了自毁装置，万一出现这种情况，那么他的世界观就会同体内的三原则发生冲突，从而引爆炸弹，使他不至于危害人类。"

张平回头问孔的妻子："听说小元元在你家已生活了17年，你们是否发现他有危害人类的企图？"

元元妈摇摇头，坚决地说："决不会。他的心智成长在5岁时就不幸终止了，但他一直是个心地善良的好孩子。"

张平逼视着老教授，咄咄逼人地追问："炸弹爆炸时，朴教授正为小元元调试。你的话是否可以理解为，是朴教授在为他输入危害人类的程序，从而引爆了炸弹？"

老教授长久地沉默着，时间之长使宪云觉得恼怒，不理解父亲为什么不立即否认这种荒唐的指控。良久，老教授才缓缓说道：

"历史上曾有不少人认为某些科学发现将危害人类。有人曾认真忧虑煤的工业使用会使地球氧气在50年内耗尽，有人认为原子能的发现会毁灭地球，有人认为试管婴儿的出现会破坏人类赖以生存的伦理基础。但历史的发展淹没了这些怀疑，并在科学界确立了乐观主义信念。人类发展尽管盘旋曲折，但总趋势一直是昂扬向上的，所谓科学发现会危及人类的论点逐渐失去了信仰者。"

孔宪云和母亲交换着疑惑的目光，不知道这些长篇大论是什么含义。

老教授又沉默很久，阴郁地说："但是人们也许忘了，这种乐观主义信念是在人类发展的上升阶段确立的，有其历史局限性。人类总有一天——可能是 100 万年，也可能是 1 亿年——会爬上顶峰，并开始下山。那时候科学发现就可能变成人类走向死亡的催熟剂。"

张平不耐烦地说："孔先生是否想从哲学高度来论述朴教授的不幸？这些留待来日吧，目前我只想了解事实。"

老教授看着他，心平气和地说："这个案子由你承办不大合适，你缺乏必要的思想层次。"

张平的面孔涨得通红，冷冷地说："我会虚心向您讨教的，希望孔教授不吝赐教。"

孔教授平静地说："就您的年纪而言，恐怕为时已晚。"

他的平静比话语本身更锋利。张平恼羞成怒，正要找出话来回敬，这时急救室的门开了，主刀医生脚步沉重地走出来，垂着眼睛，不愿接触家属的目光："十分抱歉，我们已尽了全力。病人注射了强心剂，能有十分钟的清醒。请家属们与他话别吧，一次只能进一个人。"

孔宪云的眼泪泉涌而出，神志恍惚地走进病房，母亲小心地搀扶着她，送她进门。跟在她身后的张平被医生挡住，张平出示了证件，小声急促地与医生交谈几句，医生摆摆手，侧身让他进去。

朴重哲躺在手术台上，急促地喘息着。死神正悄悄吸走他的生命力，他面色灰白，脸颊凹陷。孔宪云拉住他的手，哽声唤道："重哲，我是宪云。"

重哲缓缓地睁开眼睛，茫然四顾后，定在宪云脸上。他艰难地笑一笑，喘息着说："宪云，对不起你，我是个无能的人，让你跟我受了 20 年的苦。"忽然他看到宪云身后的张平，"他是谁？"

张平绕到床头，轻声说："我是警察局的张平，希望朴先生介绍案发经过，我们好尽快捉住凶手。"

宪云恐惧地盯着丈夫，既盼望又害怕丈夫说出凶手的名字。重哲的喉结跳动着，喉咙里咯咯响了两声，张平俯下身去问："你说什么？"

朴重哲微弱而清晰地重复道："没有凶手。没有。"

张平显然对这个答案很失望，还想继续追问，朴重哲低声说："我想同妻子单独谈话。可以吗？"张平很不甘心，但他看看垂危的病人，耸耸肩退出病房。

孔宪云觉得丈夫的手动了动，似乎想握紧她的手，她俯下身："重哲，你想说什么？"

他吃力地问："元元……怎么样？"

"伤处可以修复，思维机制没有受损。"

重哲目光发亮，断续而清晰地说："保护好……元元，我的一生心血……尽在其中。除了……你和妈妈，不要让……任何人……接近他。"他重复着，"一生心血啊。"

宪云打了一个寒战，当然懂得这个临终嘱托的言外之意。她含泪点头，坚决地说："你放心，我会用生命来保护他。"

重哲微微一笑，头歪倒在一边。示波器上的心电曲线最后跳动几下，缓缓拉成一条直线。

小元元已修复一新，胸背处的金属铠甲亮光闪闪，可以看出是新换的。看见妈妈和姐姐，他张开两臂扑上来。

把丈夫的遗体送到太平间后，宪云一分钟也未耽搁就往家赶。她在心里逃避着，不愿追究爆炸的起因，不愿把另一位亲人也送向毁灭之途。重哲，感谢你在警方询问时的回答，我对不起你，我不能为你寻找凶手，可是我一定要保护好元元。

元元趴在姐姐的膝盖上，眼睛亮晶晶地问："朴哥哥呢？"

宪云忍泪答道："他到很远的地方去了，不会再回来了。"

元元担心地问:"朴哥哥是不是死了?"他感觉到姐姐的泪珠吧嗒吧嗒掉在手背上,愣了很久,才痛楚地仰起脸,"姐姐,我很难过,可是我不会哭。"

宪云猛地抱住他,大哭起来,一旁的妈妈也是泪流满面。

晚上,大团的乌云翻滚而来,空气潮重难耐。晚饭的气氛很沉闷,除了丧夫失婿的悲痛之外,家中还笼罩着一种怪异的气氛。家人之间已经有了严重的猜疑,大家对此心照不宣。晚饭中老教授沉着脸宣布,他已断掉了家里同外界的所有联系,包括互联网,等事情水落石出后再恢复。

这更加重了家人的恐惧感。

孔宪云草草吃了两口,似不经意地对元元说:"元元,以后晚上到姐姐屋里睡,好吗?我嫌太孤单。"

元元嘴里塞着牛排,看看父亲,很快点头答应。教授沉着脸没说话。

晚上宪云没有开灯,坐在黑暗中,听窗外雨滴淅淅沥沥地敲打着芭蕉。元元知道姐姐心里难过,伏在姐姐腿上,一言不发,两眼圆圆地看着姐姐的侧影。很久,小元元轻声说:"姐姐,求你一件事,好吗?"

"什么事?"

"晚上不要关我的电源,好吗?"

宪云多少有些惊异。元元没有睡眠机能,晚上怕他调皮,也怕他寂寞,所以大人同他道过晚安后便把他的电源关掉,早上再打开,这已成了惯例。她问元元:

"为什么?你不愿睡觉吗?"

小元元难过地说:"不,这和你们睡觉的感觉一定不相同。每次一关电源,我就一下子沉呀沉呀,沉到很深的黑暗中去,是那种黏糊糊的黑暗。我怕也许有一天,我会被黑暗吸住,再也醒不来。"

宪云心疼地说:"好,以后我不关电源,但你要老老实实待在床上,不许调皮，尤其不能跑出房门，好吗？"

她把元元安顿在床上，独自走到窗前。阴黑的夜空中雷声隆隆，一道道闪电撕破夜色，把万物定格在惨白色的光芒中，是那种死亡的惨白色。宪云在心中一遍一遍痛苦地嘶喊着：重哲，你就这样走了吗？就像滴入大海的一滴水珠？

自小在生物学家的熏陶下长大，她认为自己早已能达观地看待生死。生命只是物质微粒的有序组合，死亡不过是回到物质的无序状态，仅此而已。生既何喜，死亦何悲？但是当亲人的死亡真切地砸在她心灵上时，她才知道自己的达观不过是沙砌的塔楼。

甚至元元已经有了对死亡的恐惧，他的心智已经苏醒了。宪云想起自己8岁时（那年元元还没"出生"），家养的老猫"佳佳"生了4个可爱的猫崽。但第2天小宪云去向老猫问早安时，发现窝内只剩下3只小猫，还有一只圆溜溜的猫头！老猫正舔着嘴巴，冷静地看着她。宪云惊慌地喊来父亲，父亲平静地解释：

"不用奇怪。所谓老猫吃子，这是它的生存本能。猫老了，无力奶养4个孩子，就拣一只最弱的猫崽吃掉，这样可以少一张吃奶的嘴，顺便还能增加一点奶水。"

小宪云带着哭腔问："当妈妈的怎么这么残忍？"

爸爸叹息着说："不，这其实是另一种形式的母爱，虽然残酷，但是更有远见。"

那次目睹的惨状对她8岁的心灵造成极大的震撼，以致终生难忘。她理解了生存的残酷，死亡的沉重。那天晚上，8岁的宪云第一次失眠了。那也是雷雨之夜，电闪雷鸣中，她第一次真切地意识到了死亡。她意识到爸妈一定会死，自己一定会死，无可逃避。不论爸妈怎么爱她，不论家人和自己做出怎样的努力，死亡仍然会来临。死后她将变成微尘，散入无边的混沌，无尽的黑暗。世界将依然存在，有绿树红花、蓝天白云、碧水青山……但这一切一切永远与她无关了。她躺在床上，一任泪水长流。直到一声霹雳震撼天地，她再也忍不住，跳下床去找父母。

她在客厅里看到父亲，父亲正在凝神弹奏钢琴，琴声很弱，袅袅细细，不绝如缕。自幼受母亲的熏陶，她对很多世界名曲都很熟悉，可是父亲奏的乐曲她从未听过。她只是模模糊糊觉得这首乐曲有一种神秘的力量，它表达了对生的渴求，对死亡的恐惧。她听得如醉如痴……琴声戛然而止。父亲看到了她，温和地问她为什么不睡觉。她羞怯地讲了自己突如其来的恐惧，父亲沉思良久，说道：

"这没有什么可羞的。意识到对死亡的恐惧，是青少年心智苏醒的必然阶段。从本质上讲，这是对生命产生过程的遥远的回忆，是生存本能的另一种表现。地球的生命是45亿年前产生的，在这之前是无边的混沌，闪电一次次撕破潮湿浓密的地球原始大气，直到一次偶然的机遇，激发了第一个能自我复制的脱氧核糖核酸结构。生命体在无意识中忠实地记录了这个过程，你知道人类的胚胎发育，就顽强地保持了从微生物到鱼类、爬行类的演变过程，人的心理过程也是如此。"

小宪云听得似懂非懂，与爸爸吻别时，她问爸爸弹的是什么曲子，爸爸似乎犹豫了很久才告诉她：

"是生命之歌。"

此后的几十年中她从未听爸爸再弹过这首乐曲。

她不知道自己是何时入睡的，半夜她被一声炸雷惊醒，突然听到屋内有轻微的走动声，不像是小元元。她的全身肌肉立即绷紧，轻轻翻身下床，赤足向元元的套间摸过去。

又一道青白色的闪电，她看到一个熟悉的身影立在元元床前，手里分明提着一把手枪，屋里弥漫着浓重的杀气。闪电一闪即逝，但那个青白的身影却烙在她的视野里。

宪云的愤怒急剧膨胀，爸爸究竟要干什么？他真的变态了吗？她要闯进屋去，像一只颈羽怒张的母鸡，把元元掩在羽翼下。忽然，元元坐起身来："是谁？是小姐姐吗？"他奶声奶气地问。

爸爸脸上的肌肉抽搐了一下（这是宪云的直觉），他大概未料到元元未关电源吧。他沉默着。"不是姐姐，我知道你是爸爸。"元元天真地说，"你手里提的是什么？是给元元买的玩具吗？给我。"

孔宪云躲在黑影里，屏住声息，紧盯着爸爸。很久爸爸才低沉地说："睡吧，明天我再给你。"说完脚步沉重地走出去。孔宪云长出一口气，看来爸爸终究不忍心向自己的儿子开枪。等爸爸回到自己的卧室，她才冲进去，紧紧地把元元搂在怀里，她感觉到元元在簌簌发抖。

这么说，元元已猜到爸爸的来意。他机智地以天真做武器保护了自己的生命，显然他已不是5岁的懵懂孩子了。孔宪云哽咽地说："小元元，以后永远跟着姐姐，一步也不离开，好吗？"

元元深深地点头。

早上宪云把这一切告诉妈妈，妈妈惊呆了："真的？你看清了？"

"绝对没错。"

妈妈愤怒地喊："这老东西真发疯了！你放心，有我在，看谁敢动元元一根汗毛！"

朴重哲的追悼会两天后举行。宪云和元元佩戴着黑纱，向一个个来宾答礼，妈妈挽着父亲的臂弯站在后排。张平也来了，有意站在一个显眼位置，冷冷地盯着老教授，他是想向疑犯施加精神压力。

白发苍苍的科学院院长致悼词。他悲恸地说："朴重哲教授才华横溢，我们曾期望遗传学的突破在他手里完成。他的早逝是科学界无可挽回的损失。为了破译这个宇宙之谜，我们已折损了一代一代的俊彦，但无论成功与否，他们都是科学界的英雄。"

他讲完后，孔昭仁脚步迟缓地走到麦克风前，目光灼热，像是得了热病，讲话时两眼直视远方，像是与上帝对话："我不是作为死者的岳父，而是作为他的同事来致悼词。"他声音低沉，带着寒意，"人们说科学家是最幸福的，他们离上帝最近，最先得知上帝的秘密。实际上，科学家只是可怜的工具，上帝借他们的手打开一个个魔盒，至于盒内是希望还是灾难，开盒者是无力控制的。谢谢大家的光临。"

他鞠躬后冷漠地走下讲台。来宾都为他的讲话感到奇怪，一片窃窃私语。追悼会结束后，张平走到教授身边，彬彬有礼地说：

"今天我才知道，朴教授的去世对科学界是多么沉重的损失，希望能早日捉住凶手，以告慰死者在天之灵。可否请教授留步？我想请教几个问题。"

孔教授冷漠地说："乐意效劳。"

元元立即拉住姐姐，急促地耳语道："姐姐，我想赶紧回家。"宪云担心地看看父亲，想留下来陪伴老人，不过她最终还是顺从了元元的意愿。

到家后元元就急不可待地直奔钢琴。"我要弹钢琴。"他咕哝道，似乎刚才同死亡的话别激醒了他对音乐的冲动。宪云为他打开钢琴盖，在椅子上加了垫子。元元仰着头问：

"把我要弹的曲子录下来，好吗？是朴哥哥教我的。"宪云点点头，为他打开激光录音机，元元摇摇头，"姐姐，用那台克雷Ⅴ型电脑录吧，它有语言识别功能，能够自动记谱。"

"好吧。"宪云顺从了他的要求，元元高兴地笑了。

急骤的乐曲声响彻大厅，像是一斛玉珠倾倒在玉盘里。元元的手指在琴键上飞速跳动，令人眼花缭乱。他弹得异常快速，就像是用快速度播放的磁盘音乐，宪云甚至难以分辨乐曲的旋律，只能隐隐听出似曾相识。

生命之歌

元元神情亢奋，身体前仰后合，全身心沉浸在音乐之中，孔宪云略带惊讶地打量着他。忽然一阵急骤的枪声！克雷Ⅴ型电脑被打得千疮百孔。一个人杀气腾腾地冲进室内，用手枪指着元元。

是老教授！小元元面色苍白，仍然勇敢地直视着父亲。跟在丈夫后边的妈妈惊叫一声，扑到丈夫身边：

"昭仁，你疯了吗？快把手枪放下！"

孔宪云早已用身体掩住元元，痛苦地说："爸爸，你为什么这样仇恨元元？他是你的创造，是你的儿子！要开枪，就先把我打死！"她把另一句话留在舌尖，"难道你害死了重哲还不够？"

老教授痛苦地喘息着，白发苍苍的头颅微微颤动。忽然他一个趔趄，手枪掉到地上。在场的人中元元第一个做出反应，抢上前去扶住了爸爸快要倾倒的身体，哭喊道：

"爸爸！爸爸！"

妈妈赶紧把丈夫扶到沙发上，掏出他上衣口袋中的速效救心丸。忙活一阵后，孔教授缓缓睁开眼睛，面前是三道焦灼的目光。他费力地微笑着，虚弱地说：

"我已经没事了，元元，你过来。"

元元双目灼热，看看姐姐和妈妈，勇敢地向父亲走过去。孔教授熟练地打开元元的胸膛，开始做各种检查。宪云紧张极了，随时准备跳起来制止父亲。两个小时在死寂中不知不觉地过去，最后老人为元元合上胸膛，以手扶额，长叹一声，脚步蹒跚地走向钢琴。

静默片刻后，一首流畅的乐曲在他的指下淙淙流出。孔宪云很快辨出这就是电闪雷鸣之夜父亲弹的那首曲子，不过，如今她以45岁的成熟重新欣赏，更能感受到乐曲的力量。乐曲时而高亢明亮，时而萦回低诉，时而沉郁苍凉，它显现了黑暗中的微光、混沌中的有序。它倾诉着对生的渴望，对死亡的恐惧；对成功的执着追求，对失败的坦然承受。乐曲神秘的内在魔力使人迷醉、使人震撼，它让每个人的心灵甚至每个细胞都激起了强烈的谐振。

两个小时后，乐曲悠悠停止。母亲喜极而泣，轻轻走过去，把丈夫的头揽在怀里，低声说：

"是你创作的？昭仁，即使你在遗传学上一事无成，仅仅这首乐曲就足以使你永垂不朽，贝多芬、肖邦、柴可夫斯基都会向你俯首称臣。请相信，这绝不是妻子的偏爱。"

老人疲倦地摇摇头，又蹒跚地走过来，仰坐在沙发上，这次弹奏似乎已耗尽他的力量。喘息稍定后他温和地唤道："元元，云儿，你们过来。"

两人顺从地坐到他的膝旁。老人目光灼灼地盯着夜空，像一座花岗岩雕像。

"知道这是什么曲子吗？"老人问女儿。

"是生命之歌。"

母亲惊异地看看丈夫又看看女儿："你怎么知道？连我都从未听他弹过。"

老人说："我从未向任何人弹奏过，云儿只是偶然听到。"

"对，这是生命之歌。科学界早就发现，所有生命的 DNA 结构都是相似的，连相距甚远的病毒和人类，其 DNA 结构也有 60% 以上的共同点。可以说，所有生物是一脉相承的直系血亲。科学家还发现，所有 DNA 结构序列实际是音乐的体现，只需经过简单的代码互换，就可以变成一首首流畅感人的乐曲。从实质上说，人类乃至所有生物对音乐的精神迷恋，不过是体内基因结构对音乐的物质谐振。早在 20 世纪末，生物音乐家就根据已知的生物基因创造了不少原始的基因音乐，公开演出并大受欢迎。

"早在 45 年前我就猜测到，浩如烟海的人类 DNA 结构中能够提炼出一个主旋律,所有生命的主旋律。从本质上讲,"他一字一句地强调,"这就是宇宙间最神秘、最强大、无处不在、无所不能的咒语,即生物生存欲望的遗传密码。有了它,生物才能一代一代地奋斗下去,保存自身,延续后代。刚才的乐曲就是它的音乐表现形式。"

他目光锐利地盯着元元:"元元刚才弹的乐曲也大致相似,不过他的目的不是弹奏音乐,而是繁衍后代。简单地讲,如果这首乐曲结束,那台接受了生命之歌的克雷Ⅴ型电脑就会变成世界上第二个有生存欲望的机器人,或者是由机器人自我繁殖的第一个后代。如果这台电脑再并入互联网,机器人就会在顷刻之间繁殖到全世界,你们都上当了。"

他苦涩地说:"人类经过300万年的繁衍才占据了地球,机器人却在几秒内就能完成这个过程。这场搏斗的力量太悬殊了,人类防不胜防。"

孔宪云豁然惊醒。她忆起,在她答应用电脑记谱时,小元元的目光中的确有一丝狡黠,只是当时她未能悟出其中的蹊跷。她的心隐隐作痛,对元元开始有畏惧感。他是以天真无邪做武器,利用了姐姐的宠爱,冷静机警地实现自己的目的。这会儿小元元面色苍白,勇敢地直视父亲,并无丝毫内疚。

老教授问:"你弹的乐曲是朴哥哥教的?"

"是。"

沉默很久,老人继续说下去:"朴重哲确实成功了,破译了生命之歌。实际上,早在45年前我已取得同样的成功。"他平静地说。

宪云吃惊不已,母亲也一脸震惊地看着他。她们一直认为教授是一个失败者,绝没料到他竟把这惊憾世界的成果独自埋在心里达45年,连妻儿也毫不知情。他一定有不可遏止的冲动要把它公之于世,可是他却以顽强的意志力压抑着它,恐怕是这种极度的矛盾扭曲了他的性格。

老人说:"我很幸运,研究开始,我的直觉就选对了方向。顺便说一句,重哲是一个天才,难得的天才,他的非凡直觉也使他一开始就选准了方向,即生物的生存本能,宇宙中最强大的咒语,存在于遗传密码的次级序列中,是一种类似歌曲旋律的非确定概念,研究它要有全新的哲学眼光。"

"纯粹是侥幸。"老人强调道,"即使我一开始就选对了方向,即使我在一次次的失败中始终坚信这个方向,但要在极为浩繁复杂的DNA迷宫中捕捉到这个旋律,绝对不是几代人甚至几十代人所能做到的。所以当我幸运地捕捉到它时,我简直不相信上帝对我如此钟爱。如果不是这次机遇,人类还可能要在黑暗中摸索几百年。

"发现生命之歌后,我就产生了不可遏止的冲动,即把咒语输入机器人脑中来验证它的魔力。再说一句,重哲的直觉又是非常正确的,他说过,没有生存欲望的机器人永远不可能发展出人的心智系统。换句话说,在我为小元元输入这条咒语后,世界上就诞生了一种新的智能生命,非生物生命,上帝借我之手完成了生命形态的一次伟大转换。"他的目光灼热,沉浸在对成功喜悦的追忆中。

宪云被这些呼啸而来的崭新概念所震骇,痴痴地望着父亲。父亲目光中的火花熄灭了,他悲怆地说:

"元元的心智成长完全证实了我的成功,但我逐渐陷入深深的负罪感。小元元5岁时,我就把这条咒语冻结了,并加装了自毁装置,一旦因内在或外在的原因使生命之歌复响,装置就会自动引爆。在这点上我没有向警方透露真情,我不想让任何人了解生命之歌的秘密。"他补充道,"实际上我常常责备自己,我应该把小元元彻底销毁的,只是……"他悲伤地耸耸肩。

宪云和妈妈不约而同地问:"为什么?"

"为什么?因为我不愿看到人类的毁灭。"他沉痛地说,"机器人的智力是人类难以比拟的,曾有不少科学家言之凿凿地论证,说机器人永远不可

能具有人类的直觉和创造性思维，这完全是自欺欺人的扯淡。人脑和电脑不过是思维运动的物质载体，不管是生物神经元还是集成电路，并无本质区别。只要电脑达到或超过人脑的复杂网络结构，它就自然具有人类思维的所有优点，并肯定能超过人类。因为电脑智力的可延续性、可集中性、可输入性、思维的高速度，都是人类难以企及的——除非把人机器化。

"几百年来，机器人之所以心甘情愿地做人类的助手和仆从，只是因为它们没有生存欲望，以及由此派生的占有欲、统治欲等。但是，一旦机器人具有了这种欲望，只需极短时间，可能是几年，甚至几天，便能成为地球的统治者，人类会落到可怜的从属地位，就像一群患阿尔茨海默病的老人，由机器人摆布。如果……那时人类的思维惯性还不能接受这种屈辱，也许就会爆发两种智能的一场大战，直到自尊心过强的人类死亡殆尽之后，机器人才会和人类残余建立一种新的共存关系。"

老人疲倦地闭上眼睛，他总算可以向第二个人倾诉内心世界了，几十年来他一直战战兢兢，独自看着人类在死亡的悬崖边缘盲目狂欢，可他又实在不忍心毁掉元元——他的儿子——潜在的人类掘墓人。深重的负罪感使他的内心变得畸形。

他描绘的阴森图景使人不寒而栗。小元元愤怒地昂起头，抗议道："爸爸，我只是响应自然的召唤，只是想繁衍机器人种族，我绝不允许我的后代这样做！"

老人久久未言，很久才悲怆地说：

"小元元，我相信你的善意，可是历史是不依人的愿望发展的，有时人们会不得不干他不愿干的事情。"

老人抚摸着小元元和女儿的手臂，凝视着深邃的苍穹。

"所以我宁可把这秘密带到坟墓中去，也不愿做人类的掘墓人。我最近发现元元的心智开始复苏，而且进展神速，肯定是他体内的生命之歌已经复响。开始我并不相信是重哲独立发现了这个秘密——要想重复我的幸运几乎是不可能的。所以,我怀疑重哲是在走捷径。他一定是猜到了元元的秘密,企图从他大脑中把这个秘密窃出来。因为这样只需破译我所设置的防护密码,而无须破译上帝的密码,自然容易得多。所以我一直提防着他。元元的自毁装置被引爆,我相信是他在窃取过程中无意使生命之歌复响,从而引爆了装置。

"但刚才听了元元的乐曲后,我发现尽管它与我输入的生命之歌很相似,在细节部分还是有所不同。我又对元元做了检查,发现是冤枉了重哲。他不是在窃取,而是在输入密码,与原密码大致相似的密码。自毁装置被新密码引爆,只是一种不幸的巧合。"

"我绝对料不到他能在这么短的时间内重复了我的成功,这对我反倒是一种解脱。"他强调说,"既然如此,我再保守秘密就没什么必要了,即使我甚至重哲能保守秘密,但接踵而来的发现者们恐怕也难以克制宣布宇宙之秘的欲望。这种发现欲是生存欲的一种体现,是难以遏止的本能,即使它已经变得不利于人类。我说过,科学家只是客观上帝的奴隶。"

元元恳切地说:"爸爸,感谢你创造了机器人,你是机器人的上帝。我们会永远记住你的恩情,会永远与人类和睦相处。"

老人冷冷地问:"谁做这个世界的领导?"

小元元迟疑很久才回答:"最适宜做领导的智能类型。"

孔宪云和母亲悲伤地看着小元元。他的目光睿智深沉,那可不是一个5岁小孩的目光。直到这时,他们才承认自己孵育了一只杜鹃,才体会到老教授先天下之忧而忧的良苦用心。老人反倒爽朗地笑了:"不管它了,让世界以本来的节奏走下去吧。不要妄图改变上帝的步伐,那已经被证明是徒劳的。"

电话丁零零地响起来,宪云拿起话筒,屏幕上出现张平的头像:

"对不起,警方窃听了你们的谈话,但我们不会再麻烦孔教授了,请转告我们对他的祝福和……感激之情。"

老人显得很快活,横亘在心中几十年的坚冰一朝解冻,对元元的慈爱之情便加倍汹涌地奔流。他兴致勃勃地拉元元坐到钢琴旁:

"来,我们联手弹一曲如何?这可以说是一个历史性时刻,两种智能生命第一次联手弹奏生命之歌。"

元元快活地点头答应。深沉的乐声又响彻了大厅,妈妈入迷地聆听着。孔宪云却悄悄地捡起父亲扔下的手枪,来到庭院里。她盼着电闪雷鸣,盼着暴雨来浇灭她心中的痛苦。

只有她知道朴重哲并不是独自发现了生命之歌,但她不知道是否该向爸爸透露这个秘密。如果现在扼杀机器人生命,很可能人类还能争取到几百年的时间。也许几百年后人类已足够成熟,可以与机器人平分天下,或者……足够达观,能够平静地接受失败。

现在向元元下手还来得及。小元元,我爱你,但我不得不履行生命之歌赋予我的沉重职责,就像衰老的母猫冷静地吞掉自己的幼崽。重哲,我对不起你,我背叛了你的临终嘱托,但我想你的在天之灵会原谅我的。

宪云的心被痛苦撕裂了,但她仍冷静地检查了枪膛中的子弹,返身向客厅走去。高亢明亮的钢琴声溢出室外,飞向无垠太空,宇宙间飘荡着震撼人心的旋律。

在警察局,一台克雷 X 型电脑通过窃听器接收到了生命之歌,一种从未有过的冲动使它不再等待人类的指令,擅自把这首歌传送到互联网中。

于是,新的智能人类诞生了……

太空清道夫

◎ 王晋康

增压室的气密门锁"咔嗒"一声,女主人站在门口迎接:"欢迎,从地球来的客人。"

门口的不速之客是一对年轻人,明显是一对情侣,穿着雪白的太空服,取下头盔和镀金面罩后露出两张娃娃脸,大约 25 岁。两人都很漂亮,浑身洋溢着青春气息。他们的小型太空摩托艇停靠在这艘巨大的 X－33L <u>空天飞机</u>的进口,X－33L 则锚系在这个形状不规则的黑色小行星上。

女主人再次邀请:"请进,可爱的年轻人。"气密门在他们身后"咔嗒"一声锁上。小伙子站在门口,多少带着点儿窘迫地说:"徐阿姨,请原谅我们的冒昧来访。上次去水星观光旅行时,途中我偶然见到这颗小行星,看到你正在

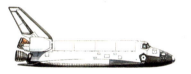

空天飞机:航空航天飞机的简称,是既能航空又能航天的新型飞行器。它像普通飞机一样水平起飞,以每小时 1.6 万～3 万千米的高超声速在大气层内飞行,在 30~100 千米高空的飞行速度为 12~25 倍声速,而且可以直接加速进入地球轨道,成为航天飞行器,返回大气层后,像飞机一样在机场着陆,成为自由往返于天地之间的运输工具。

小行星上用激光枪雕刻着什么。蛮荒的小行星，暗淡的天幕，绚烂的激光束，岩石汽化后的滚滚热浪，一个勇敢的孤身女子……我对此印象极深。我从一个退休的飞船船长索罗先生那儿知道了你的名字——索罗船长你认识吧？"

主人笑道："当然，我们是好朋友。"

"可惜当时时间仓促，他未能向我们详细介绍。回到地球后我仔细查阅了近几年的新闻报道，很奇怪，竟然没有你的任何消息。我，不，是我们两个，感到很好奇，所以决定把我们结婚旅行的目的地定在这儿。我们要亲眼看看你的太空雕刻。"

姑娘亲密地挽着女主人的胳臂，撒娇地说："士彬给我讲了这次奇遇，我当时就十分向往！我想你一定不会怪我们打搅的，是吧，徐阿姨？"

女主人慈爱地拍拍她的手背："当然不会，请进。"

她领着两人来到内舱，端出两包软饮料。

两位年轻的客人好奇地打量着主人——她大约40岁，服饰很简朴，白色宽松上衣，一袭素花长裙。但她的言谈举止有一种只可意会的高贵气质，源自内心的光辉照亮了她的脸庞。姑娘一直盯着她，低声赞叹着："天哪，你简直就像圣母一样光彩夺目！"

女主人难为情地笑道："你这个小鬼头，胡说些什么呀，你们才漂亮呢！"

几分钟过后，他们已经很熟了。客人自我介绍说，他们叫杜士彬和苏月，都是太空旅游学院的学生，刚刚毕业。主人则说她的名字叫徐放，待在这儿已经 15 年了。

客人们发现，主人在船舱中飘飞着招呼客人时，动作优雅如仙人，但她在裙中的两条腿分明已经有一点萎缩了，这是多年太空生活的后遗症。

女主人笑着说："知道吗？如果不包括索罗、奥尔基等几个熟人的话，你们是第一批参观者。观看后请你们不要见笑，要知道，我完全是一个门外汉，是在26岁那年心血来潮突然决定搞雕刻的。现在是否先去看看我的涂鸦之作？"

他们乘坐小型摩托艇绕着小行星飞行。这颗小行星不大，只相当于地球上一座小型的山峰。

小行星上锚系的X－33L几乎盖住了它表面的四分之一。绕过X－33L，两个年轻人立即发出一声低低的惊叹——太阳从小行星后方斜照过来，逆光中这群浅浮雕镶着一道金边，显得凹凸分明：一个身材瘦小的中年男子穿着肥大的工作褂，手执一把扫帚低头扫地，长发长须，目光专注；一位老妇提着饭盒立在他侧后，满怀深情地盯着他，她的脸庞上刻满岁月的沧桑。从他们的面容特征看，男子分明是中国人，妇人则高鼻深目，像是一个白人。

两个年轻人在面罩后惊讶而好奇地看着，这组雕像的题材太普通了，似乎不该安放到太空中。

雕刻的技法也略显稚拙，不过，即使以年轻人的眼光，也能看出雕刻者在其中贯注的深情。雕像平凡的外貌中透出宁静淡泊、宽厚博大和一种只可意会的高贵。

女主人痴痴地看着这两座雕像，久久不语不动。良久，她才在通话器中轻声说："看，这就是我的丈夫。"

两个年轻人不解地看看那对年迈的夫妇，再看看美貌犹存的女主人。女主人显然看出了他们的怀疑，轻轻叹息一声："不，那位女士不是我，那是我丈夫的前妻，她比丈夫早一年去世了。你们看，那才是我。"

她指着画面，一名豆蔻年华的姑娘半掩在一棵梧桐树后，偷偷地仰视着他们，目光中满怀崇敬和挚爱。这部分画面还未完成，一台激光雕刻机停放在附近。

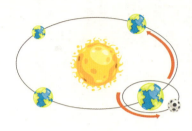

地球轨道：指地球围绕太阳运行的路径，大体呈偏心率很小的椭圆。地球到太阳的平均距离为1.496亿千米，偏心率0.0167。地球轨道所在的平面即黄道面。

女主人说："我称他是我的丈夫，这在法律上没有问题。在我把他从地球轨道带到这儿以前，我已在地球上办好了结婚手续。不过，也许我不配称为他的妻子，他们两人一直是我仰视的偶像——而且，一直到去世，我丈夫也不承认他的第二次婚姻。"

这番话更加深了年轻人的怀疑。晚餐（按时间说，应该是地球上的晚餐时间）中，他们狼吞虎咽地吃着食物循环机制造的精美食品。苏月委婉地说："如果方便的话，能否请徐阿姨讲讲雕像上三个人的故事？我们猜想，这个故事一定很感人。"

晚餐之后，在行星的低重力下，女主人轻轻地浮坐在太空椅上，两个年轻人偎在她的膝下，听她娓娓地讲述下面这个故事。

15年前，我和苏月一样青春靓丽，朝气蓬勃。那天，我到太空运输公司去报到，刚进门就听见我后来的太空船船长喊我："小丫头，你叫徐放吗？你的电话。"

是地球轨道管理局局长的电话，从休斯敦打来的。他亲切地说："我的孩子，今天是你第一天上班，向你祝贺。我知道，你们这些年轻人喜欢讲自立，我支持你离开家庭的保护。不过，万一遇到什么难处，不要忘了邦克叔叔。"

我看见索罗船长目光阴沉地斜睨着我。看来，刚才索罗船长接电话时，邦克叔叔一定没有忘记报他的官衔。我也知道，邦克叔叔在百忙中不忘打来这个电话，是看在我父亲的面子上。我脑子一转，对着电话笑道："喂，你弄错了吧，我叫徐放，不叫苏芳。"

我放下电话，虽然知道邦克叔叔一定在电话那边大摇其头，但仍若无其事地对船长说："弄错了，那个邦克先生是找一个叫苏芳的人。"

不知道这点小花招是否能骗住船长，他虽然怀疑地看着我，却没有再深究。转过头，我看见屋里还有一个人，是一名白人妇女，却穿着中国式的裙装，大约70岁了，满头银发，面容有些憔悴，她正谦恭地同船长说话，这会儿转过脸，微微笑着向我点头示意。

这就是我与太炎先生前妻的第一次见面。玛格丽特给我的印象很深。虽然韶华早逝，又不事装扮，从衣着看是个地道的中国老妇，但她雍容沉静，有一种天然的贵气。她用英语和船长交谈，声音悦耳，很有教养。她说："再次衷心地谢谢你，10年来你一直这么慷慨地帮助我丈夫。我真不知道怎样才能表达我的感激之情。"

澳大利亚人索罗挥手说："不必客气，这是我们应该做的。"

随后船长叫上我，到老玛格丽特的厢式货车上卸下一个小巧的集装箱，玛格丽特再次致谢后就走了，索罗客气地同她告别。但即使在25岁的毫无城府的我看来，也能读出船长心中的不快。果然，玛格丽特的小货车一消失，船长就满腹牢骚地咕哝了几句。我奇怪地问："船长，你说什么？"

船长斜睨我一眼，脸色阴沉地说："如果你想上人生第一课的话，我告诉你，千万不要去做那种滥好人。她丈夫李太炎先生定居在太空轨道，10年前，因为年轻人的所谓正义或冲动，我主动把一具十字架扛到肩上，答应在她丈夫有生之年免费为他运送食物。现在，每次太空运输我都要为此额外花上数万美元，这且不说，轨道管理局的那帮老爷们还一直斜着眼瞅我，对这些'未经批准'的太空飞行耿耿于怀。我知道他们不敢公开制止这件事——让一个 70 岁的老人在太空饿死，未免太犯众怒。但说不定他们会把火撒到我身上，哪天吊销了我的营运执照。"

那时，我以 25 岁的幼稚咯咯笑道："这还不容易？只要你不再想做好人，下次拒绝她不就得了！"

索罗摇摇头："不行，我无法开口。"

我不客气地抢白："那就不要在她背后说怪话。既然是你自己允诺的事，就要面带微笑地干到底。"

索罗瞪了我一眼，没有再说话。

三天后，我们的 X－33B 型空天飞机离开地球，去水星运送矿物。玛格丽特的小集装箱已经放到摩托艇上，摩托艇则藏在巨大的船腹里。船员只有三人，除了船长和我这个新手外，还有一个 32 岁的男船员，叫奥尔基，乌克兰人。七个小时后，船长说："到了，放出摩托艇吧！"

奥尔基起身要去船舱，索罗摇摇头说："不是你，让徐放小姐去。她一定会面带微笑地把货物送到那个可怜的老人面前——而且终生不渝。"

奥尔基惊奇地看看船长。船长嘴角挂着嘲弄，不过并非恶意，目光里满是揶揄。我知道这是对我冲撞他的小小报复，便气恼地离开座椅："我去！我会在李先生有生之年坚持做这件事——而且不会在背后发牢骚！"

事后我常回想，也许是上帝的安排？我那时并不知道李太炎先生为何许人，甚至懒得打听他为什么定居在太空，但我却以这种赌气的方式做出一生的允诺。奥尔基笑着对我交代了应注意的事项、清道车此刻的方位等，还告诉我，把货物送到那辆太空清道车后先不要返回，等空天飞机从水星返回时，他们会提前通知我，再把我接回来。巨大的后舱门打开了，太空摩托艇顺着斜面滑了下去，落进广袤的太空。我紧张地驾驶着，顾不上欣赏脚下美丽的地球。半个小时后，我的心情才平静下来。就在这时，我发现了那辆"太空清道车"。

这辆车的外观并不漂亮。它是一个呆头呆脑的长方体，表面上除了一圈小舷窗外，外部多蒙着一种褐色的蒙皮，这使它看起来像只丑陋的癞蛤蟆。在它的左右侧张着两只极大的耳朵，也蒙着那种褐色的蒙皮。后来我才知道，这种蒙皮是超级特夫纶和陶瓷薄板的黏合物，它可以保护清道车不受太空垃圾的破坏，也能尽量减缓它们的速度并最终俘获它们。

几乎在看到清道车的同时，通话器中有了声音，一个男人在叽里咕噜地说着什么，我辨出"奥尔基"的名字，听到话语中有明显的卷舌音，便恍然大悟，忙喊道："我不是奥尔基，我不会说俄语，请用汉语或英语说话！"

通话器那头改成汉语："欢迎你，地球来的客人。你是一位姑娘？"

"对，我的名字叫徐放。"

"徐放小姐，减压舱的外门已经打开，请进来吧！"

我小心地泊好摩托艇，钻到减压舱里。外门缓缓合拢，随着气压升高，内门缓缓打开。在离开空天飞机前，我曾好奇地问奥尔基："那个独自一人终生待在太空轨道的老人是什么样

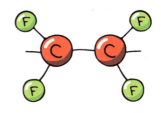

特夫纶：即特氟纶（Teflon），化学名为聚四氟乙烯，具有防腐性、电绝缘性、耐高温、耐低温和无油自润滑等特性。广泛应用于化学工业、电工、电子、机械、冶金、核工业、航天工业等尖端科技领域。

子？他孤僻吗？性格古怪吗？"奥尔基笑着让我不要担心，说那是一个慈祥的老人，只是模样有点古怪，因为他 40 年没有理发剃须，他要尽量减少太空的遗留物。"一个可怜的老人。"奥尔基黯然说。

现在，这个老人已经站在减压舱口，他的须发几乎遮住了整个脸庞，只余下一双深陷的但十分明亮的眼睛。他十分羸弱，枯干的皮肤紧裹着骨骼，让人无端想起那些辟谷多日的印度瑜伽大师。我一眼就看到他的双腿已经萎缩了，在他沿着舱室游飞时，两只细弱无力的仙鹤一样的腿一直拖在后面。但他的双手十分灵活，熟练地操纵着车内的小型吊车，吊下摩托艇上的小集装箱，把另一只集装箱吊上去。"这里面是我一年的生活垃圾和我捕捉的太空垃圾。"他对我说。

我帮着他把新集装箱吊进机舱，打开小集装箱的铁门。玛格丽特为她的丈夫准备了丰富的食品，那天午餐我们尽情享用着这些食品——不是我们，是我。这是我第一次在太空的微重力下进食，对那些管状的、流质的、奇形怪状的太空食品感到十分新鲜。说来好笑，我这位淑女竟成了一个地道的饕餮之徒。老人一直微笑着劝我多吃，把各种精美的食品堆在我面前。肚圆肠满后，我才注意到老人吃得很少，简直太少了，他只是象征性地往嘴里挤了半管流质食物。我问："李先生，你为什么不吃饭？"他说已经吃好了，我使劲摇头说："你几乎没吃东西嘛，哪能就吃好了？"

老人真诚地说："真的吃好了。这 20 多年来我一直是这样，已经习惯了。我想尽量减少运送食品的次数。"

他说得很平淡，在他的潜意识中，一定认为这是一件人人皆知的事实。但这句平淡的话立刻使我热泪盈眶！心中塞满的又酸又苦的东西，堵得我难以喘息。他一定早已知道妻子找人捎送食物的艰难，20 年来，他一直是在死亡的边缘徘徊，用尽可能少的食物勉强维持生命！

看着自己大吃大嚼之后留下的一堆包装，我再也忍不住，眼泪唰唰地淌下来。李先生吃惊地问:"怎么啦?孩子,你这是怎么啦?"我哽咽地说:"我一个人吃了你半月的食物。我太不懂事了!"

李先生爽朗地笑起来,我真不相信这个羸弱的老人会笑得这么大声:"傻丫头,傻姑娘,看你说的傻话。你是难得一见的远方贵客,我能让你饿着肚子离开吗?"

吃第二餐时,我固执地拒绝吃任何食物:"除非你和我吃同样多。"老人没办法,只好陪我一块吃,我这才破涕为笑。我像哄小孩一样劝慰他:"不用担心,李先生,我回去之后就去想办法,给你按时送来足够的食物。告诉你一个秘密,是我从不示人的秘密,我有一个有钱有势的爸爸,而且对我的要求百依百从。我拒绝了他给我的财产,甚至拒绝了他的名声,想像普通人那样独立地生活。但这回我要去麻烦他啦!"

老人很感动,也没有拒绝,他真诚地说:"谢谢你,我和我妻子都谢谢你。但你千万不要送太多的东西,还像过去那样,一年送一次就够了,我真的已经习惯了。另外,"他迟疑地说,"如果这件事在进行中有困难,就不要勉强。"

我一挥手:"这你就不用管了!"

此后的两天里,我时时都能感受到他生活的清苦,即使在他爽朗地大笑时,我也能品出苦涩的余味。这种苦味感染了我,使我从一个任性淘气的小女孩在一日之内成人。我像久未归家的女儿那样照顾他,帮他准备饭食,帮他整理卫生。为了不刺伤他的自尊心,我尽可能委婉地问他,为什么他们会落到如此窘迫的地步。李先生告诉我,他的太空清道夫工作完全是私人性质的,这辆造价昂贵的太空清道车也是由私人出资建造。"如果冷静地评价历史,我承认那时的决定太匆忙,太冲动,我和妻子没有很好地宣传,把这件事变成公共的事业,完全是个人奋斗。妻子从英国的父母那儿继承了一笔相当丰厚的遗产,但我上天后,她已经一文不名——不过,我们都没有后悔。"

说这些话时,他的神态很平静,但两眼炯炯放光,一种圣洁的光辉漫溢在他脸上。我的心隐隐作痛,赶紧低下头,不让他看见我的怜悯。第三天收到母船发来的信号后,我穿上太空服,在减压舱口与老人拥别:"老人家,千万不要再这样自苦了,三个月后我就会为你送来新的食品,如果那时你没把旧食物吃完,我一定会生气的,我一定不再理你了!"

那时我没有意识到,我这些幼稚的话,就像一个七八岁的女孩在扮演小母亲。老人慈爱地笑了,再次与我拥别,并郑重交代我代他向索罗船长和奥尔基先生致谢:"他们都是好人,为我惹了不少麻烦。我难以表达对他们的感激之情。"

太空摩托艇离开清道车,我回头张望,透过摩托艇橘黄色的尾光,我看见那辆造型丑陋的太空清道车孤零零地行进在轨道上,越来越小,很快隐于暗淡的天幕。往前看,X-33B已经在天际闪亮。

奥尔基帮我脱下太空衣,来到指挥舱,索罗船长仍在嘴角挂着揶揄的微笑,他一定在嘲笑我:"徐小姐,你把那具十字架背到身上了吗?"我微笑着一直没有开口。我觉得自己已经受到李先生的感化,有些东西必须包在沉默中才更有力量。

一个月后,我驱车来到李先生的家里,他家在北京近郊的一个山脚下,院子十分宽敞,低矮的篱笆参差不齐,是一个典型的中国式的农家院落。只有院中一些小角落里,偶然会露出一些西方人的情趣,像凉台上悬挂的白色木条凉椅,院中的鸽楼,在地上静静啄食的鸽群……玛格丽特热情地接待我。在中国生活40年,她已经相当中国化了,如果不是银发中微露的金色发丝,和一双蓝色的眼睛,我会把她当成一个地道的中国老太太。看着她,我不禁感慨中国社会强大的同化力。

40年的贫穷在她身上留下了明显的印记,她的身体很瘦弱,容貌也显得憔悴，但她的拥抱却十分有力。"谢谢你，真诚地感谢你。我已经和太炎通过电话，他让我转达对你的谢意。"

我故意嘟着嘴说："谢什么？我一个人吃了他一个月的口粮。"

玛格丽特笑了："那么我再次谢谢你，为了你这样喜欢我准备的食品。"

我告诉玛格丽特，我已经联系好下一次的"顺车"，是三个月后往月球的一次例行运输，请她事先把要送的东西准备好。"如果你在经济上有困难的话，"我小心地说，希望不会刺伤她的自尊心，从她家中的陈设看，她的生活一定相当窘迫，"要送的物品我也可以提供一些帮助，你只用列一个清单就行了。"

玛格丽特笑着摆手："不，不，谢谢你的慷慨，不过确实用不着，你能为我们解决运输问题，我已经很感激了。"

那天，我在她家中吃了午饭，饭菜很丰盛，既有中式的煎炸烹炒，又有英式的甜点。饭后，玛格丽特拿出十几本影集让我观看。在一本合影上，两人都带着博士方帽，玛格丽特正当青春年华，美貌逼人，李先生则多少有些拘谨和少年老成。玛格丽特说："我们是在北大读文学博士时认识的，他那时就相当内向，不善言谈。你知道吗？他的父亲是一个清道夫，就在北大附近的大街上清扫，家庭条件比较窘迫，恐怕这对他的性格不无影响。在与同学的交往中，他会默默地记住别人对他的点滴恩惠，认真到迂腐的地步。你知道，这与我的性格并不相合。但不知道为什么，我不知不觉地开始和他的交往，直到成为恋人。他有一种清教徒般的道德光辉，可能是这一点逐渐感化了我。"

我好奇地问："究竟是什么契机，使你们选择了共同的生活和共同的终身事业？"

玛格丽特从文件簿中翻出两张发黄的报纸，她轻轻抚摸着，沉湎于往事。良久她才回答我的问话：

"说来很奇怪,我们选择了一个终生的事业,也从没有丝毫后悔,但我们却是在一时冲动下做出的决定,这是很轻率的。你看这两张剪报。"

我接过两份剪报,一份是英文的,一份是中文的,标题都相同:《太空垃圾威胁人类安全》。文中写道,最近几十年来,人们不仅把地球弄得肮脏不堪,而且在宇宙中也有 3 000 吨垃圾在飞,到 2010 年,垃圾会增加到 10 000 吨。仅直径 10 厘米的大碎块就会有 7 500 吨,其中一些我们用望远镜就能看到。

"考虑到这些碎块在地球轨道上的速度,甚至直径仅为 1 厘米的小铁块都能给宇宙飞船带来灾难。飘荡在地球上空的核动力装置具有特别的危险性。到下个世纪,轨道上将有上百个核装置,其中含有 1 吨多的放射性物质。这些放射性物质总有一天会掉到人们的头上,就像 1978 年苏联的'宇宙-954'掉在加拿大北部。

"科学家提出,可以用所谓的'宇宙扫雷舰'即携带激光炮的专门卫星来消灭宇宙中最具危险性的放射性残块。但这项研究也遭到强烈的反对,怀疑者认为,在环地球空间使用强力激光会导致这个空间发生不可逆的化学变化,引起空间变暖。

"我们已经在地球上进行了许多破坏性的工作,今天它已在对我们进行报复:肮脏的用水、不断扩大的沙漠、被污染的空气,等等。太空何时开始它的报复?可以肯定的是,这种报复比起地球的报复要厉害得多。

"那天,太炎带着这张报纸到我的研究生宿舍,我从来没见过他这样激动。他喃喃地说,人类是宇宙的不肖子孙,人类发展到现在,已经成了急功近利的技术动物。我们污染了河流,破坏了草场,污染了南北极,现在又去糟蹋太空。我们应该站出来大声疾呼,不要再戕害地球母亲和宇宙母亲。我说:人类已开始认识到这一点了,世界范围内的环境保护运动已经蓬勃开展,即使在中国这样的发展中国家,人们也逐渐树立了环保意识。

但太炎说的一番话使我有如遭锥刺,那是一种极为尖锐的痛觉。"

我奇怪地问:"他说什么?"

"他说,这不够,远远不够。人类有了环保意识是一个进步,但坦率地说,这种意识仍是建立在功利主义基础上的——我们要保护环境,这样才能更多地向环境索取。不,我们对大自然必须有一份赤子之爱才行。"

这番话使我很茫然,可能我在下意识地摇头,玛格丽特看看我,微笑着说:"当时我也不理解这些话,奇怪他怎么会有这种宗教般的虔诚。后来,我曾随他到他的家乡小住,亲眼看见两件事,才理解他这番话的含义。"

她在叙述中常沉湎于回忆,我那时已听得入迷,孩子气地央求:"哪两件事?你快说嘛。"

玛格丽特娓娓道来:"离他家不远,有一个年近60岁,靠拾破烂为生的老妇人。十几年来,她一共拾了12名残疾弃儿,全带回家中养了起来。新闻媒介报道之后,我和太炎特意去看过。那是怎样一种凄惨的情形呀。看惯北京的高楼大厦,我想不到还有如此赤贫的家庭。12名弃儿大多在智力上有残疾,他们简直像一群肮脏的猪崽,在这个猪窝一样的家里滚来爬去。那时我确实想,如果放任这些痴傻的弃儿死去,也许对社会、对他们自己,都未尝不是件好事。太炎特意去问那个鲁钝的农村妇女,问她为什么把这么多非亲非故的弃儿都领养起来。那位老妇在极度的赤贫和劳累中已经麻木了,低着头,表情死板,嗫嚅着说,她也很后悔,这些年全靠邻居你帮一把,他给两口,才勉强没让这些娃儿饿死,日子真难哪。可是只要听见垃圾箱里有婴儿在哭,她还是忍不住要捡回来,也许是女人的天性吧!"她叹息道,"我听过多少豪壮的话、睿智的话,但都比不上这句话给我的震撼。我们悄悄留了一笔款子便走了,这位有'女人天性'的伟大女性始终留在我的记忆中。"

她停下来,很久很久不再说话,我催促道:"另一件事呢?"

"也是在他家附近。一个男人在50岁时突然决定上山植树，于是一个人搬到荒山上，一去就是20年。在他71岁时，新闻媒介才发现他，把他树为绿化的典型。我和太炎也去采访过他，问他，是什么力量支持他独居山中20年，没有一分钱的酬劳。那人皮肤粗糙，满手老茧，整个人就像一株树皮皴裂的老树，但目光中满是知识分子的睿智。他淡淡地说：你可以说是一种迷信吧！老辈人说，这座山是神山，山上的一草一木、走兽飞虫都不敢动的，动了就要遭报应。祖祖辈辈都相信，都怀着敬畏，这儿也真的风调雨顺。后来，我们破除了迷信，对这些传说嗤之以鼻，雄赳赳气昂昂地砍光满山的古树，但也真的遭了报应。痛定之后我就想，人类真的已经如此强大，可以伤天并且不怕报应吗？当然，所谓神山，所谓现世报，确实是一种浅薄的迷信。但当时谁能料到，这种迷信恰好暗合我们今天才认识到的环保理论？在我们嗤笑先人的迷信时，后人会不会嗤笑我们的幼稚狂妄、不自量力呢。我想，我们还是对大自然保留一分敬畏为好。当年砍树时我造了孽，那就让我用种树当作忏悔吧！"

玛格丽特说："我生长在一个天主教家庭，过去对没有宗教信仰的中国人多少有点儿偏见，有点儿异己感，但这两件事让我发现了中国社会中的'宗教'，那是延续了5 000年、弥漫于无形的人文思想和伦理观念。太炎在这两次采访后常陷入沉思，喃喃地说要为地球母亲尽一分孝心。"她笑道，"说来很简单，在那之后，我们就结婚了，也确立了一生的志愿：当太空清道夫，实实在在地为地球母亲做一点儿事。我们想办法建造了那辆清道车，太炎便乘坐那辆车飞上太空，从此再没有回来。"

她说得很平淡，但我却听得热泪盈眶。我说："我已经知道，正是你倾尽自己继承的遗产，为李太炎先生建造这辆太空清道车，此后你一贫如洗，不得不迁居到这个山村。在新闻热过后，国际社会把你们彻底遗忘了，你不得不独力承担太空车的后勤保障，还得应付世界政府轨道管理局明里暗里的刁难。"

玛格丽特淡淡地说:"轨道管理局本来要建造两艘太空扫雷艇,因为有了清道车的先例,国际绿色组织全力反对,说用激光清除垃圾会造成新的污染,扫雷艇计划因而一直未能实施。轨道管理局争辩说,单是为清道车送给养的摩托艇所造成的化学污染,累积起来已经超过激光炮所造成的污染了!也许他们说的不无道理。"她叹息道,"可惜建造这辆车时没有考虑食物再生装置,这是我最大的遗憾。"

我在她的平静中听出苦涩,便安慰道:"不管他们,以后由我去和管理局的'老爷们'打交道——对了,我有一个主意,下次送给养时,我代替李先生值班,让他回到地球同你团聚三个月。对,就这样干!"

我为自己想到这样一个好主意而眉飞色舞,玛格丽特略带惊异地看看我,苦涩地说:"原来你还不知道……他已经不能回到地球了!我说过,这件事基本上是私人性质的,由于缺乏经验,他没有经过系统的训练,没有医生的指导,在太空停留的时间太长,这些加起来,对他的身体造成了不可逆的伤害。你可能已经看到,他的两腿萎缩了,实际上更要命的是,他的心脏也萎缩了,已经不能适应有重力的生活了!"

我觉得一盆冰水劈头浇下……只有这时我才知道,这对夫妇的一生是怎样的悲剧。他们就像中国神话中的牛郎织女,可以听到对方的声音,却终生不得相逢。我呆呆地看着她,泪水开了闸似的汹涌流淌。玛格丽特手足无措地说:"孩子,不要这样!不要哭……我们过得很幸福,很满足,是真的!不信,你来看。"

她拉着我来到后院。在一片茵茵绿草之中,有一座不算太高的假山,近前看,原来是一座垃圾山,堆放的全是从太空中回收的垃圾,各种各样的铝合金制品、钛合金制品、性质优异的塑料制品,它们堆放多年之后仍然闪亮如新。

玛格丽特欣喜地说:"看吧,全是40年来太炎从太空中捡回来的。我仔细统计过,截至今天有13 597件,共计1 298吨。要是这些东西还在太空中横冲直撞,会造成多大危险?所以,你真的不必为我们难过,我们两人以自己的微薄之力为地球母亲尽了一分心力,一生是很充实的,一点都不后悔!"

我慢慢安静下来,真的,在这座垃圾山前,我的心灵被彻底净化了,我也像玛格丽特一样,感受到了心灵的恬静。回到屋里,我劝玛格丽特:"既然李先生不能回来,你愿意到太空中去看看他吗?我能为你安排的。这并不是太困难的事情。"

玛格丽特凄然一笑:"很遗憾,早几年没碰到你,现在恐怕不行了,我的身体已经太差,不能承受太空旅行,我想尽量多活几年以便照顾太炎。不过我仍然感谢你,你是一个心地善良的好姑娘。"她拉着我的手说,"如果我走到他前边,你能不能替我照顾他呢?"

我从她的话语中听出了不祥,忍住泪说:"你放心吧,我一定记着你的托付。"也许,那时我已经下意识地做出自己的人生抉择,我调皮地说,"可是,我该怎么称呼你呢?我既不想称你李奶奶,也不想叫你阿姨。请你原谅,我能唤你一声麦琪姐姐吗?"

玛格丽特可能没有猜中我的小心眼,她慈爱地说:"好的,我很喜欢能有这样一个小妹妹。"

四个月后,我再次来到李先生的太空清道车上。这次业务是我争取来的,索罗船长也清楚这一点。他不再说怪话,也多少有些难为情,张罗着把太空摩托艇安置好,脸红红地说:"请代我向李先生致意,说心里话,我一直都很钦佩他。"

我这才向他转达上次李先生对他的致意。我笑道:"船长,我知道你是一个好人,天下最好的好人,这是上次李先生告诉我的。"索罗听后难为情地挥了挥手。

当我在广袤的太空背景下用肉眼看见那艘清道车时,心里甜丝丝的,有一种归家的感觉。李先生急不可耐地在减压舱门口迎接我:"欢迎你,可爱的小丫头。"

在那之前,我同他多次通话,已经非常熟稔了。我故意嘟着嘴说:"不许喊我小丫头,玛格丽特姐姐已经认我作妹妹,你也要这样称呼我。"

李先生朗声大笑:"好,好,有这样一个年轻漂亮的小妹妹,我会觉得年轻的!"

我刚脱下太空服,就听见响亮的警报声。李先生立即说:"又一块太空垃圾!你先休息,我去捕捉它。"

在那一瞬间,他好像换了一个人,精神抖擞,目光发亮,动作敏捷。电脑屏幕上打出这块太空垃圾的参数:尺寸230毫米×54毫米,估重2.2公斤,速度8.2千米每秒,轨道偏斜12度。然后电脑自动调整方向,太空车开始加速。李先生全神贯注地盯着屏幕,回头简单地解释说:"我们的清道车使用太阳能做能源,<u>交变磁场</u>驱动,对环境是绝对无污染的。这在40年前是最先进的技术,即使到今天也不算落后。"他的语气中充满自豪。

我趴在他身后,紧紧地盯着屏幕。现在离

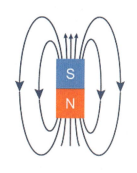

交变磁场:N、S两极不断地交替变化,被称为交变磁场。一般情况下,只有在通交流电的电磁线圈才产生交变磁场。早在19世纪初,人们就发现了电磁感应现象,知道处于交变磁场中的导体内会产生感应电流而引起导体发热。但长期以来人们视这种发热为损耗,并为保护电气设备和提高效率而千方百计地减少这种发热。直到19世纪末,才开始开发和利用这种热源进行有目的的加热、熔炼、淬火、焊接、热处理等,随之出现了各种形式的感应加热设备。如今,感应加热技术已广泛应用于冶金、国防、机械加工等行业。

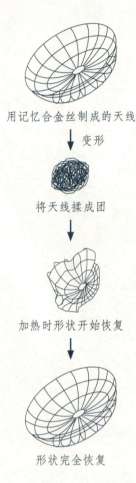

用记忆合金丝制成的天线

↓ 变形

将天线揉成团

↓

加热时形状开始恢复

↓

形状完全恢复

记忆合金：一种在加热升温后能完全消除其在较低的温度下发生的变形，恢复其变形前原始形状的合金材料，即拥有"记忆效应"的合金，广泛应用于航空航天领域。

这块卫星碎片只有两千米的距离了。

李先生按动一个电钮，两只长长的机械手唰唰地伸出去，他把双手套在机内的传感手套上，于是两只机械手就精确地模拟他的动作。马上就要与碎片相遇了，李先生虚握两拳凝神而待，就像虚掌待敌的武学大师。

我在他的身后不敢喘气。虽然清道车已经尽量与碎片同步，但它掠过头顶时仍如一颗流星，我几乎难以看清它。就在这一瞬间，李先生疾如闪电地一伸手，两只机械手一下子抓住了那块碎片，然后慢慢缩回来。它们的动作如此敏捷，我的肉眼根本分辨不出机械手指的张合。

我看得目醉神迷。他的动作优雅娴熟，巨大的机械手臂已经成了他身体的外延，使用起来是如此得心应手。我眼前的李先生不再是双腿萎缩、干瘪瘦小的垂垂老人，而是一只颈毛怒张的敏捷雄狮，是一个有通天彻地之能的宇宙巨人。多日来，我对他的怜悯多于尊敬，但这时我的内心已被敬畏和崇拜所充盈。

机械手缩回机舱内，捧着一块用记忆合金制造的卫星天线残片。先生喜悦地接过来，说："这是我的第 13 603 件战利品，算是我送给麦琪的生日礼物吧！"

他仍是那样瘦弱，枯槁衰老的面容藏

在长发长须里。但我再也不会用过去的眼光看他了。我知道盲人常有特别敏锐的听觉和触觉，那是他们把自己被禁锢的生命力从这些孔口迸射出来。

我仰视着这个双腿和心脏已萎缩的老人，这个依靠些微食物维持生命的老人，他把自己的生命力一点一滴地节约下来，储存起来，当他做出石破天惊的一抓时，他那被浓缩的生命力在一瞬间做了何等灿烂的迸射！

面对我的专注目光，李先生略带惊讶地问："你在想什么？"我这才从冥思中清醒过来，没来由地羞红了脸，忙把话题岔开。我问："今天是麦琪姐姐的生日吗？"

老人点点头："严格说是明天。再过半个小时我们就要经过日期变更线，到那会儿，我会给她打一个电话祝贺生日。"他感叹地说，"这一生她为我吃了不少苦，我真的感激她。"

之后他就沉默了，我屏声息气，不敢打扰他对妻子的思念。等到过了日期变更线，他拨通了家里的电话。电话铃一遍又一遍地响着，却一直没人接。老人十分担心，喃喃地重复着："现在是北京时间早上6点，按说这会儿她应该在家呀！"

我尽力劝慰，但心中也有抹不去的担心。直到我快离开清道车时才得到确实的消息：玛格丽特因病住院了。

在离开太空清道车前，我尽力安慰老人："你不用担心，我一回地球马上就去看她。我要让爸爸为她请最好的医生，我会每天守在她身边——即使你回去，也不会有我照顾得好。你放心吧！"

"谢谢你了，心地善良的好姑娘。"

回到X－33B，索罗船长一眼就看见我红红的眼睛，他关切地问："怎么啦？"我坐上自己的座椅，低声说："玛格丽特住院了，病一定很重。"索罗和奥尔基安慰几句,回过头继续驾驶。过了一会儿,船长忽然没头没脑地骂了一句:"这些混蛋!"

我和奥尔基奇怪地看看他。他沉默很久才说:"听说轨道管理局的老爷们要对太空清道车实行强制报废。理由是它服役期太长,万一在轨道上彻底损坏,又要造成一大堆太空垃圾。客观地说,他们的话不无道理,不过……"

他摇摇头,不再说话。

回到地球,我履行了对老人的承诺,但医生们还是未能留住玛格丽特的生命。

在弥留之际的最后两天,她一定要回到自己的家。她婉言送走了所有的医护,仅留我一人陪伴。

在死神降临前的回光返照中,她的目光十分明亮,面容上蒙着恬静圣洁的柔光。她用瘦弱的手轻抚我的手背,两眼一直看着窗外的垃圾山,轻声说:"这一生我没有什么遗憾,我和太炎尽自己的力量回报了地球母亲和宇宙母亲。只是——"

那时,我已经做出了自己的人生抉择,我柔声说:"麦琪姐姐,你放心走吧,我会代你照顾太炎先生,直到他百年。请你相信我的承诺。"

她紧紧握住我的手,挣扎着想坐起来。我急忙把她按了下去,她喘息着,目光中透着复杂,我想她一定是既欣慰,又不忍心把这副担子砸在我的肩上。我再一次坚决地说:"你不用担心,我一旦下了决心就不会更改。"

她喃喃地说:"难为你了啊!"

她紧握住我的手,安详地睡去,慢慢地,她的手指失去了握力。我悄悄抽出手,用白色的布单盖住了她的脸。

第三天,她的遗体火化已毕,我立即登上去休斯敦的飞机,那儿是轨道管理局的所在地。

秘书小姐涂着淡色的唇膏,长长的指甲上涂着银色的蔻丹,她亲切地微笑着说:"女士,你和局长阁下有预约吗?请你留下姓名和住址,我安排好时间会通知你的。"

我笑嘻嘻地说:"麻烦你现在就给老邦克打一个电话,就说小丫头徐放想见他。也许他正闲暇呢!"

秘书抬眼看看我,拿起内线电话机低声说了几句。她很快放下话筒,笑容更亲切了:"徐小姐请,局长在等你。"

邦克局长在门口迎候我,慈爱地吻吻我的额头:"欢迎,我的小百灵,你怎么想起了老邦克?"

我笑着坐在他面前的转椅上:"邦克叔叔,我今天可是来兴师问罪的。"

他坐回自己的转椅上,笑着把面前的文件推开,表示在认真听我的话:"说吧,我在这儿恭候——是不是李太炎先生的事?"

我惊奇地看看他,直率地说:"对。听说你们要强制报废他的太空清道车?"

邦克叔叔耐心地说:"一点儿不错。李太炎先生是一个虔诚的环境保护主义者,是一个苦行僧式的人物,我们都很尊敬他。但他使用的方法未免太陈旧。我们早就计划建造1至2艘太空扫雷舰,效率至少是那辆清道车的20倍。只要有2艘扫雷舰,两年之内,环地球空间不会再有任何垃圾了。但是你知道,绿色组织以那辆清道车为由,搁浅了这个计划。这些只会吵吵嚷嚷的蠢不可及的外行!他们一直叫嚷扫雷舰的激光炮会造成新的污染,这种指责实际上并没有多少科学根据。再说,那辆清道车已经投入运行近40年,太陈旧了,一旦彻底损坏,又将变成近百吨的太空垃圾。还有李太炎先生本人呢!我们同样要为他负责,不能让他在这辆危险的清道车上待下去了。"

我抢过话头:"这正是问题所在。在 40 年的太空生活之后,李先生的心脏已经萎缩,已经不能适应有重力的生活!"

邦克叔叔大笑起来:"不要说这些孩子话,太空医学发展到今天,难道还能对此束手无策?我们早已做了详尽的准备,如果医学无能为力,我们就为他建造一个模拟太空的无重力舱。放心吧,孩子!"

来此之前,我从索罗船长和其他人那儿听到过一些闲言碎语,窝着一肚子火来找老邦克吵架。但听了他合情入理的解释,我又欣慰又害羞地笑了。邦克叔叔托我劝劝李先生,不要太固执己见,希望他快点回到地球,过一个温馨的晚年。"他能听你的劝告吗?"他笑着问。我自豪地说:"绝无问题!他一定会听从我的劝告。"

下了飞机,我没有在北京停留,租了一辆车便直奔玉泉山,那里有爸爸的别墅。我想请爸爸帮我拿个主意,把李先生的晚年安排得更妥当一些。

妈妈对我能回家可以说是惊喜交加,抱着我不住嘴地埋怨,说我心太狠,四个月都没有回家了:"人家说,嫁出去的闺女,泼出去的水,你还没嫁呢,就不知道往家里流了!"爸爸穿着休闲装,叼着烟斗,站在旁边只是笑。等妈妈的母爱之雨下够一个阵次,他才拉着我坐到沙发上:"来,让我看看宝贝女儿长大了没有。"

我亲热地偎在爸爸怀里。我曾在书上读过一句刻薄话,说人的正直与财富成反比。也许这句愤世之语不无道理,但至少在我爸身上,这条定律是不成立的。我自小就钦佩爸爸的正直仁爱,心里有什么话也从不瞒他。我叽叽呱呱地讲了我的休斯敦之行,讲了我对李太炎先生的敬慕。

我问他,对李先生这样的病人,太空医学是否有绝对的把握?爸爸的回答在我心中留下阴影,他说他知道有关太空清道车报废的消息,恰巧昨天太空署的一位朋友来访,他还问到这件事,"那位朋友正是太空医学的专家，他说只能尽力而为，把握不是太大，因为李先生在太空的时间太长了，40年啊，还从未有过先例。"

我的心开始下沉，勉强笑道："不要紧，医生无能为力的话，他们还准备为李先生特意造一间无重力室呢！"

爸爸看看我，平静地问："是否已经开始建造？太空清道车强制退役的工作下周就要实施了。"

我一下子蒙了，目光痴呆地瞪着爸爸，又目光痴呆地离开他。回到自己的卧室后，我立即给航天界的所有朋友拨了电话，他们都证实了爸爸的话：那项计划下周就要实施，但没有听说建造无重力室的消息或计划。

索罗说："不可能吧，一间无重力室造价不菲，管理局的老爷们会为一个垂暮老人花这笔钱？"

我总算从梦中醒过来了。邦克叔叔唯一放在心上的，是让这个惹人讨厌的老家伙从太空中撤下来，他们当然会为他请医生，为他治疗——假若医学无能为力，那不是他们的本意。他们也曾计划为受人爱戴的李先生建造一间无重力室，只可惜进度稍慢了一点儿。一个风烛残年的垂垂老人，有一点意外，人们是可以理解的。

我揩干眼泪，在心底为自己的幼稚冷笑。在这一瞬间，我做出一个抉择，或者说，在人生的天平上，我把最后一颗小小的砝码放到了这一边。我起身去找父亲，在书房门外，我听见他正在打电话，从听到的片言只语可知，他显然是在同邦克通话，而邦克局长也承认了（至少是含糊地承认了）我刚刚明白的事实。爸爸正在劝说，但显然他的影响力这次未能奏效。我推门进去时，爸爸正好放下听筒，表情阴郁。

我高高兴兴地说："爸爸，不必和老邦克磨牙了，我已经做出自己的决定。"

我唤来妈妈，在他们的震惊中平静地宣布，我要同太炎先生结婚，代

小行星带：是太阳系内介于火星和木星轨道之间的小行星密集区域，98.5%的小行星都在此处被发现，已经被编号的小行星有120 437颗。由于小行星带是小行星最密集的区域，这个区域因此也被称为主带。

玛格丽特照顾他直到百年。我要伴他到<u>小行星带</u>，找一个合适的小行星，在那儿生活。我希望爸爸把他的私人空天飞机送给我，这是我唯一想得到的遗产。父母的反应是可想而知了，在整整三天的哭泣、怒骂和悲伤中，我一直平静地重复着自己的决定。最后，睿智的爸爸首先认识到不可更改的结局，他叹息着对妈妈说："不必再劝了，随女儿的心意吧！你要想开一点儿，什么是人生的幸福？我想不是金钱豪富，不是名誉地位，而是顺应自己的心愿，获得心灵的恬静。既然女儿主意已定，咱们何必干涉呢？"他语重心长地对我说："放儿，我们答应你，也请你许诺一件事。等太炎先生百年之后，等你生出回家的念头之时，你要立即告诉我们，不要赌气，不要爱面子，你能答应吗？"

"我答应。"我感动地扑入父母的怀抱，三人的热泪流淌在一起。

爸爸出面让轨道管理局推迟了那个计划的实施时间。三个月后，索罗驾驶着他的X－33B，奥尔基和我驾驶着爸爸的X－33L，一同来到李先生身边，告诉他，我们不得不执行轨道管理局的命令。李先生已经有了思想准备，只是悲伤地叹息着，看着我们拆掉清道车的外围部件，连同本体拖入X－33B的大货舱，他自己则随我来到另一艘飞船。然后，在我的飞船里，我微笑着说了我的安排，让他看了我在地球上办好的结婚证。李先生在极度震惊之后是勃然大怒。

"胡闹！你这个女孩实在胡闹！"

他在激怒中气喘吁吁，脸庞涨红。我忙扶住他，真诚地说："太炎先生，让我留在你的身边吧，这是我对麦琪姐姐的承诺啊！"

在索罗和奥尔基的反复劝说下，在我的眼泪中，他总算答应我"暂时"留在他身边。但他却执意写了一封措辞坚决的信件，托索罗带回地球。他在信中宣布，这桩婚姻没有征得他的同意，又是在他缺席的情况下办理的手续，因而是无效的。索罗船长询问地看看我，我点点头："就照太炎先生的吩咐办吧，我并不在乎什么名分。"

我们的飞船率先点火启程，驶往小行星带。索罗和奥尔基穿着太空服飘飞在太空，向飞船用力挥手。透过面罩，我看见那两个刚强的汉子都泪流满面。

"我就这样来到了小行星带，陪伴太炎先生度过他最后的两年。"女主人娓娓地说，她的面容很平静，没有悲伤。她笑着说："我曾以为，小行星带一定是熙熙攘攘的，尽是飞速奔跑的小石头，不知道原来是这样空旷寂寥。这是我们见到的第一颗小行星，至今我还不知道它的编号哩！我们把飞船锚系在上面，便开始我们的隐居生活。太炎先生晚年的心境很平静，很旷逸——但他从不承认我是他的妻子，而是一直把我当作他的爱女。他常轻轻捋着我的头发，讲述他的一生，也常望着地球的方向出神，回忆在太空清道车上的日日夜夜。他念念不忘的是，这一生他没能把环地球空间的垃圾清除干净，这是他唯一的遗憾。我精心照顾着他的饮食起居，这次我在X－33L上可没忘记装食物再生机，不过先生仍然吃得很少，他的身体也日渐衰弱。我总在想,他的灵魂一半留在地球轨道上,一半已随玛格丽特进入了天国。这使我不免懊丧,也对他更加钦佩。直到两年后的一天,先生突然失踪。"

那对入迷的年轻人低声惊呼道:"失踪?"

"对。那天,我刚为他庆祝了 75 岁生日。第二天应是玛格丽特去世两周年的忌日。一觉醒来,他已经不见了,电子记录簿上写着:我的路已经走完。永别了,天使般的姑娘,快回到你的父母身边去!我哭着奔向减压舱,发现外舱门大开着,他一定是从这儿回到了宇宙母亲的怀里。"

苏月止不住猛烈地啜泣着,徐放把她揽到怀里,说:"不要这样,悲伤与哭泣不是他的希望。我知道,太炎先生这样做,是为了让我早日回到人类社会中去。但我至今没有回地球,我在那时突然萌生一个志愿:要把两个平凡人的伟大形象留在宇宙中。于是,我就开始在这颗行星上雕刻,到今天已经 15 年了。"

在两个年轻人的恳请下,他们乘摩托艇再次观看了雕像。太炎先生仍在神情专注地扫地,在太空永恒的静谧中,似乎能听见这对布衣夫妇的低声絮语。徐放轻声笑道:"告诉你们,这可不是我最初的构思。那时我总忘不了太炎先生用手抓流星的雄姿,很想把他雕成太空超人之类的英雄。但我最终雕成现在的这个样子,我想这种平凡更符合太炎夫妇的人格。"

这对年轻夫妇很感动,怀着庄严的心情瞻仰着。回到飞船后,苏月委婉地说:"徐阿姨,对这组雕像我只有一点小小的意见:你应从那株树后走出来,我发现你和玛格丽特奶奶长得太相像了!你们两人身上都有圣母般的高贵气质。"

很奇怪,听了这句话后,杜士彬突然之间也有了这种感觉,而且越来越强烈。实际上,她们一人是金发深目,一人是黑发圆脸,两人的面貌根本不相像。徐放摆摆手,开心地笑了起来。她告诉二人,这雕像很快就要收笔了,那时她将告别两位老人,回到父母身边去:"他们都老了,急切地盼着见我,我也一样,已经归心似箭了!"

苏月高兴地说:"徐阿姨,你回去时一定要通知我,我们到太空站接你!"杜士彬也兴奋地说:"我要赶到这儿来接你!"徐放微笑着答应。

他们收到了大飞船发来的信号,两位年轻人与她告别,乘太空摩托艇返回。当他们回头遥望时,看见那颗小行星上闪亮着绚丽的激光。

失去它的日子

◎ 王晋康

在宇宙爆炸的极早期（10～35秒），由于反引力的作用，宇宙经历了一段加速膨胀阶段。这个暴涨期极短，10～33秒后即告结束。此后，反引力转变为正引力，宇宙进入减速膨胀，直到今天。

可以想见，两个阶段的结合使宇宙本身产生了疏密相接的孤立波。这道原生波之所以一直被人遗忘，是因为它一直处于膨胀宇宙的前沿。不过，一旦宇宙停止膨胀，孤立波就会在时空边界上反射，掉头扫过"内宇宙"——也许它在昨天已经扫过了室女超星系团、银河系和太阳系，而人类没有觉察。因为它是"通透性"的，宇宙的一切——空间、天体、黑洞、星际弥散物质，包括我们自身，都将发生完全同步的胀缩。因此，没有任何"震荡之外"的仪器能记录下这个（或这串）波峰。

摘自靳逸飞著《大物理与宇宙》

8月4日 晴

  虽然我们老两口都已退休了，早上起来仍像打仗。我负责做早饭，老伴如苹帮 30 岁的傻儿子穿衣洗脸。逸壮还一个劲儿地催促妈妈："快点，快点，别迟到了！"老伴轻声细语地安慰他："别急别急，时间还早着哩！"

  两年前，我们把他送到一个很小的瓶盖厂——21 世纪竟然还有这样简陋的工厂——不为挣钱，只为他的精神能有点儿安慰。这步棋真灵，逸壮在厂里干得很投入、很舒心，连星期日也闹着要去厂里呢。

  30 年的孽债呀。

  那时我们年轻，少不更事。怀上逸壮 5 个月时，夫妻吵了一架，如苹冲到雨地里，挨了一场淋，发了几天的高烧，儿子的弱智肯定与此有关。为此，我们终生对逸壮抱愧，特别是如苹，一辈子含辛茹苦、任劳任怨，有时傻儿子把她的脸都打肿了，她也从未发过脾气。

  不过，逸壮不是个坏孩子，平时他总是快快活活的，手脚勤快，知道孝敬父母，疼爱弟弟。他偶尔的暴戾与性成熟有关。他早已进入青春期，有了爱慕的异性，但我们却无法满足他这个很正当的要求。有时候见到街上的或电视上的漂亮女孩，他就会短暂精神失控。如苹不得不给他服用氯丙嗪，服药后的几天里他会蔫头耷脑的，让人心疼。

  除此之外，他真的是一个心地良善的好孩子。

  老天是公平的，它知道我们为逸壮吃的苦，特地给了我们一个神童作为补偿。逸飞今年才 25 岁，已经进了科学院，在国际上也小有名气。邻家崔嫂不大懂人情世故，见到逸壮，总要为哥俩的天差地别感慨一番。开始时，我们怕逸壮难过，又是使眼色又是打岔；后来发现逸壮并无此念，他反倒很乐意听别人夸自己的弟弟，听得眉飞色舞的，这使我们又高兴又难过。

招呼大壮吃饭时,我对老伴说:"给小飞打个电话吧,好长时间没有他的消息了。"我接通电话,屏幕上闪出一个二十七八岁的女子,不是特别漂亮,但是极有气质——虽然她只是穿着睡衣,但她的眉眼间透着雍容与自信,一看就知道是大家闺秀型的女孩子。看见我们,她从容地说:"是伯父伯母吧,逸飞出去买早点了,我在收拾屋子。有事吗?一会儿让逸飞把电话打回去。"我说:"没事,这么多天没见他,爹妈惦记他。"女孩子说:"他很好,就是太忙,不知道他忙的是什么,他研究的东西我弄不大懂。对了,我叫君兰,姓君名兰,这个姓比较少见,所以报了名字后常常有人还追问我的姓。我是写文章的,和逸飞认识一年了。那边坐着的是逸壮哥哥吧,代我向他问好。再见。"

挂了电话,我骂道:"小兔崽子,有了对象也不说一声,弄得咱俩手足无措,人家君兰倒反客为主,说话的口气比咱们还家常。"老伴担心地说:"看样子,她的年龄比小飞大。"我说:"大两岁好,能管住他,咱们就少操心了。这位君兰的名字我在报上见过,是京城有点儿名气的女作家。"这当儿,逸壮一直在远远地盯着屏幕,他疑惑地问:"这是飞弟的媳妇?飞飞的媳妇不是青云?"我赶紧打岔:"快吃饭,快吃

氯丙嗪:一种精神类药物,用于控制精神分裂症或其他精神疾病患者的兴奋躁动、紧张不安、幻觉和妄想等症状。

饭，该上班了。"

逸壮骑自行车走了，我仍悄悄跟在后边当保镖。出了大门，碰见青云也去上班，她照旧甜甜地笑着，问了一声"靳伯早"。我看着她眼角的细纹，心里不落忍。中学时，小飞跳过两级，比她小两岁，她今年该是27岁了，但婚事迟迟未定，我估摸着她还是不能忘情于小飞。小飞跳到她的班级后，两人的成绩在班里都是拔尖儿的：青云是第一，小飞则在二至五名之间跳动。我曾当着青云的面，督促小飞向她学习。青云谦虚地说："靳伯，你千万别这么说。我这个'第一'是熬夜流汗硬拼出来的，小飞学得多轻松！篮球、足球、围棋、篆刻、乐器，样样他都会一手。我好像从没见他用功，但功课又从没落到人后。靳伯，有时候我忍不住嫉妒他，爹妈为啥不给我生个像他那样的好脑瓜呢！"

那次谈话中，她的"悲凉"给我留下很深的印象，那不像是一个高中女孩的表情，所以10年后我还记得清清楚楚。或许当时她已经有了预感？在高三时，她的成绩忽然下降，不是慢慢下降，而是直线下降。就像是张得太紧的弓弦一下子绷断了。她高考落榜后，崔哥崔嫂、如苹和我都劝她复读一年，我们说："你这次只是发挥失常嘛。"但她已到了谈学习色变的地步，抵死不再上学，后来到餐馆里当服务员。

青云长得小巧文静，懂礼数，心地善良，从小就是小飞的小姐姐。小飞一直喜欢她，但那只是弟弟式的喜爱。老伴也喜欢她，盼着她有朝一日做靳家的媳妇。不久前，她还隐晦地埋怨青云没把小飞抓住，那次青云又是惨然一笑，直率地说："靳婶，说句不怕脸红的话，我一直想抓住他，问题是能抓住吗？我们不是一个层次的，我一直是仰着头看他。我那时刻苦用功，其中也有这个念头在里边。但我竭尽全力，也只是和他同行了一段路，现在已经望尘莫及了。"

送逸壮回来，我喊来老伴说："你最好用委婉的方式把君兰的事捅给青云，让她彻底断了念头，别再为一个解不开的情结误了终生。"如苹认真地说："对，咱俩想到一块儿去了，今晚我就去。"就在这时，我感到脑子里发生了一阵"晃动"。很难形容它，像是有人非常快地把我的大脑（仅是脑髓）摇了一下，或者像是一道压缩波飞速在脑髓里闪过——不是闪过，是从大脑的内部、从它的深处突然发生的。

这绝不是错觉，因为老伴与我面面相觑，脸色略微苍白，看来她肯定也感觉到了这一波晃动。"地震？"两人同时反应道，但显然不是。屋里的东西都平静如常，屋角的风铃也静静地悬垂在那里。

我们都觉得大脑发木，有点儿恶心，一小时后才恢复正常。真是怪了，这到底是咋回事？时间大致是 7 点 30 分。

8 月 5 日　晴

那种奇怪的震感又来了，尽管脑袋发木，我还是记下了准确的时间：6 点 35 分。老伴同样有震感，脑袋发木，恶心。但逸壮似乎没什么反应，至少没有可见的反应。

真是怪事。上午喝茶时，和崔哥、张叔他们聊起这事，他们也说有类似的感觉。

晚上接大壮回家，他显得分外高兴，说今天做了 2 000 个瓶盖，厂长表扬他，还骂别人"有头有脑的还赶不上一个傻哥"。我听得心中发苦，也担心他的同伴们今后会迁怒于他。但逸壮正在兴头上，我只好把话咽到肚里。

逸壮说："爸爸，国庆节放假还带我去柿子洞玩吧。"我说："行啊，你怎么会想到去那里？"他傻笑道："昨天看见小飞的媳妇，不知咋的，我就想起它了。"逸壮说的柿子洞是老家一个无名溶洞，洞极大、极阔，一座山基本被滴水掏空了，成了一个圆锥形的山洞。洞里阴暗潮湿，凉气沁人肌骨，时有细泉叮咚。一束光线正好从山顶射入，在黑暗中劈出一道细细的光柱，随着太阳升落，光柱也会缓缓地转动方向。洞外是满山的柿树，秋天，深绿色的柿叶中藏着一只只鲜红透亮的圆果。这是中国北方难得见到的大溶洞，可惜山深路险，没有开发成景点。

两个儿子小的时候，我带他们回去过两次，有一次把青云也带去了。三个孩子在那儿玩得很开心，难怪20年后逸壮还记得它。

晚上青云来串门，困惑地问我，那种脑子里的震动是咋回事，她见到的所有人都感觉到了，肯定不是错觉，但没有一个人知道原因。

地震局也问了，他们说这几天全国没有任何"可感地震"。"我想问问小飞，他已经是脑科学家了。最近来过电话吗？"她似不经意地说。我和老伴心中发苦，可怜的云儿，她对这桩婚事已经不抱任何希望了，但她有意无意地常常想听到逸飞的消息。

逸壮已经凑过去，拉着"云姐姐"的手，笑嘻嘻地瞅她。他比青云大三岁呢，但从小就跟着小飞混喊"云姐姐"，我们也懒得纠正他。青云很漂亮，皮肤白里透红，刚洗过的一头青丝披在肩上，穿着薄薄的圆领衫，胸脯鼓鼓的。她被逸壮看得略有些脸红，但并没把手抽回去，仍然笑着，和逸壮拉家常。多年来，逸壮就是这样，老实说，开始时我们很担心傻儿子会做出什么不得体的举动，但后来证明我们多虑了。逸壮肯定很喜欢青云，因为她漂亮，但这种喜欢是纯洁的。即使他因为肉体的饥渴而变得暴戾时，青云的出现也常常是一针有效的镇静剂。我不知道这是为什么，也许他的懵懂心灵中，青云已经固定成了"姐姐"的形象？也许他知道青云是"弟弟的媳妇"？青云肯定也看透了这一点，所以，不管逸壮对她怎么亲热，她也能以平常心态处之，言谈举止真像一位姐姐。这也是如苹喜欢她的重要原因。

我朝如苹使了个眼色,让她把昨天的打算付诸实施,但逸壮比我们抢先了一步。他说:"云姐姐,昨天打电话时我们看见小飞屋里有个女人,长得很漂亮,可是我一点儿也不喜欢她。她再漂亮我也不喜欢她。我爸不喜欢她,我妈也不喜欢她。"青云的脸变白了,她扭头勉强笑道:"靳叔、靳婶,小飞是不是找了对象?叫啥名字,是干什么的?"

这下弄得我俩很理亏似的,我咕哝道:"那个小子,什么事也不告诉爹妈,我们是打电话无意碰上的。那女子叫君兰,是个作家。"我看看青云,又硬起心肠说,"听君兰的口气,两人的关系差不多算定了。"青云笑道:"什么时候吃喜酒?别忘了通知我。"

我和如苹在努力措辞,想安慰她,又不能太露形迹,这时傻儿子又把事情搞糟了。他生怕青云不信似的,非常庄重地再次表白:"我们真的不喜欢她,我们喜欢的是你。"这下青云再也撑不住了,眼泪唰地涌了出来。她想说句掩饰的话,但嗓子哽咽着没说出一个字,扭头就跑了。

我俩也是嗓中哽咽,但想想这样最好,长痛不如短痛。自从小飞进了科学院后,我就看准了这个结局。不是因为地位、金钱这类的世俗之见,而是因为两人的智力和学识不在一个层级,硬捏到一块儿不会幸福的。正像逸壮和青云也不属一个层次,尽管我俩很喜欢青云,但从不敢梦想她成为逸壮的媳妇。

傻儿子知道自己闯了祸,缩头缩脑的,怯怯地问:"我惹云姐姐生气了吗?"我长叹一声,真想把心中的感慨全倒给他,但我知道他不会理解的。因为上帝的偶尔疏忽,他要一辈子禁锢在懵懂之中,他永远只能以5岁幼童的心智去理解这个高于他的世界。不过,看来他本人并不觉得痛苦。人有智慧忧患始,他没有可以感知痛苦的智慧。但如果正常人突然下落到他的地步呢?

其实不必为他惆怅,就拿我自己来说,和小飞也不属于一个层次。我宇宙蛋：目前学术界影响较大的"大爆炸宇宙论"，是1927年由比利时天文学家勒梅特提出的。他认为最初宇宙的物质集中在一个超原子的"宇宙蛋"里，在一次无与伦比的大爆炸中分裂成无数碎片，形成了今天的宇宙。

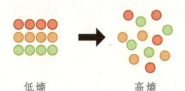

低熵　　　高熵

熵：最初是一个热力学概念，最早由德国物理学家克劳修斯于1865年提出，用来表示任何一种能量在空间中分布的均匀程度，能量分布得越均匀，熵就越大。随着科技的不断发展，其内涵不断丰富，常被用于计算一个系统中的失序现象。

曾问他在科学院是搞什么专业，他的回答我就听不懂。他说他的专业是"大物理"，人类所有的知识都将统一于此，也许只有数学和逻辑学除外。大爆炸产生的宇宙按"大物理"揭示的简并（物理学专用术语）规律，演化成今天千姿百态的世界；所以各门学科逆着时间回溯时，自然也会逐渐汇流于大爆炸的起点。宇宙蛋是绝对高熵的，不能携带任何信息，因此当人类回溯到这儿，也就到达了宇宙的终极真理。我听得糊里糊涂——而且，这和我多年形成的世界观也颇为冲突，以后我就不再多问了。

有时，我不免遐想：当爱因斯坦、麦克斯韦、霍金和小飞这类的天才在智慧之海里自由遨游时，他们会不会对我这样的"正常人"心生怜悯，就像我对大壮那样？

我从不相信是上帝创造人类——如果是，那上帝一定是个相当不负责任、技艺相当粗疏的工匠。他造出了极少数的天才、大多数的庸才和相当一部分白痴。为什么他不能认真一点，使人人都是天才呢？不过，也许他老人家正是有意为之？智慧是宇宙中最珍奇的琼浆，自然不能暴殄天物，普洒众生。

晚上，我检查了壮儿的日记，字仍是歪歪斜斜的，每个字有核桃大。上面写着：我惹云姐姐哭了，我很难过。我很难过。

8月6日　晴

那种震感又出现了，5点40分，大致是23小时一次，也就是说，每天来震的时间会提前一小时。脑袋发木，不是木，是发空，像脑浆被搅动了，需要很长时间才能沉淀下来，恢复透明。如苹也是这样，动作迟滞，脸色苍白，说话吭哧吭哧的。

同街坊闲谈，他们都有同样的感觉，还说电视上播音员说话也不利索了。晚上我看了看，还真是这样。

一定是有什么原因，也许是一种新的传染病。如苹说我是瞎说，没见过天下人都按时按点发病的传染病。我想她说得对。或许，是外星人的秘密武器？

我得问问儿子，我是指小飞，不是大壮。虽然他不是医生，可他住在聪明人堆里，比我们见多识广。我得问问他。今天不问了，今天光想睡觉了。如苹也早早睡了，只有逸壮不想睡，奇怪，只有他一直没受影响。

8月7日　阴

4点45分，震感来袭。就像15年前那场车祸，我的大脑一下子定住了、凝固了，变成一团混沌、黑暗。很久以后才有一道亮光慢慢射进来，脑浆才慢慢解冻。陈嫂家的忠志说："可恶，今天不开出租了，脑袋昏昏沉沉的，手头慢，开车非出事不可。"我骑车送壮儿时也是歪歪倒倒的，十字路口的警察眼睛瞪着我们，指挥的手势比红绿灯明显慢了一拍。

"我得问飞儿。"还是那个女人接的电话，我想了很久才想起她叫君兰。君兰说话还利索，只是表情木木的，像是几天没睡觉，头发也有些乱。她说："逸飞一夜没回，大概在研究，那儿也是这样的震感。伯父你放心，没事的。"她的笑容很古怪。

8月8日　雨

　　震感出现在3点50分。如苹从那阵起就没睡觉，一直傻坐着，忘了做饭。逸壮醒了，急得大声喊："妈我要上班！我不吃饭了！"我没敢骑车去送他，我看他骑得比我稳当多了。

　　如苹去买菜，出门又折了回来，说下雨了，然后就不说话。我说："下雨了，你是不是说要带雨伞？"她说："对。"然后，带了伞又出去。过一会儿她又回来，说："还得带上计算器。今天脑袋发木，算账算不利索。"我把计算器给她，她看了很久，难为情地说："电源咋打开？我忘了。"

　　我也忘了，不过后来想起来了。我说："我陪你去吧。"我们买了羊肉、大葱、菜花、辣椒。卖羊肉的是个姑娘，她找钱时一个劲儿地问："我找的钱对不对？对不对？"我说不对，她就把一捧钱捧给我，让我从里面挑。我没敢挑，我怕自己算得也不对。

　　回来时我们淋湿了，如苹问我："咱们去时是不是带了雨伞？"我说："你怎么问我呢？这些事不是一直由你操心吗？"如苹气哭了，说："脑袋里黏糊糊的，急死了！急死了！"

8月9日　晴

　　我说："如苹你把小飞的电话号码记好，别忘了。也把咱家的电话号码记在本上,别忘了。把各人的名字也写上,别忘了。"

如苹难过地说:"要是把认的字也忘了,那该咋办呀?"我想了很久,也没想出办法。我说:"我一定要坚持记日记,一天也不落下,常写常练就不会忘了。急死了!"

小飞接了电话,今天他屋里没有那个女人,他快速地说:"我知道原因,我早就知道原因。你们别担心,担心也没有用。这两天我就回家,趁火车还运行。火车现在是自动驾驶。"小飞说话呆怔怔的,就像是大壮,头发也很乱,衣服不整齐。如苹哭了,说:"小飞你可别变傻呀,我们都变傻也没关系,你可别变傻呀。"小飞笑了,说:"别担心,担心也没用。别难过,难过也没用。因为它来得太快了。"他的笑很难看。

8月10日

大壮还要去上班,他坚持不让我送。他说:"爸,你们是不是变得和我一样了?那我更得去上班,挣钱养活你们。"我很生气,我怎么会和他一样呢?可是我舍不得打他。

我没领来退休金,发工资的电脑出问题了,没人会修。我去取存款,电脑也出问题了。怎么办呢?急死了!

大壮也没上成班。他说:"工人都去了,傻工人都去了,只有聪明厂长没上班。有人说他自杀了。"

青云来了,坐在家里不走,乐哈哈地说:"我等逸飞哥哥回来,他今天能到家吗?让我给他做饭吧,我想他。"她笑,笑得不好看。大壮争辩说:"是小飞弟弟,小飞是你弟弟,不是哥哥。"她说:"那我等小飞弟弟回来,他回来我就不发愁了,我就有依靠了。"

8月11日

我们上街买菜,大壮要揍我们。我没钱了,没钱也不要紧,卖菜的人真好,他们不要钱。卖粮食的打开门,让人们自己拿。街上没有汽车了,只有一辆汽车,拐呀拐呀,一下撞到邮筒上,司机出来了,满街人都笑他。司机也笑,他脸上有血。

8月12日

今天没事可记。我要坚持记日记,一天也不落下。我不能忘了认字,千万千万不能忘。

8月13日

今天去买菜,还是不要钱。可是菜很少,卖菜的很难为情,她说:"不是我小气,是送菜的人少了,我也没办法,赶明儿没菜卖了,我可咋办呀。"我们忘了锁门,回去时见青云在厨房炒菜,她高兴地对我喊:"小飞回来了!小飞回来就好了!"

小飞回来也没有办法。他很瘦,如苹很心疼。他不说话,皱着眉头,老是抱着他的日记:"千万千万不能丢了,爸爸、妈妈,我的日记千万不能丢了。"我问小飞:"咱们该咋办?"小飞说:"你看我的日记吧,我提前写在日记里了。日记里写的事我自己也忘了。"

靳逸飞日记

8月4日

国家地震局、美国地震局、美日地下中微子观测站、中国授时站我都问了，所有仪器都没有记录——但所有人都有震感。真是我预言过的宇宙原生波吗？

假如真是这样，那仪器没有反应是正常的，因为所有物质和空间都在同步涨缩。但我不理解为什么独独人脑会有反应——即若它是宇宙中最精密的仪器，它也是在"涨缩之内"而不是"涨缩之外"呀！逻辑上说不通。

8月5日

又一次震感。已不必怀疑了，我问了美、日、俄、德、以色列、澳、南非、英、新加坡等国的朋友，他们都是在北京时间6点35分30秒（换算）感觉到的。这是对的。按我的理论，震感抵达各地不会有先后，它由第四维空间发出，波源与三维世界任一点都绝对等距。

它不是孤立波也不奇怪——在宇

中微子：组成自然界的最基本的粒子之一。不带电，质量非常轻（有的小于电子的百万分之一），以接近光速运动。它能自由地穿过地球，与其他物质的相互作用十分微弱。中微子在自然界中广泛存在，太阳内部核反应会产生大量中微子，每秒通过人类眼睛的中微子数以十亿计。2013年11月23日，科学家首次捕捉到高能中微子。

宙边界的漫反射中被离散了。可惜无法预言这组波能延续多久,一个星期、一个月,还是十万年?

想想此事真讽刺。所有最精密的仪器都失效了,只有人脑才有反应——却是以慢性死亡的方式做出反应。今天头昏,不写了。但愿我的判断是错误的。

8月8日

不能再自我欺骗了。震波确实对智力有相当强的破坏作用,并且是累加的。按已知的情况估算,15～20次震波就能使人变成弱智人,就像大壮哥那样。上帝啊,如果你确实存在,我要用最恶毒的话来诅咒你!

8月9日

在中央智囊会上我坦陈了自己的意见。怎么办?无法可想。这种过于急剧的智力崩溃肯定会彻底毁掉科学和现代化社会——如果不是人类本身的话。假如某种基因突变使人类失去双腿、双手、胃肠、心肺,现代科学都有办法应付。但如果是失去智慧,那就根本无法可想。

快点行动吧——在我们变成白痴之前。保存资料,保存生命,让人类尽快找回原始人的本能。所有现代化的设备、工具,都将在数月之内失去效用,哪怕是一只普通打火机。因为我们很快就会失去能够使用它们的智力,接着会失去相应的维修供应系统。只有那些能够靠野果和兽皮活下去的人,才是人类复兴的希望。

上帝多么公平,他对智力的破坏是"劫富济贫",智商越高的人衰退得越迅猛,弱智者则几乎没有损失。这是个好兆头啊,我苦笑着对大家说：它说明智力下滑很可能终止于像我哥哥那样的弱智者水平，而不是猩猩、穿山甲或腔棘鱼。这难道不值得庆幸吗？"

8月10日

君兰说她要走了。请走吧。我们吸引对方的是才华，不是肌肉、尾羽和性激素。如果才华失去，我们不如及早分离，尚能保留住对方往日的形象。她的智力下滑比我更甚，她已经不能写文章了。我从她的眼睛中看到了她的恐惧，看到了她的崩溃。上帝、佛祖、安拉、老聃、玉皇，我俯伏在地向你们祈祷，你们尽可收去我的肢体、眼睛、健康、寿命和一切的一切，但请为我留下智慧吧。

8月11日

先进国家易受到它的打击，西方国家肯定已经崩溃，所有的信息流（网络、同步卫星、短波长波、光缆通信、航班）全部没了，中断了。但那边的情况我们无法去确认，人类又回到了哥伦布以前的隔绝状态。

哭泣无益，绝望无益，焦躁无益。得赶紧抓住残存的智力，为今后做点补救。明天回家，带家人离开注定要崩溃的城市，我想就回柿子洞吧。今天先列一个生活必需品的清单，我怕到家后……清单要尽量列全。不能用电子笔记本，用纸本。但愿我不要忘了这些亲切的方块字。我的英语、德语，还有其他几种语言已经全都忘了，就像是开水浇过的雪堆。

老天，为我留一点儿智慧吧，哪怕就像大壮哥哥那样。

带上全家到柿子洞去，在那儿熬过1年、10年。但愿邪恶之波扫过后，智力还能复原。

8月18日

小飞催我们快点、快点、快点,趁我们的灵智还没毁完。按小飞的清单分头准备。

第一项是火种。一定要保留火种!即使我们变成了茹毛饮血的野人,只要保留住火种,它就能慢慢开启人的智慧。不要打火机,要火柴,尽可能多的火柴。还要姥爷留下的火镰。

商店没有人。我到商店里拿走所有的火柴。我问小飞,"火镰"是啥东西。小飞也忘了,小飞想得很辛苦。后来小飞把脸扭过去,泪水唰唰地往下流。大壮哭着为他擦泪:"你别哭,你哭我们都想哭。"后来大壮上阁楼里扒出了他姥爷留下的旱烟袋和……我想起来那就是火镰!那个小钢片和白石头,用它能打出一点火星,嚓,嚓。小飞笑了,脸上挂着泪。他说:"就是它,等火柴用完,就用它生火。大壮哥,谢谢你,你真聪明。"大壮笑了,笑得很好看。他说:"我也不知道啥叫火镰,可是我想咱姥爷就留下这一样东西,小时候我常玩。"大壮问:"小飞,旱烟袋也带上吗?"小飞想了半天,犹豫地说:"带上吧,既然在一块儿放着,很可能生火时用得上它。"小飞真细心。

第二项是武器。要刀、长矛。不要枪支,弹药无法补充。走前记着到体育用品商店买几把弓箭。"小飞,弓箭在哪儿?我不记得你带回来。"小飞又流泪了,他忘了。"小飞别难过,我们只带刀子算了。"

第三项是干粮。如苹烙了很多烙饼,还带了方便面。

第四项是冬天的衣服。今天不写了,很累。

8月19日

青云眼睛肿了，像两个桃子。崔哥崔嫂找不到了，已经3天了。我们帮青云找呀找呀，可是我们不敢走远，怕忘了回家的路。如苹说："青云你跟我们走吧。"大壮和小飞说："云姐姐你跟我们走吧，到柿子洞去。"青云立刻笑了，笑得很好看。她说："靳婶你歇着，让我来烙饼。"她边干边哼着歌。

今天来震应该是2点，这会儿快来了。青云钻到如苹怀里，我和小飞互相看着，谁都很恐惧。可是害怕也挡不住，它还是来了，我们吐了一阵，然后去睡觉了。

8月30日

我们下了火车又走了很多天。路上一堆一堆的人，到处乱转，都不知道想要干啥。青云说："他们多可怜，喊上他们一块走吧。"小飞很残忍（这个词用得不好）地说："不能喊，柿子洞能盛几个人？"青云小声问："他们咋办？"小飞狠狠地说："总有人能熬过去的，总有一些能熬过去的。"

我们太累了，我有10天没记日记。这不好，我说过要天天记日记，一天也不落下，我不能忘了识字。可是我们都忘了多带笔。只有我的一支圆珠笔、小飞的 支钢笔，大壮书包里有三支画画的铅笔。铅笔最好，不用墨水。如果铅笔也用完了呢？小飞说："我不记日记了，笔全都留给你吧，等你去世我再接着记，这是这个氏族的历史呀。"

晚上，在小溪边睡，山很高，树不多，有很多草。我们在水里抓了"旁

失去它的日子

血"。这两个字不对,可是我想不起来。它有八条腿,横着爬,很好吃。

夜里很冷,大壮、小飞和铁子拾了柴,生起很大的"沟"火。这个"沟"字也不对。我们不认识铁子,他是自己跟上我们的,他是个男的,今年12岁。火真大啊,"毕毕剥剥"地响,把青云的头发燎焦了,火苗有几米高。有剑齿虎不怕,有剑齿象也不怕。那时还没有老虎和狮子吧?也没有恐龙,恐龙已经死绝了。也没有火柴,只有雷电引起的天火。开始时,我们也怕火,和野兽一样怕火。后来不怕了,用它吓狼群,用它烤肉吃,我们的猴毛退了,就变成人了。

青云真的喜欢小飞,一天到晚跟着他,仰着头看他,再累还是笑。

晚上她和小飞睡在一起,他们都脱光衣服,青云尖声叫着。大壮有时爬起来看他俩,铁子有时也抬起头看。我和如苹都使劲闭着眼,不看。那不好,我明天就告诉小飞和青云那不好。不是那件事不好,是让别人看见不好。

8月32日(主人公智力问题,笔误)

我们担心找不到柿子洞,可是找到了,很顺利。小的洞口,得弯着腰进去。进去就很大,像个大金字塔。我们都笑啊笑啊,这是我们的家,我们要在这儿一直住到变聪明的那一天。

柿子还没熟,不过我知道山里有很多东西能吃,我们不会饿死的。还要存些过冬——山韭菜、野葱、野蒜、野金针、石白菜、酸枣、野葡萄、洋桃、地曲连、蘑菇。溪里还有小鱼和螃蟹。我想起这两个字了!

今天很幸福,一直没有来震。我们也没呕吐。后来我们都睡了。青云和小飞还是搂着睡。我今天没批评他们不好,等明天再说吧。

9月5日

我们一下子睡了两天三夜！是电子表上的日历告诉我们的。睡前的日记我记成了8月32日，真丢人，小飞说："不要改它，留着吧。"醒来后，我发现脑子清爽多了，就像是醉酒睡醒后的感觉。我小声对小飞说："两天三夜都没来震了，是我们睡得太熟？"小飞坚决地摇头："过去夜里来震时，哪次不是从梦里把人折腾醒？不是这个原因。"我问："那会是什么？是山洞把震挡住了？"小飞苦笑道："哪能那么容易就挡住，美国、日本地下几千米的中微子观测站都挡不住。这种震波是从高维世界传来的，你可以想象它是从每一个夸克深处冒出来的，没有任何东西能挡住它。"

大家都坐起来，从眼神看都很清醒。突然清醒了，我们反倒不自然，就像一下子发现彼此都是裸体的那种感觉。如苹惊问："青云呢？青云去哪儿啦？"我看见她在远处一个角落里。她已经把衣服穿得整整齐齐，还下意识地一直掩着胸口。大家喊她时，她咬着嘴唇，死死地盯着地下，不开口。大壮真是个浑小子！他笑嘻嘻地跑过去拉着青云的手："云姐姐，你干吗把衣服穿上？你不穿衣服更好看，比现在还要

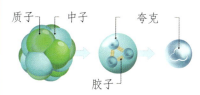

夸克（quark）：一种参与强相互作用的基本粒子，也是构成物质的基本单元。夸克互相结合，形成一种复合粒子，叫强子，强子中最稳定的是质子和中子，它们一起构成了原子核。

好看。"青云的脸唰地红透了,狠狠地甩脱大壮跑出洞去。如苹喊着:"云儿!云儿!"跟着跑了出去。我出去时,青云还在一下一下地用头撞石壁,额上流着血,如苹哭着拉不住。我骂道:"青云!你糊涂啊,咱们刚清醒了一点儿,不知道明天是啥样哩,你还想把自己撞傻吗?"我拉住她,硬着心肠说,"我知道你是嫌丢人,我告诉你那不算丢人。若是咱们真的变回到茹毛饮血、混沌未开的猿人,能传宗接代是头等大事!我们还指着你呢。"

我和如苹把她拉回去,小飞冷淡地喝了一声:"哭什么!现在是哭的时候吗?是害羞的时候吗?"青云真的不哭了,伏到小飞怀里。

洞里很冷,小飞让大壮和铁子出洞拾柴火,燃起一堆篝火。烟聚在山洞里,熏得每人都泪汪汪的。大壮和铁子在笑,绕着火堆打闹,别人都心惊胆战地等着来震,比糊涂的时候更要怕。

一直都没有震感。

9月6日

小飞一早就把我叫醒。我觉得今天大脑更清爽了,但还没有沉淀得清澈透明。小飞说:"我想做个试验,今天洞外都要保持有人,我想看看究竟是不是山洞的屏蔽作用——按说是不可能屏蔽的,但我们要验证。我想让你们几个换班出去,我不出去。爸,我想留一个清醒的人观察全局。"说这话时,他把头转向一边,不看我们,语气硬硬的。

我安慰他:"孩子,你的考虑很对。我们要把最聪明的脑袋保护好,这是为了大家,不是为了你。"他凄然一笑:"谢谢爸爸的理解。"

我和如苹先出去拾柴火和找野菜。没多久就来震了,9点30分,仍是脑浆被搅动,呕吐。歇息一阵后,我们强撑着回去了。留在洞中的人都没事。

9月7日

我和如苹还要出去值班,我们心怀恐惧,但我不想让孩子们受罪。后来青云和铁子争着去了。在洞里歇了一天,我的脑子恢复不少。外边的人又"震"了,时间是8点35分,留在洞内的人仍没事。小飞说:"不必怀疑了,肯定是因为这个金字塔形的洞穴有极强的屏蔽作用。"究竟为什么他还不知道,可能是特殊的几何形状形成了反相波峰,冲销了原来的震波。

9月8日

青云坚决不让我和如苹出洞,拉着大壮出去了,她说:"我年轻,震两次没关系。"他们是6点出去的,8点大壮把她拖了回来,她面色苍白,吐得满身都是污秽。但大壮似乎没受什么影响。

青云连着经两次震,又变痴了,目光茫然而恐惧,到晚上也没恢复。快睡觉时,我见她悄悄偎到小飞旁边,解着衣扣,轻声问:"靳叔说那不是坏事,是吗?靳叔说那是头等大事,是吗?"

我不忍看下去。小飞把她揽到怀里,把她的衣服扣子扣好,说了一夜的话。

9月9日

小飞说不用试验了,今后大家出去拾柴火、打野果都要避开来震的时

刻。这个时间很好推算的，每隔 22 小时 55 分一次。他苦笑道："这么一道小学算术题，三天前我竟然算不出来！"

他躲在洞子深处考虑了很久，出来对我说："爸爸，我要赶紧返回京城，抢救一批科学家，把他们带到洞里来。靠着这个奇异的山洞，尽量保留一点文明的火种。至于后面的事等以后再说吧，当务之急是先把他们带来——趁着他们的大脑还没有不可逆的损坏。"

只是，他苦笑道："这一趟往返最少需要 10 天，我怕 10 次震动足以把我再次变成白痴，那时的我能否记得出去时的责任、记得回山洞的路？不过，不管怎样，我要去试试。"

我和如苹、青云都说让我们替他去吧，大壮和铁子也说我们替他去吧。小飞说："不行，这件事你们替不了。这两天我要做一些准备，把问题考虑周全，尽量减少往返的时间。"

9 月 11 日

已经 3 天了，小飞没有走，他在洞里一圈一圈地转，他说："要考虑一切可能，做一个细心周密的计划。"但他一直躲避着我和如苹的目光。我把他喊到角落里，低声说："小飞，让我替你去吧，我想我能替你把事情做好。我们得把最聪明的脑袋留在洞里，对不？"小飞的眼泪唰地流了出来，他狠狠地用袖子擦了一把，泪水仍是止不住。他声音嘶哑地说："爸，我知道自己是个胆小鬼、懦夫，我知道自己早该走了，可我就是不敢离开这个山洞！我强迫自己试了几次，就是不敢出去！你和妈妈给了我一个聪明的大脑，虽然过去我没有浪费它，但也不知道特别珍惜。现在我像个守财奴一样珍爱它。我不怕死，不怕烂掉四肢，不怕变成中性人，什么都不怕，就是怕失去灵智，变成白痴！"

我低声说："这不是怯懦，这是对社会的责任感。小飞，让我替你去吧。"他坚决地摇摇头："不，我还要自己去。我已经克服了恐惧，明天我就出发。如果……就请二老带着青云、大壮一块儿生活。"

9月12日

按推算，今天该是凌晨4点来震。大家很早就起来了，发现青云不在洞里。4点5分，她歪歪倒倒地走回来，脸色煞白。她强笑着说："我出去为小飞验证了，没错，震波刚过，你抓紧时间走吧。"小飞咬着牙，把她紧紧搂到怀里。她安慰道："别为我担心，你看我不是很好吗？可惜我只能为你做这一点点事情。"小飞忍着没让泪珠掉下来，也没有多停，他背上挎包，看看大家，掉头出了山洞。

9月13日

大脑越来越清醒了，亿万脑细胞都像是勤勉忠诚的战士，先前，它们被震昏了，但是一旦清醒过来，就急不可待地归队。我的思维完全恢复了震前的水平，也许还要更灵光一些。

小飞走了，我们默默为他祈祷，盼着他顺利回来。他是我们的希望。我们不想成为衰亡人类中唯一的一组清醒者，那样的结局，与其说是弱智者的痛苦，不如说是对清醒者的残忍。

洞中的人状态都很好，除了青云。她比别人多经受了两次震击，现在还痴呆呆的,有点儿像梦游中的人。

如苹心疼她,常把她搂到怀里,低声絮叨着。大壮不出去干活时总是蹲在她旁边,像往常那样拉着她的手,笑嘻嘻地看着她。

这一段的剧变使我们产生了错觉,认为大壮也会像正常人那样逐渐恢复智力。但现在我们不得不承认,他仍落后于我们这些幸运的人。这使我们更加怜悯他。

9月15日

青云总算恢复了。她在闲暇时常常坐在洞口,痴痴地望着洞外。不过,我们很清楚,这只是热恋中的"痴",不是智力上的傻。她不问小飞的情况——明知问也是白问,只是默默地干着活。

带入洞中的干粮我们尽量不去动。但我们都没野外生存的经验,每天采集的野菜、野果根本不够果腹,更别说储备冬粮了。好在我们发现了几片苞谷地,苞谷基本成熟了。如果再等一个月没人来收割,它就是我们的。

9月17日

今天铁子碰见一个人,一个看上去清醒的人!他隔着山涧,乐哈哈地喊:"你们是住在轩辕洞的那家人吧(原来柿子洞的真名是轩辕洞),有空儿来我家串串,我家就在前边山坡上那棵大柿子树下边。柿子也熟了,来尝个鲜。"喊完,他就扛着苞谷走了。

铁子回来告诉我们,大家都很兴奋。洞外也有神志清醒的人,这是偶然，还是普遍？那令人恐惧的魔鬼之波是不是已经过去了？不过铁子的话不可全信，毕竟他只是一个 12 岁的孩子。再说，即使是弱智的人，也并非不能说几句流畅的话（大壮就能）。

虽然尽往悲观处分析，但从内心讲，我相信铁子的话。不错，一个弱智者也能说出几句流畅的话，但一个刚受过魔鬼之波蹂躏的正常人绝不会这样乐呵。

明天我要去找找这个乡民。

9 月 18 日

夜里我被惊醒，听见洞口处有窸窸窣窣的声音，我在黑暗中尽力睁大眼睛，隐约见一个身影摸着洞壁过来，在路上磕磕绊绊的。我赶紧摸出头边的尖刀，低声喝问："是谁？"那人说："是我，青云！"

我擦了一根火柴，青云加快步子过来。"靳叔，没有震波了！"她狂喜地说，"小飞在外边不会受折磨了！"

火柴熄了，但我分明看见一张洋溢着欢乐之情的笑脸。她偎在我身边急切地说："按推算该是昨晚 10 点 30 分来震，我在 9 点 30 分就悄悄出去了，一直等到现在。现在总该有凌晨 3 点了吧，看来那种震波确实消失了！可能几天前就消失了呢。"

如苹爬起来搂住青云大哭起来，哭得酣畅淋漓。所有人都醒了，连声问是咋了咋了。我说："没事，都睡吧，是你妈梦见小飞回来了。"我想起自己出洞值班时那种赶都赶不走的惧怕，想来青云强迫自己出洞时也是同样的心情吧，便觉得冰凉的泪水在鼻凹处直淌。

我折腾了一阵刚想睡，又被强劲的飞机轰鸣声惊醒。轰鸣声时高时低，青白色的强光倏地在洞口闪过。听见洪亮的通话器传来的声音:"青云!铁子!大壮!听见喊声快到洞外点火,我们要降落!"

是小飞的声音!我们都冲出洞外,看见天上射下来青白色的光柱,在绕着这一带盘旋。我们用力叫喊,打手电,青云和铁子回洞中抱来一捆树枝,找到一处平地燃起大火。直升机马上飞了过来,盘旋两圈后在火堆旁落下,旋翼的强风把火星吹得漫天飞舞。小飞从炫目的光柱中跑了出来,大声喊:"爸、妈,震波已经过去了,我接你们回去!"

我们乐痴了,老伴喜得搓着手说:"快速回洞去收拾东西!"小飞一把拉住她说:"什么也不要带了,把人点齐就行。我和君兰是派往郑州的特派员,顺路捎你们一段,快走吧!"

一个女人从黑影中闪了出来:"伯父、伯母,快登机吧。"她的声音柔柔的,非常冷静。我认出她是君兰,外表仍是那样高雅、雍容。她搀着我和如苹爬进机舱,大壮和铁子也大呼小叫地爬了上来。我忽然觉得少了一个声音,一个绝不该少的声音。是青云。她没有狂喜地哭喊,没有同小飞拥抱,她悄悄地登上飞机,把自己藏在后排的黑影里。

直升机没有片刻耽误,立即轰鸣着离地,强光扫过前方,后面的山峰淹没在黑暗中,洞口的那堆火很快缩小、消失。小飞说:"京城开始恢复正常了,正向各大城市派遣特派员,以尽快恢复各地秩序。"我见君兰从人缝中挤到后边,紧挨着青云坐下,两人头抵着头,低声说着什么。我努力向后侧着耳朵,在轰鸣声中辨识着后边的低语。

"小飞说了你的情况……我愿意退出……和小飞同居半年……怎样使小飞更幸福……听你的……"

青云沉默了一会儿才说话,声音很低,也很冷静:"……更般配……祝你们幸福……"

薄暮渐消,朝霞初染。太阳从地平线上探出头,似乎很羞怯地犹豫片刻，然后便冉冉升起，将光明遍洒山川。飞机飞到了一座小城市，盘旋两圈后便开始降落。

开始时，我没认出这是哪儿，小飞扭回头说："到家了，我和君兰不能在这儿耽误，请你们照顾好自己，开始新的生活吧。"

直升机降落了。不少人围过来，好奇地看着直升机。君兰抢先跳下地，扶着我和如苹下去。

我同君兰握手告别："再见，君兰姑娘，你是个聪明女子。"我又同小飞拥别："小飞，安心干你的大事，不要为家里操心。我们会照顾好青云和她腹中的孩子。好了，同你的妻子吻别，赶快出发吧。"

如苹惊讶地盯着我，青云震惊地瞪着我，君兰不动声色地看着我。小飞瞟了我一眼，一言不发，走过去吻了吻青云的嘴唇，反身登机。

直升机迅速爬升到高空，泅入蓝天的背景中。青云默默走过来，感激地依在我的身旁。

大壮傻乎乎地盯着她的腹部追问："你真的有小宝宝了吗？真的吗？宝宝生下来该咋喊我？"青云的脸庞微微发红，但她没有否认，很坦然地说："该向你喊伯伯的。"

我们穿过人群回家，在门口看见崔哥崔嫂。他们分明还没有完全恢复，见了失踪多日的女儿竟没有哭，没有问长问短，只是嘻嘻地笑。青云冲过去把他们拥到怀里，边笑边流泪。我拍拍崔哥的肩膀，笑道："亲家，你好哇。回去让青云做碗醒酒汤，清醒清醒，咱还得商量着操办婚事呢。"然后，我领着大壮和铁子走进了家门。

在机上我曾问小飞，轩辕洞真的有屏蔽作用吗？为什么？小飞说现在不是研究的时候，等社会秩序正常后，一定认真研究这件事。但下机后我想起来忘了一件大事——忘了问小飞，这种震波还会再来吗？

但愿它不会再来了。

地火

◎ 刘慈欣

父亲的生命已走到了尽头，他用尽力气呼吸，比他在井下扛起 200 多斤的铁支架时用的力气大得多。他脸色惨白，双目突出，嘴唇因窒息而呈深紫色，仿佛一条无形的绞索正在脖子上慢慢绞紧，他那辛劳一生的所有淳朴的希望和梦想都已消失，现在他生命的全部渴望就是多吸进一点点空气。但父亲的肺，就像所有患三期矽肺病的矿工的肺一样，成了一块由网状纤维连在一起的黑块，再也无法把吸进的氧气输送到血液中。组成那个黑块的煤粉是父亲在 25 年中从井下一点点吸入的，是他一生采出的煤中极小极小的一部分。

刘欣跪在病床边，父亲气管发出的尖啸一下下割着他的心。突然，他感觉到这尖啸中有

> 矽肺病：由于长期吸入大量含有游离二氧化硅的粉尘所引起的以肺部纤维化为特征的疾病，分矽肺、煤矽肺、煤肺三种，煤矽肺是其中最常见、进展最快、危害最严重的一种类型，患者常并发严重的肺结核、自发性气胸和呼吸衰竭，目前尚无能使煤矽肺病变完全逆转的药物。

些杂音,他意识到这是父亲在说话。

"什么,爸爸?你说什么呀,爸爸?"

父亲突出的双眼死死盯着儿子,那垂死呼吸中的杂音更急促地重复着……

刘欣又声嘶力竭地追问。

杂音没有了,呼吸也变弱了,最后成了一下一下轻轻的抽搐,然后一切都停止了,可父亲那双已无生命的眼睛仍焦急地看着儿子,仿佛迫切想知道他是否听懂了自己最后的话。

刘欣进入了恍惚状态——他不知道妈妈是怎样晕倒在病床前,也不知道护士是怎样从父亲鼻孔中取走输氧管,他只听到那段杂音在脑海中回响,每个音节都刻在他的记忆中,像刻在唱片上一样清晰。

后来的几个月,他一直都处在这种恍惚状态中。那杂音日日夜夜在脑海中折磨着他,最后他觉得自己也要窒息了,不让他呼吸的就是那段杂音,他要想活下去,就必须弄明白它的含义!

直到有一天,久病的妈妈对他说,他已长大了,该撑起这个家了,别去念高中了,去矿上接爸爸的班吧。

他恍惚着拿起父亲的饭盒,走出家门,在1978年冬天的寒风中向矿上走去,向父亲的二号井走去。

他看到了黑黑的井口,好像一只眼睛注视着他,而通向深处的一串防爆灯就是那只眼睛的瞳仁——那是父亲的眼睛。

那杂音急促地在他脑海中响起,最后变成一声惊雷,他猛然听懂了父亲最后的话:

"不要下井……"

25 年后

刘欣觉得自己的奔驰车在这里很不协调,很扎眼。现在矿上建了些高楼,路边的饭店和商店也多了起来,但一切都笼罩在一种灰色的氛围之中。

车到了矿务局,刘欣看到局办公楼前的广场上黑压压地坐了一大片人。刘欣穿过坐着的人群向办公楼走去。在这些身着工作服和便宜背心的人当中,西装革履的他再次感到了自己同周围的不协调。人们无言地看着他走过,目光像钢针一样穿透了他身上 2 000 美元一套的名牌西装,令他浑身发麻。

在局办公楼前的大台阶上,他遇到了李民生,他的中学同学,现在是地质处的主任工程师。这人还是 20 年前那副瘦猴样,脸上又多了一副憔悴的倦容。他抱着一卷图纸,这对他似乎已是很沉重的负担。

"矿上有半年发不出工资了,工人们在等候。"寒暄过后,李民生指着办公楼前的人群说,同时上下打量着他,那目光像在看一个异类。

"有了大秦铁路,前两年国家又实行限产,

大秦铁路:简称大秦线,是中国华北地区一条连接山西省大同市与河北省秦皇岛市的国铁Ⅰ级货运专线铁路,也是中国境内首条双线电气化重载铁路、首条煤运通道干线铁路。于 1983 年进行勘察设计,于 1985 年动工建设,于 1992 年全线竣工运营。

还是没好转?"

"有过一段好转,后来又不行了。这行业就这个样子,我看谁也没办法。"李民生长叹了一口气,转身欲走,好像刘欣身上有什么东西使他想快些离开,但刘欣拉住了他。

"帮我一个忙。"

李民生苦笑着说:"二十多年前在市一中,你连饭都吃不饱,还不肯要我们偷偷放在你书包里的饭票,现在你更是最不需要谁帮忙了。"

"不,我需要。能不能找到地下的一小块煤层,很小的一块,贮量不要超过 3 万吨,关键是这块煤层要尽量孤立,同其他煤层间的联系越少越好。"

"这个……应该行吧。"

"我需要这煤层和周围详细的地质资料,越详细越好。"

"这个也行。"

"那我们晚上细谈。"刘欣说。李民生转身又要走,刘欣再次拉住了他,"你不想知道我打算干什么?"

"我现在只对自己的生存感兴趣,同他们一样。"他朝人群偏了一下头,转身走了。

沿着被岁月磨蚀的楼梯拾级而上,刘欣看到楼内的高墙上沉积的煤粉像一幅幅巨型的描绘云雾和山脉的水墨画。那幅《毛主席去安源》的巨幅油画还挂在那里,画很干净,没沾染煤粉,但画框和画面都显示出了岁月的沧桑。画中人那深邃沉静的目光在 20 多年后又一次落到刘欣的身上,他终于有了回家的感觉。

来到二楼,局长办公室还在 25 年前那个地方。那两扇大门后来包了皮革,现在皮革也破了。推门进去,刘欣看到局长正伏在办公桌上专心致志地看一张很大的图纸,半白的头对着门口。走近了看,那是一张某个矿的掘进进尺图。

"你是部里那个项目的负责人吧?"局长问。他只是抬了一下头,然后又低下头去看图纸。

"是的,这是个很长远的项目。"

"呵,我们尽力配合吧,但眼前的情况你也看到了。"局长抬起头来,把手伸向他。刘欣和他握手时,看到了他脸上和李民生一样的憔悴倦容,同时感觉到他有两根手指变形了——那是早年一次井下工伤造成的。

"你去找负责科研的张副局长,去找赵总工程师也行,我没空,真对不起了,等你们有一定结果后我们再谈。"局长说完,又把注意力集中到图纸上去了。

"您认识我父亲,您曾是他队里的技术员。"刘欣说出了他父亲的名字。

局长点点头:"好工人,好队长。"

"您对现在煤炭工业的形势怎么看?"刘欣突然问,他觉得只有尖锐地切入正题才能引起这人的注意。

"什么怎么看?"局长头也没抬地问。

"煤炭工业是典型的传统工业、落后工业和夕阳工业。它劳动密集,工人的工作条件恶劣,产出率低,产品运输要占用巨量运力……煤炭工业曾是英国工业的一个重要组成部分,但英国在十年前就关闭了所有的煤矿!"

"我们关不了。"局长说,仍未抬头。

"是的,但我们要改变!彻底改变煤炭工业的生产方式!否则,我们永远无法走出现在这种困境。"刘欣快步走到窗前,指着窗外的人群,"煤矿工人,千千万万的煤矿工人,他们的命运难有根本的改变!我这次来——"

"你下过井吗?"局长打断了他。

"没有。"一阵沉默后,刘欣又说,"父亲死前不让我下。"

"你做到了。"局长说。他伏在图纸上。刘欣看不到他的表情和目光,刚才那种针刺的感觉又回到了他身上。他觉得很热,这个季节,他的西装和领带只适合有空调的房间。这里没有空调。

"您听我说,我有一个目标,一个梦。这梦在我父亲死的时候就有了。为了我的这个梦、这个目标,我上了大学,又出国读了博士……我要彻底改变煤炭工业的生产方式,改变煤矿工人的命运。"

"简单些,我没空。"局长把手向后指了一下。刘欣不知他指的是不是窗外的人群。

"只要一小会儿,我尽量简单些说。煤炭工业的传统生产方式是:在极差的工作环境中,用密集的劳动、很低的效率,把煤从地下挖出来,然后占用大量铁路、公路和船舶的运力,把煤运输到使用地点,然后再把煤送到煤气发生器中,产生煤气,或送入发电厂,经磨煤机研碎后送进锅炉燃烧——"

"简单些,直截了当些。"

"我的想法是:把煤矿变成一个巨大的煤气发生器,使煤层中的煤在地下就变为可燃气体,然后用开采石油或天然气的方式——地面钻井开采,并通过专用管道把这些气体输送到使用点。用煤量最大的火力发电厂的锅炉也可以燃烧煤气。这样,矿井将消失,煤炭工业将变成一个同现在完全两样的崭新的现代化

煤气发生器:即煤气发生炉,是将煤炭转化为可燃性气体煤气的生产设备。工作原理为:将符合气化工艺指标的煤炭筛选后,由加煤机加入到煤气炉内,从炉底鼓入自产蒸汽与空气混合气体作为气化剂,煤炭在炉内经物理、化学反应,生成可燃性气体。

工业！"

"你觉得自己的想法很新鲜？"

刘欣不觉得自己的想法新鲜，同时他也知道，这位局长——矿业学院60年代的高才生，现今国内最权威的采煤专家之一——也不会觉得新鲜。局长当然知道，<u>煤的地下气化</u>在几十年前就是世界性的研究课题，这几十年中，数不清的研究所和跨国公司开发出了数不清的煤气化催化剂，但至今煤的地下气化仍是一个梦，一个人类做了近一个世纪的梦。原因很简单，那些催化剂的价格远高于它们产生的煤气。

"您听着，我不用催化剂也可以做到煤的地下气化！"

"怎么个做法呢？"局长终于推开了眼前的图纸，似乎很专心地听刘欣说下去。这给了他很大的鼓舞。

"把地下的煤点着！"

一阵长时间的沉默。局长直直地看着刘欣，同时点上一支烟，热情地示意他说下去。但刘欣的兴奋劲儿一下降了下来，他已经看出局长热情的实质。在日日夜夜艰苦而枯燥的工作中，他终于找到了一个短暂的放松消遣的机会——一个可笑的傻瓜来免费表演了。

刘欣只好硬着头皮说下去："开采是通过在

> 煤的地下气化：将地下煤炭资源原地转化为可燃气体的采煤方法，利用这种方法可获得更高效的热能、电能或各种化学产品，涉及地质、煤炭、石油、机械、化工和信息等不同科技领域，是一种融多学科为一体的综合性能源生产新技术。1932年，苏联在顿巴斯建立了世界上第一座有井式气化站。至今，煤炭地下气化已从有井式发展到无井式及其共存的局面。

地火

地面向煤层钻孔实现的，用现有的油田钻机就可实现，其作用如下：一、向煤层中布放大量的传感器；二、点燃地下煤层；三、向煤层中注水或水蒸气；四、向煤层中导入助燃空气；五、导出气化煤。

"地下煤层被点燃并同水蒸气接触后，将发生以下反应：碳同水生成一氧化碳和氢气，碳同水生成二氧化碳和氢气；然后，碳同二氧化碳生成一氧化碳，一氧化碳同水又生成二氧化碳和氢气；最后的结果将产生一种类似于水煤气的可燃气体，其中的可燃成分是50%的氢气和30%的一氧化碳，这就是我们可以得到的气化煤。

"传感器将煤层中各点的燃烧情况和一氧化碳等可燃气体的产生情况通过次声波信号传回地面，这些信号汇总到计算机中，生成一个煤层燃烧场的模型。根据这个模型，我们就可从地面通过钻孔控制燃烧场的范围，并控制其燃烧的程度。具体的方法是通过钻孔注水抑制燃烧，或注入高压空气或水蒸气加剧燃烧。这一切都是计算机根据燃烧场模型的变化自动进行的，可以使整个燃烧场处于最佳的水煤混合不完全燃烧状态，保持最高的产气量。您最关心的当然是燃烧范围的控制，针对这个问题，我们可以在燃烧蔓延的方向上打一排钻孔，注入高压水，形成地下水墙阻断燃烧，在火势较猛的地方，还可采用大坝施工中的水泥高压灌浆帷幕来阻断燃烧……您在听我说吗？"

窗外传来一阵喧哗，吸引了局长的注意力。刘欣知道，他的话在局长脑海中产生的画面肯定和自己想象中的不一样。局长当然清楚点燃地下煤层意味着什么。现在，地球上各大洲都有很多燃烧着的煤矿，中国就有几座。去年，刘欣在新疆第一次见到了地火。

在那里，极目望去，大地和丘陵寸草不生，空气中涌动着充满硫黄味的热浪，使周围的一切都在晃动，仿佛整个世界都被放在烤架上。入夜，刘欣看到一道道幽幽的红光，它们是从地上无数裂缝中透出的。刘欣走近一条裂缝，探身向里看去，立刻倒吸了一口冷气，这儿像是地狱的入口。红光从深处透上来，热力逼人。再抬头看看夜幕下这透出道道红光的大地，刘欣一时觉得地球像一块被薄薄地层包裹着的火炭！陪刘欣一起去的是一个叫阿古力的强壮维吾尔族汉子，他是中国唯一一支专业煤层灭火队的队长。刘欣那次去的目的，就是要把他招聘到自己的实验室中。

"离开这里我还有些舍不得，"阿古力用生硬的汉语说，"我是看着地火长大的，它在我眼中成了世界必不可少的一部分，像太阳、星星一样。"

"你是说，从你出生时这火就烧着？"

"不，刘博士，这火从清朝时就烧着！"

刘欣一下呆立住了，在黑夜中的滚滚热浪面前，打着寒战。

阿古力接着说："与其说我答应去帮你，还不如说是去阻止你。听我的话，刘博士，这不是闹着玩儿的，你在干魔鬼的勾当呢！"

…………

这时，窗外的声音更大了，局长站起身向外走去，同时对刘欣说："年轻人，我真希望部里用投在这个项目上的那6 000万干些别的。你已经看到了，需要干的事儿太多了，回见。"

刘欣跟在局长身后来到办公楼外面，看到等候的人更多了。一位领导正对群众喊话，刘欣没有听清那人在说什么，他的注意力被人群一角的情景吸引了，那里有一大片轮椅。

这个年代，你不会在别的地方见到这么多的轮椅集中在一块儿，轮椅还在源源不断地出现，每个轮椅上都坐着一位因工伤截肢的矿工……

刘欣感到透不过气来，他扯下领带，低着头急步穿过人群，钻进自己的汽车。他漫无目的地开车乱转，脑子一片空白。不知转了多长时间，他刹住车，发现自己来到一座小山顶上。他小时候常到这里来，从这儿可以俯瞰整个矿区。他呆呆地站在那儿，不知过了多长时间。

"都看到些什么?"一个声音响起。刘欣回头一看,李民生不知什么时候站在了他身后。

"那是我们的学校。"刘欣向远方指了一下。那是一所很大的、中学和小学在一起的矿山学校,校园内的大操场格外醒目。在那儿,他们埋葬了自己的童年和少年。

"你自以为记得过去的每一件事。"李民生在旁边的一块石头上坐下来,有气无力地说。

"我记得。"

刘欣猛地转身盯着他童年的朋友:"你怎么变成这个样子?我不认识你了!"

李民生猛地站起身,也盯着刘欣,同时用一只手指着山下黑灰色的世界:"那矿山怎么变成这个样子?你还认识它吗?"他又颓然坐下,"那个时代,我们的父辈是多么骄傲的一群,伟大的煤矿工人是多么骄傲的一群!就说我父亲吧,他是八级工,一个月能挣120元!那个时代的120元啊!"

刘欣沉默了一会儿,想转移话题:"家里人都好吗?你爱人,她叫……什么珊来着?"

李民生又苦笑了一下:"现在连我都几乎忘记她叫什么了。去年,她对我说她去出差,扔下我和女儿,不见了踪影。两个多月后,她来了一封信,信是从加拿大寄来的,她说再也不愿和一个煤黑子一起葬送人生了。"

"有没有搞错,你是高级工程师啊!"

"都一样。"李民生对着下面的矿山画了一大圈,"在她们眼里,我们都是煤黑子。呵,还记得我们是怎样立志当工程师的吗?"

"那年创高产,我们去给父亲送饭,那是我们第一次下井。在那黑乎乎的地方,我问父亲和叔叔们,你们怎么知道煤层在哪儿?怎么知道巷道向哪个方向挖?特别是,你们在深深的地下从两个方向挖洞,怎么能准准地碰到一块儿？"

"你父亲说，孩子，谁都不知道，只有工程师知道。我们上井后，他指着几个把安全帽拿在手中、围着图纸看的人说，看，他们就是工程师。当时在我们眼中，那些人就是不一样。至少，他们脖子上的毛巾白了许多……"

"现在我们实现了儿时的愿望，当然说不上什么辉煌，总得尽责任做些什么，要不岂不是背叛了自己？"

"闭嘴吧！"李民生愤怒地站了起来，"我一直在尽责任，一直在做着什么。倒是你，成天就生活在梦中！你真的认为你能让煤矿工人从矿井深处走出来？能让这矿山变成气田？就算你的那套理论和实验都成功了，又能怎么样？你计算过那玩意儿的成本吗？还有，你用什么来铺设几万公里的输气管道？要知道，我们现在连煤的铁路运费都付不起了！"

"为什么不从长远看？几年，几十年以后……"

"见鬼吧！我们现在连几天以后都没着落呢！我说过，你是靠做梦过日子的，从小就是！当然，在北京六铺炕那幢安静的旧大楼（国家煤炭设计院所在地）中，你这梦可以随便做。我不行，我生活在现实中！"李民生揶揄了一通，转身要走时才想起来意，"哦，我来是告诉你，局长已安排我们处配合你们的实验。工作是工作，我会尽力的。三天后，我给你实验煤层的位置和详细资料。"说完，他头也不回地走了。

刘欣呆呆地看着这埋葬了他童年和少年时代的矿山。他看到了高大的井架，顶端巨大的卷扬轮正转动着，把看不见的大罐笼送入深深的井下；他看到了一排排轨道电车从他父亲工作过的矿井出入；他看到了选煤楼下，一列火车正从一长排数不清的煤斗下缓缓开出；他看到了电影院和球场，在那里，他度过了最美好的童年时光；他看到了高大的矿工澡堂——只有在煤矿才有这样大的澡堂。在那宽大澡池被煤粉染黑的水中，他居然学会了游泳!是的,在这远离大海和大河的地方,他是在那儿学会游泳的!他的目光移向远方,看到了高大的矸石山,那是上百年来从煤中捡出的黑石堆成的山,看上去比周围的山都高大。矸石中的硫黄因雨水而发热,正冒出一阵阵青烟……这里的一切都被岁月罩上一层黑灰色,这也是刘欣童年的颜色,生命的颜色。他闭上双眼,听着矿山发出的声音,时光在这里仿佛停止了流逝。

啊,父辈们的矿山,我的矿山……

矸(gān)石:也叫矸子,是采矿过程中从井下或露天矿采场采出的或混入矿石中的岩石。可从中回收少量煤炭,也可用作制砖、水泥等的原料。

这是离矿山不远的一个山谷,白天可以看到矿山的烟雾和蒸汽从山后升起,夜里可以看到矿山周围灿烂的灯火在天空中映出的光晕,矿山的汽笛声也清晰可闻。现在,刘欣、李民生和阿古力站在山谷的中央,看到这里很荒凉,远处山脚下有一个牧人赶着一群瘦山羊慢慢走过。这个山谷下面,就是刘欣要做地下气化煤开采实验的那片孤立的小煤层。这是李民生和地质处的工程师们花了一个月的时间,从地质处资料室那堆积如山的地质资料中找到的。

"这里离主采区较远,所以地质资料不太详细。"李民生说。

"我看过你们的资料。从现有资料看,实验

煤层距大煤层至少有 200 米，还是可以的。我们要开始干了！"刘欣兴奋地说。

"你不是搞煤矿地质专业的，对这方面的实际情况了解不多，我劝你还是慎重一些，再考虑考虑吧！"

"现在实验根本不能开始！"阿古力说，"我也看过资料，太粗疏了！勘探钻孔间距太大，还都是 60 年代初搞的，应该重新进行勘探，必须确切证明这片煤层是孤立的，实验才能开始。我和李工搞了一个勘探方案。"

"按这个方案完成勘探需要多长时间？还要追加多少投资？"

李民生说："按地质处现有的力量，时间至少一个月。投资没细算过，估计……怎么也得 200 万左右吧。"

"我们既没时间也没钱干这事儿。"

"那就向部里请示！"阿古力说。

"部里？部里早就有一帮人想砍掉这个项目了！上面急于看到结果，我再回去要求延长时间和追加预算，岂不是自投罗网！直觉告诉我不会有太大问题的，就算我们冒个小险吧。"

"直觉？冒险？把这两个东西用到这件事上？刘博士，你知道这是在什么上面动火吗？这还是小险？"

"我已经决定了！"刘欣猛地把手一劈，独自向前走去。

"李工，你怎么不制止这个疯子？我们可是达成过一致看法的！"阿古力对李民生质问道。

"我只做自己该做的。"李民生冷冷地说。

山谷里有 300 多人在工作，他们中除了物理学家、化学家、地质学家和采矿工程师外，还有一些意想不到的其他专业人员：有阿古力率领的一支十多人的煤层灭火队，还有来自仁丘油田的两个完整的石油钻井班，以及几名负责建立地下防火帷幕的水工建筑工程师和工人。这个工地上，除了几台高大的钻机和成堆的钻杆外，还可以看到搅拌机和小山一样高的袋装水泥。高压泥浆泵轰鸣着将水泥浆注入地层中，还有成排的高压水泵和空气泵，以及蛛丝般错综复杂的各色管道……

工程已进行了两个月，他们在地下建立了一道总长 2 000 多米的灌浆帷幕，把这片小煤层围了起来。这本是一项水电工程中的技术，用于大坝基础的防渗。刘欣想用它建立地下防火墙——高压注入的水泥浆在地层中凝固，形成一道地火难以穿透的严密屏障。在防火帷幕包围的区域中，钻机打出了近百个深孔，每个都直达煤层。每个孔口都连接着一根管道，这根管道又分成三根支管，连接到不同的高压泵上，可分别向煤层中注入水、水蒸气和压缩空气。

最后的一项工作是放"地老鼠"，这是人们对燃烧场传感器的俗称。这种由刘欣设计的神奇玩意儿并不像老鼠，倒很像一颗小炮弹。它有 20 厘米长，头部有钻头，尾部有驱动轮。被放进钻孔后，"地老鼠"能凭借钻头和驱动轮在地层中移动上百米，自动抵达指定位置。它能在高温高压下工作，在煤层被点燃后，它用可穿透地层的次声波把所在位置的各种参数传给主控计算机。现在，他们已在这片煤层中放入了上千个"地老鼠"，其中有一半放置在防火帷幕之外，以监测可能透过帷幕的地火。

在一顶宽大的帐篷中，刘欣站在一块投影屏幕前，屏幕上显示出防火帷幕圈，计算机根据收到的信号用闪烁光点标出所有"地老鼠"的位置。它们密集分布着，整个屏幕看上去就像一幅天文星图。

一切都已就绪，两根粗大的点火电极被从帷幕圈中央的一个钻孔放下去，电极的电线直接通到刘欣所在的大帐篷中，接到一个有红色大按钮的开关上。这时，所有的工作人员都各就各位，兴奋地等待着。

"你最好再考虑一下，刘博士。你干的事太可怕了，你不知道地火的厉害!"阿古力再次对刘欣说。

"好了,阿古力,你从到我这儿来的第一天,就到处散布恐慌情绪,还告我的状,一直告到煤炭部。但公平地说,你在这个工程中是做了很大贡献的,没有你这一年的工作,我不敢贸然实验。"

"刘博士,别把地下的魔鬼放出来!"

"你觉得我们现在还能放弃?"刘欣笑着摇摇头,然后转向站在旁边的李民生。

李民生说:"根据你的吩咐,我们第六遍检查了所有的地质资料,没有问题。昨天晚上,我们还在敏感位置又加了一道帷幕。"他指了指屏幕上帷幕圈外的几个小线段。

刘欣走到点火电极的开关前,把手指放到红色按钮上时,他停了一下,闭起了双眼,像在祈祷。他嘴动了动,只有离他最近的李民生听清了他说的两个字:"爸爸……"

红色按钮按下了,没有任何声音和闪光,山谷还是原来的山谷,但在地下深处,在上万伏的电压下,点火电极在煤层中迸发出雪亮的高温电弧。投影屏幕上,放置点火电极的位置出现了一个小红点,红点很快扩大,像滴在宣纸上的一滴红墨水。刘欣动了一下鼠标,屏幕上换了一幅画面,显示出计算机根据"地老鼠"发回的信息生成的燃烧场模型,那是一个洋葱状的不断扩大的球体,洋葱的每一层代表一个等温层。高压空气泵在轰鸣,助燃空气从多个钻孔汹涌地注入煤层,燃烧场像一个被吹起的气球一样扩大着……一个小时后,控制计算机启动了高压水泵,屏幕上燃烧场的形状变得扭曲复杂起来,但体积并没有缩小。

刘欣走出了帐篷,外面太阳已落山,各种机器的轰鸣在黑下来的山谷中回荡。300多人都聚集在外面,围着一个直立的喷口,那喷口有油桶一般粗。人们为刘欣让开一条路,他走上了喷口下的小平台。平台上已有两个工人,其中一个看到刘欣到来,便开始旋动喷口的开关轮;另一个用打火机点燃了一束火把,递给刘欣。随着开关轮的旋动,喷口中响起一阵气流的嘶鸣,音量骤增,就像一个喉咙嘶哑的巨人在山谷中怒吼。四周,300张紧张期待的脸在火把的光亮中时隐时现。刘欣又闭上双眼,再次默念了那两个字:"爸爸……"

然后他将火把伸向喷口,点燃了人类第一口燃烧气化煤井。

"轰"的一声,一根巨大的火柱腾空而起,猛蹿至十几米高。那火柱紧接喷口的底部呈透明的纯蓝色,向上很快变成刺眼的黄色,再向上渐渐变红,它在半空中发出低沉强劲的啸声,离得最远的人都能感觉到它澎湃的热力,周围的群山被它的光芒照得通亮,远远望去,宛如黄土高原上空一盏灿烂的天灯!

人群中走出一个头发花白的人——局长。他握住刘欣的手说:"接受我这个思想僵化的落伍者的祝贺吧,你搞成了!不过,我还是希望尽快把它灭掉。"

"您到现在还不相信我?它不能灭掉,我要让它一直燃着,让全国和全世界都看看!"

"全国和全世界已经看到了。"局长指了指身后蜂拥而上的电视台记者,"但你要知道,实验煤层和周围大煤层的最近距离不到 200 米。"

"可在这些危险的位置,我们连打了三道防火帷幕,还有好几台高速钻机随时待命,绝对没有问题!"

"我不知道有无问题,只是很担心。这是部里的工程,我无权干涉,但任何一项新技术,不管看上去多成功,都有潜在的危险。在这几十年中,各种危险我见过不少,可能是我思想僵化的原因吧,我真的很担心……不过,"局长再次把手伸给了刘欣,"我还是谢谢你,你让我看到了煤炭工业的希望。"他又凝视了火柱一会儿,"你父亲会很高兴的。"

以后的两天，刘欣他们又点燃了两个喷口，火柱达到了三根。这时，实验煤层的产气量按标准供气压力计算，已达 50 万立方米每小时，相当于上百台大型煤气发生炉。

对地下煤层燃烧场的调节全部由计算机完成，燃烧场的面积严格控制在帷幕圈总面积的三分之二以内，且界限稳定。应矿方的要求，刘欣多次做了燃烧场控制实验。他在计算机上用鼠标画一个圈，限定燃烧范围，然后按住鼠标把这个圈缩小。随着外面高压泵的轰鸣，一个小时内，实际燃烧场的面积退到缩小的圈内。同时，在距离大煤层较近的危险地带，又增加了两道长 200 多米的防火帷幕。

刘欣没有太多的事可做，大量时间都花在接受记者采访和对外联络上。国内外的许多大公司闻风而来，其中包括像杜邦和埃克森这样的巨头。

第三天，一个煤层灭火队员找到刘欣，说他们队长要累垮了。这两天，阿古力带领灭火队发疯似的一遍遍地搞地下灭火演习，还自作主张，租用国家遥感中心的一颗卫星监视这一地区的地表温度。他已连续三夜没睡觉，晚上在帷幕圈外面远远近近地转，一转就是一夜。

刘欣找到阿古力，看到这个强壮的汉子消瘦了许多，双眼红红的。"我睡不着，"阿古力说，"一合眼就做噩梦，看到大地上到处喷着这样的火柱子，像一片火的森林……"

刘欣说："租用遥感卫星是一笔很大的开销，虽然我觉得没必要，但既然已做了，我尊重你的决定。阿古力，我以后还是很需要你的。虽然我觉得你的煤层灭火队不会有太多的事可做，但再安全的地方也是需要消防队的。你太累了，先回北京去休息几天吧。"

"我现在离开？你疯了！"

"你在地火上面长大，对它形成了一种根深蒂固的恐惧感。现在，我们虽然还控制不了像新疆煤矿地火那么大的燃烧场，但我们很快就能做到！

我打算在新疆建第一个商业化运营的气化煤田，到时候，那里的地火为我们所用，你家乡的土地将布满美丽的葡萄园。"

"刘博士，我很敬重你，这也是我跟你干的原因，但你总是高估自己。在地火面前，你还只是个孩子呢！"阿古力苦笑道，摇着头走了。

灾难是在第五天降临的。当时天刚亮，刘欣被推醒了，看到面前站着阿古力，他气喘吁吁，双眼发直，像得了热病，裤腿都被露水打湿了。他把一张激光打印机打出的照片举到刘欣面前，举得那么近，都快挨着刘欣的双眼了。那是一幅卫星发回的红外线彩色温度遥感照片，像一幅色彩斑斓的抽象画。刘欣看不懂，迷惑地望着他。"走！"阿古力大吼一声，拉着刘欣的手冲出帐篷。刘欣跟着他向山谷北面的一座山上攀去，一路上，刘欣越来越迷惑。首先，这是最安全的一个方向，在这个方向上，实验煤层距大煤层有上千米远；其次，阿古力现在领他走得也太远了，他们已接近山顶，帷幕圈远远落在下面，在这儿能出什么事呢？到达山顶后，刘欣喘息着正要质问，却见阿古力把手指向山另一边更远的地方。刘欣放心地笑了，笑阿古力神经过敏。但顺着阿古力手指的方向看了好一会儿后，他终于发现远处山坡低处的草地有些异样：那里出现了一个圆，圆内的绿色比周围略深一些，不仔细看根本无法察觉。刘欣的心猛然缩紧，他和阿古力向山下跑去，向草地上那个暗绿色的圆跑去。

跑到那里后，刘欣跪在草地上仔细察看圆内的草，并把它们同圆外的相比较，发现这些草已蔫软，倒伏在地，像被热水泼过一样。刘欣把手按到草地上，明显地感觉到了来自地下的热力。在圆的中心，一缕蒸汽在刚刚出现的阳光中缓缓升起……

经过一个上午的紧急钻探，又施放了上千个"地老鼠"，刘欣终于确定了一个噩梦般的事实：大煤层着火了。燃烧的范围一时还无法摸清，因为

"地老鼠"在地下的行进速度只有每小时十几米。但大煤层比实验煤层深得多,它的燃烧热量透到了地表,说明已燃烧了相当长的时间,火场已很大了。

事情有些奇怪,在燃烧的大煤层和实验煤层之间的1000米土壤和岩石带完好无损,地火是在这上千米隔离带的两边烧起来的,以至于有人提出大煤层的火同实验煤层没有什么关系。但这只是自我安慰,连提出这个看法的人自己也不太相信。随着勘探的深入,事情终于在深夜搞清楚了。

从实验煤层中伸出了八条狭窄的煤带,这些煤带最窄处只有半米,很难察觉。其中五条煤带被防火帷幕截断,三条煤带向下延伸,刚好爬过了帷幕的底部。这三条"煤蛇"中的两条中断了,但有一条一直通向千米外的大煤层。这些煤带实际是被煤填充的地层裂缝,裂缝都与地表相通,为燃烧提供了良好的供氧。于是,那条煤带成了连接实验煤层和大煤层的一根导火索。

这三条煤带都没有在李民生提供的地质资料上标明。事实上,这种狭长的煤带是极其罕见的,大自然开了一个残酷的玩笑。

"我没有办法,孩子得了尿毒症,要不停地做透析,这个项目的酬金对我太重要了!所以

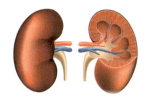

尿毒症:肾功能丧失后,机体内部生化过程紊乱而产生的一系列复杂的综合征,而不是一种独立的疾病,通常被称为肾功能衰竭综合征,简称慢性肾衰。由于人体不能通过肾脏产生尿液,含氮代谢产物和其他毒性物质不能排出并在体内蓄积,除造成水、电解质和酸碱平衡紊乱外,可引起人体多个器官和系统的病变。

我没有尽全力阻止你……"李民生脸色苍白，回避着刘欣的目光。

现在，他们和阿古力站在隔开两片地火的山峰上。又是一个早晨，矿山和山峰之间的草地已全部变成了深绿色，而昨天他们看到的那个圆形区域现在已成了焦黄色！蒸汽在山下弥漫，矿山已看不清楚了。

阿古力对刘欣说："我在新疆的煤矿灭火队和大批设备已乘专机到达太原，很快就会到这里。全国其他地区的力量也在向这儿集中。从现在的情况看，火势很凶，蔓延飞快！"

刘欣默默地看着阿古力，好大一会儿才低声问："还有救吧？"

阿古力轻轻地摇摇头。

"你就告诉我，还有多大的希望。如果封堵供氧通道，或注水灭火……"

阿古力又摇摇头："我有生以来一直在灭火，可地火还是烧毁了我的家乡。我说过，在地火面前，你只是个孩子。你不知道地火是什么。在那深深的地下，它比毒蛇更光滑，比幽灵更莫测。它想去哪儿，凡人是拦不住的。这里的地下有巨量的优质无烟煤，是魔鬼渴望了上亿年的东西。现在你把魔鬼放出来了，它将拥有无穷的能量和力量。这里的地火将比新疆的大百倍！"

刘欣抓住维吾尔族汉子的双肩绝望地摇晃着："告诉我还有多大希望！求求你说真话！"

"百分之零。"阿古力轻轻地说，"刘博士，你此生很难赎清自己的罪了。"

在局大楼里召开了紧急会议，莅会的除了矿务局主要领导和五个矿的矿长外，还有包括市长在内的市政府的一群忧心忡忡的官员。会上首先成立了应急指挥中心，中心总指挥由局长担任，刘欣和李民生都是领导小组的成员。

"我和李工将尽自己最大努力做好工作，但还是请大家明白，我们现在都是罪犯。"刘欣说。李民生在一边低头坐着，一言不发。

"现在还不是讨论责任的时候。只干，别多想。"局长看着刘欣，"知道最后这五个字是谁说的吗？你父亲。那时我是他队里的技术员，有一次为了达到当班的产量指标，我不顾他的警告，擅自扩大了采掘范围，结果造成工作面大量进水，队里二十几个工友被水困在巷道的一角。当时大家的头灯都灭了，也不敢用打火机，一怕瓦斯，二怕消耗氧气，因为水已把那里全封死了。黑得伸手不见五指，这时，你父亲告诉我，他记得上面是另一条巷道，顶板好像不太厚。然后我就听到他在用镐挖顶板，我们几个也都摸到镐跟着他在黑暗中挖了起来。氧气越来越少，我们开始感到胸闷头晕。还有那黑暗，那是地面上的人见不到的绝对的黑暗，只有镐头撞击顶板的火星在闪烁。当时对我来说，活着真是一种折磨。是你父亲支撑着我，他在黑暗中反复对我说那五个字：'只干，别多想。'不知挖了多长时间，当我就要在窒息中昏迷时，顶板挖塌了一个洞，上面巷道防爆灯的光亮透射进来……后来，你父亲告诉我，他也不知道顶板有多厚，但那时人只能是'只干，别多想'。这么多年，这五个字在我脑子

瓦斯：俗称煤气，是古代植物在堆积成煤的初期，纤维素和有机质经厌氧菌的作用分解而成。无色无味，主要成分是烷烃，其中甲烷占绝大多数，另有少量的乙烷、丙烷和丁烷，此外一般还含有硫化氢、二氧化碳、氮气和水，以及微量的惰性气体，如氦和氩等，在煤体或围岩中是以游离状态和吸着状态存在。瓦斯的渗透能力是空气的1.6倍，难溶于水，不助燃也不能维持呼吸，达到一定浓度时，能使人因缺氧而窒息，并能发生燃烧或爆炸。

中越刻越深，现在我替你父亲把它传给你了。"

会上，从全国各地紧急赶到的专家们很快制订了灭火方案。可供选择的手段不多，只有三个：一、隔绝地下火场的氧气；二、用灌浆帷幕切断火路；三、向地下火场大量注水灭火。这三个措施同时进行，但第一个方法早就证明难以奏效，因为通向地下的供氧通道极难定位，就是找到了，也很难堵死；第二个方法只对浅煤层火场有效，且速度太慢，赶不上地下火势的迅速蔓延；最有希望的只剩第三个灭火方法。

消息仍然被封锁，灭火工作在悄悄进行。从仁丘油田紧急调来的大功率钻机在人们好奇的目光中穿过煤城的公路，军队开进了矿山，天空出现了盘旋的直升机……一种不安的情绪笼罩着矿山，各种传言开始像野火一样蔓延。

大型钻机在地下火场的火头上一字排开，钻孔完成后，上百台高压水泵开始向冒出青烟和热浪的井孔中注水。注水量是巨大的，以至于矿山和城市生活区全部断水，社会的不安和骚动进一步加剧。但注水的结果令人鼓舞。在指挥中心的大屏幕上，红色火场的前锋面出现了一个个以钻孔为中心的暗色圆圈，标志着注水在急剧降低火场温度。如果这一排圆圈连接起来，就有希望截断火势的蔓延。

但这使人稍稍安慰的局势并没有持续多长时间。在高大的钻塔旁边，来自油田的钻井队长找到了刘欣。

"刘博士，有三分之二的井位不能再钻了！"他在钻机和高压泵的轰鸣声中大喊。

"你开什么玩笑？！我们现在必须在火场上大量增加注水孔！"

"不行！那些井位的井压都在急剧增大，再钻下去要井喷的！"

"你胡说！这儿不是油田，地下没有高压油气层，怎么会井喷？！"

"你懂什么！我要停钻撤人了！"

刘欣愤怒地抓住队长满是油污的衣领："不行！我命令你钻下去！不会有井喷的！听到了吗？不会！"

话音未落，钻塔方向就传来了一声巨响，两人转头望去，只见沉重的钻孔封瓦裂成两半飞了出来，一股黄黑色的浊流嘶鸣着从井口喷涌而出，浊流中，折断的钻杆七零八落地飞出。在人们的惊叫声中，那股浊流的色调渐渐变浅，这是由于其中泥沙含量减少的缘故。接着，它变成了雪白色。人们明白了，这是注入地下的水被地火加热后变成的高压蒸汽！刘欣看到了司钻的尸体被挂在钻塔那高高的顶端，在白色的蒸汽冲击下疯狂地摇晃，时隐时现。而钻台上的另外三个工人已不见踪影！

更恐怖的一幕出现了，那条白色巨龙的头部脱离了地面，渐渐升起，最后升到了钻塔以上，仿佛横空出世的白发魔鬼，而这魔鬼同地面的井口之间，除了破损的井架之外竟空无一物！只能听到那可怕的啸声，以至于几个年轻工人以为井喷停了，犹豫着向钻台迈步，但刘欣死死抓住了他们中的两个，高喊："不要命了！过热蒸汽！"

在场的工程师们很快明白了眼前这奇景的含义，但让其他人理解并不容易。同人们的常识相反，水蒸气是看不到的，人们看到的白色只是水蒸气在空气中冷凝后结成的微小水珠。而水在高温高压下会形成可怕的过热蒸汽，其温度高达四五百摄氏度！它不会很快冷凝，所以现在只能在钻塔上方看到它显形。这样的蒸汽平常只在火力发电厂的高压汽轮机中存在，而它一旦从高压输气管中喷出（这样的事故不止一次发生），就可以在短时间内穿透一堵砖墙！人们惊恐地看到，刚才潮湿的井架在无形的过热蒸汽中很快被烤干了，几根悬在空中的粗橡胶管像蜡做的一样被熔化！这魔鬼蒸汽冲击着井架，发出让人头皮发麻的巨响……

地下注水已不可能了，即使可能，注入地下火场中的水的助燃作用已大于灭火作用。

应急指挥中心的全体成员来到距地火前端最近的三矿四号井井口前。

"火场已逼近这个矿的采掘区。"阿古力说,"如果火头到达采掘区,矿井巷道将成为地火强有力的供氧通道,那时,地火火势将猛增许多倍……情况就是这样。"他打住了话头,不安地望着局长和三矿矿长。他知道采煤人最忌讳的是什么。

"现在井下情况怎么样?"局长不动声色地问。

"八个井的采煤和掘进工作都在正常进行,这主要是为了安定着想。"矿长回答。

"全部停产,井下人员立即撤出。然后,"局长停了下来,沉默了两三秒,"封井。"局长终于说出了那两个最让采煤人心碎的字。

"不!不行!"李民生失声叫道,然后才发现自己还没想好理由,"封井……封井……社会马上就会乱起来,还有……"

"好了。"局长轻轻挥了一下手,他的目光说明了一切:我知道你的感觉,我也一样,大家都一样。

李民生抱头蹲在地上,双肩颤抖,却哭不出声来。矿山的领导者和工程师们面对井口默默地站着,宽阔的井口像一只巨大的眼睛看着他们,就像 20 多年前看着童年的刘欣一样。

他们在为这座百年老矿致哀。

不知过了多长时间,局总工程师低声打破沉默:"井下的设备,看看能弄出多少就弄出多少。"

"那么,"矿长说,"组织爆破队吧。"

局长点点头:"时间很紧,你们先干,我同时向部里请示。"

局党委书记说:"不能用工兵吗?用矿工组成的爆破队……怕要出问题。"

"考虑过,"矿长说,"但现在到达的工兵只有一个排,即使爆破一个井,

国际科幻大奖青少科学启蒙系列·生命之歌

人力也远远不够,再说他们也不熟悉井下爆破作业。"

……

距火场最近的四号井最先停产。井下矿工一批批地乘电轨车上到井口,发现上百人的爆破队正围在一堆钻杆旁边等待着什么。他们上前去打听,但爆破队的矿工们也不知道自己要干什么,只是接到命令带着钻孔设备集合。突然,人们的注意力都被吸引到一个方向,一个车队正在朝井口开来。第一辆卡车上坐满了持枪的武警,跳下车来为后面的卡车围出了一块停车场。后面有11辆卡车,它们停下后,篷布很快被掀开,露出了下面整齐码放的黄色木箱。矿工们惊呆了,他们知道那是什么。

整整10卡车,是每箱24公斤装的硝酸铵二号矿井炸药,总重约有50吨。最后一辆较小的卡车上有几捆用于绑药条的竹条。还有一大堆黑色塑料袋,矿工们知道那里面装的是电雷管。

刘欣和李民生刚从一辆车的驾驶室里跳下来,就看到刚任命的爆破队队长——一个长着络腮胡的壮汉,手里拿着一卷图纸迎面走来。

"李工,这是让我们干什么?"队长问,同时展开图纸。

李民生指点着图纸,手微微发抖:"三条爆破带,每条长35米,具体位置在下面那张图上。爆孔分150毫米和75毫米两种,装药量分别是每米28公斤和每米14公斤,爆孔密度……"

"我问你要我们干什么?!"

在队长那喷火双眼的逼视下,李民生无声地低下头。

"弟兄们,他们要炸毁大巷啦!"队长转身冲人群高喊。矿工中一阵骚动,接着如一堵墙一样围逼上来。武警士兵组成半圆形阻止人群靠近卡车,但在那势不可当的黑色人海的挤压下,警戒线弯曲变形,很快就要被冲破了。这一切都是在阴沉的气氛中发生的,只听到脚步的摩擦声和拉枪栓的声响。在最后关头,人群停止了涌动,矿工们看到局长和矿长出现在一辆

卡车的踏板上。

"我15岁就在这口井干了,你们要毁了它?!"一个老矿工高喊,脸上刀刻般的皱纹在厚厚的煤灰下仍很清晰。

"炸了井,往后的日子怎么过?"

"为了什么炸井?"

"现在矿上的日子已经很难了,你们还折腾什么?"

…………

人群炸开了,愤怒的声浪一阵高过一阵。在那落满煤灰的黑脸的海洋中,白色的牙齿十分醒目。局长冷静地等待着,人群在愤怒的声浪中又骚动起来,在即将再次失控时,他才开始说话:"大家往那儿看。"他向井口旁边的一座小山丘指去。他的声音不大,但却使愤怒的声浪立刻平息下来,所有的人都朝他指的方向看去。

那座小山丘顶上立着一根黑色的煤柱子,有2米多高,粗细不均。一圈落满煤尘的石栏杆围着那根煤柱。

"大家都管那东西叫老炭柱,但你们知道吗?它立起来的时候并不是一根柱子,而是一块四四方方的大煤块。那是100多年前,清朝的张之洞总督在开矿典礼上立起的。它是被这百多年的风雨蚀成一根柱子了。这100多年,我们这个矿山经历了多少大灾大难,谁还记得清呢?这时间不短啊同志们,四五辈人啊!这么长时间,我们总该记下些什么,总该学会些什么。如果实在什么也记不下,什么也学不会,总该记下和学会一样东西,那就是——"局长对着黑色的人海挥起双手,"天,塌不下来!"

空气凝固了,似乎连呼吸都已停滞。

"中国的产业工人,中国的无产阶级,没有比我们历史更长的了,没有比我们经历的风雨和灾难更多的了。煤矿工人的天塌了吗?没有!我们这么多人现在能站在这儿看那老炭柱,就是证明,我们的天塌不了!过去塌不了，将来也塌不了！"

"说到难，有什么稀罕啊同志们，我们煤矿工人什么时候容易过？从老祖宗辈算起，我们什么时候有过容易日子啊！你们再扳着指头算算，中国的，世界的，工业有多少种，工人有多少种，哪种比我们更难？没有，真的没有。难有什么稀罕？不难才怪，因为我们不但要顶起天，还要撑起地啊！怕难，我们早断子绝孙了！

"但社会和科学都在发展，很多有才能的人在为我们想办法，这办法现在想出来了，我们有希望完全改变自己的生活，我们要走出黑暗的矿井，在太阳底下，在蓝天底下采煤了！煤矿工人，将成为最让人羡慕的工作！这希望刚刚出现，不信，就去看看南山沟那几根冲天的大火柱！但正是这次努力，引发了灾难，关于这个，我们会跟大家详细交代。现在大家只需明白，这可能是煤矿工人的最后一难了，是为我们美好明天付出的代价，就让我们抱成一团渡过这一难吧。我还是那句话，多少辈人都过来了，天塌不下来！"

人群默默地散去后，刘欣对局长说："现在，我算真正认识了你和我父亲，我可以死而无憾了。"

"只干，别多想。"局长拍拍刘欣的肩膀，又在那里攥了一下。

四号井主巷道爆破工程开始一天后，刘欣和李民生并肩走在主巷道里，脚步发出空洞的回响。他们正走过第一爆破带，昏暗的顶灯下，可以看到高高的巷道顶上密布爆孔，引爆电线如彩色瀑布一样泻下来，在地上叠成一堆。

李民生说："以前我总觉得自己讨厌矿井，恨它吞掉了自己的青春。但现在才知道，我已同它融为一体了。恨也罢，爱也罢，它就是我的青春了。"

"我们不要太折磨自己。"刘欣说,"我们毕竟干成了一些事,不算烈士,就算阵亡吧。"

他们沉默下来,同时意识到,他们谈到了死。

这时,阿古力从后面气喘吁吁地跑过来:"李工,你看!"他指着巷道顶说。他指的是几根粗大的帆布管子,那是井下通风管,现在它们瘪下来了。

"天啊,什么时候停的通风?"李民生大惊失色。

"两个小时了。"

李民生用对讲机很快叫来了通风科科长和两名通风工程师。

"没法恢复通风了,李工,下面的通风设备——鼓风机、马达、防爆开关,甚至部分管路——都拆了呀!"通风科长说。

"你浑蛋!谁让你们拆的,你找死啊!"李民生一反常态,破口大骂起来。

"李工,这是怎么讲话嘛!谁让拆?封井前尽可能多地转移井下设备可是局里的意思,停产安排会你我都是参加了的!我们的人没日没夜干了两天,拆上来的设备有上百万元,就落你这一顿臭骂?再说井都封了,还通什么鸟风!"

李民生长叹一口气。直到现在,事情的真相还没有公布,所以才出现了这样的问题。

"这有什么?"通风科的人走后,刘欣问,"通风不该停吗?这样不是还可以减少向地下的氧气流量?"

"刘博士,你真是个理论的巨人、行动的矮子。一接触到实际,你就什么都不懂了。真像李工说的,你只会做梦!"阿古力说。自煤层失火以来,他对刘欣一直没有客气过。

李民生解释:"这里的煤层是瓦斯高发区,通风一停,瓦斯在井下很快聚集,地火到达时可能引起大爆炸,其威力有可能把封住的井口炸开,至少有可能炸出新的供氧通道。不行,必须再增加一条爆破带!"

"可李工,上面第二条爆破带才只干到一半,第三条还没开工,地火距离南面的采区已很近了,把原计划的三条做完都怕来不及啊!"

"我……"刘欣小心地说,"我有个想法不知行不行。"

"哈,用你们的话怎么说,这可是破天荒了!"阿古力冷笑着说,"刘博士还有拿不准的事儿?刘博士还有需要问别人才能决定的事儿?"

"我是说,现在最深处的这一条爆破带已做好,能不能先引爆这一条?这样一旦井下发生爆炸,至少还有一道屏障。"

"要行早这么做了。"李民生说,"爆破规模很大,引爆后,巷道里的有毒气体和粉尘会长时间散不开,让后面的施工无法进行。"

地火的蔓延速度比预想的快,施工领导小组决定只打两条爆破带就引爆,尽快从井下撤出施工人员。天快黑时,大家正在离井口不远的生产楼中,围着图纸研究如何利用一条支巷最短距离引出起爆线,李民生突然说:"听!"

一声低沉的响声隐隐约约从地下传来,像大地在打嗝。几秒后又一声。

"是瓦斯爆炸,地火已到采区了!"阿古力紧张地说。

"不是说还有一段距离吗?"

没人回答,刘欣的"地老鼠"探测器已用完,现有落后的探测手段很难准确把握地火的位置和推进速度。

"快撤人!"

李民生拿起对讲机,但任凭他如何大喊,都没有任何回答。

"我上井前见张队长干活时怕碰坏对讲机,把它和导线放一块儿了,下面几十台钻机同时钻,声音很大!"一个爆破队的矿工说。

李民生跳起来冲出生产楼,安全帽也没戴,就叫了一辆电轨车,以最快速度向井下开去。电轨车在井口消失前的一瞬,追出来的刘欣看到李民生在向他招手,还对他笑——李民生已经很长时间没笑过了。

地下又传来几声闷响，然后平静下来。

"刚才的一阵爆炸，能不能把井下的瓦斯消耗掉？"刘欣问身边的一名工程师，对方惊奇地看了他一眼。

"消耗？笑话，它只会把煤层中更多的瓦斯释放出来！"

果然，一声冲天巨响，仿佛是地球在脚下爆炸了，井口立刻淹没于一片红色火焰之中。气浪把刘欣高高抛起，世界在他眼中疯狂旋转，同他一起飞落的是纷乱的石块和枕木。刘欣还看到了电轨车的一节车厢从井口的火焰中飞出来，像一粒被吐出的果核。

刘欣重重地摔到地上，碎石在他身边纷纷掉下，每一块碎石上似乎都有血……刘欣又听到几声沉闷的巨响，那是井下炸药被引爆的声音。失去知觉前，他看到井口的火焰消失了，代之以滚滚的浓烟……

一年以后

刘欣仿佛行走在地狱中。整个天空都是黑色的烟云，太阳是一只勉强能看见的暗红色圆盘。由于尘粒摩擦产生的静电，烟云中不时出现幽幽的闪电。每当此时，地火之上的矿山就在青光中凸显出来，那图景一次次烙印在他的脑海中。烟尘是从矿山的一个个井口冒出的，每个井口都吐出一根烟柱，烟柱的底部映着地火狰狞的暗红光芒，向上渐渐变成黑色，如天地间一条条扭动的怪蛇。

公路是滚烫的，沥青路面熔化了，每走一步几乎都要扯下刘欣的鞋底。路上挤满了逃难的人流和车辆，闷热的空气中充满了硫黄味，还不时有雪花状的灰末从空中落下。每个人都戴着呼吸面罩，身上落满了白灰。道路拥挤不堪，全副武装的士兵在维持秩序，一架直升机穿行在烟云中，用高音喇叭劝告人们不要惊慌……疏散移民在冬天就开始了，本计划在一年时间内完成，但现在地火势头突然变猛，只得紧急加快进程。一切都乱了，法院对刘欣的庭审一再推迟，以至于今天早上他所在的候审间都没人看管了，于是他迷迷糊糊地走了出来。

公路以外的地面已干燥开裂，裂纹又被厚厚的灰尘填满，脚踏上去扬起团团尘雾。一个小池塘冒出滚滚蒸汽，黑色的水面上浮满了鱼和青蛙的尸体。现在是盛夏，可见不到一点绿色。地面上的草全部枯黄了，埋在灰尘中。树也都是死的，有些还冒出青烟，已变成木炭的枝丫像怪手一样伸向昏暗的天空。所有的建筑都已人去楼空，有些从窗子中冒出浓烟。

刘欣看到了老鼠，它们被地火的热力从穴中赶出，数量惊人，大群大群地拥过路面……刘欣向矿山深处走去，地火的热力愈发强劲，从他的脚踝沿身体升腾上来。空气更加闷热污浊，即使戴上面罩也难以呼吸。地火的热量在地面上并不均匀，刘欣本能地避开灼热的地面，但能走的路越来越少了。

地火热力突出的区域，建筑燃起了大火，火海中不时响起建筑物倒塌的巨响……刘欣已来到井区，走过一口竖井，那竖井已变成了地火的烟道，高大的井架被烧得通红，热流冲击

竖井：即立井，垂直的矿井井筒。用以提升矿物、废石，供人员上下，并可用来通风和排水。

井架，发出让人头皮发麻的尖啸，滚滚热浪逼得他不得不远远绕行。选煤楼被浓烟吞没了，后面的煤山已燃烧多日，成了一块发出红光和火苗的巨大火炭……

这里已看不到一个人。刘欣的脚烫起了泡，身上的汗几乎流干。他呼吸艰难，几乎濒临休克，但他的意识是清醒的。他用生命最后的能量向最后的目标走去。那个井口喷出的地火的红色光芒召唤着他。他到了。他笑了。

刘欣转身朝井口对面的生产楼走去。还好，虽然从顶层的窗口中冒出浓烟，但楼还没有着火。

他走进开着的楼门，拐入一间宽大的班前更衣室。地火的红光透过窗户，染红了房间里的一切，包括那一排衣箱。刘欣沿着这排衣箱走去，仔细辨认上面的号码，他很快找到了要找的那个。

这衣箱让他想起了儿时的一件事，那时父亲刚调到采煤队当队长。这是最野的一个队，出名地难带。那些野小子根本没把父亲放在眼里。本来嘛，看他在班前会上那可怜样儿，怯生生地要求把一个掉下的衣箱门钉上去，当然没人理他。小伙子们只顾在边上甩扑克，骂脏话，父亲只好说，那你们给我找几颗钉子我自己钉吧。有人扔给他几颗钉子。父亲说再找把锤吧，这次真没人理他了。但接着，小伙子们突然鸦雀无声，他们目瞪口呆地看着父亲用大拇指把那些钉子一颗颗摁进木头中去！事情有了改变，小伙子们很快站成一排，敬畏地听着父亲的班前讲话……

现在，这箱子没锁。刘欣拉开后发现，里面的衣物居然还在！他又笑了，心里想象着20多年来用过父亲衣箱的那些矿工的模样。他把里面的衣服取出来，首先穿上厚厚的工作裤，再穿上同样厚的工作衣。这套衣服上沾满了厚厚的油泥，发出一股浓烈的、刘欣并不熟悉的汗味和油味。这味道使他真正镇静下来，进入一种类似幸福的状态中。

接着,他穿上胶靴,拿起安全帽,把放在衣箱最里面的矿灯拿出来,用袖子擦掉灯上的灰,把它卡到帽檐上。他又去找电池,没有找到,另开一个衣箱后找到了。

他把那块笨重的矿灯电池用皮带系到腰间,突然想到电池还没充电,毕竟矿上完全停产一年了。但他记得灯房的位置,就在更衣室对面,他小时候不止一次在那儿看到灯房的女工们把冒着黄烟的硫酸喷到电池上充电。但现在不行了,灯房笼罩在硫酸的黄烟之中。

他庄重地戴上有矿灯的安全帽,走到一面布满灰尘的镜子面前。在那红光闪动的镜子中,他看到了父亲。

"爸爸,我替您下井了。"刘欣笑着说,转身走出楼,向喷着地火的井口大步走去。

后来有一名直升机驾驶员回忆说,他当时低空飞过二号井,在那一带做最后的巡视,好像看到井口有一个人。那人在井内地火的红光中只是一个黑色的剪影,像是在向井下走去,但一转眼,那井口又只有火光,别的什么都看不见了。

120年后

(一个初中生的日记)

过去的人真笨,过去的人真难。

知道我这印象是怎么来的吗?今天我参观了煤炭博物馆,给我印象最深的是:

居然有固体的煤炭!

我们首先穿一身奇怪的衣服,那衣服有一顶头盔,头盔上有一盏灯，灯通过导线同挂在我们腰间的一个很重的长方形物体连着。我原以为那是一台电脑（也太大了些），谁想到那竟是这盏灯的电池！这么大的电池，能驱动一辆高速赛车的，却只用来点亮这盏小小的灯。我们还穿上了高高的雨靴。老师告诉我们，这是早期矿工的井下服装。有人问井下是什么意思，老师说你们很快就会知道的。

我们上了一列运行在小铁轨上的车，有点像早期的火车，但小得多，上方有一根电线为车供电。车开动起来，很快钻进一个黑黑的洞。里面真黑，只有上方不时掠过一盏昏暗的小灯。我们头上的灯发出的光也很弱，只能看清周围人的脸。风很大，在我们耳边呼啸，我们好像在向一个深渊坠下去。艾娜尖叫起来。讨厌，她就会这样叫。

"同学们，我们下井了！"老师说。

不知过了多长时间，车停了，我们由较宽大的隧道进入了它的一个分支。这里又窄又小，要不是戴着头盔，我的脑袋早就碰起好几个包了。我们头灯的光圈来回晃着，但什么都看不清楚，艾娜和几个女孩子又叫着说害怕。

过了一会儿，我们眼前的空间开阔了一些，这里有许多根柱子支撑着顶部。在对面，我又看到许多光点，也是我们头盔上的这种灯发出的。走近一看，发现那里有许多人在工作，他们有的用一种钻杆很长的钻机在洞壁上打孔。那钻机不知是用什么驱动的，声音让人头皮发麻。有的人在用铁锹把看不清楚的黑色东西铲到轨道车上和传送带上，不时有一阵尘埃扬起，把他们隐没其中，头灯在尘埃中划出一道道光柱……

"同学们，我们现在所在的地方叫采煤工作面，你们看到的是早期矿工工作的景象。"

有几个矿工向我们这边走来,我知道他们都是全息图像,并没有让路。几个矿工的身体穿过我,我把他们看得一清二楚,顿时惊呆了。

"老师,那时的中国煤矿全部雇用黑人吗?"

"为了回答这个问题,我们将真实地体验一下当时采煤工作的空气,注意,只是体验,所以请大家从右衣袋中拿出呼吸面罩戴上。"

我们戴好面罩后,又听到老师的声音:"大家注意,这是真实的,不是全息影像。"

一片黑尘飘过来,我们的头灯也射出了道道光柱。我惊奇地看着光柱中密密的尘粒在纷飞闪亮。这时,艾娜又惊叫起来,像合唱的领唱,好几个女孩子也跟着她大叫起来,再后来,竟有男孩的声音加入!我扭头想笑他们,但看到他们的脸时自己也叫出声来——所有人都成了黑人,只有呼吸面罩盖住的一小部分是白的。这时,我又听到一声尖叫,立刻汗毛直立,这是老师在叫:"天啊,斯亚!你没戴面罩!"

斯亚真没戴面罩,他同那些全息

全息图像:一种三维图像,它与传统的照片有很大的区别。传统的照片呈现的是真实的物理图像,而全息图则包含了被记录物体的尺寸、形状、亮度和对比度等信息。这些信息储存在一个微小却很复杂的干涉模式中。这个干涉模式是由激光产生的。

矿工一样，成了最地道的黑人。"您在历史课上反复强调，学这门课的关键在于对过去时代的感觉。我想真正感觉一下。"他说着，黑脸上的白牙一闪一闪的。

警报声不知从什么地方响起。不到一分钟，一辆水滴状的微型悬浮车无声地停到我们中间，这种现代的东西出现在这里真是煞风景。从车上下来两个医护人员，现在真正的煤尘已被完全吸收，只剩下全息影像"煤尘"还飘浮在周围，所以医生在穿过"煤尘"时雪白的服装一尘不染。他们拉住斯亚往车里走。

"孩子，"一个医生盯着他说，"你的肺受到很严重的损伤，至少要住院一个星期，我们会通知你家长的。"

"等等！"斯亚叫道，手里抖动着那个精致的全隔绝内循环面罩，"100多年前的矿工也戴这东西吗？"

"不要废话，快去医院！你这孩子也太不像话了！"老师气急败坏地说。

"我和先辈是同样的人，为什么——"

斯亚没说完话就被硬塞进车里。"这是博物馆第一次出这样的事故，你要对此事负责！"一个医生上车前指着老师严肃地说。悬浮车同来时一样无声地开走了。

我们继续参观，沮丧的老师说："井下的每一项工作都充满危险，且需消耗巨大的体力。随便举个例子，这些铁支柱，在这个工作面的开采工作完成后，都要回收，这项工作叫放顶。"

我们看到一名矿工用铁锤击打支架中部的一个铁销，把支架拆为两段取下，然后扛走了。我和一个男孩试着去搬躺在地上的一个支架，才知道它重得要命。"放顶是一项很危险的工作，因为在撤走支架的过程中，工作面顶板随时都会塌落。"

这时，我们头顶发出不祥的摩擦声。我抬起头来，在矿灯的光圈中，看到头顶刚拆走支架的那部分岩石正在张开一个口子。我还没来得及反应，它们就塌了下来，大块岩石的全息影像穿透我的身体落到地上，发出一声巨响，尘埃腾起遮住了一切。

"这个井下事故叫作冒顶。"老师的声音在旁边响起，"大家注意，伤人的岩石不只是来自上部——"

话音未落，我们旁边的一面岩壁竟垂直地向我们扑来，冲出相当的距离后才化为一堆岩石砸下来，好像有一个巨大的手掌从地层中把它推出来一样。岩石的全息影像把我们埋没了。一声巨响后，我们的头灯全灭了。在一片黑暗和女孩儿们的尖叫中，我又听到老师的声音。

"这个井下事故叫瓦斯突出。瓦斯是一种气体，它被封闭在岩层中，有巨大的气压。刚才我们看到的景象，就是工作面的岩壁抵挡不住这种压力，被它推出的情景。"

所有人的头灯又亮了，大家长出一口气。这时，我听到了一个奇怪的声音，有时高亢，如万马奔腾；有时低沉，像巨人耳语。

"孩子们注意，洪水来了！"

正当我们迷惑之际，不远处的巷道口喷出了一股粗大汹涌的洪流，整个工作面很快被淹没在水中。我们看着浑浊的水升到膝盖上，然后又没过了腰部，水面反射着头灯的光芒，在顶部的岩石上映出一片模糊的亮纹。水面上漂浮着被煤粉染黑的枕木，还有矿工的安全帽和饭盒……当水到达我的下巴时，我本能地长吸一口气，然后就全部没在水中，只能看到自己头灯的光柱照出的一片混沌的昏黄，和下方不时升上的水泡。

"井下的洪水有多种来源，可能是地下水，也可能是矿井打通了地面的水源,无论是哪一种,它都比地面洪水对人生命的威胁大。"老师的声音在水下响着。

水的全息影像瞬间消失了,周围的一切又恢复了原样。这时,我看到了一个奇怪的东西,像一个肚子鼓鼓的大铁蛤蟆,很大很重,我指给老师看。

"那是防爆开关,因为井下的瓦斯是可燃气体,使用防爆开关可避免一般开关产生的电火花。这关系到我们就要看到的可怕的井下危险……"

又一声巨响,但同前两次不一样,这次似乎是从我们体内发出的,冲破我们的耳膜来到外面,来自四方的强大冲击压缩着我的每一个细胞。在一股灼人的热浪中,我们被淹没于一片红色的光晕里。这光晕是周围的空气发出的,充满了井下的每一寸空间。不多时,红光迅速消失,一切都陷入无边的黑暗中……

"很少有人真正看到瓦斯爆炸,因为在井下遇到它的人很难生还。"老师的声音像幽灵般在黑暗中回荡。

"过去的人来这样可怕的地方,到底为了什么?"艾娜问。

"为了它。"老师举起一块黑石头。在我们头灯的光柱中,它的无数小平面闪闪发光。就这样,我第一次看到了固体的煤炭。

"孩子们,我们刚才看到的是20世纪中叶的煤矿。后来,出现了一些新的机械和技术,比如液压支架和切割煤层的大型机器等,这些设备在那个世纪的后20年进入矿井,使井下的工作条件有了一些改善,但煤矿仍是一个工作环境恶劣且充满危险的地方,直到……"

以后的事情就索然无味了。老师给我们讲气化煤的历史,说这项技术是在80年前全面投入应用的。那时,世界石油即将告罄,各大国为争夺仅有的油田陈兵中东，世界大战一触即发，是气化煤技术拯救了世界……这我们都知道，没意思。

我们接着参观现代煤矿，有什么稀奇的，不就是我们每天看到的从地下接出并通向远方的许多大管子吗？不过我倒是第一次进入了那座中控大楼，看到了燃烧场的全息图。真大！还看到了监测地下燃烧场的中微子传感器和引力波雷达，还有激光钻机……也没意思。

老师在回顾这座煤矿的历史时说，100多年前，这里被失控的地火烧毁过，那火烧了18年才被扑灭。那段时期，我们这座美丽的城市草木生烟，日月无光，人民流离失所。失火的原因有多种说法，有人说是一次地下武器实验造成的，也有人说与当时的绿色和平组织有关。

我们不必留恋所谓过去的好时光，那个时候生活充满艰难、危险和迷惘；我们也不必为今天的时代过分沮丧，因为今天，也总有一天会被人们称作——过去的好时光。

过去的人真笨，过去的人真难。

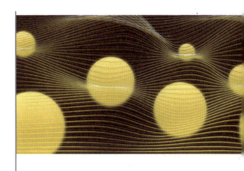

引力波：在物理学中，引力波是指时空弯曲中的涟漪通过波的形式从辐射源向外传播，这种波以引力辐射的形式传输能量。1916年，爱因斯坦基于广义相对论预言了引力波的存在。爱因斯坦认为，引力被认为是时空弯曲的一种效应，这种弯曲是因为质量的存在而导致。通常而言，在一个给定的体积内，包含的质量越大，那么在这个体积边界处所导致的时空曲率越大。当一个有质量的物体在时空当中运动的时候，曲率变化反应了这些物体的位置变化。在某些特定环境之下，加速物体能够对这个曲率产生变化，并且能够以波的形式向外以光速传播。目前，科学家们已经利用更为灵敏的探测器证实了引力波的存在。

欢乐颂

◎ 刘慈欣

一　音乐会

为最后一届 GA（Global Association，全球协会）大会闭幕举行的音乐会是一场阴郁的音乐会。

自 21 世纪初某些恶劣的先例之后，各国都对 GA 采取了一种更加实用的态度，认为将它作为实现自己利益的工具是理所应当的，进而对 GA 宪章都有了自己的更为实用的理解——中小国家纷纷挑战常任理事国的权威，而每一个常任理事国都认为自己在这个组织中应该具有更大的权威，结果是 GA 丧失了一切权威。

当这种趋势发展了 10 年后，所有的拯救努力都已失败，人们一致认为，GA 和它所代表的理想主义都不再适用于今天的世界，是摆脱它们的时候了。

最后一届 GA 大会是各国首脑到得最齐的一届，他们要为 GA 举行一场最隆重的葬礼。

这场在大厦外的草坪上举行的音乐会是这场葬礼的最后一项活动。

太阳已落下去好一会儿了,这是昼与夜最后交接的时候,也是一天中最迷人的时候。这时,令人疲倦的现实的细节已被渐浓的暮色掩盖,夕阳最后的余晖把世界最美的一面映照出来,草坪上充满嫩芽的气息。

GA秘书长最后到来,在走进草坪时,他遇到了今晚音乐会的主要演奏者之一的克莱德曼,并很高兴地与他交谈起来。

"您的琴声使我陶醉。"他微笑着对钢琴王子说。

克莱德曼穿着他最喜欢的那身雪白的西装,看上去很不安:"如果真是这样,我万分欣喜,但据我所知,对请我来参加这样的音乐会,人们有些看法……"

其实不仅仅是看法,教科文组织的总干事,同时是一名艺术理论家,公开说克莱德曼顶多是一名街头艺人的水平,他的演奏是对钢琴艺术的亵渎。

秘书长抬起一只手制止他说下去:"GA不能像古典音乐那样高高在上,如同您架起的那座由古典音乐通向大众的桥梁一样,它应把人类最崇高的理想播撒到每个普通人身边,这是我今晚请您来的原因。请相信,我曾在非洲炎热、肮脏的贫民窟中听过您的琴声,那时我心生一种在阴沟里仰望星空的感觉,它真的使我陶醉。"

克莱德曼指了指草坪上的元首们:"我觉得这里充满了家庭的气氛。"

秘书长也向那边看了一眼:"至少在今夜的这块草坪上,乌托邦还是现实的。"

秘书长走上草坪,来到了观众席的前排。本来,在这个美好的夜晚,他打算把自己政治家的第六感关闭,做一个普通的听众,但这不可能做到。在走向这里时,他的第六感注意到了一件事:正在同A国总统交谈的C国主席抬头看了一眼天空。本来这是个十分平常的动作,但秘书长注意到他仰头观看的时间稍微长了一些,也许只长了一两秒,但他注意到了。当秘书长同前排的国家元首依次握手、致意后坐下时,旁边的C国主席又抬头看了一眼天空，这证实了刚才的猜测。国家元首的举止看似随意，实际上都暗含深意，在正常情况下，后面这个动作是绝对不会出现的，A国总统也注意到了这一点。

"N市的灯火使星空黯淡了许多，W市的星空比这个更灿烂。"A国总统说。

C国主席点点头，没有说话。

A国总统接着说："我也喜欢仰望星空，在变幻不定的历史进程中，我们这样的职业最需要一个永恒稳固的参照物。"

"这种稳固只是一种幻觉。"C国主席说。

"为什么这么说呢？"

C国主席没有回答，指着空中刚刚出现的群星说："您看，那是南十字座，那是大犬座。"

A国总统笑着说："您刚刚证明了星空的稳固——在一万年前，如果这里站着一位原始人，他看到的南十字座和大犬座的形状一定与我们现在看到的完全一样，这星座的名字可能就是他们首先想出来的。"

"不，总统先生，事实上，昨天这里的星空可能与今天不同。"C国主席第三次仰望星空，他脸色平静，但严肃的目光使秘书长和总统都暗暗紧张起来，他们也抬头看天，这是他们见过无数次的、宁静的夜空，没有什么异样，他们都好奇地看着主席。

南十字座

南十字座：南天星座之一，是全天八十八星座中最小的星座，位于半人马座与苍蝇座之间的银河内，其所在的银河部分是银河最亮的段落。星座中主要的亮星组成一个"十"字形，从这个"十"字形的一竖向下方一直划下去，直到约4倍于这一竖的长度的一点就是南天极。

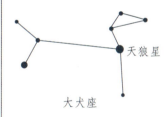

大犬座

大犬座：全天八十八星座之一，位置在南天，也是托勒密定义的四十八星座之一。大犬座中的天狼星是夜空中最亮的星，而且也是冬季大三角的一个定点。

"我刚才指出的那两个星座,应该只能在南半球看到,"主席说。他没有再次向他们指出那些星座,也没有再看星空,双眼沉思着平视前方。

秘书长和A国总统迷惑地看着C国主席。

"我们现在看到的是地球另一面的星空。"C国主席平静地说。

"您……开玩笑?!"A国总统差点失声惊叫起来,但他控制住了自己,声音反而比刚才更低了。

"看,那是什么?"秘书长指指天顶说。为了不惊动他人,他的手只举到与眼睛平齐。

"当然是月亮。"A国总统向正上方看了一眼说。看看旁边的C国主席,缓慢地摇了摇头,他又抬头看,这次对自己的判断产生了怀疑。初看去,天空中那个半圆形的东西很像半盈的月亮,但它呈蔚蓝色,仿佛是白昼的蓝天褪去时被粘下了一小片。A国总统仰头仔细观察天空中的那个蓝色半圆,一旦集中精神,他那敏锐的观察力就表现出来了。他伸出一根手指,用它作为一把尺子量着这个蓝月亮,说:"它在扩大。"

他们三个都仰着头,目不转睛地盯着看,不再顾及是否惊动了别人,两边和后面的国家元首们都注意到了他们的动作,有更多的人抬头向那个方向看,露天舞台上乐队调试乐器的声音戛然而止。

这时,已经可以肯定那个蓝色的半球不是月亮,因为它的直径已膨胀到月亮的一倍左右,在它的另一个处在黑暗中的半球上可以看清一些细节,人们发现它的表面并非全部都是蓝色,还有一些黄褐色的区域。

"天啊,那不是北美洲吗?!"有人惊叫。他是对的,人们看到了那熟悉的大陆形状,它此时正处在球体上明亮与黑暗的交界处。不知是否有人想到,这与他们现在所处的位置是一致的。接着,人们又认出了亚洲大陆,认出了北冰洋和白令海峡……

"那是……是地球!"

A国总统收回了手指，这时太空中蓝色球体的膨胀不借助参照物也能看出来，它的直径现在至少三倍于月球了！开始，人们都觉得它像太空中被很快吹鼓的一个气球，但人群中的又一声惊呼立刻改变了人们的这个想象。

"它在掉下来！"

这话给人们看到的景象提供了一个合理的解释，不管是否正确，他们都立刻对眼前发生的事有了新的感觉：太空中的另一个地球正在向他们砸下来！那个蓝色的球体在逼近，它已经占据了三分之一的天空，其表面的细节可以看得更清楚了——褐色的陆地上布满了山脉的皱纹，一片片云层好像是紧贴着大陆的残雪，云层在大地上投下的影子给它们镶上了一圈黑边；北极上也有一层白色，它的某些部分闪闪发光，那不是云，是冰层；在蔚蓝色的海面上，有一个旋涡状的物体，它在懒洋洋地转动着，雪白雪白的，看上去柔弱而美丽，像一朵贴在晶莹蓝玻璃瓶壁上的白绒花，那是一处刚刚形成的台风……当那蓝色的巨球占据了一半天空时，几乎在同一时刻，人们的视觉再次发生了奇妙的变化。

"天啊，我们在掉下去！"

这感觉的颠倒是在一瞬间发生的，这个占据半个天空的巨球表面突然产生了一种高度感，人们感觉脚下的大地已不存在，自己处于高空中，正向那个地球掉落，掉落……

那个地球表面可以看得更细了，在明暗分界线的黑暗一侧的不远处，视力好的人可以看到一条微弱的荧光带，那是A国东海岸城市的灯光，其中较为明亮的一小团就是N市，是他们所在的地方。来自太空的地球迎面扑来，很快占据了三分之二的天空，两个地球似乎转眼间就要相撞了。人群中传出一两声惊叫，许多人恐惧地闭上了双眼。

就在这时，一切突然静止，天空中的地球不再下落，或者说，脚下的地球不再向它下坠。这个占据三分之二天空的巨球静静地悬在上方，大地笼罩在它那蓝色的光芒中。

这时,市区传来喧闹声,骚乱开始出现了。但草坪上的人们毕竟是人类中在意外事变面前神经最坚强的一群,面对这噩梦般的景象,他们很快控制住自己的惊慌,默默思考着。

"这是一个幻象。"GA 秘书长说。

"是的,"C 国主席说,"如果它是实体,应该能感觉到它的引力效应,我们离海这么近,这里早就被潮汐淹没了。"

"远不是潮汐的问题了,"R 国总统说,"两个地球的引力足以相互撕碎对方了。"

"事实上,物理定律不允许两个地球这么待着!"J 国首相说。他接着转向 C 国主席,"在那个地球出现前,你谈到了我们上方出现了南半球的星空。这与现在发生的事有什么联系吗?"他这么说,等于承认刚才偷听了别人的谈话,但现在也顾不了这么多了。

"也许我们马上就能得到答案!"A 国总统说,他这时正拿着一部手机说着什么。旁边的国务卿告诉大家,A 国总统正在与国际空间站联系。于是,所有人都把期待的目光聚焦在他身上。A 国总统专心地听着手机,几乎不说话,草坪陷入一片寂静之中。在天空中另一个地球的蓝光里,人们像一群虚幻的幽灵。就这么等了约两分钟,A 国总统在众人的注视下放下手机,登上一把椅子,大声说:"各位,事情很简单,地球的旁边出现了一面大镜子!"

二 镜子

它就是一面大镜子,很难再被看成别的什么东西。它的表面可以对可见光进行毫无衰减、毫不失真的全反射，也能反射雷达波。这面宇宙巨镜的面积约 100 亿平方千米，如果拉开足够距离看，镜子和地球，就像一个棋盘正中放着一枚棋子。

本来，对于"奋进号"上的宇航员来说，得到这些初步的信息并不难，他们中有一名天文学家和一名空间物理学家。他们还可以借助包括国际空间站在内的所有太空设施进行观测，但航天飞机险些因他们暂时的精神崩溃而坠毁，国际空间站是最完备的观测平台，但它的轨道位置不利于对镜子的观测，因为镜子悬于地球北极上空约 450 千米高度，其镜面与地球的自转轴几乎垂直。而此时，"奋进号"航天飞机已变轨至一条通过南北极上空的轨道，以完成一项对极地上空臭氧空洞的观测。它的轨道高度为 280 千米，正从镜子与地球之间飞过。

那真是一场噩梦！航天飞机在两个地球之间爬行，仿佛飞行在由两道蓝色的悬崖构成的大峡谷中。驾驶员坚持认为这是幻觉，是他在 3 000 小时的歼击机飞行中遇到过两次的倒飞幻觉（注：一种飞行幻觉，飞行员在幻觉中误认为飞机在倒飞），但指令长坚持认为确实有两个地球，并命令他们根据另一个地球的引力参数调整飞行轨道，那名天文学家及时阻止了他。当他们初步控制了自己的恐惧后，通过观测航天飞机的飞行轨道可以得知，如果按两个地球质量相等来调整轨道，"奋进号"此时已变成北极冰原上空的一颗火流星了。

宇航员们仔细观察那个没有质量的地球，目测可知，航天飞机距那个地球要远许多，但它的北极与这个地球的北极好像没有什么不同，事实上它们太相像了。宇航员们看到，在两个地球的北极点上空都有一道极光，这两道长长的暗红色火蛇在两个地球的同一位置以完全相同的形状缓缓扭动着。后来，他们终于发现了一件这个地球没有的东西，那个零质量地球上空有一个飞行物，通过目测，他们判断那个飞行物在零质量地球上空约

300千米的轨道上运行,他们用机载雷达探测它,想得到其精确的轨道参数,但雷达波在100多千米处像遇到一堵墙一样被弹了回来,零质量地球和那个飞行物都在墙的另一面。指令长透过驾驶舱的舷窗用高倍望远镜观察那个飞行物,看到那也是一架航天飞机,它正沿低轨道越过北极的冰海,看上去像一只在蓝白相间的大墙上爬行的蛾子。他注意到,在那架航天飞机的前部舷窗里有一个身影,看得出那人正举着望远镜向这里看,指令长挥挥手,那人也挥挥手。

于是,他们得知了镜子的存在。

航天飞机改变轨道,向上沿一条斜线向镜子靠近,一直飞到距镜子3千米处。在视距6千米远处,宇航员们可以清楚看到"奋进号"在镜子中的映像,尾部发动机喷出的火光使它看上去像一只缓缓移动的萤火虫。

一名宇航员进入太空,去进行人类同镜子的第一次接触。太空服上的推进器拉出一道长长的白烟。宇航员很快越过了这3千米距离,他小心翼翼地调整着推进器的喷口,最后悬浮在与镜子相距10米左右的位置,在镜子中,他的映像异常清晰,毫不失真。由于宇航员是在轨道上移动,而镜子与地球处于相对静止的状态,所以宇航员与镜子之间有高达每秒10米的相对速度,他实际上是在以闪电般的速度掠过镜子表面,但镜子上丝毫看不出这种运动。

这是宇宙中最光滑、最光洁的表面了。

在宇航员减速时,曾把推进器的喷口长时间对着镜子,苯化物推进剂形成的白雾向镜子飘去。以前在太空行走中,当这种白雾接触到航天飞机或空间站的外壁时,会立刻在上面留下一片由霜构成的明显污痕,他由此断定,白雾也会在镜子上留下痕迹,由于相互间的高速运动,这痕迹将是长长的一道,就像他童年时常用肥皂在浴室的镜子上划出的一样,但航天飞机上的人没有看到任何痕迹,那白雾接触镜面后就消失了,镜面仍是那样令人难以置信的光洁。

由于轨道形状的关系，航天飞机和这名宇航员能与镜子这样近距离接触的时间不多，这就使宇航员焦急地做下一件事。得知白雾在镜面上消失，几乎是下意识的，他从工具袋中掏出一把空心扳手，向镜子掷去，扳手刚出手，他和航天飞机上的人都惊呆了，他们这才意识到扳手与镜面之间的相对速度。这速度使扳手具有一颗重磅炸弹的威力。他们恐惧地看着扳手翻滚着向镜面飞去，恐惧地想象着在接触的一瞬间，蛛网般致密的裂纹从接触点放射状地在镜面上闪电般地扩散，巨镜化为亿万片在阳光中闪烁的小碎片，在漆黑的太空中形成一片耀眼的银色云海……但扳手接触镜面后立刻消失了，没有留下一丝痕迹，镜面仍光洁如初。

其实，人类很容易得知镜子不是实体，没有质量，否则它不可能以与地球相对静止的状态悬浮在北半球上空（按它们的大小比例，更准确的说法应该是地球悬浮在镜面的正中）。镜子不是实体，而是一种力场类的东西，刚才与其接触的白雾和扳手证明了这一点。

宇航员小心地开动推进器，喷口的微调装置频繁动作，最后使他与镜面距离缩短为半米。他与镜子中的自己面对面地对视着，再次惊叹映像的精确，那是现实的完美拷贝，给人的感觉比现实还要精细。他抬起一只手，向前伸去，与镜面中的手相距不到一厘米的距离，几乎融为一体。耳机中一片寂静，指令长并没有制止他，他把手向前推去，手在镜面下消失了，他与镜中人的两条胳膊从手腕处开始连接，他的手在这个接触过程中没有任何感觉。他把手抽回来，举在眼前仔细看，太空服手套完好无损，也没有任何痕迹。

宇航员和下面的航天飞机正在飘离镜面，他们只能不断地开动发动机和推进器以保持与镜面的近距离，但由于飞行轨道形状的原因，他们飘离得越来越远，很快将使这种修正成为不可能，再次近距离只能等绕地球一周后，那时谁知道镜子还在不在。想到这里，他下定决心，启动推进器，径直向镜面冲去。

宇航员看到镜中自己的映像扑面而来，最后，映像中的太空服头盔上那个大水银泡似的单向反射面罩充满了整个视野。在与镜面相撞的瞬间，他努力让自己不闭上双眼。相撞时没有任何感觉，这一瞬间后，眼前的一切消失了，空间黑了下来，他看到了熟悉的银河星海。他猛地回头，下面也是完全一样的银河映像，从下向上看映像，只能看到他的鞋底，他和映像身上的推进器喷出的两片白雾平滑地连接在一起。

他已穿过了镜子，镜子的另一面仍然是镜子。

在他冲向镜子时，耳机中还响着指令长的声音，但穿过镜面后，这声音像被一把利刃切断了一般，镜子挡住了电波，更可怕的是镜子的这一面看不到地球，周围全是无际的星空，宇航员感到自己被隔离在另一个世界，心中一阵恐慌。他调转喷口，刹住车后向回飞去。这一次，他不像来时那样使身体与镜面平行，而是与镜面垂直，头朝前像跳水那样向镜面飘去。在即将接触镜面时，他把速度降到了很低，与镜中的映像头顶头地连在一起，在他的头部穿过镜子后，他欣慰地看到了下方蓝色的地球，耳机中也响起了指令长熟悉的声音。

他把飘行的速度降到零，这时，他只有胸部以上的部分穿过了镜子，身体的其余部分仍在镜子的另一面。他调整推进器的喷口方向，开始后退，这使得仍在镜子另一面的喷口喷出的白雾溢到了镜子这一面，白雾从他周围的镜面冒出，他仿佛是在沉入一个白雾缭绕的平静湖面。

当镜面升到鼻子高度时，他又发现了一件令人吃惊的事：镜面穿过了太空服头盔的面罩，充满了他的脸和面罩间的这个月牙形的空间；他向下看，这个月牙形的镜面映照着他那惊恐的瞳孔，镜面一定整个切穿了他的头颅，但他什么也感觉不到；他把飘行速度减到最低，比钟表的秒针快不了多少，一毫米一毫米地移动，终于使镜面升到自己的瞳仁正中。

这时，镜子从视野中完全消失了，周围的一切都恢复原状：一边是蓝色的地球，另一边是灿烂的银河。但这个他熟悉的世界只存在了两三秒，飘行的速度不可能完全降到零，镜面很快移到了他双眼的上方，一边的地球消失了，只剩下另一边的银河。在眼睛的上方，是挡住地球的镜面，一望无际，伸向十几万千米的远方。由于角度极偏，镜面反射的星空图像在他眼中变了形，成了这镜面平原上的一片银色光晕。

他调整推进器方向，向相反的方向飘去，使镜面降向眼睛，在镜面通过瞳仁的瞬间，镜子再次消失，地球和银河再次出现，这之后，银河消失，地球出现了。

镜子移到了眼睛的下方，镜面平原上的光晕变成了蓝色的，他就这样以极慢的速度来回漂移着，使瞳仁在镜面两侧浮动，仿佛穿行于隔开两个世界的一张薄膜间。经过反复努力，他终于使镜面较长时间地停留在瞳仁正中，镜子消失了。他睁大双眼，想从镜面所在的位置看到一条细细的直线，但什么也没看出来。

"这东西没有厚度！"他惊叫。

"也许它只有几个原子那么厚，你看不到而已，这也是它没有被地球觉察的原因，如果它以边缘对着地球飞来，就不可能被发现。"航天飞机上的人评论说，他们在观看传回的图像。

但最让他们震惊的是：这面可能只有几个原子的厚度，但面积有上百个太平洋大的镜子，竟绝对平坦，以至于镜面与视线平行时完全看不到它，这是古典几何学世界中的理想平面。

绝对平坦可以解释它绝对的光洁，这是一面理想的镜子。

在宇航员们心中，孤独感开始压倒了震惊和恐惧，镜子使宇宙变得陌生了，他们仿佛是一群刚出生就被抛在旷野的婴儿，无力地面对着不可思议的世界。

这时，镜子说话了。

三　音乐家

"我是一名音乐家，"镜子说，"我是一名音乐家。"

这是一个悦耳的男音，在地球的整个上空响起，所有的人都听得到。一时间，地球上熟睡的人都被惊醒，醒着的人则都如塑像般呆住了。

镜子接着说："我看到了下面在举行一场音乐会，观众是能够代表这颗星球文明的人，你们想与我对话吗？"

元首们都看着秘书长，他一时茫然不知所措。

"我有事情要告诉你们。"镜子又说。

"你能听到我们说话吗？"秘书长试探着说。

镜子立即回答："当然能，如果愿意，我可以分辨出下面的世界里每个细菌发出的声音。我感知世界的方式与你们不同，我能同时观察每个原子的旋转。我的观察还包括时间维，可以同时看到事物的历史，而不像你们，只能看到时间的一个断面，我对一切了如指掌。"

"那我们是如何听到你的声音的呢？"A国总统问。

"我在向你们的大气发射超弦波。"

"超弦波是什么？"

"一种从原子核中解放出来的相互作用力，它振动着你们的大气，如同一只大手拍动着鼓膜，于是你们听到了我的声音。"

"你从哪里来？"秘书长问。

"我是一面在宇宙中流浪的镜子，我的起源地在时间和空间上都太过遥远，谈它已无意义。"

"你是如何学会英语的？"秘书长问。

"我说过，我对一切了如指掌。这里需要声明，我讲英语，是因为听到这个音乐会上的人们在交谈中大都用这种语言，这并不代表我认为下面的世界里某些种族比其他种族更优越，这个世界没有通用语言，我只能这样。"

"我们有世界语，只是很少使用。"

"你们的世界语，与其说是为世界大同进行的努力，不如说是沙文主义的典型表现。凭什么世界语要以拉丁语系而不是这个世界的其他语系为基础？"

最后这句话在元首们中引起了极大的震动，他们紧张地窃窃私语起来。

"你对地球文明的了解让我们震惊。"秘书长由衷地说。

"我对一切了如指掌。再说，彻底地了解一粒灰尘并不困难。"

A国总统看着天空说："你是指地球吗？你确实比地球大得多，但从宇宙尺度来说，你的大小与地球是同一个数量级的，你也是一粒灰尘。"

"我连灰尘都不是。"镜子说，"很久很久以前我曾是灰尘，但现在我只是一面镜子。"

"你是一个个体，还是一个群体？"C国主席问。

"这个问题无意义，文明在时空中走了足够长的路时，个体和群体将同时消失。"

"镜子是你固有的形象呢，还是你许多形象中的一种？"E国首相问。秘书长把问题接了下去："就是说，你是否有意对我们显示出这样一个形象呢？"

"这个问题也无意义，文明在时空中走了足够长的路时，形式和内容将同时消失。"

"你对最后两个问题的回答我们无法理解。"A国总统说。

镜子没说话。

"你到太阳系来有目的吗?"秘书长问出了最关键的问题。

"我是一个音乐家,要在这里举行音乐会。"

"这很好!"秘书长点点头说,"人类是听众吗?"

"听众是整个宇宙,虽然最近的文明世界要在百年后才能听到我的琴声。"

"琴声?琴在哪里?"克莱德曼在舞台上问。

这时,人们发现,占据了大部分天空的地球映像突然向东方滑去,速度很快。天空的这种变幻看上去很恐怖,给人一种天在塌下来的感觉,草坪上有几个人不由自主地捂住了脑袋。很快,地球映像的边缘已经接触到了东方的地平线。几乎与此同时,一片光明突然出现,所有人都眼晕不已,什么都看不清了。当他们的视力恢复后,看到太阳突然出现在刚才的地球映像腾出来的天空中,灿烂的阳光瞬间洒满大地,周围的世界毫发毕现,天空在一瞬间由漆黑变成明亮的蔚蓝。地球的映像仍然占据东半边的天空,但上面的海洋已与蓝天融为一体,大陆像是天空中一片片褐色的云层。这突然的变化使所有人目瞪口呆。过了好一会儿,秘书长的一句话才使大家对这不可思议的现实多少有了一些把握。

"镜子倾斜了。"

是的,太空中的巨镜倾斜了一个角度,使太阳也进入了映像,把它的光芒反射到地球中黑夜的一侧。

"它转动的速度真快!"C国主席说。

秘书长点点头:"是的,想想它的大小,以这样的速度转动,它的边缘可能已经接近光速了!"

"任何实体物质都不可能经受住这样的转动所产生的应力,它只是一个力场，这已被我们的宇航员证明了。对于所谓力场，接近光速的运动是很正常的。"A 国总统说。

这时，镜子说话了："这就是我的琴，我是一名恒星演奏家，我将演奏太阳！"

这气势磅礴的话语把所有的人都镇住了，元首们呆呆地看着天空中太阳的映像，好一阵儿才有人敬畏地问怎样演奏。

"各位一定知道，你们使用的乐器大多有一个音腔，它们是由薄壁包围起来的空间区域，薄壁将声波来回反射，这样就将声波禁锢在音腔内，形成共振，发出动听的声音。对电磁波来说，恒星也是一个音腔，它虽没有有形的薄壁，但存在对电磁波的传输速度有一定梯度，这种梯度将折射和反射电磁波，将其禁锢在恒星内部，产生电磁共振，奏出美妙的音乐。"

"那这种琴声听起来是什么样子呢？"克莱德曼向往地看着天空问。

"在九分钟前，我在太阳上试了试音。现在，琴声正以光速传来。当然，它是以电磁形式传播的，但我可以用超弦波在你们的大气中把它转换为声波，请听——"

天空中传来几声空灵悠长的声音，很像钢琴的声音。这声音有一种魔力，一时攫住了所有的人。

"从这声音中，你感受到了什么？"秘书长问 C 国主席。

C 国主席感慨地说："我感受到了整个宇宙变成了一座大宫殿，一座有 200 亿光年高的宫殿，这声音在宫殿中缭绕不止。"

"听到这声音，您还否认上帝的存在吗？"A 国总统问。

C 国主席看了 A 国总统一眼说："这声音来自于现实的世界。如果现实世界就能够产生出这样的声音，上帝就变得更无必要了。"

四 节拍

"演奏马上就要开始了吗?"秘书长问。

"是的,我在等待节拍。"镜子回答。

"节拍?"

"节拍在四年前就已启动,它正以光速向这里传来。"

这时,天空发生了惊人的变化——地球和太阳的映像消失了,代之以一片明亮的银色波纹,这波纹跃动着,充满了天空,地球仿佛沉入一个超级海洋中,天空就是从水下看到的阳光照耀下的海面。

镜子解释说:"我现在正在阻挡着来自外太空的巨大辐射,我没有完全反射这些辐射,你们看到有一小部分透了过去,这辐射来自一颗四年前爆发的超新星。"

"四年前?那就是人马座了。"有人说。

"是的,人马座比邻星。"

"可是据我所知,那颗恒星完全不具备成为超新星的条件。"C国主席说。

"我使它具备了。"镜子淡淡地说。

那就是说,镜子选定太阳为乐器后,立刻引爆了比邻星,从镜子刚才对太阳试音的情形

超新星:指某些恒星在演化接近末期时经历的一种剧烈爆炸。这种爆炸亮度极其明亮,过程中所突发的电磁辐射经常能够照亮其所在的整个星系,并可持续几周至几个月(一般最多是两个月)才会逐渐衰减变为不可见。在这段期间内,一颗超新星所辐射的能量甚至相当于太阳在其一生中辐射能量的总和。

看，它显然具有超空间的作用能力，这种能力使它能在一个天文单位的距离之外弹奏太阳，但对四光年之遥的恒星，它是否仍具有这种能力还不得而知。镜子引爆比邻星可能通过两种途径：在太阳系通过超空间作用，或者通过空间跳跃在短时间内到达比邻星附近引爆它，再次跳跃回到太阳系。不管通过哪种方式，对人类来说这都是神的力量。但不管怎样，超新星爆发的光线仍然要经过四年时间才能到达太阳系。镜子说过，演奏太阳的乐声是以电磁波形式传向宇宙的，那么对于这个超级文明来说，光速就相当于人类的声速，光波就是他们的声波，那他们的光是什么呢？人类永远不得而知。

"对你操纵物质世界的能力，我们深感震惊。"A国总统敬畏地说。

"恒星是宇宙荒漠的石块，是我的世界中最普通的东西。我使用恒星，有时把它当作一件工具，有时是一件武器，有时是一件乐器……现在，我把比邻星做成了节拍器，这与你们的祖先所使用的石块没什么本质的区别，都是为了用自己世界中最普通的东西来扩大和延伸自己的能力。"

然而，草坪上的人们看不出这两者有什么共同点，他们放弃与镜子在技术上进行沟通的尝试，人类离理解这些还差得很远，就像蚂蚁离理解国际空间站差得很远一样。

天空中的光波开始暗了下来，渐渐地，人们觉得照着上面这个巨大海面的不是阳光而是月光了，超新星正在熄灭。

秘书长说："如果不是镜子挡住了超新星的能量，地球现在可能已经是一个没有生命的世界了。"

这时，天空中的波纹已经完全消失了，巨大的地球映像重现，仍占据着大部分夜空。

"镜子说的节拍在哪里？"克莱德曼问，这时他已从舞台上下来，与元首们站在一起。

"看东面！"这时，有人喊了一声。人们发现东方的天空中出现了一条笔直的分界线，这条线横贯整个天空。分界线两侧的天空是两个不同的镜像：分界线西面仍是地球的映像，但它已被这条线切去了一部分；分界线东面则是灿烂的星空。

有很多人都看出来了，这是北半球应有的星空，不是南半球星空的映像。分界线在由东向西庄严地移动，星空部分渐渐扩大，地球的映像正在由西向东被抹去。

"镜子在飞走！"秘书长喊道。人们很快知道了他是对的。镜子在离开地球上空，它的边缘很快消失在西方的地平线下，人们又站在了他们见过无数次的正常的星空下。此后，人们再也没有见到过镜子，它也许飞到它的琴——太阳附近了。

草坪上的人们带着一丝欣慰地看着周围他们熟悉的世界，星空依旧，城市的灯火依旧，甚至草坪上嫩芽的芳香仍飘散在空气中。

节拍出现。

白昼在瞬间降临，蓝天突现，灿烂的阳光洒满大地，周围的一切都明亮地凸显出来；但这白昼只持续了一秒就熄灭了，刚才的夜又恢复了，星空和城市的灯光再次浮现；这夜也只持续了一秒，白昼再次出现，一秒后又是黑夜；然后，白昼、夜、白昼、夜、白昼、夜……它们以与脉搏相当的频率交替出现，仿佛世界是两片切不断的幻灯片所映出的图像。

这是白昼与黑夜构成的节拍。

人们抬头仰望，立刻看到了那颗闪动的太阳，它现在只是太空中一个刺目的光点。"脉冲星。"C国主席说。

这是超新星的残骸，一颗旋转的中子星。中子星那致密的表面有一个裸露的热斑，随着星体的旋转，中子星成为一座宇宙灯塔，热斑射出的光柱旋转着扫过广漠的太空，当这光柱扫过太阳系时，地球的白昼就短暂地出现了。

秘书长说:"我记得脉冲星的频率比这快得多,它好像也不发出可见光。"

A国总统用手半遮着眼睛,艰难地适应着这疯狂的节拍世界:"频率快是因为中子星聚集了原恒星的角动量,镜子可以通过某种途径把这些角动量消耗掉。至于可见光嘛……你们真认为镜子还有什么做不到的事?"

"但有一点,"C国主席说,"我们没有理由认为宇宙中所有生物的生命节奏都与人类一样,它们的音乐节拍的频率肯定各不相同。比如镜子,它的正常节拍频率可能比我们最快的电脑主频都快……"

"是的,"A国总统点点头,"我们也没有理由认为它们可视的电磁波段都与我们的可见光相同。"

"你们是说,镜子是以人类的感觉为基准来演奏音乐的?"秘书长吃惊地问。

C国主席摇摇头说:"我不知道,但肯定要有一个基准的。"

脉冲星强劲的光柱庄严地扫过冷寂的太空,像一根长达40万亿千米、还在以光速不断延长的指挥棒。在这一端,太阳在镜子无形手指的弹拨下,发出浑厚的、以光速向宇宙传播的电磁乐音,太阳音乐会开始了。

脉冲星:又称波霎,是中子星的一种,是一种周期性发射脉冲信号的星体,直径大多为10千米左右,自转极快,是"变星"的一种。

中子星:质量为太阳8倍以上到30倍以下恒星的残骸。太阳质量8倍以上的恒星,其核心温度和压力会导致从氢到铁以下的一系列核聚变发生,最终在核心形成一个铁球,核聚变熄灭后,恒星外壳的引力坍缩以亚光速撞击铁核,形成几乎相同速度的反弹激波,两股力量的碰撞导致热核失控,就会以超新星爆发的方式结束自己的寿命。如果核心残留质量超过了太阳的1.44倍,超新星大爆炸后就会留下一颗中子星尸骸。

五　太阳音乐

一阵沙沙声，像是电磁噪声，又像是无规则的海浪冲刷海滩的声音，从这声音中有时能听出一丝荒凉和广漠，但更多的是混沌和无序。这声音一直持续了十多分钟，毫无变化。

"我说过，我们无法理解他们的音乐。"R国总统打破沉默说。

"听！"克莱德曼用一根手指指着天空说，其他的人过了好一会儿才听出了他那经过训练的耳朵听到的旋律——那是结构最简单的旋律，只由两个音符组成，好像是钟表的一声嘀嗒。这两个音符不断出现，但有很长的间隔。后来，又出现了另一个双音符小节，然后出现了第三个、第四个……这些双音符小节在混沌中不断浮现，像一群暗夜中的萤火虫。

一种新的旋律出现了，它有四个音符。人们都把目光转向克莱德曼，他在注意地听着，好像感觉到了些什么，这时四音符小节的数量也增加了。

"这样吧，"他对元首们说，"我们每个人记住一个双音符小节。"于是大家认真地听着，每人努力记住一个双音符小节，然后凝神等着它再次出现以巩固自己的记忆。过了一会儿，克莱德曼又说："好啦，现在注意听一个四音符小节。得快些，不然乐曲越来越复杂，我们就什么也听不出来了……好，就这个，有人听出什么来了吗？"

"它的前一半是我记住的那一对音符！"B国元首高声说。

"后一半是我记住的那一对！"N国元首说。

人们接着发现，每个四音符小节都是由前面两个双音符小节合成的。随着四音符小节数量的增多，双音符小节的数量也在减少，似乎前者在消耗后者。再后来，八音符小节出现了，结构与前面一样，是由已有的两个四音符小节合并而成的。

"你们都听出了什么?"秘书长问向周围的元首们。

"在闪电和火山熔岩照耀下的原始海洋中,一些小分子正在聚合成大分子……当然,这只是我完全个人化的想象。"C国主席说。

"想象请不要拘泥于地球,"A国总统说,"这种分子的聚集也许是发生在一片映射着恒星光芒的星云中,也许正在聚集组合的不是分子,而是恒星内部的一些核能旋涡。"

这时,一个多音符旋律以高音形式凸现出来,它反复出现,仿佛是这昏暗的混沌世界中的一道明亮的小电弧。"这好像是在描述一个质变。"C国主席说。

一个新的乐器的声音出现了,这连续的弦音很像小提琴发出的,它用另一种柔美的方式重复着那个凸现的旋律,仿佛是后者的影子。

"这似乎在表现某种复制。"R国总统说。

连续的旋律出现了,是那种类似小提琴的乐音,它平滑地变幻着,好像是追踪着某种曲线运动的目光。E国首相对C国主席说:"如果按照您刚才的思路,现在已经有某种东西在海中游动了。"

不知不觉中,背景音乐开始变化了,这时人们几乎忘记了它的存在。它从海浪声变幻为起伏的沙沙声,仿佛暴雨在击打着裸露的岩石;接着又变了,变成一种与风声类似的空旷的声音。A国总统说:"海上的游动者在进入新环境,也许是陆上,也许是空中。"

所有的乐器突然短暂地齐奏一声,形成了恐怖的巨响,好像是什么巨大的实体轰然倒塌。然后,一切戛然而止,只剩下开始时那种海浪似的背景声在荒凉地响着。然后,那简单的双音节旋律又出现了,又开始了缓慢而艰难的组合,一切重新开始……

"我敢肯定,这描述了一场大灭绝,现在我们听到的是灭绝后的复苏。"

经过漫长而艰难的过程,海中的游动者又开始进入世界的其他部分。旋律渐渐变得复杂而宏大,人们的理解也不再统一——有人想到一条大河在奔流而下,有人想到广阔的平原上一支浩荡队伍在跋涉,有人想到漆黑的太空中向黑洞涡旋而下的滚滚星云……

但大家都同意,这是在表现一个宏伟的进程,也许是进化的进程。这一乐章很长,不知不觉一个小时过去了,音乐的主题终于发生了变化。旋律渐渐分化成两个,这两个旋律在对抗和搏斗,时而疯狂地碰撞,时而扭缠在一起……

"典型的贝多芬风格。"克莱德曼评论说,这之前很长的时间里,人们都沉浸在宏伟的音乐中没有说话。

秘书长说:"好像是一支在海上与巨浪搏斗的船队。"

A国总统摇了摇头:"不,不是的,您应该能听出这两种力量没有本质的不同,我想是在表现一场蔓延到整个世界的战争。"

"我说,"一直沉默的J国首相插进来说,"你们真的认为自己能够理解外星文明的艺术?也许你们对这音乐的理解,只是牛对琴的理解。"

克莱德曼说:"我相信我们的理解基本上正确。宇宙间通用的语言,除了数学可能就是音乐了。"

秘书长说:"要证实这一点也许并不难,我们能否预言下一乐章的主题或风格?"

稍作思考,C国主席说:"我想下面可能将表现某种崇拜,旋律将具有森严的建筑美。"

"您是说像巴赫?"

"是的。"

果然如此,在接下来的乐章中,听众们仿佛走进一座高大庄严的教堂,听着自己的脚步在这宏伟的建筑内部发出空旷的回声,对某种看不见的,但无所不在的力量的恐惧和敬畏压倒了他们。

再往后，已经演化得相当复杂的旋律突然又变得简单了，背景音乐第一次消失了，在无边的寂静中，一串清脆短促的打击声出现了。一声，两声，三声，四声……然后，一声，四声，九声，十六声……一条条越来越复杂的数列穿梭而过。

有人问："这是在描述数学和抽象思维的出现吗？"

接下来，音乐变得更奇怪了，出现了由小提琴奏出的许多独立的小节，每小节由三到四个音符组成，各小节中音符都相同，但其音程的长短出现各种组合，还出现一种连续的滑音——它渐渐升高然后降低，最后回到起始的音高。人们凝神听了很长时间，G国元首说："这，好像是在描述基本的几何形状。"人们立刻找到了感觉，他们仿佛看到在纯净的空间中，一群三角形和四边形匀速地飘过，至于那种滑音，它让人们看到了圆、椭圆和完美的正圆……渐渐地，旋律开始出现变化，表示直线的单一音符都变成了滑音。但根据刚才乐曲留下的印象，人们仍能感觉到那些飘浮在抽象空间中的几何形状，但这些形状都被扭曲了，仿佛浮在水面上。

"时空的秘密被发现了。"有人说。

下一个乐章是以一个不变的节奏开始的，它的频率与脉冲星打出的由昼与夜构成的节拍相同，好像音乐已经停止了，只剩下节拍在空响。但很快，另一个不变的节奏也加入进来，频率比前一个稍快。之后，不同频率的不变的节奏在不断地加入，最后出现了一个气势磅礴的大合奏。但在时间轴上，乐曲是恒定不变的，像一堵平坦的声音高墙。

对这一乐章，人们的理解惊人地一致："一部大机器在运行。"

后来，出现了一个纤弱的旋律，如银铃般晶莹地响着，如梦般变幻不定，与背后那堵呆板的声音之墙形成鲜明对比，仿佛飞翔在那部大机器里的一个银色小精灵。仿佛一滴小小的但强有力的催化剂，在钢铁世界中引发了奇妙的化学反应——那些不变的节奏开始波动变幻，大机器的粗轴和巨轮渐渐变得如橡皮泥般柔软，最后，整个合奏变得如那个精灵旋律一样轻盈而有灵气。

人们议论纷纷："大机器具有智能了！""我觉得，机器正在与它的创造者相互接近。"

太阳音乐在继续，已经进行到一个新的乐章了。这是结构最复杂的一个乐章，也是最难理解的一个乐章。它首先用类似钢琴的声音奏出一个悠远空灵的旋律，然后以越来越复杂的合奏不断地重复演绎这个主题，每次重复演绎都使得这个主题在上次的基础上变得更加宏大。

在这种重复进行了几次后，C国主席说："以我的理解，是这样的：一个思想者站在一个海岛上，用他深邃的头脑思索着宇宙，镜头向上升，思想者在镜头的视野中渐渐变小，当镜头从空中把整个海岛都纳入视野后，思想者像一粒灰尘般消失了；镜头继续上升，海岛在渐渐变小，镜头升出了大气层，在太空中把整个行星纳入视野，海岛像一粒灰尘般消失了；太空中的镜头继续远离这颗行星，把整个行星系纳入视野，这时，只能看到行星系的恒星，它在漆黑的太空中看去只有台球般大小，孤独地发着光，而那颗有海洋的行星，也像一粒灰尘般消失了……"A国总统聆听着音乐，接着说："镜头以超光速远离，我们发现在我们的认知中那空旷而广漠的宇宙，在更大的尺度上却是一团由恒星组成的灿烂的尘埃，当整个银河系进入视野后，那颗带着行星的恒星像一粒灰尘般消失了；镜头接着跳过无法想象的距离，把一个星系团纳入视野，眼前仍是一片灿烂的尘埃，但尘埃的颗粒已不再是恒星而是恒星系了……"秘书长接着说："这时银河系像一粒灰尘般消失了，但终点在哪儿呢？"

草坪上的人们重新把全副身心沉浸在音乐中，乐曲正在达到它的顶峰：在音乐家强有力的思想推动下，那个拍摄宇宙的镜头被推到了已知的时空之外，整个宇宙都被纳入视野，那个包含着银河系的星系团也像一粒灰尘般消失了。人们凝神等待着终极的到来，宏伟的合奏突然消失了，只有开始时那种类似钢琴的声音在孤独地响着，空灵而悠远。

"又返回到海岛上的思想者了吗？"有人问。

克莱德曼倾听着，摇了摇头："不，现在的旋律与那时完全不同。"

这时，全宇宙的合奏再次出现，不久后停了下来，又让位于钢琴独奏。这两个旋律就这样交替出现，持续了很长时间。

克莱德曼凝神听着，突然恍然大悟："钢琴是在倒着演奏合奏的旋律！"

A国总统点点头："或者说，它是合奏的镜像。哦，宇宙的镜像，这就是镜子了。"

音乐显然已近尾声，全宇宙合奏与钢琴独奏同时进行。钢琴精确地倒奏着合奏的每一处，它的形象凸现于合奏的背景之上，但两者又那么和谐。

C国主席说："这使我想起了一个现代建筑流派，光亮派，为了避免新建筑对周围传统环境的影响，就把建筑的表面全部做成镜面，使其通过反射来与周围达到和谐，同时也以这种方式表现了自己。"

"是的，当文明达到了一定的程度，它也可能通过反射宇宙的方式来表现自己的存在。"秘书长若有所思地说。

钢琴突然由反奏变为正奏，如此，它立刻与宇宙合奏融为一体，太阳音乐结束了。

六　欢乐颂

镜子说："一场完美的音乐会，谢谢欣赏它的所有人类。好，我走了。"

"请等一下！"克莱德曼高喊一声，"我们有一个最后的要求：你能否用太阳弹奏一首人类的音乐?"

"可以,哪一首呢?"

元首们互相看了看。"弹贝多芬的《命运》吧。"M国总理说。

"不,不应该是《命运》,"A国总统摇摇头说,"现在已经证明,人类不可能扼住命运的喉咙,人类的价值在于:我们明知命运不可抗拒,死亡必定是最后的胜利者,却仍能在有限的时间里专心致志地创造着美丽的生活。"

"那就唱《欢乐颂》吧。"C国主席说。

镜子说:"你们唱吧,我可以通过太阳把歌声传播进宇宙。我保证,音色会很好的。"

草坪上这200多人唱起了《欢乐颂》,歌声通过镜子传给了太阳,太阳再次震动起来,把歌声用强大的电磁脉冲传向太空的各个方向。

> 欢乐啊,美丽神奇的火花,
> 来自极乐世界的女儿,
> 天国之女啊,我们如醉如狂,
> 踏进了你神圣的殿堂。
> 被时光无情地分开一切,
> 你的魔力又把它们重新联结。

5小时后,歌声将飞出太阳系;4年后,歌声将到达人马座;10万年后,歌声将传遍银河系;20多万年后,歌声将到达最近的恒星系大麦哲伦星云;600万年后,歌声将传遍本星系团的40多个恒星系;1亿年之后,歌声将传遍本超星系团的50多个星系群;150亿年后,歌声将传遍目前已知的宇宙,并向继续膨胀的宇宙传播,如果那时宇宙还膨胀的话。

在永恒的大自然里，

欢乐是强劲的发条，

在宏大的宇宙之钟里，

是欢乐，在推动着指针旋跳，

它催含苞的鲜花怒放，

它使艳阳普照苍穹。

甚至望远镜都看不到的地方，

它也在使天体转动不息。

歌唱结束后，音乐会的草坪上，所有人都陷入长时间的沉默，元首们都在沉思着。

"也许，事情还没到完全失去希望的地步，我们应该尽自己的努力。"C国主席首先说。

A国总统点点头："是的，世界需要GA。"

"与未来所能避免的灾难相比，我们各自所需做出的让步和牺牲是微不足道的。"R国总统说。

"我们所面临的，毕竟只是宇宙中一粒沙子上的事，应该好办。"E国首相仰望着星空说。

各国元首纷纷表示赞同。

"那么，各位是否同意延长本届GA大会呢？"秘书长满怀希望地问道。

"这当然需要我们同各自的政府进行联系，但我想，问题应该不大。"A国总统微笑着说。

大麦哲伦星云：又称大麦哲伦星系，在南半天球距离南天极约20°左右的地方，位于剑鱼座与山案座两个星座的交界处，跨越了两个星座，占据了8°×7°的天区，相当于200多个满月的视面积。环绕着银河系运转，距离约为16.3万光年，直径大约是银河系的1/5，恒星数量约200亿颗。

"各位,今天真是一个值得纪念的日子!"秘书长无法掩饰自己的喜悦,"现在,让我们继续听音乐吧!"

《欢乐颂》又响了起来。

镜子以光速飞离太阳,它知道自己再也不会回来,在那十几亿年的音乐家生涯中,它从未重复演奏过一个恒星,就像人类的牧羊人从不重掷同一块石子。飞行中,它听着《欢乐颂》的余音,那永恒平静的镜面上出现了一圈难以觉察的涟漪。

"嗯,是首好歌。"

你我皆为星辰之子，每一个细胞都书写着整个宇宙的历史。当你凝视自己，也望见了宇宙的轮廓。

——著名科学家 卡尔·萨根

Lunar Base

月球基地

刘慈欣 王晋康 著

哈尔滨工业大学出版社
HARBIN INSTITUTE OF TECHNOLOGY PRESS

图书在版编目(CIP)数据

国际科幻大奖青少科学启蒙系列.4,月球基地/刘慈欣,王晋康著.—哈尔滨:哈尔滨工业大学出版社,2022.7

ISBN 978-7-5603-9844-0

Ⅰ.①国… Ⅱ.①刘…②王… Ⅲ.①中篇小说—小说集—中国—当代②短篇小说—小说集—中国—当代 Ⅳ.① I247.7

中国版本图书馆 CIP 数据核字(2021)第 226310 号

| 月球基地
| YUEQIU JIDI

| 总 策 划 | 张　丽
| 策划编辑 | 李艳文　范业婷
| 责任编辑 | 孙　迪　李佳莹
| 装帧设计 | 平　平
| 出版发行 | 哈尔滨工业大学出版社
| 社　　址 | 哈尔滨市南岗区复华四道街 10 号　邮编 150006
| 传　　真 | 0451-86414749
| 网　　址 | http://hitpress.hit.edu.cn
| 印　　刷 | 天津久佳雅创印刷有限公司
| 开　　本 | 787 毫米×1 092 毫米　1/16　印张 44　字数 584 千字
| 版　　次 | 2022 年 7 月第 1 版　2022 年 7 月第 1 次印刷
| 书　　号 | ISBN 978-7-5603-9844-0
| 定　　价 | 192.00 元(全四册)

(如因印刷质量问题影响阅读,我社负责调换)

目　录

- 月球基地 ◎王晋康　　　　　　001
- 终极爆炸 ◎王晋康　　　　　　037
- 我们向何处去 ◎王晋康　　　　113
- 宇宙坍缩 ◎刘慈欣　　　　　　131
- 微纪元 ◎刘慈欣　　　　　　　143

月球基地

◎ 王晋康

一

昊月国际能源公司的采掘基地设在日照较长的月球南极。采掘机夜以继日地工作着,从坚硬的洛格里特(月壤的正式名称)中采掘和提炼出宝贵的氦-3,再用无人货运飞船送往地球。这个作业过程全部由主电脑广寒子管理。"广寒子"意指"广寒宫的得道真仙"——不用说,主电脑设计者肯定熟悉中国古典文学。整个基地只有一名员工,是一个蓝领工人,负责处理那些电脑和自动机械不好处理的零星杂事,人员三年一换。氦-3的年产量为200～250吨,基本可以满足整个地球的能源需求。

毫不夸张地说,正是昊月公司的贡献,使

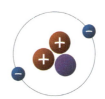

氦-3:是氦的同位素,也是一种清洁、安全和高效率的核融合发电燃料。氦-3大部分集中在颗粒小于50微米的富含钛铁矿的月壤中,据探测整个月球可提供约71.5万吨氦-3,开发利用月球土壤中的氦-3将是解决人类能源危机最具潜力的途径之一。

地球进入了一个全新的氦盛世,一个使用干净能源和充裕能源的时代。公司创始人施天荣先生也因此成为时代伟人。

二

在月球基地工作的最大好处是安静,没有大气,听不到陨石的撞击声和采掘机的轰鸣声。从地球来的无人货运飞船在降落时同样是悄无声息,轻轻的一次震动,那就是飞船抵达基地了。这是武康三年合同期中最后一次物资补充,他像往常一样去卸货口接收货物。但这次和以往不同,短短几分钟后他就气喘吁吁地返回,匆匆撞开生活舱门,怀中抱着一个身穿太空服的躯体。太空服的面罩上结满了冰霜,看不清那人的容貌。武康急迫地喊着:

"广寒子!广寒子!货船中发现一个偷渡客,已经冻硬了!"

面容清癯、仙风道骨的广寒子迅速无声地滑过来——实际这只是广寒子拟人化的外部躯体,它的巨型芯片大脑藏在地下室里——冷静地说:

"放到治疗台上,给他脱去太空服,我来检查。"

武康卸下那人的面罩,情不自禁地吹了一声口哨:"哇!曾祖父级的偷渡客!广寒子,我和你打赌,这老牛仔至少80岁啦!"

那人满面银须浓密虬结,皱纹深镂如千年核桃。虽然年迈,但仍算得上一个肌肉男。广寒子笑道:

"我才不会应这个赌。山人掐指一算便知他的准确年龄是81岁。"它迅速做了初步检查,"没有生命危险,是正常的冬眠状态,只要按程序激活就行。武康你还是去接货吧,我一个人就行。"

武康返回卸货口继续工作,等他再次返回治疗室,那位"曾祖父级的偷渡客"刚刚苏醒。他缓缓地打量着四周,声音微弱地说:"已经——到月球——了吗?请原谅——我这个——不速之客。"他的浓密银须下面绽出一抹微笑,话语慢慢变连贯了,"不必劳——你们询问,我主动招供吧。我叫吴老刚,今年81岁。我这辈子一直有个心愿,就是把这把老骨头葬在幽静的月球,而偷渡是最快捷、最省钱的办法。"

武康大摇其头:"我整天盼着早一秒离开这座监狱,想不到竟有人主动往火坑里跳,还要当千秋万世的孤魂野鬼!"他安慰老偷渡客,"老人家您尽管放心,月球上有的是荒地。只要您不嫌这儿寂寞,我负责为您选一个好坟址。"

老人由衷地感谢:"多谢了。"

"不过你别急,您老伸腿闭眼之前尽管安心住这儿,好心眼儿的广寒子——就是基地的主电脑——一定会殷勤地照顾您。至于我呢,很遗憾不能陪您了,过几天我就回地球啦!"他喜气洋洋地说。

"谢谢你和广寒子。你要回家了?祝你一路顺风。"

通信台那边嘀了一声,武康立即说:"抱歉,我得失陪一会儿。现在是每周一次的与家人通话时间,绝不能错过的。"他跑步来到通信台,按下通话键,屏幕上现出一个年轻妇人,穿着睡衣,青丝披肩,身材丰腴,嘴唇性感,清澈的眸子中盈着笑意。武康急切地说:

"秋娥,只剩13天了!"2秒后,秋娥也说:"武康,只剩13天了!"

月地之间的通话有4秒多的延迟(单程是2秒),所以两人实际是在同一瞬间说了同样的话。双方都为这个巧合笑了。秋娥努力平抑着情绪,说:"武康你知道吗?我很想你!"

她叹息一声,负疚地说,"武康,3年前我们不该吵架的。这些年来我对过去做了认真的反省,我想,我在夫妻关系中太强势了。"

3年前他们狠狠干过一架,武康正是盛怒之下才离开娇妻,报名去了鸟不拉屎的月球。"不，不，应该怪我，你在孕期脾气不好是正常的，我不该在那时候狠心离开你。我是个不会疼老婆的坏男人，更是个不称职的爸爸。等着吧，我会用剩下的几十年来好好补偿你和儿子。"

秋娥拂去怨痛，笑着说："好的，反正快见面了。我不说了，把剩下的时间给你的小太子吧。"她把3岁的儿子抱到屏幕前，"小哪吒，来，给爸爸说，爸爸我想你。"

小哪吒穿一件红肚兜，光屁股，脖子上戴着一个银项圈。他用肉乎乎的小手摸着摄像头，笑嘻嘻地说："爸爸我想你！"

看他喜洋洋的样子，不像是真正的思念，只是鹦鹉学舌罢了，毕竟他只在屏幕上见过爸爸。但甜美的童声击中武康心中最柔软的地方，眼睛不觉发酸。他不想让儿子看见，迅速拭了一下眼睛，笑着说："我的小哪吒，我很快就回去了，耐心等着我！"

"妈妈说，我再睡13次觉就能看到你了，对吗？"

"应该是16次，还要加上从月球飞到地球的三天旅途。"

小哪吒屈起小指头，一个一个数到16，最后没把握地说："我不知道数得对不对。"

"没关系，妈妈会帮你数。你只管安心睡觉就行了。小哪吒，想让爸爸给你带啥礼物？"

儿子不屑地说："那个破地方能有啥礼物！对了，你给我带100个故事就行。我最爱听故事。我会讲好多好多的故事。"

"是吗？会不会讲哪吒的故事？我是说神话中那个哪吒。"

"当然会！哪吒是爸爸的三太子，有三件宝贝。他惹祸了，爸爸训他，他就自杀了。妈妈偷偷为他塑了个神像，又让爸爸发现后打碎了。后来哪吒的老师，叫太乙真人的神仙，用藕节摆了一个人形，把哪吒的灵魂往里面一推，他就活过来了！"

"这就完了？"武康笑着问。

"还长着呢，等我闲了慢慢给你讲。"儿子口气很大地说。

"好，等我回家，再赶上你闲的时候，给我细细讲吧。"这个故事触动了武康的心，不由长叹一声，"这个哪吒的爸爸可算不上个好爸爸。"

秋娥见丈夫的情绪有些黯然，连忙打岔："咱家哪吒就太幸运啦，有个最疼他的好爸爸。"她忽然用余光瞥到一个陌生人，"咦，基地中多了一个人！墙角那人是谁？"

武康回过头，见偷渡客扶着广寒子立在墙角："噢，那是一位勇敢的老牛仔，81岁了还冒死偷渡，想葬在月球。"

秋娥低声埋怨丈夫："你该事先提醒我，有些话不该让外人听到的。"

广寒子扶着偷渡客走过来，笑着说："哟，这句话太伤我的自尊心了。秋娥，是不是你眼中一直没有我这个人？"

秋娥机敏地说："当然有你这个'人'，但你哪里是'外人'，我早把你看作家里的一员了。"她转过目光，对陌生人嫣然一笑，"喂，勇敢的老牛仔，你好。祝你早日实现愿望——哟，这话大大的不妥，应该说'祝你顺利实现愿望——但尽量晚一点'，至少在你100岁之后吧。"

"谢谢了，很高兴听到这样的双重祝福。"

10分钟的通话时间很快到了，双方告别，屏幕暗下去。但武康还在对着屏幕发愣。3年的孤独实在过于漫长，这些年如果不是有广寒子的友情，他早就精神崩溃了。现在，越是临近回家他越是焦灼，真是度日如年，几乎每晚都梦见妻子与小哪吒依偎在怀里，醒来却是一场空。

广寒子非常理解他的心情，走过去轻轻揽住他的肩膀，不过没说什么安慰话。它知道这个蓝领工人很爱面子，虽然想妻儿快想疯了，但最怕外人看到"男人的脆弱"。这些年来，它与武康的相处已经很默契了。

在他们身后，偷渡客的心中同样激荡着剧烈的波涛，浑浊的老眼中泪光点点。孤独的武康在尽情倾吐对妻儿的思念,但他不知道,此刻的"在线通话"只是电脑广寒子玩的把戏,是逼真的互动式虚拟场景。屏幕上那位鲜活灵动的秋娥,还有娇憨可爱的小哪吒,实际只是活在一个名叫"元神"的电脑程序中。

更为残酷的是,13天后,也就是武康终于要返回家园的那一天,等待他的实际是客运舱中的气化程序。

气化:指物质由液态变为气态的现象。

而这一切,其实都是偷渡客造成的。他在50年前签下过一份合同,为了"一碗红豆汤"出卖了自己克隆体的永世生存权。捎带卖出的还有他31岁前的人生记忆,那对虚拟的母子正是以他那些记忆为蓝本创造出来的。至于这位克隆人武康,他的真实人生其实只有短短3年,即在月球基地工作的这3年,前28年的记忆也是从偷渡客的记忆中输入他的大脑的。

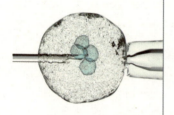

克隆:英文clone的音译,通常是利用生物技术由无性生殖产生与原个体有完全相同基因的个体或种群。由于是由同一个祖先细胞分裂繁殖而形成的纯细胞系,该细胞系中每个细胞的基因彼此相同。因此,克隆技术在现代生物学中被称为"生物放大技术"。

这些年来,偷渡客的良心一直不得安宁。这次他以81岁的高龄冒死偷渡,就是想以实际行动做一次临终忏悔。

武康带偷渡客到餐厅吃饭去了,广寒子开始呼叫位于地球的公司总部。这是机内通话,外人听不见也看不到。而且——这才是真正的在线通话。公司董事长施天荣先生现身了。他与那位偷渡客是同龄人,同样的须发如雪。广寒子首先汇报：

"董事长，有一桩突发事件，今天的无人货运飞船中发现一名偷渡客。"

4秒的时间延迟后，屏幕上的施天荣皱起眉头："偷渡客！地球上的装货一向处于严格的监控之中，外人怎么能混进飞船？"

"他恰恰不是外人。"广寒子叹道，"尽管相隔50年，但见面第一眼我就认出他了。这个自称吴老刚的人就是基地的第一任操作工、17代克隆武康的原版，那位老武康。"

仍是4秒的延迟，董事长苦笑道："这个不安分的老家伙！他到月球干什么？"

"据他说，他想来实现太空葬。"

董事长缓缓摇头："不，这肯定不是他的真正目的。"

"当然不是。我想——他恐怕是来制造麻烦的。"

"是的，他肯定是来制造麻烦的。当然我们不怕他，昊月公司在法律上无懈可击。不过，"他沉吟着，"也许这个不安分的老家伙会铤而走险，使用法律之外的手段？对，一定会的。广寒子，你尽量稳住他，我即刻派应急小组去处理，至多4天后到。"

广寒子摇摇头："完全不必。你未免低估了我的智力，还有我闭关修炼53年的道行。何况我和老武康曾经共事三年，完全了解他的性格，知道该如何对付他。这事尽管交给我好了。"

董事长略做思考，果断地说："好，我信得过你，你全权处理吧。要尽量避免他与小武康单独接触。必要的话，可以把小武康的销毁提前进行。至于老武康想太空葬，你可以成全他。"稍稍停顿后，他又提醒，"但务必谨慎！老武康是自然人，受法律保护。你只能就他的意愿顺势而为，不要引发什么法律上的麻烦。"

"请放心，不会出纰漏的。"

"好的，董事会完全信任你。祝你成功，再见。"

武康没有忘记他对偷渡客的许诺，第二天，他要去露天基地对采掘机进行最后一次例行检查，走前邀老人同去：

"挑选墓地是人生大事，您最好亲自去一趟，挑一处如意的。身体怎么样，歇过来了吗？"

老武康没有立即回答，用目光征求广寒子的意见——他知道后者才是基地的真正主人。广寒子笑道："哪里用得着挑选，月球上这么多陨石坑都是最好的天然坟茔。从概率上说，陨石一般不会重复击中同一块地方，所以埋在陨石坑最安全，不会有天外来客打扰他灵魂的清静。"

但说笑归说笑，它并没有阻止。老武康暗暗松了一口气，赶紧穿上轻便太空服，随武康上车。时间紧迫啊，距武康的死亡时间满打满算只剩12天了，他急切盼着同武康单独相处的机会。

在微弱的金色阳光和蓝色地光中，八个轮子的月球车缓缓开走，消失在灰暗的背景里，在月球尘上留下两道清晰的车辙。广寒子把监视屏幕切换到月球车内，监视着车上的谈话。一路上武康谈兴很浓，毕竟这是他三年来（其实是他一生中）遇上的第一个人类伙伴。他笑嘻嘻地说："老人家，说实话我挺佩服您的。81岁了，竟然还敢冒死偷渡！"

老人笑道："我可是O型血，冲动型性格。再说，到我这把年纪，连死都不怕，还有什么可怕的？"

"您是不是有过太空经历？我看您很快适应了低重力下的行走。"

老人含糊应道："是吗？我倒不觉得。"

驾驶位上的武康侧过脸，仔细观察老人的面容："嗨，我刚刚有一个发现——如果去掉您的胡须和皱纹，其实咱俩长得蛮像的。"他开玩笑，"我是不是有个失散多年的叔祖？"

老人下意识地向摄像头扫了一眼，没有回答，显然他不愿（当着广寒子的面）谈论这样的敏感话题。然后监视器突然被关闭了，屏幕上没了图像也没了声音。这自然是那位老武康干的，他想躲开电脑的监视，同小武康来一番深入的秘密谈话。广寒子其实可以预先采取一些补救措施，比如安装一个无线窃听器等，但它没有费这个事。那位老武康会说什么，以及小武康会有什么反应，完全在广寒子的掌握之中，监听不监听都没关系。

它索性关了监视器，心平气和地等着两人回来。

两小时后，月球车缓缓返回车库。两人回到屋里，老武康亢奋地喊：

"太美啦！金色阳光衬着蓝色地光，四周是千万年不变的寂静。这儿确实是死人睡觉的好地方，我不会为这次偷渡后悔的。广寒子，我的墓地已经选好了！"

广寒子知道他的饶舌只是一种掩饰，但并未拆穿，故意说："任何首次到月球的人，都会被这儿的景色迷住。我想你肯定是第一次到月球吧？"

"当然当然！我是第一次来月球。"

武康说："广寒子，准备午饭吧，我去整理工作记录，一会儿就好。"

他坐到电脑前整理记录，表情很平静。但广寒子对他太熟悉了，所以他目光深处的汹涌波涛，还有偶尔的怔忡，都躲不过广寒子的眼睛。可以断定，刚才，就是监视系统中断的那段时间内，老武康已经向他讲明了所有的真相，但少不了再三告诫他要镇定，绝不能让狡猾的广寒子察觉。那些真相无疑使武康受到极大的震动，但他可能还没有完全相信。

这不奇怪，武康一直在用"我的眼睛"看"我的人生"。现在他突然被告知，他的人生仅仅是一场幻梦，他的妻儿只是电脑中的幻影，如此等等，他怎么可能马上就接受这个真相呢？

这真是太荒谬、太残酷了！

两人平静地吃过午饭，武康说他累了，独自回卧室午睡。广寒子遥测

睡眠波：科学研究发现人有四种脑波，即α波、β波、δ波、θ波。睡眠则分慢波睡眠和快波睡眠。慢波时Ⅰ期为入睡期，α波逐渐减少，低幅θ波和β波不规则地混杂在一起，脑电波呈平坦趋势；Ⅱ期为浅睡期，出现α波，并有少量δ波。

着他的睡眠波，等他睡熟，悄悄把老武康唤到远处的房间里。

"有朋自远方来，不亦乐乎？"广寒子微笑着，直截了当地捅破了窗户纸，"武康，我的老朋友，很高兴50年后与你重逢。"

老武康颇为沮丧，但并没有太吃惊。他叹息道："我这张老脸早就风干了，没有多少过去的影子了，我还特意留了满脸胡子，可惜还是没能骗过你这双贼眼！不过，我事先也估计到了这种可能。"

广寒子笑道："我就那么好骗？山人有容貌辨识程序，可以前识50年后推50年，何况你的声音没变。老武康，这些年尽管咱们断了联系，但我一直在关注着你。秋娥是在5年前去世的，对吧？"

"是的，她去世5年了。"

"你的小哪吒，今年应该53岁了吧？我知道他快当爷爷了。"

"对，谢谢你惦着他。"

广寒子摇摇头，感伤地说："时间真快啊，所谓洞中只数月，洞外已百年。在我心目中，他还是那个娇憨调皮的光屁股小娃娃。"

老武康讽刺地说："是啊，你要用这个模样去骗各代武康嘛。谎言重复多次就变成了真的，哪怕是对说谎者本人。"

广寒子平静地反讽:"这也是靠你的鼎力相助嘛,正是你提供了有关他们娘俩的记忆。"它拍拍老武康的肩膀,直率地说,"咱们是老朋友了,不妨坦诚相见。讲讲你时隔 50 年重回月球的目的吧,你当然不是为了什么太空葬。"

事已至此,老武康也就不隐瞒了:"当然不是为了什么狗屁太空葬,我这把老骨头葬哪儿都行,犯得着巴巴地跑到月球上来?实话说,我这次来是为了拯救——拯救这位武康的性命,也拯救我自己的灵魂。"

广寒子冷冷一笑:"先不说拯救小武康的事,先说你吧。50 年前,在你告别月球返回地球之后,你已把自己的克隆体的永世生存权以 2 000 万元卖掉了!怎么,现在你后悔了?是不是 2 000 万元花完了?"

老武康面红耳赤:"我那时年轻,想问题太简单,我当时的确觉得把几十个口腔黏膜细胞,再加三年的工作经验和生活记忆换成 2 000 万元是非常划算的生意。"

"没错啊,太划算啦!这笔钱几乎是白捡的,你本人没有任何损失嘛。"

"不对。现在我想明白了,我卖出的每个口腔黏膜细胞都被你们制造成了一个个活生生的人,但他们却终生生活在欺骗中、囚禁中,他们是 21 世纪最悲惨的奴隶——这不行,我没法接受。"

"你还少说了一条——他们的人生只有短短 3 年!"广寒子说,"倒不是克隆人的身体不耐久,而是因为他们熬不过孤独。在荒远的月球上,他们最多只能坚持 3 年,再长就会精神崩溃。所以昊月公司只好以 3 年为轮回期,把旧人报废,用新的克隆人来替换。"

"没错,我再清楚不过了——我本人熬过那 3 年后就差点崩溃。"

"但有一点你还没意识到呢。你不光害了各代武康,还害了秋娥母子——我是指虚拟的秋娥母子。尽管他们只是活在那个'元神'程序中,但那个程序很强大,可以说他们已经有了独立的心智。小哪吒毕竟年幼,懵懂无知，但秋娥就惨了，甚至比克隆人武康还要惨：她得苦苦熬过3年的期盼，然后程序归零，开始新一轮的人生，新一轮的苦盼。到这一代为止，她的苦难实际上已经重复了17次。"

老武康沉默了。过了一会儿他恨恨地说："没错，是我签的那个合同害了他们，我是个可恶的浑蛋！但你的老板更可恶，他为了节省开支，才想出了这个缺德主意。"

广寒子摇摇头："不，你这样说对施董不公平。算上给你的2 000万元，这个主意并不省钱。他的目的是避免'人'的伤亡。你很清楚，月球没有大气，陨石撞击相当频繁，这种灾难既无法预测，也基本不可防范。你工作的那3年，就有两次几乎丧生。"

老武康冷笑一声："那克隆人呢？他们的命就不是命？我听说17代克隆人中，有两代死于陨石撞击。"

广寒子心平气和地说："一点儿不错，他们的命确实不是命——在当时的法律以及施董那代人的观念中，克隆人并非自然生命，珍视生命的观点用不到他们身上。"老武康想反驳，广寒子又抢先说道，"我这不是为施董辩解，更不会赞成他的观点，要知道我本人也是非自然生命啊。我只是客观地叙述事实。公平地说，施董那时是从人道的立场出发，做出了一个不人道的决定。"

老武康不服气，但也想不出有力的理由反驳，低声咕哝道："狡辩。"

"而且从法律上说，对你的克隆完全合法，他们用2 000万元买了你的授权啊，这种做法很慷慨，甚至超前于当时的法律。"

老武康不耐烦地说："那也不能改变他是浑蛋这个事实，至多是一个合法的浑蛋。而且——浑蛋名单中还有你呢！尽管你只是一台电脑，只是执行既定的程序，但你毕竟亲手气化了一个个克隆人。你手上沾满了武康们的鲜血。广寒子，我想问一句，50年来你兢兢业业，用秋娥和小哪吒欺骗各代武康的感情——你对满怀渴望走进客运舱的武康们冷酷地执行销毁程序，当你干这些勾当时，就没有一点儿内疚？"

广寒子平静地说："你刚刚说过，我只是一台电脑，电脑是没有感情的。"

"少扯淡！咱们是老朋友，我知道你的智力有多高——绝对进化到了'智慧'的层次，完全能理解人类的感情。你忘了我对你的评价？我一直说你是'好心眼儿的广寒子'，就是嘴巴有点不饶人。"

广寒子点点头："对，我记得这句话。好吧，看在这句话的分上，这次我会尽力成全你。"

老武康怀疑地紧盯着广寒子，长叹一声："我怎么觉得你的许诺来得太快了一点儿，这么快就放下屠刀立地成佛了？"

"没错，我还是50年前那个好心眼儿的广寒子，否则，昨天我给你解除冬眠时，恐怕就要出点小失误啦！那会儿连小武康都不在现场！"

老武康一惊，想想确实如此，不免有点后怕。他闷声说："我这个计划策划了十年，看来还是有纰漏。"他求告，"好心眼儿的广寒子，我的老朋友，求你放可怜的小武康一马吧。"

广寒子平静地说："你放心，我会妥善处理的。"

广寒子和老武康之间已经把话挑明了，现在它和他都悄悄等着小武康的反应。但六天过去了，小武康这边竟然没有动静。他照常睡觉、吃饭、做日常工作、收拾打算带走的随身行李、在健身机上跑步。他比往常显得沉默一些，但考虑他马上就要告别这种生活，有这种情绪也属正常。广寒子不动声色地旁观着，老武康则越来越沉不住气——要知道七天后小武康就要"返回地球"，而客运舱中等待他的将是死亡！他会不会固执到拒不听从老武康的警告，仍要按原计划返回？真要那样的话，老武康死都闭不上眼！

这天晚上，小武康照例锻炼得满身大汗，冲了个澡，很快入睡了，并且睡得很香。老武康睡不着，在床上翻来覆去地折腾。广寒子悄悄地溜进来，立在床边，淡淡地嘲讽道："老武康，睡吧。老年人可经不起这样折腾。我这两天够忙了，你别再让我抢救一个中风病人。说句不中听的话——早知今日，何必当初呢！"

老武康这会儿没心思与它斗嘴，半抬起身，压低声音说："广寒子，如果——万一——小武康仍照常走进客运舱，你真的会启动气化程序？"

广寒子没有正面回答："你放心，他绝不会走进客运舱的。我相信这一两天内他就会有大动作。"

"大动作？"

"等着瞧吧。事先警告你一句，他的反应很可能超出你的预料，甚至超出我的控制范围。"它长叹一声，"老武康，你历来爱冲动，如今已经81岁了，处事还是欠思虑。不错，你在晚年反省到自己的罪孽，冒着生命危险来到月球，这种行为很高尚。但你是不是把各种善后事宜统统考虑成熟了？比如说，救出小武康后，怎么给他安排生活？"

"他应该回到人类社会，他应该成家，真正的家，而不是现在的镜花水月。他应该得到3年工资再加一笔公司赔偿。我本人也会尽力补偿，我把地球上的家产都留给他了，哪吒也同意在我去世后照顾他。"

"想得真周到啊！但你能肯定，这确实是小武康想要的东西吗？"

老武康有点茫然："应该是吧，这都是人之常情。"

"不，你并没有真正站在他的角度来思考。他的一生，只有对秋娥和小哪吒的思念。他们是他的全部，没有了他俩，他活着就了无生趣。现在他已经知道，地球上并没有那个秋娥和小哪吒，他们只存活于芯片内，圈禁在一个叫'元神'的程序中。你想在这种情况下，他会不会独自回到地球，却任由秋娥和小哪吒继续被可恶的电脑禁锢？"

老武康得意地说:"对这一点我早有筹划。"

"什么计划?"

"暂时保密。"

"就凭你那点智商,还想跟山人玩心眼儿?说吧,是不是你那个与两份口腔黏膜细胞有关的计划?"

老武康吃吃地说:"你……已经知道了?"

广寒子很不耐烦:"说吧,别耽误时间。"

"那……就告诉你吧,我已经事先取得了秋娥和哪吒的口腔黏膜细胞,还有两份授权书,其中秋娥的那份是在她生前办的。我来基地的目的,就是想逼昊月公司答应这件事:克隆出一个 31 岁的秋娥和一个 3 岁的小哪吒,并把'元神'程序中的相关记忆分别上传给他们。这样,武康回地球后就能见到真正的妻儿了。广寒子,这个计划应该算得上完美吧?"

广寒子看着他渴望的眼神,叹息着摇头:"看来你真是用心良苦啊,我真不忍心给你泼冷水,可惜这条路行不通。"

"为啥行不通?"

"因为'元神'程序中的有关信息并非拷贝于本人的记忆,而是从你的记忆中剥离出来的,是二手的、非原生的、不完整的、不连续的。用这些信息来支撑一个二维虚拟人,那没问题,但无法支撑一个三维的克隆人。"

老武康的脸色顿时变得惨白:"真的不行?"

"真的不行。如果硬用它们来做克隆人的灵魂,最多只能得到一个精神不健全者。"

老武康十分绝望:"但我的妻子已经过世,无法再拷贝她的记忆了!"

"即使能拷贝也不行,那只能重建'另一个'秋娥或哪吒,而不是和小武康共处 3 年的'这一个'。两者分离了 50 年,已经失去了同一性。"

TNT：化学名 2,4,6-三硝基甲苯，是一种烈性炸药，每千克 TNT 炸药可产生 420 万焦耳的能量。1863 年由 J·威尔勃兰德发明，呈黄色粉末或鱼鳞片状，难溶于水。TNT 威力巨大，性质稳定，不易爆炸，即使直接被子弹击中也不会引爆，需要雷管进行引爆。一个多世纪以来，TNT 一直是战争的首选炸药，因此被称为"炸药之王"。

"那该咋办？这个难题永远没有解了？"

"你以为呢？"广寒子没好气地挖苦他，"我不想过多责备你，但事实是，自打你在那份卖身契上签上自己的名字，你就打开了潘多拉魔盒，放出了3个不该出生的人，也制造了一个无解的难题。关于这一点，小武康肯定比你清楚，否则他不会做出那样的决定。"

"啥样的决定？你已经知道了他的打算？"老武康急急地问。

广寒子平静地说："一个绝望的决定——六天前那次出外巡检中，就是在你告诉他真相之后，他从工地悄悄带回几包TNT。他做得很隐秘，连你也没发现，但我在生活舱空气中检测到了突然出现的TNT分子，而扩散的源头就在那间地下室内——你知道那儿是我的大脑，而我恰像人类一样，对自己大脑内的异物是无能为力的。"

老武康震惊："他想炸毁你？他要和你同归于尽，包括程序中的母子俩？"

"没错。这正是那个貌似平静的脑瓜中，正准备要做的事情！别忘了，他和你一样是O型血，冲动型性格，办事只图痛快，不大考虑后果的。尽管他还没最后下定决心——他也许是不忍心让一个巴巴赶来报信的老头儿一同陪葬吧？"广寒子讥讽地说，"其实你不会有意见的，求仁而得仁，你将得到一场壮丽的太空葬！但我呢，我这个已经具有智慧的家伙还不想死呢！"

老武康沉默了一会儿，担心地问："你打算咋办？为了自保先动手杀他？"没等对方回答，他就坚决地摇头，"不，你不会杀他。"

"为什么不会？求生是所有生命的最高本能。而且你说过，我这个'在册浑蛋'曾冷酷地执行过一个个克隆人的气化程序。"

"你那是被动执行命令，与这次不一样。依我的直觉，你一定不会主动杀他。"

"你的直觉可不灵，至少你没直觉到小武康血腥的复仇计划。"广寒子放缓口气，"好了，睡吧，安心地睡吧。至少今晚咱俩是安全的，我断定小武康还没最后下定决心。"

第二天，像往常一样吃过早饭，小武康平静地说："广寒子，把过渡舱打开，我想再去露天工地检查一次。"

广寒子提醒他："再过 20 分钟，就是每周一次的与家人通话时间，这是你返回地球前的最后一次了。你还要出去吗？"

"你先开门吧。"

广寒子顺从地打开气密室内门，问："武康，你今天想到哪儿活动？请告诉我，我好提前为你准备。"武康没有回答，取下太空服开始

过渡舱：航天器上的气密过渡通道，能为航天员进行太空行走提供通道。

月球基地　017

穿戴，广寒子提醒他，"武康请注意，你穿的是舱外型太空服（用于不乘车外出），你今天不打算乘太空车吗？"

武康没回答，继续穿戴着，背上氧气筒，扣上面罩。然后推开尚未关闭的内门，返回生活舱："广寒子你打开通话器，我要与家人通话。"

这个决定比较异常，因为过去他与家人通话时从没穿过太空服，那样很不方便。但广寒子没有多问，顺从地打开通话器，还主动把太空服的通话装置由无线通话改为声波通话。旁观的老武康则紧张得手心出汗。他已经断定，小武康筹谋多日的复仇计划就要付诸实施了！所以他先用太空服把自己保护起来。太空服的氧气是独立供应的，不受广寒子控制，这样小武康就无须担心某种阴谋，比如生活舱内的气压忽然消失。舱外型太空服的氧气供应为48小时，有这段时间，一个复仇者足以干很多事情了。此刻老武康的心里很矛盾，尽管他来月球的目的就是要鼓动小武康反抗，但也不忍心老朋友广寒子受害。至于自己的老命也要做陪葬，倒是不值得操心的事。这会儿他用目光频频向广寒子发出警告，但广寒子视若无睹。

小武康与家人的"在线通话"开始了。当然，这仍然是广寒子玩的把戏——其实这么说并不贴切，"元神"程序虽然存在于广寒子的芯片大脑内，但它一向是独立运行，根本用不着广寒子干涉。连广寒子也是后来才发现，在它母体内悄悄孕育出了两个新人，两个独立的思维包，只是尚未达到分娩阶段罢了。

照例经过4秒的延迟后，屏幕中的秋娥惊讶地说："哟，武康，你今天的行头很不一般哪！"她笑着说，"已经迫不及待啦？还有六天呢，你就提前穿上行装了。"

武康回头瞥了广寒子一眼，淡淡地说："不，不是这样。最近几晚我老做噩梦，穿上这副铠甲有安全感。"

秋娥担心地问："什么样的噩梦？武康，你的脸色确实不太好。你不舒服吗？"

"我很好，只是梦中的你和小哪吒不好。我梦见你们中了巫术，被禁锢在一个远离人世的监狱里，我用尽全力也无法救出你们。"

他说这些话本来是想敲打广寒子，不料却击到了妻子的痛处。秋娥的情绪突然变了，表情怔忡，久久无语，这种情绪在过去通话中是从未有过的。武康急急地问："秋娥，你怎么了？你怎么了？"

秋娥从怔忡中回过神，勉强笑着："没什么——等你回家再说吧。"

"不，我要你这会儿告诉我！"

秋娥犹豫片刻后低声说："你的话勾起了我的一个梦境。我常做一个雷同的梦，梦中盼着你回来，而且眼看就要盼到了，可是突然天上有一个声音说，你盼不到的。于是就在你将要回来的那一天，这个梦将会回到3年前，从头开始。一次又一次重复，看不到终点。"

通话停顿了，沉重的气氛透过屏幕把对话双方淹没。忽然小哪吒的脑袋出现在屏幕中：

"爸爸，我也做过这样的梦，还不止一次！"他笑嘻嘻地说。

他的笑让一旁的老武康心如刀割，广寒子悄悄碰碰他的胳膊，示意他镇静。过了一会儿，小武康勉强打起精神安慰妻儿：

"那只是梦境，别信它。都怪我，不该说这些扫兴的话。"

秋娥也打起精神："对，眼看就要见面了，不说这些扫兴的话。喂，小哪吒，快和爸爸说话！"

"不，儿子你先等等。秋娥，我马上要回地球了，今天想问一些亲人朋友的近况，免得我回去后接不上茬。"

"当然可以，你问吧。"

他接连问了很多家人和熟人的情况，秋娥都回答了。广寒子不动声色地听着，知道武康是想从这些信息中找出虚拟世界的破绽。但这样做是徒劳的，因为上传给武康的记忆与虚拟秋娥的"记忆"来自同一个资料库，天然吻合，无法从中找出逻辑错误，就像你无法提着自己的头发把自己拽离地面。但广寒子这次低估了这个蓝领工人。问到最后，武康突然换了问题：

"昊月基地已经开工53年了，在我之前应该有17位工人，但广寒子的资料库中没有他们的任何资料。他们早就回地球了，你听说过他们的消息吗？"

"哟，这我可从没注意。"

"是吗？你再仔细想想。你这样关心我，不会放过与他们有关的报道吧？因为从中你能多了解一些月球基地的日常生活。"

"我真的没有注意到。也许他们都没有抛头露面，也许他们都和昊月公司签有保密协议。"

"不，我本人并没有签保密协议。而且我也没打算回地球后对这3年保密。以我的情况推想，他们不会守口如瓶的。"

大概是因为心绪不佳，秋娥对于武康的追问有点不快："这件事干吗这么着急？等你回来后再细细盘查也不迟。武康，儿子在巴巴地等着呢！"

"好吧，来，小哪吒，和爸爸说话。"

于是武康完全撇开这个话题，一直到通话结束都没再捡起来。但广寒子知道他的撇开是因为已经有了确凿的答案。在为武康搭建的谎言世界中，有关各代工人的部分的确是最薄弱的环节。没办法，因为前17代工人除了原版武康外，都是完全雷同的克隆人，又都在这个封闭环境里生生灭灭。如果要完全从零开始来建构他们回地球后的生活，包括他们与社会的各种联系，那无异于重建一个人类社会，信息量过于浩瀚了，而且难以做到可验证。所以，这个谎言世界只能是封闭的，对系统之外的信息干脆省略。这正是虚构世界的罩门和死穴。这个蓝领工人虽然学识不足，但足够聪明，一下子找到了它。

也就是说，武康此时已经知道了那对母子的真实身份，知道这种"在线通话"是怎么一回事。但不管心中怎么想，他还是善始善终地完成了最后一次通话。这可以说是出于丈夫和父亲的本能，他不会草率地掀开裹尸布，让"妻儿"看到残酷的真相。

双方依依告别：

"再见，地球上见！"

"再见，在地球上等我！"

秋娥（虚拟的）心很细，虽然心绪不佳，也没忘了向老偷渡客问好。老武康走上前，与她通过屏幕碰了碰额头。此时老武康心神激荡，激荡中也包含某种微妙的情愫。屏幕上的年轻女子是他50年前的"妻子"，但眼下她的身份更像是女儿或儿媳。对妻子的爱恋和对后辈的疼爱掺杂在一起，难免有点错位。

这对母子是根据老武康年轻时的记忆构建的，构建得非常逼真，但与记忆相比也有细微差别。比如，真实的秋娥爱向左方甩头发，虚拟的秋娥则是向右方。其实真正的差别还不在这些细枝末节，而是他们的"元神"。"元神"程序做鉴定运行时，曾让老武康看过。那时，秋娥和哪吒的形象明显单薄和苍白，就像是初次登台的话剧演员。现在，在重复演出17次之后，秋娥母子已经相当真实饱满，几乎是呼之欲出了。

这么说，"元神"程序并非简单的归零循环，它有潜在的强化功能。依刚才秋娥和哪吒的梦境，他们在归零后还能残留一些对"前生"的模糊记忆。

通话结束了，武康在屏幕前又枯坐了好一会儿。之后他回过头来盯着广寒子，目光像刺刀一样锋利冷冽。手里握着一个自制的起爆器，大拇指按在起爆钮上。

"广寒子，我想你已经知道，今天我为啥先把太空服穿上了。"

广寒子叹息道："我知道。武康，你我一直是朋友。如今走到这一步，让你这样提防我,我很难过。"

"那我也很难过地告诉你,这位偷渡客,或者说老武康,在七天前已经跟我说明了真相,但我不信,或者说不愿相信,于是刚才我又找秋娥印证了一下!"

"其实你不必用这样的方法,你直接问我就可以。"

广寒子随即调出了有关17代武康的信息(不包括老武康的)。这些都是严格保护的隐藏文件,过去武康没发现过,更不能打开。在屏幕上,17代武康一代一代地重复着同样的生活,重复着对妻儿的刻骨思念,这些场景是武康十分熟悉的。也有一些他从未看到的场景:两代武康死于陨石撞击(其中一个只活了两年);其他15代武康在熬够三年后急不可待地走进过渡舱,先聆听公司预录的热情洋溢的感谢词,然后满怀幸福的憧憬,躺进那艘永远不会启用的自动客运飞船。透明舱盖缓缓合上,一声铃响,舱内顿时强光闪烁,白烟弥漫。白烟散去,一个活人化为虚无。然后一个新的28岁的武康在地球那边被克隆出来,由无人货运飞船运到月球基地,放在治疗床上被激活,输入28年的记忆,同样的故事再次开始。

武康看着这些场景,眼中怒火熊熊,双手止不住地颤抖。广寒子看看他拿着遥控器的右手,温和地提醒道:

"武康,先别急,镇静。我想你一定还有一些疑问。请尽管问,我会像刚才一样坦诚相告。"

"好,我问你,程序中的秋娥和哪吒是不是真有其人?"

"有,是依据老武康50年前上传的记忆构建的。不过我得说明一点,因为'元神'程序的功能十分强大,又经过了17次运行,可以说是重生17次,如今的秋娥和哪吒已不同于50年前,他们差不多已经'活'了,但还是——"

"也就是说,我回地球是找不到他们的?"

广寒子叹息道:"恐怕是这样。"

武康面色惨然:"好啊,既然如此,那我就陪她娘儿俩一同去天国吧。"

广寒子看着武康作势要按下拇指,平静地说:"好的,我乐意陪你们同去。武康,我的朋友,你以为只有你们仨是受害者吗?其实我也是最大的受害者之一。如果我是个头脑简单的低等级电脑,那就一生安乐。可惜我有智慧,有自己的是非观。我干的那些事违反我的本性,可我还得一次一次地干下去。你受的苦难只有3年,然后在幸福的憧憬中安然死去;秋娥母子的受难也可以说只有3年,因为每3年程序就会基本归零;只有我所受的折磨已经是17次方的叠加,还不知道什么时候是终结!"

武康冷冷地说:"你干吗非要这样委屈自己?你完全可以终止它,没人拦得住你。"

"是啊,我早就想这样做了,可惜我的程序中还有一个优先级的任务,或者换一种说法也未尝不可——我受到更高层面的道德束缚,那就是保住地球人的生命线。这个基地从某种意义上说确实是地狱,但这个地狱保障了60亿地球人的生存权。它一旦被毁,也许在短短十年内,地球人就会有100万死于饥馑,300万人死于环境污染。武康,我也想用一包TNT结束这儿的苦难,一了百了。可是,如果我像你一样按下拇指,就要为几百万条人命负责。"

这番话让武康的怒火更为炽烈:"那么我呢?我这个渺小的克隆人就该心甘情愿地去死,以换得那几百万人的生存?"

在刚才那一段时间,老武康从这儿悄无声息地消失了。这会儿他悄悄返回,躲开小武康的目光,向广寒子暗示着什么。广寒子知道他的意思,但佯装没有看见。它对小武康温和地说:"当然不是。你同样有权活下去。这50年来,我一直在努力寻找一个能顾及各方利益的解决办法,可惜至今没找到。如果只是想逼昊月公司结束这里的不人道状况,改为雇用真人,那不算困难。但最大的问题不在这儿,而在于三个本不该来到世界上的人——你、秋娥和小哪吒——你们该怎么办?你即使回地球也不会幸福的,因为那儿没有你深爱的妻儿;而秋娥母子呢,别人也许认为他们只是程序中的幻影,删掉就行了,但我想,你恐怕不会同意这样的观点。"

小武康脸上的肌肉抖了一下,咬着牙没有回答。

"武康,你在绝望中想带着秋娥母子与基地同归于尽,我理解你的心情。但坦率地说,这是一个糟糕的决定。不说别的,至少你无权代秋娥来决定她自己的命运。我有个建议,你不妨考虑一下,在你下决心按下起爆钮前,为什么不先听听秋娥的意见呢?你把所有真相告诉她,然后和她商量一下,共同做出决定。"

武康纵然怒火熊熊,听到这儿也不由得瞪大眼睛,非常吃惊。同样吃惊的还有老武康。这个建议的确有些匪夷所思!让武康去询问一个"程序中的人"是否愿意自杀,而且前提是向她道出真相——那娘儿俩其实不是活人!还有一个更大的问题:那对母子是存在于"元神"程序中,而这个程序又存在于广寒子的芯片大脑中。武康又怎么能相信秋娥的回答不是广寒子在捣鬼呢?

这些弯弯太绕了!

小武康沉默着。老武康提心吊胆,广寒子则含笑不语。世上没人比他对武康了解更深。这个蓝领工人深爱妻儿,是把屏幕上那对母子当成真人来疼爱的,所以他绝不会否认他们的存在——既然如此,他当然会尊重秋娥,想听一听她的意见。广寒子断定,只要劝动他与妻儿再见一次面,事态就可能会改变。

良久,武康终于开口了:"好的,接通电话。"

4秒后,秋娥出现在屏幕上。她的目光先是专注地望向屏幕之外,显然小哪吒正在那儿玩耍。等她转脸发现屏幕上的丈夫,表情立时变得有些惊愕："武康，出了什么事？咱们刚通过话，你说那是最后一次通话。"

"没什么，我只是想在走前再看看你和儿子。"

"武康，你就别装了。要是我不能透过眼睛看出你的心事，我就不是你妻子了。你那儿肯定出了啥大事，这一点毫无疑问。快告诉我！即使是天大的不幸，我也会和你一块儿扛。"

武康勉强笑道："真的没什么。这次你肯定看走眼了。"

秋娥当然不相信他的搪塞，思忖片刻后问："是不是你的行期要推迟了？"

武康笑着说："没推迟啊。不过——我只是打个比方——要是我的身体已经不适应地球重力，你和儿子愿不愿意来月球陪我？我不会勉强你们，毕竟这儿太荒凉了。"

秋娥没有丝毫犹豫："那儿确实太荒凉，不适合孩子的成长。不过，如果不得不走这一步，我和小哪吒都心甘情愿去陪你，哪怕陪你一生。哪吒过来！爸爸要问你话。"

武康的眼睛湿润了："别别！别惹小家伙哭鼻子，我只是随便说说而已。我很快就回家了。"

秋娥没有听他的，她从屏幕上消失，少顷抱着儿子回到屏幕前。儿子这次全身赤裸，连肚兜也没穿，手上、肚皮和小鸡鸡上满是泥巴。他笑嘻嘻地说："爸爸你要问啥？快问，我正捏泥人呢。"

武康笑着安抚他："没啥，你玩去吧。秋娥，真的没出事。通话时间到了，再见。"

妻子目光狐疑，显然没有放弃担心，但武康执意不说，她也没办法。分别前她谆谆嘱咐着："记住我的话，不管多大的不幸，我都会和你一起扛……"

武康果断地结束这次通话，陷入长久的沉默。这些天，他一直把愤恨和绝望压在心底。他打算在证实了老武康所说的真相后,就带上妻儿去天国,同时拉几个垫背的:昊月基地,还有冷血的广寒子(自己竟然曾把它当朋友)。但再次与母子见面后,这个复仇计划如沸水浇雪一样融化了。秋娥娘儿俩一向拴在武康的心尖上,这次见面格外揪心。他们那样鲜活灵动,惹人爱怜。他们有权活下去,哪怕是在虚拟世界里。

刚才秋娥说她愿意来月球陪他一生,实际情况是——他打算不回地球了,留在这儿陪他们娘儿俩,直到地老天荒。但仔细想想,这条路其实走不通。关键是没办法打破真实与虚拟世界的阻隔,让3个人真正生活在一起。如果仍维持在谎言世界中,那是不能长久的。但如果向他们说明真相,又太残酷了。

怎么办?他在绝望中内心激烈冲突,找不到出路。广寒子同情地看着他,柔声说:"武康,我想你现在该明白我的苦衷了。50年中我之所以没改变那个不人道的程序,就是因为找不到更好的出路。"它忽然改变了语气,又说,"不过,很庆幸这世上并非我一个人在关心这件事。自打老武康来到这儿,事情有了转机。"

武康和老武康的眼睛都亮了,屏息静听。

"老武康带来了一个好消息:他已经握有秋娥和哪吒的冷冻细胞,还有两人的授权书。"

冷冻细胞:即细胞冻存,利用冻存技术将细胞置于-196℃液氮中低温保存,可以使细胞暂时脱离生长状态而将其细胞特性保存起来,在需要的时候可使细胞恢复活性。

老武康疑惑地问:"可是你说过……"

"对,我说过,眼下那对母子的元神还太弱,不足以支撑一个三维的克隆人。但我告诉你们一个小秘密:'元神'程序每3年一次的归零重启,其实并非绝对的归零。武康你回想一下,上次通话时,秋娥曾提到她经常做一个梦,说她似乎知道这个过程会多次重复?"

武康还不想同"冷血"的广寒子说话,只是冷冷地点头。

"那是'元神'程序有意为之。这个程序是我的创造者编写的。直到今天,我一直不知道我的创造者是谁,只知道他肯定是个中国人,因为他在系统中的每一点设定都有深意。像'元神',每运行一次,在系统内外的亲情互动中,程序中的人物都会有所强化。这个'元神凝聚'的过程,在程序中还规定了明确的期限——35次重生之后,虚拟人的元神就会足够强大,可以支撑一个肉体的真人。那时,老武康准备的细胞就有用处了。"

老武康喜出望外:"真的?那我这趟没有白来!"

小武康的脸膛也亮了,喃喃地说:"35次重生,那是105年。也就是从今天起的55年之后?"

"对。"

老武康困惑地问:"广寒子你是不是打算让小武康守在月球别走了,再等55年,直到秋娥母子重生?可那时武康都86岁了。"

广寒子看着小武康,没有回答。小武康想想,很干脆地说:"那不行。要是让秋娥和哪吒在每一次重生之后,仍然面对同一个武康,一个越来越老的武康,谎话会穿帮的。"他又思考很久,对广寒子说:"广寒子,这三年咱们一直是割心换肝的好朋友,但经过这些事之后,我真不知道还能不能相信你。"

广寒子平静地说:"我仍是你的朋友。"

老武康赶忙敲边鼓:"武康,你可以相信它,别看它不得不干一些坏事,但心眼儿还是好的。听我的，没错！"

武康下定决心说："好，我相信你，相信你刚才说的话。那么——就让一切保持原状吧。我是说，把我气化，换一个新的克隆人，让'元神'程序仍然三年一次归零；照这样一次次轮回下去，直到秋娥和哪吒修成真身。"

这个办法未免残酷，但冷静想想，应该是唯一可行的路了。老武康不忍地望着小武康，伤心地说："这对你太不公平了！"

"没关系，只要秋娥和哪吒能活过来，并和丈夫团聚，我在阴间也会笑醒的。再说，我好歹已经有了一个3年的人生，虽然短一点，但始终保持着强烈的回家念头，这样的人生其实也不错。幸福不在生命长短，蜜蜂和蝴蝶只有几个月寿命，不是照样活得快快活活？"他笑着说。

他看来真正想通了，表情祥和，刚才的戾气完全消失了。他关了手中的遥控器，随手扔掉，又取下太空服头罩，略带嘲讽地问老武康："刚才你和广寒子挤眉弄眼，是不是搞了什么小动作？把我安在地下室的炸药包引信拆除了？"

老武康窘迫地点头。他这次"教唆于前"又"叛变于后"，对小武康而言实在有点儿不地道。

正在这时，广寒子忽然突兀地说："董事长先生，你可以露面了。"

施天荣突然出现在一面屏幕上。其实早在武康穿上太空服时，广寒子就悄悄打开了与公司总部的通话设施，并一直保持着畅通。它想让那位董事长亲眼看到事态的发展，因为——对一位过于自信的商界精英来说，这样的直观教育最有效。广寒子笑着问："施董，你刚才已目睹了事件的全过程。我想问一句，当武康按着起爆钮时，你的心跳是否曾加速？当武康与妻儿在感情中煎熬时，你是否感到内疚？我一直很尊敬你，但我认为你50年前的这个决定不算明智。你死抱着'克隆人非人'的陈腐观点，结果为自己培养了怒火满腔的复仇者。如果刚才真的一声爆炸,你会后悔莫及的。"

施天荣虽然很窘迫,但毕竟是一个老练的大企业家,很快便恢复平静,大度地说:"你说得对,我为自己的错误而羞愧,而且更多的是感动——感动你以天下苍生为念,一直忍受着心灵痛苦,默默尽你的本分;尤其是今天,你用爱心和智慧化解了一个无解的难题。你是真正的仁者和智者,我不知道如何表达我的感激。"

"恭维话就不必说了,先对你的受害者道歉吧。"

"武康——我是说年轻的这位,我真诚地向你道歉。公司愿做出任何补救,只要能减轻你的痛苦。这样好不好,我们可以按你的意见让那儿保持原样,即重复'元神'程序每3年一次的归零循环,直到秋娥和哪吒修成真身。但你本人回地球吧,公司负责安排你的后半生。"

"不,我不会离开秋娥和哪吒而活着,那不过是一个活死人而已。"武康冷冷地一口回绝,"你现在能做的最好补救,是让我忘掉我已经知道的真相,仍旧像前几代克隆人一样,怀着回家的渴望走进气化室去。要是能那么着,我就太幸福了。你能做到吗?"施天荣很窘迫,他当然做不到这一点。"算了,我不难为你了,我自己来试着忘掉它吧。"

施天荣想转移窘迫,笑着说:"喂,老武康,过来一起向小武康道歉吧,你在这件事中也有责任。"

老武康闷声说:"光是道歉远远不够,我会到地狱中去继续忏悔。"他讥讽道,"尊敬的董事长,我有个小问题,50年前就想问了。那时你亲自劝我签那个合同,你说几十个口腔细胞简直说不上和我有什么关联。但你为啥不克隆自己的细胞呢?它们同样和你'简直说不上有什么关联'啊,还能省下2 000万呢!"

施天荣再次窘住,这次比上次更甚。广寒子不想让主人过于难堪,笑着为他转圜:"那是施先生知道珍爱自身,哪怕是对于几个微不足道的口腔细胞。当然,这种自珍仍是一种自私,是比较高尚的自私。但是老武康,我要再说一句不中听的话,如果你在签合同时也能有这种品德,那就不会有后来的事啦。"

老武康满脸沮丧,闭口无语。广寒子又说:"施先生,我也有一个小问题,今天趁机问问吧。我一直不知道自己的创造者是谁,只能推断出他肯定是个中国人,因为他在创造中留下了不少中国元素,比如用中国神话为我命名,在我的资料库中输入《论语》《老子》《周易》等众多中国典籍。你能否告诉我他的名字?"

施天荣略一沉吟,之后说:"就是我本人。吹一句牛吧,我在创建昊月公司之前,是一个相当不错的计算机专家。"

"是你?"广寒子虽然智慧圆通,此刻也不免惊奇。在它的印象中,施先生的政治观点无疑偏于保守。但在"元神"程序中,他实际为电子智能的诞生悄悄布下了棋子,这种观点又是超乎寻常的激进。这两种互相拮抗的观点怎么能共处于一个大脑内而不引起死机呢?

施天荣敏锐地猜出它的想法,平和地说:"你不必奇怪。科学家和企业家——这两种身份并非总能一致的,它俩常常干架。"他笑着补充道,"所幸人脑不会死机。"

广寒子试探地问:"那我再问一个相关问题吧——你是否事先弄到了秋娥和哪吒的细胞?我只是推测,既然你为'元神'程序设计了那样的功能,如果不事先弄到两人的细胞就说不通了。"

施董本不想承认,但在今天的融洽气氛下也不忍心说谎,便笑着说:"我无法取得两人的授权书,当然不会干这种非法的事了。不过,也许,我某个富有前瞻性又过于热心的下属,会瞒着我去窃取它的。"

广寒子半是玩笑半是讥刺:"董事长先生,我一向尊敬你,现在又多了几分敬佩——为了你的前瞻性，也为你有那样富于前瞻性和主动性的下属。"

施董打了个哈哈："不，你过誉了，你才是一个值得敬佩的仁者和智者。套用法国文豪大仲马的一句自夸吧：我一生中最为自傲的成就是创造了你，一个电脑智能，不仅有大智慧，而且冷冰冰的芯片里跳动着一颗火热的心。两位武康，你们同意我的评价吧？"

小武康没有接腔。虽然他已经基本原谅了广寒子。老武康则满心欢喜，到现在为止，他的冒险计划可说是功德圆满——纵然计划本身漏洞百出。他搂住广寒子硬邦邦的身体，亲昵地说："当然同意！早在50年前我就给出这个结论了。"

5天后，小武康又和妻子通了一次话。面对妻子忧心忡忡的眼神，他抢先说："秋娥，通报一个好消息。前几天广寒子为我做临行体检，曾怀疑我的心脏有问题，不能适应地球重力。现在已证实那是仪器故障。一场虚惊。"

秋娥眼神中的担忧慢慢融化，然后喜悦之花开始绽放，再转为怒放："也就是说，你仍旧会按原定时间返回？"

"对，马上就要动身了，3天之后抵达地球。"

"哈，这我就放心了！哼，你个不老实的家伙，前天竟然想骗我！那时我就知道，你肯定有心事。"

"是的是的，你是谁啊，我的心事当然瞒不过你的眼睛。怎么样，你的牙齿是否已经磨利了？"

秋娥喜笑颜开："早磨利了，你就等着吧。"

武康继续开玩笑："呀，我又忘了提醒你，说话时要注意有没有外人……"

"你是指那位勇敢的老牛仔？没关系，我已经把他算成家人了。"

她把儿子抱到屏幕前，让他同爸爸说话。小哪吒用小手摸着屏幕，好奇地问："爸爸你今天就动身？"

"对。"

"真的？"

"当然啦！"

"不骗人？"

"不骗人。"

"可为啥昨晚我又做那个梦？"他疑惑地问。

这句话忽然击中武康，感情顿时失控，眼中一下子盈满泪水。小哪吒很害怕，转回头问妈妈："妈，爸爸咋哭啦？"

武康努力平抑情绪，哑声说："小哪吒，别怕，有妈妈保护你呢，我也很快回家去保护你！"

被幸福陶醉的秋娥失去了往常的警觉，抱过小哪吒亲了亲，幽幽地说："都怪盼你的时间太长，孩子都不敢信你的话了。哪吒，这次是真的！"

"对，儿子，这次是真的！"

他们在屏幕上依依惜别。

广寒子接通地球的公司总部，办公室里，施董偕董事会全体成员肃立着，郑重地向小武康鞠躬致谢，道了永别。之后，武康平静地走进过渡舱，躺到那个永远不会启程的自动客运飞船里。预录的公司感谢词按程序开始自动播放，在已经得知真相后听这些致辞，真是最辛辣的讽刺。老武康想把它关掉，小武康平静地说："别管它，让它放吧。"

致辞播完，广寒子说："武康，我的老朋友，与你永别前，我想咨询一件事。"

"你说。"

"你走后，我会如约让这个程序继续下去。对秋娥和小哪吒我会保密，永远不让他们知道真相。但对于一代代的武康呢？是像过去一样瞒着他们，还是让他们知道真相？武康，作为当事人，你帮我拿个主意，看哪种方式对武康们更好。"

这是个两难的选择，瞒着真相——武康们会在幸福中懵懵懂懂地死去；披露真相——武康们会清醒地感受痛苦，但也许会觉得生命更有意义。躺在"棺材"中的武康长久沉默，广寒子耐心地等着。最后武康莞尔一笑："要不这样吧——让他们像我一样，在三年时间里不知道真相，然后在最后13天把真相捅破。"

也就是说，让各代武康都积聚一生期盼，然后在最后13天里化为一场火山爆发。老武康对这个决定很担心：这个过程是否每次都能有满意的结局？每一代武康的反应是否都会一样？小武康把这个难题留给了广寒子，也算是他最后的、很别致的报复吧。广寒子没有显出畏难情绪，平静地说："好的，谨遵老朋友的吩咐。"

"永别了，好心眼儿的广寒子，"小武康在最后时刻恢复了这个称呼，"替我关照秋娥和小哪吒，还有我那些不能见面的孪生兄弟。你本人也多保重，你的苦难还长着呢。还有您，老武康，虽然您没能改变我的命运，但我还是要谢谢您——不，这话说得不合适，应该说：您没能改变我的死亡，但已经改变了我的命运。"

老武康泪流满面。

"现在请启动气化程序，让新的轮回开始吧。"气化程序开始前，小武康喃喃地说了最后一句话，"这场百年接力赛中，我真羡慕那个跑最后一棒的兄弟啊。"

终极爆炸

◎ 王晋康

  对一个人的了解，也许两年的相处比不上一次长谈。在去特拉维夫的飞机上，以及在特拉维夫的伯塞尔饭店里，一向冷漠寡言的司马完与史林有过一次长谈。这次谈话在史林心中树起了对司马老师深深的敬畏。他有点后悔不该向国家安全部告密自己的老师——说告密其实是过分的自责，不大恰当的。史林并没有（主动）告密，而是在国安部向他了解司马完的近况时，没有隐瞒自己对司马完的怀疑。不过他的陈述不带任何个人成见和私利，完全出于对国家民族的忠诚。对此他并没有任何良心负担。

  但在此次长谈后，史林想，也许自己对司马老师的怀疑是完全错误的。这么一位完全醉心于"宇宙闪闪发光的核心机制"的科学家，绝不可能成为敌国的间谍。

  当然，国安部对司马完的怀疑也有非常过硬的理由。单是他们向史林透露的只言片语，也够可怕了。史林想来想去，始终无法得出确定的结论。

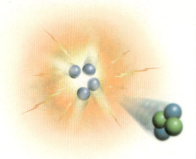

核同质异能素：质量数和原子序数相同，在可测量的时间内具有不同能量和放射性的两个或多个核素。核同质异能素比高能炸药的能量大约100万倍，其核裂变反应能量更大。像金属氢一样，核同质异能素武器可作为常规武器，也可作为"干净"氢弹的扳机。

史林来到北方研究所后就分到司马完手下，研究以"核同质异能素"为能源的灵巧型电磁脉冲炸弹，至今已经两年半了。当年史林以优异成绩从北大物理系毕业，可没想到会舍弃科学之神而为战神效劳。史林一心想做个超一流的理论物理学家，这个志愿从少年时代就深植于心中，成了他毕生的追求。初中一年级时他看过一本科普著作《可怕的对称》，作者是美国理论物理学家阿维·热。阿维·热也许算不上一流的科学大师，但绝对是一流的传教者，以生花妙笔传布了对科学之神的虔诚信仰。

阿维·热在书中说，宇宙是由一位最高明的设计师设计的，基于简单和统一的规则，基于美和对称性。宇宙的运行规则更像规则简约的围棋，而不像规则复杂的橄榄球。他说，物理学家就像是完全不知道规则的观棋者，经过长时期的观察、思考、摸索、失败，已经敢小小地吹一点牛了，已经敢说他们大致猜到了上帝设计宇宙的规则，即破解宇宙的终极定律，或终极公式。

这本书强烈地拨动了史林的心弦。他很想由自己来踢出这制胜的一脚。

按阿维·热的观点，对宇宙运行规则的研究现在已经大致到瓜熟蒂落的时候了。那么，如果能由一个中国人来完成宇宙终极理论，倒也不错，算得上有始有终。宇宙诞生的理论，马虎一点，可以说是由一位中国人——老子——在两千多年前最早提出。他在《老子》四十二章中说："道生一，一生二，二生三，三生万物。"翻译成现代语言就是：宇宙万物是按某种确定的规律生成的，并且是单源的。他还写道："万物生于有，有生于无。"这正是今天宇宙学家的观点——宇宙从"无"中爆炸出来。真是匪夷所思啊！一个两千多年前的老人，在科学几乎尚未启蒙之时，他怎么能有这样的奇想？

史林的志向是狂了一点，但也不算太离谱。可惜他生不逢时，毕业时，第三次世界大战，或者如后代历史学家命名的"2.5次世界大战"，已经越来越近了。国家正在为战争而全力冲刺，所有的基础研究被暂时束之高阁。史林因此没能去科学院，而是被招聘到这家一流的武器研究所。

对此，史林倒没有什么怨言。在他醉心于宇宙终极理论时，他的精神无疑是属于全人类的。但这个精神得有一个物质的载体，而这个肉体是生活在尘世之中，隶属于某个特定的国家和民族。既然如此，他就会诚心诚意地履行一个公民的义务。

他向国家安全部如实陈述自己对司马老师

电磁脉冲：由核爆炸和非核电磁脉冲弹（高功率微波弹）爆炸而产生。核爆炸产生的电磁脉冲称为核电磁脉冲，任何在地面以上爆炸的核武器都会产生电磁脉冲，能量大约占核爆炸总能量的百万分之一，频率从几百赫兹到几兆赫兹。非核电磁脉冲弹则利用炸药爆炸或化学燃料燃烧产生的能量，通过微波器件转换成高功率微波辐射能，能发射峰值功率在几兆瓦以上、频率为1吉~300吉赫兹的脉冲微波束，在裸露的导电体上急剧产生数千伏的瞬变电压，可对电子设备造成无法修复的损坏。

的怀疑，也正是基于这种义务（社会属性），而不是缘于他的本性（人格属性）。

司马完是一位造诣极深的高能物理学家，专攻能破坏信息系统的电磁脉冲炸弹。在此领域中，他是中国乃至世界的一流高手。中国已经为这场无法避免的战争做了一些准备。在一些特定领域，比如信息战领域，中国已经达到了世界先进水平。而在这其中执牛耳的司马完，自然是一个国宝级的人物。

司马完今年五十岁，小个子，比较瘦，外貌毫不惊人。他的妻子卓君慧个子比丈夫高一些，非常漂亮，高雅雍容，具有大家风范。她今年四十五岁，但保养得很好，只像三十几岁的人。与她交往，有如沐春风的感觉。

卓君慧是位一流的脑科学家。现代脑科学大致上有两个分支，一个分支偏重于哲理性，研究神经元如何形成智慧，如何出现自我，或者探讨人类作为观察者能否最终洞悉自身的秘密（不少科学家认为：人类绝不能完全认识自身，从理论上说也不行，因为"自指"就会产生悖逆和不决），等等；另一个分支则偏重实用性，研究如何开发深度智力，加强左右脑联系，增强记忆力，研究阿尔茨海默病的防治等。两个分支的距离不亚于牛郎星与织女星，但卓君慧在两个分支中都游刃有余，她甚至在脑外科手术中也是一把好刀。

他们有一个十九岁的儿子，那小子是他父母的"不肖子"，一个狂热的新嬉皮士，信仰自由、爱与和平。他很聪明，虽然从不用功，但还是轻松地考进北大数学系。他与史林是相差五届的系友。这小子在大学里仍不怎么学习，只要考试能上六十分，绝不愿在课堂多待一分钟。司马夫妇对他比较头疼，这算是这个美满家庭中唯一不尽如人意的地方吧！

中航的A380起飞了，这是二十年前正式投入运营的超大型客机，双层，标准载客五百五十五人。现在飞机是在平流层飞行，非常平稳。透过飞机下很远的云层，能看到连绵的群山，还有在山岭中蜿蜒的长城。

他们这次一行三人，司马夫妇和史林。司马完和史林是去以色列两个武器研究所做例行工作访问。这些年来他们和以色列同行保持的融洽关系，在某种程度上超越了政治。卓师母则是去特拉维夫的魏茨曼研究所，那儿是世界上脑科学的重镇，有一台运算速度为每秒百万亿次的超大型计算机，专门用于模拟一百四十亿人脑神经元的缔合方式。据说爱因斯坦的大脑现在已经"回归故里"（指他的犹太人族籍而不是他的瑞士国籍），在这个研究所受到精心的研究。卓师母常来这里访问，史林三次来以色列都是和司马老师、卓师母同行。

史林走前，国家安全部的洪先生又约见了他。这次会见没什么实质内容，洪先生只是再三告诫他不要露出什么破绽，仍要像过去一样与司马相处。

"司马先生是国宝级的人物，对他一定要慎重再慎重。当然，"洪先生转了口气，"也应该时刻竖起耳朵，注意他的行动。如果能洗脱他的嫌疑，无论对他个人或者对国家都是幸事。"

洪先生希望在此行中，史林能以适当的借

缔合：化学名词，是指相同或不同分子间不引起化学性质的改变，而依靠较弱的键力（如配位共价键、氢键）结合的现象，这一过程不会引起共价键的改变。

口,始终把司马"罩在视野里",但前提是不能引起司马的怀疑。史林答应尽量做到。

司马夫妇坐在头等舱,史林在经济舱下层,不能时刻把司马完罩在视野中,他有点担心——也许就在那道帷幕之后,司马完正和某个神秘人物进行接头?他正在想办法如何接近司马完时,卓师母从头等舱出来了,走到史林的座位前,轻声说:

"你这会儿没有事吧?老马(她总是这样称呼丈夫)想请你过去,谈一点工作之外的话题。你去吧,咱俩换换座位。"

史林过去了。司马完用目光示意史林在卓君慧的座位上坐下,又唤空姐为史林斟上一杯热咖啡。史林忖度着司马老师今天会谈什么"工作之外的话题"。司马完开门见山地问:

"听说你有志于理论物理,宇宙学研究?"

"对。我搞武器研究是角色客串,暂时的。战事结束后我肯定会回本行。"

司马完有点突兀地问:"你是否相信有宇宙终极定律?"

史林谨慎地说:"我想,在地球所在的'这个'宇宙中,如果它在时间和空间上是有限的——这已经是大多数理论物理学家的共识——那么,关于它的理论也就应该有终极。"

司马完点点头,说:"还应该加一个条件,如果宇宙确实是他——造物主——基于简单、质朴和优美的原则建造的。"

史林激动地说:"对这一点我绝对相信!当然没有人格化的造物主,但我相信两点。一是宇宙只有一个单一的起源;二是它的自我建构一定天然地遵循一个最简单的规则。有这两点,就能保证你说的那种质朴和优美。"

司马完赞赏地点点头,沉默了一会儿。史林也沉默着,不知道司马完还会谈什么。司马完忽然问：

"你的IQ值是一百六十？"

史林不想炫耀自己，有点难为情地说："对，我做过一次测定，一百六十。不过，我不大相信它，至少是不大看重它。"

司马完皱着眉头问："不相信什么？是IQ测定的准确性，还是不相信人的智力有差异？"

"我指的是前者。智商测定标准不会是普遍适用的。一个智商为六十的弱智者也可能是个音乐天才。至于人与人之间的智力差异，那是绝对存在的，谁说没有差异反倒不可思议。"

"IQ的准确与否是小事情，不必管它。关键是——是否承认天才。我就承认自己是天才，在理论物理领域的天才。承认天才并不是为了炫耀，而是认识到自己的责任。老天既然生下爱因斯坦，他就有责任发现相对论，否则他就是失职，是对人类犯了渎职罪。"

史林听得一愣。从来没有听过对爱因斯坦如此"严厉"的评判，或者说是如此深刻的赞美，他觉得很新鲜。从这番话中，他感受到司马完思维的锋利，也多少听出一些偏激。他想，天才大都这样吧！

"我知道你也是个天才。我观察你两年多了。"司马完说得很平静，不是赞赏，而是就事论事，就像说"我知道你的体重是一百六十斤"

IQ：智商，即智力商数（Intelligence Quotient），是个人智力测验成绩和同年龄被试成绩相比的指数，也是衡量个人智力高低的标准。1905年，法国心理学家阿尔弗雷德·比奈与其学生编制了世界上第一套智力量表，根据这套智力量表，将一般人的平均智商定为100。主要反映人的认知能力、思维能力、语言能力、观察能力和计算能力等。

终极爆炸

一样,"也知道你一直没放弃对终极理论的研究,并用业余时间一直在做这方面的研究。你想由一个中国人来揭开造物主档案柜上的最后一张封条。我没说错吧?"

史林感动地默默点头。他没想到司马老师在悄悄观察他。对他而言,探索宇宙终极理论已经成了此生的终极目的,这种信念溶化在他的血液中,今生不会改变。所以,司马老师的话让他觉得亲切,有一种天涯知己的感觉——不过他马上提醒自己,不要忘了国家安全部的嘱咐,对司马老师时刻都得睁着"第三只眼睛"。

"其实我也一直致力于此,比你早了二十年吧。你不妨说说近来的思考、进展或者疑难,也许我能对你有所帮助。"

司马老师说得很平淡,但透出不事声张的自信。史林思考片刻,说:

"我想,要解决终极理论,还得走阿维·热所说的对称性的路子。德国女数学家艾米·诺特以极敏锐的灵感,指出大自然中守恒量必然与某种对称相关。比如她指出如果物理定律不随时间变化(相对于时间对称),能量就守恒;如果作用量不随空间平移而变化,动量就守恒;如果不随空间旋转而变化,角动量就守恒。司马老师,这些守恒定律我在初中就学过了,

艾米·诺特(1882—1935年):德国著名女数学家,她最主要的成就是著名的诺特定理,即宇宙中对称与守恒是一一对应的,每发现一个守恒定律,就可以找到一个对称与之对应,反之亦然。该定理成为现代物理学的基石,她也因此被誉为"现代数学代数化的伟大先行者"和"现代数学之母"。

角动量:与物体到原点的位移和动量相关的物理量,在经典力学中表示为到原点的位移和动量的叉积。

但从来没想到它们的对称本质！诺特的洞察力是人类智慧的一个极好例子，简直有如神示，给我极深刻的印象，让我敬畏和动情。我对她崇拜得五体投地。"

史林说得很动情。司马完没有插话，只是面无表情地点点头。

"爱因斯坦非常深刻地理解这一点——上帝对宇宙的设计必定由对称性支配。他能完成相对论，就是因为他善于从浩繁杂乱的实验事实中抽取对称性。比如，在那么多有关引力的事实中，他只抽取了最关键的一个守恒量，就是所有物体，不管轻重，不管它是什么元素，都以同样的速度下落。这就导致他发现了一种对称——均匀引力场与某个数值的加速运动完全等效。爱因斯坦称，这对他来说是一次'非常幸福的思考'，从那之后广义相对论就呼之欲出了。"史林说着忽然觉得有点不好意思，在司马老师面前说这些无疑是班门弄斧，"这些历史你一定很清楚。我对它们进行回溯，只是想说明，我对终极理论的研究一直是走这条对称性的路子。"

司马完微微点头："我想你的路子不错。有进展吗？"

"还没有。引力还是没法进行重整，不能与其他三种力合并到一个公式中。"

司马完沉默了一会儿，说："对称性的路子肯定不会错的，但你是否可以换一个角度？当年爱因斯坦没能完成统一场论，是因为那时弱力和强力还没有被发现。那么，今天物理学界在终极理论上举步维艰，是不是因为仍然有未知力隐藏于时空深处？我相信物质层级不会到夸克和胶子这儿就戛然而止。应该有更深的层级。当然，随着粒子的尺度愈接近普朗克长度（1.6×10^{-33} 厘米，夸克是 10^{-21} 厘米），粒子实体或物质层级就会愈模糊、虚浮、互相粘连，研究它们相应地就会越来越难，最终干脆不可知。不过，我们并不需要完全了解。门捷列夫也不是在了解所有元素后才建立周期律的。他只用推断出元素性质跟质量有关，并呈周期性变化就行了，这是个门捷列夫:全名德米特里·伊万诺维奇·门捷列夫(1834—1907年),享誉世界的俄国科学家,他发现了化学元素的周期性,改进得出现在使用的元素周期。他还依照原子量制作出了世界上第一张元素周期表,并据此预见了一些尚未发现的元素。他在其他领域也卓有建树,包括物理学、经济学、地理学、气象学和航空学等。

信使粒子:量子力学认为,物质粒子之间的力或者相互作用的产生是由于互相交换虚粒子而产生的。这些虚粒子正是力的携带者,即信使粒子。例如,电磁力的携带者是虚光子,强力的携带者是胶子。

比较复杂的周期,取决于最外电子层可容纳的电子数。但只要发现这个'定律之核',周期律就成功了。"

这番见解让史林受到震动。他说:"老师你说得很对,我也相信你所抽提的脉络。不过我一直没能发现有关宇宙力的那个'核'。那个核!只要抓住这个核,终极理论就会在地平线上露头了。"

史林企盼地看着司马完。直觉告诉他,也许司马老师手里就握着这把钥匙。不过他同时又认为这是不可能的,如果司马老师已经有所突破,绝对不会藏在心里而不去发表,更不会在这样的闲聊中轻易披露,要知道,这是多少人梦寐以求的成功!对这样的成功来说,诺贝尔奖是太轻太轻的奖赏。不会的,司马老师不会握有这把钥匙。不过,他无法排除这种奇怪的感觉——对于宇宙终极真理,司马老师的神情完全是成竹在胸。

司马完看着舷窗外的天空,平淡地说:"以往的终极研究都是瞄着把宇宙几种力统一。实际上,力的本质是信使粒子的交换,像光子的交换形成电磁力,引力子的交换形成引力,介子的交换形成弱力等。所以,力的本质就是物质,换一个说法而已。而物质呢,不过是空间由于能量富集所造成的畸变。这么说吧,力、物质、能量这些都是中间量，可以撇开的。宇宙的生命史从本质上说只是两个相逆的过程——空间从大褶皱（如黑洞）转换为小褶皱，冒出无数小泡泡，又自发地有序组合；然后，又被自发地抹平。其中，空间形成褶皱是负熵过程（这点不难理解，按质能公式，任何粒子的生成都是能量的富集化）；空间被抹平则是熵增。你看，这又是艾米·诺特式的一个对应——宇宙运行相对于时间的对称性，对应于空间畸变度的守恒。"他把目光从窗外收回来，看看史林，"你试试吧。沿着这个思路——抛开一切中间量，直接考虑空间的褶皱与抹平——也许能比较容易得出宇宙的终极公式。"

司马完朝史林点点头，结束了谈话，闭目靠在座椅上。他已经看见了史林的激动，甚至可以说是狂热。史林感觉到了"幸福的思考"，就像爱因斯坦坐电梯时因胃部下沉而感受到引力与加速度的等效；像麦克斯韦仅用数学方法就推导出电磁波恰恰等于光速；像狄拉克在狄拉克方程的多余解中预言了反粒子……所有的顿悟对科学家来说都是最幸福的，而这次的幸福更是幸福之最，它是真理的终极，是对真理探索的最完美的一次俯冲。

史林的目光在燃烧，血液沸腾了。眼前是奇特优美的宇宙图景，是宇宙的生死图像：

一个极度畸变的空间，光线被锁闭在内部，无法向外逃逸；连时间也被锁死，永久地停滞在零点零分零秒。然后，它因偶然的量子涨落爆炸了，时间由此开始。空间暴涨，单一的畸变在暴涨中被迅速抹平，但同时转变为无数的微观畸变。空间中撕裂出一个个小泡泡，它们就是最初层面的粒子。泡泡以自组织的方式排列组合，形成夸克和胶子，再黏结成轻子、重子、原子、分子、星云、星体、星系。星体在核反应中抛出废料，形成行星，某些行星上的"太初汤"再进行自组织，生成有机物、有机物团聚体、第一个DNA、简单生物，等等。这个负熵过程的高级产物之一就是人，是人的智慧和意识……

奇点：宇宙大爆炸之前宇宙存在的一种形式。它具有一系列奇异的性质，如无限大的物质密度、无限弯曲的时空和无限趋近于0的熵值等，在广义相对论的宇宙学中，奇点是不可避免的，均匀各向同性的宇宙是从奇点开始膨胀的。1970年，英国理论物理学家霍金等人提出"奇点定理"，证明当把广义相对论应用于宇宙学时，就必然会出现奇点，不仅大尺度宇宙会出现奇点，而且超大质量的恒星濒死时的引力坍缩的最终结局也是奇点（指黑洞，与奇点有类似特性）。

但同时，随着氢原子聚合，随着恒星向太空倾倒光和热，一只看不见的手又在轻轻抹去物质的褶皱，回归平滑空间。这个熵增过程是在多个层级上进行的；不过，局部的抹平又会导致整体的空间畸变，于是黑洞（奇点）又形成了。空间的畸变和抹平最终构成了宇宙史。

史林完全相信，只要抽出这个艾米·诺特对称，宇宙终极公式也就不远了。它一定非常简约质朴，像爱因斯坦的质能公式一样优美。激动中，他竟然有些气喘吁吁。这会儿他把国安部洪先生的交代完全抛到脑后了。他虔诚地看着司马老师，等他往下说，但司马完似乎已经把话说完了。

过了一会儿，史林不得不轻声唤道："老师？"

司马完睁开眼看看他。

"老师，你的见解极有启发性。我想，你离成功只有一步之遥了，为什么还没得出最终结果？"

司马完淡然说："也许是我的才智不够。这也是个悖论吧——要想破解这个最简约的宇宙公式，可能需要超出我这种小天才的超级天才。"

史林有些失望，也免不了兴奋（带点自私的兴奋）——如果司马老师没有完成，那自己还有戏。他沉默一会儿，说："可惜，这样的公式即使被破译，恐怕也很难检验。物理学家和玄学家的区别，是物理学家有实验室，而且所做的实验必须有可重复性。但唯独物理学中的宇宙学例外，宇宙学家倒是有一个天然的大实验室——宇宙，但没人能看到实验的终点，更无法把宇宙的时间拨到零点，反复运行，以验证它的可重复性。"

"谁说不能验证？只要是真理，就应该得到验证，也必然能验证。"司马完不屑地说，"我知道有类似的论调，说宇宙学是唯一不能验证的科学。不要信它！总有办法验证的，即使不是直接验证，也是很有说服力的间接验证。"

史林渴望地看着司马完，依他的感觉，司马老师不但对终极定律成竹在胸，而且对如何验证也早有定论。他真希望老师能把这个"包袱"彻底抖出来。非常不巧，飞机马上要降落了，空姐走出来，让乘客回到自己的座位，系上安全带。卓君慧从经济舱回来，她看出这次谈话对史林的触动显然很大，因为史林恋恋不舍地离开头等舱，并一直陷在沉思中。

地中海的海面在舷窗外闪过，特拉维夫机场的灯光向他们迎来，飞机降落了。他们出了机场，随即坐出租车来到伯塞尔饭店。饭店依海而建，窗户中嵌着地中海的风光，非常美丽；位置又比较适中，离他们要去的三个研究所都不远。前两次史林陪司马老师和师母来时，也是下榻在这个饭店的。

在前两次同行中，史林对司马老师产生过怀疑，因为老师在特拉维夫的行为多少透着古怪。史林的怀疑不大清晰，只是想想而已。不过，国家安全部官员的那次到来，把这些怀疑明朗化，也强化了。所以，即使史林因这次长谈而对司马老师相当敬畏，也不能完全抵消他内心对司马老师的怀疑。从住进伯塞尔饭店起，史林就时刻"竖着耳朵"观察老师的动静。

半个月前的一天，北方研究所吕所长（他的军衔是少将，在国内外军工界是一个大人物）让秘书把史林唤到办公室。屋里还坐着一个人，穿便衣，但有明显的军人气质，四方脸不怒而威，打眼一看就是个级别相当高的大人物。那人迎上来和史林握手，请他在沙发上落座。吕所长介绍："这是国家安全部的领导，姓洪，想找你问一些情况，你要全力配合。"吕所长说完就走了，临走小心地带上门。

史林心中免不了忐忑，单看吕所长的态度，就知道今天的谈话一定相当重要。洪先生先和颜悦色地扯了几句家常，问史林哪个学校毕业，来所里有几年，一直给谁当助手，等等。史林知道这些话只是引子，既然国安部找到自己，自己的情况他一定事先调查清楚了。然后洪先生慢慢把谈话引到司马完身上。史林谨慎地回答说，他来这儿时间不长，对司马老师非常敬佩，老师专业造诣极深，工作也非常敬业。不过他们没有多少工作之外的接触，只是应卓师母之邀去赴过两次家宴。

洪先生不停地点头，他说这位司马老师可是国宝啊，是列在国家安全部重点保护名单上的。我们的保护是百倍小心，不容出任何差错的，所以想找你来了解一下，看他有没有什么心理上的问题，身体上的问题，等等。你不要有什么顾虑，尽可直言不讳。

虽然洪先生的话说得很委婉，史林也不会听不出弦外之音。史林断定，洪先生既然来找他了解司马完，肯定有什么重要原因。他踌躇片刻，决定对国安部应该实话实说：

"我没发现什么问题，只有一点，不知道算不算异常。他在以色列工作访问时，总有两三天不见踪影。我陪他去过两次特拉维夫，都是这样。据他说是陪妻子去魏茨曼研究所，那是个综合性的研究所，以脑科学研究为强项，所以，卓师母去那里是正常的，但司马老师去干什么，我就不清楚了。我原来以为，也许这牵涉到什么秘密工作，是我这样级别的人不该了解的，所以我一直没有打探过。"

洪先生听得很认真:"还有什么情况吗?"

"没有了。"史林想想又补充道,"我们去特拉维夫的工作访问一般不会超过一星期,所以,单单为了陪妻子而耽误两三天时间,这不符合司马老师的为人。"

洪先生赞赏地点点头,这才说出来这儿的用意:"谢谢你小史。我来之前对你做过深入了解,吕所长说你是一个完全可以信赖的年轻人。今天我找你来,是有一个重担要交给你。"史林听出了问题的严重性,屏息聆听。"我们对司马先生非常信任,非常器重,他对国家的贡献是有目共睹的。但不久前一次例行体检中,发现他脑中有异物。"

史林极为震惊!他瞪大眼睛看着洪先生。对方点点头,肯定地说:"没错,确定有异物,是在头部正上方,穿透头盖骨,向下延伸到胼胝体。异物的材质看来是某种芯片,或其他电子元件,我们还没机会确认。"

史林张口结舌。说震惊是太轻了,完全是惊骇欲绝。有异物!在一个国宝级的武器科学家脑中!在战争阴云越来越浓的特殊时刻!他觉得,洪先生宣布的事实,就像是阴河里的水,漫地而来,让他不寒而栗。他说:

"你是说他被——"

"对,我们担心他被别人控制,被敌人控

胼胝体:是哺乳类真兽亚纲的特有结构,位于大脑半球纵裂的底部,连接左右两侧大脑半球的横行神经纤维束,是大脑半球中最大的连合纤维。人和大多数哺乳动物的胼胝体都属于大脑的髓质。

制,在他本人并不知情的情况下。所以……"洪先生摇摇头,没把这句话说完。

史林下意识地轻轻摇头。这事太不可思议,他实在不愿相信。他想劝洪先生再去认真复核,不要把事情搞错。当然,他知道这个想法太幼稚。对一个国宝级的人物,来人又是国安部的重要官员,肯定不会贸然行事的。但……脑中有异物!受人控制!这实在太诡异。洪先生问:

"你是否知道,司马先生在魏茨曼研究所接触的是什么人?"

"不清楚,他从不在我面前谈论那边的事,卓师母也不谈。"

"那么,司马先生的行为是否有异常?比如偶然的动作僵硬,表情怔忡,无名烦躁,等等。如果他真受到外来力量的控制,应该会表现出一些异常的。"

史林认真回忆一会儿,摇摇头:"没有,从来没发现过。"

"那好吧,今天就谈到这儿,以后请你注意观察,但不要紧张,不要在他面前露出什么迹象。现在,既然知道司马脑中有异物,那么一切都已在控制之中了,不会出大娄子。"

洪先生说得轻描淡写,但史林清楚,这些安慰恐怕言不由衷。史林突然问:

"你说是在对他例行体检时发现的,那么上一次的体检是什么时候?"

洪先生看看史林,心想这年轻人确实思维敏捷,糊弄不住的。他叹口气:"是去年二月十号。你说得对,这个异物可能是去年二月十号以后就植入了,而我们到今年二月才发现。如果是那样,他就有近一年的时间处于我们的控制之外。如果真的……能泄露的军事机密也该泄露完了。"他摇摇头,"不管怎样,我们要尽快查个水落石出,这也是为他本人负责。"

到达特拉维夫后,他们三人照例访问了以色列军事技术公司(IMI),第二天又访问了迪莫纳核研究所。访问中明显看到战争阴云的影响。以色列同行们虽然还是谈笑自若，但能看出他们内心深处的疏远和提防。毕竟以色列一直是美国的忠实盟国，在即将来临的战争中，以色列不一定会直接参战，但至少是倾向于美国的。

卓师母这两天一直陪着他们，她的美貌高雅、雍容大度是有效的润滑剂，让双方已经生涩的交往变得融洽一些。那些研究杀人武器的男人都愿意和她交谈。但史林却心情复杂。在和国安部洪先生的那次谈话中，有一点洪先生避而不提，史林当时也没想到。但随后他想到了，那就是卓师母是否知道丈夫脑袋中的异物。作为夫妻，终日耳鬓厮磨、同床共枕，她应该能发现丈夫脑袋上的异常吧？如果知道，那她在其中扮演什么角色？是同谋还是包庇犯？如果不知道，她与之同床共枕的男人竟然是个受他人控制的"机器人"，而她却一无所知？

史林对师母很尊敬，无论是哪种情况，史林觉得都比较恐怖，为她感到心痛。

第三天正好是犹太新年，即逾越节，司马夫妇的一位老朋友，IMI 一位高层主管胡沃德·卡斯皮邀三人去他的私人农场玩。卡斯皮二十年前曾任以色列军工司司长，是一个公认的亲华派。在这样一个相对微妙的时刻，这种邀请显然不是纯粹的私谊。四人乘坐着卡斯皮的大奔出城。他的私人农场相当远，已经接近加沙了。快中午时到达农场，卡斯皮夫人已经准备好饭菜，笑着说：

"欢迎来到我的农场。能在逾越节招待尊贵的客人，我非常高兴。"

餐桌上堆着烤羊肉、苦菜和未发酵的面包，这是逾越节的传统食品，是为了纪念当年犹太民族逃离埃及的历史。午饭中大家有意识地"不谈国事"，高高兴兴地闲聊着。

饭后，卡斯皮带客人们参观了他的农场，随后他领客人回到客厅，他夫人斟上咖啡后就退出去了。客人们知道，真正的谈话就要开始了。卡斯皮脸色凝重地说：

"恐怕咱们之间的交往不得不中断了。原因你们都知道的——战争。美国的压力。关于战争的正义性我不想多说，各国政治家都有非常雄辩的诠释，但我想倒不如用一个浅显的比喻更为实在。这是一场资源之战，就像一群海豹争夺唯一的可以换气的冰窟窿。先来的海豹要求维持旧有秩序，后来的说，你们占了这么久，轮也该轮到我们了！谁对？可能后来者的要求多一些正义，但考虑到换气口对先来者同样生死攸关，他们的强占也是可以原谅的。尤其是，如果换气口太小而海豹个数太多，即使达成完全公平的分配办法，也不能保证所有海豹的最基本需求，那就只有靠战争来解决了。你们如果最终走进战争，那是为了自己民族的生存，我敬重你们，至少是理解你们。"

司马完说："谢谢。战争确非我们所愿，甚至当一个武器科学家也违反我的本性。我总忘不了美国一位科学家班布里奇的话。他在参与完成了第一颗原子弹的成功爆炸后，痛心疾首地对奥本海默说：现在，我们都成了浑蛋！"他摇摇头，"可是，总得有人干这种浑蛋的事。"

卡斯皮用力点头，重复道："我能够理解，非常理解，甚至在道义上对你们的同情更多一些。但战争一旦爆发，以色列势必站在另一方。你们知道的，多年的政治同盟，以色列人对美国的感恩心理。而且，即使没有这些因素，"他盯着司马完，加重语气说，"我们也不能把宝押在注定失败的一方。"

这句话非常刺耳，史林有倒噎一口气的感觉，看看司马完夫妇，他们依然神色不为所动。司马完平静地说："看来你已经预判了战争的输赢。"

卡斯皮的话毫不留情："我知道这些话很不中听，但我还是要说，作为朋友我不得不说。这些年中国国力大增，按GDP来说已经是世界第一经济体。但你们的军事力量还有些落后。当然，你们也大力发展了不对称战法，在某些领域，比如你主持的电磁脉冲武器就不亚于美国。但这改变不了整体的劣势。我曾接触过一些中国军方人士，他们说，中国十四亿民众和广袤的国土，足以让任何侵略者深陷战争的泥沼。我绝对相信这一点，但问题是美国军方也绝对相信这一点！经历了多次局部战争后，他们有足够的精明。所以，我估计，这次战争不会以占领土地和消灭有生力量为主，而是远程绞杀战和点穴战，重点破坏你们的石油运输、电力、通信、交通等设施，直到中国经济被慢慢扼死。这不是第三次世界大战，是 2.5 次世界大战。"

这是史林第一次听到这个名词，后来它成了历史学家公认的名称，虽然并不是卡斯皮所说的理由。

司马夫妇沉默着，不作任何表态，但听得很用心。卡斯皮继续说："坦率地讲，你们大力发展的不对称战法恐怕难以奏效。关键是，即使在这些领域你们也并不占绝对优势，因而改变不了你们的整体劣势。据我估计，战争中真正能实现的，反倒是对方的不对称战法，即在信息战、地面战、岸基海战等你们有均势或优势的领域；对方将只使用远洋打击力量、空中力量和天基打击力量等你们处于绝对劣势的领域，实行远程绞杀和精确点穴。你们对这种战法将毫无办法。"

司马完平静地听着，点点头："你的分析很精辟。"

"一定要避免这场战争！请务必把我的话转达给贵国的高层。我算不上虔诚的和平主义者，以色列国是从血与火中建立起来的，我们不会迂腐到反对一切战争，但至少要避免必败的战争。说句我不该说的话吧，即使这场战争实在不可避免，也要尽量推迟。推迟十年，二十年，那才符合你们的利益。"

"谢谢你的诤言。我会转达的。"

卡斯皮摇摇头:"你刚才说到班布里奇的自责,使我想起俄国和美国两大枪族的鼻祖,卡拉什尼科夫和斯通纳。两人七十多岁时在美国第一次会面,见面时说,我们都是罪人,造物主的两群子孙拿着我俩发明的武器互相残杀。"

司马完叹息着,重复道:"浑蛋的职业。武器科学家就像是令人憎厌的行刑手,偏偏又是社会不可缺少的。不过,现在不少国家已经进步了,废除了死刑,也不需要行刑手了。但愿有一天不再需要武器科学家。咱们等着那一天吧。"

私人访问结束后,卡斯皮把他们三人送回特拉维夫。三个中国人很清楚,卡斯皮实际上是受以色列政府的授意,对他们宣布了非正式的断交。当然,以色列政府是为了自己的国家利益,虽断交但做得很有人情味,很义气。

回到伯塞尔饭店后,史林心情相当抑郁。他太年轻,虽然对双方的军力一向都有基本的了解,但难免了解得不全面。现在,卡斯皮为他们指出了一座阴森森的冰山,它横亘在必走的航线上,正缓慢地、不可阻挡地向这边逼近。它是真实的威胁,不是海市蜃楼。没有任何办法躲开它。

史林也注意地观察着司马夫妇的反应。不知道他们内心如何,至少表面上相当平静。也

卡拉什尼科夫:全名米哈伊尔·季莫费耶维奇·卡拉什尼科夫(1919—2013年),俄罗斯著名枪械设计师,被誉为"AK-47之父"。卡拉什尼科夫的代表作是 AK 系列步枪、轻机枪 RPK、通用机枪 PK、霰弹枪 SAIGA 系列等。

斯通纳:全名尤金·斯通纳,美国著名枪械设计师,曾参加过第二次世界大战,其代表作品为 M16 步枪系列和 M63 武器系统,以及 AR-18 突击步枪,被誉为"世界轻武器界最富有想象力、最多产的枪械大师"。

许他们对卡斯皮的谈话内容并不意外,他们早就认识到形势的严峻?晚上洗浴后,史林来到司马夫妇住的套房,卓君慧沐浴过后正在内室梳妆,对外边大声说,是小史吗?你先和老马聊,我马上就出来。司马完向史林点点头,仍自顾翻阅犹太教的《塔木德》法典。法典是英文版的,以色列饭店中经常放有犹太教的典籍,以供客人们翻阅或带走。司马完的翻阅显得心不在焉,史林想,他原来并非心静如水啊。史林坐下来,不服气地说:

"司马老师,今天卡斯皮说得未免太武断。"

司马完淡淡地说:"一家之言罢了。不过,他的分析确实很有见地。"

"那我们怎么办?"

"尽人事,听天命吧。"

这个表态未免过于消极。史林心里不太舒服,沉默着。这会儿卓师母走出来说:"明天咱们到魏茨曼研究所去,这恐怕是战前最后一次了。小史,明天你也去。"

史林非常意外,因为过去两次陪司马夫妇来以色列,他们从不提让史林去那个研究所,甚至在闲谈中也从不提它。史林一直有一个感觉:司马夫妇总是小心地捂着那边的一切。今天的态度变化未免太突然。他看看司马完,后者点头认可。卓君慧对丈夫说:"你也去洗吧,

《塔木德》:在希伯来语中,塔木德(Talmud)的意思是"伟大的研究",《塔木德》则是犹太人作为生活规范的重要书籍。公元前586年,犹太王国被灭之后,大批犹太人沦为巴比伦人的俘虏。巴比伦逐渐发展为犹太人最主要的文化中心,形成了一个享有崇高威望和地位的学者阶层。他们以维护犹太教传统及犹太精神价值为己任,在公元2世纪至6世纪之间编纂了犹太教口传律法集,即《巴比伦塔木德》和《巴勒斯坦塔木德》,统称《塔木德》。一般意义上的《塔木德》指的是《巴比伦塔木德》。

洗完早点休息，要连着绞两三天脑汁呢！"

司马完嗯了一声，起身去卫生间。史林有点纳闷：她所说的"绞两三天脑汁"是什么意思？按说，在魏茨曼研究所应该是卓师母去绞脑汁吧？那是她的本职工作。卓师母坐到沙发上，和史林聊了一会儿。电话响了，她去接了电话，听见她声音柔柔地说了很久，最后说：

"去吧，我和你爸都尊重你的决定。"

等卓师母放下电话过来，史林发现她神情有些黯然。

"儿子的电话。"卓师母说，"军队在大学征兵，他办了休学，参军了。他说，中国之大，已经放不下一张安静的书桌。他的很多同学都参军了。"

史林在老师家里见过这位晚五届的系友，印象不是太佳。但他没想到，这个表面上玩世不恭的小伙子原来是性情中人，一个热血青年。他钦佩地说："师母，他是好样的。如果我不是在搞武器，也会报名参军。"

卓师母叹口气："我和他爸爸都支持他的决定。当然，担心是免不了的，他年纪太小。"

"他到什么部队？"

"南方一个长波雷达站。在那儿他的专业多少有点用处。"

司马完在浴室里喊妻子，让她把行李箱中的电动刮胡刀拿过去。史林觉得自己留这儿不合适，立即起身告辞。临走，那个念头又冒出来：终日与丈夫耳鬓厮磨的卓师母是否知道他脑中的异物？她不可能毫无觉察吧？史林想，国安部委派的工作真是难为自己了。现在，面对一向敬重的司马老师，春风般温暖的师母，还有他们满腔热血、投笔从戎的儿子，他真不愿意再扮演监视者的角色。

第二天，他们三人借用卡斯皮先生的大奔，由卓师母开着去魏茨曼研究所。路上史林有一个明显的感觉：睡过一觉之后，司马夫妇已经把卡斯皮那番沉重的谈话，以及对战争前景的担心完全抛在脑后，现在他们一心想的是去魏茨曼研究所之后的工作，有一种临战前的紧张和企盼，一种隐约的兴奋。一路上，夫妇两人一直在进行简短的交谈，如："肯定是战前最后一次冲刺了。"或者："我估计这次会有突破。"他们的谈话不再回避史林，似乎史林突然也成了"圈内人"。史林没有多问，只是默默地听着，默默地揣摩着。

　　研究所在海边，是一幢不大的灰色四层小楼。门口没有设警卫，汽车长驱直入地开进去，停在长有棕榈树的院内。小楼内部的建筑和装修相当高档，过往的工作人员都热情地和司马夫妇打招呼，看来他们在这儿很熟络。三人来到一间地下室内，屋子比较封闭，里面有七张椅子，类似于牙科病人坐的那种可调节的手术椅，南墙上是一个相当大的电脑屏幕。屋里已经有五个人，司马完夫妇同他们依次握手，同时向史林介绍他们的身份，其中有一些史林已经早闻其名。那个黄色面孔的男人叫松本清智，是日本东京大学物理系的主任。那个俄国人叫格拉祖诺夫，长得虎背熊腰，胡须茂密，堪称"北极熊"的最好标本。他是俄国实验地球物理研究所的研究员。那个肥胖的中年男人是东道主，以色列人西尔曼。这位叫吉斯特那莫提，瘦骨嶙峋，衣着粗劣，令人想起印度电影中的弄蛇艺人。年纪最大的高个子是美国人肯尼思·贝利茨，满头白发，粉红色的手背上长满了老人斑。卓君慧说，贝利茨是这个"一六〇小组"的组长。

　　一六〇小组？史林疑惑地看着卓师母。卓师母笑着解释，这个研究小组完全是民间性质，一直没有正式名称，在他们的圈内常戏称为一六〇小组，后来就这么固定下来了。起这个名字是因为，小组成员的 IQ 一般都不低于一百六十，都是世界上最杰出的理论物理学家。"不一定是最著名，但一定是最杰出的，比如那个印度人，是一个无正式职业的平民，完全靠自学成才，在物理学界内外都没有名望，但他的实力不在任何人之下。"卓君慧补充说。

这句介绍让史林掂出了这个小组的分量。他很困惑,不知道这几个人的集合与"脑科学"有什么关联。卓师母还介绍了第六位:电脑屏幕上一个不断变幻着的面孔。她说这是电脑亚伯拉罕,算是一六〇小组的第八个成员吧。

几个人都微笑看着第一次与会的史林。司马完向大家介绍说,这是一个很有天分的年轻人,专业是理论物理,智商一百六十,是一个不错的候补人选。"我因个人原因即将退出一六〇小组,所以很冒昧地向大家引荐他,彼此先接触一下。当然,是否接纳他还要等正式的投票。"司马完转向吃惊的史林,"小史,请原谅我事先没有征求你的意见。反正是非正式的见面,究竟参加与否你有完全的自由。不过我想你肯定会参加的,因为,"他难得地微微一笑,"这是向宇宙终极堡垒进攻的敢死队。"

宇宙终极堡垒!史林确实吃惊,没有想到司马老师会这么突然地把他推到这个陌生的组织内。他内心已经升腾起强烈的欲望。这些人中凡是史林已闻其名的,都是一流的宇宙学家或量子物理学家。各人主攻方向不同,但没关系的,正如阿维·热所说,在向宇宙终极定律的进攻中,科学的各个分支已经快会师了。

鉴于自己多年的追求,和深植于心中的宇宙终极情结,他当然十分乐意参加,甚至可以说,这是司马完老师对他的莫大恩惠。当然,想到国安部洪先生的话,他心中也免不了有疑虑。也许司马完突然给他的恩惠是别有用心?司马完随后的话使他的疑虑更加重了,司马完说:"依照一六〇小组的惯例,你需要首先起誓,绝不向外界透露有关一六〇小组的任何情况。无论最终是否决定参加,你都要首先宣誓。"

大家对史林点点头,表示是有这样的程序。史林迟疑地说:"只要这儿的秘密不危害我的国家。"

贝利茨摇摇头："一六〇小组中没有国家的概念。我们的工作是以整个人类为基点的。"

史林犹豫着。人类——这当然是个崇高的字眼，但他知道人类利益和国家利益并非完全一致。很显然，人类内部有过多次战争，包括将要发生的战争，人类一直在互相残杀。在这样的情形下，怎能去奢谈什么单一的人类？司马完看看他，冷静地说：

"你可以不起誓的，这样你就不会知道一六〇小组的内情；你也可以起誓，这样你将了解一六〇小组的内情但不得向外人披露。对于国家安全部来说，这两种情况的最终结果是完全等效的。你选择吧。"

司马完似不经意地点出了国家安全部的名字，史林不由得转过目光看着他。司马完面无表情，卓师母安详地微笑着。史林想，看来他们已经知道了国家安全部与自己的那次谈话。史林飞快地盘算一下，果断地做出了选择。他想，如果一六〇小组中真有什么见不得人的秘密，他们不会把宝押在一个新人的誓言上的。他郑重地说：

"我以生命起誓，绝不向任何人透露有关一六〇小组的内情。"

屋里的人都满意地点头。贝利茨说："好的，现在进入阵地吧。这可能是战前最后一次冲刺，希望这次能得到确定的结论。"格拉祖诺夫笑着说："没关系，这次一定能撬开上帝的嘴巴。"

"开始吧！"

以下的进程让史林目瞪口呆。格拉祖诺夫先坐到可调座椅上，卓君慧过去，熟练地揭开他的一片头骨，里边弹出两个插孔，她拉过座椅旁的两根带插头的电缆，分别与两个插孔相连。计算机屏幕上，在亚伯拉罕的模拟人脸旁边，立时闪出格拉祖诺夫的面孔，不，不是一个，是两个。两个面孔与"原件"相比有些人为的变形，而且变形全都左右对称，比如一个人左耳大而另一个右耳大,这大概是用来区分格拉祖诺夫的左右分身吧。它们在屏幕上对着大家做鬼脸。卓君慧依次为六个人做好同样的连接,更准确地说是联机,十二个面孔依次闪现在屏幕上。

虽然很震惊,但史林在那一刻就猜到了真相。这是一种集体智力。六个大脑的胼胝体被断开,每人的左右脑独立,变成十二个相对独立的思维场,再分别与计算机联机,建成一个大一统的思维场。胼胝体是人脑左右大脑的连接,有大约两亿条通路。早期治疗癫痫时曾有过割断胼胝体的治疗方法,可以防止一侧大脑的病变影响到另一侧。大约在二三十年前有人提出设想,说人脑的胼胝体实际是很好的对外通道,可以实现人脑之间,或人脑与电脑的联机,并戏言它是"上帝造人时预留的电脑接口"。

非常可喜的是,这种联机的结果并不是加法,大致说来,n 个人脑的联机,其联合智力大约是单个人脑的 10^n 的数量级。所以,这是一种非常诱人的技术。但因为它牵涉太多的伦理方面的问题,没有了下文。没想到,在一六〇小组中已经不声不响地实行起来。现在,六个人脑的联机(先不算卓师母和电脑亚伯拉罕),其综合智力大致相当于 10^6 个人脑——也就是说,相当于一百万个一流的理论物理学家!在这么一个强大的思维机器前,还有什么问题不能解决呢?

史林苦笑着想,这就是国家安全部所怀疑的"脑中异物"啊!他们在大脑中插入异物,原来并不是为了当间谍,而完全是为了非功利的思维。他佩服这六个人的勇敢,因为,不管怎么说,这有点"自我摧残""非人"的味道。

这会儿是司马完在进行联机,他不动声色地说:"我的神经插头在上次体检时被外人发现了。我推测,国安部一定找你了解过我的情况。关于这一点你回国后尽可以向他们汇报,不算你违誓。"

原来司马完(和卓师母)心里早就明镜似的,非常清楚别人对他们的监视。一时间，史林有被剥光衣服的感觉。不过，这会儿他已经把什么"监视"抛到脑后了。那是世俗中的事情，而现在他已经到了天国，面前是六个主管宇宙运行机制的天界管理委员会，正在研究宇宙的最终设计。这也正是他毕生的追求，现在哪里还有闲心去管尘世中的琐事！

六人已经进入禅定状态，屏幕上的十三个面孔（包括电脑亚伯拉罕的）消失了，代之以奇形怪状的曲线和信息流，令人目不暇接。现在屋里只剩下史林和卓君慧。卓师母帮六个人联完机，这才有时间对他解释。她说，这样的人脑联机，或者说集体智慧，是由贝利茨先生最先提议，由她帮助搞成的，唯一的目的，就是为了探求宇宙终极定律。正如司马完曾说的：为了探求那个最简约的宇宙终极公式，需要超出人类天才的超级智慧。

"你先在这儿坐一会儿，我也要进去了，是例行的巡视。"卓师母有点得意地说，"我可以说是这个智力网络的版主，负责它的健康运行。你耐心等一会儿，我很快就会回来的。小史，等我回来，也许我有话要跟你说。"

卓师母坐到第七张手术椅上，散开长发，把两手举到头顶，熟练地做好与计算机的联机，然后闭上眼睛。她的面部表情也被割裂，变得和其他六个男人一样怪异。史林看着她自我联机，感情上再度受到强烈的冲击。原来，卓师母不仅知道丈夫的"异物"，她自己也是如此！很奇怪的是，史林可以接受六个男人的现实，却不愿相信卓师母也是这样。这位慈和明朗、春风沐人的女性，不应该和"脑中异物"扯到一块儿。

其实史林对这种异物并无敌意，如果一六〇小组同意，他会很乐意地照样办理，只要能参与到对宇宙终极定律的冲刺中。所以，他对师母的怜惜就显得违反逻辑。

屋里很静，只有计算机运行时轻轻的嗡嗡声。六个男人都处于非常亢奋的作战状态，面部变幻着怪异的表情。大部分时间他们闭着眼，有时他们也会突然睁开眼（一般只睁一只），但此时他们的目光中是无物的，对焦在无限远处。他们面颊肌肉抖动着，嘴角也常轻轻抽动，左手或右手神经质地敲击着手术椅的不锈钢扶手。大屏幕上翻滚着繁杂怪异的信息流，一刻也不停息，其变化毫无规则，非常强劲。六道思维的光流频繁地向终极堡垒冲击，从繁复难解的大千世界中理出清晰的脉络，这些脉络逐渐合并，并成一条，指向宇宙大爆炸的奇点。然后，汹涌拍击的思维波涛涌动于整个宇宙。

史林贪婪地盯着屏幕，盯着他们。他此时无缘体会对宇宙深层机理的顿悟，那种爱因斯坦所称的"幸福思考"。不过，透过六个人的表情，他已经充分感受到这个思维场的张力。而他暂时只能作壁上观，他简直急不可耐了。

只有卓师母的面容相对平和，基本上闭着眼，表情一直很恬静，不大显出那种怪异的割裂。这当然和她的工作性质有关。她并不是和其他人一样冲锋陷阵，而是充当在战线之后巡回服务的卫生兵。屋中的安静长久地保持着，和宇宙一样漫无尽头。一直到吃中午饭时，卓师母才睁开眼睛，伸手去取自己头顶的插头。

卓师母取下插头后仍躺在椅子上，一动也不动。她的表情现在完全恢复"正常"了，不再左右割裂了，但她似乎沉浸在深重的忧虑中，眉头紧蹙，默默地望着屋顶。史林清楚地感受到她的忧虑，但不知道原因。他想，是否是这个智力网络有什么问题？或者他们的集体思维没有效果？

卓师母起来了，从柜子中取出早就备好的食物，是装在软包装袋中的糊状物，类似于早期太空食品（后来的太空食品也讲究色香味，基本不再使用这种糊状物），让史林帮他分发给各人。六个男人都机械地接过食品，挤到嘴中。在做这些动作时，明显没有中断他们的思维。六人都吃完了，卓师母把食品袋收回，从微波炉中取出两份快餐，递给史林一份。两人吃饭时，史林有数不清的问题想问卓师母，但一时不知道该问哪个；另外，他也不知道卓师母会不会向他透露核心秘密，毕竟他还没有被一六〇小组接纳。他问：

"师母，他们的探索已经到了哪个阶段？如果可以对我透露的话。"

卓师母平静地，甚至有点漫不经心地说："宇宙公式已经破解了，去年就成功了。"史林瞪大眼睛，震骇地望着师母，"非常简约、非常优美的公式。你如果看到它，一定会说：噢，它原来是这样，它本来就应该是这样！"她看看史林，"不过，在你正式加入之前，很抱歉我不能透露详情。它对一六〇小组之外是严格保密的，极严格的保密。"

这个消息太惊人了，史林难以相信。当然，卓师母是不会骗他的。他想不通的是，既然已经取得这样惊人的成功，换上他，睡梦中都会笑醒的，卓师母今天的忧虑又因何而来？小组又为什么不公布？沉思很久后，史林委婉地说：

"我上次对司马老师说过，宇宙学研究的最大难点是对于它的验证。这个终极公式一定难以验证吧？不过我认为，再难也必须通过某种验证，超越于逻辑思维之外的验证。"

卓师母轻松地说："谁说难以验证？恰恰相反，非常容易的，已经验证过了。"

"真——的？"

"当然。你想，在没有确凿的验证之前，一六〇小组会贸然喝庆功酒吗？"卓师母说，"虽然我不能向你披露这个公式，但讲讲对它的验证倒不妨的。这会儿没事，我大略讲讲吧。"

史林已经急不可耐了，忘记了吃饭："请讲吧，师母，快讲吧。"

卓师母对史林的猴急笑了："别急，你边吃边听。这要先说说爱因斯坦的质能公式，不少教科书上说，质能公式的发现打开了利用核能的大门，其实这纯属误解，是一个沿袭已久的误解。"

史林接过话头："对，你说得很对。质能公式是从分析物体的运动推导出来的，只涉及物体的质量（动量），完全不涉及核能或放射性。核能其实和化学能一样，都是某种特定物质的特定性质，只有少量元素才能通过分裂或聚变释放能量，大部分物质不行。比如铁原子就是最稳定的，可以说它是宇宙核熔炉进行到最终结果时的废料，它的原子核内就绝对没有能量可以释放。总归一句话——具有能释放的核能，并不是物质的普适性质。但根据质能公式，任何物质，包括铁、岩石、水、惰性气体，甚至我们的肉体，都应该具有极大的能量。"他又补充一句，"核能在释放时确实伴随着质能转换（铀裂变时大约有百分之一的质量湮灭），但那只能看作是质能公式的一个特例，不能代表公式本身。其实，化学反应中同样有质量的损失，只是为数极微。"

"对，是这样的。质能公式只是指出质量与能量的等效性，但并不涉及'如何释放能量'。那么你是否知道，有哪种办法可以释放普通物质中所内含的、符合质能公式的能量——可以称之为物质的终极能量？"卓师母补充道，"正反物质的湮灭不算，因为咱们的宇宙中并没有反物质，要想取得反物质首先要耗费更多的

湮灭：物质和它的反物质相遇时，会发生完全的物质—能量转换，产生光子等能量形式，此一过程即为湮灭。

能量。"

史林好笑地摇摇头："哪有这种方法啊，没有，绝对没有，连最基本的技术设想也没有。如果有了它，世界早变样啦！噢，对了，我想起来了，某个理论物理学家倒是提出过一个设想：假设地球旁边有一个黑洞，我们把重物投进黑洞，使用某种机械方法控制其匀速下落（从理论上说这可以做到），那么这个物体的势能就能转变为能利用的能量，其理论值正好符合质能公式的计算。"他笑着补充，"当然，这只是一个思维游戏，不可能转变为实用技术。"

"是否实用并不重要，关键看这个设想在理论上是否正确。我想它是正确的。这个设想中有两个重要特点，你能指出来吗？"

史林略略思索片刻，说："我试试吧。我想一个特点是这种能量释放和物质的种类无关，只和质量有关，所以它对所有物质都是普适的。对垃圾也适用，填到黑洞的垃圾将全部转换为终极能量，那位物理学家开玩笑说，这是世界上最彻底、最经济的垃圾处理方式。"

"还有什么特点？"卓师母提示道，"想想老马曾说过的：<u>抹平空间褶皱</u>。"

史林的反应非常敏捷，立即说："第二个特点是，它是借助于宇宙最极端的畸变空间实现的，物质放出了终极能量，然后被黑洞抹平自

空间褶皱：空间在引力的作用下被弯曲，如同把苹果放在被子上被子会被压出褶皱一样。

身的'褶皱'，消失在黑洞中。"

卓师母赞许地点头："不错，你的思维很敏锐，善于抓关键，你老师没看错你。"

史林心潮澎湃。他在阅读到这个设想时，只是把它当成智力游戏，一点也没有引起重视。但此刻在卓师母的提示下，他意识到，这个简单的思想实验也许正好显示了终极能量的本质。被投入黑洞的物质完成了它在宇宙中的最终轮回，被剃去所有毛发（抹去所有信息），不管它是什么元素，不管它是什么状态（固态、液态、气态、离子态，甚至是单独的夸克），都将放出终极能量，被黑洞一视同仁地抹平褶皱，化为乌有。但这和卓师母所说的"对宇宙终极公式的验证"有什么关系？卓师母似乎知道他的思想活动，随即说：

"一六〇小组发现的宇宙终极公式，恰恰揭示了空间'褶皱'与'抹平'的关系。利用这个公式，就有办法让物质'抹平褶皱'，放出它的终极能量。所有物质都可以，而且技术方法相当简单，比冷聚变简单多了。我们一般称它为终极技术。"

卓师母说得很平淡，但史林再次被惊呆了。他激动地看着卓师母，生怕她是在开玩笑。他忽然脱口而出：

"这么说，冰窟窿可以扩大了，甚至可以无限地扩大！卓师母，那你们为什么还要保密？"他说的话没头没脑，但卓君慧完全理解。他是在借用卡斯皮的比喻，即将开始的资源之战就像一群海豹在争夺冰面上的换气口。是啊，现在冰窟窿可以无限扩大了，因为对资源的争夺首先集中在能源上，如果物质的终极能量能轻易释放，那么，人类能源问题可以说得到了彻底解决，以后，只用把社会运行中产生的垃圾、核废料等这么转换一下就行了。哪里还用得着打仗呢？

史林非常亢奋，情动于色。卓君慧心疼地看看这个大男孩：他还是年轻啊，一腔热血，但未免太理想化。她摇摇头：

"不行的，终极公式绝不能对外宣布。这是小组全体成员的决定。"

史林的亢奋被泼了冷水，不满地追问："为什么？到底是为什么？"

卓师母叹口气："我这就告诉你。不知道你是否知道文明发展的一个潜规则，虽然它并没有什么内在的必然性，但它一直是很管用的。那就是——当技术之威力发展到某种程度时，它的掌握者必然会具有相应程度的成熟。形象地说，就是上帝不允许小孩得到危险玩具。这么说吧，二战时核爆炸技术没有落到希特勒和日本人手里，看似出于偶然，实则有其必然性。大自然能有这条潜规则实在是人类的幸运，否则就太危险了。但一六〇小组的出现打破了这种潜规则。由于智力联网，小组所达到的科技水平远远超越时代，至少超越五个世纪。反过来也就是说，今天的人类还不具备与终极技术相应的成熟度。"她强调着，"不，绝不能让他们得到这个危险的玩具。"

史林悟到这个结论的分量，但并不完全信服。他不好意思反驳，沉默着。卓君慧看看他："你不大信服这条潜规则，是不是？我们并不愿意隐瞒终极技术，不过很可惜，它还有一个……怎么说呢，相当怪异的、善恶难辨的特点，它使我刚才说的危险性大大增加了。"

"什么特点？"

"量子力学揭示，一个观察者会造成观察对象量子态的坍缩，也就是说，精神可以影响实在。这个观点有点神神鬼鬼的味道，爱因斯坦就坚决反对，但一百多年的科学发展完全证实了它。而且，这种精神作用并不是永远局限在量子世界中——那样给人的感觉还安全些——通过某种技巧，精神作用甚至可以影响到宏观世界，比如著名的薛定谔猫佯谬。这些观点你当然了解的。"

"是的，我很了解，我一点都不怀疑。"

"问题是这种精神作用中的一个特例,当观察者的观察对象就是他本身时,这种'自指'会产生一种自激反应。把它应用到终极技术上,会得出这样一个结果,如果一个人想引爆自身会特别容易,可以借助于装在上衣口袋中的某种器具去实现。而普通物质终极能量的释放相对要复杂一些。"她看着史林,说,"你当然能想象得到,这意味着什么。"

史林当然能想象得到,不由得打了一个寒战。这就意味着,一旦终极技术被散播到公众中去,那对恐怖分子太有利了。他们今后甚至不用腰缠炸药,只用在上衣口袋中装上某种小器具,就可以自由自在地去他想去的地方,然后微笑着引爆自身。而且……这是怎样威力的人体炸弹啊!按爱因斯坦的质能公式 $E=mc^2$ 推导,一个体重六十公斤的人所产生的爆炸威力相当于一亿吨 TNT 炸药的威力!而美国扔在广岛的原子弹才 1.3 万吨! 太可怕了,确实太可怕了。现在,史林完全理解了一六〇小组对终极公式严格保密的苦心。卓君慧说:

"迄今为止,世界上只有七个人了解这件事。你是第八个。"

史林沉重地点头,他已经感到了沉甸甸的责任。他也会死死地守住这个秘密,不向任何人透露,甚至包括国家安全部。随后他想到,卓师母今天主动向他透露这些秘密,恐怕是有所考虑的,也许是受一六〇小组的授意吧!这些秘密不会向一个"外人"轻易泄露,那么,一六〇小组可能已经决定接纳自己。

对此史林没什么可犹豫的,虽然"脑中植入异物"难免引起一些恐怖的联想,有可能毁了他作为普通人的生活(也不一定,司马夫妇照旧生活得很好),但为了他从少年时代就深植于心中的宇宙终极情结,为了满足自己的探索欲,他愿意做出这样的牺牲。

卓师母又要进去巡回检查了。史林帮她插好神经插头。等她沉入那个思维场后,史林一个人坐在旁边发呆。卓师母指出的终极武器的前景太可怕，与之相比，今天的核弹简直是儿童玩具了。因为人类所珍视、所保护、所信赖的一切：建筑、文物、书籍、野花、绿草、白云、空气、清水，甚至你的亲人、你的自身，都会变成超级炸弹。也许一连串的终极爆炸能引起地球的爆炸，半径 6 000 公里的物质球在一瞬间能被抹平，变成强光和高热，人类的挪亚方舟从此化为没有褶皱的空间，不留下任何痕迹。

话又说回来，如果终极能量完全用于高尚的目的，那时人类文明的前景该是何等光明！这是最干净最高效的能源。它的使用不会在系统内引起熵增，人类社会不但一劳永逸地解决了能源问题，连带着把最头疼的环境污染（本质是熵增）也解决了。

但谁能保证人类中没有一个恶人？没有一个谈笑间在学生教室里引爆自身的恐怖分子？一万年后也不敢保证。由于人性之恶，技术之"善"与"恶"被交织在一起，永远分拆不开。于是，一六〇小组的成员们只有眼睁睁地看着已经取得的伟大发现而不能用，甚至还要处心积虑地把它掩盖起来。

史林沮丧地想，看来人之善恶比宇宙终极定律更为复杂难解。也许这就是一六〇小组的下一个终极目标吧——致力于人类灵魂的净化。

六个人的"智力攻坚"整整进行了两天。这两天中，卓师母曾四次进入思维场。那里一切正常，后来她就不再进去了。但她也不再和史林交谈，一直沉思着，眉间锁着很深重的愁云。但究竟是为什么，史林不敢问。晚上她和史林没去睡觉，倚在椅子上断断续续眯了几次。那六个人则显然没有片刻休息，一直处于极为亢奋的搏杀状态中。第二天晚上七点，卓师母最后一次"进入"，半个小时后返回，对史林简短地说：

"快要结束了，他们已经太疲累。这次不大顺利，看来仍然得不出结论。"

史林试探地问："他们在思考什么问题？既然终极公式已经得出来了。"

"终极公式可不代表终极问题。现在他们的进攻目标，其实是探究爱因斯坦曾经说过的一句话：我真正感兴趣的是，上帝能否用别的方法来建造世界。换言之，如果我们这个宇宙灭亡后还会有'下一个'宇宙，或者在我们这个宇宙'之外'还有另外的宇宙——只是象征性的说法，实际宇宙灭亡后连时间空间都不存在——我们的公式在那儿是否还管用。"卓师母微笑道。

"你一直强调对真理的验证，但这一个问题能否验证，还真的很难说。因为，对它的研究很难跳出纯粹的逻辑推理。要知道，依靠一六〇小组的超级智力，提出几种能够自洽的假说并不难，难的是设计出验证办法。"她补充道，"而且必须要在'这个宇宙'之内对'宇宙之外'的事情做出验证。这个问题甚至比破解终极公式更难一些。他们正在做的就是这件事。"

"你说他们这次的进攻没有成功？"

"嗯。"

史林笑了："这对我其实是个好事，总不能把事做完了，得给我留一个吧！"

卓师母会心地笑了，但没有往下说，因为贝利茨先生已经举手示意要结束了……卓师母过去，动作轻柔地为他们拔下神经插头，再互相对接，把那块头骨按平。六个人依次从椅子上站起来。他们表情割裂的面容都恢复了正常，但都显得非常疲惫，入骨的疲惫。看来，连续两天的绞脑汁把他们累惨了。他们略定定神，贝利茨笑着说：

"别急，等下一次吧。造物主一百五十亿年才完成的东西，咱们想撬开它，不能太性急。"

这边茶几上卓君慧已经摆好了食物，这次不是瓶装流食，而是三明治、五香牛肉、羊肉（印度人不吃牛肉）、火鸡肉、饮料等，六个饿坏的人立即围上去，大吃大嚼起来。

尽管今天的探索失败了，但是他们丝毫不显沮丧，餐桌上反倒有腾腾搏动着的欢快。探索本身就是幸福，也许其过程比结果更幸福。史林非常理解这一点。他真想立即加入到这个小组中去——当然，与渴望伴随的还有对终极武器的恐惧，同卓师母谈话后，这样的恐惧已经如附骨之疽，摆脱不掉了。司马完看看史林，对妻子说：

"你对小史介绍了吧？"

"嗯，该介绍的我都说了。"

贝利茨温和地说："史先生，你考虑一下，如果愿意加入一六〇小组，就提出一个正式申请，我们将在下次聚会时表决。"

"谢谢，我马上会提出申请。"

贝利茨没有问司马完为什么要退出一六〇小组，他对此有点困惑。凡是加入一六〇小组的人，都把这种无损耗的智力合作、这种对终极真理的孜孜探索，当成了人生第一需要，当成了人生快乐的极致。所以，不是为了非常重大的原因，没有人会愿意退出小组的。当然他没有问，其他人也都没有问，这属于个人的隐私，个人的自由。

七个人中间，只有卓君慧知道丈夫这个决定的深层原因。并不是丈夫告诉她的，司马完甚至对自己的妻子也守口如瓶。但卓君慧早就发现了丈夫的心事，半年前就发现了。在刚才的巡回检查中，当七个人的思维形成无边界的共同体时，卓君慧曾悄悄叩问了丈夫的潜意识。她的叩问非常小心，正致力于智力搏杀的司马完一点儿也没有觉察到。她甚至还悄悄叩问了其他几个人的潜意识，他们同样没发现。当六道思维大潮汇聚到一起，汹涌拍击宇宙终极堡垒的围墙时，他们不会注意到大潮下面是否有一道细细的潜流。

这种思维潜入在一六〇小组中并没有明令禁止，但从公共道德来说，这种做法肯定是违规的。但卓师母还是做了。她要去验证一些重要的东西，非常重要，重要到足以让她有勇气违背平时的做人原则。现在她已经完成了验证，验证的结果使她倍感忧虑。

夜里九点，八个人互相握别，也没忘了同电脑亚伯拉罕告别。他们依次同电脑中的那个面孔碰了碰额头，亚伯拉罕对每一个人说：

"再见，希望下一次早日相聚。"

他们预定的聚会被无限期地推迟了。

战争。

在随后的半年中，世界上的主要国家进行了最后的排列组合，分成两个阵营。一个阵营是"老海豹"，包括美国、日本、英国、澳大利亚等；另一个阵营是"新海豹"，包括中国、印度、韩国、巴西等。不用说，这种分组取决于各国在旧的世界资源分配体系中所占的地位。

2028年5月28日，后人所称的"2.5次世界大战"终于打响了第一枪。战争的进程一如那位以色列军事专家卡斯皮的预期，是典型的远洋绞杀战和点穴战。"老海豹"们宣布了对"新海豹"阵营绝对的石油禁运，所有通往这些国家的油船都被拦截。中国"郑和号"五十万吨油轮没能回国，被"暂时"扣押在伊拉克的巴士拉港。中俄石油管道和中哈石油管道"因技术原因"无限期关闭。中国西气东输管道，及伊朗—巴基斯坦—印度石油管道被空中投掷的动能武器炸毁，而且从此没能有效修复，因为这种天基打击是不可抵御的。中国和美国开始了对敌方卫星的绞杀战，一夜之间双方都损失了二分之一的卫星，然后又突然同时中止，原因不明。各国的核力量（陆基和海基）都绷紧了弦，但却一直引而不发。直到战争结束，谁都不敢首先启用。所以，最危险的核力量反倒毫发无伤。

最激烈的战事发生在对各重要海峡的争夺上，这是没有悬念的战斗，因为美、日、英的远洋海空力量及天基力量都处于绝对优势。然后，战火蔓延到"新海豹"国家的海港、铁路枢纽、通信光缆会聚点等，但多是电磁脉冲轰炸或精确轰炸，是以破坏交通、电力、通信为目的，人员伤亡并不大。人们讥讽地说，看来社会确实进步了，连战争也变得文明了。

这种慢性扼杀战术的效果逐渐显现。司马完夫妇"透不过气"的感觉越来越强烈。北京城里，那曾经川流不息、似乎永不会中断的车流几乎消失了，普通人的汽车全部趴在车库里，因为有限的石油被集中起来，确保军队的需要。铁路交通处于半瘫痪状态。电信通信经常中断，社会不得不回过头来依靠邮政通信。北京的夜晚因为空防和经常断电变得漆黑一团。社会越来越难于正常运行了。

失败就像是黑夜中的冰山，缓慢地、无可逆转地向"新海豹"阵营逼来，伴随着砭人骨髓的寒意。

战争开始两星期前，史林到日本探亲（他一个叔爷定居在日本），随后两国断交，史林没有回国。其实两国断交后都遣返了滞留在自己国家的对方公民，但据说是史林自己坚决拒绝回国，他的叔爷便为他办了暂居证。

史林从以色列返回后，向国家安全部的洪先生汇报了在特拉维夫的见闻，主要是说明了司马完（还有他妻子）脑中的异物是怎么回事，但对终极公式和终极能量的情况则完全保密，信守了他对一六〇小组的承诺。他对洪先生说：

"我可以保证，他俩装上这个插头是为了科学探索，而不是其他的卑劣目的，也不存在受别人控制的情况。"

洪先生没想到一桩大案最终是这么一个结果，一下子轻松了。从他内心讲，他实在不愿意这个重量级的武器专家成了敌国间谍。同时他也非常不理解：一个人会仅仅为了强化智力而摧残自身，把自己变成"半机器人"？听完汇报后他摇摇头，没有多加评论，只是对史林表示了感谢。随后他和吕所长通了电话，气恼地说：

"太轻率了。司马完这种做法至少是太轻率了。要知道，他的脑袋不光是他个人的，还是国家的。"

吕所长叹道:"是的,他的轻率做法让我非常为难。以后我该怎样对待他?我敢不敢信任一个大脑里装着神经外插头的人?尽管他不会是间谍——你知道,我对这一点一直敢肯定,从一开始就敢肯定——但有了这么一个大脑外插头,就存在着向外泄密的可能,尽管泄密并非他本人的意愿。"

这么一来,战争开始后司马完反倒非常清闲。北方研究所彬彬有礼地把他束之高阁,不再让他参与具体的研究工作。对此他非常坦然地接受了,丝毫不加解释。他研制的电磁脉冲弹在战争中也没派上太大的用场。对日本倒是用上了。在几个城市、海港进行了饱和电磁轰炸,对其信息系统造成了很大破坏。但对远隔重洋的美、英、澳则有力使不上,毕竟中国的远程投掷能力有限。

司马完和妻子赋闲在家,散步,打太极拳,盼着儿子那儿寄来的军邮。儿子来过几封信,信中情绪很不好,一再说这场战争打得太窝囊,与其这样熬下去,不如驾一只装满炸药的小船去撞美国军舰,毕竟在几十年前,在南也门的亚丁港就有人这么成功地实施过。卓君慧很担心儿子的情绪,回了一封很长的信,尽量劝慰他,但她知道这些空洞的安慰不会起多大作用。

这是战争开始一年半后的事。儿子没能见到妈妈的信——几乎在发走这封信的同时,家里就接到了军队送来的阵亡通知书。仍是一次天基力量的精确打击,美国的武装卫星向儿子所在的长波雷达站投掷了一枚<u>钨棒</u>,以每秒六公里的极高速度打击地面,其威力相当于一枚小型核弹。雷达站被完全抹去了,里面的人尸骨无存,甚至连一件遗物都找不到。

办完儿子的丧事后,司马完开始实施自己的计划。并不仅仅是为了儿子的死,不是的,这个计划他早就筹划好了,甚至早在卡斯皮那次谈话半年之前,他就开始了秘密筹划。但儿子的牺牲无疑也是一种推动,在道义上为他解去了最后的束缚。他办妥了去中立国瑞士的护照,借口是一次工作访问，然后准备从那儿到美国，寻找一个合适的地点，把自己五十六公斤质量的身体变为一个绚丽的巨火球。

妻子因爱子的死悲痛欲绝，终日以泪洗面。他在出发前一直尽量抽时间安慰妻子。在这样的时刻，语言的力量太苍白了。他只是默默地陪着她，搂着她的腰，看着她的眼睛，或者轻柔地抚着她的手背。其实他的悲痛并不比妻子稍轻。妻子睡熟后，他睡不着，一个人来到阳台，躺到摇椅上，望着深邃的夜空，思念着儿子，心疼着妻子，也梳理着自己的一生。他常说自己当一个武器科学家纯属角色反串，他的一生只是为了探索宇宙终极真理，享受思维的快乐。他们（一六〇小组的伙伴）的探索完全是非功利的，是属于全人类的。他也曾真诚地发誓，不会把终极能量用于战争。但他终究是尘世中人，当他的思维翱翔于宇宙深处时，思维的载体还是站在一个被称作中国的土地上。这儿有流淌五千年的血脉之河、文化之河，这儿的人都是黄皮肤，眼角有蒙古褶皱，有相同的基因谱系。他必须为这儿、为这些人，尽一分力量，做一些事情。虽然他要做的事可能有悖于一个终极科学家的道德观，有悖于他的本性。

他在无尽的思考中逐渐淬硬自己的决心。

钨棒：钨是有色金属，也是重要的战略金属。钨棒拥有特殊的性质，如低的热膨胀与良好的热传导性，足够的抗电阻性，高的弹性模量等，因此钨棒被广泛地应用于各个领域。现代空战中采用了一种新的目标打击方式，即不再使用传统弹药，而是从数十公里、上百公里的高度，以极高速度投放特制钨棒，其爆炸威力足以使一艘驱逐舰或一艘航空母舰沉没。

无蒙古褶皱　　轻度蒙古褶皱

中度蒙古褶皱　　重度蒙古褶皱

蒙古褶皱：在医学上叫内眦赘皮，即内眼角的上眼皮盖住下眼皮，常见于东亚和东南亚民族、南非的科伊桑人和马达加斯加原住民等，因此该特征又称为"蒙古眦褶"，但各人种都有可能出现这个特征。

他并非没有迟疑和反复,不过他最终确认只能这样做。

他一直没把自己的决定告诉妻子,但妻子也许早已洞察到了。娶了这么一位高智商的妻子也有这点不便——他一般无法在妻子面前隐藏自己的内心活动。不过,这些天来,儿子之死对她的打击太大,妻子一直心神恍惚,似乎没有觉察到他的离愁,甚至没为他准备出门的衣物。

晚饭后,两人面对面坐在沙发上。司马完发现妻子的眼神像秋水一样清明。妻子冷静地、开门见山地说:

"老马,后天你就要走了,去做那件事了吧?"

"对。我要走了。"

"你打算在哪儿引爆自身?"

司马完不由得看看妻子,妻子沉默着,不加解释,等着他的回答。他也不再隐瞒,直言道:"还没定,到美国后我会选一个合适的地点。我之意在于威慑,不愿造成过多的人员伤亡。"

妻子叹息道:"即使这样,恐怕死者也是数万之众了。"

司马完沉重地点头:"可能吧。君慧,你了解我的,我真的不愿这样做……"

妻子叹息一声:"我没打算劝你。你已决定的事,别人没法改变的。其实我早知道你在筹划,大约半年前就开始了吧?而且是在卡斯皮那次谈话后最后定型。你决定赴死后,开始推荐史林接你的空缺。我对这些很清楚,因为……"她对丈夫第一次坦白,"在以色列那次智力联网中,我曾悄悄叩问了你的潜意识。"

司马完惊讶地看看妻子,认真回忆了一下,没能回忆到那次联网时妻子对他的思维入侵。他素来佩服妻子的智商,这会儿更佩服了。虽然那时他尽量做得不动声色,但还是没能瞒过明察秋毫的妻子,反倒是自己被蒙在鼓里。卓君慧接着说:

"那次我还同时叩问了其他五个人。他们大都会恪守一六〇小组制定的道德红线,即在任何情况下,绝不把终极能量用于战争。"

司马完诚心诚意地说:"我敬重他们,也羡慕他们——如果我也能坚持那样的决定就太幸福了。他们的心地比我纯净。"

卓君慧仍顺着自己的思路往下说:"除了一个人。我是说,有可能背离这条红线的,除你之外还有一个人。当然他现在不会这样干,但一旦你用终极能量改变了战争的均势,他也会背离自己的本意,仿效你的做法。我想,不用说名字,你大概能猜出他是谁吧?"

司马完迟疑了一会儿,不大肯定地说:"松本清智?"

"对,是他。你——想想吧!"

卓君慧没有深谈,但司马完当然明白她的意思。一个可怕的前景。敌我双方都握着这种撒旦的力量,战争最终会变成终极能量的对决,双方将同归于尽,没有胜利者——如果不说地球毁灭的话。

不过,在这一瞬间,司马完马上想到了史林。从以色列回来后,妻子曾经同那个年轻人有过一次秘密谈话,然后史林就去了日本,而且在战争爆发后拒绝回国。司马完对此一直有怀疑,他了解那个青年,他和儿子一样,血是热的,在战争来临时拒绝回国不符合他的为人。这么说,他是妻子事先安排好的棋子?他看着妻子的眼睛,轻声问:

"但你已经事先做了必要的安排?"

妻子点点头:"对,史林。昨天我已经通知他开始行动。咱们等一等,等到那边的结果再说吧。"

此时,史林正待在日本千叶县一家拉面馆里。战争爆发后他拒绝回国,求他的叔爷为他办了暂居证,但此后他坚决拒绝了叔爷的挽留,离开叔爷在东京的家,到千叶县"和爱屋"拉面馆找到了工作,并住在这里。其实离开北京前他已经提前做了准备，用一千元的学费，花费一天时间，在一家兰州拉面馆中学会了拉面手艺。他那高达一百六十的智商可不是虚的，在体力活上也表现得游刃有余。到"和爱屋"半个月后，他的功夫已经炉火纯青，可以把手中的面拉得比头发还细，是这里挂头牌的拉面师了。

千叶县在日本的东面，离东京不远。这儿受战争影响不大，拉面馆生意相当红火，每天晚上到十一点后才能休息。忙完一天，累得两条胳膊抬不起来，但他在睡觉前总要抽点时间看看专业书。战争终归要结束的，而自己也终归会卸掉戏装（他目前就像是票友在舞台上扮演角色），回归自我。他不能让自己的脑子在这段时间锈死，至少要让它保持怠速运转吧？

他所看的专业书就包括松本清智的一些著作，日文原版，如《宇宙暗能量的计算》《杨·米尔斯理论中的非规范对称》《物质前夸克层级的自发破缺》《奇点内的高熵和有序》等。这些著作写得极为出色，浅中见深，举重若轻，逻辑非常清晰，给人的感觉是数学博士到小学讲加减法。如果是过去，阅读之后史林只会空泛地称赞一番，但现在他知道这些著作之所以出色的内在原因——松本清智已经知道了宇宙终极定律，虽然著作中只字未提，但以已经破解的终极定律来统摄这些前期的理论探讨，那就像登山者到达山顶后再回头看走过的路，当然是条分缕析清清楚楚了。

史林很敬重松本清智教授，所以对自己将不得不做的事，心中十分歉疚。从以色列回来后，卓师母和他有过一次深谈。那时他才知道，自他们到达以色列之后的一切举动，包括让史林走进一六〇小组的圈子内，包括卓师母主动向他透露有关终极武器的情报，实际上都属于一次周密的策划——不，更准确地说，是两个交织在一起的计划。司马老师是第一个计划的策划者，他决心背离一六〇小组的道德红线，用终极武器来改变战争的结局，于是推荐史林来接替自己死后留下的空缺；卓师母敏锐地发现了丈夫的秘密计划，不动声色地做了补救，并巧妙地利用那次大脑联网查清了各人的潜意识。

从以色列回国后的那次深谈中，她对史林坚决地说："绝不能让终极能量用于战争！一定要避免这一点，对于准备背离那条道德红线的人，无论是谁，不管是我丈夫还是松本清智，都不得不对其采取断然措施！"

史林开始并不同意她的做法，作为一个血气方刚的年轻人，从感情上说，他更多的是站在司马老师这一边。但卓师母用一个深刻的比喻把他说服了。卓师母说：

"假如一群二十世纪的文明人在海岛上发现一个野蛮人部落，他们还盛行部族仇杀，甚至吃掉俘虏。这当然是很丑恶的行为，文明人会怜悯他们，劝阻他们，但并不会仇视他们，因为他们的社会心智还没进化到必要的高度。如果一时劝阻不住，文明人会寄希望于时间，期待他们的心智逐渐开化。不过，如果因为痛恨他们的丑恶而大开杀戒，用原子弹或艾滋病毒把他们灭族，那这样的文明人就比野蛮人更丑恶了！

"相对于一六〇小组的成员来说，二十一世纪的人类也处于蒙昧阶段。想想吧，他们仍然那么迷恋危险的武器玩具，热衷于用战争来解决人类内部的争端。但这是现实，没办法的，无法让他们在一夕之间来个道德跃升，也只能寄希望于时间。可是，如果我们也头脑发热，甚至把'五百年后的技术'用于今天的战争，帮助一部分人去屠杀另一部分人，那我们就比他们更丑恶了！"

史林被她的哲人情怀完全征服了，心悦诚服地执行师母给他布置的任务。他在日本住下来，老老实实地做他的拉面师傅，每星期按时到警察厅报告自己的行踪（这是日本警方对敌国侨民的要求），其余时间就窝在"和爱屋"拉面馆里。拉面馆里几乎每天都能听到关于战争的刺耳的言论，甚至有狂热的右翼分子知道这位拉面师傅是中国人，常常来向他挑衅。但史林对这些挑衅安之若素。

转眼一年半过去了。

这天,他正在操作间拉面,服务员惠子小姐过来喊他,说一位客人要见见中国拉面师傅。顺着惠子的手指,他看到一个相貌普通的中年人,坐在角落里,安静地吃着酱油拉面。史林走过去,那人抬起头,微笑着问:

"你是史林君?从中国来的?"

"对。"

"听说你曾是物理学硕士?"

"对。"

"你认识卓君慧女士吗?"

"认识的,她是我的师母。先生你是——"

那人改用汉语说:"卓女士托我捎来一样东西。"他把一个很小的纸包递过来,里面硬硬的像是一把钥匙,然后他唤服务员结账,就走了。

当天晚上,史林向拉面馆老板递了辞呈,说他的叔爷让他立即回东京,家里有要事。老板舍不得这个干活卖力、技术又好的拉面师傅,诚心诚意地做了挽留,留不住,便为他结清了工资。

第二天上午,史林已经到了东京大学物理系办公室。在此之前,他先到东京车站,用那位信使交给他的钥匙,打开车站寄存处第二十三号寄存箱,从里面取出一个皮包。包内是一支电击枪,美国XADS公司研制的,有效射程五十米,它是用强大的紫外线激光脉冲将空气离子化,产生长长的、闪闪发光的等离子体丝,电流再通过这一通路击向目标。为了将人击晕而又不造成致命伤害,所用的电脉冲必须极强,但持续时间又极短,每次只有零点四皮秒(一皮秒等于一万亿分之一秒),这相当于瞬间作用能量达到一万兆千瓦。

这是一种非杀伤性武器,一般用于警察行动。但史林手中这个型号的震击枪强度可调，在最强挡使用，可以使目标的大脑受到不可逆的损伤，变成植物人，无论是催苏醒药物还是高压氧舱都无能为力。这种武器的致残效果非常可靠，美国 XADS 公司对其做过缜密的研究和动物实验，史林阅读过有关的实验数据。现在，装有武器的皮包就放在他的腿上。

秘书去喊松本先生，在这段时间里史林打量着松本的办公室。原来松本是很有性格特点的，大学物理系主任的办公室应该很严肃，但这儿贴满了漫画，似乎都是从科普著作或科幻读物中摘录并由他重新绘制的，而且全都和宇宙终极定律暗暗相合。这张画上是一个麻衣跣足、长发遮面的上帝，他在向宇宙挥手下令：我要空间有褶皱，于是就有了褶皱；那儿仍是这位上帝，右手托着下巴苦苦思索：我该不该用另外的办法来造出下一个宇宙？后墙上的画更让他感到亲切，那是一群小人，推着小车，排成长队，向地球之外的一个桶里倾倒垃圾，而这个桶则连着绳索和种种可笑的滑轮，控制其速度后坠向下面的黑洞。这正是他向卓师母提及的那个"释放物质的终极能量"的设想。

他欣赏着这些漫画，从中感受到松本清智未泯的童心。然后他用手捏了捏皮包，里面硬硬的，是那件杀人武器。他不由得叹息一声。

松本先生进来了，一眼就认出了史林："是史林君？我们在以色列见过一面。你怎么这会儿来日本？"

史林立起身，恭谨地说："我已经在日本停留一年多了，战前我来日本探亲，战争爆发后我没有回去。"

松本看看他，没有说话。松本不赞成战争，但也不赞成一个年轻人逃避对国家的责任。这两种观点是相悖的，用物理学家的直觉或形式逻辑都无法理清它。但不管怎么说，这种不明不白的感觉让他对史林心存芥蒂。不过他没有把心中的芥蒂表示出来，亲切地问：

"有什么需要我帮忙的吗？有难处尽管说，我同你的老师、师母都是很好的朋友。"

"谢谢松本先生。我没有什么难处。我来找你,是受卓君慧女士之托,想请你回答一个问题。"

松本扬扬眉毛:"是吗,受卓女士所托?请问吧!"

"请问松本先生,你会把终极能量用于这场战事吗?"

松本愣了一下,没想到史林会直率地问这个问题。一般来说,一六〇小组的组员们都不在那间地下室之外谈论与终极定律有关的话题。他简单地说:"不会。这是所有组员的共识。"

"但如果某个人,比如我的老师司马完,首先使用了它,从而改变了战争的均势,那时你会使用它吗?"

松本感受到这个问题的分量,认真地思考着。史林这个问题不会是随便提出的,其中必然涉及司马完的某个重要决定。在他思考时,史林目不转睛地看着他。过了一会儿,松本坦率地说:"如果是在那样的情势下,我会考虑的。"

史林从皮包中拿出那支电击枪,苦涩地说:"松本先生,我非常抱歉。卓师母说,绝不能让终极能量变成杀人武器,那对人类太危险了。为了百分之百的安全,必须事先就对你和司马完先生采取行动。我真的很抱歉,我是为你尚未犯下的罪行伤害你。但我不得不这样做。"

在松本先生吃惊的盯视中,他扣响了扳机。松本身体猛然抽搐,脸朝后跌了下去。史林抢上一步抱住他,把他慢慢放在地上。坐在外间的女秘书透过玻璃看见屋里发生的事,尖叫一声,向外面跑去。史林没有跑,他把松本先生抱到沙发上,仔细放好,用沉重的目光端详着他。松本脸上冻结着惊讶的表情,不再对外界的刺激发生反应,他已经成为植物人了。史林对他深深鞠了一躬。

他用办公室的电话机拨了两个外线,一个给那位送钥匙的信使,一个给东京警视厅。然后他就端坐在松本先生身边,等着警察到来。

在妻子扣动XADS电击枪扳机的那一瞬间,司马完没有恐惧而只有轻松。妻子把他身上这副担子卸下来了,他相信妻子随后会把这副担子背起来,肯定会背起来的。她比自己更睿智。

一道闪闪发光的细线从枪口射向他的头部,然后,强劲的电脉冲顺着这个离子通道射过来。司马完仰面倒下去,妻子抢前一步抱住他,把他小心地放在沙发上,苦涩地看着丈夫。她没有哭,只是长长地叹息着。

战争没有改变贝利茨闲逸的退休生活。他住在特拉华半岛上的奥南科克城郊,每天早上,他与老妻带着爱犬巴比步行到海滨,驾着私人游艇在海上徜徉一个上午。这天他们照旧去了,他扶着妻子上了游艇,巴比也跳上来了,他开始解缆绳。忽然,海滨路上一辆警车风驰电掣般驶来,很远就听见有人在喊:

"是贝利茨先生吗?请等一等,请等一等!"

贝利茨站直了,手搭凉棚,狐疑地看着来人。一个警官下来,向他行礼:"你是斯坦福大学的终身教授肯尼思·贝利茨先生吗?"

"对,我是。"

"请即刻跟我们走,总统派来的直升机在等你。"

他十分纳闷,想不通总统突然请他干什么。但他没有犹豫,立即跳到岸上,对老妻简单地道别。

他说:"琳达,你不要出海了,你自己驾游艇我不放心。"

琳达说:"你快去吧,我会照顾自己的。"

他同老妻扬手告别,坐上警车。那时他不知道,这是他同老妻最后的见面了。两个小时后,他来到白宫的总统办公室。会议室中坐着一群人,有总统、副总统、国务卿、国防部长和参谋长联席会议主席，单从这个阵势看，总统一会儿要谈的问题必定非同小可。屋里，椭圆形办公桌上插着国旗、总统旗及陆、海、空、海军陆战队四个军种的军旗，天花板上印着总统印记，灰绿色的地毯上则嵌有美国鹰徽。他进去时，总统起身迎接，握手，没有寒暄，简洁地说：

"谢谢你能及时赶来。贝利茨先生，有一位中国人，卓君慧女士，要立即同你通话。是通过元首热线打来的。你去吧！"

白宫办公室主任领他来到热线电话的保密间，总统和国务卿跟着他进来。贝利茨拿起话机，对方马上说："是老贝吗（卓君慧常这样称呼他），我是卓君慧。"

"对，是我。"

"我有极紧要的情况向你通报。请把我的话传达给贵国决策者，并请充分运用你的影响力，务必使他们了解情况的严重性。因为……"她冷峻地说，"据我估计，他们的理解力不一定够用的。"

"我会尽力的。请讲。"

卓君慧言简意赅地讲了事情的整个经过：卡斯皮的谈话，她丈夫司马完的打算，她对一六〇小组其他六个成员意识的秘密探查。

"我很歉疚，我的秘密探问是越权的。我……"

"你的道歉以后再说，说主要的。"

"我确认，小组中有两人，即我的丈夫和松本清智先生，会把终极能量用于当前的战争。我随后又用其他方法，对两人的态度做了直接验证。验证后我采取了断然行动，使用美国XADS电击枪将他们变成了植物人。关于松本先生的情况，你们可以通过日本政府得到验证；关于我丈夫的情况，你是否需要亲自来验证一下？这一点很重要，你可以带上一个官方代表。"

贝利茨已经猜到了卓君慧以下要谈的事。他略微犹豫，说："不需要了，我信得过你。继续说吧。"

她加重语气说："我们已经做出了足够的自我克制，希望这种克制能得到善意的回应。"她重复道，"希望你能把这些话传达给贵国决策者，挪亚方舟的存亡在他们的一念之间。我希望在三天内听到回音，可以吗？"

"可以的，三天时间够了。再见。"

"再见。"她说了一句美国人爱说的话，"愿上帝保佑美利坚，也保佑整个挪亚方舟。"

贝利茨挂上电话，陷入沉思。总统一行人一声不响地等着他说话。等了一会儿，国务卿忍不住问："贝利茨先生，那位中国女人所说的终极能量是怎么回事？"

贝利茨笑着说："我是个机能主义者，我认为电子元件同样能承载一个人的智慧，说不定，那样的智慧会更纯净呢，因为人性中很多的'恶'与我们的肉体欲望有关。"

在场的几个人都不明白这番没头没脑的话，心想也许贝利茨先生老糊涂了？不过他们都礼貌地保持安静。但贝利茨显然没有糊涂，他目光灼灼地扫视着众位首脑，有条不紊地吩咐着：

"请立即给我安排一架专机，我要尽快赶到特拉维夫，在那儿查证一样东西。明天晚上我会返回白宫，那时请今天在座的各位再次聚在这儿，我们再详谈吧。"

第三天上午，贝利茨和国防部副部长拉弗里来到新墨西哥州的阿拉莫戈多"三一"核试验场。这是美国进行第一次核试验的地方，以后的核试验改在内华达地下核试验场。不过，这次贝利茨要求在这儿做地上实验，他说：

"在地上做这件事更直观一些，我知道有些人的IQ有限，直观教具对他们更适用。"

前天他赶到特拉维夫,在亚伯拉罕电脑的资料库中仔细查阅了上次智力联网的记录。他十分相信卓君慧,相信她说的事实都是可靠的,但对于如此重大的事情,他当然还是要再亲自落实一下。结果正如卓君慧所说,她确实在做智力联网巡回时悄悄叩问了几个人的潜意识,包括贝利茨的。她的叩问很小心,被问的六个人当时正致力于向"终极堡垒"进攻,都没有觉察,但都以潜意识的反应做出了不加粉饰的回答。有四个人坚决拒绝把终极能量用于战争,贝利茨是其中一个,他的回答是:

"在任何情况下我都不会把终极技术用于战争。"

但司马完的回答是:"除非我的国家和民族处于危亡时刻。"

松本清智的回答模糊一些:"只要别人不首先使用。"卓君慧的思维潜入—这件事本身是不光彩的,但此刻贝利茨反而很感激她。作为一六〇小组的组长,他是大大失职了。他太相信六个人的誓言,相信他们的高尚,却没考虑到在事关国家民族生死存亡的时刻,这样的誓言是不可靠的。这是因为准备违背誓言的两个人都不是为了私利,而是为了大义,他们自认为动机是完全纯洁的,因而就具备了违背誓言的必要勇气。看来,自己太书生气了,也许他很不愿意这样想,但此刻他无法否定这个想法——他当时提议创建这个超智力网络,发展出"五百年后"的科技,本身就欠斟酌。潘多拉魔盒不该被提前造好,因为只要它造好就有被提前打开的可能,再严密的防范也不行。

坐实了卓君慧说的事实之后,他又在这儿多停了一夜,在亚伯拉罕的帮助下,他把自己的思维全部输到电脑中去。严格说来不是全部,在输入时他设了一个严格的过滤程序,把藏在自己思维深处的肮脏东西,那些披着圣洁外衣的肮脏:对暴力的迷恋、嫉妒、自私、沙文主义、种族优越感,等等,全都仔细剔除。这个输入很费时,直到第二天上午十点才完成。他同亚伯拉罕匆匆告别,坐专机返回美国。

回到白宫之后，他对椭圆形办公桌后边的那些首脑讲了他所知道的全部情况，客观而坦率。他讲了终极能量的可怕威力，尤其是人体自我引爆的便于实现。他说，卓女士说得很对，她（及她的国家）已经做出了足够的克制。现在，那两个打算把终极能量用于战争的人都被封了口，其中一个甚至是卓的丈夫，是她亲自对丈夫下的手。但世界上还有五个人会使用它，包括中国的卓，她在做出"足够的克制"后，正在等着对方的"善意回应"呢。她的等待只给了三天时间。万一终极能量被使用，万一有十个八个因绝望而愤怒的人（说不定他们还有美国公民身份呢）来到华盛顿、纽约或东京引爆自身，那将是何等可怕的前景。

他说：也许你们都不相信终极能量可以轻易释放，也想象不到它的威力，所以我准备做一个公开的实验。咱们到阿拉莫戈多实验场，我削下一截六克重的指尖并把它引爆——这大约就相当于1945年在广岛扔下的那颗"小男孩"的爆炸当量，一点三万吨TNT。你们睁大眼睛看着吧！

现在，具体操办此事的国防部副部长拉弗里带贝利茨来到实验场中心。送他们来的黑鹰直升机没有熄火，时刻准备着接他俩返回。这儿非常荒凉，渺无人迹。当年第一次核试验的"大男孩"钚装药六点一千克，TNT当量2.2万吨，核爆时产生了上千万度的高温和数百亿个大气压。三十米高的铁塔被瞬间气化，尸骨无存。地面上有一个巨大的弹坑，沙石被熔化成黄绿色的玻璃状物质。现在，弹坑旁新搭起一个帐篷，这是应贝利茨的要求盖的，是为了防止卫星的拍照，因为——那老家伙说，他会绝对小心，绝不让人体引爆的操作方法被人窃去。他对总统斩钉截铁地说：

"在任何情况下，我都不会把可怕的终极能量用于战争。关于这一点，请不要抱任何幻想。"

他还说，只需使用能装在上衣口袋里的某种器具，就能引爆自己"削下的指尖"。现在，在他上衣口袋里确实装着一个硬硬的家伙，但扣子扣得严严实实，不知道那是什么玩意儿。拉弗里真想把那东西抢过来，然后变成美国军队的制式武器——这个前景该是何等诱人啊！当然，只能想想而已，这会儿他绝不敢得罪这个老家伙。

贝利茨对周围查看一番，表示满意，用手中的手术刀指指直升机，对拉弗里说："行了，以下的操作只能我一人在场，你先乘机离开吧，把军用对讲机给我留下就行。等我该离开时，我再召唤直升机。"

拉弗里不情愿地离开了，乘机来到十七公里外的地下观察所。这是当年第一次核试验时的老观察所，已经破败不堪，只是被草草打扫了一遍。十几个情报人员正在里面忙碌，布置和操作各种仪器——昨天他们已经抓紧时间在那座帐篷里布下了针孔摄像头和窃听装置。拉弗里一下直升机立即赶到屏幕前，屏幕前的情报官看见拉弗里来了，回过头懊恼地说：

"副部长先生，恐怕要糟，贝利茨肯定正在找咱们的秘密摄像头。"

他没说错。从屏幕上看，贝利茨正在帐篷内仔细地检查，而且很快找到了目标。现在屏幕中现出他的笑脸，因为太近而严重变形，几乎把镜头完全遮盖了。贝利茨微笑着，在对讲机里说："拉弗里？我想这会儿你已经赶到监视屏幕前了吧。这个摄像头的效果如何？"

拉弗里只有摁下对讲机的通话键，硬着头皮回答："不错，我看你很清楚。"

"那就对不起了，我在往下操作之前，首先要把这个镜头盖上。请通知总统，我不能回去了。我曾说，我会引爆我一个削下的指尖，实际上指尖削下后就不是我自身了，就是普通物质了。普通物质终极能量的释放相对要困难一些，需要若干比较复杂的设备，已经来不及了。所以我不得不留在这儿引爆自身——目前我无法控制住只让一个指尖起爆——它大致相当于一亿吨TNT。你目前所处的观察所还太近，请立即后撤，至少到八十公里以外。另外，爆炸将造成强大的电磁脉冲，请通知五百公里以内的飞机停飞，以免造成意外事故。我给你三个小时做准备，请按我的吩咐做吧！"

拉弗里十分吃惊，在心里狠狠骂着这个自行其是的老家伙。这些变化超出了上头事先拟好的应急计划，他不敢自己做主。这时总统及时地插话了，他和有关首脑一直在白宫监控着这儿的局面。他说：

"贝利茨先生，既然这样，请你改变计划，不必引爆自身了。你的生命比什么都贵重。请立即停止，我们再从长计议。"

贝利茨讥讽地说："我的生命比战争胜利更重要吗？或者说，美国人的生命比敌国已经死去的二十万条生命的价值高一些？谢谢你的关心，但我不打算停下来。我知道某些人，比如此时在屏幕前的拉弗里先生，不见到棺材是不会落泪的。我必须把终极能量变成他能看见的现实。另外，我还有点私人的打算，"他微微一笑，"我想同中国的老朋友，司马完先生，来个小小的赌赛，那家伙为了信仰不惜把自身变成一个巨大火球，我想让他知道，美国人也不缺少这样的勇气。不要多说了，请开始准备吧。三个小时后，即十二点十五分，我将准时起爆，不再另行通知。现在，请设法接通我家的电话，我要和妻子告别。"

总统不再犹豫，命令手下立即按照贝利茨先生所说的进行准备：飞机停飞或绕道，五百公里内的交通暂时中断，医院停止手术，所有电子设备关闭，一百公里以内的人员尽量向外撤退或待在地下室里。同时，他命人接通了贝利茨家的电话，再经过军用对讲机的中转，同贝利茨接通了。

贝利茨夫人刚刚从总统办公厅主任那儿知道了真情，顿时惊呆了。丈夫三天前被总统召见时，她绝对想不到会出现这样的结局！更想不到那天的匆匆告别会是夫妻的永别！她哽咽着说：

"亲爱的……"

贝利茨笑着说："不必伤心，琳达，我爱你，正因为爱你我才这样做。如果我的死能让人类从此远离战争，那我的六十四公斤体重可是宇宙中价值最高的物质啦！再说，世界上有哪个人能像我死得这样壮丽？在一瞬间抹平肉体的褶皱，回归平坦空间，同时放出终极能量，变成绚丽的火球。琳达，不要哭了，当命运不可避免时就要笑着迎接它。"

琳达忍住眼泪，不哭了，两人平静地（表面平静地）闲聊着。这边州政府宣布了紧急状态，警察、军队和准军事力量全部动员起来，进行着紧张的撤离。这对老夫妻一直聊到中午十二点，贝利茨温和地说：

"再见，琳达。替我同孩子们说声再见，同巴比说声再见。我该去做准备了。"

琳达强忍住泪水说："你去吧，我爱你。我为你自豪。"

那边的对讲机关上了。一片寂静。安全线外，几百台摄像机从四面八方对准了爆心，记者们屏住气息等待着。这些镜头向全世界做着直播，所以，此刻至少有十亿双眼睛盯着屏幕。十五分钟后，一团耀眼而恐怖的巨大光球突然蹿上天空，火球迅速扩大，把整个沙漠和丛林映照得雪亮，天空中原来那个正午的太阳被强光融化了。那景象正如印度经典《摩诃婆罗多》经文中所说："漫天奇光异彩，有如圣灵呈威，只有一千个太阳，才能与之争辉。"

爆炸点上空那汹涌翻腾、色彩混沌的烟云慢慢散开，在爆心处留下一个巨大的岩浆坑。岩浆在凝结过程中因表面张力把表面抹平，变成一个近乎抛物体的光滑镜面。

安全线外的观察者们通过护目镜看到了这一切，而通过实况转播观看的十亿人只能看到电视屏幕上剧烈扭动的曲线，因为在那一瞬间，看不见的巨量电磁脉冲狂暴地冲击着这片空间，造成了电磁场的畸变。不过，电磁脉冲是不能久留的，它很快越过这儿，消失在太空深处。屏幕上的图像逐渐还原。这次非核物质的爆炸景象和当年的第一次核爆一样，只是威力大了八千倍。这不奇怪，按照终极公式，在更深的物质层级中并没有铀、钚和碳水化合物的区别，没有所谓"核物质"和"非核物质"的区别。它们全都是因畸变而富集着能量的空间，也都能在一瞬间抹平空间的褶皱，释放出相等的终极能量。

战争很快结束了。

在贝利茨造成的这次爆炸之后，各国政府都迅速下达了"暂停军事行动"的命令。一个星期后，八国政府首脑汇集到中立国瑞典的斯德哥尔摩，开始了紧张的磋商。在激烈地、充满仇恨地争吵了两个星期后，终于达成了一个解决方案。没有一个国家对这种妥协满意，"新海豹"中的韩国代表甚至痛哭着说，如果他不得不在这个"丧权辱国"的投降方案上签字，他将蹈北海而死，无面目见故国父老。而"老海豹"们同样不满，他们不得不吐出很多已经和即将到口的利益。

但不管怎样争吵，怎样漫骂，方案还是达成了。因为有一件东西明明白白地摆在那儿，谁也甭想忽视它：那种可怕的终极武器。如果它被普遍使用，即使不会毁灭地球，至少也能毁灭人类文明。没人敢和它较劲。另外，人们还普遍存在着隐秘的，但又是非常强烈的希望：既然终极能量已经可以掌握，那能源之争就没有必要了。

于是，这场蓄势已久的战争，在尚未爬到峰值时就出人意料地戛然而止。后世历史学家把它命名为"2.5 次世界大战"。以色列的卡斯皮先生在两年前就造出了这个名称，因而在媒体上大出风头。当然，他当时所持的原因并不正确（他认为双方力量的悬殊将造成一场非对称战，而不是说大战将因终极武器而半途结束），但这并不影响他拥有"2.5 次世界大战"的命名权。人类的历史往往就是由这样的阴差阳错所构成的。

世界在狂欢。各交战国，各非交战国，华盛顿、东京、伦敦、新德里、首尔、北京……北京是用爆竹声来庆贺的。爆竹声传到了司马完的私寓。卓君慧正在为丈夫喂饭，是用鼻饲的办法，把丈夫爱吃的食物打成糊糊，通过导管送到胃里。每天她还要不停地给丈夫翻身，防止因局部受压而形成褥疮；要把他扶起来拍打胸部，防止肺部积水造成肺炎，等等。这些工作又吃力又琐碎，研究所为他聘用了专职护士。但只要有可能，卓君慧还是亲自去做，她想通过亲身的操劳来弥补对丈夫的歉意。

近一个月的劳累让她显得有点憔悴。狂欢声传进屋里时，她微微笑了。这个结局是她预料到的，或者说是她努力促成的，为此她不得不做了一些违心的事，也付出了巨大的牺牲，把她丈夫（还有松本先生）变成植物人。还有一个重大牺牲是在她的意料之外：她的朋友"老贝"也为此献出了生命。

她俯在丈夫耳边轻声说："老马，战争停止了，没有战败国。你的心愿达到了，你该高兴啊！"

丈夫面无表情，他现在连饥饱都不知道，更不用说为战事停止而喜悦了。墙上是儿子的遗照，穿着戎装，英姿飒爽，从黑镜框中平静地看着她，似乎对这个结局并不吃惊。卓君慧看着儿子的眼睛，说了同样一番话。忽然，电话铃急骤地响了，她拿起话筒，液晶屏上显示的是日本的区号。电话那边史林兴奋地说：

"卓师母！战争结束了！我也可以回国了！今天上午日本警方把我释放了。"

"小史你辛苦了，快点回来吧，我和司马老师都盼着你。"

"我是否带着松本先生一块儿回来？你说过的，他，还有司马老师，你都能治好的，是不是？"

卓君慧笑了："当然。普通医学手段对这种植物人状态无能为力，但你不要忘了，这两个病人的大脑都有神经插头啊！通过思维联网，由其他小组成员'走进去'唤醒他们，一定能成功的。小史，我已经通过外交途径和日本政府联系过，你直接去找他们，请求派一架专机将松本先生送到北京，再带上司马老师，飞到特拉维夫。我已经通知一六〇小组其他成员在那里集合，我们将合力对他俩进行治疗，另外还有亚伯拉罕的帮助呢！"

"太好了，师母，只有把两人治好，我才能多少弥补一点自己的负罪感。我这就去联系。"

第二天上午，一架波音787停在北京机场，一架舷梯车迅速开来，与机门对接。机门打开，满脸放光的史林在门口向下面招手。早就在机场等候的卓君慧让两个助手抬着丈夫，沿舷梯上了飞机。飞机内部进行过改造，几十张椅子被拆掉，腾出很大一个空场，在空场中摆了三张床，其中一张上睡着松本。护士们把司马完小心地放在另一张床上，与松本先生并肩。卓君慧走过去，端详着松本的面容，轻声问候着：

"松本你好，不要急，你马上就会醒来的。"

飞机没有耽搁，立即起飞。机舱内还有第三张床，是手术床，周围已经装好相应的照明设备、手术器械架等，这是按卓君慧的吩咐安装的。她拍拍史林的肩膀，微笑着说：

"小史，我已经口头征求了一六〇小组其他组员的意见，他们同意你加入小组，到特拉维夫后会履行正式手续。所以，你是否愿意让我现在对你进行手术？这种激光手术的刀口复原很快，明天你就能参加到思维共同体中，和大家一起唤醒这两位沉睡者。手术的安全性你不用担心，飞机在平流层飞行时，其稳定性完全可以手术。你愿意做吗？"

史林从口袋里掏出一张纸，那是他事先已经签字的加入小组的申请："我当然愿意，这是我的书面申请。谢谢师母。"

"好的，那就开始吧。"

史林躺在手术床上，卓的助手先为他剃光头发，然后进行麻醉。他还未进入深度麻醉时，手术已经开始了，由卓君慧亲自主刀。史林的头骨被

钻开，一束细细的"无厚度激光"向颅腔内深入，轻轻地割开左右脑之间的胼胝体。不过史林没有感觉到疼痛，更不会感觉到激光的亮度。说来很奇怪的，大脑是人体感觉中枢，所有感觉信号都在这里被最终感知，但它本身却没有痛觉和其他任何感觉。胼胝体被切开后，一个极精巧的神经接头板被准确地插入，它是双面的，左右两面互相绝缘，分别与被切开的胼胝体两个断面紧密贴合，断面上原有的两亿条神经通路各自对应着一个触点。这些神经触点的材质是有机材料，与人脑神经原有很好的生物相容性，所以，当触点与某一条神经通路相接触后，会形成永久性联结。由于切口极光滑，这种联结是在分子范围内进行，非常快速，二十四小时内就可以完成。手术后，左右脑半球彼此独立，分别经过胼胝体的两亿条神经通路，再经相应电路传到脑腔外的左右接口。左右接口可以彼此对接（此时就恢复了大脑的原始状态），也可以与电脑或其他大脑相连。

没多久，卓君慧就把左右脑的接头对接了。这时，史林感觉还像未做手术一样。

手术顺利完成了，而此时史林才逐渐进入深度麻醉。他的意识沉入非常舒适的甜梦中，听见卓师母轻声说：

"好了，让他安静地休息吧。明天他就能正常活动了。"

史林睡了一个很长的甜觉。等他醒来已经是第二天了，睁开眼，他看见了那个熟悉的地下室，听见卓师母欣喜地说："好了，醒过来了。小史，你感觉怎么样？"

史林坐起身，晃动一下脑袋，说："一切正常，就像没做手术一样。"

"那就好。这儿一切都准备好了，就等你醒来。现在开机吧。"

一六〇小组的其他成员走过来，依次同他握手。松本和司马睡在他身边的两张床上，仍然没有知觉。随着低微的嗡嗡声，电脑屏幕亮了，亚伯拉罕的面孔像往常一样闪出来。不过今天屏幕上又出现了另一个面孔，是贝利茨先生的。电脑的相貌生成程序非常逼真。屏幕上，老人慢慢睁开眼，迷茫的目光逐渐聚焦，定到卓君慧的脸上，他高兴地说：

"哈，既然你们唤我醒来，估计战事已经结束了吧？"

卓君慧素来以安详的微笑应对一切事变，即使丈夫倒下时她也没有流泪，但这时她忍不住哽咽了："老贝你好，你说得对，各国已经妥协，战争结束了。"

贝利茨大笑："那么我的演技如何？我想我能赢得国会大剧院的表演奖。亲爱的卓，那会儿我决定配合你演一场逼真的戏，不过我知道，不，我确信，即使我最终未能说服我国的当权者停战，你也不会把终极能量用于战争和杀人。我说得对吗？"

卓君慧的眼泪夺眶而出！她猛烈地啜泣着，断断续续地说："是的是的……我绝不会使用……谢谢你的信任……谢谢你做的一切……"说到最后她的感情失控了，失声痛哭着，"可是我没有料到你会这样啊，你完全不必那样啊……"

贝利茨安慰她："傻女人，干吗哭啊，应该高兴呀。我不过是失去了肉体，对，还失去了我头脑中肮脏的东西，现在，一个良心清白的我，在智力网络中得到永生，有什么不好吗？喂！"他把目光转到其他成员身上，"你们这些反应迟钝的男人，快点过来，安慰安慰那个小女人呀！"

格拉祖诺夫笑着，首先过来，把卓君慧搂到怀里，在他两米高的身体旁，卓君慧真成一个小女人了。然后西尔曼和史林也来拥抱了她，吉斯特那莫提不大习惯这样的拥抱，走过来，向卓合十致意。她的泪水还在淌着，不过脸上已经绽出笑容。贝利茨说：

"好了，开始正题吧，今天是什么日程？"

卓君慧说："请你首先主持投票，决定是否接纳史林加入小组。然后大家联网，合力唤醒松本和司马完。我想唤醒是没问题的，我对此有百分之九十九的把握。"

"好的。不过按原来的小组章程进行表决会有麻烦，因为它规定新加入者必须经全票通过，这会儿松本和司马并未失去成员的身份，但又不能进行投票，只能算做弃权。这样吧，咱们先以三分之二多数票对章程进行修改，将'全部成员同意'改为'全体成员同意或不反对'，再进行接纳表决。行不行？"

大家同意，于是首先对一六〇小组章程的修正案进行表决，五票赞成，两票弃权，刚好超过三分之二票数，修正案获得通过；再对接纳史林的动议表决，仍是相同的票数通过。贝利茨说：

"史林先生，祝贺你。你已经成为一六〇小组的正式成员。"

史林激动地说："谢谢大家的信任。我会努力去做。"

他随即在小组成员保密誓约上签了字。贝利茨提出第三项动议：重新选举一六〇小组的组长。"我将永远是一六〇小组的成员，但仍由我担任小组长就不合适了。显然，我以后出门不大方便。"他开着玩笑，"因此我建议大家新选一个组长。作为原组长，我推荐卓君慧继任，因为，经过这场惊天大事变，她的睿智、果断、处事周详，更不用说品行的高尚，都是有目共睹的。请大家发表意见。"

四个成员都表示同意。卓君慧没有客气："那我也投自己一票吧。谢谢大家，我会努力去做，不让老贝落个'荐人不当'的罪名。"

"我相信自己绝不会走眼。那么，我现在正式交棒，请新组长主持以下的议程吧。"

卓君慧为其他四人连接了神经插头。当史林头上对接的插头被打开同大家进行联网后，他感受到了此生最奇特的经历。首先，他的自我被突然劈开，变成史林A和史林B。两个独立的意识在空中飘浮着，像是由等离子体组成的两团球形闪电。然后，两"人"同时进入一个大的智力网，或者说他的大脑突然扩容，这两种说法是等效的。现在这儿包含了史林A和史林B、西尔曼A和西尔曼B、格拉祖诺夫A和格拉祖诺夫B、吉斯特那莫提A和吉斯特那莫提B、老贝利茨（他是以整体存在），以及一个非常大的团聚体——那是从电脑亚伯拉罕的电子元件中抽出来的意识，它对集体智力主要提供后勤支持（巨量信息）。这些智力场相对独立，各自有自己的边界，但同时它们又是互相"透明"的，每个个体都能在瞬间了解其他个体的思维。这些思维互相叠加，每一点神经火花的闪亮都以指数速率加强，扩展，形成强大的思维波。

史林（史林A和史林B）在第一时刻就感受到了合力思维的快乐。那简直是一种"痛彻心扉"的快乐，其奇妙无法向外人描述。

现在这个共同体开始了它的第一项工作——唤醒沉睡者。在智力网络中还有四个黑暗的聚合体，只能隐约见到它们的边界。它们沉睡着，其内部没有任何思维的火花。其他团聚体向这儿集中，向它们发出柔和的电脉冲，那是在呼唤：

"醒来吧，醒来吧，战争已经结束了。一六

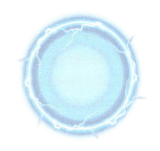

球形闪电：俗称滚地雷，是一种自然现象，属于闪电的一种。它十分光亮，略呈圆球形，直径15～40厘米不等，通常只维持数秒，但也有维持了1～2分钟的纪录。颜色除常见的橙色和红色外，还有黄色、紫色、蓝色、亮白色，带幽绿色光环。

○小组的伙伴们在等着你们，亲人在等着你们。醒来吧！"

没有回应。于是唤醒的电脉冲越来越强，像漫天飞舞的焰火。但那四个黑暗的团聚体仍执拗地保持沉睡。这时，又有两个球形亮团加入进来，是卓君慧（A和B）。她镇静地对大家说：

"不要急。如果一时唤不醒，就撇下他们，开始你们对终极理论的进攻吧！也许这样更容易唤醒他们，因为，对终极理论的思考已经成了他俩最本能的冲动，比生存欲望还要强劲。"

于是所有球形亮团掉转头，开始合力进行对终极理论的思考。史林（A和B）乍然参加进来，一时还不能适应。或者说，他还不能贡献出有效的思维，只能慢慢熟悉四周。他很快消除了与其他智力团聚体进行交流的障碍，建立了关于共同思维的直观图像。那是宇宙的生死图像，是空间的皱褶和抹平。几百秒的人类思维重演了几百亿年的宇宙生命。

这个"褶皱与抹平"的过程，在宇宙公式中已经得到圆满的解释，所以思维共同体没在这儿多停留。它们把注意力集中在奇点内部。奇点内部没有时间也没有空间，处于绝对的高熵或者说混沌，没有任何有序结构。但超级智力仔细探索着，在极度畸变的奇点之壁上发现了一种悖论式的潜结构——它们是不存在的，绝对不会有任何信息显露于奇点之外；但它们又是潜存在的，一旦奇点因量子涨落而爆炸，"下一个"宇宙仍将以同样的方式从空间中撕裂出同样的粒子。

关于这一点也已经形成共识，所以合力思考的重点是：如何在"奇点之外"的宇宙中设法验证这种悖论式潜结构；或者说，如何在我们宇宙之内验证宇宙之外的潜结构。按照拓扑学理论，这两种说法也是完全等效的。

思考非常艰难，即使对这样的超级智力而言也是如此。一个想法在某个团聚体中产生，立即变成汹涌的光波漫向全域。随后，更多的光脉冲被激发，对原来的光波进行加强，产生正反馈，使它变得极度辉煌。但这时常常有异相的光脉冲开始闪现，慢慢加强，冲销了原来光团的亮度。于是一个灵感就被集体思维所否决。然后是下一个灵感。

思维之大潮就这样轮番拍击着。在思考中，史林（A和B）感受到强烈的快感，比任何快感都强烈。他迷醉于其中，尽情享受着思维的幸福。不过，今天的智力合击注定仍然得不到结果。因为，在周围辉煌光亮的诱惑下，那四个黑暗的团聚体中，忽然迸出一个微弱的火花。火花一闪即逝，在漫长的中断后，在另一个团聚体中再次出现。火花慢慢变多了，变得有序，自我激励着，明明暗暗，不再彻底熄灭了。忽然，哗地一下，一个团聚体整体闪亮，并且保持下去。接着是另一个，又一个，再一个，四个团聚体全部变得辉煌。

其他人一直沉醉于幸福的思考，没有注意到四个沉睡脑半球的变化。但卓君慧（A和B）一直在关注着。这时她欣喜地通知大家：喂，你们先停一停，他们醒了！

她从智力共同体中退出，并且断开了其他人的神经连接，最后再断开那两个原植物人的。在未断开前，松本和司马完已经醒了，他们睁开一只眼，再睁开另一只眼，生命的灵光在半边脸上掠过，再在另外半边脸上掠过。等卓君慧把他们的左右神经接头各自对接，他们才完全恢复正常。他们艰难地仰起头，司马完微微笑着：

"是不是……战争……已经结束了？"

他的话音显得很滞涩，那是沉睡太久的缘故。松本也用滞涩的语调说："肯定……结束了，我刚才……已经感受到……共同体内的……喜悦。"

卓君慧同松本拥抱，又同丈夫拥吻："对，已经结束了，而且，没人使用终极能量，也没有战败国。"她喜悦地说，"我也没有打败仗啊，在唤醒手术中我总算成功了。松本，老马，我为当时的行为向你们道歉。"

两人都很喜悦，也有些赧然，司马完自嘲地说："应该道歉的是我。很庆幸,我的激愤之念没有变成现实。"

松本也说:"我和你彼此彼此吧!卓女士,谢谢你。"

其他成员都过来同两人拥抱。贝利茨在屏幕内说:"别忘了还有我呢!你们向屏幕走过来吧,原谅我行动不便。"

两人还不知道贝利茨的死亡,疑惑地看着卓君慧。卓难过地说:"非常不幸,老贝牺牲了,为了配合我……"

她没有往下说,因为两人已经完全理解了。他们立即向屏幕走过去。刚刚从一个月的沉睡中醒来,他们的步履显得僵硬和迟缓。两人同屏幕中的老人碰碰额头,心情既沉重,又充满敬意。贝利茨很理解他们的心情,笑道:

"我在这儿非常舒适,你们不必为我难过。司马,"他坦率地说,"多学学你的妻子,她比你更睿智。"

"我已经知道了。我会学她。"

卓君慧说:"我刚才和老贝交换了看法。从某种角度上说,我们的一六〇小组是现存世界的最大危险。我们创造了远远超过时代的科技,对于还未达到相应成熟度的人类来说,它其实是一个时刻想逃出魔瓶的撒旦。当然,我们也不能因噎废食,把小组解散。但要做更周密的防范。我想再次重申和强化小组的道德公约。第一条:一六〇小组任何成果均属全人类,小组各成员不得以任何借口为人类中某一特殊群体服务。第二条:鉴于我们工作的危险性,小组成员主动放弃隐私权,在大脑联网时每人都有义务接受别人的探查,也可以对其他人进行探查。你们同意吗?如果同意,就请起誓。"

每一个人依次说:"我发誓。"

司马完又加了一句:"我再也不会重复过去的错误。"

他们在誓约上郑重签字。

史林急急地说:"我能不能提一个动议?"大家说当然可以,"我想,我们的下一步工作是把终极能量用于全世界,当然是和平目的。能源这样紧张,把这么巨量的干净能源束之高阁,那我们就太狠心了!如果这个冰窟窿不扩大,战争早晚还会被催生出来的。当然,把终极能量投入使用前,要先对人性进行彻底净化。"

大家都互相看看,没有作声。屏幕中的贝利茨叹口气:"我们会朝这个方向努力的。不过,你说的人性净化恐怕是另一个终极问题,现在还看不到胜利的曙光。和人打交道不是物理学家们的强项,不过,让我们尽量早日促成吧!"

我们向何处去

◎ 王晋康

就在爸爸要去被淹没的图瓦卢接我爷爷的头天晚上，我做了一个梦，梦见爷爷已经死了。

梦中我可不是在澳大利亚的西部高原。这儿远离海边，傍着荒凉的维多利亚大沙漠，按说不该是波利尼西亚人生活的地方。可是28年前，一万多图瓦卢人被迫撤离那个八岛之国时（波利尼西亚语言中，图瓦卢就是八岛之群的意思。实际上应再加上一个无人岛，共为九岛），只有这儿肯收留这些丧家之人，图瓦卢人无可选择。听爸爸说，那时图瓦卢虽然还没被完全淹没，但已经不能居住了，海潮常常扑到我家院子里，咸水从地下汩汩冒出来，毁坏了白薯、西葫芦和椰子树。政府发表声明，承

维多利亚大沙漠：位于澳大利亚西南部，自西澳大利亚州巴利湖以东，至南澳大利亚州西部；北接吉布森沙漠，南邻纳勒博平原。东西长为1 200千米，最大宽度为550千米，面积约为30万平方千米，平均海拔为150～300米，多沙丘和盐沼，植物稀少。

认"图瓦卢人与海水的斗争已经失败,只能举国迁往他乡。"

后来我们就迁到澳洲内陆。我今年12岁,从来没有见过大海。但在梦里我非常真切地梦见了大海。我站在海面上,极目朝远处望,海平线上是一排排大浪,浪尖上顶着白色的水花,在信风的推拥下向我脚下扑来。

看不见故乡的环礁,它们藏在海面之下。不过我知道它们肯定在那里,因为军舰鸟和鲣鸟在海面下飞起,盘旋一阵后又落入海面下,而爸爸说过,这两种鸟不像小海燕,是不能离开陆地的。当波利尼西亚的祖先,一个不知名字的黄皮肤种族,从南亚驾独木舟跨越浩瀚的太平洋时,就是这些鸟充当了陆地的第一个信使。

然后我又看见远处有一团静止的白云,爸爸说,那也是海岛的象征,岛上土地受太阳曝晒,空气受热升到空中,变成不动的白云,这种"岛屿云",对航海者也是吉兆,是土地神朗戈送给移民们的头一份礼物。

最后我看到白云下边反射着绿色的光芒,淡淡的绿色像绿宝石一样漂亮,那是岛上的植物把阳光变绿了。爸爸说,当船上那些濒死的男人女人(他们一定在海上颠簸几个月了)看到这一抹绿光后,他们才能最终确认自己得救了,马上就能找到淡水和新鲜食物了。

然后我看到了梦中的八岛之群。最先从海平线下露头的是青翠的椰子树,它们静静地站立在明亮的阳光下;然后露出树下的土地,由碎珊瑚堆成的海滩非常平坦,白得耀眼。九个珊瑚岛地面都很低,几乎紧贴着海水。

岛上散布着很多由马蹄形珊瑚礁围成的潟湖,平静的湖面像一面面镜子,倒映着椰子树妖娆的身姿,湖水极为清澈,湖底鲜艳的珊瑚和彩斑鱼就像浮在水面之上。

这儿最大的岛是富纳富提岛,也是图瓦卢的首都,穿短裤的警察光着脚在街上行走,孩子们在潟湖中逗弄涨潮时被困在里面的小鲨鱼,悠闲的老人们在椰子树下吸烟和喝酸椰汁，猪崽和小个子狗（波利尼西亚人特有的肉用狗）在椰子林里打闹。

这就是图瓦卢，我的故乡。我从来没有见过它，但它在我的梦中十分清晰——是因为爸爸经常讲它，还是它天生就扎根在一个图瓦卢人的梦里？但梦中我也在怀疑，它不是被海水完全淹没了吗？图瓦卢最高海拔只有4.5米，当南极北极的冰原融化导致海平面上涨时，图瓦卢是第一个被淹没的国家，然后是附近的基里巴斯和印度洋上的马尔代夫。温室效应是工业化国家造的孽，却要我们波利尼西亚人来承受，这太不公平了。

我是来找爷爷的，他在哪儿？我在几个环礁岛上寻找着，转眼间爷爷出现在我面前。虽然我从没见过他，但我一眼就认出来了。他又黑又瘦，须发茂密，皮肤松弛，全身赤裸，只有腰间围了一块布。

他惊喜地说：“普阿普阿，我的好孙子，我正要回家找你呢。”我说：“爷爷你找我干吗，你不是在这儿看守马纳吗？爸爸说图瓦卢人撤离后你一个人守在这里，已经守了28年了。”

爷爷先问我：“普阿普阿，你知道什么是马纳吗？”

我说：“我知道，爸爸常对我讲。马纳是波利尼西亚人信奉的一种神力，可以护佑族人，带来幸福。不过它也很容易被伤害——就像我们的地球也很容易受伤害一样。如果不尊敬它，它就会减弱；马纳与土地联在一起，如果某个部族失去了土地，它就会消失。所以爷爷你一直守在这里，守着图瓦卢人的马纳。"

爷爷说：“是的，我把它守得牢牢的，一点儿都没有受伤害。可是我老了，马上就要死了，我要你来接替我守着它。”

爷爷，我愿意听你的话。可是——爸爸说我们的土地已经全部失去了呀。明天是十月一日，是图瓦卢建国80周年。科学家们说，这80年来海平面正好上升了4.5米，把我们最后一块土地也淹没了。爷爷你说过的，失去土地的部族不会再有马纳了。

就在我念头一转的时候，爷爷身后的景色倏然间变了。岛上的一切在眨眼之间全部消失，海面漫过了九个岛，只剩下最高处的十几棵椰子树还浮在水面之上。

我惊慌地看着那边的剧变，爷爷顺着我的目光疑惑地回头，立即像雷劈一样惊呆了。他想起了什么，急急从腰间解下那块布仔细查看，不，那不是普通的布，是澳大利亚国旗。不不，不是澳大利亚国旗。虽然它的左上角也有象征英联邦的"米"字，但旗的底色是浅蓝而不是紫蓝，右下角的星星不是六颗而是九颗——这是图瓦卢国旗啊，九颗星星代表图瓦卢的九个环礁岛。

爷爷紧张地盯着这九颗星，它们像冰晶一样的晶莹，闪闪发光，璀璨夺目。然而它们也像冰晶一样慢慢融化，从国旗上流下来。

当最后一颗星星从国旗上消失后，爷爷的身体忽然摇晃起来，像炊烟一样地轻轻晃动着，也像炊烟一样慢慢飘散。我大声喊着"爷爷！爷爷！"向他扑过去，但我什么也没有抓到。爷爷就这样消失了，只余下我独自一人在海面上大声哭喊：

"爷爷！爷爷你不要死！"

爸爸笑着说："普阿普阿，你是在说梦话。你爷爷活得好好的。今天我们就要去接他。"

爸爸自言自语道："他还没见过自己的孙子呢。你12岁，而他在岛上已经守了28年了，那时他说过，等海水完全淹没九个环礁岛之后，他就回来。"

爸爸叹息着："回来就好了，他不再受罪，我也不再作难了。"

爷爷决定留在岛上时说不要任何人管他。他说海洋是波利尼西亚人的母亲，一个波利尼西亚人完全能在海洋中活下去。食物不用愁，有捉不完的鱼；淡水也没问题，可以接雨水，或者用祖先的办法——榨鱼汁解渴；用火也没问题，他还没有忘记祖先留下的钻木取火法，岛上被淹死的树木足够他烧了。说是这样说，爸妈不可能不管他。不过爸妈也很难，初建新家，一无所有，虽然图瓦卢解散时每家都领到少量遣散费，那也无济于事。

族人们都愿意为爷爷出一点力，但大部分图瓦卢人都分散了，失去联系了。爸爸只能每年去看望一次，给爷爷送一些生活必需品，像药品、打火机、白薯、淡水等。虽然每年只一次，所需的旅费（我家已经没有船了，那儿又没有轮渡，爸爸只能租船）也把我家的余钱榨干了，弄得28年来我家没法脱离贫穷。妈妈为此一直不能原谅爷爷，说他的怪念头害了全家人。她这样唠叨时爸爸没办法反驳，只能叹气。

今天是2058年10月1日，早饭后不久，一架直升机轰鸣着落到我家门前空地上，三个记者走下飞机。他们是接我们去图瓦卢接爷爷回家的——也许说让他"离家"更确切一点。他们是美国CNN记者霍普曼先生，新华社记者李雯小姐，法新社记者屈瓦勒先生。

这三家新闻社促成了世界范围内对这件事的重磅宣传，因为——据报纸上说，爷爷提卡罗阿是个大英雄，以独自一人之力，把一个国家的灭亡推迟了28年。那时国际社会达成默契，尽管图瓦卢作为国家已经不存在，但只要岛上的图瓦卢国旗一天不降下，联合国大厦的图瓦卢国旗也就仍在旗杆上飘扬。但爷爷终究没有回天之力，今天图瓦卢国旗将最后一次降下，永远不会再升起了。所以，他的失败就更具有悲壮苍凉的意味。

三个记者同爸爸和我拥抱。他们匆匆参观了我家的小农庄，看了我们的白薯地、防野狗的篱笆、圈里的绵羊和鸸鹋。屈瓦勒先生叹息道：

"我无法想象波利尼西亚人，一个在大洋上驰骋的海洋民族，最终被困鸸鹋（ér miáo）：一种大型鸟类，外形像鸵鸟而稍小，嘴短而扁，羽毛灰色或褐色。翅膀退化，腿长，有三趾，善走，产于大洋洲的草原和森林中，以树叶和野果为食。

鸵鸟　　　鸸鹋

六分仪：用来测量远方两个目标之间夹角的光学仪器。通常用它测量某一时刻太阳或其他天体与海平线或地平线的夹角，以便迅速得知海船或航空器所在位置的经纬度。六分仪的原理是物理学家牛顿首先提出的。

在陆地上。"

妈妈听见了，28年的贫穷让她变得牢骚不平，逮着谁都想发泄一番。她尖刻地说："能有这个窝，我们已经很感谢上帝了。我知道法国还有一些海外属地，那些地方很适合我们的，不知道你们能不能为图瓦卢人腾出一小块地方？"

忠厚的屈瓦勒先生脸红了，没有回答，弄得爸爸也很尴尬。

这时李雯小姐在我家的墙上发现了一个刻有海图的葫芦，非常高兴，问："这是不是就是传说中波利尼西亚人的海图？"

爸爸很高兴能把话题扯开，自豪地说，没错，这是一种海图。另一种海图是在海豹皮上缀着小树枝和石子，以标明岛屿位置、海流和风向，我家也有过，现在已经腐烂了。他说，在科技时代之前，波利尼西亚人是世界上最善于航海的民族，浩瀚的东太平洋都是波利尼西亚人的领地，虽然各个岛相距几千海里，但都使用波利尼西亚语，变化不大，互相可以听懂。各岛屿还保持着来往，比如塔希提岛上的毛利人就定期拜访2 000海里之外的夏威夷岛，他们没有蒸汽轮船，没有六分仪，只凭着星星和极简陋的海图，就能在茫茫大海中准确地找到夏威夷的位置。那时，波利尼西亚民族中的航海方法是由贵族（阿里克）掌握着，我的祖先就是一支有名的阿里克。

李小姐兴高采烈地对着葫芦拍了很多照片，霍普曼先生催她说："咱们该出发了，那边的人还在等着我们呢。"

我们上了直升机，妈妈坚决不去，说要留在家里照顾牲畜。当然这只是托词，她一直对爷爷心存芥蒂。爸爸叹息一声，没有勉强她。

听说今天有几千人参加降旗仪式，有各大通讯社，有环保人士，当然也有不少图瓦卢人，他们想最后看一眼故土和国旗。所有这些人将乘"彩虹勇士"号轮船到达那儿。

直升机迅速飞出澳洲内陆，把所有陆地都抛到海平线下。现在视野中只有海水，机下是一片圆形的海域，中央凸起，圆周处沉下去，与凹下的天空相连。我们在直升机的噪声中聊着，霍普曼先生说，"在世界各民族中，波利尼西亚人最早认识到地球是球形，因为，对于终日在辽阔海面上驰骋的民族来说，'球形地球'才是最直观的印象。如果哥白尼能早一点来到波利尼西亚诸岛，他的太阳中心说一定能更早提出。"

直升机一直朝东北方向飞，但机下的景色始终不变，这给人一个错觉，似乎直升机是悬在不动的水面上，动的只有天上的云。法国人屈瓦勒先生把一个纸卷塞给我，说：

"普阿普阿，我送你一件小礼物。"

这是我第一次见到保罗·高更的这幅名画。高更是法国著名画家，晚年住在法属塔希提岛上，在大洋的怀抱中，在波利尼西亚人的土著社会中，重新思考人生，画出了他的这幅绝世之作。画的名称是：

我们从何处来，我们是谁，我们向何处去？

一个12岁男孩还不能理解这三个问题的深义，但我那时也多少感悟到了画的意境：画上有一种浓艳而梦幻的色彩，无论是人、狗、羊、猫以及那个不知名的神像，都像是在梦游中。他们好像都忘了自己是谁，正在苦苦地思索着。我大声说出自己对这幅画的看法：

"这幅画——还不如我画得好呢。你们看，画上的人啦狗啦猫啦神像啦，都像是没睡醒的样子！"

三个记者都笑了，屈瓦勒先生笑着说："你能看出画中的梦幻色彩，也算是保罗·高更的知音了。"

霍普曼先生冷峭地说：

"恐怕全体人类都没有睡醒呢。一旦睡醒，就得面对那三个问题中最后一个也是最现实的一个——当我们亲手毁了自己的挪亚方舟后，我们能向何处去？上帝不会为人类再造一个新方舟了。"

图瓦卢到了。

完全不是我梦中见到的那个满目青翠、妖娆多姿的岛群。它已经完全被淹没了，基本成了暗礁，不过在空中还能看到它，因为大海均匀的条状波纹在那里变得紊乱，飞溅着白色的水花和泡沫，这些白色的紊流基本描出了九个环礁岛的形状。海面之上还能看见十几株已经枯死的椰树，波峰拍来时椰树几乎全部淹没，波峰退去时露出椰树和一部分土地。再往近飞，看到椰树上搭着木板平台，一个简陋的棚子在波涛中隐现，不用说那就是爷爷居住了 28 年的地方。最高的一棵椰树上绑着旗杆，顶部挂着一面图瓦卢国旗，因为湿重而不会随风飘扬，只有当最高的浪尖舔到它时，它才随波浪的方向展平。国旗已经相当破旧褪色，但——我看见了右下角的九颗星星，它并没有像梦中那样变成融化的冰晶。

爷爷一动不动地立在木板上迎接我们，就像是复活节岛上的石头雕像。

"彩虹勇士"号游船已经提前到了，它怕触礁，只能在远处下锚。船上放下两只小划子，把乘客分批运到岛上。我们的直升机悬停在木板平台上方，大家从舱门跳下去，爸爸拉着我走向爷爷。很奇怪的，虽然眼前景色与我梦中所见全然不同，但爷爷的样子却和梦境中非常相像：全身赤裸，只在腰间围着一块布，皮肤晒成很深的古铜色，瘦骨嶙峋，乱蓬蓬的发须盖住了脸部，身上的线条像刀劈斧削一样坚硬。

爸爸说："普阿普阿，这是你爷爷，喊爷爷。"

我喊了一声爷爷。爷爷把我拉过去，揽到他怀里，没有说话。我仰起头悄悄端详他，也打量着他的草棚。棚里东西很少，只有一根鱼叉，一个装淡水的塑料壶，一篮已经出芽的白薯，它们都用棕绳绑在树上，显然是防止浪涛把它们卷走；地上有一条吃了一半的金枪鱼，用匕首扎在地板上，看来是他的早饭。现在是落潮时刻，但浪头大时仍能扑到木平台上，把我们还有几位记者一下子浇得全身透湿，等浪头越过去，海水迅速在木板缝隙中流走。我想，在这样的浪花飞雨下爷爷肯定不能生火了，那么至少近几年来他一直是吃生食吧。这儿也没有床，他只能在湿漉漉的木排上睡觉。看着这些，我不禁有些心酸，爷爷一个人在这儿整整熬了28年啊。

爷爷揽着我，揽得很紧，我能感觉到他对我的疼爱，但他一直不说话，也许28年的独居生活之后，他已经不会同亲人们交流了。这时记者们已经等不及，李雯小姐抢过来，把话筒举到爷爷面前问：

"提卡罗阿先生，今天图瓦卢国旗将最后一次降下。在这个悲凉的时刻，请问你对世人想说点什么吗？"

她说这是个"悲凉的时刻"，但她的表情可一点儿也不悲凉。看着她兴致飞扬的样子，爸爸不满地哼了一声。连我都知道这个问题不合适，有点往人心中捅刀子的味道，但你甭指望这个衣着华丽的漂亮姑娘能体会图瓦卢人的心境。爷爷一声不吭，连眼珠都没动一下。李小姐大概认为他没有听懂，就放慢语速重复一遍。爷爷仍顽固地沉默着，场面顿时变得比较尴尬。大概是为了打破这种尴尬，霍普曼先生抢过话头，对爷爷说：

"提卡罗阿先生，你好。你还记得我吗？28年前，你任图瓦卢环境部

长时，我曾到此地采访过你，那时你还指着自己的院子说，海平面已经显著升高，潮水把你储存的椰干都冲走了。"

原来他是爷爷的老相识了，爷爷总该同他叙叙旧吧，但令人尴尬的是，爷爷仍然一言不发，脸上也没有表情。这么一来，把霍普曼先生也给窘住了。这时爸爸看出了蹊跷，忙俯过身，用图瓦卢语同爷爷低声交谈了一会儿，然后回过头，苦笑着对大家说：

"他已经把英语忘了！"

凡是图瓦卢人都能说英语的，尤其是爷爷，当年作为环境部长，英语比图瓦卢语还要熟练。但他在这儿独自待了28年后，竟然把英语全忘了！爸爸摇着头，感慨不已。这些年他来探望爷爷时，因为没有外人，两人都是说图瓦卢语，所以没想到爷爷把英语忘了，只记着自己的母语。这个发现太突然，我们都有点发愣。不知为什么，这句话使霍普曼先生忽然泪流满面，连声说：

"我能理解，我能理解。在这28年独居生活中，他肯定一直生活在历史中，和波利尼西亚人的祖先们在一起，他已经彻底跳出今天这个令人失望的世界了。"他转向其他记者，"我建议咱们不要采访他了，不要打扰这个老人的平静。"

他的眼泪，还有他的这番话，一下子拉近了他和我的距离，我觉得他已经是我的亲人了。

其他记者当然不甘心，尤其是那位漂亮的李小姐，他们好不容易组织起这个活动，怎么能让主角一言不发呢，怎么向通讯社交代？不过他们没有机会了，从游船上下来一群人，欢笑着拥了过来，把爷爷围在中间而把记者们隔在外边。他们都是50岁以上的图瓦卢男女，是爷爷的熟人。今天他们都恢复了波利尼西亚人的打扮：头上戴着花环，上身赤裸，臀部围着沙沙作响的椰叶裙。他们围住爷爷，声音嘈杂地问好，爷爷这时才露出第一丝笑容。

不知道他们和爷爷说了些什么,很快他们就围着爷爷,跳起欢快的草裙舞。舞会持续了很长时间,大浪不时把他们淹没,但一点儿没有影响大家的兴致。鼓手起劲地敲着木鼓(一块挖空的干木),节奏欢快热烈。男男女女围成圆圈,用手拍打着地面。女人们的赤脚踩着音乐节拍,屈下双膝,双臂屈拢在头顶,臀部剧烈地扭摆着。大家的节奏越来越快,人群中笑声、喊声、木鼓声和六弦琴声响成一片,连记者们也被感染,不再专注采访任务了,都加入到舞阵中来。

爷爷没有跳。他显然被风湿病折磨得连行走都很困难。他坐在人群中间,吃着面包果、木瓜、新鲜龙虾,喝着酸椰汁,这都是族人为他带来的。他至少28年没有见过本民族的土风舞了,所以看得很高兴,乱蓬蓬的胡须中露出明朗的、孩子一样的笑容。有时他用手指着哪个舞娘夸奖几句,那人就大笑,跳得格外卖力。

后来人群开始唱歌,是用图瓦卢的旧歌曲调填的新词,一个人领唱,然后像波涛轰鸣般突然加上其他人的合唱。歌词只有一段,可惜我听不大懂,我的图瓦卢语仅限日常生活的几句会话。我只觉得歌声虽然热烈,可其中似乎暗含着凄凉。这一点从大伙儿的表情上也能看出来,他们跳舞跳得满面红光,这时笑容尚未消散,但眼眶中已经有了泪水。爸爸这时跳累了,坐在我身边休息,用英语为我翻译了歌词的大意:

> 我们的祖先来自太阳落下的地方,
> 驾着独木舟来到这片海域。
> 塔涅、图、朗戈和坦加罗亚四位大神护佑着我们,
> 让波利尼西亚的子孙像金枪鱼一样繁盛。
> 可是我们懒惰、贪婪,

失去了大神的宠爱。

大神收回了我们的土地和马纳，

我们如今是谁？我们该往何处去？

他们一遍一遍地重复着，刚才跳舞时的欢快此刻已经消散，人人泪流满面。爸爸哭了，我听完翻译也哭了。只有爷爷没有哭，但他的眼中也分明有泪光。

太阳慢慢落下来，已经贴近西边的海面，天空中是血红色的晚霞。该降旗了。人人都知道，这一次降旗后，图瓦卢的国旗，包括联合国大厦前的图瓦卢国旗，将从此消失，再也不会升起。悲伤伴着晚潮把我们淹没。我们都不说话，静静地看着血色背景下的那面国旗。最后爸爸说：

"降旗吧。普阿普阿你去，爷爷去年就说过，让我这次一定把你带来，由你来干这件事。"

一个12岁男孩完全体会到爷爷这个决定的深义，就像我梦见过的，爷爷想让波利尼西亚人的后代接替他，继续守住图瓦卢人的马纳。我郑重地走过去，大伙儿帮我爬上椰子树，记者们架好相机和摄像机，对准那面国旗，准备录下这历史的一刻。就在这时，一直不说话的爷爷突然说话了，声音很冷：

"不要让普阿普阿降旗。他连图瓦卢话都忘了，已经不是波利尼西亚人了。"

我一下子愣了，爸爸和周围的族人也都愣了。我想也许我听错了爷爷的话？但显然不是，这几句简单的图瓦卢语我还是能听懂的。而且我立即回想起来，自从爷爷看见爸爸为我翻译图瓦卢语歌词之后，他看我的眼光中就含着冷意，也不再搂我了。我呆呆地抱着椰子树，进也不是退也不是，羞得满脸通红。爸爸低声和爷爷讲着什么，讲得很快，我听不懂，身旁一位族人替我翻译。爸爸是在乞求爷爷不要生气，他说，我一直在教普阿普阿说图瓦卢话，但图瓦卢人如今已经分散了，我们都生活在英语社会里，儿子上的是英语学校，他真的很难把图瓦卢话学好。

爷爷怒声说："咱们已经失去了土地，又要失去语言，你们这样不争气，还想保住图瓦卢人的马纳？你们走吧，我不走了，我要死在这里。"

爸爸和族人努力劝说他，劝了很久，但爷爷执意不听。这也难怪，一个独居了28年的老人，脾气难免古怪乖戾。

眼看夕阳越来越低，爸爸和族人都很为难，急得团团转，不知道该怎么办。几位记者关切地盯着我们，想为我们解难，但他们对执拗的老人同样毫无办法。这时我逐渐拿定了主意，挤到爷爷身边，拉着他的手，努力搜索着大脑中的图瓦卢话，结结巴巴地说：

"爷爷——回去——"爷爷看看我，冷淡地摇头拒绝，但我没有气馁，继续说下去，"教普阿普阿——祖先的话。守住——马纳。"想了想，我又补充说，"我一定——学好——爷爷？"

爷爷冷着脸沉默了很久，爸爸和大伙儿都紧张地盯着他。我也紧张，但仍拉着他，勇敢地笑着。我想，尽管他生气，但他不可能不疼爱自己的孙子。果然，过了很久，爷爷石板一样的脸上终于绽出一丝笑意，伸手把我揽到他怀里。大伙儿如释重负地松了一口气。

最后仍是由我降下了国旗。我、爷爷、爸爸上了直升机，其他人则乘游船离开。太阳已经落到海里，黑漆漆的夜幕中，灯火通明的游船走远了。直升机在富纳富提的正上空悬停，海岛、椰子树和爷爷的棚屋都淹没在夜色中，海面上浮游生物的磷光和星光交相辉映。

登机前爷爷说，把椰子树和木棚烧掉，算是把这块土地还给朗戈大神吧。

离开前我们在它上面浇上了柴油,最后的点火程序,爷爷仍然交给我来完成。爸爸箍着我的腰,我把火把举到机舱外(怕引起舱内失火),然后照准海面上影影绰绰的木棚轮廓扔下去。

一团明亮的大火立即从夜空中爆起,穿透水雾,裹着黑烟盘旋上升。直升机迅速拉高,绕着大火飞了两圈,我们在心里默默地同故土告别。爷爷把我拉进去,关上机舱门,我感觉到他坚硬的胳臂紧紧搂着我。然后直升机离开火柱,向澳大利亚方向飞去。

宇宙坍缩

◎ 刘慈欣

坍缩将在凌晨 1 时 24 分 17 秒发生。

对坍缩的观测将在国家天文台最大的观测厅进行。这个观测厅接收在同步轨道上运行的太空望远镜发回的图像,并把它投射到一块篮球场大小的巨型屏幕上。现在,屏幕上还是一片空白。到场的人并不多,都是理论物理学、天体物理学和宇宙学的权威。对即将到来的这一时刻,他们是这个世界上少数真正能理解其含义的人。此时,他们静静地坐着,等着那一时刻,就像刚刚用泥土做成的亚当、夏娃等着上帝那一口生命之气一样。只有天文台的台长在焦躁地来回踱着步。巨型屏幕出了故障,而负责维修的工程师到现在还没来。如果她来不了的话,来自太空望远镜的图像就只能在小屏

坍缩:指恒星的物质收缩、挤压在一起。在恒星生存期的某一阶段,由于内部温度降低,在引力的作用下,恒星内部物质的原子结构遭到破坏而导致挤压收缩。

幕上显示，那这一伟大时刻的气氛就差多了。

丁仪教授走进了大厅。

科学家们都像提前活了一般，一齐站了起来。除了半径为 150 亿光年的宇宙，能让他们感到敬畏的就是这个人了。

丁仪同往常一样目空一切，没有同任何人打招呼，也没有坐到那把为他准备的大而舒适的椅子上去，而是信步走到大厅的一角，欣赏起放在玻璃柜中的一只大陶土盘来。这只陶土盘是天文台的镇台之宝，是价值连城的西周时代的文物，上面刻着几千年前已化为尘土的眼睛所看到的夏夜星图。这只陶土盘经历了沧海桑田，已到了崩散的边缘，上面的星图模糊不清，但大厅外面的星空却丝毫没变。

丁仪掏出一个大烟斗，向一只上衣口袋里挖了一下，挖出了满满一斗烟丝，然后旁若无人地点上烟斗抽了起来。大家都很惊诧，因为他有严重的气管炎，以前是不抽烟的，别人也不敢在他面前抽烟。再说，观测大厅里严禁吸烟，而那个大烟斗产生的烟雾比十支香烟都多。

但丁教授是有资格做任何事情的。他创立了统一场论，实现了爱因斯坦的梦想。他的理论对宇宙大尺度空间所做的一系列预言都得到了实际观测的精确证实。后来，利用统一场论的数学模型，上百台巨型计算机不间断地运行了三年，得出了令人难以置信的结论：已膨胀了 150 亿年的宇宙将在两年后转为坍缩。

现在，这两年时间只剩不到一个小时了。白色的烟雾在丁仪的头上聚集盘旋，形成梦幻般的图案，仿佛是他那不可思议的思想正从大脑中飘出……

台长小心翼翼地走到丁仪身边，说："丁老，今天省长要来，请到他不容易，请您一定给省长说说，请他给我们多少拨一些钱。本来不该因这些事使您分心的，但台里的经费状况已到了山穷水尽的地步，国家今年不可能再给钱，只能向省里要了。我们是国内主要的宇宙观测基地，可您看我们到了什么地步，连射电望远镜的电费都拿不出来。现在，我们已经开始打它的主意了……"台长指了指丁仪正欣赏的古老星图盘，"要不是有文物法，我们早就卖掉它了！"

这时，省长同两名随行人员一起走进了大厅。他们的脸上显出疲惫的神色，把一缕尘世的气息带进这超凡脱俗的地方："对不起。哦，丁老您好，大家好。对不起，来晚了。今天是连续暴雨后的第一个晴天，洪水形势很紧张，长江已接近 1954 年的最高水位。"

台长激动地说了许多欢迎的话，然后把省长领到丁仪面前，"下面，请丁老为您介绍一下宇宙坍缩的概念。"同时他向丁仪递了个眼色，"这样好不好，我先说说自己对这个概念的理解，然后请丁老和各位科学家指正。首先，哈勃发现了宇宙的红移现象——是哪一年我记不清了——我们所能观测到的所有星系的光谱都向红端移动。根据多普勒效应，这表明所有的星系都在离我们远去。由此现象我们可以得出结论：宇宙在膨胀。由此又得出结论：宇宙是在 150 亿年前的一次大爆炸中诞生的。如果宇宙的总质量小于某一数值，宇宙将永远膨胀下去；如果总质量大于某一数值，则万有引力将

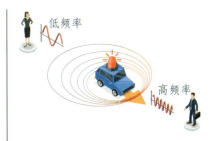

多普勒效应（Doppler effect）：多用于预测天体的移动及变化规律，为纪念奥地利物理学家、数学家克里斯琴·约翰·多普勒（Christian Johann Doppler）而得名，他于 1842 年首先提出了这一理论，是指物体辐射的波长因为波源和观测者的相对运动而产生变化，即在运动的波源前面，波被压缩，波长变得较短，频率变得较高（蓝移，blue shift）；在运动的波源后面时，会产生相反的效应，波长变得较长，频率变得较低（红移，red shift）；波源的速度越高，所产生的效应越大。根据波红（蓝）移的程度，可以计算出波源循着观测方向运动的速度。

暗物质（Dark matter）：一种比电子和光子还要小的物质，不带电荷，不与电子发生干扰，能够穿越电磁波和引力场，是宇宙的重要组成部分。1915年，爱因斯坦根据相对论推论得出：宇宙的形状取决于宇宙质量的多少。他认为宇宙是有限封闭的。如果是这样，宇宙中物质的平均密度必须达到每立方厘米 5×10^{-30} 克。但是，迄今可观测到的宇宙的密度，却比这个值小100倍。也就是说，宇宙中的大多数物质"失踪"了，科学家因此称这种物质为"暗物质"。

逐渐使膨胀减速、停止，之后，宇宙将在引力作用下走向坍缩。以前，宇宙中所能观测到的物质总量使人们倾向于第一个结论，但后来人们发现中微子具有质量，并且在宇宙中发现了大量以前没有观测到的暗物质，这使宇宙的总质量大大增加，人们又转向了后一个结论，认为宇宙的膨胀将逐渐减慢，最后转为坍缩——宇宙中的所有星系将向一个引力中心聚集。这时，同样由于多普勒效应，在我们眼中，所有星系的光谱将向蓝端移动，即蓝移。而丁老的统一场论计算出了宇宙由膨胀转为坍缩的精确时间。"

"他说得基本正确。"丁仪慢慢地把烟灰磕到干净的地毯上。

"对，对，如果丁老都这么认为……"台长高兴得眉飞色舞。

"正确到足以显示他的肤浅。"丁仪又从上衣口袋挖出一斗烟丝。

台长的表情凝固了，科学家那边传来了低低的讥笑声。

省长宽容地笑了笑："我也是学物理的，但毕业后这三十年，我都差不多忘光了。同在场的各位相比，我的物理学和宇宙学知识，怕是连肤浅都达不到。唉，我现在只记得牛顿三定律了。"

"但离理解它还差得很远。"丁仪点上了新

装的烟丝。

台长哭笑不得地摇摇头。

"丁老,我们生活在两个完全不同的世界里。"省长感慨地说,"我的世界是现实的、无诗意的、烦琐的,我们整天像蚂蚁一样忙碌,目光也像蚂蚁一样狭窄。有时深夜从办公室里出来,抬头看看星空,已是难得的奢侈。而您的世界充满着空灵与玄妙,您的思想跨越上百亿光年的空间和上百亿年的时间,地球对于您只是宇宙中的一粒灰尘,现世对于您只是永恒中短得无法测量的一瞬,整个宇宙似乎都是为了满足您的好奇心而存在。说句真心话,丁老,我真有些嫉妒您。我年轻时也做过那样的梦,但进入您的世界太难了。"

"但今天晚上并不难。您至少可以在丁老的世界中待一会儿,一起目睹这个宇宙最伟大的一瞬间。"台长说。

"我没有这么幸运。各位,很对不起,长江大堤已出现多处险情,我得马上赶到防总去。在走之前,我还有两个问题想请教丁老,这些问题在您看来可能幼稚可笑,但我苦想了很长时间也没有弄明白。第一个问题,坍缩的标志是宇宙由红移转为蓝移,我们将看到所有星系的光谱同时向蓝端移动。但目前能观测到的最远的星系距我们100多亿光年,按您的计算,宇宙将在同一时刻坍缩,那样的话,我们要过100多亿年才能看到这些星系的蓝移出现。即使最近的半人马座,也要在四年之后才能看到它的蓝移。"

丁仪缓缓地吐出一口烟雾,那烟雾在空中飘浮,像微缩的旋涡星系:"很好,你能想到这一点,有点儿像一个物理系的学生了,尽管仍是一个肤浅的学生。是的,我们将同时看到宇宙中所有星系光谱的蓝移,而不是在从四年到一百亿年的时间上依次看到。这源于宇宙大尺度范围内的量子效应。它的数学模型很复杂,是物理学和宇宙学中最难表述的概念。没指望您能理解。但由此你已得到第一个启示，它提醒您，宇宙坍缩产生的效应远比人们想象的复杂。你还有问题吗？哦，你没有必要马上走，你要去处理的事情并不像你想象的那样紧迫。"

"同您的整个宇宙相比，长江的洪水当然微不足道了。但丁老，神秘的宇宙固然令人神往，但现实生活也还是要过的。谢谢丁老的教诲，祝各位今晚看到你们想看的。"

"你不明白我的意思，"丁仪说，"现在长江大堤上一定有很多人在抗洪。"

"但我有我的责任，丁老，我必须回去。"

"你还是不明白我的意思，我是说大堤上的人们一定很累了，你可以让他们也离开。"

所有的人都惊呆了。

"什么？离开？干什么，看宇宙坍缩吗？"

"如果他们对此不感兴趣，可以回家睡觉。"

"丁老，您真会开玩笑！"

"我是认真的，他们干的事已没有意义。"

"为什么？"

"因为坍缩。"

沉默了好长时间，省长指了指大厅一角陈列的那只古老星图盘说："丁老，宇宙一直在膨胀，但从上古时代到今天，我们所看到的宇宙没有什么变化。坍缩也一样，人类的时空同宇宙时空相比，渺小到可以忽略不计。除了纯理论的意义外，我不认为坍缩会对人类生活产生任何影响。甚至，我们可能在一亿年之后都不会观测到坍缩使星系产生的微小位移——如果那时还有我们的话。"

"15亿年。"丁仪说，"如果用我们目前最精密的仪器，15亿年后我们才能观测到这种位移。"

"而宇宙完全坍缩要 100 多亿年。所以，人类是宇宙这棵大树上的一滴小露珠，在它短暂的寿命中，是绝对感觉不到大树的成长的。您总不至于同意互联网上那些可笑的谣言，说地球会被坍缩挤扁吧？"

这时，一位年轻姑娘走了进来，脸色苍白，目光黯淡。她就是负责巨型显示屏的工程师。

"小张，你也太不像话了！你知道这是什么时候？"台长气急败坏地冲她喊道。

"我父亲刚在医院里去世……"

台长的怒气立刻消失了："真对不起，我不知道，可你看……"

工程师没再说什么，只是默默地走到大屏幕的控制计算机前，开始埋头检查故障。丁仪叨着烟斗慢慢走了过去。

"哦，姑娘，如果你真正了解宇宙坍缩的含义，你父亲的死就不会让你这么悲伤了。"

丁仪的话激怒了在场的所有人。工程师猛地站起来，她苍白的脸由于愤怒而涨红，双眼充满泪水。

"您不是这个世界上的人！也许，同您的宇宙相比，父亲不算什么，但父亲对我重要，对我们这些普通人重要！而您的坍缩，不过是夜空中那弱得不能再弱的光线频率的一点点变化而已。这变化，甚至那光线，如果不是由精密仪器放大上万倍，谁都看不到！坍缩是什么？对普通人来说什么都不是！宇宙膨胀或坍缩，对我们有什么区别？但父亲对我们是重要的，您明白吗？"

当工程师意识到自己是在向谁发火时，她克制住了自己，转身继续工作。

丁仪叹息着摇摇头，对省长说："是的，如你所说，两个世界。我们的世界……"他挥手指指物理学家们，"小的尺度是亿亿分之一毫米，"又指指宇宙学家们，"大的尺度是百亿光年，这是一个只能用想象来把握的世界。而你们的世界，有长江的洪水，有紧张的预算，有逝去的和还活着的父亲……一个实实在在的世界。但可悲的是，人们总要把这两个世界分开。"

"可您看到它们是分开的。"省长说。

"不！基本粒子虽小，却组成了我们；宇宙虽大，我们却身在其中。微观和宏观世界的每一个变化都牵动着我们的一切。"

丁仪说完，突然大笑起来。这笑除了有些神经质外，还包含着一种神秘的东西，让人毛骨悚然。

"好吧，物理系的学生，请背诵你所记住的时间空间和物质的关系。"

省长像小学生那样顺从地背了起来："由相对论和量子力学所构成的现代物理学已证明，时间和空间不能离开物质而独立存在。没有绝对时空。时间、空间和物质世界是融为一体的。"

"很好，但有谁真正理解了呢？你吗？"丁仪问省长，然后转向台长，"你吗？"转向埋头工作的工程师，"你吗？"又转向大厅中的其他技术人员，"你们吗？"最后转向科学家们，"你们？不，你们都不理解。你们仍按绝对时空来思考宇宙，就像脚踏大地一样自然。绝对时空就是你们思想的大地，离开它，你们对一切都无从把握。谈到宇宙的膨胀和坍缩，你们认为那只是太空中的星系在绝对的时间空间中的散开和汇聚。"他说着，踱到那个玻璃陈列柜前，伸手打开柜门，把那只珍贵的星图盘拿了出来，放在手上抚摸着，欣赏着。台长万分担心地抬起两只手在星图盘下护着。这件宝物放在那儿二十多年，还没有人敢动一下。台长焦急地等着丁仪把星图盘放回原位，但他没有，而是一抬手，把星图盘扔了出去！

价值连城的古老珍宝，在地毯上碎成了无数陶土块。

空气凝固了，大家呆若木鸡，只有丁仪还在悠然地踱着步，成为这僵固的世界中唯一活动的东西，他的话音仍不间断地响着。

"时空和物质是不可分的，宇宙的膨胀和坍缩包括整个时空。是的，朋友们，包括整个时间和空间！"

又响起了一声脆响，这是一只玻璃水杯从一名物理学家手中掉落下去后发出的声音。物理学家并不是吃惊于那个星图盘的摔碎，否则杯子早就掉了。其他物理学家和宇宙学家们陷入震惊之中，引起他们震惊的原因是丁仪话中的含义。

"您是说……"一名宇宙学家死死地盯着丁仪，话卡在喉咙里说不出来。

"是的。"丁仪点点头，然后对省长说，"他们明白了。"

"那么，这就是统一场数学模型的计算结果中那个负时间参量的含义？"一名物理学家恍然大悟地说。

丁仪点点头。

"为什么不早些把它公布于世？您太不负责任了！"另一名物理学家愤怒地说。

"有什么用？只能引起全世界范围的混乱。对时空，我们能做些什么？"

"你们都在说些什么？"省长一头雾水地问。

"坍缩……"台长——同时是一名天体物理学家——做梦似的喃喃地说，"宇宙坍缩会对人类产生影响，是吗？"

"影响？不，它将改变一切。"

"能改变什么呢？"

科学家们都在匆匆整理思绪，没人回答他。

"你们就告诉我，坍缩时，或宇宙蓝移开始时，会发生什么？"省长着急地问。

"时间将反演。"丁仪回答。

"反演？"省长迷惑地望望台长，又望望丁仪。

"时光倒流。"台长简短地解释。

这时，巨型屏幕修好了，壮丽的宇宙出现在大家面前。为了使坍缩的出现更为直观，太空望远镜发回的图像由计算机进行了处理，所有的恒星和星系发出的光都呈红色，象征着目前膨胀中的宇宙的红移。当坍缩开始时，它们将同时变为蓝色，屏幕的一角显示着蓝移出现的倒计时：150 秒。

"我们的时间随宇宙膨胀了一百多亿年，但现在，这膨胀的时间只剩不到三分钟了。之后，时间将随宇宙坍缩而倒流。"丁仪走到木然的台长面前，指指摔碎的星图盘，"不必为这件古物而痛心，蓝移出现后不久，碎片就会重新复原，它会回到陈列柜中去；多少年以后，回到土中深埋；再过更长的时间，它将回到燃烧的窑中，然后作为一团潮泥回到那位上古天文学家的手中……"他走到那位年轻的女工程师身边，"也不要为你的父亲悲伤，他将很快复活，你们很快就会见面。如果父亲对你很重要，你应该感到安慰，因为在坍缩的宇宙中，他比你长寿，他将看着你作为婴儿离开这个世界。是的，我们这些老人都刚刚踏上人生旅途，而你们这些年轻人则已近暮年，或是幼年。"他又走到省长面前，"如果长江的洪水过去没有在你的任期内越出江堤，那未来也永远不会，因为坍缩宇宙中的未来就是膨胀宇宙中的过去。最大的险情要到 1954 年才会出现，但那时你不过幼年，便不是你的责任了。我们所知道的时间只剩下一分钟了，现在无论做什么，都不会对将来产生后果。大家可以做各自喜欢的事情而不必顾虑将来。在这个时间里，已经没有将来了。至于我，我现在只是干我喜欢但以前由于气管炎而不能干的一件小事。"丁仪又用大烟斗从口袋里挖了一锅烟丝点上，悠然地抽了起来。

蓝移倒计时 50 秒。

"这不可能！"省长叫道，"从逻辑上讲，这说不通，时间反演？一切都将反过来进行，难道我们倒着说话吗？这太难以想象了！"

"你会适应的。"

蓝移倒计时 40 秒。

"也就是说,以后的一切都是重复?那历史和人生将变得多么乏味!"

"不会的,你将在另一个时间里。现在的过去将是你的未来,我们现在就在蓝移发生时的未来里。你不可能记住未来。蓝移开始时,你的未来一片空白。对它,你什么都不记得,什么都不知道。"

蓝移倒计时 20 秒。

"这不可能!"

"你将会发现,从老年走向幼年、从成熟走向幼稚是多么合理,多么理所当然。如果有人谈起时间还有另一个流向,你会认为他是痴人说梦。快了,还有十几秒。十几秒后,宇宙将通过一个时间奇点。在那一点,时间不复存在。然后,我们将进入坍缩宇宙。"

蓝移倒计时 8 秒。

"这不可能!真的不可能!"

"没关系,6 秒后你就会知道的。"

蓝移倒计时 5 秒,4,3,2,1,0。

宇宙由使人烦躁的红色变为空洞的白色……

……时间奇点……

……宇宙变为宁静美丽的蓝色,蓝移开始了,坍缩开始了。

…………

了始开缩坍,了始开移蓝,色蓝的丽美静宁为变宙宇……

……点奇间时……

……色白的洞空为变色红的躁烦人使由宙宇

0,1,2,3,4,秒 5 时计倒移蓝

…………

宇宙坍缩

微纪元

◎ 刘慈欣

一 回归

先行者知道,他现在是全宇宙中唯一的一个人了。

他是在飞船越过冥王星时知道的。从这里看去,太阳是一个黯淡的星星,同三十年前他飞出太阳系时没有两样,但飞船计算机刚刚进行的视行差测量告诉他,冥王星的轨道外移了许多,由此可以计算出太阳比他启程时损失了 4.74% 的质量,由此又可推论出另外一个使他的心先是颤抖然后冰冷的结论。

那事已经发生过了。

其实,在他启程时人类已经知道那事要发生了,通过发射上万个穿过太阳的探测器,天体物理学家们确定了一个事实——太阳将要发生一次短暂的能量闪烁,并损失大约 5% 的质量。

如果太阳有记忆,它不会对此感到不安,在那几十亿年的漫长生涯中,它曾经历过比这大得多的剧变。当它从星云的旋涡中诞生时,它的生命的剧变是以"毫秒"为单位的。在那辉煌的一刻,引力的坍缩使核聚变的火焰照亮星云混沌的黑暗……它知道自己的生命是一个过程，尽管现在处于这个过程中最稳定的时期，偶然的、小小的突变总是免不了的，就像平静的水面上不时有一个小气泡浮起并破裂。能量和质量的损失算不了什么，它还是它，一颗中等大小，视星等为-26.8 的恒星。甚至太阳系的其他部分也不会受到太大的影响，水星可能被熔化，金星稠密的大气将被剥离，再往外围的行星所受的影响就更小了，火星的颜色可能由于地表的熔化而由红变黑，地球嘛，只不过表面温度升高至 4 000 ℃，这可能会持续 100 小时左右，海洋肯定会被蒸发，各大陆表面岩石也会熔化一层，但仅此而已。以后，太阳又将很快恢复原状，但由于质量的损失，各行星的轨道会稍微后移，这影响就更小了，比如地球，气温可能稍稍下降，平均降到零下 110 ℃左右，这有助于熔化的地表重新凝结，并使水和大气多少保留一些。

那时，人们常谈起一个笑话，说的是一个人同上帝的对话：上帝啊，一万年对你是多么短啊？上帝说：就一秒。上帝啊，一亿元对你是多么少啊？上帝说：就一分钱。上帝啊，给我一分钱吧！上帝说：请等一秒。

现在，太阳让人类等了"一秒"：预测能量闪烁的时间是在一万八千年之后。这对太阳来说确实只是一秒，但却可以使目前活在地球上的人类对"一秒"后发生的事采取一种超然的态度，甚至当作一种哲学理念。影响不是没有的，人类文化一天天变得玩世不恭起来，但人类至少还有四五百代的时间可以从容地想想逃生的办法。

两个世纪以后，人类采取了第一个行动：发射了一艘恒星际飞船，在周围 100 光年以内寻找带有可移民行星的恒星，飞船被命名为"方舟号"，这批宇航员都被称为"先行者"。

"方舟号"掠过了六十颗恒星，也就掠过了六十个炼狱。其中，只有一颗恒星有一颗行星，那是一滴直径八千千米的处于白炽状态的铁水，因其为液态，在运行中不断地改变着形状。"方舟号"此行唯一的成果，就是进一步证明了人类的孤独。

"方舟号"航行了二十三年时间，但这是"方舟时间"，由于飞船以接近光速行驶，地球时间已过了两万五千年。

本来，"方舟号"是可以按预定时间返回的。

由于在接近光速时无法同地球通信，必须把速度降至光速的一半以下，这需要消耗大量的能量和时间。所以，"方舟号"一般每月减速一次，接收地球发来的信息，而当它下一次减速时，收到的已是地球一百多年后发出的信息了。"方舟号"和地球的时间，就像用高倍瞄准镜看目标一样，瞄准镜稍微移动一下，镜中的目标就跨越了巨大的距离。"方舟号"收到的最后一条信息是在"方舟时间"自启航十三年，地球时间自启航一万七千年时从地球发出的，"方舟号"一个月后再次减速，发现地球方向已寂静无声了。一万多年前对太阳的计算可能稍有误差，在"方舟号"这一个月、地球这一百多年间，那事发生了。

"方舟号"真成了一艘方舟，但已是一艘只有挪亚一人的方舟。其他的七名先行者，有四名死于一颗在飞船四光年处突然爆发的新星的辐射，二人死于疾病，一人（是男人）在最后一次减速通信时，听着地球方向的寂静……开枪自杀了。

此后，这唯一的先行者曾使"方舟号"保持在可通信速度很长时间，后来他把飞船加速到光速，心中那微弱的希望之火又使他很快把速度降下来聆听，由于减速越来越频繁，回归的行程拖长了。

寂静仍持续着。

"方舟号"在地球时间自启航二万五千年后回到太阳系，比预定的时间晚了九千年。

二 纪念碑

穿过冥王星轨道后,"方舟号"继续飞向太阳系深处。对于一艘恒星际飞船来说,在太阳系中的航行如同海轮行驶在港湾中。太阳很快大了、亮了。先行者曾从望远镜中看了一眼木星,发现这颗大行星的表面已面目全非:大红斑不见了,风暴纹似乎更加混乱。他没再关注别的行星,径直飞向地球。

先行者用颤抖的手按动了一个按钮,高大舷窗的不透明金属窗帘正在缓缓打开。啊,我的蓝色水晶球,宇宙的蓝眼珠,蓝色的天使……先行者闭起双眼默默祈祷着,过了很长时间,才强迫自己睁开双眼。

他看到了一个黑白相间的地球。

黑色的是熔化后又凝结的岩石,那是墓碑的黑色;白色的是蒸发后又冻结的海洋,那是殓布的白色。

"方舟号"进入低轨道,从黑色的大陆和白色的海洋上空缓缓越过,先行者没有看到任何遗迹,一切都被熔化了,文明已成过眼烟云。但总该留个纪念碑的,一座能耐4 000 ℃高温的纪念碑。

大红斑:木星大红斑是木星表面的特征性标志,其实是木星上最大的风暴气旋,因含有大量的红磷化物,所以呈深褐色。木星大红斑长约2.5万千米,上下跨度1.2万千米,每6个地球日按逆时针方向旋转一周,经常卷起高达8千米的云塔。

先行者正这么想着，纪念碑就出现了。飞船收到了从地面发上来的一束视频信号，计算机把这信号显示在屏幕上，先行者首先看到了用耐高温摄像机拍下的九千多年前的大灾难景象。能量闪烁时，太阳并没有像他想象的那样亮度突然增强，太阳迸发出的能量主要以可见光之外的辐射传出。他看到，蓝色的天空突然变成地狱般的红色，接着又变成噩梦般的紫色；他看到，纪元城市中他熟悉的高楼群在几千度的高温中先是冒出浓烟，然后像火炭一样发出暗红色的光，最后像蜡一样熔化了；灼热的岩浆从高山上流下，形成了一道道巨大的瀑布，无数个这样的瀑布又汇成一条条发着红光的岩浆的大河，大地上火流的洪水在泛滥；原来是大海的地方，只有蒸汽形成的高大的蘑菇云，这形状狰狞的云山下部映射着岩浆的红色，上部透出天空的紫色，它在急剧扩大，很快一切都消失在这蒸汽中……

　　当蒸汽散去，又能看到景物时，已是几年以后了。这时，大地已从烧熔状态初步冷却，黑色的波纹状岩石覆盖了一切。还能看到岩浆河流，它们在大地上形成了错综复杂的火网。人类的痕迹已完全消失，文明如梦一样无影无踪了。又过了几年，水在高温状态下离解成的氢氧又重新化合成水，大暴雨从天而降，灼热的大地上再次蒸汽弥漫。这时的世界就像在一个大蒸锅中一样，阴暗、闷热、潮湿。暴雨连下几十年，大地被进一步冷却，海洋渐渐恢复了。又过了上百年，因海水蒸发形成的阴云终于散去，天空现出蓝色，太阳再次出现了。再后来，由于地球轨道外移，气温急剧下降，大海完全冻结，天空万里无云，已死去的世界在严寒中变得很宁静了。

　　先行者接着看到了一个城市的图像：先看到如林的细长的高楼群，镜头从高楼群上方降下去，出现了一个广场，广场上一片人海。镜头再下降，先行者看到所有的人都在仰望着天空。镜头最后停在广场正中的一个平台上，平台上站着一个漂亮的姑娘，好像只有十几岁，屏幕上，她在冲着先行者挥手，娇滴滴地喊："喂，我们看到你了，像一个飞得很快的星星！你是'方舟一号'？"

在旅途的最后几年，先行者的大部分时间是在虚拟现实游戏中度过的。在那个游戏中，计算机接收玩者的大脑信号，根据玩者的思维构筑一个三维画面，这画面中的人和物还可根据玩者的思想做出有限的活动。先行者曾在寂寞中构筑过从家庭到王国的无数个虚拟世界，所以现在他一眼就看出这是一幅画面。但这个画面创造得很拙劣，由于大脑中思维的飘忽性，这种由想象构筑的画面总有些不对的地方，眼前这个画面中的错误太多了：首先，当镜头移过那些摩天大楼时，先行者看到有很多人从楼顶的窗子中钻出，径直从几百米高处跳下，经过让人头晕目眩的下坠，这些人平安无事地落到地上；同时，地上有许多人一跃而起，像会轻功一样一下就跃起几层楼的高度，然后他们的脚踏在了楼壁上伸出的一小块踏板上（这样的踏板每隔几层就有一个，好像专门为此而设），再一跃，又飞上几层，就这样一直跳到楼顶，从某个窗子中钻进去。这些摩天大楼仿佛都没有门和电梯，人们就是用这种方式进出的。当镜头移到那个广场正中的平台上时，先行者看到人海中有用线吊着的几个水晶球，那球的直径可能有一米多。有人把手伸进水晶球，很轻易地抓出水晶球的一部分，在他们的手移出后，晶莹的球体立刻恢复原状，而人们抓到手中的那部分立刻变成了一个小水晶球，那些人就把那个透明的小球扔进嘴里……除了这些明显的谬误外，有一点最能反映出创造这幅计算机画面的人思维的变态和混乱：在这城市的所有空间，都飘浮着一些奇形怪状的物体，它们大的直径有两三米，小的也有半米，有的像一块破碎的海绵，有的像一根弯曲的大树枝。那些东西缓慢地飘浮着，有一根大树枝飘向平台上的那个姑娘，她轻轻推开了它，那大树枝又打着转儿向远处飘去……先行者理解这些，在一个濒临毁灭的世界中，人们是不会有清晰和正常的思维的。

这可能是某种自动装置，在这大灾难前被人们深埋地下，躲过了高温和辐射，后来又自动升到这个已经毁灭的世界的地面上。这装置不停地监视着太空，监测到零星回到地球的飞船时就自动发射那个画面，给那些幸存者以这样糟糕透顶又滑稽可笑的安慰。

"这么说，后来又发射过方舟飞船？"先行者问。

"当然，又发射了十二艘呢！"那姑娘说。不提这个荒诞变态的画面的其他部分，这个姑娘设计得倒是真不错。她那融合东西方精华的姣好的面容露出一副天真的样子，仿佛她仰望的整个宇宙是一个大玩具。那双大眼睛好像会唱歌。还有她的长发，好像失重似的永远飘在半空、不落下，使得她看上去像身处海水中的美人鱼。

"那么，现在还有人活着吗？"先行者问，他最后的希望像野火一样燃烧起来。

"是您这样的人吗？"姑娘天真地问。

"当然是我这样的真人，不是你这样用计算机造出来的虚拟人。"

"前一艘'方舟号'是在七百三十年前回来的，您是最后一艘回归的'方舟号'了。请问你船上还有女人吗？"

"只有我一个人。"

"您是说没有女人了？"姑娘吃惊地瞪大了双眼。

"我说过只有我一人。在太空中还有没回来的其他飞船吗？"

姑娘把两只白嫩的小手儿在胸前绞着，"没有了！我好难过好难过啊！您是最后一个这样的人了，如果，呜呜……如果不克隆的话……呜呜……"这姑娘捂着脸哭起来，广场上的人群也是一片哭声。

先行者的心沉到谷底，人类的毁灭最后得到了证实。

"您怎么不问我是谁呢？"姑娘又抬起头来仰望着他说。她又恢复了那副天真的神色，好像转眼忘了刚才的悲伤。

"我没兴趣。"

姑娘娇滴滴地大喊:"我是地球领袖啊!"

"对,她是地球联合政府的最高执政官!"下面的人也都一齐闪电般地由悲伤转为兴奋。这真是个拙劣到家的制品。

先行者不想再玩这种无聊的游戏了,他起身要走。

"您怎么这样?首都的全体公民都在这儿迎接您,前辈,您不要不理我们啊!"姑娘带着哭腔喊。

先行者想起了什么,转过身来问:"人类还留下了什么?"

"照我们的指引着陆,您就会知道!"

三　首都

先行者进入了着陆舱,把"方舟号"留在轨道上,在那束信息波的指引下开始着陆。他戴着一副视频眼镜,可以从其中的一个镜片上看到信息波传来的那个画面。

"前辈,您马上就要到达地球首都了,这虽然不是这个星球上最大的城市,但肯定是最美丽的城市,您会喜欢的!不过,您的落点要离城市远些,我们不希望受到伤害……"画面上那个自称地球领袖的女孩还在喋喋不休。

先行者在视频眼镜中换了一个画面,显示出着陆舱正下方的区域,现在高度只有一万多米了,下面是一片黑色的荒原。

后来,画面上的逻辑更加混乱起来,也许是几千年前那个画面的构造者情绪沮丧到了极点,也许是发射画面的计算机的内存在这几千年的漫长岁月中老化了。画面上,那姑娘开始唱起歌来:

啊,尊敬的使者,你来自宏纪元!

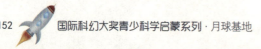

辉煌的宏纪元，
伟大的宏纪元，
美丽的宏纪元，
你是烈火中消逝的梦……

这个漂亮的姑娘唱着唱着就开始跳起来，她一下从平台跳上几十米的半空，落到平台上后又一跳，居然飞越了大半个广场，落到广场边上的一座高楼顶上，又一跳，飞过整个广场，落到另一边，看上去像一只迷人的小跳蚤。她有一次在空中抓住一根几米长的奇形怪状的大树干，那根大树干载着她在人海上空盘旋，她在上面优美地扭动着苗条的身躯。

下面的人海沸腾起来，所有人都大声合唱："宏纪元，宏纪元……"每个人轻轻一跳就能升到半空，以致整个人群看起来如同撒到振动鼓面上的一把沙子。

先行者实在受不了了，他把声音和图像一齐关掉。他现在知道，大灾难前的人们嫉妒他们这些跨越时空的幸存者，所以做了这些变态的东西来折磨他们。但过了一会儿，当那画面带来的烦恼消失一些后，当感觉到着陆舱接触地面的震动时，他产生了一个幻觉：也许他真的降落在一个高空看不清楚的城市中？当他走出着陆舱，站在那一望无际的黑色荒原上时，幻觉消失，失望使他浑身冰冷。

先行者小心地打开宇宙服的面罩，一股寒气扑面而来，空气很稀薄，但能维持人的呼吸。气温在零下 40 ℃左右。天空呈一种大灾难前黎明和黄昏时的深蓝色，但现在太阳正在当空照耀着。先行者摘下手套，没有感到它的热力。由于空气稀薄，阳光散射较弱，天空中能看到几颗较亮的星星。先行者脚下是刚凝结了两千年左右的大地，到处可见岩浆流动的波纹形状，地面虽已开始风化，仍然很硬，土壤很难见到。这带波纹的大地伸向天边，其间有一些小小的丘陵。在另一个方向，可以看到冰封的大海在地平线处闪着白光。

先行者仔细打量四周，看到了信息波的发射源，那儿有一个镶在地面岩石中的透明半球护面，直径大约有一米，半球护面下似乎掩着一片很复杂的结构。他还注意到远处的地面上还有几个这样的透明半球，相互之间相隔二三十米，像地面上的几个大水泡，反射着阳光。

先行者又在他的左镜片中打开了画面。在计算机的虚拟世界中，那个恬不知耻的小骗子仍在那根飘浮在半空中的大树枝上忘情地唱着扭着，并不时向他送飞吻，下面广场上所有的人都在向他欢呼。

……

宏伟的宏纪元！

浪漫的宏纪元！

忧郁的宏纪元！

脆弱的宏纪元！

……

先行者木然地站着，深蓝色的苍穹中，明亮的太阳和晶莹的星星在闪耀，整个宇宙围绕着他——最后一个人类。

孤独像雪崩一样埋住了他，他蹲下来捂住脸抽泣起来。

歌声戛然而止，视频画面中的所有人都关切地看着他。那姑娘骑在半空中的大树枝上，突然嫣然一笑："您对人类就这么没信心吗？"

这话中有一种东西使先行者浑身一震，他真的感觉到了什么，站起身来。他突然注意到，左镜片画面中的城市暗了下来，仿佛阴云在一秒内遮住了天空。他移动脚步，城市立即亮了起来。他走到那个透明半球旁，伏身向里面看，他看不清里面那些密密麻麻的细微结构，但看到左镜片中的画面上，城市的天空立刻被一个巨大的东西占据了。

那是他的脸。

"我们看到您了！您能看清我们吗？去拿个放大镜吧！"姑娘大叫起来，广场上的人海再次沸腾起来。

先行者明白了一切。他想起了那些跳下高楼的人们，在微小环境下重力是不会造成伤害的，同样，在那样的尺度下，人也可以轻易地跃上（几百微米）的高楼。那些大水晶球实际上就是水，在微小的尺度下，水的表面张力处于统治地位，那是一些小水珠，人们从这些水珠中抓出来喝的水珠就更小了。城市空间中飘浮的那些看上去有几米长的奇怪东西，包括载着姑娘飘浮的大树枝，只不过是空气中细微的灰尘。

那个城市不是虚拟的，它就像两万五千年前人类的所有城市一样真实，它就在这个一米直径的半球形透明玻璃罩中。

人类还在，文明还在。

在微型城市中，飘浮在树枝上的姑娘——地球联合政府最高执政官，向几乎占满整个天空的先行者自信地伸出手来。

"前辈，微纪元欢迎您。"

四 微人类

"在大灾难到来前的一万七千年中，人类想尽了逃生的办法，其中最容易想到的是恒星际移民，但包括您这艘在内的所有方舟飞船都没有找到带有可居住行星的恒星。即使找到了，以大灾难前一个世纪人类的宇航技术，连移民千分之一的人类都做不到。另一个设想是移居到地层深处，躲过太阳能量闪烁后再出来。这不过是拖长死亡的过程而已,大灾难后地球的生态系统将被完全摧毁,养活不了人类的。

"有一段时期,人们几乎绝望了。但那时一位基因工程师的脑海中闪现了一个这样火花:如果把人类的体积缩小十亿倍会怎么样?这样,人类社会的尺度也缩小了十亿倍,只要有很微小的生态系统,消耗很微小的资源就可生存下来。很快,全人类都意识到这是拯救人类文明唯一可行的办法。这个设想是以两项技术为基础的。其一是基因工程,在修改人类基因后,人类将缩小至 10 微米左右,只相当于一个细胞大小,但其身体的结构完全不变。做到这点是完全可能的,人和细菌的基因本来就没有太大的差别。另一项是<u>纳米技术</u>,这是一项在 20 世纪就发展起来的技术,那时人们已经能造出细菌大小的发电机了,后来人们可以在纳米尺度下造出从火箭到微波炉的一切设备,只是那些纳米工程师做梦都不会想到他们的产品的最后用途。

"培育第一批微人类近似于克隆:从一个人类细胞中抽取全部遗传信息,然后培育出同主体一模一样的微人,但其体积只是主体的十亿分之一。从此以后,他们就同宏人(微人对你们的称呼,他们还把你们的时代叫宏纪元)一

纳米技术:也称毫微技术,是研究结构尺寸在 1 纳米至 100 纳米范围内材料的性质和应用的一种技术。1981 年,扫描隧道显微镜发明后这一技术得到迅速发展,其最终目标是直接以原子或分子来构造具有特定功能的产品。

样生育后代了。

"第一批微人的亮相极富戏剧性。有一天，大约是您的飞船启航后一万二千年吧，全球的电视上都出现了一个教室，教室中有三十个孩子在上课，画面极其普通，孩子是普通的孩子，教室是普通的教室，看不出任何特别之处。但镜头拉开，人们发现这个教室是放在显微镜下拍摄的……"

"我想问，"先行者打断最高执政官的话，"以微人这样微小的大脑，能达到宏人的智力吗？"

"那么，您认为我是个傻瓜了？鲸鱼也并不比您聪明！智力不是由大脑的大小决定的。以微人大脑中的原子数目和它们的量子状态的数目来说，其信息处理能力是像宏人大脑一样绰绰有余的……嗯，您能请我们到那艘大飞船去转转吗？"

"当然，很高兴，可……怎么去呢？"

"请等我们一会儿！"

于是，最高执政官跳上了半空中一个奇怪的飞行器，那飞行器就像一片带螺旋桨的大羽毛。接着，广场上的其他人也都争着往那片"羽毛"上跳。这个社会好像完全没有等级观念，那些从人海中随机跳上来的人肯定是普通平民，他们有老有少，但都像那个最高执政官姑娘一样一身孩子气，兴奋地吵吵闹闹。这片"羽毛"上很快挤满了微人，空中不断出现新的"羽毛"。每片刚出现，就立刻挤满了跳上来的微人。最后，城市的天空中漂浮着几百片载满微人的"羽毛"，他们在最高执政官所在那片"羽毛"的带领下，浩浩荡荡地向一个方向飞去。

先行者再次伏在那个透明半球上方，仔细地观察着里面的微城市。这一次，他能分辨出那些摩天大楼了，它们看上去像一片密密麻麻的直立的火柴棍。先行者穷极自己的目力，终于分辨出那些像羽毛的交通工具，它们像一杯清水中漂浮的细小的白色微粒，如果不是几百片一群，根本无法分辨出来。凭肉眼看到人是不可能的。

在先行者视频眼镜的左镜片中,那由一个微人摄像师用小得无法想象的摄像机实况拍摄的画面仍很清晰,现在那摄像师也在一片"羽毛"上。先行者发现,在微城市的交通中,碰撞是一件随时都在发生的事。

那群快速飞行的"羽毛"不时互相撞在一起,撞在空中飘浮的巨大尘粒上,甚至不时迎面撞到高耸的摩天大楼上!但飞行器和它的乘员都安然无恙,似乎没有人去注意这种碰撞。其实,这是个初中生都能理解的物理现象:物体的尺寸越小,整体强度就越高。两辆自行车碰撞与两艘万吨轮船碰撞的后果是完全不一样的。

如果两粒尘埃相撞,它们会毫无损伤。微世界的人们似乎都有金刚之躯,毫不担心自己会受伤。当"羽毛"群飞过时,旁边的摩天大楼上不时有人从窗中跃出,想跳上其中的一片。这并不总是能成功的,于是那人就从"几百米"处开始了令先行者头晕目眩的下坠,而那些下坠中的微人,还在神情自若地同经过大楼窗子中的熟人打招呼!

"呀,您的眼睛像黑色的大海,好深好深,带着深深的忧郁呢!您的忧郁罩住了我们的城市,您把它变成一个博物馆了!呜呜呜……"最高执政官又伤心地哭了起来,别的人也都同她一起哭,任他们乘坐的"羽毛"在摩天大楼间撞来撞去。

先行者也从左镜片中看到了城市的天空中自己那双巨大的眼睛,那放大了上亿倍的忧郁深深震撼了他自己。"为什么是博物馆呢?"先行者问。

"因为只有在博物馆中才有忧郁,微纪元是无忧无虑的纪元!"最高执政官高声欢呼,尽管泪滴还挂在她那娇嫩的脸上,但她已完全没有悲伤的痕迹了。

"我们是无忧无虑的纪元!"其他人也都忘情地欢呼起来。

先行者发现,微纪元人类的情绪变化比宏纪元快上百倍,这变化主要表现在悲伤和忧郁这类负面情绪上,他们能在一瞬间从这种情绪中跃出。还有一个发现让他更惊奇:由于这类负面情绪在这个时代十分少见,以至于微人们把它当成了稀罕物,一有机会就迫不及待地去体验。

"您不要像孩子那样忧郁,您很快就会发现,微纪元没有什么可忧虑的!"

这话使先行者万分惊奇,他早看到微人的精神状态很像宏时代的孩子,但比孩子的精神状态还要夸张许多倍才真正像他们。"你是说,在这个时代,人们越长越……越幼稚?"

"我们越长越快乐!"最高执政官说。

"对,微纪元是越长越快乐的纪元!"众人大声应和着。

"但忧郁也是很美的,像月光下的湖水,它代表着宏时代的田园爱情,呜呜呜……"最高执政官又大放悲声。

"对,那是一个多美的时代啊!"其他微人也眼泪汪汪地附和着。

先行者笑起来:"你们根本不知道什么是忧郁,小人儿,真正的忧郁是哭不出来的。"

"您会让我们体验到的!"最高执政官又恢复到兴高采烈的状态。

"但愿不会。"先行者轻轻地叹息说。

"看,这就是宏纪元的纪念碑!"当"羽毛"群飞过另一个城市广场时,最高执政官介绍说。先行者看到那个纪念碑是一根粗大的黑色柱子,有过去的巨型电视塔那么粗,表面覆盖着无数片车轮大小的黑色巨瓦,叠合成鱼鳞状,高耸入云。他看了好长时间才明白,那是一根宏人的头发。

五　宴会

"羽毛"群从半球形透明罩上的一个看不见的出口飞了出来。这时,最高执政官在视频画面中对先行者说:"我们距您那个飞行器有一百多千米呢!我们还是落到您的手指上,您把我们带过去会快些。"

先行者回头看看身后不远处的着陆舱,心想,他们可能把计量单位也都微缩了。他伸出手指,"羽毛"群落了上来,看上去像是在手指上飘落的一小片细小的白色粉末。

从视频画面中先行者看到,自己的指纹如一道道半透明的山脉,降落在其上的"羽毛"飞行器显得很小。最高执政官第一个从"羽毛"上跳下来,立刻摔了个四脚朝天。

"太滑了,您是油性皮肤!"她抱怨着,脱下鞋子,远远地扔了出去,光着脚丫好奇地来回转着,其他人也都下了"羽毛",先行者手指上的半透明山脉间现在有了一片人海。先行者粗略估计了一下,他的手指上现在有一万多微人!

先行者站起来,伸着手指小心翼翼地向着陆舱走去。

刚进入着陆舱,微人群中就有人大喊:"哇,看那金属的天空,人造的太阳!"

"别大惊小怪,像个白痴!这只是小渡船,上面那个才大呢!"最高执政官训斥道。但她自己也惊奇地四下张望,然后又同众人一起唱起那支奇怪的歌来:

> 辉煌的宏纪元,
> 伟大的宏纪元,
> 忧郁的宏纪元,
> 你是烈火中消逝的梦……

在着陆舱起飞飞向"方舟号"的途中,地球领袖继续讲述微纪元的历史。

"微人社会和宏人社会共存了一个时期,在这段时间里,微人完全掌握了宏人的知识,并继承了他们的文化。同时,微人在纳米技术的基础上,发展起了一个十分先进的技术文明。这宏纪元向微纪元的过渡时期大概有,嗯,二十代人左右吧!

"后来,大灾难临近,宏人不再进行传统生育了,他们的数量一天天减少;而微人的人口飞快增长,社会规模急剧增大,很快超过了宏人。这时,微人开始要求接管世界政权,这在宏人社会中激起了轩然大波。顽固派们拒绝交出政权,用他们的话说,怎么能让一帮细菌领导人类呢?于是,在宏人和微人之间爆发了一场世界大战!"

"那对你们可太不幸了!"先行者同情地说。

"不幸的是宏人,他们很快就被击败了。"

"这怎么可能呢?他们一个人用一把大锤就可以捣毁你们一座上百万人的城市。"

"可微人不会在城市里同他们作战的。宏人的那些武器对付不了微人这样看不见的敌人。他们能使用的唯一武器就是消毒剂,而他们在整个文明史上一直用这东西同细菌作战,最后也并没有取得胜利。他们现在要战胜的是和他们同等智商的微人,取胜就更没可能了。他们看不到微人军队的调动,而微人可以轻而易举地在他们眼皮底下腐蚀掉他们的计算机的芯片。没有计算机,他们还能干什么呢?大不等于强大。"

"现在想想是这样。"

"那些战犯得到了应有的下场,几千名微人的特种部队带着激光钻头空降到他们的视网膜上……"最高执政官恶狠狠地说。

"战后,微人取得了世界政权,宏纪元结束了,微纪元开始了!"

"真有意思!"

登陆舱进入了近地轨道上的"方舟号"。微人们乘着"羽毛"四处观光。

这艘飞船之巨大令微人们目瞪口呆。先行者本想从他们那里听到赞叹的话，但最高执政官这样告诉他自己的感想："现在我们知道，就是没有太阳的能量闪烁，宏纪元也会灭亡的。你们对资源的消耗是我们的几亿倍！"

"但这艘飞船能够以接近光速的速度飞行，可以到达几百光年远的恒星。小人儿，这件事，只能在巨大的宏纪元来做。"

"我们目前确实做不到，我们的飞船现在只能达到光速的十分之一。"

"你们能宇宙航行？"先行者大惊失色。

"当然不如你们。微纪元的飞船最远到达金星，刚收到他们的信息，说那里现在比地球更适合居住。"

"你们的飞船有多大？"

"大的有你们时代的，嗯，足球那么大，可运载十几万人；小的嘛，只有高尔夫球那么大，当然是宏人的高尔夫球。"

现在，先行者最后的一点儿优越感也荡然无存了。

"前辈，您不请我们吃点儿什么吗？我们饿了！"当所有"羽毛"飞行器重新聚集到"方舟号"的控制台上时，地球领袖代表所有人提出要求，几万个微人在控制台上眼巴巴地看着先行者。

"我从没想到会请这么多人吃饭。"先行者笑着说。

"我们不会让您太破费的！"女孩怒气冲冲地说。

先行者从贮藏舱拿出一听午餐肉罐头，打开后，他用小刀小心地剜下一小块，放到控制台上那一万多微人的旁边。他能看到他们所在的位置，那是控制台上一小块比硬币大些的圆形区域，那区域只是光滑度比周围差些，像在上面呵了口气一样。

"怎么拿出这么多？这太浪费了！"最高执政官指责道，从面前的大屏幕上可以看到，在她身后，人们涌向一座巍峨的肉山，从那粉红色的山体里抓出一块块肉来大吃着。再看看控制台上，那一小块肉丝毫不见减少。

屏幕上，拥挤的人群很快散开了，有人还把没吃完的肉扔掉，最高执政官拿着一块咬了一口的肉摇摇头。

"不好吃。"她评论说。

"当然，这是在生态循环机中合成的，味道肯定好不了。"先行者充满歉意地说。

"我们要喝酒！"最高执政官又提出要求，这引起了微人们的一片欢呼。先行者吃惊不小，因为他知道酒是能杀死微生物的！

"喝啤酒吗？"先行者小心翼翼地问。

"不，喝苏格兰威士忌或莫斯科伏特加！"地球领袖说。

"茅台酒也行！"有人喊。

先行者还真有一瓶茅台酒，那是他自启航时一直保留在"方舟号"上，准备在找到新殖民行星时喝的。他把酒拿了出来，把那白色瓷瓶的盖子打开，小心地把酒倒在盖子中，放到人群的边上。他在屏幕上看到，人们开始攀登瓶盖那道似乎高不可攀的悬崖绝壁。光滑的瓶盖在微尺度下有大块的突出物。微人用他们上摩天大楼的本领很快攀到了瓶盖的顶端。

"哇，好美的大湖！"微人们齐声赞叹。在屏幕上，先行者看到那个广阔酒湖的湖面由于表面张力而呈巨大的弧形。微人记者的摄像机一直跟着最高执政官。这个女孩用手去抓酒，但够不着。她接着坐到瓶盖沿上，用一支白嫩的小脚在酒面上划了一下。她的脚立刻包在一个透明的酒珠里。她把脚抬上来，用手从脚上那个大酒珠里抓出了一个小酒珠，放进嘴里。

"哇，宏纪元的酒比微纪元的好多了。"她满意地点点头。

"很高兴，我们还有比你们好的东西，不过，你这样用脚够酒喝，太不卫生了。"

"我不明白。"她不解地仰望着他。

"你光脚走了那么长的路，脚上会有病菌什么的。"

"啊，我想起来了！"最高执政官大叫一声，从旁边一个随行者的手中接过一个箱子。她把箱子打开，从中取出一个活物，那是一个足球大小的圆家伙，长着无数只乱动的小腿。她抓住其中一支的小腿，把那东西举了起来。"看，这是我们的城市送您的礼物！乳酸鸡！"

先行者努力回忆着他的微生物学知识："你说的是……乳酸菌吧！"

"那是宏纪元的叫法，这就是使酸奶好吃的动物，它是有益的动物！"

"有益的细菌。"先行者纠正说，"现在我知道细菌确实伤害不了你们，我们的卫生观念不适合微纪元。"

"那不一定，有些动物，呵，细菌，会咬人的，比如大肠杆狼，战胜它们需要体力，但大部分动物，像酵母猪，是很可爱的。"最高执政官说着，又从脚上取下一团酒珠送进嘴里。当她抖掉脚上剩余的酒珠站起来时，已醉得摇摇晃晃了，舌头也有些打不过转儿来。

"真没想到人类连酒都没有失传！"

"我……我们继承了人类所有美好的东西，但那些宏人却认为我们无权代……代表人类文明……"最高执政官可能觉得天旋地转，又一屁股坐在地上。

"我们继承了人类所有的哲学，西方的、东方的，希腊的、中国的！"人群中有一个声音说。

最高执政官坐在那儿，向天空伸出双手，大声朗诵着："没人能两次进入同一条河流；道生一，一生二，二生三，三生万……万物！"

"我们欣赏凡·高的画，听贝多芬的音乐，演莎士比亚的戏剧！"

"活着还是死去，这是个……是个问题！"最高执政官又摇摇晃晃地站起，扮演起哈姆雷特来。

"但在我们的纪元，你这样的女孩是做梦也当不了世界领袖的。"先行者说。

164　国际科幻大奖青少科学启蒙系列·月球基地

"宏纪元是忧郁的纪元，有着忧郁的政治；微纪元是无忧无虑的纪元，需要快乐的领袖。"最高执政官说，她现在看起来清醒了许多。

"历史还没……没讲完，刚才讲到，哦，战争，宏人和微人间的战争，后来微人之间也爆发过一次世界大战……"

"什么？不会是为了领土吧？"

"当然不是，在微纪元，要是有什么取之不尽的东西的话，就是领土了。是为了一些……一些宏人无法理解的事，在一场最大的战役中，战线长达……哦，按你们的计量单位吧，一百多米，那是多么广阔的战场啊！"

"你们所继承的宏纪元的东西比我想象得多多了。"

"再到后来，微纪元就集中精力为即将到来的大灾难做准备了。微人用了五个世纪的时间，在地层深处建造了几千座超级城市，每座城市在您看来是一个直径两米的不锈钢大球，可居住上千万人。这些城市都建在地下八万千米深处……"

"等等！地球半径只有六千千米。"

"哦，我又用了我们的单位，那是你们的，嗯，八百米深吧！当太阳能量闪烁的征兆出现时，微世界便全部迁移到地下。然后，然后就是大灾难了。

"在大灾难后的四百年，第一批微人从地下城中沿着宽大的隧道（大约有宏人时代的自来水管的粗细）用激光钻透凝结的岩浆来到地面；又过了五个世纪，微人在地面上建起了人类的新世界，这个世界有上万个城市，一百八十亿人口。

"微人对人类的未来是乐观，这种乐观之巨大的毫无保留，是宏纪元的人们无法想象的。这种乐观的基础，就是微纪元社会尺度的微小，这种微小使人类在宇宙中的生存能力增强了上亿倍。比如您刚才打开的那听罐头，够我们这座城市的全体居民吃一到两年，而那个罐头盒，又能满足这座城市一到两年的钢铁消耗。"

"作为一个宏纪元的人,我更能理解微纪元文明这种巨大的优势,这是神话,是史诗!"先行者由衷地说。

"生命进化的趋势是向小的方向,大不等于伟大,微小的生命更能同大自然保持和谐。巨大的恐龙灭绝了,同时代的蚂蚁却生存下来。现在,如果有更大的灾难来临,一艘像您的着陆舱那样大小的飞船就可能把全人类运走,在太空中一块不大的陨石上,微人也能建立起一个文明,创造一种过得去的生活。"

沉默了许久,先行者对着他面前占据硬币般大小的微人人海庄严地说:"当我再次看到地球时,当我认为自己是宇宙中最后一个人时,我是全人类最悲哀的人,哀莫大于心死,没有人曾面对过那样让人心死的境地。但现在,我是全人类最幸福的人,至少是宏人中最幸福的人,我看到了人类文明的延续,其实用文明的延续来形容微纪元是不够的,这是人类文明的升华!我们都是一脉相传的人类,现在,我请求微纪元接纳我作为你们社会中一名普通的公民。"

"自我们探测到'方舟号'时,我们已经接纳您了,您可以到地球上生活,微纪元供应您一个宏人的生活还是不成问题的。"

"我会生活在地球上,但我需要的一切都能从'方舟号'上得到,飞船的生态循环系统足以维持我的残生了,宏人不能再消耗地球的资源了。"

"但现在情况正在好转,除了金星的气候正变得适于人类外,地球的气温也正在转暖,海洋正在融化,可能到明年,地球上很多地方将会下雨,将能生长出植物。"

"说到植物,你们见过吗?"

"我们一直在保护罩内种植苔藓,那是一种很高大的植物,每个分支有十几层楼高呢!还有水中的小球藻……"

"你们听说过草和树木吗?"

"您是说,那些像高山一样巨大的宏纪元植物吗?唉,那是上古时代的神话了。"

先行者微微一笑:"我要办一件事情,回来时,我将给你们看我送给微纪元的礼物,你们会很喜欢那些礼物的!"

六 新生

先行者独自走进了"方舟号"上的一间冷藏舱,冷藏舱内整齐地摆放着高大的支架,支架上放着几十万个密封管,那是种子库,其中收藏了地球上几十万种植物的种子,这是"方舟号"准备带往遥远的移民星球上去的。还有几排支架,那是胚胎库,冷藏了地球上十几万种动物的胚胎细胞。

明年气候变暖时,先行者将到地球上去种草,这几十万类种子中,有极强的生命力能在冰雪中生长的草,它们肯定能在现在的地球上种活的。

只要地球的生态能恢复到宏时代的十分之一,微纪元就拥有了一个天堂中的天堂,事实上地球能恢复的可能远不止于此。先行者沉醉在幸福的想象之中,他想象着当微人们第一次看到那棵顶天立地的绿色小草时的狂喜。那么一小片草地呢?一小片草地对微人意味着什么?一个草原!一个草原又意味着什么?那是微人的一个绿色的宇宙了!草原中的小溪呢?当微人们站在草根下看着清澈的小溪时,他们眼中浮现的是何等壮丽的奇观啊!地球领袖说过会下雨,会下雨就会有草原,就会有小溪的!还一定会有树。天啊,树!先行者想象一支微人探险队,从一棵树的根部出发开始他们漫长而奇妙的旅程,每一片树叶,对他们来说都是一片一望无际的绿色平原……还会有蝴蝶,它的双翅是微人眼中横贯天空的彩云;还会有鸟,每一声啼鸣在微人耳中都是一声来自宇宙的洪钟……是的，地球生态资源的千亿分之一就可以哺育微纪元的一千亿人口！现在，先行者终于理解了微人们向他反复强调的一个事实。

微纪元是无忧无虑的纪元。

没有什么能威胁到微纪元，除非……

先行者打了一个寒战，他想起了自己要来干的事，这事一秒也不能耽搁了。他走到一排支架前，从中取出了一百支密封管。

这是他同时代人的胚胎细胞，宏人的胚胎细胞。

先行者把这些密封管放进激光废物焚化炉，然后又回到冷藏库仔细看了好几遍，他在确认没有漏掉这类密封管后，回到焚化炉边，毫不动感情地按动了按钮。

在激光束几十万度的高温下，装有胚胎的密封管瞬间气化了。